Von James Herbert sind
als Heyne-Taschenbücher erschienen:

Domain · Band 01/7616
Die Ratten · Band 01/7686
Die Brut · Band 01/7784
Die Gruft · Band 01/7857
Unheil · Band 01/7974

JAMES HERBERT

DUNKEL

Roman

Deutsche Erstausgabe

WILHELM HEYNE VERLAG
MÜNCHEN

HEYNE ALLGEMEINE REIHE
Nr. 01/8049

Titel der Originalausgabe
THE DARK
Aus dem Englischen übersetzt
von Hartmut Huff

Copyright © 1980 by James Herbert
Copyright © der deutschen Ausgabe 1990 by
Wilhelm Heyne Verlag GmbH & Co. KG, München
Printed in Germany 1990
Umschlagzeichnung: Joanie Schwartz
Umschlaggestaltung: Atelier Ingrid Schütz, München
Gesamtherstellung: Elsnerdruck, Berlin

ISBN 3-453-04175-5

TEIL EINS

*... Und Gott sah, daß das Licht gut war:
da schied Gott das Licht von der Finsternis ...*

Genesis 1:4

Es war ein strahlender, sonniger Tag. Kein Tag für eine Geisterjagd, wie man meinen sollte. Und ebenso war das Haus keines jener Häuser, das man für verhext halten würde. Aber andererseits kümmern sich psychische Phänomene kaum um Zeit, Ort oder Wetter.

Die Straße schien freundlich, eine ganz gewöhnliche Straße, eben mit dieser frühmorgendlichen vorstädtischen Ruhe, die Viertel ausstrahlen, die nur Minuten von den Hauptverkehrsstraßen entfernt sind. Die Häuser selbst waren eine eigenartige Mischung aus Doppelhäusern und alleinstehenden Gebäuden; helle neue Stadthäuser leuchteten am anderen Ende, vom täglichen Schmutz noch nicht besudelt.

Ich fuhr langsam die Straße hinunter, suchte nach dem richtigen Haus und hielt am Straßenrand, als ich das Schild sah. »Beechwood.« Wenig beeindruckend.

Dies war eines der einzelstehenden Häuser, groß mit grauen Ziegeln, viktorianisch. Ich nahm meine Brille ab und legte sie ins Handschuhfach; dann rieb ich meine Augen und lehnte mich zurück, um das Haus ein paar Augenblicke anzusehen.

Den kleinen Bereich davor, der offensichtlich einmal ein Garten gewesen war, hatte man jetzt betoniert; er bildete einen Parkplatz, aber Autos standen nicht darauf. Man hatte mir gesagt, daß das Haus leer sei. Die Fenster waren durch das Funkeln der Sonne undurchsichtig und für einen kurzen Augenblick schien es, als ob das Haus selbst mich durch eine verspiegelte Sonnenbrille anstarrte.

Ich schüttelte dieses Gefühl rasch ab – Einbildungskraft konnte bei meinem Job zuweilen hinderlich sein – und langte zum Rücksitz. Der schwarze Koffer war weder groß noch schwer, aber er enthielt fast meine gesamte Ausrüstung. Die Luft war entschieden scharf, als ich auf das Pflaster trat, Hinweis darauf, daß es bald Winter werden würde. Eine Frau, deren kleines Kind es vorzog zu hüpfen statt zu gehen, warf mir im Vorbeigehen einen neugierigen Blick zu, als ob meine Anwesenheit, in ihrer Straße eine Routine durchbrochen hätte. Ich nickte, aber bei diesem Kontaktversuch erlosch ihr Interesse.

Nachdem ich meinen Wagen verschlossen hatte, überquerte ich den Beton und stieg die fünf Stufen hoch, die zur Vordertür führten. Dort blieb ich stehen, stellte den Koffer ab und suchte nach dem Schlüssel. Der daran befestigte Adreßanhänger flatterte im Wind, als ich den Schlüssel ins Schloß steckte. Aus irgendeinem Grund verharrte ich und lauschte, bevor ich die schwere Türe aufstieß, und spähte durch die Bleiverglasung des Oberteils. Es gab weder Geräusche noch sich bewegende Schatten.

Ich war nicht nervös, von besorgt ganz zu schweigen, weil ich keinen Grund dafür sah. Ich nahm an, daß mein anfängliches Zögern auf reine Vorsicht zurückzuführen war. Leere Häuser brachten mich immer dazu. Die Tür schwang auf, und ich nahm meinen Koffer, und ging hinein und schloß die Tür hinter mir.

Die Sonnenstrahlen fielen gleißend durch das Bleiglas der Tür und durch die Fenster, sie warfen meinen Schatten auf den Korridor. Eine breite Treppe, die nur anderthalb Meter von meinem Standort begann, verschwand zum oberen Teil des Hauses – und von oben, nahe dem Treppenabsatz der ersten Etage, baumelte ein Paar Beine.

Ein Schuh – der eines Mannes – war heruntergefallen und lag seitlich mitten auf der Treppe; ich konnte sehen, daß der Hacken der Herrensocke abgetragen war, das rosa Fleisch schimmerte fast durch das dünne Gewebe. Die Wand hinter den hängenden Beinen war abgescheuert und schwarz, als sei sie durch den Todeskampf gezeichnet worden. Ich erinnere mich, daß ich den Koffer fallenließ und langsam durch den Korridor ging, dabei den Kopf nach oben reckte und die Treppe nicht hochsteigen wollte, aber seltsam neugierig darauf war, den Rest des Leichnams zu sehen. Ich erinnere mich nur noch, daß ich in das Düster des Treppenhauses schaute und das aufgequollene Gesicht über dem grotesk gestreckten Hals sah, die lächerlich kleine Plastikschlinge, die kaum mehr als acht Zentimeter Durchmesser haben mochte und so in sein Fleisch biß, als hätte jemand an seinen Beinen gezogen, um sie festzuziehen.

Ich erinnere mich, wie der Geruch des Todes mich überkam, schwach, aber übersättigend, schwer faßbar, aber überall. Er war frisch, nicht wie der schwere, beißende Geruch alter Leichen.

Schließlich wich ich zurück und blieb stehen, als ich den Türrahmen gegenüber der Treppe erreichte. Ich drehte mich überrascht um und schaute in das Zimmer – die anderen waren hier drin. Einige lagen auf dem Boden, andere saßen in Sesseln, einige standen aufrecht und starrten, als beobachteten sie mich. Aber sie waren alle tot. Ich wußte das nicht nur durch den Geruch, durch die blicklosen Augen, die verstümmelten Leiber. Ich wußte es durch die stehende Luft, durch die Lautlosigkeit des Raumes selbst.

Benommen stieß ich mich von der Türe ab und lehnte meinen Körper Halt suchend an die Wand; meine Beine waren plötzlich schwach. Eine Bewegung vor mir ließ mich verharren, und ich sah eine kleine Tür unter der Treppenflucht. Ich konnte nur auf die sonnendurchflutete Vordertür zugehen, wagte es nicht, in die Tiefen des Hauses vorzudringen. Die Tür unter der Treppe bewegte sich wieder ganz leicht, und ich merkte, daß ein Luftzug das bewirkte. Ich bewegte mich näher darauf zu, den Rücken fest an die Wand gepreßt, war bald auf Höhe der kleinen Öffnung und glitt daran vorbei. Und dann streckte ich aus einem mir noch immer unbekanntem Grund die Hand aus und zog die Tür auf, so daß sie gegen die Treppe schlug und wieder von ihr zurückprallte. Ich glaubte, eine Bewegung zu sehen, aber vielleicht waren es nur die Schatten, die durch das plötzliche Licht entstanden.

Da führten Stufen zu dem hinunter, was der Keller gewesen sein mußte. Ich konnte nur die Schwärze dort drunten sehen, eine tiefe, fast massive Finsternis. Und es war mehr die Finsternis als die Leichen, die mich veranlaßten, aus dem Hause zu fliehen . . . .

1

Sie saß allein am Küchentisch und brütete. Sie wußte, daß sie damit fertig werden mußte — ihr gemeinsames Leben war nicht gut, würde es nie sein. Die Idee, in das neue Stadthaus zu ziehen, schien damals gut gewesen zu sein; sie hatte geglaubt, daß ein richtiges eigenes Heim sein Verhalten ändern würde. Keine düsteren Apartments mehr, wo jede Reparatur, jeder Anstrich nur dem Vermieter zugute kam. Eine Chance, um etwas Festes aufzubauen, ein Fundament für ihre Beziehung. Heirat war für sie nicht wichtig, sie hatte ihn nie gedrängt. Aber das Haus war für die Kinder richtig ...

Sie hatten die Gelegenheit für den Kauf genutzt, denn die Immobilienpreise stiegen unaufhörlich, erreichten ein unglaubliches Niveau, auf dem sie nur ein paar Monate blieben, und zogen dann weiter an. Sie hatten gezögert, den Makler noch einmal nach dem Preis zu fragen, fast befürchtet, er würde seinen Fehler bemerken und drei- oder viertausend aufschlagen. Doch er hatte den Preis bestätigt.

Richard war ein wenig mißtrauisch gewesen, und sie hatte rasch den Vertrag abgeschlossen. Welche Nachteile sich auch später ergeben mochten, dies war zumindest ein neuer Anfang für sie. Außerdem waren es vor allem ihre Ersparnisse, mit denen die von dem Bauunternehmen geforderten zehn Prozent Eigenkapital bezahlt wurden. Die bisherigen Besitzer waren bereits fort — »ausgewandert«, sagte der Makler, und so waren sie binnen eines Monats eingezogen.

Es dauerte nicht lange, bis die Gerüchte zu ihnen drangen.

Sie blickte auf das leere Tablettenröhrchen auf dem Tisch, ergriff es und drehte es zwischen ihren Fingern. An diesem Morgen waren noch sieben übrig geblieben. Sie hatte immer weniger Valiumtabletten zu sich genommen, Fortschritte gemacht, sich von ihrem Nervenzusammenbruch vor sechs Monaten erholt, die Erinnerung verdrängt, war damit fertig geworden. Aber Richard hatte sich nicht verändert. Ihre Beinahe-Selbstzerstörung hatte die Entwicklung nur wenig gehemmt; er machte wie früher weiter. Seine Entschuldigung war jetzt das

Haus, die Straße, die anderen Häuser. Er fühlte sich dort unwohl, die Leute waren unfreundlich. Andere zogen weg — mindestens drei Familien in den zwei Monaten, die sie dort wohnten. Etwas stimmte mit der Straße nicht.

Sie hatte es auch gefühlt, kaum nachdem sie eingezogen waren, aber ihr Unbehagen war durch ihre neue Hoffnung beschwichtigt worden. Die Dinge sollten sich ändern, besser werden; stattdessen waren sie schlimmer geworden. Er hatte immer viel getrunken, aber es war erträglich gewesen — sein Beruf als Repräsentant für ein Grafikstudio brachte es ohnehin mit sich, daß er mit Kunden trank. Daß er gelegentlich mit Frauen schlief, war für sie unbedeutend — sie kannte seine Unzulänglichkeiten und bezweifelte, daß er selbst es genoß. Es war seine Verstimmung, mit der sie einfach nicht mehr leben konnte.

Er nahm es übel, durch den Besitz eines Hauses gebunden zu sein, nahm es übel, Schulden bei einer Baugesellschaft zu haben, verübelte ihr die körperlichen und geistigen Forderungen, die sie an ihn stellte. Er nahme es übel, die Ursache für ihren Nervenzusammenbruch gewesen zu sein.

Jetzt, wo sie schließlich die körperlichen Spuren seiner Unzufriedenheit trug — Prellungen und Kratzer — wußte sie, daß Schluß sein mußte; es war sinnlos, weiterzumachen. Obwohl sie nicht verheiratet waren, war das Haus auf ihre beiden Namen eingetragen. Aber wer würde zuerst gehen? Würde ihr nach vier Jahren Folter nichts bleiben? Sie wußte, daß sie sich ihm nicht würde widersetzen können, wenn er darauf bestand. Das leere Röhrchen warf sie auf den Küchentisch. Die Tabletten hatten überhaupt nicht geholfen.

Sie erhob sich vom Stuhl, ging zur Spüle und füllte den Kessel, Wasser spritzte von dem Metall und durchnäßte ihre Bluse. Sie fluchte und stellte den Kessel auf den Gasherd. Nachdem sie das Gas aufgedreht hatte, griff sie nach dem Zigarettenpäckchen, das offen auf dem Brotschrank lag. Sie nahm eine heraus, hielt die Spitze in die Flamme, nahm sie dann rasch in den Mund und zog heftig daran. Ihre Finger trommelten auf die Aluminiumspüle, wurden steifer, als sie darauf klopften, bis schließlich ihre Fäuste härter und härter niederschlugen und das Geräusch in der kleinen Küche widerhallte. Es hörte auf, als eine Träne aus ihrem Gesicht auf ihre dünn bedeckte Brust tropfte. Dieses feuchte Gefühl war beunruhigender als sämtliche Spritzer vorher. Aber sie würde sich nur eine Träne gestatten, fuhr sich mit einer Hand heftig über ihre Augen, inhalierte dann tief und blickte durch das Fenster auf die Straße hinaus, auf die die Laternen silberne Pfützen warfen. Würde er heute nacht heimkommen? Sie war sich nicht immer sicher, ob sie das überhaupt kümmerte. Sie würde ihren Kaffee trinken und zu Bett gehen; dort würde sie entscheiden, was zu tun war.

Sie steckte sich eine neue Zigarette an — die letzte, wie sie verärgert feststellte —, bevor sie den Kaffee durch die Küche zu der Treppe trug, die zum Schlafzimmer führte. Das Stadthaus hatte zwei Etagen, wobei sich im Erdgeschoß Garage und Arbeitszimmer befanden. Im ersten Stock lagen Küche und Wohnzimmer, im zweiten zwei Schlafzimmer und das Bad. Am Treppenabsatz, der zur Eingangstür hinabführte, blieb sie stehen. Sollte sie ihn aussperren? Dampf kräuselte in Spiralen aus dem Kaffee, während sie nachdachte. Abrupt trat sie auf die Stufe, als sie ihren Entschluß gefaßt hatte, und ebenso abrupt umschloß ihre Hand das Treppengeländer. Es war dunkel dort unten.

Gewöhnlich fiel Licht von der Straßenlaterne durch die Drahtglastür und tauchte den winzigen Korridor in diffuses Licht. Jetzt konnte sie dort nur eine schwere Schwärze sehen. Seltsam, in der Küche hatte sie nicht bemerkt, daß die Straßenlaterne nicht brannte. Sie drehte sich um und betätigte den Schalter für das Licht unten. Nichts geschah, aber durch die plötzliche Bewegung spritze heißer Kaffee auf ihre Finger. Sie stöhnte vor Schmerz, wechselte den Becher rasch in die andere Hand und steckte ihre verbrannten Finger in den Mund. Der Schmerz erinnerte sie daran, welchen Schmerz sie erleiden würde, wenn sie Richard aussperrte. Sie trat zurück auf den Treppenabsatz und ging über den Korridor, und in ihrer Sorge bemerkte sie das helle künstliche Licht nicht, das draußen von der Straßenlaterne durch das Korridorfenster fiel.

Pinky Burton war noch immer wütend. Die Jungen in dem Haus

gegenüber hatten kein Recht, ihm solche Schimpfwörter nachzurufen. Sie waren pickelgesichtige Lümmel, Flegel. Er konnte nicht verstehen, warum er zu dem Jüngeren überhaupt so freundlich gewesen war, dem mit den langen goldenen Locken. Golden, wenn er sein unordentliche Mähne wusch, um genau zu sein. Keiner hatte Respekt vor Älteren, nicht einmal ihr Vater. Vater? Gott, es war kein Wunder, daß die Jungen bei diesem großen, groben Mann als Vater so widerwärtig waren. Es überraschte niemand, daß die Frau dieses rohen Menschen schon vor Jahren davongelaufen war.

Früher war das einmal eine hübsche, anständige Straße gewesen, bevor dieser Pöbel einzog. Er konnte sich noch daran erinnern, daß man wohlhabend sein mußte, um in dieser Straße zu wohnen, und so war auch jede Familie angesehen. Und wurde geachtet. Diese beiden Gassenjungen hatten wirklich keinen Respekt vor ihm. Es war Unfug zu behaupten, er würde ihnen nachspionieren. Vielleicht hatte er ihnen einmal zugeschaut, als sie bis zu den Hüften nackt am Motorrad des Älteren gearbeitet hatten. Was war dabei? Er war schon immer an Maschinen interessiert gewesen, seit seinen Armee-Tagen. Der Jüngere war zuerst gar nicht so schlimm – zumindest konnte man sich mit ihm unterhalten – aber der andere Flegel, dieser höhnische Typ, hatte seinen Bruder offensichtlich beeinflußt. Wie konnten sie es wagen... nur weil ein Mann... wie hatten sie das überhaupt herausgefunden?

Pinky drehte sich im Bett um und zog sich die Decke über die Ohren. Die Straße war jetzt voller Widerlichkeiten. Das war nie so gewesen. Häßliche, moderne Kästen, die Stadthäuser genannt wurden, an einem Ende, die alten, größeren Häuser verfielen langsam; und Flegel mit schmierigen Haaren wie diese beiden fuhren die ganze Nacht mit ihren Motorrädern die Straße herauf und hinunter. Nun, es waren ja nur zwei und sie hatten nur eine Maschine, aber sie machten Lärm für ein Dutzend und mehr. Und dann dieses Haus da weiter unten, dieses große, freistehende... Wer auf Erden konnte sich so etwas ausgedacht haben? Völlig unglaublich. Absolut wahnsinnig. Zeitzeichen.

Jeden Tag neue – schlimmere Scheußlichkeiten. Man mußte

sich fragen, ob es überhaupt noch etwas Gutes auf der Welt gab. Aber nichts war so unmenschlich gewesen, wie das, was er ...

Es fiel Pinky noch immer schwer, dafür die richtigen Worte zu finden. Warum hatte man ihn dorthin geschickt? Hatte er im letzten Krieg für sein Land nicht genug getan? War es nötig gewesen, ihn für ein einziges Vergehen so hart zu bestrafen? Dem Kind war ja eigentlich nichts passiert. Gut, es hatte andere kleine Vergehen gegeben, die zu Buche schlugen. Aber sie waren geringfügig, kleine Fehltritte. Es war ja nicht so, als ob er tatsächlich jemandem etwas angetan hätte. Diese Erniedrigung an diesem ... Ort. Diese verkommenen Menschen. Die bösartigen, gemeinen Schläger. Einen Mann wie ihn mit solchen Tieren zusammenzustecken. Und als er nach Monaten, die ihm wie tausend Jahre erschienen waren, freigelassen worden war, hatte er seine Stellung im Club verloren. Keines der Mitglieder hatte sich aufgerafft, ihn als Barmanager zu unterstützen. Nein, sie hatten ihm die kalte Schulter gezeigt, sie und ihr verdammter Tweed und das Golfen am Nachmittag, ihre verdammten Cocker Spaniels und die mürrischen Frauen. Leute, mit denen er jahrelang bekannt gewesen war, hatten gemeine, widerliche Dinge über ihn gesagt. Gott sei Dank, daß Mutter das Haus verlassen hatte — Gott sei Dank war sie schon lange tot, als das alles herauskam. Der Schock hätte sie umgebracht. Er hätte sich die Wohnung bei diesem erbärmlichen Lohn, den er als Teilzeit-Barmann verdiente, nie leisten können. Und es erniedrigend, auf einer »Verdächtigenliste« von Sexualverbrechern zu stehen. Wenn irgendein Sexualverbrechen in dem Viertel begangen wurde, konnte er sicher sein, daß er Polizeibesuch bekam. Routinebefragung, sagten sie immer. Nun, für ihn war es keine Routine, verdammt!

Er drehte sich ruhelos auf den Rücken und starrte haßerfüllt auf die Lichtmuster an der Decke. Die nebelhaften Schatten zitterten, als eine Brise die Blätter des Baumes draußen bewegte und das reflektierte Licht der Straßenlaterne wie etwas Lebendiges wirken ließ. Pinky verfluchte die Decke.

Der Spott, diese gemeinen Kränkungen der beiden Flegel von der anderen Straßenseite hatten ihn stark getroffen. Seine übrigen Nachbarn hatten ihn stets mit Respekt behandelt, hatten immer höflich seinen Gruß erwidert, hatten sich nie um seine Angelegenheiten gekümmert. Aber diese... diese Halunken hatten ihre Obszönitäten gebrüllt, so daß die ganze Welt es hören konnte, und sie hatten ihn ausgelacht, als er ins Haus zurückgelaufen war. Er wußte nicht, was er sonst hätte tun können. Nun, morgen würde die Polizei über den Lärm informiert werden, den sie mit ihrer höllischen Maschine machten. Er war noch immer ein Bürger und hatte als solcher Rechte. Nur weil er einmal einen Fehler gemacht hatte, bedeutete das noch lange nicht, daß er seine Bürgerrechte verloren hatte! Er biß sich auf die Lippe und unterdrückte ein Schluchzen. Er wußte, daß er nie wieder eine Polizeiwache betreten würde, nicht freiwillig. Diese Bastarde, diese dreckigen, kleinen, langhaarigen Bastarde!

Pinky schloß fest seine Augen, und als er sie öffnete, wunderte er sich, warum es so dunkel geworden war, warum die Muster an der Decke verschwunden waren.

Sie kniete auf dem Bett, eine kleine zusammengekauerte Gestalt. Susie war für eine Elfjährige klein, doch ihre Augen hatten manchmal den wissenden Blick einer viel Älteren. Zu anderen Zeiten waren sie völlig ausdruckslos. Sie zupfte methodisch am Haar ihrer Cindy-Puppe, und die silbernen Fäden fielen auf ihren Schoß. Glasgerahmte Bilder von Beatrix-Potter-Tieren blickten teilnahmslos von den blauen Wänden ihres kleinen Schlafzimmers herab und waren taub für das scharfe Knacken, als ein Plastikarm aus dem Puppenkörper gedreht wurde. Das winzige Glied prallte von Peter Rabbit ab und fiel klappernd auf den Boden. Susie zog an dem anderen Arm und warf auch ihn durch das Zimmer gegen das geschlossene Fenster. Er fiel auf ihre Spielzeugkiste unter dem Fenster und lag dort, die Hand wie flehend im Gelenk zurückgebogen.

»Böses Mädchen, Cindy«, schalt Susie in gespieltem Ärger.

»Du sollst am Eßtisch nicht vor dich hinstieren! Mami mag das nicht!«

Der Gesichtsausdruck der Puppe änderte sich nicht, als ihr Bein zurückgebogen und herausgerissen wurde. »Ich habe es dir wieder und wieder gesagt, daß du nicht geziert lächeln sollst, wenn Onkel Jeremy dir was sagt! Ihm gefällt das nicht —

es macht ihn ärgerlich. Es macht Mami auch ärgerlich!« Das Bein löste sich mit einem schmatzenden Geräusch und wurde gegen die Tür geworfen. »Onkel Jeremy wird weggehen und Mami verlassen, wenn er verstimmt ist. Dann wird Mami mich fortschicken. Sie wird dem Onkel Doktor sagen, daß ich wieder böse gewesen bin.« Susie holte vor Anstrengung tief Luft, um das letzte Glied abzureißen, und ihr kleiner Körper entspannte sich, als ihr das gelungen war.

»So! Jetzt kannst du nicht davonlaufen, und du kannst auch nichts Böses tun.« Susie lächelte triumphierend, aber ihr Glück währte nur Sekunden. »Ich hasse diesen Ort, Cindy! Er ist ekelhaft. Und die Ärzte und die Schwestern sind widerlich. Ich will nicht wieder dahin.« Ihre Augen füllten sich mit Tränen, und dann verzog sich ihr Gesicht plötzlich zu einer Grimasse boshaften Ärgers. »Er ist sowieso nicht mein Onkel. Er will nur Umarmungen von Mami. Er haßt mich und er haßt meinen Papa! Warum kommt Papa nicht zurück, Cindy? Warum haßt er mich auch? Wenn er zurückkäme, würde ich nie wieder Streichhölzer anfassen, Cindy, das verspreche ich.«

Sie drückte die gliederlose Puppe heftig und wiegte sie auf ihren Knien hin und her. »Du weißt, daß ich das nicht tun würde, Cindy? Du weißt, daß ich das nicht tun würde.« Die Puppe antwortete nicht, und Susie warf sie voller Widerwillen von sich.

»Du antwortest mir nie, du garstiges Mädchen! Du bist nie nett zu mir.«

Sie zerrte an dem hübschen Plastikkopf, und ihre Arme zitterten vor Anstrengung; ein Schrei ballte sich in ihre Kehle. Sie unterdrückte ihren Schrei, als der Kopf heraussprang und lachte, als sie ihn gegen das Fenster warf. Dann wurde ihr Körper steif, als der Puppenkopf von der Scheibe abprallte und über den Boden rollte. Für ein paar Augenblicke wagte sie nicht zu atmen, während sie lauschte, ob Schritte über den Korridor gestapft kämen. Sie seufzte vor Erleichterung, als kein Geräusch zu hören war. Die beiden schliefen. Er mit ihr, in Papas Bett. Der Gedanke machte sie wieder wütend. Er wollte nicht nur Umarmungen. Er machte andere Sachen. Sie wußte das, sie hatte es gehört, sie hatte zugeschaut.

Susie sprang vom Bett herunter und schlich zum Fenster, achtete darauf, nicht auf die Spielsachen zu treten, die zerstreut im Dunkel auf dem Schlafzimmerboden lagen. Sie untersuchte die Glasscheibe, gegen die der Puppenkopf geschlagen war, fand aber keinen Sprung. Es hätte noch mehr Elend für sie bedeutet, wenn das Glas zerbrochen wäre.

Sie preßte ihr Gesicht an das Fenster und versuchte das Düster im Garten darunter zu durchdringen. Dort verbrachte sie meistens ihre Sommertage, wenn sie nicht auf der Sonderschule war; eine Gefangene, die nicht alleine hinaus durfte. Susie konnte gerade die Kontur des Kaninchenstalles ausmachen, der ramponiert und leer war, und verstand nicht, warum man die Kaninchen weggenommen hatte. Die Kleinen waren so prächtig gewesen, so schön zum Halten und zum Drücken. Vielleicht hätte sie sie behalten dürfen, wenn sie sie nicht zu fest gedrückt hätte.

Sie kehrte zum Bett zurück und setzte sich mit gekreuzten Beinen darauf, die Arme um ihre angezogenen Knie gelegt. Die Decken lagen zerwühlt um sie. Wenn Onkel Jeremy fortging, würde Papa vielleicht zurückkommen. Sie könnten wieder alle zusammenleben und glücklich sein, wie früher. Vor dem Ärger.

Susie legte sich rücklings aufs Bett und zog die Decken dicht an sich. Sie faßte den seidenen Deckenrand, streifte damit rhythmisch über ihre Wange und starrte hinaus in die tiefblaue Nacht, die vom Fenster umrahmt wurde. Nacheinander begann sie, die Sterne zu zählen, diesmal entschlossen, jeden einzelnen in dem Rechteck zu beachten, bevor sie einschlief. Und während sie stumm zählte, erloschen die Sterne nacheinander, bis nur noch Schwärze den Fensterrahmen füllte.

2

Bishop warf einen verstohlenen Blick auf seine Armbanduhr und war erleichtert, daß der zweistündige Vortrag fast vorüber war. Die übliche gemischte Gruppe, dachte er. Die meisten totenernst, mehrere einfach nur neugierig, einer — vielleicht zwei — Skeptiker. Er lächelte die Versammlung in dem kleinen Saal an.

»Anhand meiner Liste auf der Tafel können Sie also sehen, daß sich die Parapsychologie — das Studium parapsychologischer Phänomene — mehr der Technik bedient als der unzuverlässigen und, wenn ich so sagen darf, zweifelhaften spiritistischen Methoden. Kurvendiagramme werden Ihnen gewöhnlich mehr über eigenartige Störungen in einem Haus verraten, als täuschende mentale Trancezustände.«

Eine nervöse Hand zitterte in der zweiten Reihe in der Luft. Bishof sah, daß der Mann einen Priesterkragen trug. »Darf ich, äh, eine Frage stellen?« Die Stimme klang ebenso nervös. Alle Augen wandten sich dem Geistlichen zu, der seinen Blick starr auf Bishop gerichtet hielt und den Eindruck machte, als sei er wegen seiner eigenen Anwesenheit verlegen.

»Bitte«, ermutigte ihn Bishop. »Die letzten zehn Minuten werden wir ohnehin mit der Diskussion von Fragen Ihrerseits verbringen.«

»Also, es ist nur, daß für jemand, dessen Beruf die Erforschung des Paranormalen oder Parapsychologischen ist ...«

»Sagen Sie Geisterjagd — das ist einfacher«, unterbrach Bishop.

»Ja, Geisterjagd. Also, Sie haben noch nicht klar gemacht, ob Sie tatsächlich an Geister glauben oder nicht.«

Bishop lächelte. »Die Wahrheit ist, daß ich noch unsicher bin, obwohl ich mich seit Jahren mit Parapsychologie beschäftige. Sicher bin ich immer wieder auf Unerklärliches gestoßen, doch die Wissenschaft enthüllt täglich neue Fakten über unsere eigenen Kräfte. Jemand hat einmal gesagt, daß Mystizismus nichts weiter ist, als die heute erträumte Wissenschaft von morgen. Damit stimme ich überein. Wir wissen zum Beispiel, daß konzentriertes Denken oder oft unbewußte Gedanken Gegenstände bewegen können. Wissenschaftler in aller Welt, vor allem in Rußland studieren die psychokinetische Kraft. Vor Jahren hätte man das als Hexerei bezeichnet.«

»Aber wie erklärt das Geistererscheinungen?« Eine Frau mittleren Alters, drall und freundlich blickend, hatte die Frage gestellt. »Es gibt so viele Fälle von Spuk, von denen man praktisch jeden Tag hört.«

»Vielleicht nicht jeden Tag, aber es gibt jährlich zwischen

zweihundert und dreihundert Erscheinungen, und wahrscheinlich ebenso viele, die nicht bekannt werden. Eine der vielen Theorien, ist die, daß Geister von jemandem erzeugt werden, der unter Streß steht. Das Gehirn sendet elektrische Impulse ähnlich wie das Herz aus, und diese Impulse werden später unter gewissen Umständen wahrgenommen.«

Das verwirrte Stirnrunzeln der Frau und die Ratlosigkeit auf den Gesichtern mehrerer anderer Zuhörer verriet Bishop, daß er sich nicht klar genug ausgedrückt hatte. »Es ist wie ein geistiges Bild, das von einem Wesen übertragen wird, um später von einem anderen empfangen zu werden, der wie eine Art Empfänger wirkt. Wie ein Fernseher. Das würde erklären, warum Erscheinungen oft nebelhaft oder verschwommen sind oder warum manchmal nur Hände oder Gesichter erscheinen: die Bilder oder Transmissionen, so Sie wollen, vergehen, verblassen, bis nichts mehr da ist.«

»Was ist dann mit Orten, an denen es seit Jahrhunderten spukt?« fragte ein junger, bärtiger Mann in der vordersten Reihe, der sich herausfordernd vorbeugte. »Warum sind die nicht einfach verschwunden?«

»Daß ließe sich mit Regenerierung erklären: die Transmission oder Erscheinung bezieht Energie aus elektrischen Impulsen, die uns alle umgeben. Das könnte dann der Grund für das Erscheinen eines Geistes sein. Ein Geist kann unendlich lange ›leben‹, solange sein Abbild von anderen gesehen werden kann. Der Geist besteht tatsächlich aus telepathischen Wellen, ein Bild, das im Verstand eines lebenden Menschen Jahre, Tage, vielleicht Jahrhunderte zuvor entstanden und in den Verstand anderer übertragen worden ist, die heute leben.«

Bishop seufzte innerlich; er konnte sehen, daß er sie enttäuschte. Sie hatten nicht erwartet, daß er Geister als wissenschaftliche Phänomene erklären würde. Sie wollten das Thema romantisiert, den mystischen Aspekt erhöht wissen. Selbst die Skeptiker unter ihnen wirkten ernüchtert.

»Sie führen das also auf Elektrizität zurück?« Der bärtige Mann in der ersten Reihe lehnte sich zurück und verschränkte seine Arme, einen Hauch von Selbstgefälligkeit in seinem Lächeln.

»Nein, nicht direkt. Aber eine elektrische Ladung, die an die Nervenfasern des Hirns angelegt wird, bringt eine Person dazu, Blitze zu sehen oder Geräusche zu hören. Ein Reiz, der einen entsprechenden Hirnbereich erreicht, könnte also ein Phantombild erzeugen. Denken Sie daran, daß das Hirn durch elektrische Impulse funktioniert und daß wir davon auch umgeben sind. Das Konzept von Impulsen, die durch unsere Sinne aus der Luft aufgenommen werden — wobei wir als Empfänger agieren — ist nicht schwer zu verstehen. Sie werden vielleicht von Krisenerscheinungen gehörten haben — d.h. wenn jemand das Bild eines Freundes oder Verwandten vor sich sieht, der ein traumatisches Erlebnis hat, zum Beispiel viele Meilen entfernt gerade stirbt. Vielleicht wurde zur gleichen Zeit sogar eine Stimme gehört.«

Ein paar Köpfe nickten zustimmend.

»Das kann dadurch erklärt werden, daß die Person, die diesen extremen Streßmoment erlebt, an die Person denkt, die ihr am nächsten steht, vielleicht nach ihr ruft. In solchen Situationen sind Gehirnwellen extrem aktiv — das ist durch elektroenzephalographische Apparate bewiesen worden. Wenn sie eine gewisse Intensität erreichen, kann ein telepathisches Bild entweder an einen Empfänger oder in die Atmosphäre gesendet werden. Neue, unsere Hirnkräfte betreffende Tatsachen werden durch die Wissenschaft immer schneller ans Licht gebracht. Ich vermute, daß Mystizimus und Technologie zum Ende des Jahrhunderts eins sein werden. So etwas wie ›Geister‹ gibt es dann nicht mehr.«

Ein leises Gemurmel ging durch die Versammlung, während man sich mit Befremden, Bestürzung oder Enttäuschung anschaute.

»Mr. Bishop?« Die Frauenstimme kam aus der hintersten Reihe und Bishop kniff die Augen zusammen, um die Fragerin besser sehen zu können. »Mr. Bishop, Sie bezeichnen sich selbst als Geisterjäger. Können Sie uns dann verraten, warum Sie so viele Jahre mit der Jagd auf elektrische Impulse verbracht haben?«

Eine kleine Welle von Gelächter durchrieselte die Zuhörerschaft, und Bishop lächelte mit ihnen. Er beschloß, mit seiner Antwort den Vortrag zu beschließen.

»Ich beschäftige mich mit der Erforschung von Erscheinungen, weil ich glaube, daß sie von spezieller wissenschaftlicher Bedeutung sind. Alle Phänomene haben eine rationale Erklärung – wir sind nur noch nicht fortgeschritten genug, um diese Erklärung wahrzunehmen. Jede nützliche Information, die wir erlangen können, ist wertvoll. Die Menschheit befindet sich in einem erregenden Entwicklungsstadium, in dem sich orthodoxe Wissenschaft und das Paranormale aufeinander zu bewegen. In unserer Zeit wird Parapsychologie ernst genommen und logisch erforscht mit all der fortschrittlichen Technologie, die uns zur Verfügung steht. Wir können es uns nicht länger leisten, die Narren, die Romantiker und die Irregeleiteten zu tolerieren; noch weniger können wir die Scharlatane tolerieren, die professionellen Geisterseher oder die Medien, die von der Unwissenheit und Sorge anderer leben. Der Durchbruch steht kurz bevor und darf durch diese Menschen nicht behindert werden.«

Seine letzten Worte verursachten einen oberflächlichen, höflichen Applaus. Er hob eine Hand, um anzudeuten, daß er noch nicht fertig sei.

»Da ist noch ein weiterer Punkt. Viele Menschen sind durch Beweise des Paranormalen, durch ›Geister‹-Erscheinungen emotional beunruhigt und verängstigt worden: wenn ich dazu beitragen kann, solche Ereignisse verständlich zu machen, so daß man sich nicht mehr davor fürchtet, dann rechtfertigt das allein meine Arbeit. Ich habe hier noch eine Liste von Organisationen, die sich mit physikalischer Forschung und parapsychologischen Studien beschäftigen, von metaphysischen und ESP-Forschungsgruppen und ganz ehrlichen alten Geisterjägerorganisationen. Dazu ein paar Adressen, wo Sie sich Ihre eigene Geisterjägerausrüstung beschaffen können. Bitte, nehmen Sie sich ein Exemplar mit, bevor Sie gehen.«

Er wandte ihnen den Rücken zu, schob seine Vortragsnotizen zusammen und legte sie in seinen Aktenkoffer. Wie gewöhnlich war seine Kehle nach dem zweistündigen Vortrag trocken und seine Gedanken waren jetzt schon bei dem großen Glas Bier, mit dem er sie befeuchten würde. Er kannte diese Stadt kaum, hoffte aber, daß die Pubs nett waren. Zuerst jedoch stand ihm das Spießrutenlaufen bevor, da es immer Zuhörer gab, die begierig darauf waren, die Debatte lange nach der festgesetzten Zeit auf persönlicherer Ebene fortzusetzen. Der Chefbibliothekar, der die Vortragsreihe im Saal der Stadtbibliothek organisiert hatte, kam als erster auf ihn zu.

»Höchst interessant, Mr. Bishop. Ich bin sicher, daß in der nächsten Woche noch mehr Publikum da sein wird, wenn sich das herumspricht.«

Bishop lächelte zynisch. Er fragte sich angesichts der Enttäuschung auf manchen Gesichtern, ob überhaupt halb so viel da sein würden.

»Ich fürchte, sie haben nicht ganz das gehört, was sie erwarteten«, sagte er sehr deutlich.

»Oh, nein, im Gegenteil, ich glaube, daß viele jetzt erst erkennen, was für eine ernste Sache das Ganze ist.« Der Bibliothekar rieb sich fast freudig die Hände. »Ich muß sagen, Sie haben mir wirklich Appetit gemacht. Ich muß Ihnen da etwas Seltsames erzählen, was ich vor ein paar Jahren erlebte...«

Bishop hörte höflich zu, wohl wissend, daß er sich mehrere »seltsame Erlebnisse« von anderen in der Halle anhören mußte, bevor er gehen konnte. Als Autorität auf diesem Gebiet wurde er ständig als eine Art Beichtvater von vielen benutzt, die tatsächliche oder eingebildete Phänomene gesehen hatten. Bald hatte sich eine kleine Gruppe um ihn versammelt, und er beantwortete ihre Fragen und ermutigte sie, das Paranormale selbst ernsthaft zu studieren. Er erinnerte sie auch daran, aufgeschlossen zu bleiben und sich ein gesundes Gleichgewicht zwischen Glauben und Skepsis zu bewahren. Einer oder zwei brachten ihre Überraschung über seine Vorbehalte zum Ausdruck, und er verwies darauf, daß seine Forschungen immer sachlich und ohne Vorurteile gewesen seien. Die Tatsache, daß eine amerikanische Universität vor ein paar Jahren demjenigen 200000 Dollar geboten hatte, der überzeugend beweisen könne, daß es ein Leben nach dem Tode gab und daß diese Summe noch immer nicht beansprucht worden war, müsse etwas zu bedeuten haben. Es gäbe viele beeidigte Aussagen, aber keinen substantiellen Beweis, und obwohl er an die Fortsetzung des Lebens nach dem Tode in irgendeiner Form glaube, war er sich einer

Geisterwelt im Sinne alter und neuerer Konzepte unsicher. Während er sprach, sah er die Frau, die die letzte Frage bei seinem Vortrage gestellt hatte, allein am Ende der Halle sitzen. Er wunderte sich, warum sie sich nicht zu der Gruppe gesellt hatte. Schließlich konnte Bishop sich von seinen Bedrängern lösen, indem er murmelnd darauf verwies, daß er an diesem Abend noch weit zu fahren habe und weitere Fragen während der folgenden Vorträge gestellt werden könnten. Mit dem Aktenkoffer in der Hand eilte er auf den Ausgang zu. Der Blick der Frau war auf ihn gerichtet, und als er näherkam, erhob sie sich. »Könnte ich Sie einen Augenblick sprechen, Mr. Bishop?«

Er schaute auf seine Armbanduhr, als sorge er sich um die Einhaltung eines Termins. »Ich habe jetzt wirklich keine Zeit. Nächste Woche vielleicht . . .?«

»Mein Name ist Jessica Kulek. und mein Vater, Jacob Kulek, ist der . . .«

»Ist Gründer und Präsident des Institutes für parapsycholgische Forschungen.« Bishop war stehengeblieben und schaute die Frau neugierig an.

»Sie haben von ihm gehört?« sagte sie.

»Wer aus der psychologischen Forschung hätte das nicht? Er war einer der Männer, die Professor Dean halfen, die amerikanische ›Gesellschaft für den Fortschritt der Wissenschaft‹ davon zu überzeugen, Parapsychologen endlich als Mitglieder aufzunehmen. Es war ein gigantischer Schritt, Wissenschaftler aus aller Welt dazu zu bringen, das Paranormale ernst zu nehmen. Dadurch ist die Disziplin glaubwürdig geworden.«

Sie schenkte ihm ein kurzes Lächeln, und er bemerkte, daß sie jünger und attraktiver war, als er aus der Entfernung geglaubt hatte. Ihr Haar, weder dunkel noch blond, war kurz und dicht an ihrer Nackenbeuge eingerollt, ihr Pony schloß hoch an ihrer Stirn ab. Das Tweedkostüm war elegant geschnitten und betonte ihre schlanke Gestalt, vielleicht sogar zu sehr – sie schien mehr als schlank, fast zerbrechlich zu sein. Ihre Augen wirkten durch ihr schmales Gesicht größer, und ihre Lippen glichen denen eines Kindes, waren aber fein gezogen. Sie verhielt sich jetzt zögernd, fast nervös, aber er spürte doch eine Entschlossenheit, über die ihr Äußeres hinwegtäuschte.

»Ich hoffe, meine Bemerkung hat Sie nicht beleidigt«, sagte sie mit ernstem Gesicht.

»Das Jagen nach elektrischen Impulsen? Nein. Ich bin nicht beleidigt. In gewisser Weise haben Sie recht: Die Hälfte der Zeit jage ich elektrische Impulse. Die andere Hälfte verbringe ich mit der Suche nach Zugluft, Erdeinbrüchen und Wassereinsickerungen.«

»Könnten wir ein paar Augenblicke alleine sprechen. Bleiben Sie heute nacht hier? Vielleicht in Ihrem Hotel?«

Er lächelte. »Ich fürchte, mit meinen Vorträgen verdiene ich nicht genug, um in Hotels übernachten zu können. Wenn ich das täte, bliebe mir von meiner Abendarbeit nichts übrig. Nein, ich muß heute nacht zurück nach Hause fahren.«

»Es ist wirklich sehr wichtig. Mein Vater bat mich, Sie aufzusuchen.«

Bishop zögerte, bevor er antwortete. Schließlich sagte er:

»Können Sie mir sagen, worum es geht?«

»Nicht hier.«

Er faßte einen Entschluß. »Okay. Ich wollte einen Drink nehmen, bevor ich losfahre. Kommen Sie mit? Wir sollten aber lieber schnell gehen, bevor die Meute uns erreicht.« Er deutete über seine Schulter auf die verbliebene Gruppe schwatzender Leute, die allmählich auf sie zukamen. Bishop ergriff ihren Arm und führte sie zur Tür.

»Sie haben eine etwas zynische Einstellung zu Ihrem Beruf, nicht wahr?« sagte sie, als sie die Treppe der Bücherei hinabstiegen und in den kalten Abendregen traten.

»Ja«, erwiderte er kurz.

»Können Sie mir sagen warum?«

»Lassen Sie uns einen Pub finden und aus dem Regen ins Trockene kommen. Dann beantworte ich Ihre Frage.«

Sie gingen fünf Minuten schweigend, bis sie ein Pub-Schild sahen. Er führte sie hinein und fand einen ruhigen Ecktisch.

»Was möchten Sie?« fragte er.

»Nur Orangensaft, bitte.« Eine leichte Feindseligkeit schwang in ihrer Stimme mit.

Er kam mit den Drinks zurück, setzte den Orangensaft vor ihr auf den Tisch und ließ sich mit einem dankbaren Seufzer auf den Stuhl ihr gegenüber fallen. Er nahm einen langen Schluck Bier, bevor er sie anschaute.

»Haben Sie mit den Forschungen Ihres Vaters zu tun?« fragte er.

»Ja, ich arbeite mit ihm. Sie wollten meine Frage beantworten.«

Er war über ihre Hartnäckigkeit verärgert. »Ist das wichtig? Hat es etwas mit dem zu tun, warum Sie mich aufsuchen sollten?«

»Nein, ich bin nur neugierig, das ist alles.«

»Ich habe keine zynische Einstellung zu meinem Beruf – ich bin zynisch wegen der Leute, mit denen ich zu tun habe. Die meisten von ihnen sind entweder Narren oder Wichtigtuer. Ich weiß nicht, welche die Schlimmeren sind.«

»Aber Sie haben einen guten Ruf als Forscher. Ihre beiden Bücher zu dem Thema sind Standardlektüre für jeden Studenten des Paranormalen. Wie können Sie andere verspotten, die die gleichen Studien betreiben?«

»Das tue ich nicht. Es sind die Fanatiker, die Idioten, die in Mumpitz-Mystizismus verstrickt sind, und die Narren, die das ganze zu einer Religion machen, die ich verachte. Ich bedaure die Leute, die sie ausbeuten. Wenn Sie meine Bücher gelesen haben, werden Sie wissen, daß sie auf Realismus ausgerichtet sind, weg vom Mystizismus. Mein Gott, über genau dieses Thema habe ich gerade zwei Stunden lang gesprochen.«

Sie zuckte vor seiner erhobenen Stimme zurück, und er bedauerte seine Ungeduld sofort. Aber sie antwortete ihm, wenn auch mit verhaltenem Ärger.

»Warum tun Sie dann nicht etwas Konstruktives dagegen? Die Gesellschaft für Psychoforschung und andere Organisationen wollten Sie als Mitglied. Ihre Arbeit hätte für sie unbezahlbar sein können. Als Geisterjäger, wie Sie sich bezeichnen, sind Sie einer der Ersten auf Ihrem Gebiet und Ihre Dienste werden dringend gebraucht. Warum arbeiten Sie nicht mit anderen Ihres Berufes zusammen, anderen, denen Sie helfen könnten?«

Bishop lehnte sich zurück. »Sie haben mir nachspioniert«, sagte er einfach.

»Ja, mein Vater bat mich darum. Es tut mir leid, Mr. Bishop, wir wollten nicht neugierig sein. Wir wollten nur mehr über Ihren Hintergrund erfahren.«

»Wär's nicht an der Zeit, mir zu sagen, warum Sie heute abend hergekommen sind? Was will Jacob Kulek von mir?«

»Ihre Hilfe.«

»Meine Hilfe? Jacob Kulek will meine Hilfe?«

Das Mädchen nickte, und Bishop lachte laut.

»Ich fühle mich wirklich geschmeichelt, Miss Kulek, aber ich glaube nicht, daß ich Ihrem Vater viel über psychische Phänomen erzählen könnte.«

»Das erwartet er auch nicht. Er will eine andere Art von Information. Ich verspreche Ihnen, es ist wichtig.«

»Für ihn offenbar nicht wichtig genug, um selbst zu kommen.«

»Sie blickte in ihr Glas. »Das ist für ihn jetzt nicht mehr leicht. Er wäre gekommen, aber ich habe ihn davon überzeugt, daß ich Sie bewegen könnte, mit ihm zu sprechen.«

»Schon gut«, räumte Bishop ein. »Mir ist klar, daß er ein vielbeschäftiger Mann sein muß . . .«

»Oh, nein, das ist es nicht. Er ist blind, müssen Sie wissen. Ich will nicht, daß er reist, wenn es nicht unbedingt nötig ist.«

»Das wußte ich nicht. Verzeihen Sie, Miss Kulek, ich wollte nicht so unhöflich sein. Wie lange . . .?«

»Sechs Jahre. Chronischer grüner Star. Die Sehnerven waren schon stark angegriffen, als die Krankheit diagnostiziert wurde. Er hat zu lange gewartet, bevor er sich an einen Spezialisten wandte – er führte sein schlechtes Sehvermögen auf Alter und Überarbeitung zurück. Als die tatsächliche Ursache festgestellt wurde, waren die Sehnerven fast zerstört.« Sie nippte an ihrem Orangensaft und blickte ihn dann herausfordernd an. »Er geht hier und in Amerika noch immer auf Vortragsreisen, und als Leiter des Institutes mit seiner wachsenden Mitgliederzahl ist er noch beschäftigter als früher.«

»Aber wenn er weiß, daß ich mit solchen Organisation nichts zu tun haben will, wie kommt er dann darauf, zu glauben, daß ich helfen würde?«

»Weil Ihre Denkweise sich von der seinen nicht sehr unterscheidet. Er war früher ein wichtiges Mitglied der ›Gesellschaft für Psychische Forschung‹ bis er meinte, daß deren Vorstellungen nicht mehr mit seinen übereinstimmten. Er trat aus, Mr. Bishop, um seine eigene Organisation zu gründen, das ›Institut für parapsychologische Forschungen‹. Er wollte Phänomene wie Telepathie und Hellsehen erforschen, um herauszufinden, ob das Gehirn Wissen auf andere Weise als durch normale Wahrnehmungsprozesse aufnehmen kann. Das hat nichts mit Geistern und Kobolden zu tun.«

»Gut, welche Informationen will er von mir haben?«

»Er möchte, daß Sie ihm genau erzählen, was Sie in Beechwood gefunden haben.«

Bishop erblaßte, griff rasch nach seinem Bier. Das Mädchen beobachtete ihn, als er das Glas leerte.

»Das war vor fast einem Jahr«, sagte er, während er das Glas vorsichtig auf den Tisch zurückstellte. »Ich dachte, es sei inzwischen längst vergessen.«

»Die Erinnerung daran ist wieder geweckt worden, Mr. Bishop. Haben Sie die Zeitungen von heute gelesen?«

»Nein, ich bin fast den ganzen Tag unterwegs gewesen, dazu hatte ich keine Zeit.«

Sie griff nach ihrer Umhängetasche, die an einem Tischbein lehnte, und zog eine Zeitung heraus. Sie schlug sie auf und deutete auf den Aufmacher. Er überflog die fette Überschrift rasch: DREIFACHE TRAGÖDIE IN DER HORRORSTRASSE.

Forschend schaute er das Mädchen an.

»Willow Road, Mr. Bishop. Wo das Beechwood-Haus liegt.«

Sein Blick richtete sich wieder auf die aufgeschlagene Zeitung, aber sie erzählte ihm die Einzelheiten der Geschichte selbst.

»Auf zwei Brüder wurde letzte Nacht, während sie schliefen, mit einer Schrotflinte geschossen. Einer starb sofort, der andere liegt jetzt in kritischem Zustand im Krankenhaus. Ihr Vater liegt ebenfalls dort. Sein halbes Gesicht wurde von einem Schuß weggerissen, als er den Mörder angriff. Man glaubt nicht, daß er überlebt. Der Wahnsinnige, der das tat, ist in Polizeigewahrsam, aber bislang ist nichts über ihn veröffentlicht worden. Weiter: Ein Feuer, das in der Küche eines nahegelegenen Hauses ausbrach, brannte sich durch den Boden des darüberliegenden Schlafzimmers. Die beiden schlafenden Personen, vermutlich Ehemann und Frau, stürzten nach unten, als der Boden einbrach und verbrannten. Feuerwehrleute fanden ein kleines Mädchen, das draußen im Garten auf die Flammen schaute und vom Schock wie gelähmt war. Die Ursache des Feuers ist noch unbekannt.

In einem anderen Haus am Ende der Willow Road erstach eine Frau ihren Lebensgefährten. Dann schnitt sie sich die Kehle durch. Ihr Milchmann sah die beiden Leichen offensichtlich durch die gläserne Eingangstür auf der Treppe liegen. In dem Bericht heißt es, daß die Frau ein Nachthemd trug und der Mann voll bekleidet war, als sei er gerade nach Hause gekommen, als sie ihn angriff.«

Sie schwieg, als wolle sie so die Ereignisse besser wirken lassen. »All dies in einer Nacht, Mr. Bishop, und alles in der Willow Road.«

»Aber das kann mit dem anderen nichts zu tun haben. Gott, das war vor einem Jahr!«

»Vor neun Monaten, um genau zu sein.«

»Wie soll es da einen Zusammenhang geben?«

»Mein Vater glaubt, daß es einen gibt. Darum möchte er, daß Sie ihm alles über den Tag in Beechwood erzählen.«

Der Name allein ließ bei ihm Unbehagen aufkommen. Die Erinnerung daran war noch zu frisch, und der schreckliche Anblick, dessen Zeuge er in dem alten Haus gewesen war, tauchte vor seinem geistigen Auge plötzlich wie eine Diaprojektion auf. »Ich habe der Polizei alles erzählt – warum ich da war, wer mich engagiert hat. Alles, was ich sah. Ich kann Ihrem Vater nichts Neues sagen.«

»Er glaubt, es gäbe etwas. Es muß etwas geben, eine Erklärung. Es muß einen Grund dafür geben, daß siebenunddreißig Menschen in einem Haus Massenselbstmord begehen. Und warum in diesem Haus, Mr. Bishop?«

Er konnte nur auf sein leeres Glas blicken und hatte plötzlich das Bedürfnis nach etwas viel stärkerem als Bier.

3

Jacob Kulek war groß, wenn auch gebeugt, und sein Kopf war wie ständig forschend vorgereckt. Der schlechtsitzende Anzug hing in Falten um seine dünne Gestalt, sein Hemdkragen und die Krawatte saßen tief an seinem Halsansatz. Er erhob sich, als seine Tochter Bishop in den kleinen Raum führte, den er als privates Arbeitszimmer im Forschungsinstitut benutzte. Das Gebäude selbst blieb im Ärzte- und Finanzghetto der Wimpole Street fast anonym.

»Danke, daß Sie gekommen sind, Mr. Bishop«, sagt er, eine Hand ausstreckend.

Bishop war über die Festigkeit des Griffes überrascht. Eine gedämpfte Stimme — er erkannte, daß es die Jessica Kuleks war — drang aus einem taschengroßen Diktiergerät, das auf einem niedrigen Tisch neben Kuleks Lehnstuhl lag. Der große Mann schaltete das Gerät ab, wobei seine Finger die Stopptaste ohne Suchen fanden.

»Jessica verbringt jeden Abend eine Stunde damit, für mich aufzuzeichnen«, erklärte er, wobei er Bishop in die Augen sah, als schaue er ihn prüfend an. Es fiel schwer zu glauben, daß er nicht sehen konnte. »Neue Forschungsinformationen, Geschäftskorrespondenz — allgemeine Dinge, die tagsüber meiner Aufmerksamkeit entgehen. Jessica teilt ihr Sehvermögen selbstlos mit mir.« Er lächelte in Richtung seiner Tochter, wußte instinktiv, wo sie stand.

»Bitte, setzen Sie sich, Mr. Bishop«, sagte Jessica und deutete auf einen anderen Lehnstuhl, der dem ihres Vaters gegenüberstand. »Möchten Sie Kaffee — Tee?«

Er schüttelte den Kopf. »Nein, danke.« Als Bishop saß, blickte er sich in dem Raum um; fast jeder Zentimeter Wand war von Büchern bedeckt. Es schien paradox, daß ein Mann mit dem Verstand von Kulek sich mit dem umgab, was bedingt durch seine Behinderung die größte Quelle der Frustration für ihn sein mußte.

Als ob er seine Gedanken lesen könne, wies Kulek auf die buchbedeckten Wände. »Ich kenne jedes Werk in diesem

Zimmer, Mr. Bishop. Selbst den Platz auf den Regalen. Masonik, Hermetik, Kabbalistik und Symbolphilosophie der Rosenkreuzer — mittleres Regal an der rechten Wand, drittes Bord oben, siebtes oder achtes Buch. Der ›Goldene Ast‹ — letztes Regal an der Tür, oberstes Bord, irgendwo in der Mitte. Jedes Buch hier ist wichtig für mich, jedes habe ich vor meiner Blindheit viele Male aus diesen Regalen genommen. Es scheint, daß der Verstand sich ohne Sehvermögen freier bewegen kann und daß das Gedächtnis besser wird. Das ist Ausgleich für vieles.«

»Ihre Blindheit scheint Ihre Arbeit nicht beeinträchtigt zu haben«, entgegnete Bishop.

Kulek lachte kurz. »Ich fürchte, sie ist schon ein Hindernis. Es gibt so viele neue Konzepte, so viele aufgegebene alte Theorien — Jessica und unser kleines Gerät müssen mich über die Veränderungen des Denkens auf dem laufenden halten. Meine Beine sind auch nicht mehr so stark wie früher. Mein Stock dient sowohl als Führung wie als Stütze.« Er täschelte den kräftigen Spazierstock, der an dem Sessel lehnte, als sei er ein Schoßtier. »Auf Drängen meiner Tochter habe ich meine Vorlesungsreisen widerwillig reduziert. Sie hat mich gern unter Beobachtung.« Er lächelte seine Tochter mißbilligend an, und Bishop spürte die Nähe zwischen ihnen. Das Mädchen hatte sich auf den hochlehnigen Stuhl neben einem der beiden Fenster gesetzt, als sei sie nur Beobachterin der Unterhaltung, die stattfinden würde.

»Wenn ich es zuließe, würde mein Vater täglich zweiundzwanzig Stunden arbeiten«, sagte sie. »Die restlichen beiden Stunden würde er damit verbringen, über die Arbeit des nächsten Tages nachzudenken.«

Kulek kicherte. »Wahrscheinlich hat sie recht. Jetzt aber, Mr. Bishop, zur Sache.« Seine Stirn krauste sich in tiefe Sorgenfalten und seine Schultern schienen noch gebeugter, als er sich vorlehnte. Wieder mußte Bishop sich an Kuleks Blindheit erinnern, als sein Blick in ihn zu dringen schien.

»Ich glaube, daß Ihnen Jessica die Meldungen über die Ereignisse in der Willow Road letzte Nacht gezeigt hat.«

Bishop nickte und artikulierte dann seine Zustimmung.

»Und haben Sie heute die Morgenzeitungen gelesen?«

»Ja. Der Mann, der auf die Jungen und ihren Vater geschossen hat, weigert sich offensichtlich, zu sprechen. Das kleine Mädchen, dessen Eltern — nein, es hat sich herausgestellt, daß es die Mutter und deren Freund waren — im Feuer starben, steht noch immer unter Schock. Die Frau, die ihren Liebhaber erdolchte, beging Selbstmord, so daß nur vermutet werden kann, daß das Motiv Eifersucht oder ein Streit war.«

»Ah, ja, Motiv«, sagte Kulek. »Es scheint also, als habe die Polizei noch kein Motiv für einen der Fälle. Und ein Motiv, das alles erklärt, kann es auch nicht geben. Vergessen Sie nicht — die Mutter und ihr Freund wurden durch Feuer getötet. Das Mädchen kam zum Glück lebendig heraus. Von Brandstiftung ist keine Rede.« Kulek schwieg ein paar Augenblicke und fuhr dann fort: »Halten Sie es nicht für sehr eigenartig, daß sich diese drei bizarren Ereignisse in derselben Nacht in derselben Straße ereigneten?«

»Natürlich ist es das. Es wäre schon eigenartig, wenn zwei Morde im Laufe mehrerer Jahre in der gleichen Straße geschehen, ganz abgesehen von derselben Nacht. Aber wie sollte es da eine Verbindung geben?«

»Ich stimme zu, daß es rein oberflächlich keine andere gibt als Zeit und Ort. Aber da ist natürlich die Tatsache, daß der Massenselbstmord in derselben Gegend erst vor einigen Monaten stattfand. Warum hatte man Sie gebeten, Beechwood zu untersuchen?«

Die Plötzlichkeit der Frage verwirrte Bishop. »Mr. Kulek, meinen Sie nicht, daß Sie mir sagen sollten, warum Sie an den Ereignissen in der Willow Road so interessiert sind?«

Kulek lächelte entwaffnend. »Sie haben völlig recht. Ich habe kein Recht zu fragen, ohne Ihnen eine Erklärung zu geben. Lassen Sie mich einfach sagen, daß ich Grund habe zu glauben, daß die Vorfälle in der Willow Road und die Selbstmorde miteinander in Verbindung stehen. Haben Sie je den Namen Boris Pryszlak gehört?«

»Pryszlak? Ja, er war einer der Männer, die sich in Beechwood umgebracht haben. War er nicht Wissenschaftler?«

»Wissenschaftler, Industrieller — er war eine ungewöhnliche

Kombination von beidem. In seinem Leben hatte er zwei Hauptinteressen: Geld zu machen und Energie zu erforschen. Ein aktiver Mann in beiderlei Hinsicht. Er war ein Neuerer, Mr. Bishop, und ein Mann, der seine wissenschaftlichen Errungenschaften in harte Münze umwandeln konnte. In der Tat ein origineller Typ.«

Kulek hielt inne und auf seinen Lippen lag ein eigenartiges, hartes Lächeln, als ob das geistige Bild des Mannes, von dem er sprach, und die Erinnerung daran unerfreulich seien. »Wir begegneten uns 1946 in England, kurz bevor das kommunistische Regime in unserer Heimat Polen etabliert wurde. Wir waren Flüchtlinge, uns war klar, was aus unserem zerstörten Land werden würde. Doch schon damals hätte ich nicht sagen können, daß er jene Art Mann war, die ich zum Freund gewählt hätte, aber« — er hob die Schultern — »wir waren Landsleute und heimatlos. Die Situation formte unsere Beziehung.«

Es fiel Bishop schwer, Kuleks Blick standzuhalten, da die blicklosen Augen sich nicht bewegten. Er fühlte sich dadurch etwas entnervt und schaute zu dem Mädchen hinüber; sie lächelte ermutigend, da sie sein Unbehagen verstand.

»Einer der anderen Faktoren, die uns zusammenbrachten, war unser gemeinsames Interessen am Okkulten.«

Bishops Augen glitten rasch zu Kulek zurück. »Pryszlak, ein Wissenschaftler, glaubte an das Okkulte?«

»Wie ich sagte, Mr. Bishop, er war ein höchst ungewöhnlicher Mann. Wir waren ein paar Jahre lang Freunde — nein, Bekannte wäre wohl das bessere Wort —, dann gingen wir getrennte Wege, weil unsere Ansichten über viele Dinge doch sehr differierten. Ich ließ mich für eine Weile in diesem Land nieder, heiratete Jessicas verstorbene Mutter und ging schließlich in die Vereinigten Staaten, wo ich der ›Philosophischen Forschungsgesellschaft‹ unter Leitung von Manly Palmer Hall beitrat. Ich hörte während dieser Jahre nichts über oder von Pryszlak. Wirklich nichts, bis ich vor zehn Jahren nach England zurückkehrte. Er kam mit einem Mann namens Kirkhope zu mir und lud mich ein, ihrer sehr geheimen Organisation beizutreten. Ich fürchte, daß ich weder mit der Richtung übereinstimmte, in die ihre Forschungen sie brachte, noch daß ich überhaupt eine Neigung dazu hatte.«

»Sie sagten, der Name des anderen Mannes sei Kirkhope. War das vielleicht Dominic Kirkhope?«

Kulek nickte. »Ja, Mr. Bishop. Der Mann, der Beechwood für seine okkulten Aktivitäten benutzte.«

»Sie wissen, daß Kirkhope indirekt einer der Gründe war, warum ich zu dem Haus ging?«

»Ich vermutete es. Hat seine Familie Sie beauftragt?«

»Nein, das erfolgte ausschließlich durch die Hausverwalter. Offensichtlich war Beechwood seit Jahren im Besitz der Familie Kirkhope, wurde aber nie von ihr benutzt. Das Gebäude war immer vermietet, wie ihre anderen Liegenschaften. In den dreißiger Jahren scheinen dort seltsame Praktiken ausgeübt worden zu sein — die Verwalter waren nicht befugt zu erläutern, um welche Praktiken es sich handelte — und Dominic Kirkhope wurde darin verstrickt. Es wurde so schlimm, daß die Kirkhopes — Dominics Eltern — die Mieter gewaltsam entfernen ließen. Neue Familien zogen ein, blieben aber nie lange — sie klagten darüber, daß an dem Haus »etwas nicht stimme«. Natürlich kam das Haus im Laufe der Jahre in den Ruf, verhext zu sein, und schließlich blieb es einfach leer. Wegen Dominic Kirkhopes Verbindung zu Beechwood wurde es zu einer Art Schreckgespenst für die Familie, ein Schandfleck auf ihrem guten Namen. Es blieb lange Zeit vernachlässigt, bis man vor einem Jahr beschloß, sich ein für allemal des Hauses zu entledigen. Es wurde also modernisiert und renoviert, blieb aber dennoch unverkäuflich, da es weiterhin Berichte über seltsame Vorkommnisse gab. Ich glaube, daß pure Verzweiflung sie veranlaßte, einen Psychoforscher zu beauftragen, dem Problem auf den Grund zu gehen. So kam ich dazu.«

Kulek und seine Tochter schwiegen, sie warteten darauf, daß Bishop fortfuhr. Plötzlich bemerkten sie seinen Widerwillen.

»Es tut mir leid«, sagte Kulek. »Ich weiß, daß die Erinnerung daran für Sie unerfreulich ist . . .«

»Unerfreulich? Mein Gott, wenn Sie gesehen hätten, was die sich gegenseitig in diesem Hause angetan haben. Die Verstümmelungen . . .«

»Vielleicht hätten wir Mr. Bishop nicht bitten sollen, von diesem schrecklichen Erlebnis zu berichten, Vater«, sagte Jessica ruhig von ihrem Platz am Fenster aus.

»Wir müssen es. Es ist wichtig.«

Bishop war über die Schärfe in der Stimme des alten Mannes überrascht.

»Es tut mir leid, Mr. Bishop, aber es ist lebenswichtig, daß ich genau weiß, was Sie gefunden haben.«

»Tote Körper, das ist alles, was ich fand! Zerrissen, zerschnitten, zerstückelt. Sie haben einander Dinge angetan, die Übelkeit erregten!«

»Ja, ja, aber was war sonst dort? Was haben Sie gefühlt?«

»Ich habe mich verdammt schlecht gefühlt. Was glauben Sie wohl sonst?«

»Nein, nein, nicht innerlich. Ich meine, was haben Sie im Haus gefühlt? War dort noch etwas — Anderes, Mr. Bishop?«

Bishops Mund öffnete sich, als ob er noch etwas sagen wollte, doch dann schloß er ihn und fiel in den Sessel zurück.

Jessica stand auf und ging zu ihm; der alte Mann beugte sich noch weiter in seinem Sitz vor. Verwirrung stand auf seinem Gesicht geschrieben, da er nicht wußte, was geschehen war.

»Ist Ihnen gut?« Jessica sah besorgt aus, als sie Bishops Schulter berührte.

Er sah sie an, sein Gesicht für wenige Augenblicke ausdruckslos, dann kam wieder Leben in ihn. »Entschuldigung. Ich versuchte, mich an diesen Tag zu erinnern, aber mein Verstand scheint sich zu verschließen. Ich erinnere mich nicht an alles — was geschah, wie ich herauskam.«

»Sie wurden auf der Straße vor dem Haus gefunden«, sagte Kulek ruhig. »Sie lagen halb zusammengebrochen an Ihrem Wagen. Anwohner benachrichtigten die Polizei, und als sie eintraf, konnten Sie nicht sprechen, nur das Beechwood-Gebäude anstarren. Zuerst glaubte man, Sie seien irgendwie in die Vorfälle verwickelt. Dann wurde Ihre Geschichte bei dem Verwalter überprüft. Haben Sie überhaupt keine Erinnerung an das, was im Haus geschah?«

»Ich kam raus, mehr weiß ich nicht.« Bishop preßte seine Finger gegen seine Augen, als wolle er die Erinnerung aus ihnen quetschen. »Ich habe versucht, mich in den letzten Monaten zu erinnern — aber nichts geschieht; ich sehe diese grotesken Leichen, mehr nicht. Ich erinnere mich nicht einmal daran, das Haus verlassen zu haben.« Er atmete schwer aus und sein Gesicht wurde gefaßter. Kulek schien enttäuscht.

»Können Sie mir sagen, warum das für Sie so interessant ist?« fragte Bishop schließlich. »Abgesehen davon, daß Pryszlak darin verwickelt ist, verstehe ich nicht, was Sie damit zu tun haben könnten.«

»Ich bin nicht sicher, ob ich das sagen kann.« Kulek erhob sich aus seinem Sessel und überraschte Bishop dadurch, daß er zum Fenster ging und hinausschaute, als ob er auf die Straße sehen könne. Er neigte seinen Kopf dem Forscher zu und lächelte. »Verzeihen Sie, mein Verhalten als Blinder muß Ihnen krankhaft erscheinen. Es ist das Lichtrechteck des Fensters, wissen Sie. Nur das können meine Augen sehen. Ich fürchte, es zieht mich an wie eine Motte das Licht.«

»Vater, wir schulden ihm eine Erklärung«, meinte das Mädchen.

»Ja, das tun wir. Aber was kann ich unserem Freund denn wirklich sagen? Wird er meine Ängste verstehen? Wird er sie verstehen oder darüber spotten?«

»Darauf würde ich es ankommen lassen«, sagte Bishop entschlossen.

»Also gut.« Kuleks dünne Gestalt drehte sich zu Bishop um. »Ich habe früher erwähnt, daß Pryszlak wünschte, ich solle mich seiner Organisation anschließen, daß ich aber mit der Richtung nicht einverstanden war, in die seine Forschung führte. Ich versuchte sogar, ihn und diesen Kirkhope von ihren dubiosen Zielen abzubringen. Sie kannten meine Ansichten über die psychische Verbindung zwischen dem Menschen und dem kollektiven Unterbewußtsein; sie glaubten, ich würde mich ihrer speziellen Sache anschließen.«

»Aber wonach suchten sie? Was glaubten sie?«

»An das Böse, Mr. Bishop. Sie glaubten an das Böse als eine Macht an sich, eine Macht, die allein aus dem Menschen kommt.«

4

Die beiden Polizisten begannen sich zu wundern, warum sie sich so angespannt fühlten. Ihre Nachtschicht hätte eigentlich einfach für sie sein sollen; langweilig, aber einfach. Die Hauptaufgabe in dieser Nacht bestand darin, ein Auge auf die Straße zu haben, alles Verdächtige zu melden und ihre Anwesenheit die Anwohner durch gelegentliches Patrouillieren mit dem Polizeiwagen längs der Straße wissen zu lassen. Zwei Stunden bisher, zwei Stunden Langeweile. Doch ihre Nervosität war rasch gewachsen.

»Das ist verdammt lächerlich«, sagte schließlich der etwas kräftigere der beiden Männer.

Sein Kamerad schaute zum ihm hinüber. »Was?« fragte er.

»Die ganze Nacht hier zu sitzen, damit die verdammten Nachbarn sich glücklich fühlen.«

»Die sind'n bißchen beunruhigt, Les.«

»Beunruhigt? Mord, Gemetzel, n' verdammtes Haus brennt ab — alles in einer Nacht? Dauert hundert Jahre, bis in dieser verdammten Straße mal wieder was passiert. Die haben alles in einer Nacht erlebt.«

»Aber daraus kann man ihnen ja keinen Vorwurf machen.«

Les schaute angewidert aus seinem Seitenfenster. »Verdammt richtig.«

»In 'ner Minute fahren wir mal wieder die Straße entlang. Rauchen wir zuerst eine.«

Sie steckten ihre Zigaretten an, die Hände um die Streichholzflamme gekrümmt, um das plötzliche Aufflammen zu verdekken. Les kurbelte sein Fenster ein wenig herunter, um das Streichholz hinauszuwerfen, und ließ einen Spalt offen, damit der Rauch abziehen konnte. »Ich weiß nich', Bob. Worauf führst du's zurück?« Er zog tief an seiner Zigarette.

»Eben eines von diesen Dingen ... Normale Straße, normale Menschen — jedenfalls oberflächlich. Geschieht einfach manchmal. Etwas bricht.«

»Ja, letztes Jahr ist verdammt was gebrochen. Siebenunddreißig Leute legen sich selbst um? Nee, mit dieser Straße stimmt was nich', Freund.«

Bob grinste ihn im Dunkeln an. »Was gibt's? So 'ne Art übernatürlicher Ahnung? Schieß los, Les.«

»Du kannst ruhig lachen«, sagte Les aufgebracht. »Ist doch klar, daß hier was nicht in Ordnung ist. Ich mein', hast du den Spinner gesehen, der die beiden Kinder und ihren alten Herrn umgepustet hat? Der tickt nich' richtig. Hab' ihn in der Zelle beobachtet. Sitzt da wie'n verdammter Zombie. Tut von allein überhaupt nichts. Ist 'n alter Sittenstrolch.«

»Ja?«

»Ja, hat 'ne Akte. Ist 'n paarmal erwischt worden.«

»Wie ist er dann an 'ne Kanone gekommen? Der kann doch keine Lizenz gehabt haben. Woher hatte er die Knarre?«

»War nicht seine. War die des alten Herrn, vom Vater der Kinder. Das ist ja das Komische. Dieser Spinner, Burton, brach in das Haus ein und fand die Kanone. Schätze, er wußte, daß die da war. Er fand auch die Patronen. Lud sogar nach, um den Alten fertigzumachen, nachdem er die Jungs erwischt hatte. Dann versuchte er, sich selbst umzulegen. Aber die Läufe von 'ner Schrotflinte sind verdammt lang. Konnte nicht mal sein Haar damit teilen. Verdammt komisch. Versuchte, die Mündung über seine Nase zu schieben und kriegt's nich' mal an seine Stirn.«

»Ja, verdammt lustig.« Manchmal fragte sich Bob, ob sein Partner als Verbrecher glücklicher gewesen wäre.

Ein paar Augenblicke herrschte Schweigen zwischen ihnen, und wieder begann dieses Gefühl von Unbehagen zu wachsen.

»Komm«, sagte Bob abrupt und griff nach dem Zündschlüssel »fahren wir.«

»Augenblick mal.« Les hatte eine Hand gehoben und starrte angestrengt durch die Windschutzscheibe.

»Was ist?« Bob versuchte zu sehen, worauf sein Kamerad schaute.

»Da drüben.« Der größere Polizist deutete dorthin und Bob runzelte verärgert die Stirn.

»Wo, Les? Du zeigst ja auf die ganze Straße.«

»Nein, ist nichts. Ich dachte, ich hätt' was auf dem Pflaster sich bewegen sehen, ist aber nur das Flackern der Straßenlampen.«

»Muß so sein, ich kann niemand sehen. Um die Zeit sollten sowieso alle im Bett liegen. Komm, wir sehen uns das mal aus der Nähe an, um sicher zu sein.«

Der Polizeiwagen rollte langsam vom Bordstein und leise die Straße hinunter. Bob schaltete die Scheinwerfer ein. »Können auch jedem, der's wissen will, zeigen, daß wir da sind«, sagte er. »Dann schlafen sie ruhiger.«

Sie waren die Straße dreimal entlanggefahren, als Les wieder auf etwas zeigte. »Da drüben, Bob. Da bewegt sich was.«

Bob stoppte den Wagen. »Aber das ist das Haus, in dem's gestern brannte«, sagte er.

»Ja, also warum sollte jetzt jemand da drin sein? Ich schau mal nach.«

Der stämmige Polizist stieg aus dem Wagen, während sein Kamerad eine kurze Meldung an ihre Wache durchgab. Er griff nach innen und nahm die Taschenlampe aus dem Handschuhfach.

»Verdammt dunkel da«, murmelte er.

Das Tor stand offen, aber Les gab ihm einen kräftigen Tritt, als er vorbeiging. Das konnte als Warnung dienen, falls jemand in den Schatten auf ihn lauerte, und gab dem Betreffenden eine Chance, wegzulaufen — Konfrontationen mit Verbrechern gehörten nicht zu den größeren Freuden seines Lebens. Er blieb einen Augenblick stehen, so daß Bob ihm nachkommen konnte, und richtete die starke Taschenlampe auf das Haus. Obwohl der Schaden an der Vorderseite nicht zu schlimm war, einmal abgesehen von den leeren, hohläugigen Fenstern, wirkte das Gebäude zerstört und ärmlich. Es war kein Heim mehr. Er wußte, daß der größte Schaden sich auf der Rückseite befand, da das Feuer in der Küche ausgebrochen war, und schwenkte das Licht auf das Nachbarhaus. Die hatten verdammtes Glück gehabt, dachte er. Das hätte auch in Flammen aufgehen können.

»Siehst du was, Les?« Er blickte ärgerlich Bob an, der sich lautlos herangeschlichen hatte.

»Schleich nicht so herum, verdammt!« flüsterte er. »Du hast mich unheimlich erschreckt.«

Bob grinste. »Entschuldigung«, sagte er vergnügt.

»Ich dachte, ich hätte jemand durchs Fenster klettern sehen, als wir im Wagen saßen. Kann auch ein Schatten von den Scheinwerfern gewesen sein.«

»Schauen wir uns mal um, wo wir schon mal hier sind. Stinkt noch immer ziemlich, was? Ist da nebenan noch jemand?« Bob bewegte sich auf das Haus zu und Les beeilte sich, mit ihm Schritt zu halten.

»Ja, glaub' schon. Dem Haus ist nichts passiert.«

Bob verließ den Gehsteig und durchquerte den winzigen Vorgarten, um zu den glaslosen Fenstern des Erdgeschosses zu gelangen.

»Komm mit der Lampe her, Les. Leuchte mal rein.«

Les tat das, und sie spähten in den eingestürzten Raum hinter dem Fensterrahmen. »'n Trümmerhaufen«, stellte Les fest.

Bob sagte dazu nichts. »Komm, sehen wir mal drinnen nach.«

Sie gingen zur offenen Eingangstür zurück, und der größere Polizist leuchtete über den Korridor.

»Nach dir, Les.«

»Ist vielleicht nicht sicher. Die Bodendielen könnten durchgebrannt sein.«

»Nein, der Teppich ist nur versengt. Die Feuerwehrmänner waren in diesem Teil des Hauses, bevor mehr Schaden angerichtet werden konnte. Komm, geh rein.«

Les betrat das Haus und ging mit langsamen, prüfenden Schritten voran, als erwarte er, jeden Augenblick durch die Bodenbretter zu brechen. Er war auf halber Seite des Korridors, als etwas Seltsames geschah.

Der breite, vage Lichtkreis am Ende des Strahls der Taschenlampe begann dunkler zu werden, als ob er auf eine Rauchdecke gestoßen wäre. Nur, daß es da keine Wirbel gab, kein Rauch Licht reflektierte. Es war, als sei der Strahl auf etwas Solides gestoßen, etwas, das seine Helligkeit verschluckte. Etwas Dunkles.

Bob blinzelte rasch. Das mußte seine Einbildung sein. Eine Bewegung kam auf sie zu, aber da war keine Form, keine Substanz. Die Rückwand schien sich auf sie zuzuschieben. Nein, es mußten die Taschenlampenbatterien sein; sie waren verbraucht, das Licht wurde düster. Doch noch immer war ein heller, langer Strahl da, der nur am Ende verschwand.

Les wich zurück und zwang Bob, ebenfalls rückwärts zu gehen. Fast wie eine Person zogen sie sich über den schmalen Korridor zur Vordertür zurück, und der Lampenstrahl wurde beim Gehen kürzer, bis er schließlich nur noch drei Meter weit reichte. Unerklärlicherweise fürchteten sie sich, ihre Rücken der nahenden Dunkelheit zuzuwenden, sie fürchteten, daß sie dann verwundbar und ungeschützt wären.

Sie hatten den Türeingang erreicht, als der Strahl wieder kräftiger wurde und das Düster zu verdrängen begann. Sie fühlten sich, als ob ein Druck von ihnen genommen, eine Furcht abrupt verschwunden sei.

»Was war das?« fragte Bob, dessen Stimme ebenso zitterte wie seine Beine.

»Ich weiß nicht.« Les lehnte sich an den Türrahmen, die Taschenlampe mit beiden Händen haltend, um den zitternden Strahl zu bändigen. »Ich hab' nichts erkennen können. Es war, als ob eine große schwarze Wand auf uns zugekommen wär'. Ich sag' dir was — ich geh' da nicht wieder rein. Wir lassen jemand als Rückendeckung kommen.«

»Ach, ja? Und was sollen wir sagen? Daß wir von einem Schatten verjagt wurden?«

Der plötzliche Schrei ließ beide Männer zusammenzucken. Les ließ die Lampe fallen, und als sie auf die Türschwelle schepperte, erstarb der Strahl augenblicklich.

»Oh, mein Gott, was war denn das?« keuchte der große Polizist, dessen Beine noch wackliger wurden.

Der Schrei kam wieder, und dieses Mal erkannten beide Männer, daß er nicht menschlich war.

»Es kommt von nebenan«, sagte Bob mit spröder Stimme.

»Komm!« Er rannte durch den kleinen Garten und sprang über den niedrigen Zaun, der die beiden Grundstücke teilte. Les lief hinter ihm her. Bob hämmerte schon gegen die Tür, als der größere Polizist ihn erreichte. Von drinnen konnten sie ein schreckliches, qualvolles Heulen hören, dann wieder einen grellen Schrei, der sie erschauern ließ.

»Tritt sie ein, Bob! Tritt die Tür ein.« Les trat bereits einen Schritt zurück, hob seinen Fuß hoch und schmetterte ihn gegen das Türschloß. Die kleine Milchglasscheibe über dem Briefkasten wurde hell und beide Männer wichen überrascht zurück. Ein schwaches Summgeräusch drang in ihre Ohren.

Bob schob sein Gesicht an den Briefkasten und stieß die Klappe auf. Sein Körper wurde steif, und Les konnte in dem Licht, das durch die Briefkastenklappe fiel, sehen, daß sich seine Augen vor Entsetzen weiteten.

»Was ist, Bob? Was geht da drin vor?« Er mußte seinen Partner beiseite stoßen, als er keine Antwort bekam. Er bückte sich und starrte durch die rechteckige Öffnung. Sein Daumen ließ die Klappe los, als ob sein eigener Körper gegen den Anblick rebellierte und sich weigerte, seine Augen mehr sehen zu lassen. Doch der Anblick war bereits in sein Hirn eingebrannt. Der heulende Hund schleppte sich über den Korridor auf ihn zu, seine Hinterbeine zuckten, wie rasend in der Blutspur, die er hinter sich herzog. Sein Vorankommen war langsam, nicht mehr als ein panikerfülltes Schlurfen, denn er hatte keine Vorderbeine mehr, sondern nur noch Stumpen, aus denen Blut troff. Hinter ihm stand ein Mann, der auf ihn hinabstarrte und lächelte und der in seinen Händen irgendeine Maschine hielt. Eine Maschine, die schwirrte, deren Klingen sich schneller bewegten, als das Auge wahrnehmen konnte. Er ging auf die Eingangstür zu, als der Daumen des Polizisten die Briefkastenklappe fallengelassen hatte.

5

Er war unter dem Ozean, schwamm nach unten, tiefer und tiefer, fort von dem silbernen Licht an der ruhigen Oberfläche der See, in die Tiefen, wo es dunkel war, wo die Schwärze auf ihn wartete, ihn willkommen hieß. Seine Lungen barsten. Die letzte Luftblase war vor einer Ewigkeit aus ihnen geflohen, und doch war sein Körper von eigenartiger Ekstase durchglüht, und der Schmerz hatte keine Bedeutung für ihn, als er auf die Vergeistigung zustrebte, die in dem dunklen, höhlenartigen Schoß auf ihn wartete. Er trat hinein, und sie schloß sich rasch um ihn, klammerte sich an seine Gliedmaßen, umhüllte ihn ganz und erstickte ihn, als er den Betrug erkannte.

Er schnappte nach Luft und die Dunkelheit füllte ihn aus. Er trieb weiter nach unten, seine Arme und Beine schlugen nicht mehr, sein Körper drehte sich in einem engen Kreis, schneller, schneller. Tiefer. Dann hob sich das schwache Glühen, die kleine Form wurde größer, um ihm entgegenzukommen, und die schwarzen Wasser wichen vor ihm zurück. Er erkannte ihr Gesicht und versuchte, ihren Namen zu rufen, aber der Ozean erstickte seinen Schrei. Sie lächelte, die Augen funkelten in ihrem kleinen Kindergesicht, und sie griff nach ihm, streckte eine feste kleine Hand aus, die aus dem Düster auftauchte. Sie lächelte noch immer, als das andere Gesicht neben ihr auftauchte, das Gesicht ihrer Mutter; die Augen darin waren wild und wütend, und die Boshaftigkeit darin galt ihm. Die beiden begannen zurückzuweichen, düsterer zu werden, und er rief ihnen zu, ihn nicht zu verlassen, ihm zu helfen, aus dieser schrecklichen, zermalmenden Dunkelheit zu entkommen. Doch sie wurden kleiner, das Mädchen noch immer lächelnd, und das Gesicht der Frau leer, ihre Augen leblos; sie verschwanden, zwei winzige flackernde Flammen erloschen und nur die absolute Schwärze blieb. Er schrie, und das Gurgeln des Wassers wurde zu einem klingenden Geräusch, das sich seinen Weg in den Alptraum zwang, ihn herauszog und seine ramponierten Sinne wieder an die Oberfläche, in die Wirklichkeit schleuderte.

Bishop lag da und starrte an die weiße Decke, sein Körper schweißnaß. Das Telefon unten in der Halle ließ ihm keine Zeit, über den Traum nachzudenken. Sein schriller Schrei war beharrlich, verlangte zum Schweigen gebracht zu werden. Er warf die Bettdecke beiseite und hob den Morgenmantel auf, der neben dem Bett auf dem Boden lag. Ihn überstreifend, stapfte er die Stufen zur Halle hinunter, und in seinem Hirn drehte sich noch immer der Alptraum. Er hatte gelernt, die Erinnerung zu beherrschen, doch immer wieder drang sie gnadenlos in ihn ein und zerschmetterte die schützende Mauer, die er um seine Gefühle errichtet hatte.

»Bishop«, sagte er in den Hörer, seine Stimme vor Müdigkeit noch benommen.

»Jessica Kulek hier.«

»Hallo, Jessica. Entschuldigung, daß es so lange . . .«

»Letzte Nacht hat es wieder einen Zwischenfall gegeben«, unterbrach sie.

Seine Finger schlossen sich fest um den Hörer. »Willow Road?«

»Ja. Es steht in den Morgenzeitungen. Haben Sie sie noch nicht gelesen?«

»Was? O nein. Ich bin gerade erst aufgewacht. Ich mußte letzte Nacht von Nottingham zurückfahren.«

»Kann ich zu Ihnen kommen und mit Ihnen sprechen?«

»Hören Sie, ich sagte Ihnen letzte Woche . . .«

»Bitte, Mr. Bishop, wir müssen dem ein Ende bereiten.«

»Ich wüßte nicht, was wir tun könnten.«

»Lassen Sie mich mit Ihnen reden. Nur zehn Minuten.«

»Und Ihr Vater?«

»Er hat heute morgen eine Konferenz. Ich kann gleich rüberkommen.«

Bishop lehnte sich an die Wand und seufzte. »Okay. Aber ich glaube nicht, daß ich meine Meinung ändern werde. Haben Sie meine Adresse?«

»Ja. Ich werde in zwanzig Minuten da sein.«

Er legte den Hörer auf und starrte ihn an, seine Hand ruhte noch immer auf der schwarzen Oberfläche. Dann riß er sich aus seinen brütenden Gedanken, ging zur Eingangstür und zog die Zeitung aus dem Briefkasten. Die Schlagzeile fegte die letzten Fragmente seines Alptraumes davon.

Er war gewaschen, rasiert, angezogen und trank Kaffee, als er ihren Wagen vorfahren hörte.

»Entschuldigung, es hat ein wenig länger gedauert, als ich dachte«, sagte sie, als er die Tür öffnete. »Der Verkehr auf der Brücke war stark.«

»Das ist das Problem, wenn man südlich des Flusses wohnt.«

Er führte sie in den kleinen Salon. »Wollen Sie mit mir frühstücken — Kaffee?« fragte er.

»Schwarz, ein Stück Zucker.« Sie legte ihren rehbraunen Mantel ab und warf ihn über eine Sessellehne. Die eng geschnittene Jeans, der weite Rollkragenpullover, den sie zu ihrem kurzen Haar trug, und die kleinen Brüste ließen sie knabenhaft wirken.

»Nehmen Sie Platz. Ich bin gleich bei Ihnen«, sagte Bishop.

Er ging zurück in die Küche, schenkte ihren Kaffee ein und goß sich nach. Ihre Stimme ließ ihn zusammenzucken, denn sie war ihm gefolgt.

»Leben Sie hier allein?«

Er drehte sich zu ihr um. »Ja«, antwortete er.

»Sie sind nicht verheiratet?« Sie wirkte überrascht.

»Doch, ich bin verheiratet.«

»Es tut mir leid. Ich wollte nicht neugierig sein.«

»Lynn ist . . . fort. Im Krankenhaus.«

Sie schien ehrlich besorgt. »Ich hoffe, sie ist nicht . . .«

»Sie ist in einer Nervenheilanstalt. Schon seit drei Jahren. Sollen wir in den Salon gehen?« Er nahm die beiden Kaffeetassen und wartete darauf, daß sie sich von der Tür entfernte.

Sie machte kehrt und ging voran.

»Das wußte ich nicht, Mr. Bishop«, sagte sie, als sie sich setzte und ihm den Kaffee abnahm.

»Schon gut, woher sollten Sie das auch. Ich heiße übrigens Chris.«

Sie nippte an ihrem Kaffee, und wieder amüsierte sie ihn. In der einen Minute wirkte sie hart, fast brüsk, in der nächsten jung und schüchtern. Eine verwirrende Mischung.

»Hatten Sie Gelegenheit, die Zeitung zu lesen?« fragte sie.

»Ich habe die Überschrift gelesen, die Geschichte überflogen. ›Noch mehr Wahnsinn in der Horror-Straße.‹ Ich bin überrascht, daß der Mieterbund das nicht aufgreift.«

»Bitte, Mr. Bishop . . .«

»Chris.«

»Bitte, die Situation ist ernster, als Sie denken.«

»Okay, ich sollte nicht so leichtfertig sein. Ich stimme zu, daß es kein Scherz ist, wenn ein Mann seiner schlafenden Frau die Kehle mit einer elektrischen Heckenschere durchschneidet und dann seinem Hund die Beine amputiert. Daß das Kabel nicht reichte, als er die beiden Polizisten draußen angriff, ist dennoch gelinde gesagt komisch.«

»Ich bin froh, daß Sie so denken. Sie haben ja gelesen, daß er die Heckenschere bei sich selbst angelegt hat? Er hat die Hauptschlagader an seinem Schenkel durchschnitten und starb durch Blutverlust, bevor man ihn ins Krankenhaus bringen konnte.«

Bishop nickte. »Vielleicht war das von Anfang an seine Absicht — seine Frau und den Hund und dann sich zu töten. Er wollte, daß sie den Tod mit ihm teilten.« Bishop hob eine Hand, um ihren Protest abzuwehren. »Ich scherze jetzt nicht. Es kommt häufig vor, daß ein Selbstmörder sein Liebstes mit sich nimmt.«

»Selbstmord oder nicht, es war eine Wahnsinnstat. Und warum haben die anderen beiden sich umgebracht?«

»Die anderen beiden?«

»Die Frau, die ihren Geliebten umbrachte, und der Mann, der den Jungen und ihren Vater erschoß.«

»Aber er ist nicht gestorben.«

»Doch, letzte Nacht. Mein Vater und ich gingen zu der Polizeistation, wo er in Haft war — wir hofften, mit ihm sprechen zu dürfen. Als wir eintrafen, war er tot. Man hatte ihn allein in seiner Zelle gelassen und er hatte sich seinen Schädel an der Wand eingeschlagen. Er ist dagegen gerannt, Mr. Bishop. Von einem Ende zum anderen sind es nur drei Meter, aber es reichte, um seinen Schädel einzuschlagen. Sie sagten, er müsse zweimal gegen die Wand gelaufen sein, um das zu erreichen.«

Bishop zuckte bei der Vorstellung zusammen. »Das Mädchen. Das kleine Mädchen . . . ?«

»Es wird sehr genau beobachtet. Die Polizei denkt jetzt über die Ursache des Feuers nach; sie scheint zu glauben, es könnte Brandstiftung gewesen sein.«

»Aber die nehmen doch nicht an, daß das Kind Feuer im eigenen Haus gelegt hat?«

»Sie war seit einiger Zeit in psychiatrischer Behandlung.«

»Sie glauben, das sei die Verbindung. Spielen alle in der Willow Road verrückt?«

»Nein, überhaupt nicht. Seit unserem letzten Treffen haben wir einige Überprüfungen vorgenommen und festgestellt, daß die drei Menschen, die an den Morden der letzten Woche beteiligt waren . . .«

»Gegen das Kind gibt es keinen Beweis«, stellte Bishop rasch fest.

»Ich sagte, die Polizei glaubt, daß das Feuer gelegt worden sei. Elektrogeräte waren nicht eingeschaltet, es gab keine undichte Gasleitung, keinen in Betrieb gesetzten Herd in der Küche, und bislang sind auch keine Fehler an der Installation festgestellt worden. Man ist sich nur sicher, daß das Feuer an den Küchenvorhängen begonnen hat. Auf dem Fenstersims wurde eine verbrannte Streichholzschachtel gefunden. Jetzt denkt man darüber nach, wie das Mädchen hinausgelangen konnte, wogegen das Paar im Nebenzimmer es nicht schaffte. Vielleicht ist der Verdacht falsch, Mr. Bishop... Chris..., aber die Tatsache, daß sie in der Vergangenheit psychiatrische Hilfe brauchte, daß das Feuer kein Unfall war und daß sie völlig unversehrt hinausgelangte – dazu ohne Rauchspuren – nun, all dies scheint auf sie zu deuten.«

Bishop seufzte. »Okay, sie hat also vielleicht das Feuer gelegt. Worauf wollen sie hinaus?«

»Die Frau und das Mädchen waren geistig instabil. Die Frau versuchte vor sechs Monaten Selbstmord zu begehen. Der Mann mit dem Gewehr war wegen Kinderschändung verurteilt worden. Er hatte seine Stellung verloren, war zu einem gesellschaftlich Ausgestoßenen geworden, und die Nachbarn sagen, daß die beiden Jungen, die er erschossen hat, ihn verhöhnt haben. Das könnte genügt haben, ihn durchdrehen zu lassen.«

»Das heißt – alle drei waren wahnsinnig?«

»Die meisten Menschen, die töten, haben einen gewissen Grad von Wahnsinn erreicht. Ich will damit sagen, daß irgendetwas in der Willow Road als Katalysator wirkt.«

»Um sie wahnsinnig zu machen?«

Sie schüttelte ihren Kopf. »Um ihre Instabilität auszunutzen.«

»Für Morde?«

»Für böse Taten. Ich glaube nicht, daß es unbedingt Mord sein muß.«

»Und Sie glauben, daß all dies mit dem Massenselbstmord des letzten Jahres in Zusammenhang steht?«

Jessica nickte. »Wir glauben, daß es einen Grund für die Selbstmorde gab. Pryszlak, Kirkhope und die anderen hatten ein Motiv.«

Bishop stellte seinen Kaffee ab und stand auf. Er steckte seine Hände tief in die Taschen, ging gedankenversunken zum Kamin und blickte für wenige Augenblicke auf den leeren Rost, bevor er sich ihr wieder zuwandte.

»Das ist doch alles ein bißchen phantastisch, oder?« sagte er milde. »Ich meine, es kann immer nur einen Grund für Selbstmord geben — der Wunsch zu fliehen. Darauf kommt es doch letztendlich an.«

»Erlösung könnte ein anderes Wort für Flucht sein.«

»Gut, ja, Erlösung. Ist das dasselbe?«

»Nein, nicht ganz. Flucht bedeutet davonlaufen. Erlösung ist eine Befreiung, etwas, das man erlangen kann. Die siebenunddreißig Menschen, die sich in Beechwood getötet haben, sind in keiner Weise drangsaliert worden. Keiner von ihnen hat eine Nachricht hinterlassen, warum diese Tat begangen wurde, und persönliche Gründe konnten nicht festgestellt werden. Ihre Selbstzerstörung mußte irgendeine Absicht verfolgen.«

»Und Sie und Ihr Vater glauben, daß die Ereignisse der vergangenen Woche etwas damit zu tun haben?«

»Wir sind uns nicht sicher. Aber wir kennen die Ideale von Pryszlak und seiner Sekte. Mein Vater erzählte Ihnen, daß sie seine Hilfe wollten.«

»Er erzählte mir, daß Pryszlak an die Macht des Bösen glaubt. Ich war mir nicht sicher, was er mit ›Macht‹ meinte.«

»Er meinte mit dem Bösen eine physikalische Realität, eine faßbare Kraft. Etwas, das man wie eine Waffe benutzen kann. Pryszlak glaubte das nicht nur als Okkultist, sondern auch als Wissenschaftler. Er strebte danach, sein Wissen um beides dazu zu benutzen, diese Macht nutzbar zu machen.«

»Aber er tötete sich, bevor er Erfolg hatte.«

»Ich wünschte, daß wir dessen sicher sein könnten.«

»Ach, nun hören Sie aber auf. Zumindest sind doch dieser Mann und seine wahnsinnigen Verrückten aus dem Weg geräumt. Wenn es eine solche Macht gibt — was ich persönlich bezweifle —, dann scheint sie niemand benutzen zu können.«

»Es sei denn, daß ihr Tod eine Rolle bei ihrer Suche gespielt hat.«

Bishop schaute sie bestürzt an. »Sie sind nicht logisch. Wozu sollte das Wissen nutzen, wenn sie es nicht anwenden können?«

Jessicas Gesichtsausdruck wurde entschlossen. Sie griff nach ihrer Tasche und holte Zigaretten heraus. Ihre Hand zitterte leicht, als sie eine ansteckte. Sie stieß eine Rauchwolke aus und betrachtete ihn kalt durch den plötzlichen Qualm. »Warum dann diese plötzlichen Gewalttaten? Warum dieser plötzliche Wahnsinn, Mr. Bishop?«

»Chris.«

»Also, warum?«

Er zuckte die Schultern. »Weiß der Teufel. Ich weiß nicht mal, ob mich das interessiert!«

»Sie sind Psychoforscher. Sie sollten ein Interesse am Paranormalen haben.«

»Sicher, aber ich behalte meine Füße gern fest auf dem Boden. Sie fliegen recht hoch.«

»Als ich Sie traf, schienen Sie etwas Respekt vor meinem Vater zu haben.«

»Ich respektiere seine Arbeit und in vielerlei Hinsicht seine Theorien.«

»Warum diese dann nicht?«

Er wandte sich von ihr ab und stützte einen Ellenbogen auf den Kaminsims, die andere Hand noch in der Hosentasche. Ein kleines gerahmtes Gesicht lächelte zu ihm auf, das Foto, das man aufgenommen hatte, als sie erst vier war. Ein Jahr bevor sie starb. Mein Gott, dachte er, und die Bitterkeit war noch immer stark genug, um die Muskeln in seiner Brust zu verkrampfen, sie wäre jetzt fast dreizehn. Schon damals wußten sie, daß sie das Ebenbild ihrer Mutter werden würde.

»Chris?«

Er verdrängte die Gedanken. »Es ist zu unwahrscheinlich, Jessica. Und es ist alles Spekulation.«

»Ist nicht alle Erforschung des Paranormalen zunächst einmal Spekulation? Sie sagten seinerzeit bei Ihrem Vortrag, daß Sie glaubten, die natürliche Evolution des Menschen bringe es mit sich, daß Wissenschaft und Parapsychologie zu ein und demselben verschmelzen würden. Können Sie nicht akzeptieren, daß ein Mann wie Pryszlak diesen Punkt bereits erreicht hat, diesen Durchbruch geschafft hat? Zumindest offen dafür sein? Ist es nicht das, was Sie Ihren Studenten erzählen? Ist das nicht der ganze Inhalt Ihrer Bücher — Offenheit, verbunden mit ein wenig realistischer Skepsis?«

Jessica war jetzt aufgestanden, und ihr Kopf reckte sie wie der ihres Vaters vor. »Oder sind Sie in Ihrem persönlichen Zynismus zu sehr befangen? Psychoforschung braucht Menschen mit gesundem Verstand, Mr. Bishop, keine Zyniker oder Fanatiker. Menschen, die entschlossen sind, Tatsachen zu akzeptieren und Menschen, die entschlossen sind, diese Tatsachen aufzudekken.«

Sie richtete ihre Zigarette auf ihn. »Sie sind doch bezahlter Geisterjäger. Also schön, wir stellen Sie ein. Wir bezahlen für Ihre Dienste. Wir bezahlen Sie dafür, die Arbeit zu beenden, die Sie vor neun Monaten begonnen haben. Wir möchten, daß Sie dieses Haus in der Willow Road untersuchen. Vielleicht finden Sie eine Antwort.«

6

Bishop brachte den Wagen zum Halten und genoß das befriedigende Geräusch knirschenden Kieses. Er blickte auf das große, rotgeziegelte Queen-Anne-Gebäude und sagte: »Sieht aus, als sei das ein paar Shilling wert.«

Jessica folgte seinem Blick. »Die Kirkhopes haben eine lange Tradition in der Schiffsindustrie. Zumindest hatten sie die in den dreißiger und vierziger Jahren, als Dominic Kirkhopes Vater noch lebte, aber seine Nachkommen haben jetzt Probleme, seit der Schiffsbauboom vorüber ist.«

»Und sie allein ist übriggeblieben?« Er steckte die Brille in seine Brusttasche.

»Agnes Kirkhope ist die letzte der direkten Nachkommen. Sie und ihr Bruder übernahmen die Firma, als ihr Vater starb, aber soweit ich in Erfahrung bringen konnte, hat Dominic im Geschäft keine bedeutende Rolle gespielt.«

»Glauben Sie, daß sie über ihn sprechen wird? Familien sind gewöhnlich sehr schweigsam in bezug auf ihre schwarzen Schafe.«

»Ich denke, das hängt von unseren Fragen ab. Vielleicht läßt sie uns nicht sehr tief graben.«

»Als die Hausverwaltung mich beauftragte, Beechwood zu untersuchen, fragte ich, ob ich die Besitzer sprechen könnte, aber das ließen sie nicht zu. Sie meinten, es sei überflüssig. In gewisser Hinsicht hatten sie recht — aber für gewöhnlich möchte ich die Geschichte eines Hauses kennen. Ich verzichtete damals darauf, weil es für mich eine Routinearbeit war. Diesmal möchte ich soviel wie möglich wissen, bevor ich wieder einen Fuß dort hineinsetze.«

»Zuerst müssen wir von ihr die Erlaubnis bekommen, eine weitere Untersuchung durchzuführen.«

»Korrektur: eine erstmalige Untersuchung. Die letzte wurde nicht einmal begonnen.« Er stellte den Motor ab und langte nach dem Türgriff. Jessica legte eine Hand auf seinen anderen Arm.

»Chris«, sagte sie, »glauben Sie wirklich, daß das so am besten ist?«

Er zögerte, bevor er die Tür weit öffnete. »Wenn wir ihr die ganze Geschichte erzählen, wird sie meilenweit laufen. Glauben Sie wirklich, sie möchte, daß der bizarre Selbstmord ihres Bruders wieder ausgegraben und, was noch schlimmer wäre, mit den neuen Todesfällen in Verbindung gebracht wird? Bleiben wir bei der Geschichte, die ich ihr am Telefon erzählt habe. Sie war sowieso abweisend, ohne daß ich ihr Grund zur Beunruhigung gegeben hätte.«

Sie gingen über die Auffahrt auf die große Eingangstür zu, die sich bei ihrem Näherkommen öffnete.

»Mr. Bishop?« fragte eine dralle, dunkelhäutige Frau.

»Und Miss Kulek«, erwiderte er. »Miss Kirkhope erwartet uns.«

Die Haushälterin nickte zustimmend. »Treten Sie ein, Miss Kirkhope erwartet sie.«

Sie führte sie dienstfertig durch die weite Halle in einen großen, hohen Raum. Bilder von Schiffen, von alten Klippern bis zu modernen Linienschiffen, schmückten die Wände, und mehrere Modellschiffe standen an verschiedenen Stellen in Glaskästen.

»Warten Sie, bitte. Miss Kirkhope kommt herunter.«

Die Haushälterin verließ den Raum, noch immer begeistert

grinsend, als ob dieser Besuch ihren Tag erst lebenswert gemacht hätte. Bishop ließ seinen Blick durch den Raum schweifen, während Jessica auf einem alten Chesterfield-Sofa Platz nahm, dessen dunkelbrauner Bezug die maritime Umgebung noch mehr betonte.

»Das Geschäft kann nicht so schlecht gehen«, sinnierte er.

»So schlecht nicht, Mr. Bishop, aber es ist nicht mehr so gut wie vor einigen Jahrzehnten.«

Agnes Kirkhopes plötzliches Erscheinen im Türeingang verwirrte sie beide.

»Verzeihen Sie, ich wollte nicht unhöflich sein«, entschuldigte sich Bishop.

»Ist schon recht«, sagte sie, während sie rasch in den Raum schritt und irgendwie belustigt schien. »Ich muß sagen, dies ist mein beeindruckendster Raum. Darum empfange ich hier Besucher.«

Sie war eine kleine Frau. Ihre Körper war dünn, gertenschlank, und sie strahlte eine Munterkeit aus, die ihrem Alter spottete. Ihr Haar war reinweiß, hatte aber noch immer eine wellige Weiche. Sie saß so am anderen Ende des Chesterfield-Sofas, daß sie Jessica ansehen konnte, und betrachtete die beiden durch eine kleine goldgerahmte Brille. Ihre Augen wirkten noch immer belustigt, weil sie Bishop in Verlegenheit gebracht hatte.

»Ich hatte keine zwei Besucher erwartet.«

»Nein, Entschuldigung, ich hätte das am Telefon sagen sollen. Dies ist Miss Kulek.«

Die alte Dame lächelte Jessica an. »Und wer ist Miss Kulek?«

»Jessica arbeitet für das ›Institut für Parapsychologische Forschungen‹.«

»Ach, ja?« runzelte Mis Kirkhope die Stirn. »Und was ist das?«

»Wir studieren das Paranormale«, erwiderte Jessica.

Das Stirnrunzeln der alten Dame verstärkte sich. »Aus einem bestimmten Grund?«

Bishop lächelte.

»Um mehr über uns selbst zu erfahren, Miss Kirkhope«, antwortete Jessica.

Miss Kirkhope schnaufte, als wolle sie das Thema ändern. »Kann ich Ihnen einen Sherry anbieten? Ich selbst gönne mir täglich mindestens einen. Anna! Den Sherry bitte!« Das Mädchen erschien, als hätte sie vor der Tür auf den Befehl gewartet. Sie strahlte sie alle an.

»Und ich meine den zypriotischen«, fügte Miss Kirkhope hinzu, »nicht den spanischen.«

Bishop und Jessica schauten einander an und amüsierten sich. Sie unterdrückten ihr Lächeln, als die alte Dame sich wieder ihnen zuwandte.

»Nun, Mr. Bishop, Sie sagten am Telefon, Sie wollten Ihre Untersuchung in Beechwood wieder aufnehmen. Hat Ihr entsetzliches Erlebnis beim letzten Mal Sie nicht abgeschreckt?«

»Im Gegenteil«, log Bishop, »das ist für mich noch mehr Grund, das Anwesen zu untersuchen.«

»Warum genau? Und setzen Sie sich bitte.« Sie deutete mit einer Hand auf einen Sessel.

Er setzte sich auf die Vorderkante und stützte seine Unterarme auf die Knie. »Es muß eine Erklärung dafür geben, warum all diese Leute sich selbst getötet haben. In dem Haus könnten psychische Kräfte am Werk sein.«

»Mr. Bishop, die Verwalter erzählten mir, daß Sie trotz Ihres Berufes ein sehr praktischer Mann seien. Ursprünglich wurden Sie beauftragt, materiellere Gründe für die Atmosphäre in Beechwood zu finden.«

»Ja, und das hoffe ich auch noch immer. Aber wir können nicht ignorieren, was geschehen ist, wir müssen nach anderen ... Elementen suchen. Darum würde ich gerne Miss Kulek und ihren Vater mitnehmen, der der Präsident des Forschungsinstituts ist. Vielleicht entdecken sie mehr als ich.«

Der Sherry kam und wurde von Anna eingeschenkt, die die bernsteinfarbene Flüssigkeit wie einen Meßwein behandelte und den Raum dann lächelnd verließ.

»Sie ist neu«, erklärte Miss Kirkhope kurz und hob ihr Glas. »Auf ihre Gesundheit, meine Lieben.«

Sie nippten an ihren Drinks. Bishop zuckte wegen der Süße zusammen.

»Und was hat Sie plötzlich ermutigt, Ihre Untersuchungen

wieder aufzunehmen, Mr. Bishop? Ich frage mich, ob die jüngsten Ereignisse in der Willow Street Ihr Interesse wieder geweckt haben.«

Er verschluckte sich fast an seinem Sherry.

»Ich habe das Reedereigeschäft meines Vaters seit seinem Tod praktisch jahrelang allein geführt, mit außerordentlich wenig Hilfe meines werten Bruders Dominic.« Sie nickte zu einer gerahmten Fotografie hin, die auf einer Vitrine stand; das Bild zeigte einen rundgesichtigen jungen Mann mit schwarzgelocktem Haar. Die Ähnlichkeit mit Miss Kirkhope war minimal. »Gewiß, die Geschäfte gingen schließlich schlechter, aber das war im gesamten Reedereigeschäft so. Halten Sie mich bitte also nicht für eine Närrin, nur weil ich eine alte Frau bin. Ich verfolge die Nachrichten, und den Namen Willow Road kann man wohl kaum vergessen.«

Jessica sprach. »Es tut uns sehr leid, Miss Kirkhope. Ich hoffe, wir haben Sie nicht beleidigt. Chris hatte nicht die Absicht, wieder in das Haus zu gehen, bis ich ihn dazu überredete.«

»Wenn wir schon offen reden, dann auch ganz«, sagte Bishop. »Jacob Kulek hat mich beauftragt, Beechwood zu untersuchen — vorausgesetzt, Sie geben die Erlaubnis. Wir wollen keine alten Erinnerungen bei Ihnen wecken, aber Jessica und ihr Vater glauben, daß es eine Verbindung zwischen Beechwood und den jüngsten Todesfällen in der Willow Road gibt.«

»Meinen Sie, daß das stimmt?«

Bishop zögerte einen Moment. »Nein, das nicht. Aber...«, er schaute zu Jessica hinüber, »...ich denke, man sollte einmal nachschauen. Jacob Kulek ist eine anerkannte Persönlichkeit auf seinem Gebiet. Seine Meinung zu diesem Thema sollte respektiert werden. Er kannte übrigens Ihren Bruder und einen Mann namens Pryszlak, der ein Kollege Ihres Bruders war.« Er sah, daß die Frau bei der Erwähnung von Pryszlaks Namen zusammenzuckte.

»Ich habe Dominic vor diesem Mann gewarnt.« Ihre Lippen bildeten eine dünne Linie. »Mein Bruder war ein Narr, kaum mehr als ein Hanswurst, aber Pryszlak war böse. Das wußte ich, als ich ihn sah. Ein Sohn des Teufels.«

Jessica und Bishop waren über den Ausbruch erstaunt. Die Spannung wich ebenso schnell aus der Frau. Sie lächelte sie fast schelmisch an.

»Ich versuche, mich durch diese Dinge jetzt nicht mehr ärgern zu lassen, meine Lieben, aber manchmal kommen die Erinnerungen wieder. Angenommen, ich gäbe Ihnen die Erlaubnis. Was würden Sie tun?«

»Sie hätten keine Einwände?« fragte Bishop überrascht.

»Ich habe das nicht gesagt«, kam die kurze Erwiderung.

»Nun, ich wüßte zunächst einmal gern mehr über die Geschichte des Hauses. Ich würde etwas über die Aktivitäten wissen wollen, die dort in den dreißiger Jahren stattfanden. Ich würde gern wissen, worin Ihr Bruder verstrickt war, Miss Kirkhope.«

»Und wenn ich Ihnen keine Informationen gebe?«

»Was mich betrifft, wäre der Fall dann erledigt. Ich würde das Haus nicht untersuchen.«

Schweigen senkte sich auf das Zimmer. Bishop und Jessica musterten Miss Kirkhope, die nachdenklich ihren Sherry nippte. Sie starrte lange Zeit zu Boden, und als sie schließlich sprach, lag Traurigkeit in ihrer Stimme: »Beechwood ist viele Jahre lang Teil der Geschichte meiner Familie gewesen. Dominic wurde dort geboren, müssen Sie wissen. War wirklich ein Zufall. Es war für meine Eltern ein Landhaus, zu einer Zeit gebaut, als dort wirklich noch offenes Land war. Mein Vater schickte meine Mutter und mich dort zum Wochenende hin; er wollte, daß sie sich ausruhte. Er war sehr beschäftigt und meine Mutter im siebten Monat schwanger. Er glaubte, die Veränderung würde ihr gut tun.« Sie lachte bitter. »An diesem Wochenende hatte sie keine Ruhe. Dominic war eine Frühgeburt; es war typisch für ihn, vor seiner Zeit auf die Welt zu kommen.«

Sie schien jetzt abwesend, als ob sie in Gedanken ein Bild vor sich sähe. »Ich war damals erst sieben, und ich entdeckte sie am Fuß der Kellertreppe. Niemand fand je heraus, warum sie dort hinuntergegangen war. Mutter konnte sich nicht daran erinnern – nach den Schmerzen, die sie bei Dominics Geburt erlitt. Mein Gott, wie sie in jener Nacht schrie. Ich weiß noch, wie ich lauschend im Bett lag und zu Gott betete, er möchte das Baby sterben lassen, damit es meiner Mutter nichts mehr täte. Sie wollte nicht woandershin gebracht werden und hätte Dominic dort im Keller zur Welt gebracht, wenn die Diener ihre Bitten nicht ignoriert hätten. Ich kann noch immer ihre Schmerzensschreie hören, als sie sie die Treppe hochtrugen. Er kam in den frühen Stunden des folgenden Morgens zur Welt und ich hörte eine der Dienerinnen sagen, daß sie sich über das ganze Theater zuvor wunderte, als er schließlich auf die Laken rutschte.

Ich glaube, Mutter hat sich von dieser schrecklichen Nacht nie wieder richtig erholt. Danach wirkte sie sehr zerbrechlich, war immer wieder krank. Aber sie liebte Dominic. Oh, wie sie diesen Jungen verhätschelte! Nach seiner Geburt wollte sie nie wieder nach Beechwood zurück, und deshalb vermietete Vater das Haus, damit es nicht leer stand. Zudem war es für so große Leute wie uns zu bescheiden geworden! Unser Vermögen wuchs rapide, wissen Sie. Ich habe das Haus seitdem nicht wieder gesehen, möchte es auch gar nicht. Aber Dominic kehrte dorthin zurück — er muß fünfundzwanzig oder sechsundzwanzig gewesen sein. Er inspizierte mehrere Anwesen, die wir damals besaßen. Aber Beechwood faszinierte ihn irgendwie; ich denke, weil er dort geboren wurde.«

Miss Kirkhope nippte wieder an Ihrem Sherry und blickte dann plötzlich zu den beiden anderen Personen im Raum auf, als erinnere sie sich ihrer Anwesenheit. »Das war der eigentliche Wendepunkt für Dominic, glaube ich. Bis dahin war er sicher launisch gewesen, aber das war auf seine Jugend zurückzuführen. Er kehrte viele Male nach Beechwood zurück, und wir vermuteten natürlich, daß er die Gesellschaft der Hausbewohner genoß. Daran schien nichts Böses zu sein, obwohl mein Vater ihn warnte, daß es nicht klug für Vermieter sei, sich mit Mietern anzufreunden. Das Gebiet wurde damals stärker besiedelt, und bald war Beechwood von anderen Anwesen umringt; es war noch immer ein beeindruckendes Haus, vielleicht nicht elegant, aber ein solide gebautes Haus. Wir sahen Dominic immer seltener. Beunruhigt wurden wir erst Jahre später, als die Polizei meinen Vater darüber informierte, daß es Beschwerden über die Aktivitäten der Bewohner von Beechwood gegeben habe. Ich glaube, mein Vater hatte die Hoffnung bereits aufgegeben, daß Dominic einst in seine Fußstapfen treten würde, und ich selbst nahm diese Rolle ein. Ich war ein Mauerblümchen, wie man so sagt — ich weiß nicht warum, glaube aber nicht, daß ich damals unattraktiv war; wahrscheinlich interessierte mich das Reedereigeschäft mehr als die Männer. Es war wohl eine Erleichterung für meinen Vater, daß er zumindest einen Menschen hatte, auf den er bauen konnte, jemanden, dem er bei seinen Geschäften vertrauen konnte. Mutter wurde im Laufe der Jahre immer kränklicher und, Gott segne sie, sie war niemandem eine große Hilfe. Sie schien nur in Dominics Anwesenheit aufzublühen, was natürlich selten der Fall war. Mr. Bishop, Sie haben Ihren Drink ja kaum angerührt. Möchten Sie etwas Stärkeres?«

»Oh nein, das ist schon recht so. Danke.«

»Dann schenken Sie mir doch freundlicherweise nach. Miss Kulek, nehmen Sie noch einen?«

Jessica lehnte ab und Bishop ging mit dem dünnen Glas der alten Dame zu dem Silbertablett, das auf einem kleinen, geschnitzten Tisch stand. Während er einschenkte, fragte er Miss Kirkhope: »Was genau ging in Beechwood vor?«

Ängstlichkeit vertiefte die vielen Falten, die das Gesicht der alten Dame durchfurchten. »Irgendeine religiöse Sekte benutzte das Haus als Kirche — ›Der Tempel des Goldenen Bewußtseins‹ hieß sie, glaube ich. Etwas Verrücktes in dieser Art. Damals schien es so viele lächerliche Gesellschaften zu geben.« Ihre Ängstlichkeit war Verachtung gewichen.

»Es gibt sie unglücklicherweise noch immer«, sagte Jessica.

»Hatte sich Ihr Bruder dieser Sekte angeschlossen, Miss Kirkhope?« fragte Bishop, als er ihr den Sherry reichte.

»O ja, er gehörte dazu. Er war praktizierendes Mitglied. Mein Vater verschwig meiner Mutter und mir die schmutzigen Einzelheiten, aber ich denke, daß Orgien eine große Rolle bei ihnen spielten. Das hätte weiter nicht gestört, wohl aber der schreckliche Lärm, den sie machten. Die Nachbarn beschwerten sich. Vater kündigte den Mietern und ihren seltsamen Freunden natürlich sofort. Dominic kam nicht zu uns; er versteckte sich irgendwo. Zweifellos schämte er sich.«

»Wer waren diese Mieter?« fragte Jessica behutsam.

»Oh, ich kann mich an die Namen nicht erinnern, das ist zu lange her. Ein Mann und seine Frau oder Geliebte — ich bin mir nicht sicher. Sie müssen jedenfalls verrückt gewesen sein.«
»Wie kommen Sie drauf?« fragte Bishop.
»Sie weigerten sich, auszuziehen. Daran ist nichts merkwürdig, das weiß ich, aber als man ihnen eine Zwangsräumung ankündigte, verhielten sie sich extrem.«
»Was taten sie? Verbarrikadierten sie sich?«
»Nein«, erwiderte Miss Kirkhope milde, »sie brachten sich um.«
Bishop spürte, wie seine Muskeln sich spannten und in Jessicas Gesichtsausdruck las er, daß auch sie verwirrt war.
»Aus irgendeinem Grund«, fuhr die alte Dame fort, »wollte danach niemand in Beechwood einziehen. Dafür sorgten Geschichten, Gerüchte, die sich in der Nachbarschaft verbreiteten. Leute zogen ein, blieben vielleicht ein paar Monate und zogen dann aus. Meine Mutter starb, die Gesundheit meines Vaters verschlechterte sich, und ich mußte mich noch mehr um sein Geschäft kümmern. So verloren wir Beechwood aus den Augen. Wir hatten Hausverwalter, die sich um unsere Anwesen kümmerten, und sie behelligten uns nur, wenn es besondere Probleme gab. Ich muß zugeben, daß ich im Lauf der Jahre nicht viel an Beechwood gedacht habe.«
»Was war mit Ihrem Bruder?« forschte Jessica. »Ist er je zu dem Haus zurückgekehrt? Abgesehen vom ... letzten Mal?«
»Ich weiß nicht. Vielleicht. Wahrscheinlich. Wie gesagt, Beechwood übte eine besondere Faszination auf ihn aus. Das einzige Mal, wo ich nach dem Skandal Kontakt mit Dominic hatte, war bei Vaters Tod. Lassen Sie mich überlegen, das war ... 1948. Er kam wegen seines Erbteils. Er verzichtete gern auf sämtliche Rechte an dem zukünftigen Familiengeschäft, war aber verärgert darüber, nichts Reales geerbt zu haben. Vater hatte sehr weise alles mir vermacht. Ich erinnere mich, daß mein Bruder Beechwood von mir kaufen wollte, aber das lehnte ich ab, da ich wußte, was dort in der Vergangenheit vorgefallen war. Er war sehr erbost darüber, wie ein störrischer kleiner Junge, der seinen Willen nicht durchsetzen kann.« Sie lächelte, aber es war doch eine traurige Erinnerung.

»Danach sah ich ihn nicht oft und wollte das auch nicht. Mir gefiel nicht, was aus ihm geworden war.«

»Was war das, Miss Kirkhope?«

Sie schaute Bishop fest an, das Lächeln noch immer auf dem Gesicht. »Das ist mein Geheimnis, Mr. Bishop. Ich habe nur Geschichten von anderen Leuten gehört und hatte keinen Beweis, daß sie wahr waren; aber ob es so ist oder nicht, ich möchte nicht darüber sprechen.« Ihre dünnen weißen Hände umschlossen das Glas. »Das Haus blieb viele Jahre lang leer, bis ich beschloß, es mit anderen Anwesen zum Verkauf anzubieten. Ich konnte das Geschäft nicht mehr effizient führen und legte die Verantwortung in fähigere Hände. Ich habe noch immer einen Sitz im Aufsichtsrat, aber keinen Einfluß auf das Unternehmen. Die Immobilien verkaufte ich zu einer Zeit, als das Unternehmen schnell Bargeld brauchte, aber das half leider nur kurzzeitig. Dennoch geht es mir gut, ich habe kaum finanzielle Sorgen. Das ist einer der Vorzüge des Alters – man muß sich weniger um seine Zukunft sorgen.«

»Aber Sie haben Beechwood nicht verkauft.«

»Ich konnte nicht, Mr. Bishop, ich konnte nicht. Das war die Ironie – das Anwesen, das ich los werden wollte, wollte niemand kaufen!« Sie schüttelte belustigt den Kopf. »Man könnte es die Kirkhope-Torheit nennen. Oder den Kirkhope-Fluch. Ich ließ es sogar völlig renovieren, aber dennoch wollte es niemand. Die Verwalter führten das auf die ›schlechte Atmosphäre‹ zurück. Offensichtlich gibt es so etwas gelegentlich auf dem Immobilienmarkt. Darum nahm man Ihre Dienste in Anspruch, Mr. Bishop, um das Haus offiziell ›zu reinigen‹, wenn Sie so wollen.«

»Ich sagte Ihren Verwaltern, daß ich kein Exorzist bin.«

»Und Sie glauben auch nicht an Geister. Darum entschied man sich ja gerade für Sie. Die Verwalter informierten mich, daß unerklärbare Störungen in einem Haus oft auf einen unterirdischen Fluß, auf Bodenverwerfungen oder Erdeinbrüche zurückzuführen seien.«

»Viele seltsame Ereignisse können durch eine genaue Untersuchung erklärt werden, Miss Kirkhope. Klopfen, Türen, die sich grundlos öffnen, Knarren, Stöhnen, plötzliche Pfützen, kalte Stellen — für gewöhnlich gibt es logische Erklärungen dafür.«

»Nun, die Verwalter waren sicher, Sie würden die Ursache finden.«

»Unglücklicherweise hatte ich die Gelegenheit nicht.«

»Nein. Aber jetzt wollen Sie es nochmal versuchen.«

Er nickte. »Mit Ihrer Erlaubnis.«

»Aber Ihre Motive sind nicht ganz dieselben wie die von Miss Kulek und ihrem Vater.«

»Nein. Jacob Kulek und Jessica glauben, daß etwas Böses in Beechwood ist. Ich möchte beweisen, daß sie sich irren.«

»Und ich dachte, Sie täten das für Geld«, warf Jessica ein, deren Stimme vor Sarkasmus troff.

»Das kommt dazu.«

Agnes Kirkhope ignorierte die plötzliche Feindseligkeit zwischen ihren Besuchern. »Meinen Sie nicht, daß es genug Publicity an der Willow Road gegeben hat? Halten Sie es wirklich für nötig, all die schrecklichen Ereignisse wieder hervorzuzerren?«

»Ich sagte Ihnen ja, daß Jacob Kuleks Meinung unter Psychoforschern sehr respektiert wird. Soweit ich ihn kenne, ist er kein Mann, der vorschnell urteilt oder wild spekuliert. Er glaubt, daß ich mich an weitere Dinge an diesem Tag in Beechwood erinnern könnte. Ich für meinen Teil möchte die Arbeit beenden, die ich begonnen habe, und aus ganz persönlichen Gründen beweisen, daß er sich irrt.«

»Ich verspreche Ihnen, daß die Untersuchung völlig diskret vor sich gehen wird«, sagte Jessica ernst. »Wir würden unsere Entdeckungen zuerst Ihnen berichten, bevor wir etwas unternehmen.«

»Und wenn ich Sie dann bäte, die Sache nicht weiter zu verfolgen, würden Sie das tun?«

»Das kann ich nicht sagen, Miss Kirkhope. Das hängt davon ab.«

»Von dem, was Sie entdecken?«

»Ja.«

Mit einem lauten Seufzen und einem Schulterzucken überraschte Agnes Kirkhope die beiden wieder, als sie sagte: »Also gut. Eine alte Frau wie mich interessiert heutzutage wenig. Vielleicht wird das etwas Licht in mein düsteres Leben bringen. Sie zahlen also Mr. Bishops Honorar, ja?«

»Ja, natürlich«, sagte Jessica.

»Ich denke, ich würde gern wissen, warum Dominic sich umgebracht hat.«

»Das können wir nicht feststellen«, sagte Bishop rasch.

»Wahrschenlich nicht. Aber vielleicht glaube ich mehr an die Mysterien des Lebens als Sie, Mr. Bishop, trotz Ihres Berufes. Wir werden sehen.«

»Dann können wir also beginnen?« fragte Jessica.

»Ja, meine Liebe, das können Sie. Da wäre nur noch eines.« Bishop und Jessica beugten sich gleichzeitig vor. »Für Ihre Untersuchung bleibt Ihnen nur wenig Zeit. Ab heute in vier Tagen wird Beechwood abgerissen werden.«

7

Die Nacht senkte sich rasch und die Bewohner der Willow Road zogen nervös die Vorhänge zu, als ob Dunkelheit etwas sei, das sie sehen können. Es war jetzt still da draußen. Die Journalisten und Fernsehleute waren längst fort, ihre Notizbücher und Kameras gefüllt mit den Meinungen und Ängsten der Straßenbewohner. Selbst die Schaulustigen waren gegangen, die in der eher schmutzigen Straße nichts gefunden hatten, was ihre Neugier gestillt hätte. Zwei Polizisten schritten über die Bürgersteige, hinauf auf der linken Seite, herunter auf der rechten. Sie unterhielten sich leise, während sie im Vorbeigehen jedes Haus musterten. Nach jedem Gang meldete einer von ihnen über das kleine Funkgerät an das Revier, daß alles ruhig sei. Die Straßenlaternen waren unzulänglich, die Düsternis zwischen ihnen irgendwie bedrohlich, wenn die Polizisten kurz in die Schatten traten.

In Nummer 9 schaltete Dennis Brewer den Fernseher ein und sagte zu seiner Frau, sie solle vom Fenster weggehen, wo sie durch die Vorhänge spähte. Ihre drei Kinder, ein sechsjähriger Junge und ein siebenjähriges Mädchen, saßen vor dem Fernseher auf dem Teppich, ein elfjähriger Junge kämpfte mit seinen Hausaufgaben. Alle starrten ihre Mutter an.

»Will nur sehen, ob die Polizisten noch da sind«, sagte sie und ließ die Vorhänge fallen.

»Wird schon nichts passieren, Ellen«, sagte ihr verärgerter Mann. »Verdammt, da kann nicht mehr viel passieren.«

Ellen setzte sich neben ihm auf das Sofa, den Blick auf den farbigen Bildschirm gerichtet. »Ich weiß nicht — es ist nicht natürlich. Ich mag diese Straße nicht mehr, Dennis.«

»Das hatten wir doch schon alles. Wir müssen uns keine Sorgen machen — all die anderen verrückten Schurken waren fällig. Gott sei Dank sind sie alle in einem Durchgang erledigt worden. Jetzt haben wir endlich Ruhe und Frieden.«

»Sie können nicht alle wahnsinnig gewesen sein, Dennis. Das macht keinen Sinn.«

»Was macht denn heute überhaupt Sinn?« Für eine Sekunde wanderte sein Blick vom Bildschirm und er sah, daß die Kinder ihnen gespannt zuhörten. »Schau, was du getan hast«, beklagte er sich. »Du hast die Kinder verängstigt.« Seine Verärgerung verbergend, lächelte er ihnen beruhigend zu und interessierte sich dann wieder für das Programm.

In Nummer 18 schloß Harry Skeates die Eingangstür hinter sich.

»Jill, ich bin zu Haus!« rief er.

Seine Frau kam aus der Küche geeilt. »Du kommst spät«, sagte sie und er war durch ihren ängstlichen Tonfall beunruhigt.

»Ja, ich hab' mit Geoff am Bahnhof einen Drink genommen. Alles in Ordnung.«

»Oh, ich bin wohl ein bißchen nervös.«

Er küßte sie auf die Wange. »Dafür gibt's keinen Grund, Dummchen. Da draußen geht das Gesetz auf und ab.«

Sie nahm ihm den Mantel ab und hängte ihn in einen Schrank.

»Wenn du da bist, ist alles gut. Es ist nur, wenn ich alleine bin. Diese Straße ist ein bißchen unheimlich geworden.«

Harry lachte. »Der alte Geoff sprach von nichts anderem. Er möchte wissen, wer als nächster umgelegt wird.«

»Das ist nicht komisch, Harry. Ich kannte die anderen nicht

sehr gut, aber Mrs. Rowlands war sehr nett, wenn ich mit ihr sprach.«

Harry schob seinen Aktenkoffer mit dem Fuß an die Korridorwand und ging in die Küche. »Das ist 'ne Art zu sterben. Die Kehle mit einer Heckenschere durchschnitten. Dieser Kerl muß verrückt gewesen sein.«

Jill schaltete den Elektrokessel ein. »Ich mochte ihn nicht besonders. Ich glaube, sie auch nicht, so wie sie über ihn sprach. Sie sagte, er hasse ihren Hund.«

»Na ja, ich mag Pudel auch nicht besonders.«

»Ja, aber dem armen Geschöpf so etwas anzutun.«

»Vergiß es Liebes. Ist alles vorbei.«

»Das hast du letzte Woche schon gesagt.«

Er schüttelte den Kopf. »Ich weiß, aber wer hätte gedacht, daß danach noch etwas passieren würde? Ist völlig unlogisch. Aber ich bin sicher, daß es jetzt das letzte Mal war. Trinken wir einen Tee, ja?«

Sie wandte sich ab, griff in den Küchenschrank und wünschte sich, sie würde sich auch so zuversichtlich fühlen.

In Nummer 27 lag ein älterer Mann in seinem Bett und sprach mit zitternder Stimme zu der Krankenschwester.

»Sind sie noch da, Julie?«

Die Krankenschwester zog die Vorhänge zu und drehte sich um. »Ja, Benjamin, sie sind gerade vorbeigekommen.«

»All die Jahre, die ich hier wohne, brauchten wir nie Polizeipatrouillen.«

Sie ging zum Bett hinüber, und die Tischlampe daneben warf ihren großen Schatten in einen Winkel des Zimmers und schuf eine tiefe, schwarze Leere. »Möchtest du jetzt etwas Milch?« fragte sie ruhig.

Er lächelte zu ihr hoch, sein runzliges altes Gesicht pergamentgelb in dem schwachen Licht. »Ja, ein bißchen. Du bleibst heute nacht bei mir, Julie, ja?«

Sie lehnte sich über ihn, und ihre vollen Brüste preßten sich gegen das hochgeschlossene, gestärkte Kleid, das sie statt einer Uniform trug. Sorgsam richtete sie die Decken um seine Schultern. »Ja, natürlich werde ich das. Ich hab's doch versprochen.«

»Ja, du hast es versprochen.«

Er griff nach ihrer fleischigen, festen Hand. »Du bist so gut zu mir, Julie«, sagte er.

Sie tätschelte seine Hand, und schob sie dann wieder unter die Decke.

»Du wirst bei mir sitzen, nicht wahr?« fragte er.

»Ich habe es doch gesagt«, antwortete sie geduldig.

Er ließ sich zurücksinken und kuschelte seine Schultern behaglicher in die Laken. »Ich werde jetzt die heiße Milch trinken«, seufzte er.

Die Krankenschwester erhob sich vom Bett, und auf den feinen Haaren über ihrer Oberlippe glitzerten winzige Schweißtropfen. Sie durchquerte das Zimmer und schloß leise die Tür hinter sich.

In Nummer 33 funkelte Felicity Kimble ärgerlich ihren Vater an. »Aber warum darf ich nicht raus, Dad? Das ist nicht fair.«

»Ich hab's dir gesagt. Ich möchte, daß du heute abend im Haus bleibst«, sagte Jack Kimble matt. »Ich möchte nicht, daß du nach all dem so spät noch draußen bist.«

»Aber ich bin fünfzehn. Ich kann auf mich selbst aufpassen.«

»Niemand ist dafür heutzutage alt genug. Ich sag's nicht noch einmal – du gehst nicht hinaus.«

«Mami!« jammerte sie.

»Dein Vater hat recht, Felice«, sagte ihre Mutter mit weicher Stimme. »Man kann nie wissen, was für Leute durch diese Geschichten in die Gegend gekommen sind.«

»Aber was soll denn schon passieren? Draußen sind die Bullen.«

»Die Polizei, Felice«, korrigierte ihre Mutter.

»Außerdem kann mich Jimmy ja heimbringen.«

»Ja«, sagte ihr Vater, der mit der Zeitung raschelte, »und das ist der andere Grund, warum du nicht hinausgehst.«

Felicity schaute sie beide an, ihr Mund eine schmale Linie. Ohne ein weiteres Wort marschierte sie aus dem Zimmer und trat dabei »zufällig« auf den Lego-Turm ihres jüngeren Bruders.

»Vielleicht sollten wir sie gehen lassen, Jack«, sagte ihre Mutter, während sie ihrem jammernden Sohn beim Wiederzusammensetzen der Plastikbausteine half.

»Oh, fang nicht du jetzt damit an.« Jack ließ die Zeitung in den Schoß sinken. »Sie kann so oft raus, wie sie will, wenn sich alles wieder beruhigt hat. Vorausgesetzt, sie kommt pünktlich nach Hause.«

»Die Kinder sind heute anders Jack, sie sind unabhängiger.«

»Etwas zu unabhängig, wenn du mich fragst.«

Oben in ihrem Zimmer schaltete Felicity das Licht ein und warf sich auf ihr Bett. »Blöde alte Typen«, sagte sie laut. Sie behandelten sie, als sei sie zehn. Sie wollte nur für ein paar Stunden in den Club gehen. Jimmy würde warten. Sie hatte genug davon, wie ein Schulkind behandelt zu werden. Schließlich war sie jetzt eine Frau! Sie blickte auf ihre üppigen Wölbungen, um sich dessen zu vergewissern. Zufrieden drehte sie sich auf dem Bett und schlug mit der Faust auf das Kissen. Dämliche Straße, in der sich dauernd Menschen umbrachten! Sie dachte ein wenig wehmütig an die beiden Brüder, die weiter unten auf der Straße gewohnt hatten; der jüngere hatte nett ausgesehen. Sie hatte für ihn geschwärmt. Dad hatte kein gutes Wort für sie gehabt. Aber jetzt waren sie tot. So ein Pech. Felicity sprang vom Bett auf und ging zu ihrem Cassettenrecorder. Sie spulte das Band zurück und drückte dann auf ›Play‹. Eine leise, langsame Nummer begann, die Musik, die sie mochte, der Rhythmus betont, aber nicht übertrieben. Sie bewegte sich im Takt dazu, verloren in die Bedeutung des Liedtexts, und ihr Ärger über ihre Eltern war für den Augenblick vergessen. Ihre Bewegungen führten sie unbewußt zum Fenster, wo ihr Spiegelbild sie zum Halten brachte. Sie preßte ihr Gesicht an die Scheibe und legte ihre Hände herum, so daß sie wie durch einen dunklen Tunnel sehen konnte. Die beiden Polizisten, die unten gingen, schauten hoch und liefen weiter. Felicity schaute ihnen ein paar Momente zu, bis sie in den Schatten hinter der Straßenlaterne verschwanden. Sie zog die Vorhänge zu und ihr Gesichtsausdruck war nachdenklich.

Auf der anderen Straßenseite, in Nummer 32, grunzte Eric Channing enttäuscht. Aus dem gegenüberliegenden Fenster konnte er nur ein Rechteck gedämpften Lichtes sehen. Gewöhnlich ließ das Mädchen die Vorhänge halb geöffnet. Anscheinend war ihr nicht klar, daß man sie von der anderen Straßenseite sehen konnte. Eric hatte im letzten Jahr viele einsame Nachtwachen in seinem Schlafzimmer verbracht, während seine Frau unten wähnte, er spiele in dem kleinen Zimmer nebenan mit seiner Miniatureisenbahn. Er wußte, daß Veronica sein Hobby bei einem Mann von achtunddreißig für etwas kindisch hielt. Aber so geriet er nie in Verdacht. Es war oft anstrengend gewesen, den Blick auf das Fenster gerichtet, mit den Ohren zur Treppe lauschend, auf ihren Schritt wartend. Sie würde ihm ein Donnerwetter machen, wenn sie das herausbekäme. Oft hatte er stundenlang in der Kälte gesessen, während der Miniaturzug unermüdlich seine Runden drehte, und auf die wenigen Zentimeter hellen Lichtes auf der anderen Straßenseite geschaut, gespannt darauf, eine Bewegung wahrzunehmen. Sein Herz blieb jedesmal fast stehen, wenn sie ins Blickfeld kam. In irgendeiner Nacht würde sie plötzlich auftauchen, nur mit BH und Höschen bekleidet. Einmal, wirklich nur einmal, hatte sie ihren BH am Fenster ausgezogen! Manchmal überlegte er, ob sie wirklich nicht sein Interesse bemerkte, das ihr junger Körper in ihm weckte, oder ob sie wußte, daß er sie heimlich beobachtete.

Eric saß noch zehn Minuten da, sein Gesicht nur Zentimeter von den geteilten Vorhängen entfernt. Er wußte, daß er heute nacht nichts mehr zu sehen bekäme, würde aber noch ein paarmal hochgehen, um sich zu vergewissern, ob nicht doch ein Spalt im Vorhang wäre. Eigentlich war er sich aber sicher, daß die Vorstellung für diese Nacht beendet war. Er war schon in die Schatten zurückgewichen, als sie plötzlich erneut am Fenster aufgetaucht war. Sein Herz klopfte wild, bis er erkannte, daß sie nur die beiden Polizisten unten beobachtete. Verdammte Bastarde! Widerwillig ging er aus dem Zimmer. Manchmal wünschte er sich, er hätte einen Röntgenblick. Oder er wäre der Unsichtbare und könnte bei ihr im Zimmer sein.

Seine Frau blickte vom Bildschirm hoch und hörte kurz zu stricken auf, als sie ihn hereinkommen hörte. »Spielst du heute abend nicht mit deinen Zügen, Liebling?« fragte sie.

»Nein«, erwiderte er kläglich. »Macht mir heute nicht viel Spaß.«

Draußen patrouillierten die beiden Polizisten im Gleichschritt.

»Verdammt kalt, Del«, sagte der eine und blies in seine behandschuhten Hände.

»Ja weiß nicht, warum die keinen Wagen einsetzen.«

»Die können ja nicht jede Nacht auf jeder Straße einen Wagen fahren lassen. Wir haben ohnehin zu wenig für das Revier.«

»Aber viele Helme.«

»Was?«

»Nicht genug Streifenwagen, aber viele Helme. Ich hatte dieses Jahr drei. Wurden mir bei den Spielen eingebeult.«

»Erzähl weiter.«

»Bei jedem Einsatz. Die Burschen sollten langsam mal eingesperrt werden, statt daß man sie laufen läßt.«

»Ich hab' die Einsätze beim Fußball genossen. Du hattest also drei Helme?«

»Und ein neues Funkgerät. Einer der Burschen ist mit dem letzten abgehauen. Die Menge öffnete sich vor ihm wie das Rote Meer und stürzte sich auf mich, als ich ihm nachrannte.«

Sie gingen schweigend weiter. »Sind einfach zu viele da.«

»Was, Helme?«

»Nein, du blöder Hund. Fußballfans. Zu viele von denen, zu wenig von uns. Die haben wir nicht unter Kontrolle. Früher gab's nur ein paar Störenfriede, jetzt sind's fast alle. Mit denen werden wir nicht fertig.«

»Ja, die meisten sind verrückt.«

»Nee, lassen sich nur mitreißen.«

»Ich weiß, was ich mit denen machen würde.«

Del schnalzte. »Das darfst du nicht, Kleiner, Sie sind nur Opfer ihrer Umwelt.«

»Umwelt? Ich hab' noch keinen Gebrechlichen darunter gesehen, 'ne satte Tracht Prügel täte denen gut.«

»Aber, aber. Laß das bloß nicht den Sozialarbeiter hören.«

Der jüngere Polizist warf einen Blick nach links auf das große, verlassene Gebäude, das aus der Finsternis ragte.

»Dieses Haus ist mir unheimlich«, bemerkte er.

»Ja? Ist mir ziemlich egal.«

»Noch ein Haufen Wahnsinniger.«

Del nickte zustimmend. »Gibt's in dieser Straße reichlich.«

Der jüngere Polizist schaute die Straße entlang. »Möchte wissen, wer heute nacht dran ist.«

Del grinste. »Nee, hier ist Ruhe und Frieden fällig. Hat genug Ärger gegeben. In den Häusern dürfte es keine Mörder mehr geben.«

»Hoffentlich hast du recht«, sagte der Jüngere, während sie ihren Streifengang fortsetzten. Das Geräusch ihrer Schritte wurde von der Dunkelheit verschluckt, als sie an dem Haus namens Beechwood vorbeigingen.

Julie goß die lauwarme Milch in die Tasse und trank prüfend einen kleinen Schluck. Ihr was es egal, ob der alte Bastard sich die Kehle verbrannte, außer daß das eine Nacht voller Gejammer bedeutete. Und sie war sich nicht sicher, ob sie noch mehr ertragen konnte.

Sechs Jahre war sie schon bei ihm — sechs Jahre niedrigste Hausarbeit, Krankenpflege, Trösten, seinen Dreck wegräumen und ... diese andere Sache. Wie lange würde er noch leben? Als sie gekommen war, hatte sie geglaubt, daß er es allenfalls noch zwei oder drei Jahre machen würde. Aber er hatte sie reingelegt. Sechs Jahre! Die Versuchung, etwas in seine Suppe oder Milch zu tun, war fast unwiderstehlich, aber sie wußte, daß sie vorsichtig sein mußte. Die Umstände wären zu eindeutig. Sein Testament würde sofort den Verdacht auf sie lenken; es konnte auf niemand anderen verweisen. Und es gab sonst auch niemand, dem er sein Geld vererben konnte. Sie wußte, daß er nicht reich war, aber er hatte genug, ihr all diese Jahre ihren Lohn zu zahlen, ohne daß er irgendein Einkommen hatte, und ihm gehörte das Haus, in dem sie wohnten. Gott, wenn er starb, würde sie das zu einem großartigen Haus machen. Vielleicht zu einem kleinen Altenpflegeheim. Dazu war es groß genug. Es gab nur wenige ähnliche Häuser in der Willow Road — alte viktorianische Häuser, die bessere Tage gesehen hatten, aber auch sie waren so schmutziggrau wie die anderen ringsum. Ja, es würde ein schönes Pflegeheim werde. Nur fünf oder sechs alte Leute, keiner mit schweren Krankheiten — das wäre zu aufwendig. Und nur wenig Personal. Keine Schinderei mehr für sie! Sie würde nur alles überwachen. Wieviel Geld hatte der alte Mann? Ihre Augen glitzerten im Küchenlicht gierig. Er hatte oft genug auf diesen »kleinen Notgroschen« angespielt, den er für sie gespart hatte. Sie hatte — heimlich natürlich — versucht herauszufinden, wieviel dieser »kleine Notgroschen« wert war, aber der alte Narr grinste sie nur schlau an und rieb seinen Finger an der Nase. Listiger alter Bastard.

Sie stellte den Milchbecher auf das Tablett neben seine Medizinflasche, den Löffel und verschiedene Pillen. Gott, wie er klappern würde, wenn sie ihn hochnähme und schüttelte — und das würde bei ihrer Kraft nicht schwer sein, da er nur aus Haut und Knochen bestand. Die Hälfte der Pillen brauchte er eigentlich nicht, aber sie erweckten den Eindruck, als kümmere man sich um ihn. Aber wie lange noch? Wie lange würde dieser alte Narr noch leben und wie lange noch konnte sie ihn ertragen? Geduld, Julie, sagte sie sich. Das Warten lohnt. Gott, sie würde auf seinem verdammten Grab tanzen. Vielleicht würde ihm der Winter den Rest geben? Der alte Knochen hielt nichts von der Zentralheizung, und der kleine Elektroheizer in seinem Zimmer heizte nur das Stück Teppich vorne dran. Sie hatte sein Schlafzimmerfenster oft genug aufgelassen, wenn sie zum Einkaufen ging und sich mitten in der Nacht hineingeschlichen, um es zu öffnen, wenn er schlief. Und bevor er erwachte, schloß sie es morgens wieder. Wenn er sich in diesem Winter keine Lungenentzündung holte, dann würde er nie sterben. Aber sie mußte vorsichtig sein; manchmal glaubte sie, daß er nicht so senil war, wie er tat.

Sie nahm das Tablett und begann, die Treppe zum Schlafzimmer hochzusteigen. Auf der düsteren Treppe rutschte sie fast aus, Milch wurde auf dem Tablett verschüttet und sie verfluchte seinen Geiz. Das ganze Haus war nur düster erleuchtet, weil er zu schwache Glühbirnen benutzte. Selbst wenn eine entzwei ging war es schwer, seine Erlaubnis zu bekommen, eine neue zu kaufen. Er überprüfte jede Rechnung, die sie ihm vorlegte, und sein ganzer Körper war dann plötzlich wachsam, seine Hilflosigkeit rätselhafterweise wie weggeblasen; es war, als rechne er damit, daß sie ihn betrog. Als ob die wöchentliche Einkaufsabrechnung ihre Erfindung gewesen wäre. Alter Geizhals! Das einzige, was er gern bezahlte, waren die Medizin und die Pillen, die sie ihm gab. Das betrachtete er als Lebensversicherung.

Benjamins wäßrige alte Augen beobachteten sie, als sie den Raum betrat. Er zog die Decken unter sein Kinn und lächelte sie zahnlos an.

»Sei gesegnet, Julie«, sagte er. »Du bist ein gutes Mädchen!«

»Sie trug das Tablett zum Bett hinüber und rückte die Lampe auf dem kleinen Nachttisch beiseite, um Platz zu machen. Die Schatten im Zimmer veränderten sich.

»So«, sagte sie und setzte sich schwer auf die Bettkante. »Zuerst die Medizin, dann deine Pillen. Die kannst du mit der Milch nehmen.«

»Hilf mir, mich aufzurichten, Julie«, sagte er schwach.

Julie stöhnte innerlich, da sie wohl wußte, daß er sich allein aufrichten konnte. Sie griff unter seine Achseln, hob seine leichte Gestalt in sitzende Position und schüttelte die Kissen hinter ihm auf. Er saß da und grinste sie an, gelb, faltig und zahnlos. Sie wandte ihren Kopf ab.

»Medizin«, sagte er.

»Sie nahm die Flasche und goß etwas auf den Löffel. Benjamin öffnete seinen Mund weit und sie wurde an einen jungen Vogel erinnert, der darauf wartete, daß man ihm einen Wurm in den Schnabel stopfte. Julie schob den Löffel hinein und unterdrückte das Verlangen, ihm das ganze Ding in die dürre Kehle zu stopfen; er schlürfte die klebrige Flüssigkeit geräuschvoll.

»Noch einen, wie ein guter Junge«, zwang sie sich zu sagen.

Er verzog das Gesicht zu einer kindlichen Grimasse und ließ dann den Unterkiefer sinken.

Als er den zweiten Löffel geschluckt hatte, kratzte sie damit über sein Kinn und streifte die Tropfen in seinen Mund zurück. Anschließend kamen die Pillen, die sie ihm wie Oblaten auf die bebende Zunge legte und die mit Milch hinterhergespült wurden. Sie wischte ihm den Mund mit einem Kleenextuch ab und er sank in sein Bett zurück, den Kopf noch immer durch die Kissen gestützt und mit einem Ausdruck der Zufriedenheit auf seinem Gesicht.

»Du hast versprochen, bei mir zu sitzen«, sagte er listig.

Sie nickte und wußte, was er meinte. Es war ein bescheidener Preis, den sie für das Geld des alten Bastards zahlte.

»Du bist gut zu mir, Julie. All die Jahre hast nur du dich um mich gekümmert. Du bist alles, was ich habe. Aber du wirst es nicht bedauern, das verspreche ich dir, das wirst du nicht. Wenn ich tot bin, wird es dir gelohnt werden.«

Sie tätschelte seine Hand. »So darfst du nicht sprechen. Du hast noch Jahre vor dir. Wahrscheinlich überlebst du mich.«

Sie war erst neunundreißig, deshalb war diese Möglichkeit unwahrscheinlich, dachte sie.

»Es wird dir gelohnt werden, Julie«, wiederholte er. »Löse dein Haar, meine Liebe. Du weißt, wie gern ich es sehe.«

Julie langte hinter ihren Kopf, und nach wenigen raschen Griffen fiel ihr üppiges dunkelbraunes Haar über ihre breiten Schultern. Es war lang, und als sie ihren Kopf zurückwarf, fiel es fast bis auf ihren Rücken hinab.

Er hob eine zitternde Hand. »Laß es mich fühlen, Liebes, ich fasse es so gerne an.«

Sie beugte sich vor, so daß ihre leuchtende Mähne in seiner Reichweite war. Er fuhr mit einer knorrigen Hand hindurch. »Wundervoll«, murmelte er, »So dick, so stark. Du bist wirklich gesegnet, Julie.«

Sie mußte lächeln. Ja, ihr Haar war etwas Besonderes. Sie wußte, daß ihr Körper schwer war, obwohl ihre wohlgerundeten Kurven nicht unattraktiv wirkten — als Rubensmodell hätte man sie beschreiben können; und auch ihr Gesicht war etwas dicklich, aber nicht unattraktiv. Ihr Haar jedoch war — wie ihr betrunkener Vater in Irland zu ihr zu sagen pflegte — ein »Geschenk der Götter«. Sie gab sich schüchtern, spielte das Spiel, wie er es gern mochte.

»Komm, liebe Julie«, sagte er flehentlich, »laß mich dich anschauen.«

»Du weißt, daß ich das nicht tun sollte, Benjamin.«

»Es ist doch nichts Böses. Komm schon«, beschwatzte er sie.

»Es könnte dein Herz überanstrengen, Benjamin.« Sie hoffte, daß es eines Tages so sein würde.

»Mein Herz klopft bereits heftig, Liebes. Willst du mir nicht eine Belohnung für die Belohnung geben, die ich dir hinterlasse?«

»Du sollst so nicht reden. Außerdem ist es eine Belohnung für mich, daß ich mich um dich kümmern kann.

»Dann kümmere dich jetzt um mich, Julie.«

Sie stand auf weil sie wußte, daß er ungeduldig wurde, wenn das Spiel zu lange dauerte. Sie griff an ihren Rücken, hakte den Kragen auf und löste die restlichen Knöpfe so, daß das steife Kleid lose um ihre Schultern hing. Julie streifte das Oberteil herunter und stand vor ihm in einer gespielten Pose von Bescheidenheit; ihre Brüste hingen schwer in ihrem BH.

Sein Mund öffnete sich, als er zu ihr aufblickte, die Winkel feucht von Speichel. Er nickte kurz und heftig und forderte sie auf, weiterzumachen. Julie löste den Gürtel, der die weiße Schwesternschürze um ihre Hüfte hielt, und ließ sie zu Boden fallen. Sie streifte das Kleid nicht ohne Mühe über ihre Hüften, und der gestärkte Stoff knisterte, als er an ihren Beinen herunterglitt. Das Gummiband an ihrer dunklen Strumpfhose hatte sich tief in ihre Taille eingeschnitten, und sie grub ihre Daumen in das Fleisch, um es zu finden. Benjamin stöhnte, als sie die Strumpfhose über ihre festen Beine streifte und dann über ihm stand, ein Berg von weißem Fleisch, der nur von BH und Höschen unterteilt wurde.

»Lieblich«, sagte er, »so lieblich.« Seine Hände verschwanden unter der Decke, um nach seinem geschrumpften Glied zu suchen. »Der Rest, liebe Julie. Nun der Rest.«

Sie enthakte ihren Büstenhalter, ihre große Brüste wurden frei und ruhten trotzig auf ihrer Bauchwölbung. Der BH fiel auf den Kleiderhaufen zu ihren Füßen, und sie strich mit ihren großen Händen über ihre Brüste, preßte sie und streichelte die rosa Knöpfe, bis sie wie stumpfe Antennen hervorquollen. Wieder ließ sie ihre Finger über ihren massigen Bauch gleiten, schob die Daumen in ihr Höschen und zog es langsam über ihre Schenkel hinunter. Er stöhnte laut und reckte seinen Hals aus dem Kissen, um ihr dunkles, buschiges Dreieck besser sehen zu können.

Völlig nackt stützte sie ihre Hände auf die Hüften und stand vor ihm.

»Ja, ja, Julie. Du weißt, was du jetzt tun mußt.«

Sie tat es. Sie tanzte.

Ihr riesiger Schatten folgte ihren Bewegungen durch das Zimmer, streckte sich manchmal bis zur Decke, als sie in die Nähe der Lampe kam und tauchte sie beide in Dunkelheit. Sie wendete sich hin und her, hockte sich hin und sprang auf, warf ihre Arme hoch in die Luft, so daß er jeden Zentimeter ihres fleischigen Körpers sehen konnte. Mit einer Pirouette, die unbeholfen ausgeführt und grotesk anzuschauen war, schloß sie. Er rief: »Noch einmal!« und seine Augen glänzten vor Erregung.

Julie ließ sie atemlos in einen Korbsessel fallen, der in einer schattigen Ecke des Raumes stand, und die hölzernen Streben drückten sich unangenehm in ihre bloße Haut. Aber er mochte es, wenn sie in Phase zwei des Spieles hier saß.

Er beobachtete sie erwartungsvoll, wartete darauf, daß sie zu Atem kam, und sein eigener Atem ging scharf und schnell vor Erregung. Wenn sie gewußt hätte, daß das Geld fast weg war! Ihre Bezahlung hatte fast alles verschlungen; es war noch genug für ein Jahr da, allenfalls für anderthalb Jahre, dann war nichts mehr übrig. Aber sie war das wert gewesen! Bei Gott, das war sie! Er hatte in dem Augenblick, als Julie durch die Tür gekommen war, gewußt, daß sie die Richtige war. Alles an ihr war sensationell gewesen: ihre robuste Figur, die Art, wie sie sich bewegte, diese hochgeknöpfte, gestärkte Schwesterntracht, die sie trug. Sogar ihre Stimme mit dem leichten irischen Tonfall. Und als er zum ersten Mal ihr wundervolles Haar wie einen Wasserfall hatte über ihre Schultern fließen sehen! Gott! Sie war die Richtige! Die anderen hatten ihre Arbeit gut gemacht, aber sich wenig um ihn und seine Bedürfnisse gekümmert. Er hatte nicht lange gebraucht, Julie davon zu überzeugen, daß ihre Zukunft bei ihm und nicht bei der Schwesternagentur lag. Natürlich war ein wenig Betrug nötig gewesen, doch hatte er schließlich all diese Jahre für sie gesorgt. Es war eine Schande, daß das zu Ende ging, aber mit dem Geld, das er für das Haus bekommen würde, konnte er seine letzten Jahre in einem komfortablen Pflegeheim bezahlen. Aus dem Erlös würde er ihr ein paar hundert Pfund geben, vielleicht sogar dreihundert; sie war sehr zuvorkommend gewesen. Das sollte sie glücklich machen! O ja, Julie, jetzt, tu es jetzt!

Julies Beine waren weit gespreizt, und ihre Hand wanderte zwischen ihre Schenkel. Ihre Finger bahnten sich einen Weg durch ihr Haardreieck und sie stöhnte, nicht zu seinem Vergnügen, sondern weil ihre eigene Leidenschaft zu erwachen begann. Selbstbefriedigung war ihr größtes Vergnügen. Männer waren bei den wenigen Gelegenheiten, die sie gehabt hatte, einen ins Haus zu schmuggeln, selten stark genug für ihr Verlangen gewesen. Ihre Zähne bissen auf ihre Unterlippe und ihr Gesicht wurde schweißnaß, während sich die Bauchmuskeln spannten.

Benjamins Bewegungen unter der Bettdecke waren schneller geworden, jedoch vergeblich. »Julie«, rief er, »komm jetzt hierher, bitte, hierher!«

Er blinzelte, als sie ihre weiße, riesige Gestalt in dem schwachen Licht zu verdüstern schien. Die Glühbirne wurde schwächer, dachte er, oder sein Sehvermögen ließ vielleicht ebenso nach, wie gewisse andere Teile seines müden alten Körpers. Die Schatten im Raum wurden dunkler und er konnte sie jetzt kaum sehen, nur ihre Beine von den Knien abwärts, die auf dem schwarzen Fleck in der Ecke herausragten; ihre großen Füße zuckten krampfartig.

»Julie! Bitte, komm jetzt ins Bett«, bettelte er. »Ich brauche dich, meine Liebe.«

Ihre große Gestalt löste sich aus dem Schatten und sie kam zum Bett herüber. Er grinste, als sie die Decken zurückwarf und sich neben ihn legte.

»Gutes Mädchen, Julie. Du bist mein Mädchen«, murmelte er, als sie seinen hageren Körper mit ihrem heißen Fleisch bedeckte.

»Vorsichtig jetzt«, keuchte er, als ihr Gewicht ihn begrub und ihm die Luft aus den Lungen trieb. Sie rollte beiseite und ihre Hand griff unten nach ihm. Er fuhr bei ihrer rohen Behandlung zusammen, denn sie zog und knetete an ihm, als ob sie ihn in festere Form bringen wollte.

»Sei vorsichtig, Julie«, klagte er, »du bist so grob.« Er konnte ihren heißen Atem in seinem Ohr keuchen hören. Seine alten Hände packten ihre wackelnden Brüste und preßten die beiden Spitzen zusammen, hielten sie so, daß seine Lippen sich darum schließen konnten. Er saugte an den Brustwarzen und gab wie ein Baby Gurgelgeräusche von sich — dann jaulte er auf, als ihr Arm unter ihn glitt und sie seinen Körper mit heftigem Schwung auf den ihren zog.

»Komm, du alter Bastard, gib's mir«, flüsterte sie.

»Julie, was ...«

Seine Worte wurden abgeschnitten, als sie ihre Beine spreizte und versuchte, ihn in sich zu ziehen. Ihre großen Hände schlossen sich um sein fleischloses Gesäß und ihre Hüften hoben sich ihm vom Bett entgegen.

»Julie!« schrie er. »Hör sofort damit auf!« Er fühlte sich, als ob sein Unterkörper zermalmt, seine Knochen pulverisiert würden.

»Komm schon, du alter Bastard!« Tränen der Enttäuschung rannen aus Julies Augen, flossen über ihr Gesicht. Sie hob sich und zog, sie krümmte sich und zuckte, aber in ihr war nichts, was Substanz hatte. »Komm!« schrie sie, und die Schatten schlossen sich um sie. Es gab ein kaum hörbares zischendes Geräusch, als die Glühbirne platzte und die Dunkelheit sie wie eine schwarze Flut umfing.

Er jammerte jetzt, hatte Schmerzen und wollte sich verzweifelt befreien. Aber sie ließ ihn nicht los, sie hielt ihn mit einer Hand an sich gepreßt. Ihre Hand griff hinter ihren Kopf, sie nahm ihr Haar, das dort auf das Kissen quoll, formte es zu einem langen, dicken Zopf und schlang es um seinen hageren Hals.

»Julie, was tust du da? Bitte hör auf! Ich will nicht ...«

Seine Worten wurden erstickt, als sie an dem Haar zu ziehen begann und auch ihre andere Hand dazu benutzte. Sie zog immer heftiger, fester daran, und sein Gesicht verzerrte sich, die Augen waren vor Entsetzen weit geöffnet und aus seinem Mund drangen kleine weißen Flocken.

»All diese Jahre ...«, zischte sie zwischen zusammengebissenen Zähnen. »All diese Jahre ...« Die Tränen kamen ihr erneut, weil sie den Schmerz an ihren Haarwurzeln spürte. Aber sie zog weiter und seine gurgelnden Geräusche waren Musik in ihren Ohren. »All diese Jahre ...«

Die Dunkelheit in dem Raum begann noch dichter zu werden, bis es nicht einmal mehr genug Licht gab, um die Spalten der Vorhänge zu durchdringen. Sie konnte in der

Schwärze überhaupt nichts sehen. Sie konnte nur sein gurgelndes Keuchen hören. Und das war genug.

8

Er saß in dem Wagen und beobachtete furchtsam das Haus. Obwohl der Motor abgestellt war, umfaßten seine Hände das Lenkrad fest, als sei er unentschlossen, ob er bleiben oder davonfahren sollte. Diesmal war die Sonne hinter besorgten Wolken versteckt und die Fenster waren schwarz und verschwiegen. Beechwood war kein gewöhnliches Haus mehr.

Bishop holte tief Atem, ließ das Lenkrad los, nahm mit einer Hand die Brille ab und legte sie auf den Beifahrersitz. Dann griff er nach seinem Koffer. Er ging rasch über das Pflaster, da er wußte, daß er das Haus niemals betreten würde, wenn er noch länger zögerte. Er wußte, daß seine Furcht irrational war, aber das machte sie nicht weniger gegenwärtig. Die Tür öffnete sich, als er die Stufen hochging, und Jessica lächelte ihn an. Als er näherkam, sah er, daß das Lächeln gespannt war; in ihren Augen war Nervosität. Er verstand diese Nervosität.

»Wir dachten, Sie kämen nicht«, sagte sie.

»Sie bezahlen mich doch, oder?« erwiderte er und bedauerte augenblicklich seine Grobheit.

Jessica blickte beiseite und schloß die Tür. »Man erwartet Sie.« Sie deutete auf die Tür zu seiner Linken, die gegenüber der Treppe. Einen Augenblick konnte er sich nicht bewegen, erwartete fast, die Beine über der Treppe baumeln zu sehen und den gefallenen Schuh darunter. Sie waren natürlich fort, aber die Schürfmarken an den Wänden waren geblieben.

Er spürte den leichten Druck von Jessicas Hand auf seinem Arm und verdrängte die Gedanken. Fast. Langsam ging er über den Korridor zu dem Zimmer. Eine Frau wartete dort mit Kulek und erhob sich, als Bishop hereinkam.

»Ich bin froh, daß Sie gekommen sind, Chris«, sagte Kulek aus dem Sessel, in dem er Platz genommen hatte, eine Hand auf den Spazierstock gestützt. »Das ist Mrs. Edith Metlock. Sie ist hier, um zu helfen.«

Bishop schüttelte ihre Hand und versuchte sich zu erinnern, wo er den Namen vorher gehört hatte. Sie war klein und stämmig, fast eine Matrone. Graue Strähnen liefen durch ihr schwarzes, krauses Haar, und ihre Wangen wölbten sich, als sie lächelte. Ihm wurde bewußt, daß sie früher sehr schön gewesen sein mußte, doch Beleibtheit und die Zeit verbargen diese Schönheit fast ganz. Ihre blassen Augen wirkten wie die Jessicas nervös. Ihr Händedruck war fest, doch ihre Handfläche war trotz der Kälte des Raumes feucht.

»Nennen Sie mich Edith«, sagte sie zu Bishop, und jetzt mischte sich Neugier mit ihrem Unbehagen.

»Wie wollen sie helfen ... ?« Er stoppte mitten im Satz. »Edith Metlock? Ja, mir kam der Name bekannt vor. Sie sind ein Medium, nicht wahr?« Er spürte, daß er ärgerlich wurde.

»Ich bin eine Sensitive, ja.« Sie ließ seine Hand los, als sie die Aggression bemerkte, wußte um die Skepsis, die folgen würde.

Bishop wandte sich an Kulek. »Das haben Sie mir nicht gesagt. Das ist nicht erforderlich.«

»Es wurde erst im letzten Augenblick beschlossen, Chris«, entgegnete Kulek besänftigend. »Da das Haus so bald abgerissen wird, haben wir nicht viel Zeit. Edith ist zum Beobachten hier. Wenn nötig, wird Sie Ihnen helfen.«

»Wie? Indem sie die Geister der Menschen ruft, die hier starben?«

»Nein, nichts dergleichen. Edith wird uns etwas über die Atmosphäre des Hauses erzählen, die Gefühle, die sie empfängt. Sie wird Ihnen helfen, sich zu erinnern.«

»Ich dachte, wir würden dieses Haus mit wissenschaftlicheren Mitteln untersuchen.«

»Das werden wir auch. Edith ist nur eine zusätzliche Forschungsmethode, falls Ihr, sagen wir materielleres Vorgehen scheitert.«

»Sie glauben noch immer, daß ich etwas von meinem letzten Besuch vergessen hätte. Warum sind Sie dessen so sicher?«

»Ich bin nicht sicher. Aber Ihnen fehlen mehrere Augenblicke. Sie fanden sich vor dem Haus wieder, ohne zu wissen, wie Sie dorthin gelangt waren.«

»Das ist nicht ungewöhnlich, wenn jemand in Panik gerät.«

»Nein, aber wir sprechen von einem ungewöhnlichen Ereignis.«

»Darf ich unterbrechen?« sagte Edith Metlock, von einem zum anderen blickend. Ohne auf eine Antwort zu warten, fragte sie Bishop: »Warum haben Sie solche Angst?«

»Angst? Wie kommen Sie darauf?«

»Ihr ganzes Verhalten, Mr. Bishop. Die seltsame Art, wie Sie diesen Raum betraten'. . .«

»Mein Gott, wenn Sie gesehen hätten. . . .«

»Ihr Widerstand gegen Jacob Kuleks Bemühungen, das Geheimnis dieses Hauses zu entdecken . . .«

»Das ist Unsinn . . .«

Bishops Proteste verstummten und er starrte mit grimmigem Gesicht auf das Medium. »Ja, ich habe etwas gegen Ihre Anwesenheit. Ich hörte, daß Sie einen exzellenten Ruf als Medium haben; unglücklicherweise schätze ich Leute Ihrer Art nicht so.«

»Meiner Art?« Sie lächelte ihn an. »Ich habe auch von Ihnen gehört, Mr. Bishop. Sie stehen in dem Ruf, große Freude daran zu haben, die Fehler von Leuten ›meiner Art‹ zu enthüllen.«

»Nicht die Fehler, Mrs. Metlock. Ich würde das eher Betrügereien nennen.«

Auf Jacob Kuleks Gesicht zeichnete sich Sorge ab. »Chris, bitte. Edith ist auf meine Einladung hier.«

Sie ging zu Kulek hinüber und tätschelte seine Hand. »Ist schon in Ordnung, Jacob. Mr. Bishop hat ein Recht auf seine Meinung. Ich bin sicher, daß er Gründe für sein Verhalten hat. Vielleicht wird er es uns erzählen?«

»Ich denke, wir haben genug Zeit vergeudet«, sagte Bishop ärgerlich. »Dann bleiben Sie eben. Aber versuchen Sie nicht, sich in meine Arbeit zu mischen.«

Jessica trat neben den Forscher. »Chris hat recht, wir vergeuden Zeit. Laß uns anfangen, Vater.«

»Ich werde Ihnen aus dem Weg gehen, Mr. Bishop«, sagte Edith Metlock. »Während Sie untersuchen, werde ich in diesem Raum bleiben. Falls Sie mich brauchen . . .«

»Das werde ich nicht. Vielleicht können Sie mir helfen, Jessica?«

»Natürlich.«

»Was haben Sie vor, Chris?« forschte Kulek.

»Zuerst werde ich die Temperatur jedes Raumes messen. Ich weiß nicht, ob Sie es bemerkt haben, aber es ist hier drinnen viel kälter als draußen.«

»Ja«, sagte Jessica, »das habe ich als erstes bemerkt. Ich dachte, es läge daran, weil das Haus lange unbewohnt war.«

»Wahrscheinlich ist das der Grund. Dennoch wird es interessant sein, festzustellen, ob das in allen Räumen so ist.« Er ignorierte das leichte Lächeln des Mediums. »Miss Kirkhopes Hausverwalter hat mir eine geologische Karte des Gebietes sowie ein Meßtischblatt besorgt. Die eine wird uns verraten, auf welchem Boden das Haus steht und wie die Bodenbeschaffenheit ringsum ist; der anderen entnehmen wir, ob es irgendwelche Wasseradern nahe dem Anwesen gibt. Tunnels oder unterirdische Flüsse könnten die Kälte verursachen — oder vielleicht nennen Sie es lieber ›Atmosphäre‹, Mrs. Metlock.«

»Das tue ich sicher«, sagte das Medium noch immer lächelnd. »Ich spürte das sofort beim Eintreten. Aber ich hoffe, Sie finden einen physikalischen Grund dafür, Mr. Bishop.«

»Dann möchte ich das Haus untersuchen. Leider gibt es keine Baupläne mehr, aber ich werde es selbst vermessen. Ich möchte wissen, welche Baumaterialien verwendet wurden, ich werde die Wände auf Feuchtigkeit untersuchen und nach Rissen forschen.«

»Es scheint, als brauchten Sie für Ihre Arbeit mehr praktisches Wissen als paranormale Erfahrung«, bemerkte Kulek.

»Praktisches Wissen überwiegt bei weitem. Ich war Bausachverständiger, bevor ich auf Geisterjagd ging.«

»Und wenn Sie all das getan haben?« fragte Kulek.«

»Dann möchte ich hier über Nacht einiges an Geräten aufstellen.«

»Geräte?«

»Ich möchte wissen, ob es irgendwelche Aktivität in diesem Haus gibt, das angeblich leer ist. Ich beabsichtige, eine Kamera aufzustellen, die mit einem Tonbandgerät verbunden ist, dazu Fotozellen sowie Schall- und Vibrationsdetektoren. Wenn sich irgendetwas in diesem Haus bewegt oder ein Geräusch macht, werden wir das erfahren.«

»Aber das können Sie nur in einem Zimmer aufbauen«, sagte Jessica.

Bishop nickte. »Dies hier wird das Zimmer sein. Bei den anderen muß ich mich auf Pulver und schwarze Baumwolle verlassen. Wenn wir in einem der anderen Zimmer Störspuren finden, bauen wir die elektrische Ausrüstung für die nächste Nacht dort auf.«

»Haben Sie erwogen, über Nacht in Beechwood zu bleiben?« Es war das Medium, das die Frage stellte.

»Sicher. Und ich habe mir mit ›nein‹ geantwortet.«

»Aber ich dachte, Sie glauben nicht an Geister?«

»Ich hab's nicht gerne unbehaglich.« Er wandte sich an das Mädchen. »Jessica, ich habe zwei Thermometer gekauft. Es würde Zeit sparen, wenn Sie ein Zimmer testen, während ich das mit einen anderen Raum mache.«

»Gut, sollen wir hier anfangen?«

»Nein, oben. Ich möchte zuerst den Grundriß kennenlernen. Jacob, wollen Sie mit uns kommen?«

»Ich werde mit Edith hierbleiben. Ich fürchte, ich wäre keine große Hilfe für Sie.« Er lächelt Bishop und seine Tochter ermutigend an.

Bishop nahm seinen Koffer und forderte Jessica auf, ihm zu folgen. Am Treppenfuß blieb er stehen und blickte zu dem düsteren Grau des Absatzes oben hinauf.

»Ich nehme an, daß dort kein Strom ist.«

»Nein, das haben wir schon überprüft«, sagte Jessica.

Bishop hob die Schultern. »Ich hatte damit auch nicht gerechnet.«

Er stieg die Treppe hoch, nahm zwei Stufen gleichzeitig, und das Mädchen beeilte sich, ihm nachzukommen. Oben wartete er auf sie.

»Hier fand ich die erste Leiche«, sagte er, zur Ballustrade nickend. »Sie hing dort.«

Er sah sie erschauern.

»Sind Sie in eines dieser Zimmer gekommen?« »Nein. Nur in das große Zimmer unten. Das reichte.« Er ging zum Ende des Absatzes und zog die Vorhänge auf. Licht fiel herein, drang aber nicht weit in den Korridor.

»Kommen Sie!« rief er ihr zu, und sie begaben sich zur nächsten Treppe.

»Zwei Obergeschosse«, kommentiert er, während er in seinen Aktenkoffer griff und eine Taschenlampe herausholte. »Die Schlafzimmer werden auf dieser Etage sein, oben sind wahrscheinlich die Quartiere der Dienstboten. Es ist hell genug, aber wir brauchen die Lampe, um in Schränke und dergleichen zu schauen.«

Die zweite Treppe ging er langsamer hoch, Jessica konnte dicht neben ihm bleiben. Auf dem oberen Absatz befanden sich vier Türen, die alle verschlossen waren. Wieder ging er zum Fenster und öffnete die Vorhänge. Ein muffiger Geruch drang in seine Nase. Im Tageslicht konnte man die Luke sehen, die auf den Dachboden führte.

»Das Dach sehe ich mir später an«, sagte er.

Jessica drehte den Griff der Tür, die ihr am nächsten war. Er ließ sich leicht drehen, und sie stieß die Tür auf. Das kleine Zimmer war unmöbliert, der Fußboden nackt und altersdunkel. Sie sah einen winzigen eisengerahmten Kamin. Bishop ging an ihr vorbei darauf zu, duckte sich und leuchtete in den Kamin. Er zog seine Kopf heraus und sagte: »Kann nicht viel sehen. Ich weiß nicht, ob er verschlossen ist oder nicht.«

»Ist das wichtig?«

»Ich muß wissen, woher Zugluft kommen kann. Oder ob Vögel in den Schornsteinen nisten. Unsere gefiederten Freunde sind oft Ursache für ›Geisterflattern‹.« Er nahm ein Thermometer aus seinem Koffer, sah sich nach einem geeigneten Aufstellplatz um und stellte es auf dem schmalen Kaminsims hochkant an die Wand. Dann holte er einen Skizzenblock und einen feinen Filzstift heraus. An den Fenster waren keine Vorhänge, so daß das Licht reichte.

»Ich mache von jedem Raum einen Plan«, erklärte er, »dann einen Gesamtplan des Hauses. Darin markiere ich alle Zugstellen, Löcher, die nicht da sein sollten, verfaulte Bodenbretter und alle etwaigen Veränderungen des Gebäudes. Sie könnten nach Feuchtigkeitsspuren suchen.«

»Soll ich hier anfangen?«

»Nein, bringen Sie das andere Thermometer ins Nebenzimmer. Es spart Zeit, wenn wir sie anschließend ablesen können.«

Jessica nahm das Instrument und verließ das Zimmer. Sie blieb draußen kurz stehen. Irgendwie schien im Korridor weniger Licht als zuvor zu sein. Das ist verrückt, sagte sie sich. Es war noch früher Vormittag. Die Wolken draußen waren dichter geworden, das war alles. Sie ging zur nächsten Tür und drehte den Griff.

Er bewegte sich leicht, doch als sie dagegen drückte, öffnete sich die Tür nur wenig und stieß dann auf Widerstand. Jessica drückte heftiger, und die Tür schien gegen etwas Weiches, aber Federndes zu stoßen. Diesmal preßte sie ihre Schulter gegen die Tür und drückte heftig dagegen. Sie bewegte sich zwei Zentimeter, und sie spähte durch den Spalt, doch es war zu dunkel im Zimmer, um etwas deutlich sehen zu können. Ihr Blick wanderte nach unten und sie konnte die Kontur von etwas Massigem sehen, das quer hinter der Tür lag. Sie wagte nicht daran zu denken, was das sein könnte.

»Chris!« rief sie, bemüht, ihre Stimme fest klingen zu lassen. »Könnten Sie einmal kurz hierher kommen?«

Er kam aus dem Zimmer und runzelte die Stirn, als er die Angst auf ihrem Gesicht sah. Sie deutete auf die Tür.

»Etwas blockiert sie.«

Er prüfte die Tür, zog sie zu und stieß dann gegen den unsichtbaren Gegenstand. Er spürte, daß das Holz in etwas Weiches drang, bevor es auf Widerstand stieß. In dem schwachen Licht konnte er nur sehen, daß Jessicas Augen groß waren.

»Es fühlt sich an wie . . .«, sagte sie.

»Eine Leiche? Lassen Sie Ihre Phantasie nicht mit sich durchgehen. Das kann alles mögliche sein.« Dennoch spürte er ein Kribbeln an seinem Kopf.

Er warf sich mit voller Wucht gegen die Tür und stieß sie zehn Zentimeter weit auf. »Die Taschenlampe«, sagte er, und sie lief rasch in den anderen Raum. Er drückte wieder, nutzte den Schwung, und die Tür öffnete sich weit, dreißig Zentimeter, sechzig, und ein schleifendes Geräusch begleitete die Bewegung. Er nahm die Taschenlampe aus Jessicas Hand und trat, den Strahl nach unten gesenkt, halb in den Raum. Jessica sah zu, wie er sich vorbeugte und um die Tür spähte. Es schien so dunkel hinter ihm zu sein.

Er drehte sich zu ihr um, ein breites Grinsen auf seinem Gesicht. Ein Finger winkte ihr, und dann verschwand er aus dem Blickfeld. Als sie langsam näherkam, konnte sie seine Schritte hören, dann das Geräusch von Stoff, der über den Boden gezogen wurde.

Düster graues Licht erfüllte den Raum.

Jessica ging hinein und atmete aus, als sie den gerollten Teppich auf dem Boden liegen sah, dessen eines Ende gegen die Tür drückte.

»In so einem Haus kann man sich alles Mögliche einbilden, Jessica«, sagte Bishop, eine Hand noch immer an den schweren Vorhängen, die er gerade aufgezogen hatte. In seiner Stimme war eine Weiche, die sie nicht von ihm erwartet hätte.

»Es tut mir leid, Chris. Aber mit dem Haus haben Sie recht. Es regt die Phantasie an. Es ist so düster hier.«

Er trat näher zu ihr. »Der Teppich muß drüben in der Ecke gestanden haben. Durch eine Erschütterung – vielleicht als die Polizei hier war, ist er umgestürzt.«

Sie brachte ein schwaches Lächeln zustande. »Ich werde versuchen, jetzt nicht mehr so ängstlich zu sein.«

»Nur keine Sorge deshalb. Ist mir früher auch passiert. Ich habe gelernt, daß es meist eine rationale Erklärung gibt.«

»Und wenn es nicht so war?«

»Dann war ich nicht clever genug, sie zu finden.«

Bevor er wieder die Barriere zwischen ihnen errichten konnte, faßte sie nach seinem Arm. »Sagen Sie, Chris, warum waren Sie so verärgert, als Sie Edith Metlock hier trafen?« Sie sah die Kälte in seinen Augen.

»Ich war überrascht. Ich denke, Sie kennen meine Einstellung solchen Leuten gegenüber. Aber Sie haben sie hergebeten.«

»Sie ist eine echte Sensitive. Ihr Ruf ist untadelig.«

»Gibt es so etwas wie eine echte Sensitive? Ich zweifle nicht daran, daß sie sich dafür hält, und ihr Glaube an die Geisterwelt ist sicherlich echt. Aber wieviel davon ist real und wieviel kommt aus ihrem Unterbewußtsein? Ich bin sicher, daß sie Hellseherin ist, aber kann das nicht die Kraft ihres Verstandes sein?«

»Ich gebe zu, daß es das sein könnte. Aber was es auch ist, es scheint zu funktionieren.«

Er lächelte sie an, und etwas von der Feindseligkeit zwischen ihnen schmolz.

»Sehen Sie«, sagte er, »ich war sehr barsch zu Ihnen und Ihrem Vater — ganz zu schweigen von Mrs. Metlock. Nun, ich versuche, während dieser Untersuchung meine Meinung für mich zu behalten, und ich verspreche, für alles aufgeschlossen zu sein, was immer wir finden werden, vorausgesetzt, Sie und Ihr Vater tun das Gleiche.«

»Aber das haben wir.«

»Nein. Ihr Vater scheint von diesem Pryszlak besessen zu sein, und seine Betrachtungsweise könnte durch sein Wissen um diesen Mann und seine Arbeit getrübt werden.«

»Mein Vater ist völlig objektiv.«

»Wenn er das wäre, hätte er einen Psychologen geholt, damit ich mich an die vergessenen Minuten erinnern kann, nicht eine Spiritistin.«

Sie erkannte, daß er recht hatte und schwieg.

Seine Stimme war sanft, als er weiter sprach. »Entschuldigung, ich wollte Sie nicht wieder anbellen. Ich versuche nur zu verdeutlichen, daß diese Sache von zwei Seiten angegangen wird, und ich bin zufällig in der Minderheit. Wenn es eine Verbindung zwischen dem Haus und den Morden in dieser Straße gibt, dann möchte auch ich herausfinden, worin sie besteht.«

»Lassen Sie uns zusammenarbeiten, nicht gegeneinander.«

»Abgemacht.«

Sie schaute von ihm weg, und er spürte einen Augenblick, daß sie verwirrt war.

»Okay«, sagte er, »stellen Sie das Thermometer dort auf und lesen Sie das andere ab, bevor Sie ins nächste Zimmer gehen.«

Sie arbeitete systematisch im Obergeschoß des Hauses, maßen die Temperatur jedes Zimmers, suchten nach Zugluft und Feuchtigkeit, und Bishop machte genaue Zeichnungen. Sie stiegen die Treppe zu den anderen Schlafzimmern hinunter und folgten derselben Routine. Die Räume auf dieser Etage waren größer als die oben, aber die niedrige Temperatur schien konstant zu sein: fünf Grad Celsius. Die Räume hatten den muffigen Geruch von Leere. Obwohl sie in gutem Zustand waren, spürte man in ihnen den schleichenden Verfall von Wänden, von denen kein Leben widerhallte.

Jessica stand allein in einem Zimmer, um die genaue Temperatur an dem Thermometer abzulesen, das sie vor wenigen Augenblicken dort aufgestellt hatte. Sie blickte auf das Bett, dessen nacktes Federgestell die Einsamkeit des Raumes betonte, und überlegte, warum die wenigen Möbelstücke nicht fortgeschafft worden waren. Schließlich kam sie zu dem Schluß, daß sie für Miss Kirkhope wahrscheinlich unwichtig gewesen waren. Sie ging zum Fenster und blickte auf die Straße. Eine alte Frau schlurfte vorbei, ohne auch nur einen Blick auf Beechwood zu werfen. Ein Fahrradfahrer mit gesenktem Kopf kam ins Blickfeld, einen Schal um den Hals, und seine Atemschwaden lösten sich rasch in der kalten Luft auf. Eine ganz gewöhnliche Vorstadtstraße. Wie Millionen anderer. Aber in gewisser Weise eben doch ganz anders.

Jessica wandte sich vom Fenster ab und durchschritt den Raum. Sie blieb vor dem Thermometer stehen, und ihr Gesichtsausdruck wurde bestürzt. Die Temperatur war von fünf Grad auf unter Null gesunken. Sogar während sie zuschaute, zog sich das rote Quecksilber in langsamer, aber sichtbarer Bewegung nach unten. Als es zehn Grad unter Null erreicht hatte und noch immer sank, eilte sie zur Tür.

»Chris!« rief sie.

»Ich bin hier.«

Jessica rannte ins Nebenzimmer. Er hatte ihr den Rücken zugewandt und machte Notizen auf seiner Skizze.

»Chris, die Temperatur nebenan fällt rapide. Es ist unglaublich. Ich kann sehen, wie sie fällt.« Plötzlich wurde ihr bewußt, wie kalt ihr war.

Er dreht sich überrascht um und ging dann zu dem Thermometer des Raumes. »Gott, Sie haben recht«, hörte sie ihn sagen.

»Hier drin ist es zwölf Grad minus.«

Der Schrei ließ sie beide zusammenzucken. Er kam aus den Räumen unten, schrillte die Treppe hoch und hallte am Treppenabsatz.

Jessica und Bishop starrten einander kurz an und eilten dann gleichzeitig zur Treppe. Bishop erreichte sie zuerst, und als er hinabging, spürte er Verschwommenheit vor seinen Augen, Schatten, die wie Spinnweben vor ihm hingen. Jessica sah, daß er mit einer Hand vor seinem Gesicht wischte, als streife er unsichtbare Vorhänge beiseite. Sie folgte dicht hinter ihm, konnte aber kein Hindernis erkennen.

Bishop taumelte halb hinunter und überging eine Stufe, als wiche er etwas aus, was dort lag. Jessica konnte nichts sehen.

Er schwang um das Geländer am Treppenfuß und taumelte dann an die gegenüberliegende Wand, einen Ausdruck des Entsetzens auf seinem Gesicht. Jessica erreichte ihn und stützte ihn. Sie rannten weiter, als ein weiterer Schrei die plötzlich widerlich riechende Luft durchschnitt und erreichten den Raum, in dem sie Jacob und die Frau zurückgelassen hatten. Bishop blieb am Türeingang stehen und fiel auf die Knie. Alles Blut wich aus seinem Gesicht.

Der Raum war voller Menschen. Ihre Körper, viele davon nackt, waren vor Schmerz gekrümmt und verdreht, die Gesichtszüge verzerrt, als ob sie ihre Qual hinausbrüllten, aber keine Geräusche kamen über ihre Lippen. Eine Frau, die so nahe bei Bishop stand, daß er sie berühren konnte, schwankte unsicher, den Kopf nach hinten gerissen, und starrte an die Decke. Ihre Bluse war geöffnet, die Knöpfe abgerissen, und schwere Brüste drängten sich durch den Stoff. Von der Hüfte abwärts trug sie keine Kleidung, und ihre fleischigen Schenkel zitterten in einem seltsamen Krampf. Ihre Finger schlossen sich um ein Glas, und er konnte ihre weißen Knöchel sehen. Das Glas zersprang, und die wenigen Tropfen Flüssigkeit mischten sich mit dem Blutstrom, der aus ihrer Hand spritzte. Bishop zuckte zusammen, als Blut sein Gesicht näßte und wich zurück, als die Frau hinfiel. Sie landete direkt vor ihm und ihr Rücken hob sich zuckend.

Seine Blicke jagten durch den Raum und seine Augen weiteten sich bei jedem neuen Anblick des Grauens. Auf dem Boden, keine zwei Meter von ihm entfernt, lagen drei Gestalten in enger Umarmung aufeinander. Ihre nackten Leiber bebten, aber er konnte nicht sagen, ob vor Schmerz oder Ekstase. Er begriff, daß ganz unten eine Frau lag, ihre Beine weit gespreizt, ihre Arme kratzten an den Armen und Rücken der beiden Männer über ihr. Das Gesicht der Frau war Bishop zugewandt, und er konnte sehen, daß ihre Augen trübe waren, als ob sie unter Drogen stünde. Ein stark gebauter Mann bewegte sich schwerfällig auf sie zu, seine Kleider offen, so daß seine Genitalien zu sehen waren. Wildes Haupthaar und ein dichter Bart verdeckten sein Gesicht fast, aber Bishop konnte die scharfen, besessenen Augen sehen. In seiner Hand hielt er einen langen, pikenähnlichen Gegenstand mit einer scharfen Spitze. Er hielt die Spitze auf den Rücken des Mannes gerichtet, der oben auf der Dreiergruppe lag, und preßte sie langsam nach unten, bis sie die Haut durchbohrte und ein winziger Blutstropfen herausquoll. Der nackte Mann beachtete diese Verletzung nicht und preßte sich weiter an den Mann unter ihm. Der Mann mit der Pike griff nach oben und umschloß den schwarzen Schaft der Waffe mit beiden Händen. Bishop öffnete den Mund zu einem Schrei, als er begriff, was geschehen würde, doch sein Schrei erstarrte in seiner Brust.

Der bärtige Mann sprang vor, und die lange, schwarze Spitze verschwand aus dem Blickfeld, senkte sich in einen Brunnen roter Flüssigkeit. Langsam drang sie in ganzer Länge so tief, bis die blutbeschmierten Hände des Mannes schließlich nur noch Zentimeter vom Fleisch seiner Opfer entfernt waren. Alle drei Körper waren starr vor Schock, zitterten dann, und diesmal waren die Bewegungen ruckartig und krampfhaft, bis sie schließlich erschlafften. Bishop konnte den bärtigen Mann lachen sehen, aber noch immer drang kein Geräusch an sein Ohr.

Ein junges Mädchen, das Anfang Zwanzig sein mochte, kämpfte mit zwei Männern auf dem verschlissenen Sofa, das unter dem hohen Bogenfenster stand. Sie hielten sie an Handgelenken und Beinen fest. Ihr Rock war bis zur Hüfte hochgeschoben und eine Frau kniete vor ihr und hielt etwas Großes zwischen die Schenkel des Mädchens. Das Mädchen blickte auf den Gegenstand hinab, und ihre Augen waren flehend groß; Bishop sah das Klebeband, das ihre Lippen verschloß. Sie bog ihren Körper, und Bishop hob eine Hand in ihre Richtung, aber es war, als sei er von einer klebrigen Flüssigkeit umgeben, die seine Bewegungen hemmte und ihn mit schwächender Kraft nach unten drückte. Er sah, wie die Frau den doppelten Abzug der Schrotflinte betätigte und schloß seine Augen, als der Körper des Mädchens zerfetzte. Selbst der Knall der Schrotflinte war lautlos.

Eine Hand berührte seine Schulter und er öffnete seine Augen wieder. Jessica stand über ihm und ihre Lippen bewegten sich.

Ein Mann stand hinter der Tür, ein wahnsinniges Grinsen auf dem Gesicht. Flüssigkeit troff aus seinem Mundwinkel, und das Glas, das er hielt, glitt aus seinen Fingern, landete ohne zu zerbrechen auf dem Boden und rollte in einem Halbkreis zu ihm zurück. Der Mann rutschte noch immer grinsend an der Wand herunter und nur seine Lippen verzerrten sich zu einem Ausdruck schmerzlichen Entsetzens, als er den Boden erreichte. Sein Rücken erstarrte an der Wand, als er langsam zur Seite fiel in einer Bewegung wie ein Uhrzeiger. Seine Beine traten einmal, zweimal aus und sein Kinn drückte gegen seinen Hals, als sich sein Kiefer ganz öffnete und sich nicht einmal entspannte, als er tot war.

Eine Gruppe von Männern und Frauen saß am anderen Ende des Raumes um einen Tisch, die Hände auf der Oberfläche vereint. Sie warteten geduldig, während ein Mann, der hinter ihnen herumging, ihnen bedächtig mit einem Metzgermesser die Kehlen durchschnitt; jeder hielt die Hand des sterbenden Mannes oder der Frau neben sich so lange fest, bis der eigene Tod ihn zum Loslassen zwang. Bald hatten sich alle Hände getrennt, und die Körper waren auf den Tisch gesackt oder von den Stühlen geglitten. Der Mann, der das Gemetzel begangen hatte, schlitzte sich mit dem Messer seine eigene hochgereckte Kehle auf, und seine Brust wurde naß und rot, als er in die Knie sank.

Bishop versuchte, sich zu erheben, und das Mädchen, Jessica, zerrte an seinem Arm, um ihm zu helfen. Ein Mann beobachtete ihn aus dem Armsessel, in dem Jacob Kulek gesessen hatte. Sein Gesicht war schmal, die Wangen hohl, schattig, und seine Augen schienen unnatürlich aus dem Schädel herauszutreten, als ob er unter Meningitis litte. Die Lippen waren schmal, formlos, die Linie des Mundes an einem Ende zu einem Ausdruck verzerrt, der ein Lächeln oder Hohn sein mochte. Sein Haar war schwarz, aber spärlich, aus der Stirn zurückgekämmt, so daß der Abstand zwischen seinen dünnen Augenbrauen und dem Haaransatz ungewöhnlich groß zu sein schien. Seine Ellenbogen stützten sich auf die Sessellehnen, seine Hände hielt er erhoben, ein Glas mit klarer Flüssigkeit zwischen den Fingerspitzen. Seine Lippen teilten sich, als spräche er. Dann wandte er den Blick von Bishop ab und schaute auf einen Mann und eine Frau. Die Frau hielt den Kopf des Mannes zwischen ihren Schenkeln fest, während er sich an ihren Hals preßte. Sie waren alt, die Haut hing lose über herausragende Knochen; ihre Haare waren weiß und spröde.

Ein Hammer wurde von dem bärtigen Mann geschwungen, der lachte, als der Schädel des alten Mannes unter dem Schlag zerbarst, und die Frau vom Schock getötet wurde.

Der bärtige Mann lachte immer noch, als er Schläge auf die jetzt reglosen Körper regnen ließ. Dann hörte er abrupt auf und schaute zu dem Mann im Sessel hin. Der Mann sprach zu ihm, aber Bishop konnte die Worte nicht verstehen. Der bärtige Mann rutschte auf seinen Knien zu der sitzenden Gestalt, den Hammer noch immer fest in der Hand. Das Glas mit der klaren Flüssigkeit wurde ihm gereicht und er nahm es, zögerte und blickte es an. Dann trank er.

Das Hohnlächeln – oder war es ein Grinsen? – auf dem Gesicht des sitzenden Mannes vertiefte sich und er blickte wieder zu Bishop hin. Er nahm etwas von seinem Schoß auf, das Bishop nicht bemerkt hatte. Es war schwer und schwarz. Eine Waffe. Der Mann schaute sich einmal im Raum um, bis seine hervorquellenden Augen schließlich wieder auf Bishop ruhten. Seine Lippen bewegten sich. Dann öffnete sich sein Mund weiter, die Mündung der Waffe wurde hineingeschoben, zeigte hoch in die Mundhöhle. Alles um Bishop herum schien sich zu verlangsamen, alle Bewegungen verloren an Geschwindigkeit, wurden zu einem Ballett des Todes. Es schien eine Ewigkeit zu dauern, bis der Finger des Mannes sich um den Abzug krümmte und ihn zurückzog. Der Rückstoß war undeutlich zu sehen, doch die Mündungsflamme erleuchtete das Innere seines Mundes, so daß Bishop erkennen konnte, wie das Loch entstand. Fast konnte er der Bahn der Kugel folgen, als sie den Kopf des Mannes durchdrang und auf der anderen Seite austrat.

Bishop starrte hin und verfolgte eine Spur sich langsam bewegenden Blutes zurück zu dem Mann. Aber es war nicht derselbe Mann. Die Augen ragten noch immer hervor, quollen aus den Höhlen, aber vor Furcht. Furcht vor dem Ungesehenen, dem nur Gefühlten, da die Augen blicklos waren. Es war Kulek, der jetzt im Sessel saß.

Er rief etwas, und die Geräusche drangen zu Bishop. Es war, als befände sich Kulek am Ende eines langen, gewundenen Tunnels und käme näher, und dabei wurde seine Stimme lauter und lauter. Die Gestalten um Bishop wurden nebelhaft, ätherisch, ihr Krümmen und Drehen wurden noch langsamer, bis sie reglos dalagen; und als sie verschwanden, wurde ein anderer Körper deutlicher. Edith Metlock lag mit geschlossenen Augen zusammengesunken an der Wand; ihr Kopf hing schlaff herab. Kuleks Schreie drangen voll an Bishops Ohren und dadurch fand er die Kraft, sich zu erheben. Er taumelte gegen Jessica, die ihn zu stützen versuchte, wirbelte herum, sie fiel und stöhnte laut, als sie auf ein Knie schlug. Bishop mußte fliehen, mußte weg von diesem Haus und dem Schrecklichen, das dort geschehen war.

Dem, was noch geschah.

Er fiel gegen den Türrahmen und sein Körper wurde durch die Wucht herumgewirbelt, so daß seine Augen jetzt auf das andere Ende des Korridors gerichtet waren. Dort bewegten sich weitere Gestalten, schwindend, sich langsam auflösend, ihre Körper grau im düsteren Licht. Er zog sich hoch und schrie »Nein!«, als er die Beine über der Treppe hängen sah. Sie traten wild, schrammten die Wand, ein Schuh fiel herunter und rollte mehrere Stufen tiefer. Zerstückelte Hände schlossen sich um die schwindenden Beine, zerrten daran, zogen sie so lange nach unten, bis sie nicht mehr strampelten. Die Hände verschwanden, und es blieb nur eine schwach zuckende Kontur der Gliedmaßen zurück.

Bishop mußte aus diesem Haus hinaus. Er wußte, daß das Gemetzel überall stattfand – oben in den Schlafzimmern, in den Räumen im Obergeschoß. Er mußte hier raus, und begann, auf die Eingangstür zuzulaufen. Seine Beine waren bleischwer, sein Atem kam in kurzen, scharfen Zügen. Die Tür unter der Treppe war geöffnet, ein langer, schmaler Spalt winkte ihm zu.

Er blieb stehen und preßte seinen Rücken gegen die andere Wand, wie er es Wochen zuvor getan hatte. Und wie damals schien die Tür ihm gegenüber sich zu öffnen, als ob jemand von innen dagegen drückte. Er merkte, daß er immer wieder die Hand ausstreckte, daß seine Finger den Rand der Tür umklammerten. Er fürchtete sich, hineinzuschauen, stand aber unter dem Zwang, das zu tun, weil etwas im Keller drunten ihm das befahl. Er zog die kleine Tür auf und sie öffnete sich. Durch die Schwärze, die dahinter lauerte, hörte er eine Bewegung. Ein schlurfendes Geräusch. Etwas auf der Treppe da unten. Er mußte es sehen. Er mußte.

Er näherte sich dem offenen Türeingang und blickte in die tiefsten Eingeweide des Hauses. Die Dunkelheit am Ende der Treppe schien dicht, eine dräuende Nacht, die ihn nach unten einlud, eine lebende Schwärze, die darauf wartete, zu verschlingen. Und aus der Schwärze begann eine Gestalt herauszutreten.

Bishop konnte sich nicht bewegen. Selbst als die Gestalt größer wurde, als sie die Stufen hochstieg und das seltsame Gemurmel an seine Ohren drang, war er wie gelähmt. Selbst als er die wildstarrenden Augen sehen konnte, das lange, dunkle Haar, das ihr fast bis zur Hüfte hinabhing, der Fluß des Haares von den riesigen nackten Brüsten durchbrochen, wie von Felsen in einem schnellfließenden Strom. Selbst als sie die oberste Stufe erreicht hatte und ihr Haar in den großen Händen drehte, es wie ein dickes Seil über ihrer Brust spannte und die Worte klar wurden, die sie ständig wiederholte: »All diese Jahre ... all diese Jahre ...«, konnte er sich nicht bewegen.

Die Frau war wirklich, ein Spektralleib wie die anderen. Als sie aus den Schatten heraustrat, sah er, daß ihr Körper Substanz hatte und in seiner Festigkeit eher zuzunehmen, als zu schwinden schien. Und ihr Gemurmel, fast eine Beschwörung, verriet ihm, daß sie keine der Toten war. Er wich zurück, denn ihr irrer

Gesichtsausdruck war ebenso erschreckend wie die Visionen, deren Zeuge er geworden war. Sie blieb vor ihm stehen und ihre Hände drehten und zerrten ständig das dicke Seil aus Haar. Ihr großer Körper zitterte und ihre Fülle bot keinen Schutz gegen die durchdringende Kälte des Hauses. Ihre Augen wandten sich von ihm ab, suchten nach etwas, und plötzlich machte sie kehrt und schlurfte über den Korridor zu dem Zimmer, das er gerade verlassen hatte. Bishop sackte gegen die Wand, seine Stirn von Schweiß bedeckt, der sich in Eis verwandelte, sobald er aus den Poren drang.

Jessica stand am Eingang des Zimmers und hielt ihre Hände hoch, um die herantrottende Frau abzuwehren, aber sie wurde roh gepackt und beiseite gestoßen. Die Frau schrie voller Wut über das kraftlose Hindernis auf. Jessica stürzte schwer und schien einen Augenblick benommen. Bishop konnte nur hilflos zusehen, als die große Frau in dem Raum verschwand, und er spürte neue Furcht, als Jessica einen Angstschrei ausstieß. Sie wandte ihm ihr Gesicht zu, bettelte mit den Augen.

»Helfen Sie ihm, bitte, helfen Sie ihm!«

Er wollte in die andere Richtung laufen, wollte aus diesem schrecklichen Haus hinaus, weg von dem Grauen, das es barg — aber ihr Flehen hielt ihn fest und wollte ihn nicht aus diesem Wahnsinn entlassen. Er wankte auf sie zu.

Bishop versuchte, das Mädchen auf die Beine zu ziehen, aber sie stieß seine Hände fort und deutete in den Raum. »Halten Sie sie auf! Helfen Sie ihm, Chris!«

Die Frau stand hinter Jessicas Vater, beugte sich über ihn und hatte ihr langes, dunkles Haar um seinen Hals geschlungen. Ihre Knöchel waren weiß, als sie daran zog.

Kuleks Gesicht war hochrot, seine blicklosen Augen quollen aus den Höhlen und seine Zunge begann unfreiwillig aus seinem klaffenden Mund zu quellen. Ein rasselndes, zischendes Geräusch drang aus seiner Kehle, während seine Luftröhre zusammengepreßt wurde. Seine schlanken Hände hatten sich um die Handgelenke der Frau geschlossen, um sie wegzureißen.

Bishop rannte zur ihr und packte ihre Arme.

Es war hoffnungslos; sie war zu stark, ihr Griff zu fest. Der Körper des alten Mannes bog sich im Sessel, und er begann nach vorn auf den Boden zu rutschen, aber die Frau hielt ihn fest. Bishop wußte, daß Kulek nicht mehr lange leben würde, wenn er versagte. Sein Griff um die Arme der Frau milderte den Druck nur leicht, verlängerte den Todeskampf des blinden Mannes nur. Jessica hatte jetzt eingegriffen und zerrte an der nackten Frau, versuchte, sie von ihrem Vater wegzureißen. Aber die Frau hatte die Kraft einer Wahnsinnigen.

Voller Verzweiflung ließ Bishop die Frau los, und trat gegen ihre kräftigen Beine. Sie fiel fast auf die Knie, hielt sich aber weiter an Kuleks Kehle fest. Bishop trat wieder zu, und die Spitze seines Schuhs drang in den fleischigen Bauch der Frau. Sie schrie in plötzlichem Schmerz auf und drehte ihren Kopf zu Bishop hin, würgte den blinden Mann aber noch immer. Bishop holte mit geballter Faust aus und schlug dann mit all seiner Kraft in das runde, hochgereckte Gesicht. Er spürte, wie ihr Nasenbein unter der Wucht brach, der untere Teil ihres Gesichts war augenblicklich blutüberströmt. Aber sie ließ noch immer nicht los.

Er schlug wieder und wieder zu. Und schließlich lösten sich ihre Finger, ließen den dicken Haarstrang los. Sie sank zu Boden, schwankte dort auf Händen und Knien, stöhnte, schüttelte ihren massigen Körper, als wolle sie den Schmerz abschütteln. Jessica lief zu ihrem Vater, der jetzt auf der anderen Seite des Sessels auf dem Boden lag und nach Luft rang. Die verletzte Frau begann um den Sessel herumzukriechen und einen Augenblick lang glaubte Bishop, sie wolle wieder zu Kulek gelangen. Aber sie kroch vorbei, auf die offene Tür zu, ihre Bewegungen langsam, aber entschlossen. Er versuchte, sie aufzuhalten, packte ihr fließendes Haar und zerrte daran. Sie drehte sich halb um, schwang einen kräftigen Arm zurück und schlug ihn beiseite. Ihre Kraft erschreckte ihn. Ihrem Körper nach zu urteilen, war sie eine starke Frau, und ihr Wahnsinn vergrößerte diese Kraft. Sie war halb aus der Tür, als er nach ihrem Knöchel griff, ihn packte und sie festhielt. Er befand sich in einer ungünstigen Position, sein Körper auf dem Boden ausgestreckt, auf die Ellenbogen gestützt und das Gesicht dem plötzlichen Tritt ausgesetzt, den sie ihm mit ihrem freien Fuß versetzte.

Der Schlag betäubte ihn, und er rollte auf die Seite. Seine Hand ließ sie los und fuhr zu seinem Kopf. Sie begann wieder weiter zu kriechen, war bald ganz durch die Tür und verschwand über den Korridor. Plötzlich wußte er, wohin sie wollte. Und er wußte, daß er sie aufhalten mußte.

Doch bevor er sich bewegen konnte, war eine Gestalt an ihm vorbei in die Halle gehuscht. Er richtete sich auf und wankte gerade noch rechtzeitig hinaus, um zu sehen, wie Jessica Jacob Kuleks Stock über ihren Kopf schwang und ihn krachend auf den Kopf der Frau niedersausen ließ. Das scharfe Krachen ließ Bishop zusammenzucken, aber er war erleichtert, als er die Frau zusammenbrechen sah, einen Arm ausgestreckt, auf die offene Kellertür gerichtet. Die Dunkelheit dort war plötzlich ausgelöscht, als die Tür zugetreten wurde. Jessica lehnte sich an das Treppengeländer. Der Stock, den sie benutzt hatte, fiel aus schlaffen Fingern klappernd zu Boden. Ihr Blick begegnete dem Bishops, und mehrere Augenblicke lang konnten sie einander nur anstarren.

9

Alle drei blickten erwartungsvoll auf, als Bishop Kuleks privates Arbeitszimmer im Forschungsinstitut betrat.

»Ist das Chris?« fragte der alte Mann, wobei er den Hals reckte.

»Ja, Vater«, antwortete Jessica, die Bishop zögernd anlächelte, weil er ein grimmiges Gesicht machte.

»Was ist passiert? Ist die Polizei noch im Haus?« fragte Kulek.

»Man hat einen Posten draußen gelassen, das ist alles.«

Bishop ließ sich auf einen Stuhl sinken und rieb sich das Gesicht mit beiden Händen. Er blickte zu Edith Metlock hinüber. »Ist mit Ihnen alles in Ordnung?«

»Ja, Mr. Bishop«, erwiderte sie. »Erschöpft, aber nicht im mindesten verletzt.«

»Sie, Jacob?«

»Ja, ja, Chris«, sagte der blinde Mann etwas ungeduldig.

»Mein Nacken fühlt sich etwas steif an, aber mein Arzt sagt, es wäre nichts verletzt. Ein paar Quetschungen, mehr nicht. Wissen Sie, wer die Frau wahr?«

Die Erinnerung daran, wie sie auf einer Bahre aus dem Haus getragen wurde, ihr Körper mit einer dicken roten Decke verhüllt, nur ihr Gesicht zu sehen, die leeren Augen, die sich ständig bewegenden Lippen, ließen Bishop innerlich erschauern. Ihr Haar hatte sie über die Seite der Bahre ergossen, so daß der Wahnsinn in ihren Gesichtszügen noch betont wurde. Unter der Decke wurde sie von kräftigen Riemen gehalten.

»Ein Nachbar erkannte sie wieder«, sagte er. »Sie war Krankenschwester oder Haushälterin bei einem alten Mann, der weiter unten auf der Straße wohnte.«

»Aber wie ist sie in Beechwood hineingelangt?«

»Die Polizei fand an der Rückseite ein zerbrochenes Fenster. So muß sie hineingekommen sein. Zwei Polizisten sind zu dem alten Mann gegangen, während ich verhört wurde. Die Eingangstür stand weit auf – sie brauchten nicht lange, um die Leiche des Alten zu finden.«

»Er war tot?«

»Erdrosselt.«

»Mit ihrem Haar?«

Bishop schüttelte den Kopf. »Das wissen sie noch nicht. Und ihrem Aussehen nach zu urteilen, wird es noch lange dauern, bis sie Fragen beantworten kann.«

»Wenn sie den alten Mann genauso getötet hat, wie sie mich umbringen wollte, müßte man ihre Haare an seiner Kehle finden.«

»Lilith«, sagte Edith Metlock ruhig.

Kulek wandte sich ihr zu und lächelte freundlich. »Das glaube ich nicht, Edith, nicht in diesem Fall. Nur eine wahnsinnige Frau.«

Bishop schaute Kulek verwirrt an. »Wer ist Lilith?«

»Lilith war eine alte Dämonin«, sagte Kulek, wobei sein Lächeln darauf verwies, daß seine Worte nicht zu ernst zu nehmen seien. »Einige sagen, sie sei die erste Frau gewesen, noch vor Eva, und sie wäre Rücken an Rücken mit Adam vereinigt gewesen. Sie stritten dauernd. Durch kabbalistischen

Zauber bekam sie Flügel und trennte sich von Adam. Sie flog davon.«

Bishops Stimme war kalt. »Und was hat das mit dieser Wahnsinnigen zu tun?«

»Nichts. Überhaupt nichts. Edith verglich nur ihre Tötungsmethode. Lilith tötete ihre Opfer auch mit ihrem langen Haar, müssen Sie wissen.«

Bishop schüttelte verärgert den Kopf. »Diese ganze Geschichte ist auch schon ohne mystische Dämonen bizarr genug.«

»Ich stimme dem zu«, sagte Kulek. »Es war nur eine Feststellung von Edith. Sagen Sie uns, was im Haus passiert ist.«

»Nachdem man Sie hat gehen lassen, bin ich in die Mangel genommen worden. Sie wollten genau wissen, was wir dort taten.«

»Nein, das ist unwichtig. Ich hatte die lokale Polizeistation bereits informiert, daß wir heute mit Miss Kirkhopes Erlaubnis dort wären. Das war nur nachzuprüfen.«

»Das haben sie. Aber sie wollten trotzdem wissen, was eine nackte Wahnsinnige in Beechwood machte. Die Entdeckung des toten Mannes in dem anderen Haus verbesserte ihre Stimmung mir gegenüber auch nicht gerade.«

»Ich bin sicher, Sie haben alles hinreichend erklärt...«

»Das versuchte ich, aber man wird Sie später noch aufsuchen. Man hat Jessica mit Ihnen — und Mrs. Metlock — nur gehen lassen, weil Sie offensichtlich ärztliche Hilfe brauchten.«

»Chris, das Haus... Was haben Sie gesehen?« Kuleks Ungeduld wuchs.

Bishop blickte erstaunt die anderen Anwesenden an. »Ich sah das gleiche wie Jessica und Mrs. Metlock.«

»Ich sah nichts, Chris«, sagte Jessica. Sie stand an dem Fenster hinter dem Schreibtisch ihres Vaters.

»Und ich auch nicht, Mr. Bishop«, sagte das Medium. »Ich ... wurde ohnmächtig.

»Aber das ist verrückt! Sie waren doch beide in dem Zimmer.«

Jessica sagte: »Ich hörte Ediths Schrei und folgte Ihnen nach unten. Ich versuchte, Ihnen zu helfen, als Sie im Zimmer zusammenbrachen. Ich wußte, daß Sie etwas sahen — Sie waren entsetzt —, aber, glauben Sie mir, ich konnte nichts sehen. Ich wünschte bei Gott, ich hätte das. Ich weiß nur, daß Sie eine Art Ohnmacht hatten, dann eilten Sie aus dem Raum und liefen zum Keller. Ich sah die Frau von dort kommen — das war real genug.«

Bishop wandte sich dem Medium zu. »Als Sensitive müssen Sie doch die gleiche Vision gehabt haben.«

»Ich denke, daß ich die Vision verursacht habe«, sagte Edith Metlock ruhig. »Ich glaube, ich wurde von ihnen benutzt.«

»Haben Sie die Toten beschworen?«

»Nein, ich war rezeptiv für sie, das war alles. Sie haben sich durch mich manifestiert.«

Bishop schüttelte den Kopf. »Schön, daß Sie an Geister glauben.«

»Wie würden Sie sie nennen?«

»Vibrationen. Elektromagnetische Bilder. Jacob kennt meine Theorie über solche Phänomene. Ein Elektrokardiogramm beweist, daß das Herz elektrische Impulse abgibt; ich glaube, daß jemand unter Streß das auch tut. Und diese Impulse werden später von jemandem wie Ihnen wahrgenommen, von jemandem, der für solche Impulse sensitiv ist.«

»Aber Sie haben sie gesehen, nicht ich.«

»Telepathie. Sie waren der Empfänger, Sie haben die Visionen zu mir übertragen.«

Jessica fiel ein: »Warum wurden dann Ediths Gedanken nicht zu mir übertragen? Warum habe ich sie nicht gesehen?«

»Und warum ich nicht?« sagte Kulek. »Wenn es nur telepathische Gedanken von Edith waren, warum habe ich sie mit meinem geistigen Auge nicht gesehen?«

»Und warum hatten Sie solche Angst?« fügte Jessica hinzu.

»Vielleicht habe ich in Wirklichkeit überhaupt nichts gesehen.« Alle blickten Bishop fragend an. »Es könnte sein, daß ich mich nur an das erinnert habe, was ich vorher in dem Haus entdeckt hatte. Mrs. Metlock könnte etwas in meinem Unterbewußtsein ausgelöst haben, etwas so Schreckliches, daß ich versuchte, es von mir fernzuhalten. Und wenn jemand von Ihnen das erlebt hätte, hätten Sie auch Angst gehabt.«

»Und die Frau?« fragte Jessica. »Warum war sie im Haus?«

»Sie versteckte sich, Himmel noch mal! Sie tötete den alten Mann. Sie wußte, daß Beechwood leer stand. Darum.«

»Aber warum versuchte sie, meinen Vater zu töten? Warum nicht Sie? Mich?«

»Vielleicht haßt sie Männer im Alter Ihres Vaters«, sagte Bishop verärgert. »Männer wie ihren Arbeitgeber.«

»Sie ging direkt auf ihn zu. Sie hatte Jacob nie gesehen, ging aber direkt zu ihm hin.«

»Sie könnte seine Stimme aus dem Keller gehört haben.«

»Ja, der Keller, Chris. Sie spürten es doch auch, oder?«

»Was sollte ich gespürt haben?«

»Daß etwas Böses im Keller war.«

Bishop fuhr sich mit der Hand über die Augen. »Ich weiß es einfach nicht. Jetzt erscheint mir das alles wahnsinnig.«

»Chris, Sie haben uns noch immer nicht gesagt, was Sie sahen – oder, wie Sie meinen, woran Sie sich erinnerten«, sagte Kulek ruhig.

Obwohl Jessica ärgerlich über die Weigerung des Forschers war, die Wirklichkeit dessen zu akzeptieren, was in Beechwood geschehen war, wollte sie ihn fast trösten, als er jetzt erbleichte.

Es dauerte Sekunden, bis er sprach, und die Worte kamen stockend und gleichmütig heraus, als versuche er verzweifelt, seine Emotionen zu beherrschen, aus Angst, die Kontrolle darüber zu verlieren. Er beschrieb die Szene in Beechwood, die wahnsinnigen, perversen Selbstmorde, das grausame Gemetzel. Jessica spürte, wie sich ihr Magen zusammenkrampfte. Jacob Kuleks blicklose Augen waren geschlossen, Edith Metlock konnte den Blick nicht von Bishop abwenden. Schließlich öffnete der blinde Mann die Augen und sagte: »Sie versuchten also, auf die unzüchtigste Weise zu sterben. Das mußten sie wohl.«

Bishop runzelte die Stirn. »Sie glauben, hinter all dem steckte ein Motiv?«

Kulek nickte. »Für Selbstmord und Mord gibt es immer ein Motiv. Selbst Wahnsinnige haben ihre Gründe.«

»Selbstmörder wollen sich gewöhnlich von den Problemen des Lebens befreien.«

»Oder von den Einschränkungen.«

Bishop war über Kuleks Bemerkung verwirrt — Jessica hatte vor einiger Zeit ebenfalls vom Tod als Befreiung gesprochen —, aber er fühlte sich zu erschöpft, um das zu verfolgen. »Was immer die Motive waren, nach dem morgigen Tag ist das egal. Das Haus wird dann nicht mehr da sein.«

Sie waren verwirrt. »Was heißt das?« fragte Kulek besorgt.

»Ich habe Miss Kirkhope angerufen, bevor ich herkam«, erwiderte Bishop. »Ich erzählte ihr, daß außer einer merkwürdigen Kälte nichts in dem Haus festzustellen sei und empfahl ihr, den Abbruch schnellstens durchführen zu lassen. Sie sagte, in dem Fall würde es morgen abgerissen werden.«

»Wie konnten Sie . . .?« fragte Jessica wütend.

»Chris, Sie wissen nicht, was Sie getan haben!« Kulek war aufgestanden.

»Vielleicht hat er recht.« Jessica und ihr Vater wandten sich überrascht zu Edith Metlock. »Vielleicht wird der Abbruch von Beechwood ihre armen Seelen befreien. Ich glaube, das Haus und alles, was darin geschehen ist, hält sie in dieser Welt. Jetzt können sie vielleicht gehen und frei sein.«

Jacob Kulek sank in seinen Sessel zurück und schüttelte langsam den Kopf. »Wenn es nur so wäre«, konnte er nur sagen.

10

»Lucy starb drei Tage nach ihrem fünften Geburtstag.«

Die Worte wurden ohne Emotion gesprochen, als ob Bishop sich von der Traurigkeit gelöst hätte, die sie begleiteten. Aber darunter, irgendwo tief in ihm, nährte der Schmerz sich selbst, schwächer jetzt, aber dennoch ein Lebewesen, eine langsam verebbende Krankheit. Jessica, die schweigend neben ihm durch den Londoner Park ging, schwieg. Die körperliche Kluft zwischen ihnen symbolisierte irgendwie ihre Feindseligkeit, eine Feindseligkeit, die kurzzeitig aufgehoben, dann aber wieder zurückgekehrt war. Als sie ihn jetzt von seiner Tochter sprechen hörte, wollte sie diese Kluft schließen, fand aber keine Möglichkeit, ihm näherzukommen.

Bishop blieb stehen und starrte in den grauen See, wo die Enten sich dicht an den Ufern aufhielten, als ob selbst sie seine Weite unheimlich fänden. »Kehlkopfbronchitis war die indirekte Ursache«, sagte er, ohne Jessica anzublicken. »Als ich noch Kind war, hieß das Krupp. Ihre Kehle verschloß sich, so daß sie nicht atmen konnte. Es dauerte lange, bis wir den Arzt dazu bringen konnten, sein warmes Bett zu verlassen, um sie in jener Nacht zu untersuchen – selbst damals gab es viele, die nur ungern Hausbesuche machten. Wir mußten dreimal anrufen, drohten beim zweiten Mal, bettelten beim dritten Mal, bis er kam. Vielleicht wäre er besser nicht gekommen.«

Jessica stand neben ihm und musterte sein Profil. Der schwere Stoff ihres Mantels streifte seinen Arm.

»Es war eine bitterkalte Nacht. Die Fahrt zum Hospital hat es vielleicht noch schlimmer für sie gemacht. Wir warteten zwei Stunden – eine Stunde, bis ein Arzt sie im Krankenhaus untersuchte, eine weitere Stunde, bis sie beschlossen hatten, was zu tun. Sie machten einen Luftröhrenschnitt, aber inzwischen hatte sie Lungenentzündung. Wir haben nie feststellen können, ob es der Operationsschock in ihrem schwachen Zustand oder die Krankheit selbst war, die sie umbrachte. Wir machten uns Vorwürfe – und dem Arzt, der sich zunächst geweigert hatte, zu kommen und dem Krankenhaus – aber vor allem Gott.«

Er lachte kurz und bitter. »Natürlich glaubten Lynn und ich damals an Gott.«

»Jetzt nicht mehr?« Sie schien überrascht, und Bishop drehte ihr seinen Kopf zu.

»Können Sie glauben, daß ein höheres Wesen ein solches Leid zuläßt?« Er nickte den hohen Gebäuden zu, als ob die ganze Stadt nur ein Behältnis für das Leid der Menschheit sei. »Lynn war Katholikin, aber ich glaube, ihre Ablehnung Gottes war stärker als meine. Vielleicht ist es so: Je mehr man an etwas glaubt, je mehr ist man dagegen, wenn der Glaube zerbrochen ist. In diesem ersten Jahr mußte ich Lynn Tag und Nacht beobachten. Ich glaubte, sie würde sich umbringen. Vielleicht hat meine Sorge um sie mich am Leben erhalten – ich weiß es nicht. Dann schien sie es zu akzeptieren. Sie wurde ruhig, aber es war eine brütende Ruhe, fast als ob sie aufgegeben, das Interesse verloren hätte. Es war in gewisser Hinsicht entnervend, aber zumindest konnte ich darauf bauen. Ich konnte wieder ohne Hysterie planen. Ich plante, sie hörte zu. Das war etwas. Ein paar Wochen später erholte sie sich wieder, schien wieder zu leben. Ich fand heraus, daß sie Spiritistin geworden war.«

Bishop entdeckte eine Bank auf dem Weg hinter ihnen. »Sollen wir uns etwas setzen? Oder ist es zu kalt?«

Jessica schüttelte den Kopf. »Nein, es ist nicht zu kalt.«

Sie setzten sich, und sie rückte näher an ihn heran. Er wirkte abwesend, schien ihre Anwesenheit kaum zu bemerken.

»Glaubten Sie damals an Spiritismus?« fragte sie.

»Was? O nein, nicht wirklich. Ich hatte nie zuvor darüber nachgedacht. Aber für Lynn war es wie eine neue Religion; es ersetzte ihr Gott.«

»Wie fand sie zu den Spiritisten?«

»Eine Freundin, die es wahrscheinlich gut meinte, erzählte ihr von einem Mann, der sich damit befaßte. Die Freundin hatte vor Jahren ihren Gatten verloren und angeblich mit ihm durch diesen Spiritisten Kontakt aufgenommen. Lynn schwor mir, daß er Lucy gefunden hätte. Sie sagte, sie hätte mit ihr gesprochen. Zuerst war ich ärgerlich, aber dann konnte ich die Veränderung sehen, die das bei Lynn bewirkt hatte. Sie fand plötzlich wieder einen Sinn im Leben. Das ging lange so weiter, und ich gebe zu, daß meine Argumente gegen ihre spiritistischen Besuche halbherzig waren. Sie bezahlte ihn natürlich für jede Sitzung, aber nicht soviel, daß ich bemerkte, wieviel Geld er ihr abnahm.«

Bishop lächelte zynisch. »Aber so arbeiten sie doch alle, oder? Schaffen sich einen großen Kundenkreis, nehmen kleine, persönliche ›Geschenke‹ an! Das addiert sich.«

»Sie sind nicht alle so, Chris. Es gibt nur wenige, die Spiritismus nur des Geldes wegen praktizieren.« Jessica unterdrückte ihre Verärgerung, da sie nicht wieder eine Auseinandersetzung mit ihm wollte.

»Ich bin sicher, daß sie viele Gründe haben, Jessica.« Das bedeutete, daß jeder andere Grund ebenso schlecht war, aber sie schluckte den Köder nicht.

Bishop fuhr fort: »Lynn überredete mich schließlich, zu einer der Sitzungen mitzugehen. Vielleicht wollte auch ich Lucy wiedersehen oder hören ... Ich vermißte sie so sehr, daß ich nach allem griff. Und in den ersten fünf Minuten hätten sie mich fast zum Narren gehalten.«

»Er war ein Mann mittleren Alters, sprach mit weichem irischem Akzent. Sein ganzes Verhalten war eigentlich weich — weich, aber überzeugend. Er sah wie Edith Metlock, wie jeder andere normale Mensch aus und machte mir gegenüber keine übertriebenen Versprechungen, versuchte nicht einmal, mich von seiner Echtheit zu überzeugen. Es läge allein bei mir, sagte er. Die Wahl, zu glauben oder nicht, läge bei mir. Es war diese Gleichgültigkeit, die mich fast von seiner Lauterkeit überzeugte.

Die Seance begann nach kurzer Einleitung in einem verdunkelten Raum, mit Händchenhalten um den Tisch — was ich erwartet hatte. Er bat uns, zuvor in ein kurzes Gebet einzufallen, und Lynn tat das überraschenderweise. Da waren noch andere bei der Seance — Lynns Freundin, die sie dem Medium vorgestellt hatte, und nacheinander wurde mit ihren toten Freunden und Verwandten Kontakt aufgenommen. Offen gestanden, ich war ein wenig verängstigt. Die Atmosphäre des Raumes schien — ich weiß nicht — irgendwie schwer, aufgeladen zu sein. Ich mußte mich ständig daran erinnern, daß sie von den Menschen in dem Raum selbst geschaffen wurde.

Als Lucys Stimme zu mir drang, erstarrte ich. Lynn ergriff fest meine Hand, und ich wußte, daß sie weinte, ohne sie anzusehen. Ich wußte auch, daß die Tränen flossen, weil sie glücklich war. Die Stimme war dünn und fern; sie schien aus der Luft zu kommen. Eine Kinderstimme, aber sie hätte von jedem Kind kommen können. Es waren die Dinge, die sie sagte, die mich glauben machten. Sie sei froh, daß ich endlich gekommen wäre. Sie hätte mich vermißt, sei jetzt aber glücklich. Sie hätte keinen Schmerz gespürt, als sie starb, nur Traurigkeit, dann aber große Freude. Sie hätte viele neue Freunde in der Welt, in der sie jetzt sei, und ihre einzige Sorge wäre, daß wir, ihre Mutter und ihr Vater, unglücklich seien. Ich spürte, wie mir die Tränen kamen, doch plötzlich schienen die Dinge nicht ganz wahr zu klingen. Lucy war erst fünf gewesen, als sie gestorben war, sprach aber jetzt wie ein viel älteres Mädchen. Wenn man wirklich glauben wollte, konnte man sich einreden, daß die Dinge auf der anderen Seite eben so seien: Man erlangte eine Weisheit, die größer als das Lebensalter war. Aber ich konnte das noch nicht akzeptieren. Ich war überrascht, als sie von Dingen sprach, von denen nur wir drei, ich, Lucy und ihre Mutter wußten. Dann aber machten sie den ersten Fehler. Die Stimme erinnerte mich daran, daß Lynn einmal zum Einkaufen fortgewesen war. Lucy und ich balgten im Wohnzimmer. Dabei ging ein Lieblingsstück von Lynn zu Bruch. Es war eine Figurine aus dem achtzehnten Jahrhundert, aber nur eine Reproduktion, nicht wertvoll. Lynn liebte sie dennoch. Wir wußten, daß wir in der Klemme steckten. Da nur der Kopf abgebrochen war, verbrachte ich eine halbe Stunde damit, ihn wieder anzukleben. Lynn ließ sich täuschen, bis sie versuchte, die Figur abzustauben. Der Kopf fiel einfach wieder ab. Unglücklicherweise waren Lucy und ich im Zimmer mit dabei, und wir mußten über Lynns Gesichtsausdruck einfach lachen. Jedenfalls bekannte ich mich schuldig, und damit war der Fall erledigt. Bis die kichernde Stimme in dem Raum mich daran erinnerte.

Gut, Seancen sind voll von diesen trivialen Zwischenfällen, die mit geliebten Verstorbenen zu tun haben. Das macht sie ja so glaubwürdig, nicht wahr? Kleine Augenblicke, von denen sonst niemand wissen kann. Das war schön, nur daß sie es falsch mitbekommen hatten. Lucy hatte die Statuette zerbrochen, nicht ich. Das hätte ich noch akzeptiert, weil Lucy dachte, sie würde Schläge bekommen. Das hätte sie natürlich nicht, weil es ein Mißgeschick war. Aber so sind Kinder eben. Immerhin war ich jetzt noch mißtrauischer — das Medium hatte die Geschichte aus zweiter Hand erfahren. Von wem? Von Lynn? Vielleicht hatte sie die Geschichte bei einem ihrer Besuche erzählt. Oder von ihrer Freundin, der Frau, die sie dorthin gebracht hatte? Falls sie es gewesen war, war es sicher nicht in böser Absicht geschehen. Wie gesagt, der Ire war ein weicher, überzeugender Typ. Er konnte viele Dinge über uns erfahren haben.

Ich spielte eine Weile mit, gab vor, überzeugt zu sein, wartete aber auf den nächsten Fehler. Und sie machten ihn. Ein dummer, fast absurder Fehler. Ich vermute, sie glaubten in mir eine weitere Gans zum Rupfen gefunden zu haben. Eine rauchige Substanz tauchte von irgendwo hinter dem Medium auf. Fast an der Rückseite des Raumes, über seiner linken Schulter, wo Lynn und ich es deutlich sehen konnten. Ein Bild begann im Rauch aufzutauchen, verschwommen, unklar. Es war ein Gesicht, daß zwischen Schärfe und Verschwommenheit schwankte. Nach ein paar Sekunden erkannten wir Lucy. Es waren ihre Gesichtszüge, ihr Ausdruck – aber etwas stimmte nicht ganz. Ich merkte, was es war und es war so dumm, daß ich laut aufgelacht hätte, wenn ich nicht so ärgerlich gewesen wäre. Ihr Haar war auf der falschen Seite gescheitelt, wissen Sie. Sie hatten ein Foto von Lucy von hinten auf eine kleine Leinwand projiziert. Die Ränder waren gut abgeschirmt, und der Rauch half, sie noch besser zu verbergen.

Nun, ich verlor die Beherrschung als ich merkte, wie ich betrogen worden war und stürmte auf den Rauch zu, der aus einem kleinen Rohr in der Wand kam. Ich schlug meine Faust in die Leinwand. Sie befand sich in einem kleinen Alkoven, der durch ein Paneel verdeckt wurde, wenn die Lampen brannten, und bildete eine Art schwarzer Hintergrund.«

Bishop beugte sie vor, stützte seine Ellenbogen auf die Knie und starrte auf den Kiesweg. »Ich frage mich manchmal, was geschehen wäre, wenn ich es einfach hätte durchgehen lassen. Vielleicht hätte Lynn ihren Zusammenbruch nicht bekommen.« Sein bitteres Lächeln kehrte wieder, als er sich an die Konsequenz seiner Handlungsweise erinnerte. »Wie Sie sich vorstellen können, endete die Seance in einem Tumult. Das Medium schrie mich an. Seine Stimme war inzwischen scharf geworden. Lynns Freundin reagierte hysterisch, wogegen Lynn selbst kalkweiß wurde, aber ruhig blieb. Die anderen befanden sich in verschiedenen Stadien von Schock und Ärger. Ich bin mir noch immer nicht sicher, gegen wen sich der Ärger richtete – gegen mich oder den Iren.

Ich hielt mich nicht einmal damit auf, nach den verborgenen Lautsprechern zu suchen, aus dem die Kinderstimme gekommen war; ich hatte genug gesehen. Das Medium kam mit hochrotem Kopf auf mich zu, als wollte er platzen. Ein kräftiger Schlag erledigte das, dann nahm ich Lynn und ging fort. Anschließend sprach sie drei Tage lang kein Wort. Dann brach sie zusammen ... Wissen Sie, ihre letzte Hoffnung war zerbrochen. Es war, als ob Lucy zweimal gestorben wäre.«

»O Gott, es muß schrecklich für sie gewesen sein, Chris. Für Sie beide.« Jessica beugte sich vor.

»In den nächsten Monaten schien Lynn immer tiefer in sich selbst zu versinken. Ich konnte einfach nicht an sie heran. Sie schien mir die Schuld zu geben. Schließlich brachte ich sie zu einem Psychiater und der erklärte, daß ich für Lynn fast zum Mörder Lucys geworden sei. In ihrem wirren Geist hatte ich ihr Lucy wieder weggenommen. Ich glaube ihm nicht. Das konnte ich nicht, denn Lynn und ich hatten uns immer sehr nah gestanden. Wenn sie litt, litt ich auch; wenn ich glücklich war, war sie glücklich. Für uns hatte Lucy diese Nähe irgendwie symbolisiert, war ihr Ergebnis gewesen. Es war, als sei mit ihrem Weggang dieses Band zerrissen. Lynn versuchte zweimal, sich umzubringen, bevor ich gezwungen war, sie einzuliefern. Einmal versuchte sie, mich zu töten.«

Jessica erschauerte, nicht vor Kälte, und legte impulsiv eine Hand auf seinen Arm. Er lehnte sich wieder an die Bank, als ob er ihre Hand abstreifen wollte, und sie zog sie weg.

»Beim ersten Mal nahm sie Schlaftabletten, beim zweiten Mal versuchte sie, sich die Pulsadern aufzuschneiden. In beiden Fällen konnte ich sie noch rechtzeitig ins Krankenhaus bringen. Aber ich wußte, daß ich es irgendwann einmal nicht mehr schaffen würde. Nach dem zweiten Versuch haßte sie mich wirklich. Sie wollte bei Lucy sein, und ich hinderte sie daran. Eines Nachts wachte ich auf, und sie stand mit einem Messer über mir. Ich weiß nicht, warum sie nicht zugestochen hat, während ich schlief. Die alte Lynn tief in ihr wollte mich vielleicht nicht töten. Als ich erwachte, muß ich als Auslöser fungiert haben. Ich konnte gerade noch ausweichen. Das Messer fuhr ins Kissen, und ich mußte kräftig zuschlagen, damit sie von mir abließ. Danach blieb mir keine andere Wahl: Ich mußte sie in Obhut geben. Ich konnte sie nicht ständig beaufsichtigen.«

Er schwieg ein paar Augenblicke, und da er es vermied, sie direkt anzuschauen, überlegte Jessica, ob er es bedauerte, ihr all dies erzählt zu haben. Sie überlegte, ob er es je zuvor erzählt haben mochte.

»Das geschah vor sechs, sieben Jahren«, sagte er schließlich.
»Und Lynn ist noch...?« sie zögerte, wollte keinen Namen nennen aus Furcht, beleidigend zu sein.
»In der Nervenheilanstalt? Sie ist in einer privaten Anstalt — nicht der besten, aber eine, die ich mir leisten kann. Die Leute, die sie betreiben, bezeichnen es gern als Pflegeheim für geistig Desorientierte. Das macht es nicht so hart. Ja, sie ist noch da, und so weit ich es sehen kann, hat es nur wenig Besserung gegeben. Eigentlich ist das Gegenteil der Fall. Ich besuche sie, so oft ich kann, aber jetzt erkennt sie mich nicht einmal mehr. Mir wurde gesagt, sie hätte eine Schutzwand um sich errichtet. Ich bin ihre größte Bedrohung, deshalb schließt sie mich aus.«
»Es scheint so unzulänglich, was ich sage, Chris — aber es tut mir leid. Die letzten Jahre müssen die Hölle für Sie gewesen sein. Jetzt kann ich verstehen, warum Sie Spiritisten so hassen.«
Bishop überraschte sie, als er ihre Hand nahm. »Ich hasse sie nicht, Jessica. Die wirklichen Betrüger verabscheue ich, aber ich habe viele kennengelernt, die ehrlich sind, wenn auch irregeleitet.« Er zuckte die Schultern und ließ ihre Hand los. »Der erste, dieser Ire, war ein absoluter Amateur verglichen mit manchen, die ich entlarvte. Sie haben es zu einer Kunst entwickelt. In Amerika gibt es ein Geschäft, in dem man spiritistische Wunder kaufen kann. Ein paar Dollar für das Geheimnis der Drehtische, ein paar mehr für den Klopfgeist. Da gibt es sogar einen Ektoplasma-Baukasten. Spiritismus ist mit der Welle des Interesses am Okkulten zu einem Riesengeschäft geworden. Leute wollen hinter die materielle Seite des Lebens blicken, und es gibt genug Lumpen, die für die Befriedigung ihrer Bedürfnisse sorgen. Verstehen Sie mich nicht falsch — ich bin auf keinem Feldzug gegen sie. Zuerst war ich bereit, jede Gruppe oder jeden einzelnen zu entlarven, der betrügerisch arbeitete, und ich hatte meist Glück. Ihre Tricks waren so offensichtlich, wenn man völlig unbeeindruckt an die Sache heranging. Aber dann wieder war ich verblüfft. Ich begann ein größeres Interesse an dem ganzen Komplex des Mystizismus zu entwickeln, betrachtete alles realistischer und stellte fest, daß vieles mit ganz irdischen Methoden erklärt werden konnte. Rein wissenschaftlich, wenn Sie so wollen. Natürlich läßt sich sehr viel nicht erklären,

aber wir finden langsam die Antworten, bewegen uns allmählich auf die Wahrheit zu.«

»Das ist das Ziel des Institutes meines Vaters.«

»Ich weiß, Jessica. Darum wollte ich mit Ihnen sprechen. Ich bin recht grob zu Ihnen gewesen, zu Jacob und Edith Metlock. Mir schien es, als seien Ereignisse übertrieben, in eine Form gebracht worden, die ihrer Denkweise entsprachen. Aufgrund einer Art von Hysterie. Das habe ich so oft bei meinen Forschungen kennengelernt.«

Er legte einen Finger auf ihre Lippen, um ihren Protest zu unterdrücken. »Ich glaube, was Sie über diesen Pryszlak sagten. Vielleicht hatte er entdeckt, daß das Böse eine körperliche Kraft ist und suchte nach einem Weg, diese Kraft nutzbar zu machen. Aber all dies endete mit seinem Tod und dem Tod seiner verrückten Anhänger. Verstehen Sie das nicht?«

Jessica seufzte tief. »Ich weiß es einfach nicht. Es könnte sein, daß die Überzeugung meines Vaters mein eigenes Urteilsvermögen beeinträchtigt. Er kannte den Mann so gut. Ihre geistigen Fähigkeiten waren so ähnlich, so außergewöhnlich. Die Blindheit meines Vaters hat seine außersinnliche Wahrnehmungfähigkeit erweitert, obwohl er das als ein Geheimnis hütet, das er mit niemanden teilt.«

»Nicht einmal mit Ihnen?«

Sie schüttelte ihren Kopf. »Wenn es soweit ist, wird er es eines Tages tun.« Sie lächelte seltsam. »Er vergleicht sich mit einem Forscher, der andere erst führen kann, wenn er selbst den richtigen Weg gefunden hat. Seine Sorge ist, daß Pryszlak auf diesem Weg schon weiter voraus ist.«

»Mir sind viele wie Pryszlak bei meinen Untersuchungen begegnet. Offensichtlich nicht so extrem, aber mit demselben Fanatismus wie bei ihm. Es ist wie eine Krankheit, Jessica, sie breitet sich aus. Ich selbst habe einige kleine Dosen mitbekommen, wenn ich bei gewissen Fällen verwirrt war.«

»Aber Sie haben sich immer damit begnügt, sie als ›unerklärliche Phänomene‹ zu bezeichnen und sie dann beiseite geschoben.« In ihrer Stimme war kein Sarkasmus, nur Hoffnungslosigkeit.

»Im Augenblick, ja. Es ist wie mit den UFOs — nur eine Frage der Zeit, bis wir eine Erklärung für sie finden.«

Sie nickte verstehend. »Gut, Chris. Vielleicht ist es gut, daß ein Zyniker wie Sie in diesem Bereich arbeitet; vielleicht sind wir alle zu sehr mit unseren eigenen Dingen beschäftigt. Ich glaube aber, daß Ihre Erfahrung in diesem Haus Sie mehr erschüttert hat, als Sie zugeben. Ihre Empfehlung, es sofort abbrechen zu lassen, könnte Ihr Weg sein, Geister zu verjagen.«

Er wußte keine Antwort darauf; die Wahrheit war nicht einmal ihm selbst klar. Stattdessen versuchte er, zu scherzen. »Ein vernünftiger Mensch wie ich könnte zu einem unvernünftigen werden — wenn er zum Glauben bekehrt wird.«

Sie lächelte und sagte, »Danke, daß Sie mir all dies gesagt haben, Chris. Ich weiß, daß es nicht leicht war.«

Bishop grinste. »Das war es nicht, aber es half. Es war gut, nach all der Zeit mit jemandem zu sprechen.« Er erhob sich von der Bank und blickte auf sie hinab. »Sagen Sie Ihrem Vater, daß es mir leid tut, ja? Es hat mir keine Freude bereitet, alles zu einem plötzlichen Halt zu bringen. Aber ich dachte, es sei das Beste. Wirklich.«

»Wir schulden Ihnen Ihr Honorar.«

»Für einen halben Tag Arbeit? Vergessen Sie's.«

Er wandte sich zum Gehen, aber sie sagte, »Werde ich Sie wiedersehen?«

Er zeigte Verwirrung, bevor er antwortete: »Das hoffe ich.«

Jessica schaute zu, wie er zum Parkausgang ging, der ihn in Richtung Baker Street bringen würde. Sie griff in ihre Umhängetasche, holte eine Zigarette heraus, entzündete sie und inhalierte tief. Es war ein seltsamer Mann — mit einem Wort: intensiv. Doch jetzt, da sie seinen Zynismus verstand, waren aller Ärger auf ihn verschwunden. Sie wünschte sich, ihm irgendwie helfen zu können. Sie wünschte, ihren Vater von seiner Besessenheit wegen Pryszlak befreien zu können. Sie wünschte wirklich, daß alles vorbei wäre, aber wie Jacob wußte sie irgendwie, daß es nicht so war.

Das Kreischen einer der Enten verblüffte sie und sie sah, daß zwei von ihnen gierig um ein feuchtes Stück Brot kämpften, das ihnen eine alte Frau hingeworfen hatte. Jessica stand auf und zog den Mantel enger um sich. Sie trat die kaum angerauchte Zigarette auf dem Kiesweg aus und warf die Reste in einen Abfalleimer. Die Hände tief in die Taschen gesteckt, ging sie langsam aus dem Park.

Das Abbruchunternehmen war da. Die Rammen zerschlugen die Mauern von Beechwood, und die Männer schwangen ihre Vorschlaghämmer mit Freude. Die Nachbarn staunten, überrascht über den plötzlichen Angriff auf das Anwesen, und einige, die die Geschichte des Hauses kannten, freuten sich über den Abbruch. Innerhalb zweier Tage war das Haus zu Schutt reduziert, eine häßliche Narbe zwischen den Häusern der Willow Road, eine Leere, die nur bei Anbruch der Nacht gefüllt wurde. Man hatte einen rohen Bretterzaun errichtet, um Neugierige, vor allem Kinder, vom Betreten des Grundstücks abzuhalten, denn die Trümmer waren gefährlich, da das Erdgeschoß nicht völlig in den Keller gestürzt war. Es gab kleine Öffnungen, durch die jemand fallen konnte.

Die Schatten unter den Trümmern begrüßten die Nacht, verschmolzen mit ihr, wurden substantieller, und die Dunkelheit in dem Keller schien wie ein lebendes, atmendes Ding aus den Öffnungen zu kriechen.

TEIL ZWEI

*Gedenke an den Bund;
denn die dunklen Winkel des Landes
sind voller Frevel.*

Psalm 74:20

1

Kriminalhauptkommissar Peck stöhnte innerlich, als der Granada hielt.

»Sieht wie Armageddon aus«, sagte er zu seinem Fahrer, der daraufhin kicherte. Peck stieg aus dem Wagen und sah sich das Ganze an. Der Rauchgeruch hing noch immer in der Luft, große Pfützen füllten die Löcher der Willow Road und bildeten kleine, glitzernde Teiche. Löschfahrzeuge befeuchteten die Asche der drei vom Feuer verwüsteten Häuser, deren Eisenskelette wie Eindringlinge im schmutziges Grau der Straße wirkten. Ein Krankenwagen stand da, dessen Hecktür weit geöffnet war, als erwarte man jeden Augenblick eine neue Lieferung. Eine blaugekleidete Gestalt löste sich aus einer erregten Menge und eilte rasch auf Peck zu.

»Hauptkommissar Peck? Man sagte mir, daß Sie unterwegs seien.«

Peck nahm den kurzen Gruß des uniformierten Mannes mit einem beiläufigen Kopfnicken zur Kenntnis. »Sie müssen Inspektor Ross vom hiesigen Revier sein.«

»Ja, Sir. Wir haben hier eine ziemliche Schweinerei.« Er deutete mit einer Kopfbewegung auf das Bild im Hintergrund.

»Tja, ich denke, Sie sollten zunächst mal die Straße von allen Leuten räumen lassen, die nicht direkt mit den Ereignissen der letzten Nacht zu tun haben.«

»Bin gerade dabei. Das Problem ist, daß die Hälfte von ihnen damit zu tun hat.«

Pecks Augenbrauen wölbten sich zu einem Bogen, aber er sagte nichts.

Ross rief seinen Sergeant. »Sie sollen alle in ihre Häusern gehen, Tom. Wir werden die Aussagen bei jedem persönlich aufnehmen. Und schaffen Sie die Presse ans Straßenende; wir werden später eine Verlautbarung veröffentlichen. Ich dachte, Sie hätten an beiden Enden Posten aufgestellt, um zu verhindern, daß jemand durchgeht?«

»Das haben wir. Aber es funktioniert nicht.«

»Okay, wenden Sie sich ans Hauptquartier und lassen Sie Absperrungen herbringen. Sagen Sie, daß wir mehr Männer brauchen. Und alle Zivilisten runter von der Straße. Sofort.«

Der Sergeant eilte davon und begann sowohl seinen Männern als auch den Zuschauern Befehle zuzubrüllen. Ross wandte sich wieder an Peck, der sagte: »Okay, Inspektor, gehen wir in den Wagen und sprechen mal kurz in Ruhe.«

Drinnen steckte sich Peck eine Zigarette an und öffnete ein Seitenfenster gerade so weit, daß der Rauch entweichen konnte. »Also erzählen Sie«, sagte er und schaute zerstreut auf das Treiben draußen.

Der Inspektor legte seine Mütze auf ein Knie. »Das erste Anzeichen von Problemen war eine Funkmeldung von einer unserer Streifen, die hier patrouillierten. Das war Konstabler Posgate, der mit Konstabler Hicks auf Streife war.«

»Überwachung?«

»Nun, nicht direkt. Es war eher eine normale Streife. Sie haben ja von den merkwürdigen Ereignissen hier in letzter Zeit gehört?«

Peck grunzte, und Ross wertete das als Zustimmung.

»Die Anwohner verlangten Schutz. Wir ließen die Streife patrouillieren, um sie wissen zu lassen, daß wir die Dinge verfolgten, aber wir haben, offen gestanden, nicht damit gerechnet, daß etwas passieren würde.«

»Scheint, als hätten Sie sich geirrt. Weiter.«

Der Inspektor rutschte unbehaglich auf seinem Sitz hin und her. »Unser Mann meldete etwas, das er für ein Handgemenge oder eine Schlägerei am Ende der Straße hielt.«

»Wann war das?«

»Gegen halb elf. Sie gingen dorthin, um die Sache zu regeln, und wurden selbst ziemlich zusammengeschlagen.«

»Wieviel Beteiligte?«

»Drei. Jugendliche. Zwei weiße Mädchen, ein schwarzes.«

»Und die haben Ihrer Streife was verpaßt?«

»Es waren gemeine Bastarde, Sir.«

Peck verbarg ein Lächeln, indem er die Zigarette zum Mund führte.

»Aber es war keine Schlägerei«, sagte Ross ernst.

»Nein?«

»Nein. Es war eine Vergewaltigung.«

»Auf offener Straße?«

»Ja, Sir, auf offener Straße. Kein Versuch, das Opfer in Deckung zu ziehen. Aber das ist nicht das Schlimmste.«

»Überraschen Sie mich.«

»Das Opfer war ein Mann.«

Peck schaute den Inspektor ungläubig an. »Ich bin überrascht«, sagte er.

Ross empfand eine grimmige Genugtuung darüber, seinen Vorgesetzten schockiert zu haben. Am Ende seines Berichtes würde Peck sogar noch schockierter sein.

»Der Name des Mannes ist Skeates. Er wohnt in der Straße — ein junger Managertyp. Offensichtlich kam er gerade aus einem Pub spät nach Hause.«

»Beim nächsten Mal wird er ein Taxi nehmen. Was ist mit Ihren Beamten? Wie schwer wurden sie verletzt?«

»Hicks hat den Kiefer gebrochen. Sind auch nicht mehr viele Zähne übrig. Als schließlich die Verstärkung dort eintraf, hatten die drei Bastarde Posgates Arm gebrochen und versuchten, dasselbe mit seinen Beinen zu tun.«

Rauch drang zwischen Pecks zusammengebissenen Zähnen in einer dünnen, kräftigen Wolke hervor. »Boshafte Weiber«, kommentierte er.

Ross entging der Sarkasmus des ranghöheren Beamten. »An diesen Dreien war nichts Weibisches, das weiß ich selbst. Ich habe sie verhört, als sie eingesperrt wurden.«

»War von ihnen noch etwas übrig?«

»Sie wurden etwas rangenommen. Sie leisteten bei der Verhaftung Widerstand.«

»Darauf möchte ich wetten.« Peck grinste über den wachsenden Ärger des Inspektors. »Schön, Ross, ich will mich nicht lustig machen. Ich mache Ihren Leuten keinen Vorwurf, daß sie zur Selbsthilfe gegriffen haben. Haben Sie etwas aus den Bastarden herausbekommen?«

»Nein. Alle drei sind wie Zombies. Haben die ganze Nacht kein Wort gesprochen.«

»Das Opfer?«

»Meine Männer fanden ihn, als er die Straße hinunter kroch,

um nach Hause zu kommen. Er behauptet, die drei Jugendlichen hätten auf dem Bürgersteig gesessen, so als ob sie darauf gewartet hätten, daß jemand vorbeikäme. Offensichtlich wohnen sie nicht in dieser Straße. Zumindest hat er sie nie zuvor gesehen.«

»In Ordnung, Inspektor, ich bin bereits beeindruckt. Was ist sonst noch letzte Nacht hier geschehen?« Peck nickte zu dem noch rauchenden Haus hin. »Abgesehen von dem, was offensichtlich ist.«

»Gegen halb eins heute früh bekamen wir eine Meldung über einen Eindringlich auf dem Grundstück Nummer...«, Ross holte ein Notizbuch aus seiner Brusttasche und schlug es auf, »...dreiunddreißig. Der Anruf kam von einer Mrs. Jack Kimble. Bis meine Leute da waren, war ihr Mann mit dem Problem selbst fertig geworden.«

»Spannen Sie mich nicht auf die Folter.«

»Die Kimbles haben eine fünfzehnjährige Tochter. Sie schläft in einem Zimmer zur Straße. Ein Mann hatte sich gewaltsam Zutritt zu ihrem Schlafzimmer verschafft.«

»Nicht noch eine Vergewaltigung«, sagte Peck angewidert.

»Doch, Sir. Der Eindringling wohnt den Kimbles gegenüber. Eric Channing war sein Name.«

»War?«

»War. Er lebt nicht mehr.«

»Dieser... wie war gleich der Name — Kimble?... hat das Gesetz selbst in die Hand genommen?«

»Channing hatte eine Leiter benutzt, um zum Schlafzimmerfenster des Mädchens zu gelangen. Er machte sich nicht einmal die Mühe, es zu öffnen, sondern sprang mit dem Kopf voran durch das Glas und griff das Mädchen an. Während Mrs. Kimble uns anrief, war Mr. Kimble damit beschäftigt, den Möchtegern-Vergewaltiger auf dem Wege hinauszubefördern, den er gekommen war. Beim Sturz brach Channing sich das Genick.«

»Liebe deinen Nachbarn, wie? Ist irgendetwas faul an diesem Kimble? Ist er aktenkundig?«

»Keine Akten. Hat nur überreagiert, das ist alles.«

»Hoffen wir, daß der Richter das nicht auch tut. Was haben Sie sonst noch?«

»Nun — als ob diese beiden Zwischenfälle nicht genug wären, war gegen drei Uhr die Hölle los. Zu dem Zeitpunkt begann das Feuer.«
»Ursache?«
»Es brach in einer Doppelhaushälfte aus und griff auf das angrenzende Haus über. Wir vermuten, daß Funkenflug das Feuer im Nebenhaus ausgelöst hat.«
»Aber wie ist es ausgebrochen?«
Ross holte tief Luft und zog wieder sein Notizbuch zu Rate, um den richtigen Namen zu finden. »Ein Mr. Ronald Clarkson, ein pensionierter Geschäftsmann, gab Alarm. Er war durch Brandgeruch wach geworden. Seine Frau saß mitten auf dem Schlafzimmerboden. Sie hatte Paraffin von einem der Ölöfen benutzt und sich damit übergossen. Er hatte Glück — sie hatte nämlich das Bett auch übergossen, und er kam gerade noch rechtzeitig heraus.«
Pecks Augen waren jetzt geweitet, alle Belustigung daraus verschwunden.
Ross fuhr fort und genoß den Anblick seines Vorgesetzten. »Als die Feuerwehr schließlich hier war, stand das ganze Haus in Flammen und es bestand keine Möglichkeit, das Nachbarhaus zu retten. Das Haus gegenüber brannte auch schon, aber man konnte das Feuer unter Kontrolle bringen, bevor das Haus ganz zerstört wurde. Acht Löschzüge waren letzte Nacht hier; es war wie im Krieg.«
»Ist sonst jemand umgekommen — abgesehen von Clarksons Frau?«
»Nein. Glücklicherweise kamen alle dank Clarksons Warnung rechtzeitig raus.«
»Hat er eine Ahnung, warum sie es getan hat? Warum sie sich verbrannte.«
»Er sagte, sie hätte in letzter Zeit Depressionen gehabt.«
Peck schnaufte angewidert. »Depressionen! Mein Gott!«
»Noch etwas.«
»Das ist wohl ein Witz.«
»Nein. Aber das ist nicht so schlimm. Bei Tagesanbruch, als die Feuerwehrleute noch den Brand bekämpften und ich wie ein Wahnsinniger herumlief, um herauszufinden, was eigentlich

los sei, kam ein Mann zu einem meiner Beamten und verlangte, verhaftet zu werden.«

»War doch mal zur Abwechslung was anderes. Wer war das — noch ein Irrer?«

»Er scheint es nicht zu sein. Sein Name ist Brewer. Er wohnt in Nummer neun.«

»Und?«

»Er hatte Angst vor dem, was er seiner Familie vielleicht antun könnte. Der Beamte ging mit ihm nach Hause und fand Brewers Frau und die drei Kinder gefesselt und in eine Garderobe gesperrt.«

»Und Sie sagen, er sei kein Irrer?«

»Ich habe mit ihm gesprochen. Er scheint ein netter, ganz durchschnittlicher Bursche zu sein, und ist offensichtlich verängstigt über das, was er tat. Er hat keine Erklärung dafür, weiß nicht, warum er es getan hat. Aber er wollte festgenommen werden, damit er ihnen nichts antun kann. Davor hat er Angst.«

»Ich hoffe, Sie haben seinem Wunsch entsprochen.«

»Natürlich haben wir das. Er ist jetzt in einer Zelle, aber später, wenn sich alles beruhigt hat, werden wir ihn in ein Krankenhaus bringen.«

»Tun Sie das, aber erst, nachdem ich mit ihm gesprochen habe. Ist das dann alles?«

»Soviel wir wissen, ja. Wie gesagt, wir überprüfen die Häuser noch.«

»Was für eine verrückte Straße ist das eigentlich, Inspektor? Das Irrenhaus der Vorstadt?«

»Bis vor kurzem war es eine ganz ruhige Wohngegend, wie andere auch. Aber vor Jahren hatten wir so eine Geschichte ja schon mal.«

»Sie meinen den Massenselbstmord?«

»Ja, Sir. Das Haus — es hieß Beechwood — wurde erst gestern abgerissen.«

»Warum das?«

»Soweit ich erfahren konnte, wollte der Besitzer das Haus nicht mehr. Es stand seit Jahren leer, und die Verwalter konnten es wohl nicht verkaufen.«

»Vielleicht haben die Geister Rache wegen der Zerstörung genommen.«

Ross warf Peck einen scharfen Blick zu. »Eigenartigerweise fand gestern hier etwas Merkwürdiges statt. Jemand namens Kulek informierte uns, daß er eine Seance oder ähnliches in dem Haus abhielte. Wir erfuhren, daß er die Genehmigung des Besitzers hatte.«

»Man glaubte also wirklich, daß es verhext war?« Peck schüttelte amüsiert den Kopf.

»Davon weiß ich nichts. Aber man fand eine nackte Frau, die sich im Keller versteckt hielt. Sie war eine private Krankenschwester, wie sich herausstellte, die ihren Arbeitgeber umgebracht hatte, einen alten Mann, den sie jahrelang in seinem Haus weiter unten an der Straße gepflegt hatte.«

»Ja, ich habe davon gehört. Allerdings wußte ich nicht, daß diese Seance stattfand.«

»Ich bin mir nicht sicher, ob es wirklich eine Seance war. Ich weiß, daß da so eine Art Geisterexperte anwesend war.«

»Schön, ich möchte mit diesem Kulek sprechen und mit allen anderen, die in dem Haus waren.«

»Sie glauben nicht, daß das etwas mit Geistern zu tun hat, nicht wahr?« Ross blickte neugierig drein.

»Tun Sie mir einen Gefallen, Inspektor: Ich glaube nicht, daß es etwas mit dem Trinkwasser zu tun hat. Ich denke nur, daß es an der Zeit ist, alle Teile zu sammeln und damit anzufangen, sie zusammenzusetzen, verstehen Sie? Andernfalls wird nämlich niemand mehr da sein, mit dem Sie sprechen können; entweder sind alle tot oder in der Klapsmühle.«

Ein heftiges Pochen am Fenster auf Pecks Seite ließ beide Männer in diese Richtung blicken. Ein knorriges altes Gesicht schaute sie verkniffen an. Die Frau klopfte wieder, obwohl beide Männer sie ansahen.

»Sind Sie hier zuständig?« krächzte sie und schaute Peck an.

»Was kann ich für Sie tun, Madam?« fragte Peck, der das Fenster ein wenig weiter herunterkurbelte.

»Wo ist mein verdammter Hund?« fragte die alte Frau, und Peck war erleichtert, als er den Sergeant, mit dem Ross vorher gesprochen hatte, eilig auf sich zulaufen sah.

»Verzeihen Sie, Madam, aber wenn . . .«, begann Peck.
»Er ist weg, verdammt. War die ganze Nacht weg. Warum suchen Sie ihn nicht, statt hier auf Ihrem Arsch zu sitzen?«
»Sagen Sie alles dem Sergeant; ich bin sicher, er wird Ihnen helfen, Ihren Hund zu finden«, entgegnete Peck geduldig. Er seufzte erleichtert, als der Beamte die erboste Frau am Arm wegführte. »All dies Gemetzel, und sie macht sich Sorgen um einen verdammten Hund!«
Inspektor Ross schüttelte verwundert den Kopf.
»Entschuldigen Sie, Sir.« Der Sergeant war zum Wagenfenster zurückgekehrt.
»Was ist, Tom?« fragte Ross.
»Ich dachte nur, daß Sie's vielleicht wissen sollten. Wegen dem Hund.«
Peck verdrehte die Augen himmelwärts.
»Äh, wahrscheinlich hat das nichts zu bedeuten, aber die Meldung der alten Dame war die fünfte, die wir heute morgen bekommen haben. Es ist das fünfte Haustier, das als vermißt gemeldet wurde. Scheint, als ob alle entlaufen seien.«
Ross konnte nur mit den Schultern zucken, als Peck ihn verblüfft ansah.

2

Die Fahrt durch das friedliche Weald of Kent hatte geholfen, Bishops Beunruhigung zu besänftigen. Ein plötzlicher, aber willkommener frühlingshafter Wetterwechsel hatte dem Land die Trübheit genommen, und obwohl die Luft noch immer etwas schneidend war, konnte man sich leicht vorstellen, daß die Jahreszeit zu wechseln begann. Er hatte beschlossen, die Nebenstraßen zu nehmen und die verkehrsreichen Hauptstraßen zu meiden, die direkt zu seinem Ziel führten. Er brauchte Zeit zum Nachdenken.
Der Wahnsinn in der Willow Road hielt an; ja, er hatte zugenommen. Am Tage zuvor hatten ihn zwei CID-Beamte in seinem Haus in Barnes besucht und ihn fast zwei Stunden

danach befragt, was er von Beechwood wisse und was der Grund für seinen Besuch im Haus gewesen sei. Er hatte ihnen alles erzählt, was er wußte: von Jacob Kuleks Besorgnis, von seiner eigenen Entschlossenheit, zu beweisen, daß das Haus nicht verhext sei, von der Entdeckung der nackten Frau, die sich im Keller versteckt hielt.

Von der Halluzination, die er dort gehabt hatte, erzählte er ihnen nichts. Als sie gingen, schienen sie nicht sehr zufrieden und sagten ihm, daß er wahrscheinlich am nächsten Tag noch einmal um eine formelle Aussage gebeten werden würde; Kriminalhauptkommissar Peck würde sich sehr für seine Geschichte interessieren.

Bishop hatte später erwogen, mit Jacob Kulek und Jessica Verbindung aufzunehmen, aber etwas hatte ihn daran gehindert. Ihm wurde klar, daß ihn die ganze Geschichte krank machte, daß er nichts damit zu tun haben wollte. Und doch spürte er das Bedürfnis, wieder mit Jessica zu sprechen, und über dieses Bedürfnis war er verwirrt. Die Feindseligkeit, die zwischen ihnen bestanden hatte, war mit dem Ende der Untersuchung verschwunden. Am Tag zuvor, im Park, waren all seine Vorbehalte ihren Ansichten gegenüber gewichen, und er konnte sie als das sehen, was sie eigentlich war: eine attraktive Frau. Aber er widersetzte sich dieser Attraktivität; er mußte es.

Während Bishop aufmerksam auf die Verkehrsschilder achtete, spürte er das Stechen winziger Nadeln in seinem Magen. Zeit, etwas zu essen. Er schaute auf die Armbanduhr. Er war nicht weit von seinem Ziel entfernt. Gut, also reichlich Zeit, etwas zu essen. Er mußte erst gegen Drei bei dem Haus sein. Der Anruf war gekommen, nachdem die beiden Kriminalbeamten gegangen waren, und der Mann am andern Ende hatte sich als Richard Braverman vorgestellt. Bishop sei ihm von einem Freund empfohlen worden, und er wolle seine Dienste als Psychoforscher in Anspruch nehmen, um sein Haus in Robertsbridge, Sussex, zu untersuchen. Der neue Klient schien erfreut, daß er gleich am nächsten Tag mit der Untersuchung beginnen konnte. Abgesehen von der Richtung zu dem Haus erfragte Bishop keine weiteren Informationen hinsichtlich des angeblichen Spuks; er bevorzugte es, solche Fragen vor Ort zu stellen. Er freute sich über den Auftrag, wollte wieder etwas zu tun haben. An diesem Abend hatte er Lynn in der Nervenheilanstalt besucht, und er war wie gewöhnlich enttäuscht und deprimiert von dort weggegangen. Sie schien noch verschlossener zu sein. Dieses Mal hatte sie sich sogar geweigert, ihn anzusehen. Ihre Hände bedeckten noch ihre Augen, als er sie verließ.

Die Helligkeit des folgenden Tages hatten die Belastung ein wenig genommen, und die Vorfreude auf die bevorstehende Arbeit erfüllte seine Gedanken. Er hielt an dem einladenen Pub, der plötzlich zu seiner Linken aufgetaucht war.

Eine Stunde später war er wieder auf der Straße. Seine Laune hatte sich durch den gefüllten Magen gebessert. Als er das Dorf Robertsbridge erreichte, mußte er nach der Richtung zum Braverman-Haus fragen und wurde zu einer kleinen Seitenstraße verwiesen, die eine Eisenbahnlinie kreuzte und einen steilen Hügel emporführte. Droben verwies ein unauffälliges, verwildertes Schild, das fast in einer Hecke verborgen war, widerwillig darauf hin, daß »Two Circles« am Ende des kleinen Weges zu finden sei, der von der Hauptstraße abbog. »Two Circles« war der Name, den Braverman ihm genannt hatte. Er lenkte den Wagen auf den Weg, der nicht mehr als eine Fahrspur war, und genoß fast die holperige Fahrt zu dem Haus; so machte das Fahren Spaß.

Das Haus kam ins Blickfeld, und er verstand plötzlich den ungewöhnlichen Namen, da es eine umgebaute Hopfendarre war, oder zwei Hopfendarren, um genauer zu sein. Es waren zwei kreisförmige Gebäude, die durch ein konventionelleres Bauwerk miteinander verbunden worden waren, das einmal eine riesige Scheune gewesen sein mußte. Der Umbau war modern und massiv, und seine besondere Form war schön anzusehen. Dahinter dehnten sich grüne Felder, deren Üppigkeit durch den Winter gedämpft schien. Ihre Begrenzungen waren durch Ränder dunkleren Grüns markiert. Bishop lenkte den Wagen auf den großen Hof, der sich vor dem rechteckigen Gebäude erstreckte. Die angrenzenden Hopfendarrentürme befanden sich auf einem Rasen, der hügelabwärts vom Haus zu den offenen Feldern führte und auf halbem Weg in Wiese überging. Bishop war bereits sehr zuversichtlich, was das Austreiben angeblicher Geister anbelangte, als er auf den Haupteingang zuschritt, da große bauliche Veränderungen wie diese oft Ursache für eigenartiges Knarren und Klopfen waren, während die Besitzer sich Sorgen machten, sie hätten mit dem Umbau rachsüchtige Geister geweckt. Er zog an der großen Messingglocke und wartete.

Niemand kam. Er läutete wieder.

Eine Bewegung da drinnen? Aber noch immer kam niemand. Er läutete noch einmal, pochte mit den Knöcheln an die Tür und rief: »Hallo, ist dort jemand?«

Nur wir Geister, sagte er zu sich.

Er drückte auf die Klinke und stieß die Tür nach innen auf. Sie öffnete sich leicht.

»Hallo, Mr. Braverman? Ist jemand da?« Bishop trat in einen langen Galeriekorridor und nickte, als er das Innere sah. Der Holzboden war aus Walnuß. Das Licht, das durch die vielen Fenster fiel, spiegelte sich auf seiner polierten Oberfläche und reflektierte von den dunklen Wänden. Die einzelnen Möbelstücke, die in der großen Halle verstreut standen, waren sicherlich wertvolle Antiquitäten, und wenige, sorgfältig plazierte Teppiche überbrückten die Leere, die der Boden vielleicht vermittelt hätte. Zu seiner Rechten führten zwei Doppeltüren zu den runden Teilen des Hauses. Er ging zu der nächsten, und seine Schritte hallten hohl von den Wänden wider. Er mied einen Teppich, um sein schönes Muster nicht zu verschmutzen, klopfte einmal und stieß dann die Tür auf. Ein riesiger Tisch ahmte die runde Form des Raumes nach. Seine Platte war aus dunkler Eiche. Ein breiter Balken, der in die runde Wand eingelassen war, diente als Einfassung für den offenen holzgefüllten, aber nicht brennenden Kamin. Ein kleines Porträt hing direkt über dem Sims, und das Bild schien ihm irgendwie vertraut. Der Boden war mit einem dunkelbraunen Teppich bedeckt, sein Flor war tief und weich.

»Mr. Braverman? Sind Sie daheim?«

Ein Geräusch hinter ihm veranlaßte Bishop, sich umzudrehen. Er blickte zu der Galerie hoch. »Mr. Braverman?«

Kein Geräusch, dann ein Schlag. Jemand war da oben.

»Mr. Braverman, hier ist Chris Bishop. Sie haben mich gestern angerufen.«

Keine Antwort. Er näherte sich der Treppe. Bewegung da oben. Er setzte einen Fuß auf die erste Stufe.

Jessica stieg die Treppe hinab, die zum Empfangsbereich des Institutes führte.

»Mr. Ferrier?« sagte sie zu dem kleinen bebrillten Mann, der dort wartete. »Ich bin Jessica Kulek.«

Der Mann sprang auf und drehte nervös die Krempe des Hutes, den er wie ein Lenkrad in seinen Händen hielt. Ein kurzes Lächeln überflog sein Gesicht und war sofort wieder verschwunden. Sein Regenmantel war mit dunklen Flecken überzogen, als ob es gerade zu regnen begonnen hätte, bevor er das Gebäude betreten hatte.

»Ich fürchte, mein Vater hat heute nicht allzuviel Zeit«, sagte Jessica, die an die Nervosität von Besuchern des Institutes gewöhnt war, die zum ersten Mal kamen. »Wir sind sehr ... beschäftigt, und wir haben viel Arbeit nachzuholen. Sie sagten, Sie kämen von der ›Metaphysischen Forschungsgruppe‹?«

Ferrier nickte. »Ja, es ist sehr wichtig für mich, Jacob Kulek zu sprechen.« Seine Stimme war dünn und spröde, wie der Mann selbst. »Wenn ich nur zehn Minuten mit ihm sprechen könnte? Nicht länger.«

»Können Sie mir sagen, worum es geht?«

»Ich fürchte nicht«, schnappte der kleine Mann. Dann, als er seine Schärfe bemerkte, fügte er entschuldigend hinzu: »Es ist vertraulich.«

Er sah, daß ihre Gesichtszüge starr wurden, trat rasch auf sie zu und warf dabei einen nervösen Blick zu der Empfangsdame. Das Mädchen sprach mit jemandem am Telefon, ihre Stimme klang gedämpft.

»Es betrifft Boris Pryszlak«, flüsterte er.

Jessica war überrascht. »Was wissen Sie von Pryszlak?«

»Es ist vertraulich«, wiederholte Ferrier. »Ich kann nur mit Ihrem Vater sprechen, Miss Kulek.«

Sie zögerte voller Unbehagen. Aber es konnte wichtig sein.

»Also gut. Zehn Minuten, Mr. Ferrier.«

Jessica führte den kleinen Mann die Treppe hoch zum Arbeitszimmer ihres Vaters. Sie hörten Jacob Kuleks Stimme, bevor sie den Raum betraten. Der blinde Mann schaltete das Diktiergerät ab und blickte zu ihnen auf.

»Ja, Jessica?« sagte Kulek, der ihr Klopfen und ihre Schritte kannte.

»Mr. Ferrier möchte dich sprechen. Er hatte seinen Besuch angekündigt.«

»Ach ja, von der ›Metaphysischen Forschungsgruppe‹, nicht wahr?«

Der kleine Mann blieb seltsam schweigsam, und Jessica mußte für ihn antworten. »Ja, Vater. Ich habe ihm erklärt, daß du sehr beschäftigt bist, aber Mr. Ferrier sagt, daß es Boris Pryszlak beträfe. Ich dachte, es könnte wichtig sein.«

»Pryszlak? Haben Sie Informationen?«

Ferrier räusperte sich. »Ja, aber wie ich Miss Kulek erklärte, ist das vertraulich.«

»Meine Tochter ist auch meine persönliche Assistentin, Mr. Ferrier. Und zudem sieht sie für mich.«

»Trotzdem würde ich lieber . . .«

»Jessica, vielleicht wünscht Mr. Ferrier etwas Kaffee. Bist du so gut?«

»Vater, ich glaube . . .«

»Schwarzer Kaffee wäre sehr freundlich, Miss Kulek.« Ferrier lächelte Jessica ängstlich an, und seine Augen waren plötzlich hinter dem Licht verschwunden, das die Brille reflektierte. Ihr Unbehagen blieb.

»Ich nehme auch Kaffee, Jessica.« Die Stimme ihres Vaters war ruhig und entschlossen, und sie wußte, daß es sinnlos war, Einwände zu machen. Sie verließ das Arbeitszimmer und eilte über den Korridor, da sie Jacob keine Minute länger als unbedingt nötig mit dem nervösen kleinen Mann allein lassen wollte. Als sie auf Höhe ihres Büros war, blieb sie stehen, wechselte dann die Richtung und ging hinein. Sie nahm den Telefonhörer ab.

Anna öffnete die Tür und strahlte die beiden Frauen an. Ihr Lächeln war Fremden gegenüber ebenso herzlich wie bei Menschen, die sie kannte.

»Ja, bitte?« fragte sie, wobei sie leicht den Kopf neigte.

»Wir möchten Miss Kirkhope sprechen«, sagte die größere der beiden, die Annas Lächeln erwiderte.

Ein bedauerndes Stirnrunzeln faltete das breite Gesicht der Haushälterin. »Oh, ich glaube nicht . . .«

»Sagen Sie ihr bitte, daß es ihren Bruder Dominic betrifft«, sagte die andere Frau mit barscher Stimme, ohne zu lächeln.

Anna war zu höflich, um die Tür vor den beiden Frauen ganz zu schließen, und als sie Augenblicke später zurückkehrte, fand sie sie in der Halle wartend wieder. Wenn sie überrascht war, so zeigte sie es nicht.

»Miss Kirkhope wird Sie bald empfangen. Warten Sie bitte hier.« Sie winkte ihnen, ihr zu folgen und führte sie in den »Besucher«-Salon. Sie nahmen auf den Chesterfield-Sofa Platz. Die Größere lächelte Anna süß an, die Kleinere musterte mit ausdruckslosem Gesicht die Umgebung.

»Einen Augenblick, bitte. Miss Kirkhope wird gleich da sein.« Anna knickste und ging aus dem Zimmer.

Es dauerte volle fünf Minuten, bis Agnes Kirkhope eintrat, die darauf bestanden hatte, daß sie und Anna die Runde Rommee in der Küche zu Ende spielten, bevor sie ihre unerwarteten Gäste empfing. Die Haushälterin beherrschte den unheimlichen Trick, eine sonst schlechte Hand mit schwarzen Zweien zu stützen, und Miss Kirkhope war entschlossen, die fünf Pfund zurückzugewinnen, die sie an diesem Nachmittag bereits verloren hatte. Eine Karte vor dem Sieg hatte sie laut aufgestöhnt, als Anna auf den Tisch pochte und ihre Hand vor ihrer Herrin ausbreitete, die unausweichliche schwarze Zwei als Ersatz für die Herzkönigin, die Miss Kirkhope hatte. Warum hatte sie nicht ein paar nützliche Karten aus dem Talon genommen, als Anna zur Tür gegangen war?

Miss Kirkhope blickte auf die beiden Frauen hinab, und ihre Verärgerung zeigte sich auf ihrem Gesicht und in ihrer Stimme.

»Sie haben etwas mit Dominic zu tun«, sagte sie ohne Umschweife.

»Wußten sie, daß er paraphil war?« erwiderte die Kleinere der beiden, ebenso ohne Umschweife.

»Was?« Miss Kirkhope war über die Kälte in der Stimme der Frau bestürzt.

»Paraphil«, sagte die Größere süß lächelnd. »Das ist jemand, der abnormalen Sexpraktiken frönt.«

Miss Kirkhopes Hand wanderte unfreiwillig an ihre Kehle. Sie faßte sich schnell, schritt dann steif in die Mitte des Raumes und funkelte die beiden an. »Ich nehme an, daß das etwas mit Erpressung zu tun hat.« Sie spuckte die Worte förmlich aus.

Die größere Frau griff in ihre Handtasche und sagte freundlich: »Oh, nein, Miss Kirkhope. Mit etwas viel Schlimmerem.«

3

Bishop blieb an der obersten Treppe stehen und sah sich um. Zu seiner Rechten führten Treppen zu den Räumen im rechtwinkligen Teil des Hauses; zu seiner Linken war die Galerie, die die Halle unten überblickte, und eine weitere Treppe, die nach oben führte.

»Mr. Braverman?« rief Bishop wieder. Er fluchte verhalten. War das Haus leer? Waren die Geräusche, die er gehört hatte, nur durch das Arbeiten alten Holzwerks entstanden? Oder durch die Geister, die dem Besitzer zufolge angeblich das Haus bewohnten? Noch ein Versuch, und dann Schluß. Braverman hätte hier sein sollen, um sich mit ihm zu treffen.

Leichter Regen begann gegen die Fenster zu klopfen.

»Ist jemand zu Hause?«

Bumm. Bumm. Bumm, bumm, bumm. Der rote Gummiball hüpfte die Stufen hinunter, wurde schneller und prallte dann gegen die Wand. Er hüpfte auf die Treppe zurück und verlor an Wucht, verlangsamte sich und rollte dann gegen die Wand, wo er liegenblieb.

Bishop reckte seinen Hals, um ins Obergeschoß zu schauen. Da mußte ein Kind spielen. »Ich bin wegen Mr. Braverman hier. Kannst du mir sagen, wo er ist?«

Nichts, bis auf eine Bewegung. Ein Scharren von Füßen?

Bishop hatte genug. Er nahm verärgert zwei Stufen gleichzeitig.

Hätten sie versucht, ihn gleich zu töten, hätten sie Erfolg

gehabt; aber sie wollten seinen Tod genießen, auskosten. Deshalb war der Schlag gegen seinen Kopf zu leicht.

Der Mann tauchte im Türeingang auf, hielt die doppelläufige Flinte schulterhoch und zielte auf Bishops Gesicht. Der Mann hatte das Spiel bisher genossen und grinste in Erwartung dessen, was folgen würde. Bishop war auf dem Treppenabsatz erstarrt, den Mund weit auf und Bestürzung in seinen Augen; die Frau trat aus der anderen Tür. Ihr erhobener Arm, der den Hammer hielt, senkte sich bereits. »Betäube ihn«, hatte ihr Mann ihr gesagt. »Schlag ihn hinter das Ohr, nur so fest, daß du ihn betäubst. Dann können wir etwas Spaß mit ihm haben, bevor er stirbt.«

Der Schlag traf Bishop seitlich, aber er hatte sich umgedreht und die Frau auf sich zukommen sehen, hatte sich instinktiv geduckt, als er den niedersausenden Hammer sah, so daß die Waffe seinen Schädel nur streifte. Er fiel gegen die Wand und spürte, wie er auf die Treppe stürzte. Die Frau war zu nahe: Ihre Beine verfingen sich in den seinen, und sie ging mit ihm zu Boden. Der Hammer klapperte die Holzstufen vor ihnen hinunter. Sie schrie, als sie stürzte und glitt schließlich auf den Treppenabsatz darunter.

Blödes Weib! fluchte der Mann mit der Schrotflinte stumm. Kein Verlaß auf die! Er hob die Waffe wieder und zielte auf die kämpfenden Gestalten da unten. »Weg von ihm, du blöde Kuh! Gib mir Schußfeld!« bellte er. Bishop würde gleich tot sein.

Die Frau versuchte, sich aus dem Gewirr von Armen und Beinen zu befreien, und Bishop sah, obwohl er benommen war, den Doppellauf auf sich gerichtet. Er zog die sich windende Frau in dem Augenblick an sich, als die schwarzen Löcher in hellem Licht explodierten. Die Ladung traf voll in ihre Brust. Winzige Fragmente des Schrots zerrten an ihrem Körper und zupften an Bishops Kleidung. Sie konnte nicht zu schreien aufhören als er versuchte, sie von sich zu rollen.

Der Mann am oberen Treppenabsatz schien überhaupt nicht schockiert, sondern nur ärgerlich, als der die Schrotflinte senkte und sie dann wieder hob. Bishop sah den Hammer an der untersten Stufe liegen. Er packte ihn — noch auf seinen Knien — und schleuderte ihn auf den Mann dort oben. Es war ein wilder

Wurf und er ging völlig daneben, aber der Mann duckte sich automatisch und gab Bishop so die Chance, auf die Beine zu kommen und zu rennen. Der zweite Schuß zerpulverte den Boden hinter ihm. Er rannte durch die nächste Tür, da er sicher war, daß er die Vordertür nicht erreichen würde, bevor der Mann nachgeladen hatte, und betete, daß dort eine zweite Treppe sei, die an der Rückseite des Hauses nach unten führte. Auf diesem Weg gab es zumindest Deckung. Er fand sich in einem Raum wieder, in dem ein kleines Bett stand, und rannte zu der Tür auf der anderen Seite. In dem nächsten Raum befand sich ebenfalls ein kleines Bett und wenig sonst. Eine weitere Tür, dann war er in einem dunklen, engen Korridor. Stufen führten zu einer verschlossenen Tür.

Er konnte die Schritte und die Stimme des Mannes, der ihn verfluchte, dicht hinter sich hören, rannte die Treppe hinunter, rutschte nahe dem Boden aus und prallte gegen die Tür. In dem Düster suchte er nach der Klinke, fand sie, drückte sie nach unten. Die Tür war versperrt. Ein Schatten oben nahm plötzlich das wenige Licht.

Bishop setzte sich auf die zweite Stufe und trat mit beiden Füßen zu. Die Tür sprang auf und Holzsplitter brachen aus dem Rahmen. Er wankte hindurch, schlug sie hinter sich zu, um Deckung vor einem Schuß von oben zu haben. Jetzt stand er in einer Küche, und dort war eine Hintertür.

Schritte dröhnten die Stufen herunter. Er rannte zur Hintertür und schrie auf, als er feststellte, daß auch sie verschlossen war. Im gleichen Augenblick als die Tür, die zur Küche führte, sich öffnete, rannte er wieder zurück. Der Mann war schon halb drin, als Bishop die Tür zustieß, die Flinte über der Brust seines Gegners einklemmte und bewirkte, daß der Kopf des Mannes gegen den Türrahmen schlug. Bishop packte den vorderen Teil des Gewehrlaufes und drückte mit all seiner Kraft gegen die Tür. Der Mann versuchte sich zu befreien, aber er befand sich in einer schlechten Position, hatte den Kopf seitlich verdreht, und war samt seiner Waffe regelrecht eingeklemmt.

Die Benommenheit begann aus Bishops Kopf zu schwinden und er konzentrierte sich darauf, so heftig wie möglich gegen die Tür zu drücken, um seinen Vorteil wahrzunehmen, ohne allerdings zu wissen, wohin das führen würde. Sie konnten wohl kaum den ganzen Tag so stehen bleiben. Das Gesicht des Mannes begann rot anzulaufen, als er sich gegen die Tür stemmte; seine Augen waren weit aufgerissen, starrten Bishop an und funkelten voller Haß. Sein Mund war geöffnet und zu einem Knurren verzogen, das nur als ersticktes Geräusch zu hören war. Bishop spürte, wie sich die Tür auf ihn zubewegte, ihn langsam zurückdrückte. Er verdoppelte seine Anstrengungen, stemmte seine Füße auf den gekachelten Küchenboden und preßte seine Schulter flach gegen das Holz.

Die zitternde Hand, die sein Haar von hinten packte, ließ in vor Angst aufschreien. Er wirbelte herum und sah die Frau, aus deren Gesicht und Brust frisches Blut rann, vor sich stehen. Sie war durch eine andere Tür in die Küche gelangt, die zum Korridor führen mußte. In diesem Moment barst die Tür in seinem Rücken, und er wurde auf die verstümmelte Frau geschleudert. Sie fiel auf Hände und Knie, ihr Blut strömte und bildete eine tiefrote Pfütze unter ihr.

Bishop schlug instinktiv mit dem Arm nach hinten. Sein Ellenbogen traf den Mann, der durch die Tür stürmte, genau auf dem Nasenbein und stoppte seinen Angriff jäh. Die Entscheidung, ob er flüchten oder stehenbleiben sollte, wurde für Bishop gefällt, als er die Doppelmündung wieder auf sich gerichtet sah. Er hatte keine Wahl — er mußte kämpfen, Fliehen wäre Selbstmord gewesen.

Also schlug er das Gewehr nach oben und sprang den Mann an. Sie stürzten durch die Tür auf die Treppe dahinter, und beider Hände schlossen sich um die Waffe, die zwischen ihnen war. Bishop stemmte sich hoch, doch der Mann kam mit ihm hoch und nutzte den Schwung, um Bishop nach hinten zu stoßen. Sie wankten wieder in die Küche, und Bishop rutschte in der sich ausbreitenden Blutpfütze aus. Er fiel auf seine Knie, und plötzlich stand sein Mörder über ihm, sein verzerrtes Gesicht nur Zentimeter entfernt. Bishops Körper wurde nach hinten gebogen, er sank zurück auf den Boden und seine Schultern berührten das klebrige rote Naß unter ihm. Dennoch ließ er die Waffe noch immer nicht los, konnte aber nicht verhindern, daß sie auf ihn zugedreht wurde.

Eine Hand schlug schwach nach seinem Gesicht, versuchte seine Augen auszukratzten. Die Frau lebte noch immer und setzte alles daran dem Mann zu helfen, ihn umzubringen. Plötzlich ließ Bishop die Waffe los, so daß sie ganz auf ihn gerichtet war, drehte dabei seinen Körper aber so, daß der Doppellauf auf den Boden schlug. Der Mann wankte vorwärts, fiel samt dem Gewehr hin und Bishop holte mit seiner rechten Hand aus, schlug zu und traf ihn unter dem linken Ohr. Der Gegner kippte zur Seite und Bishop griff wieder nach der Waffe, doch die Frau stach ihre Finger schmerzhaft in seine Augen und zwang ihn, sich von ihr zu befreien, seinen Körper von den scharfen Klauen wegzurollen. Das war ein Fehler, denn als er ein Stück entfernt auf dem Küchenboden lag konnte der Mann die Waffe heben, um auf ihn zu schießen.

Entsetzt sah er, daß der Mann triumphierend grinste, wohl wissend, daß seine Beute in der Falle saß. Seine Finger hatten sich bereits um die beiden Abzüge gekrümmt und er sprang einen Schritt vorwärts, als sein Fuß in dem glitschigen Blut auf dem Küchenboden ausrutschte. Zwar versuchte er stehenzubleiben, geriet aber nur noch mehr ins Schlittern und stürzte seitlich zu Boden. Das Gewehr krachte ohrenbetäubend, und die Ladung beider Läufe riß ihm den Schädel auf.

Das Stöhnen der Frau war lang und qualvoll, als sie auf die zuckende Gestalt ihres Mannes starrte. Sie blickte weder weg noch erstarb das Stöhnen in ihrer Kehle, bis sein Körper leblos dalag. Dann schaute sie zu Bishop hin und hielt ihn mit ihrem irren, lähmenden Blick auf dem Boden fest. Erst als der dicke Blutschwall über ihre Lippen rann, merkte er, daß sie bereits tot war und ihre Augen nichts mehr sahen. Erschöpft erhob er sich und wankte zum Spülbecken der Küche. Sein Magen verkrampfte sich zuckend; zehn Minuten später stand er noch immer über das Metallbecken gebeugt, als das Prasseln an den Fensterscheiben an Intensität zunahm. Der Regen war heftiger geworden, und der Himmel droben verdüsterte sich.

Jessica eilte mit klopfendem Herzen über den Korridor. Sie hatte gerade die ›Metaphysische Forschungsgruppe‹ in Sussex angerufen; von Ferrier hatten sie noch nie gehört. Sie erreichte das Arbeitszimmer ihres Vaters, klopfte an die Tür und drehte den Knauf, darauf vorbereitet, sich albern zu fühlen, wenn der Mann und ihr Vater sich nur unterhielten. Doch irgendwie wußte sie, daß das nicht der Fall sein würde und schrie entsetzt auf, als sie den dünnen Ledergürtel um Jacob Kuleks Kehle sah. Der kleine Mann hinter ihm zog den Gürtel straff, und sein Körper zitterte unter der Anstrengung. Jacob hatte eine Hand an seiner eigenen Kehle und seine Finger schlossen sich um die improvisierte Garotte, gerade so, als ob ihm die Absicht des Mörders klar geworden sei, noch bevor der kleine Mann angegriffen hatte. Sein Gesicht war tiefrot, seine Zunge drang aus seinem offenen Mund und die blicklosen Augen quollen aus ihren Höhlen. Ein heftiges asthmatisches Pfeifen kam aus seiner Kehle als er versuchte, durch seine strangulierte Luftröhre Atem zu holen.

Jessica stürmte vorwärts, sie fürchtete, daß sie bereits zu spät käme. Der kleine Mann schien sie überhaupt nicht zu beachten, als sie seine Handgelenke packte und wegzureißen versuchte, um den Zug des Gürtels zu lockern. Doch es war sinnlos; er war kräftiger, als er aussah. Sie schlug ihm ins Gesicht ... Das Keuchen ihres Vaters hatte aufgehört. Ferrier drehte seinen Kopf beiseite, um ihren heftigen Schlägen auszuweichen, zog aber noch immer an dem Ledergürtel, und sein ganzer Körper zitterte vor Anstrengung.

Jessica schrie, sie fühlte, daß sie verlor, sie zerrte an den Haaren des Mannes, kratzte in seinen Augen, aber es nützte nichts – er war wie ein Roboter, gefühllos, von etwas beherrscht, daß außerhalb seines Körpers war. Sie schaute sich verzweifelt nach etwas um, das sie gegen ihn benutzen konnte. Der silberne Brieföffner lag glitzernd auf dem Schreibtisch. Wild griff Jessica danach und wandte sich mit hoch erhobener Waffe dem Mann zu. Sie zögerte, bevor sie ihren Arm niederstieß, da ihr Vorhaben sie selbst erschreckte, wußte aber, daß sie keine andere Wahl hatte. Die schmale Klinge drang seitlich in Ferriers Hals, direkt über dem Schulterbein.

Sein Körper wurde plötzlich starr, und einen Moment lang starrten seine Augen sie ungläubig an. Dann schienen sie sich zu verdunkeln und sie sah mit Entsetzen, daß seine Hände wieder zerrten. Der Brieföffner, der nur zur Hälfte in seinem Fleisch steckte, ragte aus seinem Hals, und Jessica warf sich auf ihn, schrie vor verzweifelter Wut, schlug in sein ungeschütztes Gesicht, hämmerte auf den Griff und betete, daß die Klinge eine Schlagader treffen würde.

Der Körper des kleinen Mannes zitterte und seine Knie gaben nach. Dann richtete er sich auf, als ob er plötzlich seine Kraft wiedererlangt hätte. Er ließ ein Ende des Gürtels los und stieß das Mädchen beiseite. Jessica taumelte gegen die Bücherregale, durch den Schmerz und die Tränen der Hilflosigkeit, verschwamm ihr alles vor den Augen.

»Halt!« schrie sie. Und dann ein Stöhnen: »Bitte aufhören!«

Doch beide Hände zerrten wieder an dem Gürtel.

Sie hörte Schritte über den Korridor rennen, und dann tauchten plötzlich Gestalten im Türeingang auf. Die beiden Männer und eine Frau, die über ihre Schultern schaute, waren Angehörige des Institutes.

»Haltet ihn auf!« flehte sie.

Sie waren zunächst wie gelähmt durch das, was geschah, doch einer, ein großer, graubärtiger Mann, der eigentlich schüchtern war und für gewöhnlich langsam agierte, stürmte vorwärts und packte dabei einen Stuhl. Im Laufen schwang er ihn über den Schreibtisch, warf und schlug ihn halb in Ferriers Gesicht. Die Sprossen des Stuhles trafen den Mann an der Stirn, ließen ihn gegen das Fenster hinter ihm prallen und das Glas fiel klirrend mit seinem Körper nach draußen. Er hing dort, die ausgestreckten Hände klammerten sich an den Fensterrahmen und er schien sie für einen Augenblick zu mustern, während sie wie erstarrt standen, bevor seine Finger sich öffneten und er sich nach hinten fallen ließ. Seine Beine flogen nach oben und rutschen dann über den Sims aus dem Blickfeld.

Jessica war sich später nicht sicher, ob sie den dumpfen Laut gehört hatte oder nicht, als er unten auf den Bürgersteig schlug, denn die Frau schrie hysterisch und sie selbst wankte zu ihrem Vater, der jetzt auf dem Boden zusammengebrochen war. Doch ihr Verstand hatte das Geräusch aufgezeichnet, ob es nun Einbildung gewesen war oder nicht.

Anna hatte die Spielkarten weggeräumt und war auf dem Weg zurück in das »Besucher«-Zimmer um zu sehen, ob ihre Herrin Tee für sich und ihre Gäste haben wollte, doch das Lächeln verschwand von ihrem Gesicht, und es blieb ein Ausdruck völliger Verständnislosigkeit. Miss Kirkhope war im Korridor aufgetaucht, kroch auf Händen und Knien und etwas stimmte mit ihrem Gesicht nicht, etwas verzerrte ihre Gesichtszüge. Ihre Augen blickten Anna flehend an, eine dünne, geäderte Hand streckte sich nach ihr aus, ein schwaches krächzendes Geräusch kam aus einem Antlitz, dessen Haut platzte und sich löste.

Annas Verwirrung wurde erst zu Entsetzen, als sie die beiden Frauen, die Miss Kirkhope besucht hatten, aus dem Zimmer hinter der kriechenden Herrin kommen sah. Jede von ihnen hielt etwas, das kleine Fläschchen mit einer klaren Flüssigkeit zu sein schienen. Es hätte Wasser sein können – die Flüssigkeit sah völlig harmlos aus –, aber der Kopf der alten Dame schüttelte sich vor Entsetzen, als die größere Frau lächelte und ihre Flasche hob. Miss Kirkhope versuchte wegzukriechen, doch die Frau schwenkte die Flasche in ihre Richtung, die Flüssigkeit spritzte heraus und fiel in dicken Tropfen auf Rücken und Kopf von Miss Kirkhope. Annas Hände fuhren zu ihrem Mund, als sie das schwache, zischende Geräusch hörte und sah, wie kleine Dampfschwaden aus der Feuchtigkeit aufstiegen.

Miss Kirkhope krümmte ihren Körper, und ihr qualvolles Stöhnen veranlaßte die Haushältern, ein paar Schritte näherzukommen. Aber Anna verließ der Mut, als sie die kleinere Frau vortreten sah, die ihre Herrin mit einem Tritt auf den Rücken drehte. Anna sank in die Knie und faltete die Hände: Die Frau stellte sich breitbeinig über Miss Kirkhopes zusammengesunkenen Körper und ließ langsam den Inhalt ihrer Flasche in stetigem Fluß über sie rinnen.

Die gurgelnden Schreie erfüllten Annas Kopf, bevor sie zu einem leisen Krächzen wurden. Anna merkte, daß sie nicht aufstehen konnte. Nicht einmal als die größere Frau auf sie zukam, noch immer lächelnd, und den Inhalt ihrer Flasche wie Weihwasser über sie goß. Nicht einmal als der erste Tropfen Säure ihre Haut berührte und zu brennen begann.

4

Peck blickte Bishop ungläubig über den Schreibtisch hinweg an. »Wissen Sie, wie unglaublich dies alles klingt?«

Bishop nickte. »Mir fällt es selbst schwer, das zu glauben.«

»Aber warum sollte ein völlig Fremder versuchen, Sie zu ermorden?«

»Braverman muß zu Pryszlaks Sekte gehört haben. Nicht alle haben Selbstmord begangen. Einige blieben am Leben, um seine Arbeit weiterzuführen.«

»Die in der Ermordung von Menschen besteht?«

»Ich weiß es nicht, Kommissar. Vielleicht sind wir zu nah herangekommen.«

»Zu nah an was?«

Jessica sprach, und in ihrer Stimme war unterdrückter Ärger zu hören.

»An den Grund für den Massenselbstmord. Mein Vater wußte, das es einen Grund dafür geben mußte, daß Pryszlak und seine Sekte Selbstmord begingen.«

Peck lehnte sich in seinem Sessel zurück und betrachtete das Mädchen ein paar Augenblicke schweigend, während er sich mit dem Daumen an der Nase kratzte. Sie sah blaß und verstört aus, rein oberflächlich betrachtet der Typ, der zusammenbrechen würde, wenn die Dinge zu hart wurden. Aber Peck wußte es besser – er hatte in zu vielen Jahren mit zu vielen Menschen zu tun gehabt, um sich von Äußerlichkeiten täuschen zu lassen. Das Mädchen war stärker, als es den Anschein hatte.

»Aber Sie wissen noch immer nicht, worum es bei all dem geht«, sagte er.

Jessica schüttelte den Kopf. »Ich erzählte Ihnen ja, daß Pryszlak vor langer Zeit zu meinem Vater kam, um sich von ihm helfen zu lassen, und daß mein Vater sich weigerte.«

»Sie glauben also, das könnte ein Art perverser Rache sein? Anweisungen, die von Pryszlaks Gefolgsleuten nach seinem Tod ausgeführt wurden?«

»Nein, das ist keine Rache. Warum sollten sie versuchen, Chris zu töten? Warum haben sie Miss Kirkhope getötet?«

»Und ihre Haushälterin.«

»Die Haushälterin war ihnen wahrscheinlich im Wege. Pryszlaks Sekte hat keine Achtung vor menschlichem Leben, nicht einmal vor dem eigenen. Dieser Mann da, Ferrier, brachte sich ohne zu zögern selbst um, als er sah, daß er verloren war. Das Motiv war nicht Rache. Ich glaube, dahinter steckt die Absicht, jeden zu töten, der überhaupt weiß, daß es die Organisation gibt.«

»Auf Ihr Leben ist noch kein Anschlag verübt worden.«

»Noch nicht, Kommissar, sagte Bishop. »Vielleicht hätte Ferrier sich auf Jessica gestürzt, nachdem er Jacob Kulek beseitigt gehabt hätte.«

Peck runzelte die Stirn und wandte sie an Bishop. »Ich verstehe noch immer nicht, warum ich Sie nicht wegen Mordes an Braverman und seiner Frau eingesperrt habe.«

»Ich bin zu Ihnen gekommen, erinnern Sie sich? Ich hätte mit Leichtigkeit das Haus verlassen können, ohne daß überhaupt jemand gewußt hätte, daß ich dort war. Ich hätte meine Fingerabdrücke beseitigen können. Die Polizei hätte geglaubt, daß Braverman Streit mit seiner Frau gehabt hätte, zuerst sie erschoß und dann sich selbst. Es ergibt keinen Sinn, daß ich sie ermordet und das Verbrechen dann selbst gemeldet haben sollte.«

Peck blickte noch immer skeptisch.

»Und die anderen«, fuhr Bishop fort. »Der Anschlag auf Jacob Kuleks Leben. Der Mord an Agnes Kirkhope und ihrer Haushälterin. Alle standen mit dem Fall Pryszlak in Verbindung. Kulek, weil er Pryszlaks Aktivitäten erforschte. Agnes Kirkhope, weil wir sie besucht hatten und ihr von unserem Verdacht erzählt hatten. Und natürlich war ihr Bruder Dominic Sektenmitglied. Es ist logisch, Kommissar, daß auch ich ein Opfer werden sollte.«

»An diesem Fall ist überhaupt nichts logisch, Mr. Bishop.«

»Dem stimme ich zu. Noch unlogischer sind die Ereignisse in der Willow Road. Wie erklären Sie die?«

»Im Augenblick versuche ich das nicht einmal. Wir haben Leute eingesperrt, und sie benehmen sich wie Zombies. Selbst der Zustand des Mannes, der nicht so schlimm wie die anderen zu sein schien, hat sich verschlechtert — er ist jetzt wie die anderen. Brewer heißt er — er fesselte seine Familie und sperrte sie in einem Schrank ein. Aber er stellte sich, bevor er Schaden anrichten konnte.«

Bishop bemerkte den verwirrten Ausdruck in Jessicas Gesicht. Er war besorgt um sie: der Beinahe-Tod ihres Vaters hatte sie mitgenommen. Er hatte aus dem Haus in Robertsbridge im Forschungsinstitut angerufen und das Verlangen unterdrückt, von den blutverschmierten Leichen zu fliehen, die dort auf dem Küchenboden lagen, weil er Angst gehabt hatte, daß, nachdem ein Anschlag auf sein Leben verübt worden war, das gleiche mit Jacob Kulek geschehen könne. In Beechwood hatte er selbst gesehen, wie die Wahnsinnige versucht hatte, Kulek zu töten. Und er wußte, daß es einen Zusammenhang gab: Das Porträt, das er in dem runden Zimmer in Robertsbridge gesehen hatte, war das von Dominic Kirkhope gewesen: er hatte sich an Agnes Kirkhopes Fotografie ihres Bruders erinnert, und obwohl es einen Altersunterschied zwischen dem Porträt und dem Foto gab, war die Ähnlichkeit deutlich. Er war überrascht gewesen, als er Kriminalhauptkommissar Peck, den Mann, der offensichtlich für die Ermittlungen an der Willow Road verantwortlich war, im Institut vorfand. Doch es war für ihn keine Überraschung, daß bereits ein Anschlag auf Jacob Kuleks Leben verübt worden war.

»Alles, was ich bisher habe«, sagte Peck, »sind Morde, Selbstmorde, Vergewaltigungsversuche und anderes — Verstümmelung, Gift und Zellen voller Leute, die nicht einmal wissen, wieviel Uhr es ist. Um mir bei meinem Bericht an den Commissioner zu helfen, bekomme ich von Ihnen Informationen über einen Verrückten namens Boris Pryszlak — was nach Ihrer Ansicht alles zu erklären scheint — und seine Organisation von Irren, die an das Böse als mächtige, physische Kraft glaubt. Was meinen Sie, wie der Commissioner darauf reagieren würde, Miss Kulek? Er würde befehlen, mich zu den anderen Irren zu sperren!«

»Ich habe Ihnen keine Erklärungen gegeben, sondern nur gesagt, was ich weiß. Es ist Ihre Aufgabe, etwas zu unternehmen.«

»Und welche Vorstellungen haben Sie da genau?«

»Ich würde damit beginnen, die Namen aller Anhänger Pryszlaks zu sammeln.«
»Sie meinen die Mitglieder seiner Sekte?«
»Ja.«
»Und dann?«
Jessica zuckte mit den Schultern. »Ich weiß es nicht. Sie überwachen?«
Peck schnaufte.
»Zumindest werden Sie feststellen, daß Braverman und Ferrier Mitglieder waren«, sagte Bishop. »Das könnte sogar zu den Mördern von Miss Kirkhope und ihrer Haushälterin führen.«
Peck wünschte, er könnte sich über Bishop ein klares Bild machen, so oder so. Er hatte ihn angewiesen, in dem Haus in Robertsbrigde zu bleiben, bis die örtliche Polizei eintraf und dann dafür gesorgt, daß er zurück nach London begleitet wurde, zu Pecks Büro in New Scotland Yard. Er hatte den Geisterjäger — was war das eigentlich für ein Beruf — eine geschlagene Stunde verhört, bis Kuleks Tochter, ebenfalls unter Begleitung, aus dem Krankenhaus eingetroffen war, in dem ihr Vater lag. Es ging jetzt auf zehn zu, und er war der Wahrheit noch immer nicht näher. Es wäre leichter gewesen, wenn er hätte glauben können, das Bishop entweder log oder völlig unschuldig war.
Peck beugte sich über seinen Schreibtisch vor. »Okay, viel mehr werden wir heute abend nicht mehr herausfinden. Ich lasse Sie gehen, Bishop. Ich bin nicht überzeugt, aber Ihre Geschichte könnte möglich sein. Dieser Pryszlak mag Freunde gehabt haben, denen es nicht paßte, daß Sie und Jacob Kulek in Beechwood herumschnüffelten. Es könnte sein, daß sie das nach dem Massenselbstmord als eine Art heiliger Schrein betrachteten. Die Tatsache, daß die arme alte Miss Kirkhope den Abbruch veranlaßte, mag ihr Verhängnis gewesen sein. Im Augenblick sind das wilde Mutmaßungen. Es erklärt natürlich noch immer nicht die Katastrophen in der Willow Road, aber dafür kann ich Sie wohl kaum verantwortlich machen. Jedenfalls werden wir Sie gut im Auge behalten.«
»Nur keine Sorge«, sagte Bishop lahm, »ich laufe schon nicht davon.«

Peck setzte einen Finger auf den Schreibtisch. »Wir werden Sie nicht nur im Auge behalten, weil ich mißtrauisch bin — und das bin ich wirklich —, sondern zu Ihrem eigenen Schutz. Das gilt auch für Ihren Vater, Miss Kulek. Zum Schutz, meine ich. Wenn dieser Mörder zu Pryszlaks Bande gehörte, könnten sie es noch einmal versuchen.«

Beunruhigung zeigte sich in Jessicas Augen.

»Entschuldigung. Ich wollte Sie nicht erschrecken«, sagte Peck tröstend. »Es ist besser, auf Nummer sicher zu gehen.« Er wandte sich an einen seiner Beamten, der mit verschränkten Armen an der Wand gelehnt hatte und sich über das Gespräch amüsierte. »Frank, holen Sie jemand, der sie nach unten bringt.«

Während Bishop und Jessica sich zum Gehen erhoben, blickte Peck zu ihnen hoch. Sein finsterer Blick sprach für sich.

»Informieren Sie uns, falls Sie kleinere Reisen machen, Mr. Bishop. Ich werde wahrscheinlich morgen wieder mit Ihnen sprechen. Ich hoffe, Ihr Vater erholt sich, Miss Kulek.«

Jessica nickte Dank, und sie verließen das Büro des Kommissars.

Der Beamte kehrte wenige Sekunden später zurück, Belustigung in seinem Gesicht.

»Warum grinsen Sie so blöde?« knurrte Peck.

»Sie glauben doch nicht diesen Blödsinn über die Macht des Bösen, oder?«

»Das ist nicht der Punkt, Frank. Die anderen glauben das, und das allein zählt. Zumindest das Mädchen glaubt es; Bishop hat sich wohl noch keine Meinung gebildet. Um die Wahrheit zu sagen, ich denke, ich habe auch noch keine.«

Sie fuhren von dem großen Gebäude fort und schwiegen ein paar Augenblicke, als ob Peck ihre Unterhaltung aus seinem Büro hoch über ihnen noch immer hören könnte. Es hatte schließlich aufgehört zu regnen, und die Nachtluft war feucht. Jessica zog ihren Mantelkragen enger um den Hals.

»Bringen Sie mich zurück zum Krankenhaus, Chris?«

»Ich fahre bereits in die Richtung«, sagte er. »Wie ging es ihm, als Sie ihn verließen?«

»Schockzustand und schwach. Er hatte noch Atemschwierigkeiten.«

»Wie sind die Verletzungen.«

»Körperlich nur Quetschungen, wie zuvor. Der Arzt sagt, daß seine Atembeschwerden mehr mit dem emotionalen Schock zu tun haben als mit der Luftröhrenpressung. O Gott, wenn ich Sekunden später in sein Arbeitszimmer gegangen wäre...« Sie ließ den Satz unbeendet.

Er wollte die Hand nach ihr ausstrecken, um sie zu berühren, aber er fühlte sich linkisch, wie ein Fremder.

»Er wird schon wieder, Jessica. Er ist ein willensstarker Mann.«

Sie versuchte ihn anzulächeln, aber es mißlang ihr. Seine Aufmerksamkeit war jetzt ohnehin auf die Straße gerichtet. Sie musterte sein Profil, bemerkte die angespannten Furchen um seine Augen. »Und Sie haben auch soviel durchgemacht«, sagte sie schließlich. »Es muß ein Alptraum gewesen sein.

»Für Agnes Kirkhope und ihre Haushälterin war es ein noch größerer Alptraum, einer, aus dem sie nicht mehr erwachen. Was für eine Kreatur kann so etwas tun?« Er schüttelte voller Ekel den Kopf. »Ich denke, Peck glaubt noch immer, daß ich Braverman und seine Frau ermordet habe.«

»Das kann er nicht, Chris. Das ergibt doch keinen Sinn.«

»All das ergibt keinen Sinn. Sie und ich haben auf ganz unterschiedliche Weise mit Dingen zu tun, die aller Logik spotten. Peck ist Polizist: er muß eine Ordnung in die Dinge bringen. Wir können ihm sein Mißtrauen nicht zum Vorwurf machen.«

»Und auch nicht seine Aggression?«

»Die auch nicht.«

Er hielt an Verkehrsampeln, und Scheinwerfer tauchten den Platz vor ihnen in taghelles Licht. Touristen, Tausende wie es schien, betrachteten die silbernen Springbrunnen und reckten ihre Hälse, um zu der Skulptur des Seefahrers aufzublicken, der oben auf der riesigen Säule stand, als sei es das Krähennest eines einer Schiffe. Als prächtig erleuchteter Hintergrund beherrschte das beeindruckende Gebäude der National Gallery den belebten Platz, um den ein ständiger Verkehrsstrom floß.

»Es ist so hell«, bemerkte Jessica zerstreut. »So lebendig. Es könnte Tag sein.«

Das rote Licht erlosch, und es wurde grün. Bishop steuerte den Wagen in das Blechgedränge, fand eine Nische und floß mit der Flut. »Ich frage mich, wieviele von Pryszlaks Leuten noch leben? Und warum?«

»Vielleicht um Befehle auszuführen.«

Er mußte sich konzentrieren, um einem Taxi auszuweichen, das direkt vor Bishops Wagen auftauchte.

Jessica fuhr fort: »Wenn die Polizei sie alle finden könnte, würde dies vielleicht allem ein Ende setzen, bevor es zu spät ist.«

Er warf ihr einen kurzen Blick zu. »Was kann enden, Jessica? Wissen Sie und Ihr Vater, was geschieht?«

Sie zögerte, bevor sie sprach. »Wir sind uns nicht sicher. Wir haben erst gestern mit Edith Metlock gesprochen...«

Sie blickten sich gleichzeitig an.

»Du lieber Himmel!« sagte Bishop ruhig.

Bishop bog in die breite, baumgesäumte Straße ab, blieb im zweiten Gang und schaute nach links und rechts zu den Häusern auf beiden Seiten.

»Welche Nummer ist es?« fragte er Jessica.

»Ich bin sicher, daß es vierundsechzig ist. Ich war nie bei ihr zu Hause, aber ich habe oft brieflich Kontakt mit ihr aufgenommen.«

»Gerade Nummern sind rechts. Passen Sie gut auf.«

Nachdem sie das Londoner West End hinter sich gelassen hatten, gelangten sie schnell zu Edith Metlocks Adresse in Woodford. Beiden waren auf sich wütend, weil sie das Medium vergessen hatten, da ihnen klar war, daß sie als Teil der Gruppe, die Beechwood untersucht hatte, ebenfalls in Gefahr sein könnte.

»Achtundfünfzig... sechzig... zweiundsechzig... Dort! Direkt da vorn.« Bishop deutete auf einen kleinen Bungalow, der durch zehn Meter breite Gartenstreifen zu beiden Seiten von den Nachbarhäusern getrennt war. Er wartete, bis ein entgegenkommendes Auto vorbeigefahren war, fuhr dann auf diese Straßenseite und hielt direkt vor dem Bungalow.

»Sie ist da«, sagte Jessica. »Alle Lichter sind an.« Plötzlich hatte sie Angst, aus dem Wagen zu steigen.

Bishop steckte seine Brille in die Brusttasche und stellte den Motor ab. »Wir sind wahrscheinlich überempfindlich«, sagte er ohne Überzeugung. Dann spürte er Jessicas Angst.

»Wollen Sie im Wagen bleiben?«

Sie schüttelte den Kopf und langte nach dem Türgriff.

Das Gartentor quietschte geräuschvoll, als Bishop es aufstieß. Licht aus den Fenster ergoß sich auf das Gras zu beiden Seiten des schmalen Weges, der zur Veranda des Bungalows führte. Der gestutzte Rasen bildete ein flaches Grün, das in völliger Schwärze verschwand. Die Veranda selbst war durch ein Außenlicht erleuchtet.

Bishop drückte auf die Klingel, und sie warteten auf eine Bewegung im Haus. Jessica biß sich auf die Unterlippe; ihre Augen waren weit, fast ausdruckslos. Er berührte ihren Arm am Ellenbogen und schüttelte ihn ein wenig, als wolle er so ihre Angst zerstreuen. Dann klingelte er wieder.

»Vielleicht schläft sie«, sagte er.

»Wenn alle Lichter an sind?«

»Sie könnte eingenickt sein.«

Er rasselte an der Briefkastenklappe und duckte sich dann, um hineinzuschauen.

»Alle Türen im Korridor stehen auf. Sie muß uns gehört haben. Sieht so aus, als ob in den Zimmern auch alle Lichter brennen.« Er legte seinen Mund an die Öffnung, rief laut Edith Metlocks Namen, erhielt aber keine Antwort.

»Chris, lassen Sie uns die Polizei holen«, sagte Jessica, die langsam von der Eingangstür zurückwich.

»Noch nicht.« Er faßte wieder ihren Arm und hielt ihn diesmal fest. »Wir müssen uns zuerst vergewissern, daß etwas nicht in Ordnung ist.«

»Können Sie es nicht spüren?« Jessica blickte sich in den Schatten um, die das Haus umgaben. »Es ist ... ich weiß nicht ... unirdisch. Als ob ... als ob etwas wartete.«

»Jessica.« Seine Stimme war weich. »Sie haben heute viel mitgemacht — das haben wir beide. Das läßt Sie nicht los, frißt an Ihrer Einbildung.« Das tat es auch an seiner. »Ich werde einmal hinten nachsehen. Warum setzen Sie sich nicht in den Wagen?«

Für einen kurzen Augenblick wurde ihre Besorgnis noch größer. »Ich glaube, ich bleibe bei Ihnen«, sagte sie fest.

Bishop lächelte und ging los, trat auf den Rasen und schaute im Vorbeigehen in ein Fenster. Die Vorhänge waren weit aufgezogen, und eine Spitzengardine dämpfte das Licht drinnen. Er sah, daß es ein kleines Eßzimmer war, der Tisch, bis auf eine Topfpflanze leer. In dem Raum war niemand. Sie schlichen um die Ecke des flachen Gebäudes, und Bishop spürte, daß Jessica dichter bei ihm blieb, als sie in einen dunklen Bereich gelangten. Der Boden wurde unter ihren Füßen weicher, als ob sie durch ein Blumenbeet gingen. Vor ihnen leuchteten weitere Lichter und sie kamen an einem Drahtglasfenster vorbei, hinter dem wahrscheinlich das Badezimmer lag. Das nächste Fenster war heller, die Küchenjalousien waren hochgezogen, und Bishop blinzelte in das grelle Neonlicht.

»Leer«, sagte er zu Jessica. »Dort ist eine Tür, die in den hinteren Garten führt. Versuchen wir's.« Mehr Licht flutete aus der Rückseite des Hauses und er überlegte, ob der Grund dafür eine natürliche Nervosität einer alleinlebenden Frau sein mochte. Aber Edith Metlock war ihm keineswegs nervös erschienen.

Er rüttelte an der Küchentür und war nicht überrascht, daß sie verschlossen war. Er drückte den Griff hinunter, pochte dann an die Scheibe. Vielleicht war sie draußen und hatte die Lichter angelassen, um Einbrecher abzuschrecken. Aber alle Lichter? Und die Vorhänge geöffnet?

»Chris!«

Bishop drehte sich um und sah, daß Jessica in ein Fenster starrte. Er eilte zu ihr hinüber.

»Sehen Sie«, sagte sie. »Da drüben, in dem Lehnsessel.«

Er blickte in ein Schlafzimmer, dessen Vorhänge ebenfalls weit aufgezogen waren. Durch die Gardine konnte er ein leeres Bett sehen, einen Nachttisch, dessen Lampe in dem hell erleuchteten Raum für zusätzliche Helligkeit sorgte, einen Kleiderschrank, eine Kommode ... Und in einem Lehnsessel in der anderen Ecke saß eine Frau. Sie war durch die Gardine nur undeutlich zu sehen, aber er war sicher, daß es Edith Metlock war.

»Mrs. Metlock!« Er klopfte an das Fenster. »Hier sind Chris Bishop und Jessica Kulek.« Er klopfte mit den Knöcheln, heftiger und glaubte, eine Bewegung zu sehen, eine leichte Drehung des Kopfes, war sich aber nicht sicher.

»Warum antwortet sie nicht?« fragte Jessica. »Warum sitzt sie einfach da, Chris?«

Ihm ging der Gedanke durch den Kopf, daß Edith Metlock einen Schlag bekommen haben könnte, aber ihr Körper saß aufrecht, nicht zusammengesunken. Hatte sie Angst, zu antworten?

»Ich werde einbrechen«, sagte er zu Jessica, ging zurück zur Küche und verrenkte seinen Körper, um durch die kleinen Glasscheiben zu schauen, die in die Tür eingelassen waren. Er konnte das Ende eines Schlüssels aus dem Schloß ragen sehen, drehte sich von der Tür halb weg und schlug dann mit dem Ellenbogen gegen die Scheibe am Schloß. Das Glas fiel nach innen und zerschellte. Er steckte seine Hand durch die Öffnung, gab acht auf die verbliebenen Scherben, drehte den Schlüssel und seufzte zufrieden, als das Schloß klickte. Vorsichtig drehte er den Griff und drückte. Die Tür ließ sich nicht öffnen. Sie bot weniger Widerstand, wenn er oben drückte, aber mehr, wenn er es unten versuchte. Ohne zu zögern, trat er eine der unteren Scheiben ein, bückte sich dann und zog den Riegel innen zurück. Die Tür schwang auf.

Jessica folgte ihm dichtauf und versuchte, über seine Schulter zu blicken. Edith Metlocks Augen waren geschlossen, als sie in ihr Schlafzimmer traten, und das blieben sie auch, als sie ihren Namen riefen. Ihr Rücken war steif und ihr Gesicht zum Deckenlicht hingerichtet. Ihre Hände umklammerten die Armlehnen das Sessels.

»Sie atmet«, sagte Bishop, und als ob seine Stimme etwas in dem Medium ausgelöst hätte, wurde ihr Atem tiefer und ihre Brust begann sich unter Anstrengung zu heben. Ihre Lippen teilten sich — sie atmete aus, dann geräuschvoll ein. Heftiger wurde ihr Atem, keuchender, und Jessica kniete sich vor sie, berührte die Schultern des Mediums und rief sanft ihren Namen. Das Keuchen wurde noch stärker, und Jessica blickte ängstlich

Bishop an. Er fühlte sich nutzlos, war versucht, das Medium zu schlagen, um sie aus ihren tranceähnlichen Zustand zu holen, hatte aber Angst davor, daß der plötzliche Schock ihr schaden könnte. Dann ruckte Edith Metlock plötzlich im Sessel hoch und ihr Keuchen endete abrupt. So saß sie lange Sekunden da, sank dann langsam wieder in den Sessel zurück und atmete in einem langen Seufzer aus. Die Augenlider des Mediums flatterten, öffneten sich — ihre Pupillen waren nadelkopfgroß, ihr Kiefer war schlaff, die Lippen bewegten sich, die Zunge lag in ihrer Mundhöhle, als ob ihre Muskeln kraftlos seien. Schließlich kam ein leises Murmeln von irgendwo aus der Tiefe ihrer Kehle.

»Sie versucht etwas zu sagen, Chris. Können Sie sie verstehen?«

Bishop beugte seinen Kopf näher zu dem des Mediums und lauschte. Langsam begannen die Worte sich zu artikulieren, ergaben einen Sinn.

»Haltet ... es fern«, sagte Edith Metlock, deren Stimme schleppend, aber doch verständlich war. »Haltet ... es ... fern. Das Dunkel ... haltet es fern ...«

5

Das Heimpublikum war wütend, und seine Wut rollte brüllend durch das Stadion. Der Schiedsrichter war ein Wichser! Selbst die Minderheit der Auswärts-Fans, wenngleich sie über seine dubiosen Entscheidungen zugunsten ihres Teams erfreut war, mußte das zugeben. Jetzt wurde sogar der Torwart wegen einer Meinungsverschiedenheit verwarnt, und der war in seinen fünfzehn Jahren als Fußballspieler noch nie verwarnt worden. Der überwältigende Ärger erreichte ein fiebrige Höhe, als die kleine gelbe Karte in die Luft gehoben wurde. Sogar die Auswärts-Fans — bis auf die Wahnsinnigen, deren Hirn in der Kehle steckte — verzichteten auf Hohn. Die Feindseligkeit um sie herum hatte sie nervös gemacht.

Die Heimmannschaft hatte in allen Saisons gut gespielt, und

die Fans witterten bereits den Geruch der Ersten Liga. Sie hatten ihre Mitbewerber in der Zweiten Liga bisher völlig beherrscht. Ihr neuer Stürmer, für einen unglaublichen Betrag aus einem italienischen Club importiert (um den Verlust wettzumachen, hatte der Club zwei Spieler verkaufen müssen, einen Mittelfeldspieler und einen beliebten Verteidiger, und er hatte die Eintrittspreise erhöht), hatte zu diesem Erfolg beachtlich beigetragen. Doch nach nur zehn Minuten war der Italiener auf einer Bahre mit einer Beinverletzung hinausgetragen worden. Das Gerücht machte schnell wie ein Buschfeuer die Runde, daß sein Bein gebrochen sei. Gleich zweimal.

Das Auswärtsteam hatte während des ganzen Spiels wie Rowdies gespielt. Ihre Stiefel trafen eher die Gegenspieler als den Ball. Am Samstag war es dasselbe gewesen, als ihnen häßliche, rohe Gewalt auf eigenem Platz ein Unentschieden eingebracht hatte. Die Angst vor dem Abstieg in der nächsten Saison hatte sie zu elf brutalen Verteidigern gemacht, und nur gelegentliche Spielzüge erinnerten die Menge daran, daß sie Fußball spielten und nicht Rugby. Das Spiel heute abend war eine strapaziöse Sache, und in der Menge waren bereits mehrere Schlägereien ausgebrochen. Die Polizisten, die auf den Bänken an strategischen Plätzen um das Feld herum saßen, Helme zu ihren Füßen, blickten nervös über ihre Schultern auf den lärmenden Pöbel. Die Flut der Gesichter verdichtete sich hinter dem gleißenden Schein der Flutlichter zu einer dunklen, schwankenden Masse. Die Stimmung atmete Gefahr.

Eddie Cossins zog seine Freundin Vicky enger an sich. Er begann sich zu fragen, ob es klug gewesen war, sie heute abend hierher zu bringen. Sie mochte Fußball nicht, und er vermutete, daß ihre Anwesenheit mehr damit zu tun hatte, daß sie ihn gern mochte, als daß sie Interesse am Fußball gehabt hätte. Fünf Wochen mit einem Mädchen zu gehen, das war eine lange Zeit. Eigentlich zu lang. Sie kamen dann auf komische Gedanken.

»Weshalb ist er verwarnt worden, Eddie?«

Er hörte ihre schrille Stimme kaum durch den Lärm, obwohl sie aufgestanden war und in sein Ohr geschrien hatte.

»Der Schiedsrichter mag keine Diskussionen!« brüllte er zurück.

»Was wollte er denn?«

Eddie stöhnte. »Der Schiedsrichter hat der Gegenpartei einen Strafstoß gegeben. Jeder konnte aber sehen, daß der Spieler eine Schwalbe gemacht hat. Die faulen selbst die ganze Zeit und bekommen dann noch einen Strafstoß! Ist das ein Idiot!«

Vicky wickelte sich in ihren schweren Mantel und zog Eddies Clubschal fester um ihren Hals. Ein blödes Spiel, sagte sie sich. Erwachsene Männer treten einen mit luftgefüllten Ball über ein Feld, und die Menge regt sich auf, nur weil ihr Team nicht gewinnt. Wie die Kinder. Auch Eddie. Schau nur, wie er den Schiedsrichter anbrüllt, als ob der ihn hören könnte. Der arme kleine Mann tut doch nur seine Arbeit. Damit also hatte sie zu konkurrieren? Ein anderes Mädchen wäre wohl besser für ihn. Oh, nein. Jetzt regnet es auch noch. Angerempelt, gestoßen, gedrückt, von unsichtbaren Händen angefaßt — und jetzt noch Nässe! Das war's nicht wert. Sollte er doch seinen verdammten Fußball haben! Er war sowieso pickelig.

Die Menge verstummte, als der Kapitän der Gastmannschaft den verschmierten Ball auf den Elfmeterpunkt legte. Sein linker Fuß war berühmt.

Auf den Rängen hielt Jack Bettney den Atem an, hatte fast Angst hinzuschauen. Fünfundzwanzig Jahre hatte er den Club unterstützt, in guten wie in schlechten Jahren. Nach einer langen Zeit in der Zweiten Liga waren sie jetzt wieder auf dem Weg nach oben, dorthin, wo die Besten waren. Sie hatten in der letzten Saison und in dieser den Ruhm ihrer alten Tagen zurückgewonnen. Nichts würde sie jetzt aufhalten. Nichts, außer einem Team von Rüpeln und einem parteiischen Schiedsrichter.

Er unterdrückte seinen Ärger mühsam, blinzelte durch die Regentropfen und sah zu, wie der Gegner vom Ball wegging. Der Torwart tänzelte nervös herum und blieb schließlich auf der Linie stehen, die Absätze vom schlammigen Boden gehoben. Nach rechts, Junge, er wird in die untere rechte Ecke zielen, rief ihm Jack Bettney stumm zu. Er kannte die Lieblingsstelle des gegnerischen Kapitäns. Jack konnte die Spannung um sich spüren; die Angst lief durch die Masse der dicht gedrängten Körper wie ein elektrischer Strom. Der Gegner begann anzulaufen, raste wie ein Expreßzug auf den glänzenden Ball zu. Nach rechts, Junge, nach rechts!

Animal, einer der Fans, zuweilen auch von seinen Freunden die Bestie genannt, brüllte vor Häme, als der Ball in die untere linke Ecke des Netzes schoß und der Torwart im Schlamm auf der anderen Seite seines Tores liegenblieb. Animal sprang in die Luft und stützte sich dabei auf die Schultern eines anderen Fans, um sich oben zu halten. Die Knie seines Freundes sackten unter seinem Gewicht ein, aber andere packten seine Arme, um ihn aufrecht zu halten. Es wäre schwer gewesen, in der Menge wieder hoch zu kommen

»Zauberei, Zauberei!« kreischte Animal. Feindselige Blicke flogen in seine Richtung.

Er lachte vergnügt, als der Torwart niedergeschlagen den Ball aus dem Netz holte. »Mann, sind das Wichser!« brüllte er.

»Hör auf, Animal«, sagte einer seiner Kameraden nervös, der die Feindseligkeit ringsum spürte. »Wir sind noch nicht zu Hause.«

Animal scherte das überhaupt nicht, und das ließ er das Heimpublikum auch wissen. Ihm persönlich war das Spiel nicht besonders wichtig. Es war die Erregung, die er liebte, nicht die Erregung über den Wettbewerb, sondern, obwohl er es nicht hätte ausdrücken können, die rohe Emotion, die das Spiel erzeugte, Gefühle, die ohne Verlegenheit demonstriert werden konnten.

Er wandte sein Gesicht der Menge hinter sich zu, hob seine dicken, fleischigen Arme, Zeige- und Mittelfinger steif, und teilte sie in seiner Lieblingsgeste. Der Regen fiel plötzlich herab, als ob jemand den Stöpsel oben aus den Wolken gezogen hätte und ergoß sich über seine fetten Wangen und sein offenes Hemd. Er lachte und fing den Guß mit seinem Mund auf. Ihre Gesichter waren wäßrig verschwommen, aber er konnte ihren Haß spüren — und das freute ihn.

Er fand ein Paar andere Schultern, auf die er sich stützen konnte, und dieses Mal ging sein Kamerad zu Boden, Animal mit ihm. Er kicherte in der Dunkelheit und trat gegen die rempelnden Beine um sich herum. Es war, als wäre man unter der Erde. Gedämpftes Licht fiel durch Erdspalten, und die Beine glichen Baumwurzeln. Er kicherte lauter über das gedämpfte Fluchen seines Freundes, schob boshaft seinen schweren Körper auf Händen und Füßen weiter in das Gedränge und sorgte so dafür, daß die, die über ihm standen, ihr Gleichgewicht verloren und umfielen. Er mochte die Dunkelheit ebenso, wie er es liebte, in einer Menge unterzutauchen. Es war fast dasselbe — man konnte nicht gesehen werden. Für einen Augenblick war es schwarz dort unten geworden, als ob die Masse der Zuschauer eine solide Schale um ihn gebildet hätte, und er hatte ein wenig Angst. Die Dunkelheit hatte eine fühlbare Dichte angenommen.

Animal tauchte an die Oberfläche wie ein Wal aus dem Meer, dabei warf er die nach hinten um, die ihm am nächsten waren und lachte über ihre ärgerlichen Rufe. Die Tatsache, daß ihre Clubschals von anderer Farbe als der seine waren, störte ihn überhaupt nicht: Animal hatte vor nichts und niemand Angst.

Die Fans hinten widersetzten sich dem Druck der Menge, und mehrere sahen den Grund dafür. Das fette, grinsende Gesicht wandte sich in ihre Richtung, die dicken, nackten Arme trotz des Wetters herausfordernd hochgehoben, den Schal der Gegenpartei um das Handgelenk gewickelt. Der Regen hatte sie durchnäßt, ihre Mannschaft verlor — und dieser Scheißer jubelte! Sie drängten wie ein Mann vorwärts, eine Bewegung zunächst, die zu einer anstürmenden Welle wurde, die an Geschwindigkeit, an Wucht gewann, über den fetten Mann hereinbrach und wie gegen einen Felsen schlug.

Eddie und Vicky hatten zwischen dem grinsenden Monster und den Fans hinten gestanden, die den Druck ausgelöst hatten. Das Mädchen schrie auf, als es nach vorn geschoben wurde, ihre Füße verloren den Boden, ihr Körper war oben eingekeilt, und sie klammerte sich verzweifelt an Eddie, der dem Strom machtlos gegenüberstand. Eddie war an so etwas gewöhnt, aber er hatte sich noch nie um ein Mädchen kümmern müssen. Er wußte, daß dieses plötzliche Gedränge gefährlich sein konnte und daß nach dem Spiel unausweichlich Schlägereien ausbrechen würden. Es kam darauf an, nicht auf den Boden zu fallen — von all diesen Füßen wurde man sonst zu Tode getrampelt. Es waren die armen Kerle ganz vorne, die das ganze Unheil abbekamen: sie wurden gegen die Absperrungen gedrückt. Es gelang ihm, einen Arm um Vickys Hüfte zu legen, seinen anderen Arm preßte er fest an seinen Körper. Er schrie dem Mädchen eine Warnung zu als er sah, was vor ihm geschah. Leiber kippten nach vorn, sackten weg!

Jack Bettney spürte, wie die Welle ihn erreichte. Zum Glück stand er abseits der Hauptrichtung, aber dennoch wurden er und andere Fans zurückgestoßen und dann von der Flut aufgesaugt. Er hielt sein Gleichgewicht, inzwischen erfahren in der Kunst des Überlebens bei einem Fußballspiel. Verdammte Dreckskerle! dachte er. Kein Wunder, daß heutzutage ein Sessel der beste Platz war, sich ein Spiel anzusehen. Die am nächsten bei ihm standen reckten sich auf ihren Zehenspitzen, um zu sehen, was im anderen Teil der Menge geschah. Ein großes Loch war entstanden und ihnen wurde klar, daß viele Leute zu Boden gegangen waren; weitere Menschen fielen um, als der Druck sich fortsetzte.

Jack zuckte mit den Schultern. In der Menge würde es einige gebrochene Knochen geben. Seine Wollmütze war jetzt völlig naß und Regen rann auf seine Nase. Er blinzelte und sah, daß der Ball wieder in der Mitte des Spielfeldes war und daß die Spieler die Reaktion der Menge wohl absichtlich nicht zur Kenntnis nahmen. Wahrscheinlich konnten sie gegen das Gleißen der Flutlichter ohnehin nicht viel sehen. Jack wandte seine Aufmerksamkeit von dem Anstoß ab und versuchte zu erkennen, was mit den gefallenen Zuschauern geschah. Die Atmosphäre im Stadion war heute abend schlecht und er war froh, daß er Fan der Heimmannschaft war. Die Feindseligkeit gegenüber den Auswärtsfans war seit Spielbeginn gewachsen, und das Durcheinander dort drüben war nur der Anfang von dem Ärger, der kommen würde. Entscheidungsspiele rissen die Fans immer mit, und heute abend würde es ganz verrückt werden. Er konnte das spüren.

Ein Flackern hinten und hoch oben lenkte ihn ab. Er blickte zu dem großen Metallturm hoch, der mitten in den Betonterrassen hinten am Stadion stand. Sechzehn blendende Scheinwerfer an seiner Spitze halfen drei anderen, ähnlich postierten Türmen, die Nacht zum Tag zu machen. Nur fünfzehn Lichter brannten. Eines flackerte, wurde düster, flammte kurz wieder auf, Funken flogen in Bögen von ihm weg, dann erlosch es ganz. Verdammter Regen. Das sollte dennoch nicht passieren. Wann waren die zum letzten Mal überprüft worden? Ein Johlen wurde von der anderen Seite des Stadions laut, als ein weiteres Licht abrupt erlosch, dann noch eines. Noch mehr Funken begannen zu sprühen, und bald fing die ganze Lichterbatterie zu zischen und zu rauchen an. Der Teil der Menge unter dem Turm wurde ängstlich und wich von dort zurück, drückte gegen die Umstehenden, um Raum zu gewinnen. Plötzlich explodierten alle Lichter auf einmal. Glas und Funken fielen mit dem Regen auf die Leute herunter und ein scharfer Geruch hing in der Luft. Das Düster auf dieser Seite des Stadions wurde plötzlich dichter, und Jack spürte die kommende Panik, als das Wogen der Menge wieder begann, dieses Mal nach außen drängend, eine Bewegung, die an einen Teich erinnerte, dessen Oberfläche durch einen Stein gestört wurde.

Animal lag wieder auf dem Boden und trat mit seinen schweren Stiefeln um sich, um Platz zu gewinnen. Es war jetzt noch dunkler geworden, fast schwarz, und eigenartigerweise begrüßte er die Schwärze, statt sie zu fürchten. Jemand lag auf ihm und es gelang ihm, eine fleischige Hand unter das Kinn des Mannes zu bekommen. Er stieß heftig dagegen und war erfreut, durch den Tumult der Zuschauer etwas knacken zu hören — oder hatte er es nur gefühlt? Der Körper fiel schlaff gegen ihn, und Animal fühlte sich gut. Das hatte er genossen. Etwas kicherte in der Schwärze seines Verstandes — und das war nicht er.

Ein Fuß trat auf seine Wange und er drehte den Kopf, um ihn los zu werden. Er schob den Körper auf sich beiseite, aber da waren noch andere, lebend und um sich schlagend, um den Platz des Mannes einzunehmen. Es gelang Animal, einen Ellenbogen unter sich zu schieben und seine Schultern vom Boden zu heben. Ein Körper stürzte neben ihm — ob Mann oder Junge wußte er nicht — und dieses Mal hörte er eindeutig das Krachen eines Schädels auf dem Beton. Er hob den Kopf des Fans am Haar hoch und schlug ihn nach unten, um das Geräusch noch einmal zu hören. Sehr schön.

Eddie versuchte, Vicky dichter an sich zu ziehen, aber er war an den Rücken eines anderen geklemmt. Der Körper unter ihm drehte sich, um sich zu befreien, aber andere lagen auf Eddie. Vickys Schreie waren deutlich durch die überwiegenden Männerschreie voller Angst und Wut zu hören, und er festigte den Griff um ihre Hüfte, entschlossen, nicht loszulassen. Er spürte einen Schlag an seinem Ohr, dann noch einen. Verflucht, jemand schlug nach ihm! Er dreht sich, stemmte die zwei Männer auf sich beiseite und benutzte seinen Ellenbogen dazu. Wieder rollte er auf einen anderen Körper und erkannte, daß es Vicky war. Sich aufrappelnd, ohne sich darum zu kümmern, ob er auf jemand trat, zog er an dem Mädchen und zerrte sie halb aus dem zappelnden Haufen.

Hysterie war in ihren Augen und sie griff wild nach ihm.

»Ruhig, Vicky!« brüllte er. »Du wirfst mich um!«

Jemand stieß ihn von hinten, und er verlor das Gleichgewicht. Dann hatte ihn jemand an der Kehle gepackt und schlug ihm unter Vickys Schreien die Faust ins Gesicht. Wut trat an Stelle der Furcht in ihm, als er gegen den Aggressor zurückschlug. Niemand würde ihn ungestraft schlagen! Und während er kämpfte, kroch die Finsternis in ihm hoch.

Das Mädchen spürte die Gewalttätigkeit der Menschen. Es war nicht nur die körperliche Aggression der Menge, es war etwas Anderes, etwas, daß sie alle langsam und verstohlen erfüllt hatte. Ihr Kopf ruckte nach oben, als sie eisige schwarze Finger an ihrem Verstand tasten spürte, Finger, die sich ihren Weg hineinkratzen und das Innere erforschen wollten. Sie schrie wieder, fürchtete die dunkle Hand mehr als den Wahnsinn ringsum. Jemand zog sie hoch und sie öffnete ihre Augen, dankbar für den festen Griff unter ihren Armen. Das Gesicht lächelte, das konnte sie im Düster gerade noch erkennen. Aber sie spürte, daß das Lächeln unfroh war. Es war ein riesiges, aufgedunsenes Gesicht, das Haar, kurz gestutzt, klebte durch den Regen am Schädel fest. Sein Körper war groß, seine Arme nackt, und er hielt sie gegen die wütende Flutwelle ringsrum aufrecht. Sie wußte, daß das Böse, das in der Luft war, auch in ihm war. Die kalten schwarzen Finger hatten von diesem Mann leicht Besitz ergreifen können.

Animals Lächeln wurde zu einem Grinsen, als die Stimme in ihm sagte, was er zu tun habe.

Etwas zerrte auch an Jack Bettney, und es hatte nichts mit den Zuschauern zu tun, die sich aneinander klammerten, um aus dem Gewühl zu kommen. Es war etwas, daß an seinen Gedanken zerrte. Nein — es war etwas, das seinen Willen verschlang, dessen war er sich sicher. Er hatte irgendwo über Massenhysterie gelesen — wie Panik oder auch Jubel eine Menge erfaßten, von Hirn zu Hirn sprangen, jede anwesende Person berührten, bis schießlich alle in einen Kokon aus Gefühlen eingehüllt waren. Das geschah hier! Aber es war mehr als Panik. Es war eine seltsame Wildheit in diesen kämpfenden, drängenden Menschen. Nicht in allen, denn viele wurden von anderen angegriffen, doch hatte sich die anfängliche Feindseligkeit bald in einem überwältigenden Wahnsinn manifestiert. Es war der Wahnsinn, der an ihm zerrte!

Er begann um sich zu schlagen, egal, wen er traf, weil er wußte, daß er ihnen entkommen mußte, weil er spürte, daß er anders war — er war keiner von ihnen. Das würden auch sie fühlen.

Hände streckten sich nach ihm, zerrten an seiner Kleidung,. rissen ihm die Wollmütze vom Kopf, langten nach seinen Augen. Er ging zu Boden, und als er unter den trampelnden Füßen lag, Dunkelheit ringsum, begann er den stummen, hämmernden Stimmen nachzugeben, wollte sich ihnen anschließen, wenn sie ihm nur Frieden gäben, wollte Teil von ihnen sein, was immer ihre Absicht war. Er begriff zu spät, daß sie ihm keinen Frieden boten.

Animal war mit dem Mädchen fertig. Andere wollten sie, obwohl ihr Körper jetzt schlaff, kein Leben mehr darin war. Er ließ sie fallen und bahnte sich seinen Weg durch den Mob, kam langsam aber sicher voran, den Blick auf das metallische Ding gerichtet, das aus der Masse von Menschenfleisch ragte und sich wie ein seelenloser Wächter darüber erhob.

Alle Aktivität auf dem Spielfeld unten hatte aufgehört. Die Spieler, Linienrichter und Schiedsrichter starrten voller Entsetzen auf die Menge an dieser Seite des Feldes. Polizisten hatten ihre Bänke verlassen und sich um den Abschnitt gesammelt, wo der Ärger angefangen hatte. Aber es gab nicht mehr nur eine Stelle, denn die Schlägereien hatten sich ausgeweitet, waren zu einer massiven Schlacht geworden, in die jeder auf dieser Seite des Stadions verwickelt war. Keiner der Beamten hatte Lust, sich in das Gewühl zu stürzen, und der Befehlshabende forderte sie auch nicht dazu auf. Selbstmord gehörte nicht zu ihrer Pflicht.

Animal erreichte schließlich den Fuß des Flutlichtturmes. Der kurze Weg durch die drängenden Körper hatte seine Kräfte geschwächt, doch Adrenalin durchschoß ihn, da er wußte, was er zu tun hatte, und das erregte ihn wieder. Er wurde gegen das Metall gestoßen, dessen Oberfläche durch den Regen glatt war, und griff nach der Abzweigdose, aus der die dicken Kabel ragten und ihren Weg zu den Reihen der geplatzten Lampen oben nahmen. Die Abdeckung ließ sich nicht lösen, da sie so gebaut war, daß sie den Angriffen zerstörerischer Fans widerstand. Animal kletterte die ersten beiden Sprossen des Turmes hoch und hakte einen Fuß ein. Er trat auf die Abdeckung, und sein schwerer Stiefel schrammte und verbeulte ihre Oberfläche. Es dauerte lange Minuten, bis sie sich schließlich löste, doch vielleicht zum ersten Mal in seinem Leben hatte Animal Geduld. Er widmete sich seiner Aufgabe ganz und kreischte vor Freude, als die Abdeckung schließlich herunterfiel. Dann griff er hinein und schloß seine große Hand um zwei der mächtigen Kabel. Er begann zu zerren, und die Menge preßte sich dicht um ihn; der Regen durchnäßte alles und jeden.

Schließlich lösten die Kabel sich, denn Animal war stark, und der Strom fuhr durch ihn in die nasse, dicht gedrängte Menge, schoß mit lähmender Geschwindigkeit hindurch, breitete sich wie ein tödlicher Virus aus. Hunderte wurden davon berührt, bevor der Stromkreis schließlich zusammenbrach und das ganze Stadion in völlige, schreiende Dunkelheit tauchte.

6

Bishop betrachtete Lucys winziges Gesicht, hielt das gerahmte Foto in der einen Hand und stützte sich mit der anderen auf dem Kaminsims. Seine Gedanken an sie waren zu eingefrorenen Augenblicken geworden, Standbilder wie das Foto, das er hielt, einzelne Bilder, die sein Gedächtnis festgehalten hatte. Er konnte noch ihr quietschendes Kichern hören, ihr keuchendes Schluchzen, aber es waren Echos, die nichts mit Lucy selbst zu tun hatten. Er vermißte sie, und mit einem leichten Schuldgefühl vermißte er sie noch mehr als Lynn. Vielleicht lag das daran, weil seine Frau noch da war — nur ihr Verstand war tot. Kam das auf dasselbe hinaus? Konnte man eine Person noch lieben, wenn sie ganz anders geworden war? Etwas Anderes? Man konnte, aber es war nicht leicht; und er war sich nicht sicher, ob er dazu noch fähig war.

Er stellte das Foto an seinen Platz zurück und setzte sich in den Armsessel. Neues Schuldgefühl stieg in ihm auf, das das alte verdrängte, und es hatte mit Jessica zu tun. Vielleicht war das so, weil sie die einzige Frau war, mit der er seit langer, langer Zeit eine wirkliche Verbindung hatte. Seit Lynns Krankheit hatte er weibliche Gesellschaft weder gesucht noch vermißt. Nach Lucys Tod und Lynns Zusammenbruch war er so leer geworden; nur Ärger war geblieben, die Überbleibsel seiner Sorge. Der Ärger war zu heftigem Zorn gewachsen, der in seine neue Arbeit kanalisiert worden war, die er gefunden hatte. Doch selbst dieser Zorn hatte abzusterben begonnen und nur eine Bitterkeit hinterlassen, die wie eine alte Weinranke an einer zerfallenen Wand klebte. Jetzt hatte wieder etwas zu atmen begonnen, das seit vielen Jahren geschlafen hatte. Das alte Gefühl war ein wenig gewichen, um Platz für ein neues zu machen. Lag das an Jessica oder daran, daß die Zeit den Schmerz heilte? Würde jede attraktive Frau, die zu diesem Zeitpunkt in sein Leben getreten wäre, dasselbe bewirken? Er wußte keine Antwort, wollte auch nicht über die Frage nachdenken. Eines Tages würde Lynn vielleicht wieder ganz genesen. Und wenn das nicht geschah ... Sie war noch seine Frau.

Ruhelos erhob er sich aus seinem Sessel, ging in die Küche und holte eine Dose Bier aus dem Kühlschrank. Er zog den Verschluß auf, trank aus der Dose und hatte die Hälfte des Inhalts geschluckt, bevor er sie wieder von seinen Lippen nahm. Langsam kehrte er zu dem Armsessel zurück, seine Gedanken waren dunkel und brütend.

Es war verrückt. Alles was geschah, war verrückt. Der Wahnsinn wuchs, zeigte eine Virulenz, die sich wie eine unkontrollierbare Plage ausbreitete. Eine Übertreibung? Die Selbstmorde in Beechwood waren der Anfang gewesen. Ein Jahr später hatte sich der Wahnsinn weiter entwickelt, ein Wahnsinn, der fast alle erfaßt hatte, die in der Willow Road lebten. Der Mordanschlag auf ihn und Jacob Kulek. Die Ermordung von Agnes Kirkhope und ihrer Haushälterin. Und dann der Aufruhr in der vergangenen Nacht im Fußballstadion. Fast sechshundert Menschen tot! Hunderte durch Stromschlag ums Leben gekommen — ein losgerissenes Flutlichtkabel, und der Strom war in die regennasse Menge gefahren. Hunderte anderer totgeschlagen, vom Mob zu Tode getrampelt. Der Rest — Massenselbstmord. Auf jede nur erdenkliche Weise. Sie hatten die Flutlichtmasten erklettert und waren dann hinabgesprungen. Oder hatten sich an ihren Clubschals erhängt. Gürtelschnallen, Metallkämme — andere versteckte Waffen, die Störenfriede immer hineinschmuggelten — alles was scharf genug war, um Arterien aufzuschneiden, war benutzt worden. Es hatte eine Zuschauerrekordbeteiligung bei diesem Spiel der Zweiten Liga auf dem kleinen Platz gegeben: achtundzwanzigtausend. Fast sechshundert tot! Was für ein Alptraum mußte das in dem dunklen Stadion gewesen sein ... Bishop konnte den Schauder nicht unterdrücken, der ihn durchrann. Das Bier tröpfelte auf sein Kinn, als er die Dose wieder hob, und er merkte, daß seine Hand zitterte.

Andere waren auf die Straßen gelaufen, die meisten, um dem Tollhaus zu entfliehen, viele, um nach anderen Möglichkeiten zu suchen, sich umzubringen. Hände waren in Schaufensterscheiben geschlagen worden, die Scherben hatte man benutzt, um die Handgelenke aufzuschlitzen. Zwanzig Jugendliche waren zur nächsten Eisenbahnstation gelaufen und hatten sich vom Bahnsteig gestürzt, als ein Expreßzug hindurchdonnerte. Der nahegelegene Kanal war angefüllt von den Leichen derer, die es vorgezogen hatten, sich zu ertränken. Von hohen Gebäuden waren sie gesprungen, hatten sich unter Lastwagen und Busse geworfen. Autos waren als Waffen benutzt worden. Die Vernichtung war die ganze Nacht hindurch weitergegangen. Sechshundert Menschen!

Als es schließlich hell wurde, hatte man viele von ihnen auf den Straßen herumlaufen sehen, ihre Gesichter ausdruckslos, ihre Hirne offensichtlich leer. Das Wort Zombie zuckte durch Bishops Kopf, ein Wort, das früher für ihn immer einen belustigenden Klang gehabt hatte; doch jetzt hatte dieses Wort eine böse Bedeutung. Dazu waren diese Menschen geworden — zu Zombies. Zu wandelnden Toten.

Wieviele zu diesem Zeitpunkt aufgegriffen worden waren, war noch nicht bekannt, doch den Medien zufolge, gab es unzählige. Wanderten sie noch irre herum? Tot, aber am Leben? Oder hatten sie ein Versteck gefunden? Das Entsetzen hatte Bishop den ganzen Tag über begleitet, da er den Zusammenhang erkannt hat, den offensichtlichen Zusammenhang. Und das hatte auch Jacob Kulek, der jetzt das Krankenhaus verlassen hatte, und Jessica — Bishop hatte mit ihr früher an diesem Tage gesprochen. Der Wahnsinn war nicht auf die Willow Road begrenzt — er hatte sich fast eine Meile weiter verbreitet, auf dem Fußballplatz.

Er überlegte, ob Edith Metlock von demselben Wahnsinn erfaßt worden war. Als er und Jessica sie zwei Nächte zuvor in ihrem Haus gefunden hatten, murmelte sie immer wieder von dem Dunkel, als ob sie Angst davor gehabt hätte, daß die Nacht da draußen in ihr Haus eindringen und sie irgendwie verschlingen könne. Bishop hatte sie in ein Krankenhaus bringen wollen, doch Jessica hatte ihm erzählt, daß sie Medien oft in diesem Zustand gesehen habe, daß Edith in sich selbst verloren sei und nur allein den Weg aus sich herausfinden könne. Die Trance würde weichen, nur brauchte sie bis dahin Schutz. Sie hatten das Medium auf ihr Bett gelegt, Jessica hatte sie zugedeckt und ihren Kopf auf ein Kissen gebettet. Während Bishop alle Zimmer des Hauses überprüfte und die Küchentür verrammelte, hatte Jessica das Krankenhaus angerufen, in dem ihr Vater zur Beobachtung lag. Es ging ihm gut und er schlief nach einem leichten Beruhigungsmittel. Es gebe keinen Grund für seine Tochter, so spät hinüberzufahren. Sollten keine unvorhergesehenen Entwicklungen über Nacht eintreten, könne sie ihn morgen früh abholen.

So hatten sie die ganze Nacht bei Edith Metlock gesessen, sich unterhalten und nur zuweilen das Gespräch unterbrochen, um dem plötzlichen Murmeln des Mediums zu lauschen. Es war weit nach drei, als die Spannung aus Ediths Gesicht wich und sie in einen tieferen, friedlichen Schlaf zu sinken schien. Auch Jessica fielen die Augen zu und er überredete sie schließlich, sich auf das Fußende von Ediths Bett zu legen. Er fand eine Decke, die er über sie breitete, und sie hatte halb schlafend gelächelt, als er ihre Wange mit seiner Hand berührte; dann war sie eingeschlafen und ihr Atem ging so tief und gleichmäßig wie der Edith Metlocks.

Bishop hatte sich in den Sessel gesetzt, in dem zuvor das Medium gesessen hatte. Er fühle sich unbehaglich, der seltsamen Atmosphäre ausgesetzt, die das Haus zu umgeben schien. Natürlich sagte er sich, daß das nur seine Einbildung sei. Da draußen war nichts. Er war nur eine Folge all dieser Ereignisse. Schließlich schien der Druck zu weichen. Seine Augenlider wurden schwer und er schlief ein.

Ein sanftes Rütteln hatte ihn am folgenden Morgen geweckt, und er sah Jessica vor sich knien; ihr Lächeln war ein willkommener Anblick. Edith Metlock saß aufgerichtet im Bett, und obwohl sie erschöpft wirkte, dankte sie den beiden dafür, daß sie über Nacht geblieben waren. Sie schien nervös und schaute sich ständig im Zimmer um, als ob sie erwarte, daß sich etwas in den Schatten verberge. Leider war sie zu verwirrt, um ihnen zu sagen, was in der Nacht zuvor geschehen war — Bishop vermutete, daß sie selbst sich dessen nicht sicher war. Glücklicherweise war Edith nicht auf die Idee gekommen sie zu fragen, was sie zu ihrem Haus geführt hatte, und sie waren so klug, es ihr nicht zu sagen.

Nach einem kleinen Frühstück, das Jessica zubereitete, überredete sie das Medium dazu, für ein paar Tage in Jacob Kuleks

Haus zu bleiben. Edith hatte zuerst abgelehnt, doch als Jessica erwähnte, daß ihr Vater einen »kleinen Unfall« gehabt habe – sie würde das später erklären – und daß es eine große Hilfe wäre, wenn Edith sich ein paar Tage um ihn kümmern könnte, während Jessica die Routinegeschäfte des Instituts führte, hatte sie schließlich eingewilligt. Es gebe viel, worüber sie und Jacob in den nächsten Tagen zu reden hätten, erklärte Edith ihnen, einen abwesenden Ausdruck in ihren Augen.

Als sie schließlich soweit waren, daß sie das Haus verlassen konnten, war wieder etwas Farbe in die Wangen des Mediums zurückgekehrt. Aber sie schaute sich gelegentlich noch immer verstört in dem Raum um.

Bishop war überrascht, als er das Haus sah, in dem Jacob Kulek und seine Tochter wohnten. Es lag an einer kleinen Nebenstraße abseits von Highgate Village, und als sie auf die schmale Zufahrt abbogen, die von Bäumen fast verborgen war, war es, als ob sie sich einem Gebäude näherten, das fast ganz aus funkelnden Bronzeschildern bestehen würde, auf denen sich die Sonne spiegelte. Ein verwirrender Kontrast zu dem dunklen Wintergrün ringsum.

»Es ist spezialbeschichtetes Glas«, hatte Jessica erklärt die über seine Reaktion amüsiert war. »Man kann hinaussehen, aber nicht hinein. Nachts, wenn es innen erleuchtet ist, geben uns die senkrechten Blenden Privatsphäre. Sie müssen wissen, daß mein Vater Schatten sehen kann. Durch das Tageslicht ringsum kann er jede Bewegung im Hausinnern erkennen. Es ist das Einzige, was er genießt.«

Jessica hatte vom Haus aus wieder das Krankenhaus angerufen und war erleichtert zu hören, daß es Jacob gut ginge und daß man ihn etwas später an diesem Morgen nach ein oder zwei Tests entlassen könne. Bishop ging, und bevor er von der Auffahrt auf die kleine Straße abbog, schaute er in den Rückspiegel und sah Jessica an der Haustür stehen und ihm nachblicken. Er hätte fast eine Hand gehoben, um ihr zuzuwinken, unterdrückte das aber.

Wieder zu Hause, die Fahrt durch die Stadt mit dem Feierabendverkehr hatte ihn noch mehr mitgenommen, hatte er sich ausgezogen und aufs Bett gelegt. Erst um fünf Uhr nachmittags wachte er auf. Er war enttäuscht, als er Jessica anrief, da sich Edith Metlock meldete. Jacob Kulek ruhte, sie selbst war sich offensichtlich noch immer nicht darüber im klaren, was letzte Nacht geschehen war, und Jessica hielt sich im Institut auf. Er legte den Hörer auf, stand ein paar Minuten daneben und überlegte, ob er Jessica im Büro anrufen solle oder nicht.

Er beschloß, es nicht zu tun.

Er kochte, aß allein und setzte sich dann hin, um den Rest des Abends zu arbeiten. Ein Verleger war an einem neuen Buch interessiert, das er plante, und hatte bereits in eine kleine Vorauszahlung für eine Exposé eingewilligt. Bishop hatte die Absicht, eine detaillierte Studie über die zahlreichen okkulten Verbände zu schreiben, die es jetzt in verschiedenen Teilen der Welt gab, so unterschiedliche Organisationen wie das ›Institut für Parapsychologie und Kybernetik‹ in Texas oder die ›Stiftung für die Forschung des Menschen‹ in North Carolina. Eine Liste all dieser Verbände und Gesellschaften hatte er bereits erstellt, aber er mußte sie durchsehen und die wichtigsten auswählen, da er keine Möglichkeit hatte, jeden Ort persönlich zu besuchen. Dazu kam, daß sich einige hinter dem Eisernen Vorhang befanden und der Zugang schwierig werden könnte. Dabei wären gerade einige dieser Institute sehr verlockend gewesen — z.B. das tschechoslowakische Koordinationskomitee für telepathische Forschung, Telekinese und Psychokinese und die Bioelektronische Abteilung der polnischen Kopernikusgesellschaft der Naturwissenschaften waren zwei von denen, die er selbst besuchen wollte. Sein Verleger hatte sich damit einverstanden erklärt, seine Reisekosten als Teil des Vorschusses zu bezahlen, und Bishop hoffte, daß viele dieser Gesellschaften ihn als Gast empfangen und behandeln würden; die meisten waren erpicht darauf, daß ihre Arbeit zur Kenntnis genommen wurde. Er plante eine objektive Studie über diese Stiftungen, Gesellschaften, Verbände und Institute — wie immer sie sich bezeichneten — und wollte mit seiner eigenen Stellungnahme bis zum Schluß des Buches warten. Erst dann würde er wissen, welche Haltung er selbst eigentlich bezog. In gewisser Weise war dies fast Bequemlichkeit — konnte er doch so mehr über das Paranormale herausfinden. Zu Beginn seiner seltsamen Laufbahn als Psychoforscher hatte er ein unnachgiebiges Vorurteil gegen Mystizismus in jeder Form gehabt, hatte aber rasch gelernt, daß es einen großen Unterschied zwischen dem gab, was gemeinhin als übernatürlich und paranormal bezeichnet wurde: Das eine hatte mystische Bedeutungen, wogegen das andere eine unbekannte Wissenschaft war, vielleicht – und er war sich dessen wirklich nicht sicher – die Wissenschaft des Verstandes. Er war sicher, daß er sich durch das Studium all dieser verschiedenen Gruppen ein klareres Bild von dem Fortschritt machen könne, den dieses relativ neue Gebiet der Wissenschaft gemacht hatte. Das Wachsen des öffentlichen Interesses war unglaublich. Die Jungen schreckten vor dem Materialismus zurück und suchten nach höheren Ebenen, und ihre Eltern suchten nach einer Zuflucht vor dem Chaos, das sie umgab. Es schien, als ob die vielen traditionellen Religionen darin versagt hätten, diesen Trost zu liefern, denn Gebete und Ablaßzahlungen halfen nicht immer. Tatsächlich funktionierte das kaum. Wo war Gerechtigkeit, wo war Recht? Je mehr die Kommunikation sich in der Welt ausbreitete, desto mehr Ungerechtigkeit wurde sichtbar. Wenn die jüngeren Generationen die Religion betrachteten, waren nur von Menschen geschaffene Rituale zu sehen, von Menschen geschaffene Heuchelei. Selbst die Geschichte verriet ihnen, daß das Streben nach Gott das Hinschlachten und Leiden von Millionen bedeutet hatte. Viele wandten sich neuen Kulten zu, Randreligionen wie den Scientologisten, den Moonies, dem People's Temple (was war der wirkliche Grund für ihren Massenselbstmord?). Gurus hatten den Messias ersetzt, Psychiater die Priester, Parapsychologen würden schließlich beides überflüssig machen.

Es gab einen wachsenden Glauben daran, daß die Seele des Menschen tief in einem fernen Winkel seines Verstandes verborgen, nicht eine unsichtbare Größe war, die sein ganzes Wesen erfüllte. Sie war da, konnte gefunden werden; die Wissenschaftler mußten nur wissen, wo sie zu suchen hatten und das Instrument herstellen, um sie aufzuspüren. Und die Wissenschaft des Studiums des Paranormalen wurde langsam, ganz langsam erst salonfähig. Bishop mußte über seine simple Logik lächeln; Jacob Kulek könnte ihm wahrscheinlich helfen, wenngleich sie in manchem unterschiedlicher Ansicht waren, lagen sie wohl doch gar nicht so weit auseinander. Er machte sich eine Notiz: Kuleks Forschungsinstitut wäre ein geeigneter Ort, um mit seinem Buch zu beginnen.

Bishop arbeitete bis spät in die Nacht, konzipierte den Aufbau seines Buches, fertigte eine Liste der Gesellschaften an, die er besuchen wollte, notierte, wo sie ihren Sitz hatten und welche speziellen paranormalen Bereiche sie bearbeiteten. Es war weit nach ein Uhr, als er schließlich zu Bett ging und schnell einschlief.

Der Alptraum kehrte zurück, und wieder sank er in die schwarzen Tiefen des Ozeans; seine Lungen durch den Druck zusammengepreßt, seine Gliedmaßen steif und nutzlos, zog ihn das bleierne Gewicht seines Körpers nach unten. Ein Gesicht wartete dort auf ihn, etwas grau Verschwommenes, das klarer wurde, als er hinabsank. Diesmal war es nicht das von Lucy. Es war ein Mann, den er erkannte und doch nicht kannte. Der Mann grinste, und welke Lippen riefen Bishops Namen. Seine Augen schienen unnatürlich aus den Höhlen zu treten und Bishop sah, daß nur Böses in ihnen war, eine kalte, hypnotisierende Dunkelheit, die ihn durchflutete die ihn in eine Schwärze trieb, die noch tiefer als der Ozean war. Das Grinsen war höhnisch, und Bishop wußte plötzlich, daß es der Mann war, den er in Beechwood gesehen hatte, der Mann, der zugeschaut hatte, wie seine Gefolgsleute einander und sich selbst umbrachten, bevor er die Waffe in seinen Mund steckte. Die Lippen öffneten sich — gelbe, schlechtgeformte Zähne verbargen die glitzernde Höhle dahinter, und die fleischige, zitternde Zunge ruhte wie eine große Schnecke, die darauf wartete, jeden Eindringling zu verschlingen. Bishop trieb hindurch, und die Kiefer schlossen sich hinter ihm mit einem donnernden, stählernen Klirren. Er war völlig blind und schrie, und die weiche, umhüllende Oberfläche der Zunge streckte sich nach ihm und umschloß seine Füße. Er versuchte, sich zu befreien, sank aber nur tiefer in den Schleim, und in der Dunkelheit spürte er, wie die Zunge ihm umschlang, hinter ihm hochkroch, um seine Schultern zu umfassen. Seine eigenen panischen Schreie betäubten ihn, als weiße, fließende Formen in sein Blickfeld kamen, aus dem

Tunnel aufstiegen, der die Kehle des Mannes bildete. Ihre Gesichter waren vertraut — es waren die in Beechwood gestorbenen Menschen; aber auch Dominic Kirkhope war unter ihnen. Und Lynn.

Ihre Augen waren die einer Wahnsinnigen, Entsetzen und Haß lagen darin, doch ihre Lippen formten Worte, die Hilfeschreie waren. Sie bettelte. Sie flehte ihn an. Hilf mir!

Und er konnte nicht; die Zunge drückte auf ihn, umfing seinen Kopf und seine Schultern, erstickte ihn mit ihren klebrigen Säften, ließ ihn stürzen, zermalmte ihn. Bis alles explodierte. Und er war die Kugel, die durch das Gehirn des Mannes schlug. Und plötzlich wußte er, daß der Mann Boris Pryszlak war.

Er erwachte, noch immer schreiend, doch kein Ton kam über seine Lippen. Draußen war es hell, und er weinte fast vor Erleichterung.

Die Bierdose war leer, Bishop stellte sie zu seinen Füßen auf den Boden und ließ sich dann in seinen Lehnsessel zurückfallen, einen Arm auf die Lehne gestützt, die Hand über seine Stirn gelehnt, als wolle er seine Augen vor dem Lampenlicht beschirmen. Sein Kopf schmerzte, und jeder Muskel seines Körpers schien leblos zu sein. Er hatte an diesem Morgen mit Jessica gesprochen, sie angerufen, nachdem er im Radio die Nachrichten gehört hatte. Sie war zu Hause gewesen und hatte ihm gesagt, daß sie heute daheim bleiben würde, um sich um ihren Vater zu kümmern. Jacob hatte ebenfalls die Nachrichten über die bizarre Tragödie im Fußballstadion gehört, und auch er war sicher, daß sie im Zusammenhang mit den Ereignissen in der Willow Street stand. Er war durch das Attentat noch immer geschwächt, hatte sie aber gebeten, ein Treffen am Abend vorzubereiten, zu dem alle kommen sollten, darunter auch Kommissar Peck. Selbst wenn der Polizist glaubte, daß sie alle verrückt seien, mußten sie versuchen, ihn davon überzeugen, daß es einen Zusammenhang zwischen Pryszlaks Sekte und den jüngsten Ereignissen gab. Bishop hatte erklärt, daß er sich den Abend freihalten würde; sie solle anrufen, sobald sie einen Termin gemachte hatte.

Bis jetzt hatte er noch nichts von ihr gehört und wurde allmählich besorgt. Diese Sorge trieb ihn schließlich aus dem Sessel in den Korridor. Gerade als er nach dem Telefon griff, klingelte es.

»Jessica?«

»Äh, nein. Mr. Bishop? Crouchley hier. Aus Fairfields.«

Fairfields. Die Nervenheilanstalt.

»Ist etwas mit meiner Frau?« Furcht sank wie eine Bleigewicht in Bishops Magen.

»Es ist wichtig, daß Sie gleich herkommen, Mr. Bishop«, sagte die metallische Stimme.

»Ist mit Lynn alles in Ordnung?«

Eine kurze Pause entstand am anderen Ende. »Wir hatten etwas, das man als kleinen Durchbruch bezeichnen könnte. Ich glaube, wir brauchen Sie hier. Ich erkläre es, wenn Sie da sind.«

»Ich brauche etwa zwanzig Minuten. Können Sie mir nicht etwas mehr sagen?«

»Es ist besser, Sie sehen das selbst.«

»Okay. Ich bin schon unterwegs.«

Bishops Herz hämmerte, als er die Stufen noch oben lief, um seine Jacke zu holen. Was hatte dieser »kleine Durchbruch« zu bedeuten? Löste sich Lynn endlich aus der Schale, in die sie sich geflüchtet hatte? Würde etwas Wärme, wie schwach auch immer, in ihren Augen sein, wenn sie ihn sah? Er zog seine Jacke an und rannte die Stufen hinunter. Eine neue Hoffnung stieg in ihm auf.

Als das Telefon nur Augenblicke später wieder läutete, war das Haus bereits leer.

7

Bishop mußte sich zwingen, konzentriert zu fahren, als er Richtung Twickenham raste. Der Regen spritzte wie kleine Geschosse von der Straße. Zum Glück herrschte nicht viel Verkehr und er kam schnell vorwärts. Er war voller Erwartung; Crouchley mußte einen guten Grund gehabt haben, ihn um diese Abendstunde herauszurufen. Wenn Lynn endlich... Er verdrängte den Gedanken. Es war besser, nicht zuviel zu erwarten.

Es dauerte nicht lange, bis er die ruhige Sackgasse erreichte, an deren Ende sich das Fairfield-Heim befand. Er fuhr direkt durch die großen Eingangstore auf die breite Auffahrt, schlug die Wagentür zu und eilte die Stufen empor, die zum Haupteingang führten; der Regen benetzte die Brille, die er vergessen hatte abzunehmen. Er steckte sie in seine obere Jackentasche und klingelte dabei mit der anderen Hand. Das Heim war ein großes Ziegelgebäude, das rein äußerlich alles sein konnte — eine kleine Privatschule oder eine Residenz für Alte. Erst wenn man das unauffällige Schild gelesen hatte, das vorn an den Gittern befestigt war, bekam das Gebäude etwas Einschüchterndes. Die Tatsache, daß die meisten Innenlichter ausgeschaltet zu sein schienen, ließen es noch düsterer wirken.

Bishop hörte das Schloß klicken, dann öffnete sich die Tür etwas.

»Ich bin Chris Bishop. Dr. Crouchley bat mich, herzukommen.«

Die Tür öffnete sich weiter, und er sah die Silhouette einer kleinen, dicklichen Frau dort stehen. »O ja, wir erwarten Sie, Mr. Bishop. Kommen Sie herein.«

Er trat in dem Empfangsbereich des Heims und wandte sich ängstlich an die kleine Frau, die die Tür wieder sorgfältig verschloß.

»Ist meine Frau...?«

»Wir werden Sie gleich zu ihr bringen, Mr. Bishop«, sagte eine Stimme hinter ihm, und als er sich umdrehte, sah er eine andere Frau am Empfangsschreibtisch an der einen Seite der Halle sitzen. Ihr Gesicht war von der kleinen Schreibtischlampe abgewandt, die sich vergeblich bemühte, das umgebende Düster zu erhellen. Die Gestalt erhob sich und kam um den Schreibtisch auf ihn zu.

»Verzeihen Sie die schlechte Beleuchtung«, sagte sie, als ob sie seine Gedanken lesen könne. »Nach acht Uhr dämpfen wir immer das Licht. Es ist besser für unsere Patienten.«

Sie war größer als die Frau, die ihn eingelassen hatte, und Bishop fiel auf, daß er keine der beiden je zuvor gesehen hatte. Vielleicht waren sie neu. Die Große sicherlich, da Patienten in

Fairfield nie als solche bezeichnet wurden — sie waren immer »Bewohner«.

»Was ist mit Lynn passiert?« fragte er. »Dr. Crouchley wollte mir am Telefon nichts sagen.«

Die beiden Frauen schauten einander an und wechselten einen erfreuten Blick. »Ich denke, Sie werden eine bedeutende Besserung feststellen, Mr. Bishop«, sagte die größere. »Folgen Sie mir bitte.«

Sie gingen auf die große Treppe zu, die zur ersten Etage des Heims führte. Die kleinere Frau folgte hinter Bishop, die Hände in ihren weiten Ärztekittel gesteckt. Die größere Frau sprach weiter, während sie die Treppe hochstiegen, aber er hörte kaum zu; in Gedanken war er ganz bei Lynn. Der Korridor in der ersten Etage war ebenfalls nur durch eine kleine Lampe auf einem Tisch am anderen Ende erhellt, und er empfand die Dunkelheit als beunruhigend. Ihm war früher nie aufgefallen, daß die Beleuchtung nach den Besuchsstunden auf ein Minimum reduziert wurde; es war mehr bedrückend als beruhigend. Eine Tür öffnete sich im Vorbeigehen, der Raum dahinter war völlig finster; die kleinere Frau eilte hinüber und streckte einen Arm aus, als ob sie jemand behutsam ins Bett zurückdrücken wolle. Die größere Frau lächelte ihn süß an, als ob nichts geschehen sei.

Bishop hatte das Heim immer etwas entnervend gefunden, was ganz natürlich war, doch zu dieser Nachtzeit, ohne die übliche Geschäftigkeit von Besuchern und Personal, war es mehr als das. Sein Mund war trocken und er überlegte, ob die Spannung wegen Lynn da war oder weil er sich ein wenig vor dem Haus zu fürchten begann. Sie passierten mehrere Türen und er fragte sich, was dahinter stattfand, was in diesen gestörten Hirnen vorging.

»Da wären wir.« Die große Frau war vor einem Zimmer stehengeblieben, daß Lynn mit drei anderen Frauen teilte, wie er wußte. Es gab nur wenig Aufsichtspersonal in Fairfield, und die Ärzte trennten ihre Schützlinge nur ungern voneinander.

»Werden wir die anderen nicht stören?« fragte Bishop.

»Sie schlafen tief — ich habe das vor Ihrer Ankunft überprüft. Gehen Sie hinein, Ihre Frau wartet auf Sie.«

»Ist Dr. Crouchley bei ihr?«

»Er wird gleich da sein. Er möchte, daß Sie beide für ein paar Augenblicke allein sind.«

Bishops Gesicht erhellte sich, die Spannung begann von ihm zu weichen. »Sie ist . . .?«

Die weißbekittelte Frau führte einen Finger an ihre Lippen, lächelte dann freundlich und ihre Augen funkelten ob seiner Vorfreude. Sie stieß die Tür auf und bedeutete ihm, einzutreten. Er sagte leise »Danke« und ging in das Zimmer. Die Tür schloß sich hinter ihm.

Lynns Bett stand in einer Ecke am Fenster. Eine kleine Lampe war auf dem Nachttisch daneben gestellt worden. Sie lag hochgestützt in den Kissen, ihren Kopf zu einer Seite geneigt, als ob sie eingenickt wäre, während sie auf ihn wartete. Er ging auf Zehenspitzen zu ihr und war sich der grauen, schlafenden Gestalten in den Schatten um ihn bewußt. Seine Augen waren feucht, seine Kehle noch immer trocken.

»Lynn?« sagte er zärtlich, als er neben ihr stand. »Lynn, bist du wach?«

Er berührte ihre Hand, die auf der Decke lag, und schüttelte sie leicht. Ihr Kopf drehte sich ihm langsam zu und in dem schwachen Licht sah er das Grinsen auf ihrem Gesicht. Sein Körper wurde starr und jeder Muskel in ihm schien sich zu verkrampfen.

»Lynn . . . ?«

Ihre Augen blickten noch immer wahnsinnig. Ihr Grinsen spiegelte diesen Irrsinn wieder. Sie begann sich aufzurichten und er merkte, daß sich die anderen in den schattigen Betten ringsum ebenfalls aufrichteten. Jemand kicherte.

Lynns Augen glänzten feucht, als sie die Bettdecke zurückstieß und begann, nach ihm zu greifen. Er mußte sich zusammenreißen, um nicht zurückzuweichen.

»Geh nicht aus dem Bett, Lynn.«

Ihr Grinsen verbreitete sich.

Ein Bein glitt aus den Decken hervor.

Ihre Hand berührte seine Schulter.

»Lynn!« schrie er auf, als ihre andere Hand ausholte und sich in sein Gesicht krallte.

Sie lachte, und es war überhaupt nicht Lynn: die Gesichtszüge waren dieselben — derselbe Mund, dieselbe Nase, dieselben Augen —, aber sie waren entstellt, zu einer häßlichen Grimasse verzerrt, jemand anderes, etwas Anderes hinter diesen wahnsinnigen Augen.

Er packte ihre Handgelenke und hielt sie von sich, und ihr Körper explodierte in einer wütenden Bewegung. Schreie mischten sich mit ihrem Gelächter, als sie nach ihm trat und wie ein tobender Hund mit ihren Zähnen schnappte. Er stieß sie auf das Bett zurück, entnervt durch ihre Kraft, erschreckt durch ihren Zustand. Diese verdammten Narren! Warum hatten sie ihn hergeholt? Um das zu sehen? Hatte sie das Personal getäuscht, ihnen vorgemacht, daß es ihr besser ginge? Oder hatte einfach sein Anblick den Genesungsprozeß zunichte gemacht?

Sie lag jetzt auf dem Bett. Ihr Kopf schlug auf die Kissen, ihr dünnes Nachthemd war hoch über ihre Schenkel gezogen. Sie zischte und spuckte ihn an, und der blasige Speichel beschmierte sein Gesicht. Nur undeutlich merkte er, daß die anderen Gestalten sich aus der Dunkelheit auf ihn zubewegten, aber er hatte Angst, die Handgelenke seiner Frau loszulassen, fürchtete sich vor den krallengleichen Nägeln.

Sein Kopf wurde zurückgerissen, als eine Hand von hinten sein Haar packte; er verdrehte den Hals, versuchte, sich zu befreien, aber die Hand hielt ihn festgepackt, und eine andere schloß sich um seine Kehle. Bishop war gezwungen, Lynn loszulassen, um den Arm zu fassen, der seinen Hals würgte. Sofort war sie aus dem Bett, schlug auf ihn ein, schnappte wieder nach ihm. Sie fielen zu Boden. Die Frau hinter ihm löste den Griff um seine Kehle, hielt aber immer noch sein Haar gepackt. Er blinzelte gegen die Verschwommenheit in seinen Augen an, rollte zur Seite und riß Lynn mit sich; die andere Frau schlug mit ihrem freien Arm nach ihm.

Es gelang ihm, auf die Beine zu kommen und nach Lynn zu treten. Ihr Schmerzensschrei war schrecklich, aber er hatte keine andere Wahl. Sie floh vor ihm und er drehte sich der Frau zu, die sich noch immer an ihn klammerte. Ein heftiger Schlag mit seinem Handrücken betäubte sie. Selbst in der Dunkelheit konnte er sehen, daß es eine alte Frau mit weißem Haar war, das sich so sträubte, als wäre es elektrisch geladen.

Ein nackter Fuß trat nach ihm, streifte seine Wange und warf ihn um. Zwei andere Frauen in Nachthemden standen über ihm, ihre Gesichter Masken grinsenden Hasses. Sie stürzten vorwärts, traten, schrien vor Triumph. Ein Körper landete auf ihm und Zähne gruben sich in seinen Hals. In dem alptraumhaften Durcheinander wußte er, daß es Lynn war. Er löste ihren Griff, spürte aber, wie Blut in seinen Kragen floß. Verzweifelt packte er einen Fuß, der auf seine Brust drückte und verdrehte ihn gewaltsam – die Frau über ihm kippte mit einem Schrei um. Er konnte ein Knie anziehen und stieß sich hoch, nahm Lynn dabei mit sich, und jemand schlug ihm mit geballten Fäusten ins Gesicht. Er schlug zurück, traf die Frau an der Stirn und schleuderte sie rücklings in die Schatten. Dann hielt er Lynn fest, preßte sie dicht an seinen Körper und umfing ihre Arme. Die weißhaarige Frau kroch langsam wie ein Gespenst aus Nebeln auf ihn zu. Ihre Arme hatte sie ausgestreckt und hielt darin etwas, das wie ein zusammengerolltes Bettlaken aussah, das, wie er wußte, um seinen Hals gelegt werden sollte. Er brach vor Erleichterung fast zusammen, als er sah, daß die Tür hinter ihr sich zu öffnen begann – das düstere Licht aus dem Korridor warf dunkle Schatten in das Zimmer.

Die Silhouetten der beiden Frauen, die ihn herbeigeführt hatten, standen dort.

»Gott sei Dank«, sagte Bishop. Das Stöhnen, das Kichern, die Schreie – Lynns Zucken – endete plötzlich. Sogar die alte Frau, die das zusammengedrehte Bettlaken hielt, verharrte und blickte über ihre Schulter zurück.

Die große Frau trat in das Zimmer und die andere folgte. Beide traten sie dann zur Seite, öffneten die Tür weit und er hörte die Große sagen: »Bringt ihn her.«

Sie drangen in das Zimmer, wahnsinnige, armschwenkende Kreaturen der Hölle, die Frauen in einfache, formlose Kittel gekleidet, die Männer in ähnliche Gewänder. Bishop wich zurück, er glaubte fast, er durchlebe einen entsetzlichen Traum.

Lynn befreite sich, und plötzlich wurde das zusammengedrehte Bettlaken um seine Schultern geworfen und dann festgezogen. Er wurde nach vorn gezerrt und eine schreiende Masse von Leibern umgab ihn, Hände rissen an seiner Kleidung, dunkle, wahnsinnige Gesichter tauchten vor ihm auf und verschwanden wieder, als andere sie beiseite stießen, um ihr Opfer zu sehen. Bishop schlug blindlings zu. Ihre Schreie betäubten ihn, seine Fäuste sanken in fleischige Körperteile und trafen harten Knochen. Diejenigen, die umfielen, wurden augenblicklich durch andere ersetzt. Er begann niederzusinken, klammerte sich an ihre Gewänder, um sich zu halten. Ein Knie traf in sein Gesicht, und für eine Sekunde spürte er nur heißen Schreck – der lähmende Schmerz erreichte ihn einen Sekundenbruchteil später. Er sackte auf die Knie, und ein heftiger Schlag schleuderte seinen Kopf nach hinten. Seine Hände spreizten sich auf dem Boden und er spürte, wie das Laken um seinen Hals fester zugezogen wurde. Stoßende Füße warfen ihn vollends um.

Sie zerrten ihn mit dem Laken zur Tür.

Die große Frau blickte auf ihn herab, und das düstere Licht aus dem Korridor tauchte ihr Gesicht in einen Halbschatten; das freundliche Lächeln war noch immer da. Er lag auf dem Rücken und starrte zu ihr hoch; sie und ihre kleine Begleiterin ergötzten sich an seinem Entsetzen. Sie hob eine Hand, und für einen Augenblick erstarb der Tumult bis auf ein gelegentliches Seufzen, ein Stöhnen, ein Kichern aus den Schatten.

Sie sagte nur: »Es ist zu spät, Mr. Bishop. Es hat bereits begonnen.«

Dann waren sie wieder über ihm und er wurde auf den Korridor halb geschleppt, halb getragen. Er glaubte, Lynn mit ihnen lachen zu hören.

Es gelang ihm, seine Beine anzuziehen, und sich mit Gewalt aufzurichten. Er grub seine Absätze in den harten Cordteppich, stemmte sich gegen den Mob, nicht bereit dorthin zu gehen, wohin immer sie ihn bringen wollten. Dann stöhnte er laut auf, als er sah, was vor ihm auf dem Korridor lag.

Die Leichen des Personals waren zu beiden Seiten des langen Korridors aus den Zimmern gestoßen worden. Nur wenig Weiß zeigte sich noch an ihren blutbeschmierten Uniformen. Er sah plötzlich, daß sie nicht einfach ermordet worden waren – man hatte sie verstümmelt. Ob sie vorher tot gewesen waren oder nicht... Er verdrängte den Gedanken.

Unerbittlich wurde er vorwärtsgestoßen und die Wut in ihm brach. Er wußte nicht, was mit ihnen allen geschehen war, warum oder wie ihre gestörten Hirne auf solch entsetzliche Gewalttaten gekommen waren, aber er haßte sie dafür. Die Ereignisse der letzten Woche sagten ihm, daß sie nicht dafür verantwortlich waren — ihre umnebelten Gehirne waren von einem größeren Irrsinn überwältigt worden. Es war dieser Wahnsinn, gegen den er Haß empfand, aber sie waren seine Diener, sie waren die Frevler, sie hatten sich benutzen lassen. Sie waren keine Menschen mehr.

Die kleine Frau trat vor ihn; ihr Gesicht hochgereckt, sah sie ihn bösartig, höhnend an. Sein Fuß schoß hoch und traf sie direkt unter ihrem dicken Bauch. Sie krümmte sich, ihr Kinn schlug gegen sein rasch hochgezogenes Knie und der brechende Kiefer erstickte ihren durchdringenden Schrei.

Diejenigen, die ihn festhielten, waren für einen Augenblick wie gelähmt, ein Dolch der Furcht bahnte sich seinen Weg durch ihren Wahnsinn. Bishop riß einen Arm frei und drehte sich, um auf den Wahnsinnigen einzuschlagen, der seinen anderen Arm hielt. Er spürte eine kurze Genugtuung, als die Nase des Mannes unter seinen Knöcheln brach. Das Laken um seinen Hals löste sich, er streifte es rasch über seinen Kopf und floh vor dem Mob, der auf den Korridor drängte. Die Schreie erreichten einen neuen Höhepunkt, als er den Mann, der seinen anderen Arm gehalten hatte, zu Boden schmetterte. Hände reckten sich nach ihm und versuchten, ihn in ihre Mitte zurückzuziehen.

Er wich weiter zurück, schlug auf ihre Hände, als ob sie ungezogene Kinder wären, die nach Süßigkeiten grapschten. Fast stolperte er über die ausgestreckten Beine eines toten Pflegers, und dann drehte er sich um und rannte zur Treppe. Die Meute jagte hinter ihm her, taumelte und wankte über die Körper derer, die sie bereits ermordet hatten.

Bishop erreichte den oberen Treppenabsatz und fiel gegen das Geländer. Zwei Gestalten in den weiß gestärkten Hosen und Jacken der Fairfield-Uniform kamen die Stufen hoch, ihre

Gesichter in den Schatten verborgen. Einer hielt eine lange Eisenstange, mit der er am Geländer entlangstreifte, und als ihre Köpfe und Schultern ins Blickfeld kamen, sah Bishop in ihren Augen den gleichen wahnsinnigen Blick wie bei den Männern und Frauen hinter ihm. Er wankte die Treppe hoch, die zur zweiten Etage führte.

Eine Hand schloß sich um seine Knöchel und brachte ihn zu Fall; er griff nach dem Geländer, um nicht ganz zu stürzen, drehte sich um und sah, daß Lynn sich an ihn klammerte, eine kichernde, geifernde Lynn, eine Lynn, die er nicht mehr kannte, die dieses Spiel genoß, die seinen Tod wollte. Trotzdem mußte er seine Augen schließen, als er in ihr Gesicht trat.

Die Eisenstange krachte nur Zentimeter von ihm entfernt auf das Geländer, das seine Finger umfaßten, und das grinsende Gesicht des Pflegers gaffte ihn von der anderen Seite an. Der Mob am Fuß der Treppe stürmte über Lynns hingestreckten Körper, während Bishop drei Stufen auf einmal nahm und die entsetzliche Furcht hatte, daß seine Beine vor Panik zu Blei würden. Er zog sich um das Treppengeländer herum und gelangte auf den Korridor der zweiten Etage. Dort war es dunkel, aber nicht so dunkel, daß er nicht die weißgekleideten Gestalten sehen konnte, die über den Korridor auf ihn zukamen, die Türen, die sich zu beiden Seiten öffneten, aus denen andere heraustraten, düstere Geister in einer Welt der Schwärze und Schreie.

Er saß in der Falle.

Bis auf eine Tür zu seiner Linken, die nicht geöffnet war. Er stürmte hindurch, schlug sie hinter sich zu, und stemmte sich dagegen. In heftigen Zügen sog er die Luft ein. Eine Schulter gegen die Tür gestemmt, suchte er nach einem Schlüssel im Schloß. Da war kein Schlüssel. Nicht einmal ein Riegel.

Er konnte hören, wie sie sich draußen sammelten.

Und seine Füße waren naß.

Er tastete nach dem Lichtschalter, fand nichts, aber etwas streifte seinen Handrücken. Eine Schnur. Er zog daran. Er war in einem Badezimmer, die weißen Kacheln glänzend und blendend. Darum befand sich kein Schloß an der Tür: Verrückte durften sich nicht in einem Zimmer einschließen. Der Boden

war mit Pfützen bedeckt und die tiefe, klauenfüßige Badewanne war übervoll, das Wasser glatt und friedlich.
Ein Stuhl mit zwei achtlos über die Lehne geworfenen Tüchern stand in einer Ecke neben ihm. Er griff dankbar danach und klemmte ihn in einem Winkel gegen die Tür, die Lehne unter der Klinke. Das mochte sie für wenige, kostbare Augenblicke aufhalten, Zeit genug, um das gegenüberliegende hohe Fester zu erreichen. Er sah, daß das Milchglas drahtverstärkt war und betete, daß er die Kraft hätte, es zu durchbrechen. Bestimmt war der Rahmen fest verankert und es konnte nicht auf normale Weise geöffnet werden. Er schlitterte über den Badezimmerboden und ignorierte das schrille Gelächter von draußen.

Doch als er an der riesigen Badewanne vorbeikam, wurde ihm klar, daß dies alles für sie ein teuflisches Spiel gewesen war, daß sie ihn auf die zweite Etage hatten fliehen lassen wollen, daß sie ihn zu speziell diesem Raum hatten bringen wollten. Sie wollten, daß er sah, was unter dem unbewegten Wasser in der Wanne lag.

8

Das Haus überraschte Peck. Es war nicht die Art von Haus, das er bei Jacob Kulek erwartet hätte; irgendwie hatte er geglaubt, daß der alte Mann Eichenbalken bevorzugen würde, Rosen, die an den Außenwänden rankten oder vielleicht etwas Georgianisches, groß und elegant. Aber der Mann war eben unberechenbar, schien völlig ausgeglichen zu sein, bis man anfing, dem zuzuhören, was er sagte.

»Das ist 'ne Hütte, was?« sagte Frank Roper, sein Assistent, als Peck auf die Klingel drückte. »Nur Glas und Chrom. Fensterputzer möchte ich hier nicht sein.«

Peck grunzte, da seine Gedanken woanders waren. Er fragte sich, warum Kulek darauf bestanden hatte, ihn zu sprechen, vor allem zu dieser späten Stunde. Der Wahnsinn der Nacht zuvor hatte für alle eine Überbelastung bedeutet – und das war eine Untertreibung: Wie zum Teufel sollte man mit Massenmördern bei jeder Menge Morden fertig werden. Und worin bestand der Zusammenhang zwischen den Ereignissen auf dem Fußballplatz und in der Willow Road? Oder, um genauer zu sein, dem Haus, das einst dort gestanden hatte: Beechwood. Denn es gab jetzt definitiv eine Verbindung. Wenn Kulek nicht selbst um das Treffen gebeten hätte, dann hätte Peck keine Zeit vergeudet, mit dem alten Mann zu sprechen. Es schien, als ob er die einzige Person wäre, die einen Hinweis auf das geben könnte, was da vorging.

Die Tür öffnete sich, und Jessica Kuleks weißes, nervöses Gesicht blickte zu ihm hinaus.

»Kommen Sie herein«, sagte sie, und öffnete die Tür weit.

»Entschuldigen Sie die Verspätung«, sagte Peck. »Wie Sie sich vorstellen können, hatten wir heute viel zu tun.«

»Darum wollte mein Vater ja mit Ihnen sprechen, Kommissar. Es geht um das, was gestern nacht geschah.«

»Sie wollen mir sagen, daß es eine Verbindung gibt? Nun, Sie haben recht.«

Jessicas Augenbrauen wölbten sich überrascht. »Dann glauben Sie das auch?«

»Sagen wir, die Möglichkeit ist recht groß.«

Kulek wartete in einer großen, L-förmigen Halle auf sie. Der Raum war wie das Haus modern gestaltet, obwohl das Mobiliar alt wirkte, möglicherweise antik war; überraschenderweise paßte die Kombination. Peck bemerkte, daß alles gerade oder rechtwinklig zueinander aufgestellt war und ihm leuchtete ein, daß ein blinder Mann Möbel nicht wahllos im Raum aufgestellt haben wollte. Die vertikalen Rollos waren zugezogen.

»Gut, daß Sie kommen«, sagte Kulek. Er stand neben einem Armsessel, eine Hand auf der Lehne. Ob als Stütze oder nur um sich zu orientieren, vermochte Peck nicht zu sagen. Er wirkte älter als bei der ersten Begegnung, aber eindeutig besser als vor zwei Tagen im Krankenhaus. Seine Haut hatte eine trockene, blaßgelbe Farbe angenommen und er war noch gebeugter. Ein Seidenschal, der aus seinem Hemdkragen ragte, versteckte die Würgemale an seinem Hals.

»Inspektor Roper kennen Sie ja«, sagte Peck, ohne seinen Kollegen anzusehen.

»Ja, in der Tat. Und dies ist Edith Metlock.«

Das Medium lächelte die beiden Polizisten kurz an.

»Wollen Sie sich nicht setzen? Können wir Ihnen etwas zu trinken anbieten? Etwas Stärkeres als Tee oder Kaffee?«

Peck entspannte sich auf einem Sofa, während Roper einen unbequemen, hartlehnigen Stuhl wählte. »Whisky und ein wenig Wasser für mich«, sagte Peck. »Ich glaube, Inspektor Roper nimmt das gleiche.«

Roper nickte, und Jessica beschäftigte sich an dem Barschrank.

»Ich dachte, Sie hätten gesagt, daß Chris Bishop heute abend auch hier sein würde?« fragte Peck.

Kulek setzte sich in den Sessel, hinter dem er gestanden hatte. »Meine Tochter hat in der letzten halben Stunde mehrmals versucht, ihn zu erreichen. Er muß sein Haus verlassen haben.«

Jessica kam mit den Drinks herüber. »Chris hat versprochen, in jedem Fall herzukommen. Ich sagte, daß ich ihn anrufen würde, sobald ich den Termin für das Treffen mit Ihnen vereinbart hätte.«

»Nun, wir können schnell herausfinden, wo er ist. Zwei Männer haben ihn den ganzen Tag observiert. Frank, rufen Sie doch Dave über Funk an, ja?«

Roper stellte sein Glas auf den dicken roten Teppich und verließ das Zimmer.

Kulek sprach: »Jessica sagte mir, daß in den letzten beiden Tagen ein Mann in einem Auto vor dem Haus geparkt hat.«

»Zu Ihrem Schutz. Es hat einen Anschlag gegeben und das hat keinen Sinn, einen weiteren zu riskieren.«

Ein verlegenes Schweigen folgte auf Pecks Feststellung. Dann räusperte der Beamte sich und fuhrt fort: »Ich hatte für morgen früh als erstes geplant, mich mit Ihnen zu treffen, Mr. Kulek. Ich glaube, wir haben eine Menge zu besprechen.«

»Ja, in der Tat. Allerdings habe ich Ihnen alle Fakten bezüglich Beechwood und Boris Pryszlak bei unserer ersten Begegnung schon genannt. Heute abend wollte ich mit Ihnen eine Theorie diskutieren.«

»Ich bin immer an Theorien interessiert. Vorausgesetzt, sie ergeben einen Sinn.«

»Das kann ich Ihnen nicht versprechen. Was für mich einen Sinn ergibt, mag Ihnen völlig irrational erscheinen.«

»Ich höre zu.« Peck wandte sich an Edith Metlock. »Mrs. Metlock, einer meiner Beamten sprach vorgestern mit Ihnen, nachdem die Wahnsinnige in Beechwood gefunden worden war. Sie nahmen an der Seance teil.«

»Es war keine Seance, Kommissar«, sagte das Medium. »Zumindest war es nicht als solche geplant.«

»Sie sagten, Sie hätten nichts von dieser, äh, Vision oder Halluzination mitbekommen — wie immer Sie das nennen wollen —, die Bishop zu sehen behauptet hat.«

»Nein. Als Medium sehe ich selten solche Dinge und erinnere mich auch nicht daran. Mein Körper wird von der Geisterwelt als Empfänger benutzt. Sie sprechen durch andere zu mir.«

»Und Sie glauben, daß das in Beechwood geschehen ist? Daß die Geister von Pryszlak und seinen Leuten zu Chris Bishop sprachen? Er hat sie doch als einziger gesehen, oder?« Peck rutsche unbehaglich auf seinem Platz hervor, froh darüber, daß Roper nicht in dem Raum war und seine Fragen hören konnte.

»Sie haben nicht zu ihm gesprochen«, erwiderte Edith. »Ihm wurde gezeigt, was dort geschehen ist.«

»Warum nicht Ihnen, Mr. Kulek? Oder Ihrer Tochter Jessica?«

»Das wissen wir nicht«, antwortete der alte Mann. »Vielleicht war es deswegen, weil Chris Bishop die Leichen als erster entdeckte. Vielleicht verspottete Pryszlak ihn mit der Wahrheit dessen, was geschehen war.«

»Pryszlak ist tot.«

Diesmal erfolgte keine Antwort.

»Es könnte eine andere, einleuchtendere Erklärung geben«, sagte Peck schließlich. »Bishop hatte einen mentalen Block durch das, worauf er vor einem Jahr in Beechwood gestoßen war. Es könnte sein, daß die Rückkehr in das Haus ihn so entsetzte, daß er alles wieder sah.«

»Aber er fand sie doch, als sie schon alle tot waren«, sagte Jessica. »Vorgestern sah er aber, wie sie sich gegenseitig umbrachten.«

»Wir haben nur seine Aussage, daß sie bereits tot waren.«

Jessica schaute ihren Vater an, der sagte: »War da nicht eine

Zeugin, die ihn ins Haus gehen sah? Eine Frau mit einem Kind, die zu der Zeit vorbeikam?«

»Ja, ich habe den Bericht gelesen. Aber wie sollen wir wissen, daß er nicht schon vorher in dem Haus war, anwesend war, als die Selbstmorde und Hinrichtungen stattfanden? Nach dem, was ich über diesen Bishop weiß, geht er etwas wissenschaftlicher an das Übernatürliche heran. Sagten Sie mir nicht, daß Boris Pryszlak ein wissenschaftliches Interesse an diesen Dingen hatte?«

»Ja, aber...«

Peck fuhr fort. »Sehen Sie, es könnte sein, daß Mr. Bishop selbst zu Pryszlaks geheimer Sekte gehört. Es könnte sein, daß er das Mitglied war, das auserwählt wurde, zu überleben — um das auszuführen, was immer nötig sein mag, um diese fanatischen Ziele zu erreichen.«

»Das ist Unsinn!« Jessicas Gesicht war hochrot. »Auch Chris wurde vor zwei Tagen angegriffen!«

»Sagt er.«

Kuleks Stimme war ruhig. »Ich glaube, Sie irren, Inspektor.«

Seine blicklosen Augen schauten zu seiner Tochter und Edith Metlock. »Wir alle glauben, daß Sie irren.«

»Ich hatte auch den Eindruck, daß ihm Ihre Untersuchungen in Beechwood nicht sehr gefielen.«

»Das ist wahr«, sagte Jessica, »aber nur anfangs. Er hat seine Meinung jetzt geändert. Er versucht, uns zu helfen.«

»Ach ja?« Pecks Stimme wurde ausdruckslos.

Roper kam in den Raum zurück und setzte sich wieder auf seinen Stuhl. Er nahm das Whiskyglas mit einem unverhohlenen Ausdruck des Genusses und blickte zu Peck hinüber, bevor er trank.

»Bishop ist kurz nach acht weggefahren. Unser Beobachter folgte ihm zu einem Haus in der Nähe von Twickenham, äh, Fairview... nein, Fairfield Pflegeheim.«

Jessica sagte: »Das muß das Haus sein, in dem seine Frau Patientin ist.«

»Eine Nervenheilanstalt?«

Sie nickte und konnte Pecks Gesichtsausdruck nicht deuten.

»Gehen Sie noch mal ans Funkgerät, Frank. Sagen Sie ihnen,

sie sollen Bishop herbringen. Ich denke, er könnte bei dieser kleinen Versammlung nützlich sein.«
»Jetzt gleich?« Ropers Lippen schlossen sich um den Glasrand.
»Sofort.«
Der Polizist stellte sein Glas ab und verließ den Raum wieder.
Peck nippte an seinem Whisky und betrachtete Jacob Kulek über den Glasrand hinweg.« »Okay, Sir. Sie sagten, Sie wollten eine Theorie entwickeln.«
Der blinde Mann war in Gedanken noch bei Bishop. Nein, es war nicht möglich — Chris Bishop war ein guter Mann, dessen war er sicher. Verwirrt vielleicht, zornig. Aber keiner von Pryszlaks Leuten. Jessica mochte den Mann inzwischen, und sie konnte am besten von allen, die er kannte, Charaktere beurteilen. Manchmal meinte er, daß ihr Urteil ein wenig zu streng war, zu kritisch ... Die wenigen Männer in ihrem Leben hatten nie ihren Erwartungen entsprochen.
»Mr. Kulek?« In Pecks Stimme schwang Ungeduld mit.
»Verzeihung, ich war in Gedanken woanders.«
»Sie haben eine Theorie?« fragte Peck. Kuleks tote Augen schienen ihn zu durchdringen, und er hätte schwören können, daß das Innerste seines Verstandes erforscht wurde.
»Es ist schwer, Kommissar. Sie sind ein Mann der Praxis, der mit beiden Beinen auf der Erde steht, der nicht an Geister glaubt. Aber ich denke, Sie sind sehr gut in Ihrer Arbeit und deshalb dürften Sie etwas Phantasie haben.«
»Danke«, entgegnete Peck trocken.
»Lassen Sie mich damit beginnen, daß ich Ihnen von einem eigenartigen Erlebnis erzähle, das Edith vor zwei Nächten hatte. Oder vielleicht erzählt sie es Ihnen selbst?« Er wandte sich an das Medium.
»Als Sensitive — Medium, Spiritistin sind wahrscheinlich Worte, die Ihnen vertrauter sind, Kommissar — als Sensitive bin ich empfänglicher für Kräfte und Einflüsse, die nicht zu unserem täglichen Leben gehören. Kräfte aus einer Welt, die nicht die unsere ist.«
»Die Geisterwelt?«
»Falls man sie so nennen kann. Ich bin mir nicht mehr sicher.

Es mag sein, daß wir eine falsche Vorstellung von dem haben, was wir als ›Geisterwelt‹ bezeichnen. Es gibt andere in meinem Beruf, die beginnen, die gleichen Zweifel zu haben.«

»Wollen Sie damit sagen, daß es so etwas wie, äh, Geister nicht gibt?«

Roper hatte den Raum wieder betreten und warf Peck einen amüsierten Blick zu. Er nickte seinem Vorgesetzten zu, um anzudeuten, daß seine Anweisungen ausgeführt wurden, nahm dann Platz auf dem Stuhl und griff wieder nach dem Glas zu seinen Füßen.

»Vielleicht nicht so, wie wir sie immer gesehen haben«, erwiderte das Medium. »Wir haben sie immer für individuelle Geister gehalten, die in einer anderen Welt existieren, die der unseren nicht unähnlich ist, aber auf einer höheren Ebene liegt. Näher bei Gott, wenn Sie so wollen.«

»Und das ist alles falsch.«

»Das sage ich nicht.« Ein Spur von Verärgerung lag in ihrer Stimme. »Wir wissen es einfach nicht. Wir haben Zweifel. Es kann sein, daß diese Geisterwelt gar nicht so weit von unserer entfernt ist, wie wir glaubten. Und es kann sein, daß sie nicht aus Einzelwesen besteht, sondern als Ganzes existiert. Als eine Art Kraft.«

Peck runzelte die Stirn und Roper schluckte geräuschvoll seinen Drink.

»Ich werde später versuchen, das zu erklären«, unterbrach Kulek. »Ich denke, Edith sollte Ihnen jetzt einfach erzählen, was vor zwei Nächten geschah.«

Peck nickte zustimmend.

»Ich lebe allein in einem kleinen Haus in Woodford«, erzählte Edith. »Am Dienstagabend — es war spät, zwischen zehn und elf, glaube ich — hörte ich Radio. Ich mag diese Anrufprogramme, müssen Sie wissen. Es ist gut, gelegentlich zu hören, was normale Menschen vom Zustand der Welt halten. Aber das Gerät knackte dauernd, als ob jemand in der Nähe eine nicht entstörte Maschine in Betrieb hätte. Ich versuchte, schärfer einzustellen, aber die Störung kam wieder. Erst in kurzen Intervallen, dann in längeren. Am Ende war ein dauerndes Rauschen zu hören, so daß ich das Radio ausschaltete. Als ich dann in der

Stille dasaß, bemerkte ich eine Veränderung der Atmosphäre. Ich nehme an, daß meine Aufmerksamkeit zu sehr auf die Radiostörung gerichtet gewesen war, deshalb hatte ich sie vorher nicht bemerkt. Daran war nichts Beunruhigendes – Erscheinungen hatte ich in der Vergangenheit oft unangekündigt –, deshalb lehnte ich mich in meinem Sessel zurück und machte mich bereit. Ich brauchte nur ein paar Sekunden, um zu merken, daß etwas Unwillkommenes sich anmeldete.«

»Moment mal«, unterbrach Peck. »Gerade haben Sie mir erzählt, daß Sie nicht sicher sind, ob diese Kräfte Geister sind.«

»Nicht so, wie wir glauben, Inspektor. Das bedeutet nicht, das etwas Anderes, das wir nicht sehen oder fühlen, nicht existiert. Sie können die unglaubliche Fülle von psychischen Erfahrungen nicht ignorieren, die schon erfaßt worden sind. Ich muß betonen, daß ich in diesem Augenblick verwirrt war, und nicht wußte, was durch mich kommunizieren wollte.«

»Fahren Sie bitte fort.«

»Ich spürte, daß mein Haus umgeben war von einem... einem...«, sie suchte nach dem Wort, »... einem dunklen Leichentuch. Ja, als ob eine Schwärze um mein Haus schliche und sich gegen die Fenster preßte. Und ein Teil von ihr hatte mich bereits erreicht. Ein Teil davon war in meinem Verstand, wartete darauf, sich auszubreiten, wartete darauf, mich zu verschlingen. Aber dazu mußte es mich überwältigen, und etwas hielt es zurück.«

»Ihre Willenskraft?« fragte Peck, Ropers Grinsen ignorierend.

»Zum Teil ja. Aber noch etwas Anderes. Ich spürte, daß die Dunkelheit sein Verbündeter war, wenn Sie so wollen. Ich weiß nicht, was mich dazu veranlaßte, aber ich schaltete alle Lichter im Haus an.«

Daran ist nichts Ungewöhnliches, dachte Peck. Ihm persönlich war keine alleinlebende Frau bekannt, die sich nicht vor dem Dunkel fürchtete. Es gab auch viele Männer, wenngleich die es nie zugeben würden.

»Ich hatte das Gefühl, als sei ein Druck von mir genommen«, sagte das Medium, und Peck konnte an ihrem Gesichtsausdruck sehen, daß sie alles wieder erlebte. »Aber es war noch draußen... wartete. Ich mußte meinen Verstand dagegen versperren, dem

Zwang widerstehen, es mich durchfließen zu lassen. Es war, als ob etwas versuchte, mich zu verschlingen.« Sie erschauerte, und Peck selbst spürte eine gewisse Kälte in seinem Nacken.

»Ich muß in Trance verfallen sein — ich kann mich an nichts mehr erinnern. Nur an die Stimmen. Sie riefen mich. Verspotteten mich. Aber sie lockten mich auch.«

»Was sagten diese Stimmen? Können Sie sich daran erinnern?«

»Nein. Nein, nicht an die Worte. Aber ich spürte, daß sie wollten, daß ich alle Lichter ausschaltete. Ein Teil von mir wußte irgendwie, daß ich verloren wäre, wenn ich das tat. Ich glaube, am Ende zog ich mich in mich zurück, floh in einen Winkel meines Gehirns, wohin sie mir nicht folgen konnten.«

Das wäre ein schöner Trick für dann, wenn der Commissioner mich fragt, was ich bisher herausgefunden habe, dachte Peck, wobei er ein mattes Lächeln unterdrückte.

Sie spürten seinen Zynismus, verstanden ihn aber. »Edith war in diesem Zustand, als Chris und ich sie fanden«, sagte Jessica. »Als wir Sie an diesem Abend verließen, hatten wir plötzlich Angst, daß ihr etwa zustoßen könnte. Chris, mein Vater und Mrs. Kirkhope waren angegriffen worden; wir hatten Edith vergessen.«

»Und was haben Sie in Mrs. Metlocks Haus gefunden? Einmal abgesehen von der werten Dame selbst?«

»Wir haben nichts gefunden. Wir fühlten eine — Atmosphäre. Eine kalte, bedrückende Atmosphäre. Ich hatte Angst.«

Peck seufzte schwer. »Führt uns das wirklich irgendwohin, Mr. Kulek?«

»Es könnte Ihnen helfen, meine Theorie zu verstehen...«

»Vielleicht können wir dann jetzt dazu kommen?«

Der blinde Mann lächelte geduldig. »Glauben Sie mir, wir verstehen, wie schwer das für Sie ist. Wir können Ihnen keine greifbaren Beweise geben, keine harten Fakten. Aber Sie dürfen uns nicht als Verrückte betrachten. Es ist lebenswichtig, daß Sie ernsthaft über das nachdenken, was wir Ihnen erzählen.«

»Ich versuche es, Mr. Kulek. Sie haben mir bisher wenig erzählt.«

Kulek neigte bestätigend seinen Kopf. »Meine Tochter und

Chris Bishop brachten Edith hierher — sie glaubten, sie sei hier sicherer. Wie sie wissen, war ich im Krankenhaus, kehrte aber später an diesem Tage zurück. Erst gestern abend begann Edith von dem zu erzählen, was geschehen war. Als man sie fand, hatte sie sich in einem extremen Schockzustand befunden, und es dauerte einige Zeit, bis sie sich aus diesem Zustand löste. Die einzigen Worte, die sie vorher gesagt hatte, waren: ›Haltet das Dunkel fern‹. Es scheint, als ob die Dunkelheit irgendwie das symbolisiere, was sie fürchtete. Ich bin sicher, daß es Ihrer Aufmerksamkeit nicht entgangen ist: Alles, was sich unlängst in der Willow Road ereignete, geschah nachts.«

»Denken Sie an die Frau, die Sie in Beechwood angegriffen hat. Das war am Tage.«

»Sie hatte Ihren Arbeitgeber in der Nacht zuvor ermordet, und ich glaube, daß der Wahnsinn sie da überkam. Vergessen Sie nicht, sie versteckte sich im Keller von Beechwood. Im Dunkel.«

»Der Mord an Agnes Kirkhope und ihrer Haushälterin? Der nächste Angriff auf Sie? Das angebliche Attentat auf Bishop? Das alles geschah während des Tages.«

»Ich bin der Überzeugung, daß die Täter Anhänger von Boris Pryszlak waren. Es gibt eine andere Art von Wahnsinn. Ich glaube, sie waren eine physische Wache, die von Pryszlak zurückgelassen wurde, um gewisse Aufgaben zu erfüllen. Beschützer, so Sie wollen.«

»Warum sollte er Schutz brauchen, wenn er tot ist?«

»Nicht zu seinem Schutz. Sie wurden als Beschützer für seinen Plan zurückgelassen. Vielleicht als reale Kraft, um seine ätherische Kraft zu unterstützen.«

Peck und Roper wechselten einen unbehaglichen Blick. »Könnten Sie genauer erklären, was Sie mit ›ätherischer Kraft‹ meinen?«

»Eine Kraft, die nicht von dieser Welt ist, Inspektor.«

»Ich verstehe.«

Kulek lächelte. »Sie können darauf wetten — wenn ich fertig bin, werden Sie einen Sinn darin sehen.«

Peck hoffte das, aber er hätte nicht darauf gewettet.

»Als Boris Pryszlak vor ein paar Jahren zu mir kam und meine

Hilfe wollte, erzählte er mir, daß er ein Mann sei, der nicht an die Existenz Gottes glaube. Für ihn war Wissenschaft der Schlüssel zur Erlösung der Menschheit, nicht Religion. Krankheiten und Entbehrungen würden durch Technologien überwunden, nicht durch Gebet. Unsere ökonomischen und sozialen Fortschritte seien durch den wissenschaftlichen Fortschritt erreicht worden. Die Entscheidung, neues Leben zu erschaffen, läge jetzt bei uns; selbst das Geschlecht der Neugeborenen würde eines Tages von uns bestimmt werden. Den Tod selbst könne man, wenn auch nicht beseitigen, so doch zumindest hinauszögern. Unser Aberglauben, unsere Vorurteile und unsere Ängste wären angesichts neuer wissenschaftlicher Erkenntnisse überholt. Weltkriege wären nicht durch göttliche Intervention praktisch unmöglich geworden, sondern weil wir selbst Waffen geschaffen hätten, die zu schrecklich seien. Alte Barrieren seien abgebrochen worden, neue Barrieren zerstört – durch die Genialität der Menschheit selbst, nicht durch ein Überwesen im Himmel.

Pryszlak behauptete, daß wir eines Tages sogar wissenschaftlich entdecken würden, wie diese Genialität zu erlangen sei; daß wir tatsächlich nicht durch einen mystischen Jemand, sondern durch uns selbst erschaffen worden wären. Wir würden durch die Wissenschaft beweisen, daß es keinen Gott gäbe.«

Kulek hatte die Worte ruhig gesprochen, seine Stimme war weich und gleichmäßig, aber Peck konnte Pryszlaks Wahnsinn darin spüren. Es war die kalte Logik eines Fanatikers, und Peck wußte, daß die am gefährlichsten waren.

Der blinde Mann fuhr fort: »Wenn es also keinen Gott gäbe, könne es auch keinen Teufel geben. Doch als Pragmatiker konnte Pryszlak die Existenz des Bösen nicht leugnen.

Durch die Jahrhunderte hatten religiöse und mystische Führer immer mit dem Aberglauben und dem Nichtwissen ihrer Gefolgsleute gespielt. Die Kirche hatte stets gesagt, daß Satan eine Realität sei, denn durch ihn konnte die Existenz Gottes bewiesen werden. Freud hatte die Kirche und die Sektierer gleichermaßen damit bestürzt, daß er erklärte, jeder von uns habe eine Phase individueller Entwicklung durchlebt, die den animistischen Zustand des primitiven Menschen entspräche. Und keiner von uns habe sie durchwandert, ohne gewisse Reste zurückzubehalten, die reaktiviert werden könnten. Alles, was uns jetzt als ›nicht geheuer erscheint‹ erfüllt diese Reste in uns mit animistischer mentaler Aktivität.«

»Sie wollen damit sagen, daß irgendwo hier drin« – Peck tippte an seine Stirn – »ein Teil von uns noch immer an diesen Unsinn mit ›bösen Geistern‹ glauben will?«

»Freud sagte das, und in vielerlei Hinsicht glaube ich, daß er recht hatte. In Tausenden von Fällen, bei denen geistliche Exorzisten versucht haben, gestörte Männer und Frauen von der sogenannten teuflischen Besessenheit zu befreien, hat eine vernünftige Untersuchung eine ganze Bandbreite von Psychosen bei diesen Menschen ergeben. Philosophen wie Schopenhauer waren der Ansicht, daß das Böse der Angst des Menschen vor dem Tode entspränge, seiner Furcht vor dem Unbekannten. Es war der Überlebenswille des Menschen, der den Krieg auf die Welt brachte. Aber die eigene Schlechtigkeit mußte auf etwas Anderes – auf jemand anderen – zurückzuführen sein: Satan war der ideale psychologische Sündenbock. Auf dieselbe Weise brauchte der Mensch wegen der Mißgeschicke, die ihm sein Leben lang widerfuhren, und wegen seiner Unzulänglichkeiten einen Gott, etwas Überlegenes, jemand, der ihm helfen konnte, jemand, der ihm am Ende die Antworten auf alle Fragen geben würde. Jemand, der ihn führte.

Zum Pech für die Kirche ist jetzt das Zeitalter der Vernunft da; man könnte vielleicht sagen, daß Bewußtseinserweiterung der größte Feind der Religion gewesen ist. Die Grenzen sind verschwommen, Fragen werden gestellt: Wie konnten Ungerechtigkeiten begangen werden, um Recht zu erlangen? Kriege, Morde, Hinrichtungen – wie können ›schlechte‹ Taten ›Gutes‹ bewirken? Wie konnten Männer, von denen die Welt wußte, daß sie böse waren, behaupten, Gott sei auf ihrer Seite? Ende der siebziger Jahre – wer war böser, der diktatorische Schah von Persien oder der religiöse Fanatiker, der ihn stürzte, Ayatollah Khomeini? Idi Amin behauptete, mehrere Male mit Gott gesprochen zu haben. Hitler behauptete, Gott sei auf seiner Seite. Die jahrhundertelange Verfolgung der sogenannten Ketzer durch die Kirche ist noch immer ungeklärt. Diese Zweiteilung betrachtete Pryszlak als Voraussetzung dafür, daß der Mensch seine eigenen Kräfte erkennen, sein eigenes Schicksal bestimmen könne. Der Mensch habe seine eigene Todsünde entdeckt und herausgefunden, daß sie nicht so schlimm sei, wie die Kirche immer gelehrt hatte. Satan sei jetzt zu einem Quell der Lächerlichkeit geworden, zu etwa Unterhaltendem. Zu einem lustigen Mythos. Einem Gespenst. Und Böses käme allein aus dem Menschen.

Pryszlak glaubte, daß das Böse ein physisches Energiefeld in unserem Verstand sei. Und so, wie wir lernen, unsere Psi-Fähigkeiten zu gebrauchen — Energien wie Telekinese, Außersinnliche Wahrnehmung, Telepathie und Telergie —, so könnten wir auch lernen, diese andere Kraft physisch zu nutzen.«

Kulek hielt inne, als wolle er den Polizisten ermöglichen, all seine Gedanken zu verarbeiten. »Ich glaube, daß Pryszlak sein Konzept bis zum Ende weiter entwickelt hat: Er hat die Quelle seiner Energie entdeckt und benutzte sie. Ich glaube, daß er sie jetzt benutzt.«

»Das ist unmöglich«, sagte Peck.

»Viele Dinge in unserem Leben, die man einmal für unmöglich gehalten hat, sind durch die Wissenschaft erreicht worden, und das Wissen auf jedem Gebiet der Technologie vergrößert sich. Der Mensch hat in den letzten hundert Jahren mehr erreicht als in den vorangegangenen zweitausend.«

»Aber um Himmels willen, Pryszlak ist tot!«

»Ich glaube, er mußte sterben. Ich bin der Überzeugung, daß Boris Pryszlak und seine Anhänger — zu dieser Energie geworden sind.«

Peck schüttelte den Kopf. »Bedaure, aber Sie wissen, daß ich Ihnen das nicht abnehmen kann.«

Kulek nickte. »Das habe ich nicht von Ihnen erwartet. Ich wollte nur, daß Sie eine Theorie hören, von deren Richtigkeit ich überzeugt bin. Sie werden Grund haben, über sie in den nächsten Wochen weiter nachzudenken.«

»Was meinen Sie damit?«

»Der Wahnsinn wird schlimmer werden. Er wird sich wie eine Krankheit ausbreiten. Jede Nacht wird es mehr geben, die seinem Einfluß unterliegen, und je mehr Hirne er ergreift, desto stärker wird er wachsen. Es wird wie ein Regentropfen auf einer Fensterscheibe sein: Ein kleiner Tropfen wird in den darunter laufen, dann beide zusammen in den darunterhängenden — sie werden größer und schwerer, bis sie zu einem schnell fließenden Rinnsal werden.«

»Warum nachts? Warum, sagen Sie, geschehen diese Dinge nur, wenn es dunkel ist?«

»Ich bin nicht sicher, warum es so sein muß. Wenn Sie die Bibel lesen, dann sehen Sie, daß das Böse stets als Dunkelheit bezeichnet wird. Vielleicht hat diese Terminologie mehr Bedeutung, als wir glaubten. Tod ist Dunkelheit, die Hölle liegt in der dunklen, schrecklichen Unterwelt. Der Teufel ist immer als Fürst der Finsternis bekannt gewesen. Und wird Böses nicht als Dunkelheit in einer Seele bezeichnet?

Es könnte sein, daß die Dunkelheit der physische Verbündete dieser Energieform ist. Vielleicht ist das biblische Konzept des ständigen Kampfes zwischen Licht und Dunkel tatsächlich ein wissenschaftliches Konzept. Welche Energie auch immer Lichtstrahlen enthalten mögen, ob sie nun von der Sonne stammen oder künstlich sind, es könnte sein, daß sie gegen die katalysierenden Kräfte der Dunkelheit wirken.

Pryszlak führte vieles von dem bei unserem letzten Treffen aus, und ich muß zugeben, daß ich, obwohl ich seine Ideen oft faszinierend fand, damals glaubte, Wahnsinn sei in seinem Denken. Jetzt bin ich mir nicht mehr so sicher.«

Kuleks Gestalt schien sich in seinem Sessel unmerklich zu entspannen und Peck bemerkte, daß der beunruhigende Vortrag des Mannes vorüber war. Er schaute jede Person in dem Raum an und sah, daß sich sogar Ropers heimlich-höhnisches Grinsen verflüchtigt hatte.

»Ihnen ist klar, das alles, was Sie mir gerade erzählt haben, für meine Ermittlungen völlig nutzlos ist, nicht wahr?« sagte er barsch zu Kulek.

»Ja. Heute noch. Aber ich denke, Sie werden Ihre Meinung bald ändern.«

»Weil mehr passieren wird?«

»Ja.«

»Aber selbst wenn das wahr wäre, was Sie sagen — was sollte Pryszlaks Ziel sein?«

Kulek hob die Schultern und meinte dann: »Macht. Mehr Macht als er hatte, als er noch lebte. Eine größere Anhängerschaft, eine, die wachsen wird.«

»Sie meinen, er kann noch immer rekrutieren?«

Kulek war überrascht, daß kein Sarkasmus in Pecks Stimme mitschwang. Tatsächlich war er verblüfft, daß der Polizist überhaupt so geduldig zugehört hatte. »Ja, andere werden sich ihm anschließen. Viele andere.«

Peck und Ropers wechselten scharfe Blicke, die Jessica nicht entgingen.

»Gibt es etwas, was Sie uns noch nicht erzählt haben, Kommissar?« fragte sie.

Peck blickte wieder unbehaglich drein. »Die Menge, die letzte Nacht Amok gelaufen ist — ich meine die, die entkamen — zerstreuten sich in der Umgebung. Im Laufe des Tages haben wir einige aufgespürt. Viele waren tot, als wir sie fanden, meistens durch Selbstmord umgekommen. Andere waren ... ohne Verstand, irrten herum.«

Sein Gesicht war grimmig, als ob ihm nicht gefiele, was er als nächstes zu sagen hatte. »Nur ein paar begaben sich direkt zur Willow Road. Sie zertrümmerten die Absperrung um das Beechwood-Grundstück. Wir fanden sie dort in den Trümmern stehend. Da warteten sie wie verdammte Zombies.«

9

Bishop starrte auf den reglosen Körper, der in der Wanne lag. Die weißen, toten Augen starten zu ihm zurück.

In den letzten Jahren hatte er mit Crouchley viele Male gesprochen, wobei es stets um Lynns mentalen Fortschritt — oder Rückschritt, wie sich herausstellte — gegangen war, und immer rein beruflich. Er hätte nicht sagen können, daß er den Mann gemocht hätte, da sein Verhalten ein wenig zu unpersönlich war, aber er hatte ihn als Arzt respektiert und bald festgestellt, daß seine Hingabe für seine Patienten weit über die beruflichen Grenzen hinausging.

Die beiden Frauen, die Bishop eingelassen hatten: Waren sie Patientinnen? Er glaubte das nicht; sie schienen auch nicht wahnsinnig zu sein. Waren sie Werkzeuge Pryszlaks, so wie es Braverman und seine Frau gewesen waren? Wahrscheinlich. Sie hatten das Heim übernommen, die Patienten zu ihren Verbündeten gemacht und alle jene des Personals ermordet, die sich diesem neuen, tödlichen Wahnsinn nicht unterwarfen. Dann hatten sie Crouchley gezwungen, ihn anzurufen, und danach hatten sie ihn hier hochgeschleppt und ihn ertränkt.

Crouchleys Mund stand offen. Die letzten Blasen der lebensspendenden Luft waren längst aus seinen Lungen gewichen, und hatten sich den Weg zur Oberfläche gesucht. Sein blondes Haar sah im Wasser dunkel aus, und trieb jetzt langsam um seinen Kopf wie Seegras. Obwohl er tot war, zeigte sich noch Angst in seinem Gesicht.

Sie hämmerten jetzt gegen die Tür, lachten und schrieen Bishops Namen, verhöhnten ihn mit dem kommenden Schrekken. Das kleine drahtverstärkte Fenster befand sich auf Höhe seines Gesichts und er sah, daß der Rahmen, wie er erwartet hatte, fest eingelassen war. Er suchte verzweifelt nach etwas, mit dem er die Scheibe einschlagen konnte, aber in dem Badezimmer befand sich sonst nichts. Der Stuhl hätte vielleicht geholfen, aber er war das einzige, was seine Verfolger noch draußen hielt. Die Schläge gegen die Tür waren heftiger geworden, ihr Rhythmus entschlossener, als ob die Menge zurückgewichen sei, damit jemand mit Stiefeln dagegen treten konnte. Der schräg stehende Stuhl krachte.

Eine schwache Hoffnung durchflutete ihn, als er den Handtuchbügel über dem Radiator sah. Er war aus Chrom und fühlte sich schwer genug an, um wirkungsvoll zu sein. Das große Handtuch darauf rutschte zu Boden, als er den Bügel herunterriß. Er packte ihn, rannte auf das Fenster zu und stieß gegen das Milchglas. Bishops Füße rutschen fast in den Pfützen aus.

Das Glas brach, ein gezacktes Loch bildete sich, doch die Drahtverstärkung hielt das Glas zusammen. Bishop zog den Bügel heraus und stieß wieder dagegen. Noch immer hielt der Draht.

Der Stuhl wackelte.
Er stieß wieder zu.
Die Stuhlbeine bewegten sich ein Stück.
Wieder.
Noch ein Stück.
Dieses Mal blieb der Haken des Bügels im Drahtgeflecht hängen, und Bishop zog daran und drehte ihn zugleich, bis der Draht riß. Er ließ den Bügel fallen, steckte seine Finger durch das Loch und ignorierte den stechenden Schmerz, als der Draht in sein Fleisch stach. Er zerrte wild, hörte das Geräusch des Stuhles, der auf dem feuchten Badezimmerboden scharrte, und spürte die zugleich kühle Nachtluft in seinem Gesicht, die durch die größer werdenden Öffnung drang. Draht und Glas lösten sich aus dem Rahmen, als die Tür hinter ihm barst, er zerrte und riß, sah, daß genug Platz da war, um sich hindurch zu zwängen ...

... fühlte die Hände an seinen Schultern ...

Sie klammerten sich an seinen Körper, stießen ihn zu Boden und ihre Schreie, die von den Kachelwänden widerhallten, schrillten in seinem Kopf. Er trat um sich, und seine eigenen Schreie vermischten sich mit den ihren. Sie warfen sich auf ihn, hielten seine Arme und Beine fest. Eine Hand griff in seinen geöffneten Mund, um seine Zunge herauszureißen und er biß fest zu, schmeckte Blut, bevor die zappelnden Finger zurückwichen. Er schrie, als stechender Schmerz durch seine Leistengegend hochschoß, wahnsinnige Hände ihn mit gnadenloser Rohheit packten. Sein Hemd wurde aufgerissen und scharfe Fingernägel gruben sich in seine Brust, drangen in seine Haut und zogen blutige Linien.

Seine Handgelenke wurden festgehalten und trotz des Wirrwarrs konnte er spüren, daß jemand die Finger der einen Hand zurückbog und sie zu brechen versuchte. Bevor das gelang wurde er hochgehoben und sein sich windener Körper festgehalten. Entstellte Gesichter drängten sich um ihn, als er seinen Kopf hin und her drehte, und er warf einen Blick auf die beiden Frauen, die große und die kleine, die im Türeingang standen. Ihr Lächeln war auch jetzt nicht böse, nur freundlich.

Er bog seinen Körper. Das runde Licht, das wie eine große Sonne in die Decke eingelassen war, füllte sein Blickfeld, blendete ihn. Schock packte ihn, als er fallengelassen wurde und Wasser seinen Körper umhüllte. Er keuchte, als es in seine Nase und seine Kehle drang, die Luft in gewaltigen Blasen heraustrieb. Das Licht über ihm wurde in wilden Mustern gebrochen, als die Wasseroberfläche sich stürmisch bewegte. Er konnte die verschwommenen Silhouetten derer sehen, die sich über die Wanne beugten und ihn festhielten. Der Körper des toten Mannes bewegte sich neben ihm.

Der unlogische Gedanke, daß Crouchley plötzlich von den Toten erwacht sei, versetzte ihn noch mehr in Panik, obwohl das Quentchen Vernunft, das ihm geblieben war, ihm sagte, daß es nur das Wasser war, das den Körper schaukelte. Er stieß sich nach oben, widersetzte sich den Händen, die ihn zurückhielten und zwang seinen Kopf über die Oberfläche. Er hustete Wasser aus seinen Lungen und sog gleichzeitig keuchend Luft ein, doch sein Kopf wurde schon wieder gepackt und er wurde erneut nach unten gestoßen, Hände zerrten an seinen Beinen, um ihn unterzutauchen. Das Wasser schlug an sein Gesicht, bedeckte sein Kinn, Nase und Augen. Dann war er wieder unter der Oberfläche, die Welt wurde plötzlich still, das Schreien zu einem imaginären Geräusch in seinem Kopf. Seine Hände griffen zu den Rändern der Wanne und feuriger Schmerz verriet ihm, daß man auf sie einschlug, daß sie von der glatten Emailleoberfläche gezerrt wurden. Ein Schatten ragte über ihm auf und er spürte ein lastendes Gewicht auf seiner Brust. Ein weiteres plötzliches Gewicht auf seinen Hüften preßte ihn hilflos an den Körper des Toten. Sie standen auf ihm.

Seine Atemluft begann zu entweichen, das Gewicht auf ihm preßte sie aus seinen Lungen. Er schloß seine Augen und die Dunkelheit färbte sich rot. Seine Lippen waren fest geschlossen, aber die Luftblasen drangen unaufhörlich hinaus. Sein Verstand begann wie sein Körper zu ersticken, und er spürte, wie er nach unten sackte. Da war keine Röte mehr, nur eine tiefe, saugende Schwärze, und jetzt durchlebte er seinen ständigen Alptraum. Sein Körper sank in die Tiefen hinab. Kleine weiße Flecken, von denen er wußte, daß sie Gesichter waren, warteten dort auf ihn. Pryszlak wollte ihn. Aber Pryszlak war tot. Und doch wollte Pryszlak ihn.

Er schwamm jetzt tief unten im Ozean, und sein Körper war reglos, zappelte nicht mehr, fügte sich in seinen Tod. Die letzte silberne Luftperle floh von seinen Lippen und begann ihre eilige, kilometerlange Reise zu der Oberfläche des Ozeans hoch droben. Da unten warteten viele, viele Gesichter auf ihn; sie grinsten und riefen seinen Namen. Pryszlak war unter ihnen, schweigend und beobachtend; Dominic Kirkhope, voller Schadenfreude; der Mann, der versucht hatte, ihn zu erschießen, Braveman — er und seine Frau lachten. Andere, von denen er einige aus Beechwood wiedererkannte, streckten runzlige, aufgequollene Hände nach ihm aus.

Dann zeigte sich Ärger in Pryszlaks Gesicht, und die anderen grinsten nicht mehr. Jetzt heulten sie.

Bishop fühlte, wie er wieder aufstieg, zur Oberfläche gelangte, er war plötzlich über den rapiden Druckwechsel besorgt und fürchtete absurderweise, daß Stickstoffblasen in seinen Körperzellen blieben und daß er unter dem leiden würde, was Tiefseetaucher fürchteten — Dekompressionskrankheit.

Dann war er über der Oberfläche, spuckte Wasser aus seinem Mund, saugte Luft ein, wenn er konnte, schluckte, als wieder Wasser in seine Kehle rann. Starke Hände hielten die Aufschläge seiner Jacke und durch das Brüllen in seinen Ohren hörte er eine ferne Stimme rufen: »Unter ihm liegt noch einer!«

Er wurde aus dem Bad gezerrt, fiel auf den feuchten gekachelten Boden, sog die Luft ein und seine Sinne drehten sich. Crouchleys starres Gesicht tauchte vor ihm auf, sein schlaffer Körper hing über die Seite der Wanne und Wasser floß aus seinem Mund, als ob er das Ende einer Regenrinne wäre.

»Der ist tot«, sagte eine ferne Stimme.

Bishop wurde auf den Rücken gelegt und erbrach den Rest Wasser, der noch in ihm war. Dann zog man ihn auf die Füße.

»Lehnen Sie sich an mich, aber versuchen Sie, zu gehen, Mann. Wir müssen hier raus!«

Bishop versuchte zu erkennen, wer ihm half, aber der Raum drehte sich. Er wollte sich übergeben.

»Zurück!« Ein Schuß krachte, und er sah Holzsplitter aus dem Rahmen des offenen Türeingangs fliegen. Weiße Gestalten huschten in die Schatten zurück.

»Los, Bishop, Sie müssen mir helfen. Ich kann Sie nicht tragen.«

Die Stimme kam näher, die Worte wurden deutlicher. Der Mann hatte eine Schulter unter Bishops Arm geschoben und stemmte ihn hoch. Bishop versuchte ihn wegzustoßen, da er glaubte, der Mann sei einer der Wahnsinnigen, doch der Griff festigte sich.

»Nur ruhig, wir sind auf Ihrer Seite. Versuchen Sie zu laufen, ja? Bewegen Sie Ihre Beine.«

Sie wankten voran und Bishop spürte, daß seine Willenskraft zurückkehrte.

»Gut so«, sagte die Stimme. »Okay, Mike, ich glaube, er wird wieder. Haltet diesen verdammten Mob zurück.«

Sie schleppten sich in den dunklen Korridor und begannen einen langsamen, schwankenden Marsch zu den Treppen. Etwas bewegte sich in den Schatten vor ihnen, und der Mann vor Bishop und seinem Helfer gab einen Schuß in die Luft ab. Für einen Sekundenbruchteil war der Korridor durch das Mündungsfeuer erhellt und er sah die wahnsinnigen Kreaturen, die dort kauerten, voller Angst, aber bereit anzugreifen.

Bishop und die beiden Männer hatten die Kehre der Treppe erreicht, als der Mob beschloß, anzugreifen.

Sie kamen wie kreischende Geister aus der Dunkelheit gewankt und ergossen sich in einem ununterbrochenen menschlichen Strom treppabwärts.

Bishop fiel in die Ecke, als seine Stütze genommen wurde und er sah, daß sein Helfer und der andere Mann ihre Waffen hoben und in die Menge schossen.

Schreie voll Schmerz und Furcht hallten durch die Korridore des großen Hauses, und er hörte Körper fallen. Die dahinter kippten über die Verletzten, die vorne lagen. Etwas stürzte über sein ausgestrecktes Bein und begann dort zu zucken.

Bishop stieß den Körper beiseite.

Eine Hand zerrte an seinem Arm und er richtete sich auf, zum Kämpfen bereit.

»Kommen Sie, Bishop, gehen wir.« Mit Erleichterung erkannte er, daß die Hand seinem Helfer gehörte.

»Wer, zum Teufel, sind Sie?« brachte er heraus, als sie die

nächste Treppenflucht hinunterstiegen. Da unten war es kaum heller, aber der Mann, der ihn führte, änderte das, indem er einen Schalter betätigte. Korridor und Treppe waren jetzt lichtüberflutet.

»Ist im Augenblick egal«, sagte der Mann, der ihm half. »Verschwinden wir erst von hier.«

Ein plötzliches Dröhnen auf der Treppe ließ sie herumwirbeln. Der Pfleger, der zuvor versucht hatte, Bishop mit einer Eisenstange anzugreifen, stand über ihnen. Er hatte noch immer die Stange in der Hand.

Ein Schuß aus der Waffe, und seine weiße Uniform verwandelte sich über seinem Knie zu einer zerfetzten roten Masse. Sein Bein knickte weg und er fiel rücklings auf die Stufen, die Stange klapperte geräuschvoll herunter. Andere schlichen um die Treppenbiegung hinter ihm her, ihre Augen wahnsinnig und voller Angst.

Bishop und die beiden Männer wichen auf die nächste Treppenflucht zurück, die sie ins Erdgeschoß führen würde. Seine Kleidung war durch das Wasser schwer, aber Adrenalin durchfloß ihn wieder und gab ihm die Kraft, die er brauchte.

Unten warteten die beiden Frauen. Die Kleinere spritzte eine Flüssigkeit aus einer Dose auf die breite Treppe. Sie wich zurück, stellte die Dose zu ihren Füßen ab und lächelte ihre Begleiterin an. Die größere Frau entzündete ein Streichholz und warf es auf die Treppe.

Das Petroleum entzündete sich mit einem gleißenden Wuuusch, und die drei Männer oben auf der Treppe hoben ihre Arme schützend vor der lodernden Hitze. Die Flammen kletterten hungrig die Holztreppe hoch auf sie zu, und dahinter konnten die beiden Frauen zurückweichen sehen, die erfreut grinsten.

»Wir können nicht runter!« schrie einer der Männer. »Es muß einen anderen Weg nach draußen geben – vielleicht einen Notausgang.«

In Bishops Kopf drehte sich noch alles, dennoch hörte er den anderen Mann sagen: »Schaffen Sie's, Bishop? Wir werden's am Hinterausgang versuchen.«

Er nickte, und die drei Männer drehten sich gleichzeitig um, bereit, die Treppe wieder hoch und zum hinteren Teil des Gebäudes zu laufen. Oben blockierte ein Kreis weißgekleideter Menschen ihren Weg.

Die Patienten schlurften vorwärts, ihre Nachtgewänder von den Flammen rotgefärbt, und Bishop sah, daß Lynn unter ihnen war.

»Lynn! Ich bin's, Chris!« rief er, trat vor die beiden Männer und flehte sie an: »Komm mit uns, Lynn, bevor das ganze Haus in Flammen aufgeht.«

Für einen kurzen Augenblick glaubte Bishop ein winziges Flackern des Erkennens in Lynns Augen zu sehen, aber falls sie begriffen hatte, wer er war, so erneuerte die Erinnerung nur ihren Haß. Sie riß sich aus der Menge los und rannte mit erhobenen Armen auf ihn zu, die Hände klauengleich ausgestreckt. In seinem geschwächten Zustand konnte er sie nicht abwehren, er fiel, und sie stolperte über ihn. Ihre Hände krallten sie an die Stufen, als sie auf die Flammen zurutschte, und Bishop versuchte verzweifelt, ihre Knöchel zu fassen. Er berührte ihre Ferse, aber das Bein war verschwunden, bevor er sie halten konnte. Ihre Schreie übertönten alle anderen Geräusche, als sie in das Feuer stürzte und ihr Nachthemd und ihr Haar in Flammen aufloderten. Verloren in dem Inferno endeten ihre Schreie.

»Nein! Nein!« Bishops Schrei verebbte in einem leisen Stöhnen. Er wurde von den beiden Männern vor der sengenden Hitze fortgezogen. Sein Körper war jetzt völlig schlaff, seine Sinne vom Schock gelähmt.

Die Patienten waren zurückgewichen. Das Entsetzen über den Tod ihrer Gefährtin hämmerte Furcht in ihren umnebelten Verstand. Die Männer bei Bishop sahen, daß der Wahnsinn, der sie getrieben hatte, was immer das auch gewesen sein mochte, nun von ihrer natürlichen Angst vor dem Feuer wich. Die Patienten begannen zu jammern, als die Hitze stärker wurde und Rauch den Korridor erfüllte.

»Gehen wir, solange wir noch können, Mike«, sagte der Mann, der Bishop hielt.

»Richtig«, stimmte sein Kollege zu, dessen Rücken durch die Hitze anzusengen begann.

Sie bewegten sich langsam vorwärts, Bishop zwischen ihnen, ihre 38er Webleys auf die Gestalten in dem gefüllten Korridor gerichtet.

»Hier entlang, Ted«, sagte der Mann, der Mike gerufen wurde und deutete mit der Mündung seiner Waffe nach rechts. »Am Ende des Korridors ist ein Fenster. Oh, Scheiße!«

Die Lichter im Korridor erloschen plötzlich. Hatte das Feuer die Kabel geschmolzen oder hatte jemand die Hauptsicherung ausgeschaltet? Beide Männer dachten an die zwei Frauen, die das Feuer gelegt hatten.

»Weiter!« rief Mike grimmig.

Der Korridor war in ein rotes, waberndes Glühen getaucht, dunkle Schatten hoben sich und tanzten an den Wänden. Die jammernden Patienten starrten auf die Männer, die sich über den Korridor zurückzogen und vorsichtig über die hingestreckten Leichen stiegen. Dann drängten die weißgekleideten Gestalten vorwärts und Türen zu beiden Seiten der drei Männer begannen sich zu öffnen.

Der Mann namens Ted blickte nervös von links nach rechts. Das einzige Geräusch, das jetzt zu hören war, war das Knistern und Brüllen des sich ausbreitenden Feuers. »Sie werden sich wieder auf uns stürzen«, sagte er.

Die Irren schoben sich auf den Korridor, stellten sich ihnen in den Weg, beobachteten stumm, hoben aber noch nicht die Hände.

Doch die Spannung wuchs wie eine riesige Blase; die zurückweichenden Männer wußten, daß sie überwältigt werden würden, wenn sie platzte. Und als sie weiter in die Schwärze am Ende des Korridors zurückwichen, spürte jeder der drei Männer noch etwas — etwas das an seinem Verstand nagte, etwas, das Zugriff zu erlangen versuchte.

Der neue Angriff wurde von einer alten Frau begonnen, die in der Mitte des Korridors nahe der brennenden Treppe stand. Ihre dürren Beine waren weit gespreizt, ihre Hände geballt, und sie hielt ihre Arme starr abgewinkelt in die Seiten gestemmt; Flammen leckten zu der Decke über ihr hoch. Der Schrei begann irgendwo in ihren Körper und begann lauter zu werden, drang in ihre Brust, dann hoch in ihre Kehle, bis er als ein schrilles Kreischen herauskam. Die anderen fielen in ihren anschwellenden Schrei ein, lösten sich aus ihrer Erstarrung rannten auf die Männer zu.

Die Decke über der Treppe und der nächsten Treppenflucht war glühendheiß geworden; die Flammen darunter leckten hoch, und das alte Holz übergab sich willig dem Feuer. Eine riesige Feuerkugel lohte in den Korridor, umhüllte die weißgekleideten Gestalten, die ihr im Weg standen, und versengte andere, die ihr zu nahe waren.

Schwarzer Rauch wirbelte auf die drei Männer zu und sie begannen zu keuchen; ihre Augen brannten in der sengenden Hitze. Bishop wurde zu einem Fenster gezerrt. Sein Körper bebte, als seine Lungen versuchten, den eingeatmeten Rauch auszustoßen. Er wurde in eine Ecke geschoben, während die beiden Männer sich mühten, ihren einzigen Fluchtweg zu öffnen. Das Feuer breitete sich jetzt rasend schnell aus und die Patienten liefen in die offenen Türen zu beiden Seiten des Korridors, viele von ihnen mit brennenden Hemden.

»Es ist verriegelt. verflucht!« hörte Bishop einen der Männer schreien.

»Zerschieß das verdammte Glas!« brüllte sein Gefährte zurück. Beide Männer traten von dem Fenster weg, hoben ihre Pistolen und pumpten Kugeln in das Glas. Das Fenster zerschellte, und ein kalter Windhauch fuhr in die Flammen.

Bishop wurde aus der Ecke gezerrt und auf das Fenster zugestoßen. Er sog die Luft tief ein und spürte, daß er wieder zu Sinnen kam, als er sich in die Nacht hinauslehnte.

»Da — da ist keine Feuerleiter«, bracht er heraus.

»Springen Sie! Es ist nur eine Etage!«

Er kletterte auf den Fenstersims und ließ sich fallen. Es schien lange zu dauern, bis er auf die weiche Erde unten aufschlug.

10

Peck starrte auf den langsam fließenden Verkehr hinab und füllte seine Lungen mit Zigarettenrauch. Er fragte sich, ob die Menschen, die da in ihren winzigen Spielzeugautos herumfuhren, überhaupt eine Ahnung davon hatten, was in der Stadt vorging. Es war unmöglich, absolutes Schweigen über die bizarren Ereignisse der letzten paar Wochen zu bewahren; die Medien hatten die Verbindung zwischen den Ereignissen im Stadion und in der Willow Street vor Tagen schon hergestellt, sich aber widerwillig einverstanden erklärt, mit der ganzen Geschichte so lange zu warten, bis die Behörden eine logische Antwort gefunden hatten, um die wachsende Unruhe in der Öffentlichkeit zu dämpfen.

Es war keine gute Zusammenarbeit zwischen den Behörden und den Medien, dazu eine, die unzweifelhaft scheitern würde, wenn sich der nächste große Zwischenfall ereignete. Nur so lange ließen sich die Reporter hinhalten.

Er nahm die halb geraucht Zigarette mit Zeigefinger und Daumen aus seinem Mund, die Handfläche um den Stummel gewölbt. Janice sagte ihm immer, daß er es nie zum Commissioner bringen würde, wenn er weiter Zigaretten mit solchem Manierismus rauchte. Manchmal glaubte er, daß seine Frau das ernst meinte.

Langsam wandte Peck sich vom Fenster ab und ließ sich in seinen Sessel vor dem Schreibtisch fallen, drückte die Zigarette an der Wand des Abfalleimers aus und ließ die Kippe hineinfallen. Manierismus? Sie hatte zehn Jahre gebraucht, bis er mit dem Drehen von Zigaretten aufhörte. Der Knoten seiner Krawatte hing lose über seiner Brust, die Hemdsärmel waren bis zu den Ellenbogen hochgerollt. Er strich sich mit einer Hand über das Gesicht und war sich des kratzenden Geräusches bewußt, das sein Kinn verursachte, dann studierte er die letzte Seite des Berichtes, den er gerade beendet hatte. Er sollte sich lieber schnell rasieren, bevor er das dem Commissioner zeigte, sagte er sich. Diesem wichtigtuerischen Bastard war es völlig egal, ob man Jack the Ripper verhaftet hatte, wenn man nicht rasiert war.

Während er die letzten Zeilen seines Berichtes noch einmal las, wandte seine Hand unbewußt zur Rückseite seines Kopfes. Kalte Finger störten seine Konzentration und sagten ihm, daß wunderbarerweise keine neuen Haare über Nacht gewachsen waren. Tatsächlich, dachte er, während seine Aufmerksamkeit nun ganz auf die tastenden Finger konzentriert war, hatten ein paar weitere Haare Lebewohl gesagt. Er ließ schnell seine Hand sinken, für den Fall, daß einer seiner Männer ihn durch die Glaswand seines Büros beobachtete. Lieber wollte er sich dabei erwischen lassen, wie er sich selbst befriedigte, als dabei, wie er seine zunehmende Kahlheit überprüfte. Man wird alt und fühlt es, dachte er knurrend. Dennoch hieß es, daß Kahlheit Manneskraft bedeutete. Er konnte kaum sagen, daß er das in letzter Zeit bemerkt hätte.

Er schloß den Bericht und lehnte sich zurück, wobei er eine neue Zigarette aus dem Päckchen auf seinem Schreibtisch zog. Gedankenverloren ließ er das Feuerzeug aufflammen und starrte der Rauchwolke nach, die seinen Lippen entströmte.

Was, zum Henker, geht hier eigentlich vor? fragte er sich.

Die Fußballkatastrophe war bisher das Schlimmste gewesen, aber es hatte anderes gegeben, was ebenso beunruhigend war. Die Brandkatastrophe in der Fairfield-Nervenheilanstalt zum Beispiel. Der Aufruhr im Erziehungsheim zum Beispiel — die kleinen Bastarde hatten sich auf ihre Aufseher gestürzt und auf sich selbst. Sechzehn tot, vierundzwanzig schrecklich verletzt. Der Rest? Wo war der Rest? Die Insassen einer anderen Nervenheilanstalt, das vom Gesundheitsministerium betrieben wurde, hatte sich zuerst gegen das Personal gewandt und dann ebenfalls gegen sich selbst. Zum Glück war Alarm gegeben worden, bevor zuviel passieren konnte. Aber fünf waren tot — zwei Krankenschwestern und drei Patienten —, als die Polizei eintraf. Rätselhaft war, warum sich auch einige Angehörige des Personals an dem Tumult beteiligt hatten.

Es hatte viele kleinere Zwischenfälle gegeben, und sie waren noch beunruhigender als die großen. Vielleicht lag das daran, weil völlig normale Leute darin verwickelt waren — zumindest hielt man sie für normal, bevor sie ihre Wahnsinnstaten begingen. Ein Mann hatte jedes Tier in seinem Zoogeschäft geschlachtet, daß er besaß, und anschließend die einzige Kreatur mit in sein Bett genommen, die er verschont hatte, das Prachtstück seiner Sammlung: eine drei Meter lange Boa Constrictor. Man hatte ihn tot aufgefunden, die Schlange wie einen Schal um seinen Hals gewickelt. Drei Nonnen waren in ihrem Kloster verrückt geworden, waren nachts durch die Korridore geschlichen und hatten versucht, mehrere schlafende Schwestern mit Kissen zu ersticken: sie hatten zweimal Erfolg, bevor sie entdeckt wurden. Ein Arzt, der Nachtdienst hatte – die Ermittlungen ergaben, daß er ohne Pause zwei Tage und Nächte im Dienst gewesen war – hatte auf seinem Rundgang durch sein Krankenhaus Patienten tödliche Dosen Insulin injiziert. Nur das Eingreifen einer Nachtschwester hatte mehr als ein Dutzend Tote verhindert – sie selbst hatte eine Injektion abbekommen und war gestorben, als sie mit dem Arzt kämpfte. Ein Arbeiter, der noch spät im Akkord an einem Bürohaus arbeitete, das modernisiert wurde, hatte seinen Vorarbeiter halb bewußtlos geschlagen und ihn dann mit einem Bolzenschußapparat an die Wand genagelt. Dem verrückten Arbeiter gelang es, sich einen Bolzen durch den Kopf zu schießen, bevor sie ihn überwältigen konnten, und ein anderer Arbeiter entging nur knapp dem Geschoß, als es auf der anderen Seite mit gleicher Wucht austrat. Am bizarrsten war vielleicht der Metzger, der seinen Kunden seine zerstückelte Frau anbot – Tagesspezialität, nur für Stammkunden.

Es hatte noch viele andere Verbrechen, andere Selbstmorde gegeben, aber es war nicht bekannt, ob sie mit diesen bizarreren Zwischenfällen in Zusammenhang standen. Und was mochte überhaupt der Zusammenhang sein, einmal abgesehen von der Tatsache, daß all diese schrecklichen Taten nachts begangen worden waren? Konnte die Dunkelheit wirklich etwas mit diesem Wahnsinn zu tun haben, wie Jacob Kulek behauptete?

Peck hatte die Theorie des blinden Mannes in dem Bericht angeführt, sie aber getrennt hinzugefügt, ohne einen persönlichen Kommentar. Er war versucht, gewesen, sie völlig wegzulassen, und hätte man ihn aufgefordert, eine eigene Theorie darzulegen, hätte er das wahrscheinlich getan. Was der Commissioner davon halten würde, daran wagte er nicht zu denken, aber er,

Peck, war in der Operation jetzt nur ein kleines Licht; die großen Bosse hatten übernommen. Er konnte sie nur mit jedem Informationsschnipsel versorgen, den er hatte. Vor ein paar Wochen noch hatte Peck diesen Kulek für leicht verrückt gehalten; jetzt war zuviel geschehen, um den Mann so zu beurteilen.

Wenn er nur mehr über Boris Pryszlak herausfinden könnte! Seine Wohnung war ein Apartment in einem großen Apartmenthaus nahe Marylebone gewesen, obwohl er sich nach Auskunft seiner Nachbarn kaum dort aufgehalten hatte. Das Apartment selbst lieferte keinerlei Aufschlüsse; es war geräumig, bot aber hinsichtlich des Mobiliars wenig Komfort. Es gab keine Bilder an den Wänden, keine Bücherregale und nur wenig Dekorationsstücke. Die vorhandenen Möbel waren teuer, aber funktional und zeigten kaum Gebrauchsspuren. Es war offensichtlich, daß der Mann das Apartment nur als Basis benutzt hatte. Seine Aktivitäten – was immer die gewesen sein mochten – hatten ihn die meiste Zeit außer Haus geführt.

Selbst die Informationen, die damals bei dem Massenselbstmord in Beechwood gesammelt worden waren, erbrachten wenig. Falls Pryszlak der Führer einer verrückten religiösen Sekte gewesen war, dann war seine Organisation sehr dürftig. Die Mitglieder schienen keinen bestimmten Treffpunkt gehabt zu haben, und es gab keinen Hinweis darauf, wie sie rekrutiert worden waren. Es gab auch keinerlei Aufzeichnungen über die Arbeit – weder wissenschaftliche noch anderweitige – mit der Pryszlak beschäftigt gewesen war. Mehrere der Personen in Beechwood waren wohlhabend gewesen, Dominic Kirkhope war ein gutes Beispiel dafür, und Peck hatte Grund zu der Annahme, daß diese Leute irgendwie Pryszlaks Projekt unterstützten. Hatten sie echtes Interesse gehabt oder waren sie nur ein Haufen Perverser, die es genossen, zusammen Orgien zu feiern? Die vorliegenden Informationen über Kirkhope und einige andere ergaben, daß ihre Sexpraktiken etwas bizarr gewesen waren. Dominic Kirkhope hatte einst eine Farm in Hamshire besessen, die die Polizei nach Beschwerden von Nachbarn untersucht hatte. Es schien, als ob es dort zu wilden Sexorgien gekommen wäre. Der Skandal war aber vertuscht worden, da die verärgerten Grundbesitzer in der Umgebung ihre Ruhe nicht durch das Interesse der Öffentlichkeit gestört haben wollten. So war gegen Kirkhope und seine Gäste keine Anklage erhoben worden, und die Farm hatte nach der Razzia den Besitzer gewechselt. Kirkhope war noch eine Weile danach observiert worden, wenn er aber weiterhin in abartige Sexualpratiken involviert gewesen war, dann hatte er das sehr geheim getan.

Der Hintergrund von Braverman, seiner Frau und Ferrier war überprüft worden — bisher lag nichts Ungewöhnliches über sie vor. Braverman war Kreativdirektor in einer Werbeagentur gewesen, eine führende Persönlichkeit in seiner Branche. Ferrier hatte als Bibliothekar gearbeitet. Zwischen ihnen schien es keine gesellschaftlichen Verbindungen zu geben. Konnten sie Anhänger von Pryszlak gewesen sein?

Es gab nur eine Spur bei den Morden an Agnes Kirkhope und ihrer Haushälterin: Zwei Frauen waren von Nachbarn an dem Tag der Morde gesehen worden, als sie aus dem Anwesen der Kirkhopes spazierten. Wäre es nicht eine ruhige Wohngegend gewesen, hätte man sie wahrscheinlich nicht bemerkt, so aber hatten verschiedene Leute sie zwei oder dreimal vor Miss Kirkhopes Haus auf und ab gehen sehen. Es konnte sein, daß sie auf den richtigen Augenblick zum Zuschlagen warteten. Eine Frau war groß, die andere klein.

Chris Bishop hatte gesagt, daß zwei Frauen, die eine groß, die andere klein, ihn in Fairfield eingelassen hätten. Waren es dieselben zwei? Es war möglich. Sogar wahrscheinlich. Peck hatte fast sämtliches Mißtrauen gegenüber dem Psychoforscher verloren. Er war darin verwickelt, sicher, aber nur als potentielles Opfer, dessen war sich der Beamte sicher. Wer immer — was immer — hinter all dem steckte, versuchte Bishop zu töten. Warum? Was wußte er, zum Teufel? Das alles ergab keinen Sinn.

Es war Bishops Glück gewesen, daß Peck befohlen hatte, ihn zu observieren. Die beiden diensthabenden Beamten waren ihm in jener Nacht zu der Nervenheilanstalt gefolgt und dann hineingegangen, um ihn, wie über Funk angeordnet, zu Kuleks Haus zu bringen. Sie hatten festgestellt, daß die Patienten versuchten, Bishop in einer Badewanne zu ertränken. Es war gut, daß die beiden Beamten bewaffnet gewesen waren — Peck hatte Bishop damals des Mordes verdächtigt und wollte seine Männer keinem Risiko aussetzen. Ohne Feuerwaffen hätten sie sich der wahnsinnige Heimbewohner nie erwehren können. Seine Männer hatten ebenfalls die beiden Frauen in dem Heim gesehen, die die Treppe in Brand setzten. Das Heim war bis auf die Grundmauern abgebrannt. Die Hälfte der Patienten war ums Leben gekommen, und Bishop — der arme Hund — hatte seine Frau in den Flammen verloren.

Das ganze Pflegepersonal war getötet worden, entweder durch das Feuer oder schon zuvor, das würde nie jemand wissen — Bishop und die beiden Beamten hatten mehrere Angestellte tot aufgefunden, bevor das Feuer ausbrach. Einige Patienten waren aus demselben Fenster gesprungen, durch das Bishop und Pecks Männer entkommen waren. Sie waren in die Nacht gelaufen und später von Streifenwagen aufgegriffen worden; andere hatten über die Feuerleiter auf der anderen Seite des Gebäudes entkommen können, und auch diese hatte man später ziellos durch die Nacht irrend aufgefunden. Doch ein paar waren völlig verschwunden. Die Zählung der Überlebenden und der Toten am folgenden Tag ergab das.

Peck kratzte sich mit dem Daumen an der Nase. Er überlegte kurz, ob er einen Großalarm empfehlen sollte, ob man die Öffentlichkeit vor der Gefahr warnen sollte, die auf den Straßen herrschte, verwarf aber den Gedanken. Warum sich einer Überreaktion bezichtigen lassen, wenn es bei den Jungs auf den oberen Etagen lag, solche drastischen Entscheidungen zu fällen? Außerdem war das Ganze bisher auf ein Gebiet südlich des Flusses beschränkt. Es machte keinen Sinn, den Rest der Stadt in Panik zu versetzen. Nein, er würde einfach seinen Bericht abgeben und alles weitere seinen Vorgesetzten überlassen. Das einzige Problem war, dachte er, während er die grünen Stecknadeln auf dem großen Stadtplan von London studierte, der an der Wand seines Büros hing, daß sich das Problem ausweitete. Jede Nadel bedeutete einen neuen Zwischenfall, und der gemeinsame Nenner war, daß sie alle nachts erfolgt waren und daß es mit Wahnsinn zu tun hatte. Was hatte Kulek doch gleich über die Regentropfen am Fenster gesagt? Es schien an Geschwindigkeit zuzunehmen.

Die Polizeizellen und die Krankenhausstationen waren voll von Leuten, die zu ihrem eigenen Schutz in Haft genommen worden waren. Nicht alle hatten Gewalttaten verübt, aber jeder von ihnen wirkte gleichermaßen verrückt. Im Augenblick hatten sie mehrere hundert Leute in Gewahrsam, die vor allem zu dem Fußballpublikum gehörten. Der Zwischenfall beim Fußballspiel war auf Massenhysterie zurückgeführt worden. Massenhysterie! Gott, die größte Untertreibung aller Zeiten. Zum Glück war das von der Öffentlichkeit als einmaliges Phänomen gesehen worden, und die Behörden hatten die anderen, vergleichbar »kleineren« Zwischenfälle heruntergespielt und keine Verbindung dazwischen hergestellt. Der Zustand der Festgehaltenen verschlechterte sich rapide. Die ersten, die man in Gewahrsam genommen hatte, waren jetzt nur noch leere Schalen. Dutzenden, vor allem aus der Willow Road, war es gelungen, sich irgendwie das Leben zu nehmen, da so viele Menschen nicht dauernd beobachtet werden konnten. Viele wurden intravenös ernährt, ihr ganzer Lebenswille schien geschwunden. Zombies, das war das Wort, das Bishop benutzt hatte, als sie neulich miteinander gesprochen hatten. Es war ein gutes Wort. Passend. Genau das waren sie. Viele schlurften den ganzen Tag herum, einige murmelten, andere waren stumm und reglos, in sich verloren. Die Ärzte waren sprachlos. Sie sagten es sei, als ob sich ein Teil ihrer Hirne verschlossen hätte, der Teil, der die Motivation kontrollierte. Sie hatten einen speziellen Namen dafür, aber es lief auf dasselbe hinaus – sie waren Zombies. Nur eines schien sie in Bewegung zu versetzen, etwas, das sie alle aus den Fenster ihrer Zimmer schauen ließ: Das Kommen der Nacht. Sie alle begrüßten die Dunkelheit. Und das machte Peck mehr Sorgen als alles andere, weil es Kuleks Theorie untermauerte.

Das andere, was Peck fast ebenso viel Sorgen machte, war die Tatsache, daß über siebenhundert Personen als vermißt gemeldet worden waren. Sie gehörten vor allem zu der Menge, die bei dem Fußballspiel Amok gelaufen war. Sein Sessel scharrte geräuschvoll über den Boden, als er ihn zurückstieß. Er richtete seine Krawatte und begann im Gehen seine Ärmel herunterzurollen, als er wieder zum Fenster schritt. In tiefen, heftigen

Zügen sog er an der Zigarette, wollte sie zu Ende rauchen, bevor er zum Commissioner ging. Siebenhundert! Er blickte wieder auf den langsam fließenden Verkehr hinab. Wohin, zum Teufel, konnten siebenhundert Personen verschwunden sein?

»Verdammt, verschwinde!« Duff zielte mit dem Ziegelstück auf die Kreatur, auf die der Lichtstrahl seiner Helmlampe gefallen war. Die Ratte huschte von der schmalen Brüstung, die längs des Abwasserkanals führte, und platschte in das faulig stinkende Wasser. Sie verschwand vor ihm in der Dunkelheit.

Duff wandte sich an seine Begleiter und sagte: »Passen Sie hier auf. Ist ein Teil des alten Kanalsystems — ein bißchen verwinkelt.«

Der Mann unmittelbar hinter ihm rümpfte über den stickigen Geruch der Kanalisation die Nase und verfluchte seinen Boß, der sich diesen unerfreulichen kleinen Auftrag für ihn ausgedacht hatte. Es gab wachsende Sorge wegen der brüchigen Kanalisation der Großstädte, und überall wurden eilends Inspektionen durchgeführt, um zu überprüfen, ob das, was in Manchester geschehen war, auch anderswo passieren konnte. Riesige Löcher waren in den belebten Straßen der Stadt im Norden entstanden, Löcher so groß, daß ein Bus hineinfallen konnte, verursacht durch den Zusammenbruch der unterirdischen Mauern. Die Gefahr hatte jahrelang schon bestanden, lag aber nicht im Blickpunkt der Öffentlichkeit, weshalb man ihre Beseitigung auf einen späteren Zeitpunkt verschoben hatte. Jetzt hatte man die Sorge, daß die Leute sehr bald merken würden, wenn vor ihren Augen Löcher und Risse in den Straßen entstanden — und vor ihren Nasen, da der Gestank nach oben drang. Berkeley, der Glückspilz seiner Abteilung, der dazu auserkoren worden war, diesen Teil der Londoner Kanalisation zu untersuchen, erschauerte in der feuchten Luft und hatte Visionen, wie eine ganze Stadt in den darunterliegenden schleimigen Katakomben verschwand. Solange er nicht hier unten war, wenn das geschah, war ihm das völlig egal.

»In Ordnung, Mr. Berkeley?«

Er beschirmte seine Augen gegen Duffs Helmlampe. »Ja,

gehen wir weiter. Sie sagten, vor uns läge ein besonders schlimmer Abschnitt?«

»Beim letzten Mal, als ich nachschaute, war er das. Das war vor zwei Jahren.«

Herrlich, dachte Berkeley. »Nur weiter«, sagte er.

Drei Männer gehörten zu dem Inspektionsteam: Charlie Duff, Vorarbeiter der Stadtwerke, Geoffrey Berkeley vom Ministerium und Terry Colt, der Assistent des Vorarbeiters. Sie mußten sich bücken, als sie sich in den alten Tunnel begaben, und Berkeley versuchte, die algenbewachsenen Wände so wenig wie möglich zu berühren. Sein Fuß rutschte auf einer Stufe aus und sein Bein verschwand bis zu den Knien in dem schmutzigen Wasser, das neben ihnen floß.

Terry Colt grinste und griff nach dem Ellenbogen des Mannes, wobei er jovial sagte: »Schlüpfrig, was?«

»Ist gleich besser, Mr. Berkeley«, meinte Duff, ebenfalls grinsend. »Der Tunnel wird da vorne breiter. Sehen Sie sich nur das mal an.«

Er langte nach oben und stieß mit einer Metallstange, die er bei der Kanalinspektion immer bei sich trug, gegen die Decke. Loser Zement und Ziegel zerbröckelten und fielen in den Hauptkanal.

»Ich sehe, was Sie meinen«, sagte Berkeley, der seine Taschenlampe nach oben richtete. »Sieht nicht gut aus, was?«

Duff grunzte, bewegte sich weiter vorwärts und stieß dabei gegen die Decke. Plötzlich stürzte ein Teil der Ziegel ganz herab, und Berkeley schrie entsetzt auf.

Duff starrte nur auf den Schaden, schüttelte seinen Kopf und murmelte gleichzeitig etwas.

»Ich schlage vor, Sie sondieren weniger heftig, Duff«, sagte Berkeley, dessen Herz heftig klopfte. Diese Arbeit war auch ohne zusätzliche Gefahren unangenehm genug. »Wir wollen doch nicht, daß die ganze Decke über uns einstürzt, oder?«

Duff knurrte noch immer vor sich hin, und der Strahl seiner Lampe wanderte von einer Seite zur anderen, als er den Kopf schüttelte. »Alle diese alten Tunnels sind gleich, wissen Sie«, sagte er schließlich zu Berkeley. »Das kostet Millionen, die in Ordnung zu bringen. Solide waren sie ja, als sie gebaut wurden, aber der Verkehr, der im Laufe der Jahre zugenommen hat..., all diese verdammten Moloche, diese Hochhäuser... Die Leute, die das gebaut haben, ließen sich nie träumen, daß die Tunnels eine solche Last tragen müßten. Und auch nicht, daß soviel Scheiße in ihnen befördert würde.«

Berkeley wischte seine schleimbedeckten Hände an seinem Overall ab. »Das ist zum Glück nicht mein Problem. Ich habe nur einen Bericht zu liefern.«

»Ach, ja?« fragte Terry von hinten. »Und wer soll dafür zahlen? Kommt mal wieder aus unserer Tasche, was?«

»Gehen wir weiter? So zu krauchen, ist ziemlich unbequem.«

Berkeley war versessen darauf, die Inspektion hinter sich zu bringen.

Duff drehte sich um, ging weiter in den Tunnel hinein und hielt seine geschulten Augen auf die Decke gerichtet. Er suchte nach Bruch- und Rißstellen. Und er sah viele.

Die Stimme seines Assistenten kam von hinten: »Wissen Sie was? Wenn Sie hier unten verlorengingen, Mr. Berkeley, könnten Sie jahrelang herumwandern, ohne einen Ausgang zu finden.«

Dummes Geschwätz, dachte Duff, grinste aber trotzdem.

»Es gibt Meilen um Meilen dieser Tunnels«, fuhr Terry fort.

»Sie könnten von einem Ende Londons zum anderen laufen.»

»Aber an der Themse müßte man sicher anhalten, oder?« kam Berkeleys beißender Kommentar.

»Oh, ja, falls Sie sie finden«, antwortet Terry unverfroren. »Sie könnten allerdings auch vorher ertrinken. Sie sollten diese Tunnels mal nach einem heftigen Regen erleben. Einige davon sind dann ganz voll. Stellen Sie sich das mal vor — Sie wandern hier unten herum, Ihre Lampenbatterie wird schwächer, Dinge huschen im Dunkel umher. Ich glaube, am Ende erwischen die Ratten Sie. Hier unten leben große Viecher.«

»In Ordnung, Terry, hör auf«, sagte Duff, noch immer grinsend. »Hier oben wird es breiter, Mr. Berkeley. Wir können uns bald aufrichten.«

Berkeley störte sich nicht an Terrys Bemerkung; er wußte, daß der Idiot versuchte, ihn einzuschüchtern — aber vor den Tunnneln fürchtete er sich trotzdem. Er spürte einen ungeheuren Druck auf sich, als ob die Stadt droben langsam einsänke, auf die Tunnelgewölbe drückte, sie Zentimeter um Zentimeter flach quetschte. Er würde in den Schleim gepreßt werden, der unter im floß, dort festgehalten, bis er ihn schlucken müßte, das dreckige Wasser würde in seine Kehle spülen, ihn ausfüllen ...

»Da wären wir!« Terry hatte die Öffnung voraus entdeckt, wo ihr Tunnel auf einen anderen stieß.

Berkeley war dankbar, als er hindurchtreten und sich aufrichten konnte. Dieser Arm der Kanalisation mußte mindestens vier Meter breit sein, und die gewölbte Decke war hoch. Die Laufstege zu beiden Seiten des Kanals waren so breit, daß man bequem darauf gehen konnte.

»Sieht intakt aus«, kommentierte er, und seine Stimme hallte von den feuchten, gewölbten Wänden wider.

»Auf dem Stück müßte alles in Ordnung sein«, sagte Duff. »Die Rohre und die kleinen Zuflüsse machen die meisten Probleme — Sie würden nie glauben, womit die blockiert sind.«

»Nein, ich meinte das Mauerwerk hier. Es wirkt solide.«

Duff nahm die Lampe von seinem Helm, leuchtete in den Tunnel und suchte Wände und Decke nach Brüchen ab. »Sieht gut aus. Weiter unten ist ein Sturmwehr. Sehen wir uns das mal an.«

Inzwischen hatte Berkeley jeden Orientierungssinn verloren; er wußte nicht mehr, ob sie nach Norden, Süden, Osten oder Westen gingen. Der Assistent des Vorarbeiters hatte recht: In dem Labyrinth der Tunnels konnte man sich leicht verirren. Er hörte, wie Duff mit seinem Metallpickel gegen die Wände schlug und überlegte kurz, was einen Mann veranlassen konnte, eine solche Laufbahn einzuschlagen. Laufbahn? Das falsche Wort. Leute dieser Art kannten keine Laufbahn — die hatten Arbeit. Und der junge Mann dahinter ... Es war doch sicher besser, in einer Tankstelle oder einer Fabrik zu arbeiten, als im Dunkel mitten im Unrat der Stadt herumzuschleichen. Aber dennoch, überlegte Berkeley, war Gott sei Dank jemand dumm genug, es zu tun. Er spähte im Vorbeigehen in die kleineren Öffnungen, die in den Hauptkanal mündeten und erschauerte vor ihrer völligen Schwärze; der Strahl seiner Lampe drang kaum in sie hinein. Er stellte sich vor, daß eine der riesigen Ratten dort lauerte, von denen der Assistent des Vorarbeiters gesprochen hatte; sie wartete darauf, einen Unglücklichen anzugreifen, der unwissentlich auf ihren Bau stieß. Oder eine riesige Spinne, gewaltig und mißgestaltet, die sich von dem schlüpfrigen Leben ringsum ernährte, nie zuvor von einem menschlichen Auge gesehen worden war. Ihr Netz hing quer über einem Tunnel, dort wartete sie auf ein ahnungsloses Opfer ... Oder eine gigantische Schnecke lebte dort, blind und schleimig, die sich an den algenbewachsenen Wänden festsaugte, in ständiger Dunkelheit vegetierte, gierig auf die nächste menschliche Beute lauerte ...

»Oh, mein Gott!«

Duff wirbelte auf Berkeleys Schrei hin herum. »Was ist?« fragte er, und seine Stimme klang ein wenig schriller, als er beabsichtigt hatte.

Der Mann vom Ministerium deutete in einen Tunnel. »Darin hat sich etwas bewegt!« Seine Hand zitterte unkontrolliert.

Duff drehte sich zu ihm um, dachte dummes Geschwätz und spähte in die Öffnung.

»Wahrscheinlich haben Sie eine Ratte gesehen«, sagte er beruhigend. »Von denen gibt's viele hier unten.«

»Nein, nein, es war viel größer.«

»Optische Täuschung, das war's wahrscheinlich. Ist die Einbildung, die das bewirkt. Dauert 'ne Weile, bis man sich an hier unten gewöhnt hat.«

Terry spähte über Berkeleys Schulter in die Öffnung, ein breites Lächeln auf dem Gesicht. »Es heißt, in den Kanälen gingen die Ermordeten um, die man hier hineingeworfen hat, damit es keine Beweise gibt«, informierte er fröhlich den Mann vom Ministerium.

»Halt die Luft an, Terry«, sagte Duff zu ihm. »Du machst mir noch Angst. Sehen Sie, Mr. Berkeley, da ist nichts.« Ihre beiden Lampen drängten das Dunkel im Tunnel zurück und zeigten nichts weiter als grüngelb verschmierte Wände. »Ihr Licht muß im Vorbeigehen einen Schatten geworfen haben. Kein Grund zur Sorge.«

»Es tut mir leid. Ich bin mir aber sicher ...«

Duff hatte sich bereits umgedreht und ging weiter voran

lautlos vor sich hin pfeifend. Berkeley folgte mit einem letzten Blick in den Tunnel; er fühlte sich beschämt, war aber nichtsdestoweniger nervös. Verdammte Aufgabe, die man ihm da aufgehalst hatte.

Als Terry sich von der Öffnung entfernte, glaubte er — er glaubte es nur — ein Geräusch gehört zu haben. »Jetzt erschreck' ich mich schon selber«, murmelt er verhalten.

Berkeley beeilte sich, Duff einzuholen, in dessen Ernsthaftigkeit er etwas Trost fand, als der Vormann plötzlich stehenblieb und der Mann vom Ministerium ihn prompt anrempelte. Duff richtete seine Lampe in den Kanal zu ihren Füßen.

»Da schwimmt etwas im Wasser«, sagte er.

Berkeley blickte auf die Mitte des weißen Lampenstrahles. Etwas trieb träge in der langsamen Strömung, kam aber nicht weiter, als es gegen die Seite des Dammes stieß. In dem unsicheren Licht sah es wie ein großer Sack aus.

»Was ist da?« fragte Berkeley neugierig.

»Ist eine Leiche«, sagte Terry, der inzwischen bei ihnen angelangt war.

Duff wußte, daß sein Assistent dieses Mal nicht scherzte. Er kniete sich auf den Rand des Dammes und fing die treibende Gestalt mit seinem Haken auf. Er zog, und der Körper drehte sich gemählich im Wasser um. Die drei Männer keuchten, als sie das weiße, aufgeschwemmte Gesicht sahen und die großen, starrenden Augen.

Berkeley krümmte sich an der feuchten Wand, und sein Magen bewegte sich wie wahnsinnig auf und ab. Durch seine Übelkeit hörte er Terry sagen: »Allmächtiger Gott, da ist noch eine!«

Er zwang sich, hinzuschauen, als er ein Platschen hörte. Terry war in den Kanal gesprungen, und seine hüfthohen Stiefel schützten ihn vor dem stinkenden Strom, der ihm bis über die Knie reichte. Er watete auf eine andere treibende Gestalt auf der anderen Seite des Tunnels zu.

»Das ist 'ne Frau, glaube ich!« rief er über die Schulter.

»Okay, Terry. Versuche, sie auf dem Damm zu heben«, sagte Duff. »Wir gehen zurück und lassen jemand kommen, um sie zu bergen. Mr. Berkeley, helfen Sie uns, die rauszuholen?«

Berkeley wich an die Wand zurück.

»Ich ... ich glaube nicht ...«

»Ist doch nicht zu glauben!« Es war wieder Terrys Stimme. »Da kommt noch eine.«

Duff und Berkeley folgten seinem Blick und sahen die Gestalt auf sich zutreiben. Beim Näherkommen sah es wie die Leiche einer anderen Frau aus, eingehüllt in etwas Weißes, das ein Nachthemd sein mochte, das sich um sie wölbte. Sie lag auf dem Rücken, die starren Augen auf die tröpfelnde Decke gerichtet. Zum Glück für Berkeleys Magen war ihr Gesicht nicht so aufgedunsen wie das der ersten Person, die sie gefunden hatten.

»Faß sie, Terry«, befahl Duff.

Der Assistent schob den Körper, den er hielt, auf den Damm und watete dann auf den anderen zu. Sie schauten zu, als er ein Bein faßte. Duff hatte den Rockaufschlag des toten Mannes unter sich gepackt, Berkeley wunderte sich über die Kaltblütigkeit des Assistenten. Vielleicht ließ sich der Junge wirklich durch nichts aus der Ruhe bringen.

Terry beugte sich über die treibende Frau. Seine Arme schlossen sich um ihre Hüfte und wollten unter ihre Achselhöhlen greifen ... Doch was dann geschah, ließ jeden der Männer erstarren.

Als Terrys Kopf sich dem der Frau näherte, glitten zwei bleiche, fleischige Arme aus dem Wasser und schlossen sich um seinen Hals. Er schrie, als er nach unten gezogen wurde, und der Schrei wurde zu einem gurgelnden Geräusch, als er ins Wasser eintauchte. Die stinkende Flüssigkeit begann zu schäumen, als er sich aus dem tödlichen Griff zu befreien versuchte, doch die Kreatur hielt ihn fest in ihrer Umarmung.

Berkeleys Mund öffnete sich zu einem lautlosen Schrei. Er taumelte wieder an die Wand, und die Knöchel seiner beiden Hände fuhren an seinen offenen Mund.

Auf Duffs Schock folgte augenblicklich ein lähmender Schmerz, der in seiner Brust begann und rasch in Hals und Arme wanderte. Der rote, blendende Nebel eines Herzinfarkts nahm ihm die Sicht und er stürzte ins Wasser; sein Herz blieb stehen, noch bevor er ertrunken war.

Berkeley sah fassungslos, wie Terry einmal aus dem Wasser auftauchte, und er sah, daß der Assistent ungläubig in das Gesicht vor ihm starrte. Die Frau preßte ihn fest an sich. Es glich der Umarmung einer Liebenden, und ihre gesprungenen Lippen lächelten. Der junge Mann fiel nach hinten und die Kreatur mit ihm. Berkeley konnte seine Lampe unter dem grünen Schleim glimmen sehen, doch sie wurde schwächer, während er zuschaute. Schließlich schwand das Licht ganz.

Das Wasser war unbewegt.

Bis sie langsam auftauchte.

Grüner Schleim troff von ihrem Körper.

Sie schaute ihn an.

Lächelnd.

Berkeleys Schreie hallten in den schmutzigen Gängen und das Geräusch vervielfachte sich zu Hunderten schreiender Stimmen. Bewegung entstand weiter unten im Tunnel. Gestalten traten aus den schwarzen Öffnungen in den Hauptkanal. Andere waren im Wasser, wateten aus der Richtung auf ihn zu, aus der er und die Arbeiter gekommen waren. Er wollte nicht hinsehen, aber er mußte, und seine Stirnlampe schwang in wildem Bogen auf die nahenden Gestalten. Eine kalte, feuchte Hand schloß sich um seinen Knöchel.

Die Frau stand dicht vor ihm im Wasser, und er zog seinen Fuß ruckartig von der Dammkante weg. Ihr langes, feuchtes Haar hing wie Rattenschwänze in ihr Gesicht, und das weiße Gewand, das sie trug, war bis hinunter zu ihrem Unterleib aufgerissen. Es entblößte hängende Brüste und einen Bauch, der seltsam angeschwollen war. Halb von Sinnen duckte er sich vor ihr in der Dunkelheit.

Die Frau griff wieder nach ihm und begann, sich an dem Damm zu klammern.«

Nein!« Er trat nach ihr aus, kroch auf allen Vieren davon. »Laß mich!«

Er wankte auf die Beine und preßte sich an die Wand, schrammte Flechten mit seinem Rücken ab, als er sich an der Mauer entlangschob. Sie begann, ihm nachzukriechen. Die anderen kamen häher.

Er taumelte in eine Öffnung, die sich hinter ihm auftat, und als er dort nach einem Fluchtweg suchte, langten daraus weiße, zitternde Hände nach ihm. Er wich wieder in den Haupttunnel zurück, und keuchende, winselnde Geräusche drangen über seine Lippen. Langsam rutschte er vom Damm und fiel der Länge nach in die träge fließende Flut, tauchte spuckend und schreiend auf, versuchte aber noch immer zu fliehen. Das dickflüssig schmutzige Wasser klebte an seinen Beinen, als ob Schlammkreaturen seine Füße umfaßten und ihn hielten. Er riß seine Knie hoch und platschte durch den Tunnel, fort von den dunklen Gestalten, die ihm folgten, fort von der Frau, die ihre Arme ausstreckte, um ihn zu umfassen.

Er merkte, daß immer mehr seltsame Dinge gegen seine Beine stießen und fürchtete sich, nach unten zu blicken, wissend, was es war, wissend, daß Arme sich nach ihm ausstrecken würden, wenn er hinschaute. Die Kanalisation öffnete sich zu einer großen Kammer, deren Decke sich zehn oder zwölf Meter hoch über ihm wölben mußte und die von Eisenträgern gestützt war. Das massive Wehr, das den Fluß des Wassers durch die Kanalisation regulierte, war auf der anderen Seite. Aber er sah es nicht. Denn hier warteten sie alle.

Sie standen in den Ecken, im Wasser, hockten in den vielen Öffnungen der runden Wand, und während er das sah, trieben mehrere von ihnen in verschiedene Abflüsse fort. Seine Stirnlampe schwang von Gesicht zu Gesicht, und er hatte das gräßliche Gefühl, in einer dunklen, unterirdischen Kathedrale zu sein, in der die schwarz beschmierten Chormitglieder die Ankunft des Chorleiters erwarteten. Der Lampenstrahl schien schwächer zu werden, die umgebende Dunkelheit kam näher und dämpfte langsam seine Helligkeit. Hunderte von Augen beobachten ihn aus den Schatten, und die fauligen Gerüche aus der Kammer drangen mit Macht in seine Nase. Der Gestank hier war irgendwie beißender.

Er begann erneut zurückzuweichen. Doch eine feuchte, weiße Hand auf seiner Schulter bedeutete ihm, daß er nirgendwohin fliehen konnte.

11

Die Katze hielt sich in den Schatten, tappte lautlos und ungesehen über die regennasse Straße. Der Regen hatte aufgehört, sonst hätte die Katze irgendwo Schutz gesucht. Es war ein herrenloses Tier, eines, das kein Heim brauchte; es überlebte dank seiner List, seiner Unauffälligkeit, seiner Schnelligkeit. Menschen würden ein Tier dieser Art nie mögen, es nie in einem Haus begrüßen, denn es war ein Aasräuber und es sah aus wie ein Aasräuber. Das schwarze Fell auf seinem Rücken war dünn, die Haut fast nackt an einigen Stellen, weil die Katze in manchen Kämpfen mit ihren Artgenossen schlimm zugerichtet worden war. Ein Ohr war nur noch ein Stummel, der aus dem Kopf ragte; der Hund, der das verursacht hatte, konnte jetzt nur noch auf einem Auge sehen. Die Krallen der Katze waren durch das viele Laufen auf Beton stumpf geworden, aber sie waren noch immer gefährlich, wenn sie ganz ausgestreckt waren. Die Sohlenpolster ihrer Pfoten waren hart wie Leder. Die Katze witterte in der Nachtluft, und ihre Augen, in die das matte Licht einer Straßenlaterne fiel, schimmerten glasiggelb.

Sie schlich in eine Gasse und tappte auf die Abfalleimer zu, die dort in den dunklen Türeingängen verborgen waren. Der Geruch anderer Kreaturen der Nacht hing schwer in ihrer Nase. Die Katze erkannte die meisten Gerüche. Einige waren freundliche, andere schärften ihre ohnehin schon gespannten Sinne. Die verstohlenen, spitznasigen, langschwänzigen Kreaturen waren hier gewesen, ein feiger Feind, der sich stets zur Flucht wandte, statt zu kämpfen. Sie waren jetzt verschwunden. Andere ihrer Art waren vorher hier gewesen, aber auch fort.

Die Katze schnüffelte in dem Abfall auf dem Boden, sprang dann auf eine Mülltonne und war enttäuscht, weil der Deckel festsaß. Der Deckel der nächsten Tonne dagegen stand halb offen, und der Geruch verdorbener Nahrung drang durch den engen halbmondförmigen Spalt. Die Katze steckte ihre Nase forschend in die Öffnung und schob eine Pfote hinein, um an dem losen Papier und Abfall zu zupfen, der obenauf lag. Der Deckel bewegte sich ein wenig unter dem hartnäckigen Scharren der Katze, dann noch mehr, als das Geschöpf zuerst seinen Kopf, dann die Schultern durch den größer werdenen Spalt steckte. Schließlich rutschte der Metalldeckel scharrend über den Rand der Mülltonne und landete mit lautem Scheppern auf dem Boden. Die Katze floh, erschreckt durch das Geräusch, das sie selbst verursacht hatte.

Sie blieb am Eingang zur Gasse stehen und hielt das gesunde Ohr gespitzt, um nach unfreundlichen Geräuschen zu lauschen; die Nase hielt sie hoch und schnupperte nach feindlicher Witterung. Das Tier wurde starr, als es den leicht beißenden Geruch in der Luft wahrnahm, und das spärliche Haar auf seinem Rücken begann sich zu sträuben. Wie die anderen Kreaturen zuvor, spürte die Katze eine seltsame Anwesenheit, die irgendwie menschlich und doch nicht menschlich war. Sie umfing die erstarrte Katze wie etwas Kriechendes, ein Schatten, der sich mit anderen Schatten vermengte. Das entsetzte Tier entblößte seine Zähne und fauchte. Etwas bewegte sich in der Mitte der glänzend nassen Straße.

Die Katze machte einen Buckel, jedes Haar ihres Körpers war starr aufgerichtet und ihr Maul zu einem zischenden Knurren geöffnet. Sie spie ihren Trotz hinaus, obwohl sie sich fürchtete, und ihre Augen verengten sich voller Haß. Die Straßenlichter hatten sich verdüstert, als ob ein Nebel über sie getrieben sei, und das Pflaster spiegelte in seiner Nässe nichts mehr. Ein schweres, metallisches Geräusch kam aus der Straßenmitte, als der Deckel eines Kanaleinstiegs erzitterte und dann hochgehoben wurde. Er wurde höher gestoßen, eine Seite glitt auf den Rand, und etwas Schwarzes begann herauszugleiten. Die Katze erkannte die Form, die sich über die Kante des Loches schob. Sie wußte, daß es eine Menschenhand war. Doch instinktiv wußte sie, daß die Hand nicht einem richtigen Menschen gehörte.

Die Katze fauchte noch einmal und floh dann. Aus irgendeinem Grund suchte sie das Licht und nicht die Schatten.

Die drei Jugendlichen warteten in der verwitterten Bude der Haltestelle. Zwei waren weiß, einer war schwarz. Sie pafften Zigaretten und stampften wegen der Kälte mit den Füßen.

»Ich bleib' nicht mehr viel länger«, sagte der farbige Junge. »Ist viel zu kalt.« Sein Name war Wesley, und er hatte wegen Taschendiebstahl Bewährung.

»Sei ruhig und warte noch. Wird nicht mehr lange dauern«, entgegnete einer seiner Gefährten. Sein Name war Vincent und er war auf Bewährung, nachdem er seinen Stiefvater beinahe umgebracht hätte.

»Ich weiß nich', is' spät«, sagte der dritte Jugendliche. »Glaub' nich', daß jemand kommen wird.« Sein Name war Ed — und seine Freunde glaubten, dies sei die Abkürzung für Edward, aber tatsächlich war es die Kurzform von Edgar — er hatte kürzlich seine Verbrecherlehre an einer anerkannten Schule abgeschlossen.

»Was wollt ihr denn — heimgehen?« fragte Vincent seine beiden Freude. »Habt ihr Geld für morgen abend?«

»Nee, aber mir ist verdammt kalt«, sagte Wesley noch einmal.

»Dir is' immer kalt. Vermißt die Karibik, was?«

»War nie da. Bin doch hier geboren, in Brixton.«

»Steckt dir im Blut. Du vermißt den verdammten Sonnenschein. Deshalb ist dein Haar auch so kraus.«

»Laß ihn doch, Vincent«, sagte Ed, der aus der Haltestelle spähte. »Er schließt sich doch bestimmt der Front an, oder?«

»Die werden ihn nich' nehmen. Ist doch selbst 'n Nigger.«

»Schon — aber ich will nich', daß noch mehr von denen kommen. Vor allem diese Pakis«, protestierte Wesley. »Sind zu viele.«

Die beiden anderen Jungen kreischten vor Freude. Die Vorstellung, daß Wesley mit der Nationalen Front marschieren und dabei ein Transparent tragen würde, auf dem stand: BRITANNIEN BLEIBT WEISS, war zuviel. Wesley war zu verblüfft über ihr Gelächter, um beleidigt zu sein. Bald lachte er mit ihnen.

»Ruhig, ruhig«, sagte Ed plötzlich. »Ich glaub', da kommt jemand.«

»Ja ... Du bist dran, Ed«, flüsterte Vin. »Ich und Wes warten drüben in den Büschen.»

»Warum immer ich?« protestierte Ed. »Du bist doch dran.«

Vincent täschelte ihn auf die Wange, und der letzte Schag war ein bißchen heftiger als die anderen. »Du bist so hübsch, darum. Die mögen dich mehr als uns. Glauben, du seist einer von ihnen.«

Nicht zum ersten Mal verfluchte Ed sein gutes Aussehen. Er hätte lieber ein so hartes, pockennarbiges Gesicht wie Vince gehabt und kurzes braunes Haar statt seinem blonden, das so mädchenhaft aussah. »Und was ist mit Wes?«

»Nee, die trauen Farbigen nicht'. Glauben, das seien alles Gangster.« Er gab seinem schwarzen Freund einen spielerischen Knuff. »Is' doch richtig, Wes?«

Wes grinste im Dunkel. »Die hab'n verdammt recht, Mann«, sagte er, wobei er den Akzent seines Vaters nachäffte.

Vince und Wesley huschten leise aus der Haltestelle, wobei sie sich im Laufen dicht beieinander hielten. Ed wartete ruhig, nahm einen letzten Zug aus seiner Zigarette und lauschte den nahenden Schritten. Die Haltestelle war ein Lieblingsplatz für Liebespaare aller Art, und davon gab es eine Menge, seit die umliegende Arbeitergegend von Bewohnern der Mittelklasse infiltriert worden war. Ed warf den Stummel auf den Boden und nahm eine andere lose Zigarette aus einer Jeansjackentasche. Er wollte aus der Bude ins Licht treten, als er bemerkte, daß jemand kam. Es waren zwei. Er wich in den Schatten zurück.

Das Paar ging an der Bude vorbei, jeder einen Arm eng um die Hüften des anderen geschlungen. Ed wurde klar, daß der Gestank alten Urins in der Bude jedes Pärchen abhalten würde, egal, wie notwendig sie es hatten. Er fluchte verhalten und steckte seine Hände tief in die Taschen. So spät werden jetzt keine Schwulen mehr unterwegs sein, sagte er zu sich. Aber er wußte aus Erfahrung, daß die späte Stunde für gewisse einsame Männer nichts zu bedeuten hatte, und auch nicht die Abgelegenheit der Plätze, die sie aufsuchten. Manchmal fragte sich Ed, ob sie nur deswegen rausgingen, um angegriffen zu werden. Vielleicht genossen sie das. Oder vielleicht war es eine unterbewußte Art, sich selbst für das zu bestrafen, was sie waren. Der letzte Gedanke wurden augenblicklich durch einen anderen ersetzt, der für Ed viel einleuchtender war: Vielleicht waren sie nachts einfach scharf.

Er spähte in die Dunkelheit dorthin, wo Vince und Wes verschwunden waren. Das schwache Glühen einer nahen Laterne trug wenig dazu bei, die Schatten zu durchdringen. Er wollte ihnen etwas zurufen uund stellte sich vor, daß die beiden kicherten und im Dunkel herumspielten, als er weitere Schritte hörte. Ed lauschte und vergewisserte sich dann, daß es nur eine Person war.

Sekunden später kam der Mann ins Blickfeld.

Er war schlank gebaut und hatte etwa Eds Größe. Ein schwerer Mantel mit Gürtel hing lose um ihn und betonte seine schmalen Schultern mehr, als daß er sie breiter machte. Eindeutig schwul, sagte sich Ed, nicht sicher, ob er froh oder enttäuscht über ihr Glück sein sollte. Er wußte, daß diese Männer leichte Beute waren, daß sie kaum eine Gefahr darstellten — aber trotzdem machte ihm etwas Angst vor ihnen. Vielleicht war das der Grund, warum er am Ende immer gewalttätiger gegen sie war als seine Gefährten. Die Erinnerung daran, als er beschlossen hatte, selbst einen dieser Typen anzumachen, war noch frisch — statt sein ausgewähltes Opfer anzugreifen und ihn um seine Brieftasche zu erleichtern, hatte er sich benutzen lassen und war dann schluchzend davongelaufen, bevor er auch nur bezahlt werden konnte. Die Scham brannte in seinem Gesicht, und er wußte, daß seine Haut in der Dunkelheit tiefrot geworden war. Wenn Vince und Wes das je herausfanden...

»Mal Feuer, Mann?« Ed hatte alle weiteren Gedanken verdrängt und trat auf den Bürgersteig vor der Haltestelle.

Der Mann blieb abrupt stehen und schaute sich nervös um. Der Junge sah schon in Ordnung aus, aber war er wirklich allein? Sollte er weitergehen oder... sollte er es riskieren?

Er nahm seine Zigaretten heraus. »Möchtest du eine von meinen?« fragte er. »Sind mit Filter.«

»Oh, ja. Danke.« Ed steckte seine zerknautschte Zigarette wieder in die Tasche und langte zu dem hingehaltenen Päckchen. Er hoffte, daß der Mann das leichte Zittern seiner Hand nicht bemerkte.

»Wenn du willst, kannst du das Päckchen haben«, sagte der Mann mit ernstem Gesicht.

Mein Gott, 'n richtig scharfer, dachte Ed. »Oh, prima, danke vielmals.« Er steckte das Päckchen in die andere Tasche.

Der Mann musterte das Gesicht des Jungen im Flackern des

Feuerzeuges. Es wurde undeutlich, als er sich mit brennender Zigarette zurückzog. Der Mann ließ die kleine Flamme erlöschen.

»Ziemlich kalt heute nacht«, sagte er vorsichtig. Der Junge war auf eine gewisse Weise anziehend. War er echt oder nur ein Stricher? Jedenfalls würde er Geld wollen.

»Ja, bißchen frostig. Auf 'nem Spaziergang?«

»Ja, ist angenehmer, wenn's ruhig ist. Ich hasse Menschenmengen. Nachts kann ich besser atmen.

»Kostet dich 'n Fünfer.«

Der Mann war durch die plötzliche Deutlichkeit des Jungen überrascht. Er war ein Stricher.

»In meiner Wohnung?« fragte er, nachdem sich seine verhaltene Erregung durch die Annährung des Jungen verstärkt hatte.

Ed schüttelte den Kopf. »Nein, nein, muß hier sein.«

»Ich zahl dir mehr.«

»Nee, ich hab' nicht viel Zeit. Muß nach Hause.«

Der Junge schien ein wenig Angst zu haben, und der Mann beschloß, sein Glück nicht aufs Spiel zu setzen.

»Na gut. Suchen wir uns irgendwo einen Platz.«

»Da drüben vielleicht.« Der Junge deutete auf eine Gruppe von Büschen und Bäumen, und dieses Mal wurde der Mann doch nervös. Es war so dunkel dort; vielleicht warteten da Freunde des Jungen.

»Gehen wir hinter die Haltestelle«, schlug er schnell vor.

»Nein, ich glaub' nicht ...«

Aber jetzt hatte der Mann mit überraschend festem Griff Eds Schultern gepackt. Der Junge ließ sich zur Rückseite der Haltestelle drängen und hoffte, daß seine Freunde zuschauten. Es schien, als wollten die beiden Bastarde bis zum letzten Augenblick warten.

Sie tappten durch den Schlamm an der Seite der Bude und der Mann streifte Büsche beiseite, die ihre Gesichter zu zerkratzen drohten. Sie bogen um eine Ecke, und Ed wurde gegen die Rückwand der Haltestelle gepreßt. Das Gesicht des Mannes schob sich dicht vor seines, seine Lippen waren nur Zentimeter entfernt und Ed spürte die Übelkeit, die in ihm aufstieg. Suchende Finger zerrten am Reißverschluß seiner Jeans.

»Nein«, sagte er, den Kopf zur Seite drehend.

»Komm schon. Genier dich nicht. Du willst es doch genauso wie ich.«

»Verpiß dich!« schrie Ed und stieß dem Mann gegen die Brust. Sein Gesicht war wieder heißrot geworden, und er konnte durch plötzliche Tränen der Wut nur verschwommen sehen.

Der Mann war überrascht. Er taumelte zurück, starrte den Jungen an und wollte etwas sagen, aber Ed stürmte auf ihn zu und schlug wild mit seinen Fäusten nach ihm.

»Hör auf, hör auf!« schrie der Mann, der nach hinten fiel. Ed begann ihn zu treten.«

»Du verdammter, dreckiger Kerl . . .!«

Der Mann versuchte aufzustehen, er winselte jetzt voller Angst, wollte schnell weg. Der Junge würde ihn verletzen — und die Polizei hörte vielleicht den Tumult.

»Laß mich! Nimm mein Geld!« Es gelang dem Mann, in seine Innentasche zu greifen, und er warf dem Angreifer seine Brieftasche zu. »Nimm es, nimm es, du Mistkerl. Aber laß mich in Ruhe!«

Ed ignorierte die Brieftasche und fuhr damit fort, Schläge und Tritte auf die gekrümmte Gestalt zu seinen Füßen hageln zu lassen, bis seine Arme und Beine schwer wurden und sein Ärger nachzulassen begann. Er wankte gegen die Haltestellenwand zurück und stand dann an sie gelehnt, seine Brust hob und senkte sich und seine Beine waren schwach. Er konnte den verletzten Mann schreien hören, aber aus irgendeinem Grund konnte er ihn dort nicht mehr auf dem Boden liegen sehen. Die Dunkelheit der Nacht war irgendwie dichter geworden.

»Vin! Wes!« rief er, als er wieder bei Atem war. »Wo seid ihr denn, verflucht?«

»Hier sind wir, Ed.«

Der Junge zuckte zusammen, weil ihre Stimmen so nah waren — fast so, als ob sie in seinem Kopf seien. Er konnte nur ihre dunklen Umrisse sehen, als sie an der Ecke der Bude standen.«

»Ihr habt euch Zeit gelassen, ihr Bastarde. Ich mußte ihn allein fertigmachen. Nehmen wir sein Geld und verschwinden.«

»Nee, denk' ich nich', Ed.« Es war die Stimme von Vince.

»Gönnen wir uns mal 'n bißchen Spaß.« Er hörte Wesley kichern.

Das ist verrückt, dachte Ed. Wäre besser, zu verschwinden..., aber es wär' auch schön, diesem Mistkerl was anzutun... etwas Gemeines... Er war hilflos... niemand war in der Nähe... etwas, das ihm richtig wehtun würde...

Jetzt waren andere Stimmen in seinem Kopf, nicht nur seine eigene. Etwas kroch durch die Korridore seines Verstandes, kalte Finger, die sondierten und suchten, Finger, die zu ihm sprachen und mit ihm lachten. Und er selbst führte sie weiter, leitete sie. Die Kälte war alles umhüllend, als sie plötzlich zusprang und ihn mit eisigem Griff faßte. Doch er war froh darüber, und das Entsetzen wandelte sich zu Freude, als ob eine plötzliche Injektion wirke. Er war nicht mehr allein. Die Stimmen waren bei ihm und sie sagten ihm, was zu tun sei.

Vince und Wes hatten bereits angefangen...

Die Tankstelle stand am Rande der Gemeinde, eine Oase von Licht in der umgebenden Dunkelheit. Der gelbe Ford Escort fuhr hinein und hielt an einer Zapfsäule. Der Fahrer stellte den Motor ab und lehnte sich zurück, während er darauf wartete, daß der Tankwart aus seinem Büro kam. Die Wageninsassen wußten nicht, daß der diensthabende Mann, der Besitzer selbst, zwanzig Minuten vorher zur Rückseite des Gebäudes gegangen war, um die Toiletten abzuschließen; er wollte um diese späte Stunde keine Kunden mehr, die lange blieben. Mit Bedauern hatte er seinen Mitarbeiter vorher gehen lassen; der Mann bekam offensichtlich eine böse Erkältung, und der Besitzer wollte sich nicht anstecken lassen. Seine Verdienstspanne war ohnehin schon klein genug, auch ohne daß er krank war und es dem Personal überließ, den Betrieb zu führen. Bei ihren Betrügereien wäre er in wenigen Wochen pleite gewesen.

Eigentlich war es nicht gut, wenn ein Mann nachts allein in einer Tankstelle blieb, weil das Kriminelle geradezu anzog. Deshalb hielt er die Tür des Büros, die auf den Vorplatz führte, auch ständig verschlossen und musterte jeden Kunden genau, der zum Tanken kam, bevor er aufschloß. Wenn ihm jemand nicht gefiel, drehte er das GEÖFFNET-Schild einfach auf GE-

SCHLOSSEN und ignorierte die gedämpften Flüche. Es war weit nach zwölf gewesen, als ihm einfiel, daß die Toiletten nicht abgeschlossen waren.

»Bist du sicher, daß hier offen ist?« fragte die Frau neben dem Fahrer forschend. »Es scheint niemand da zu sein.«

»An der Einfahrt steht ›geöffnet‹«, erwidert ihr Mann. »Und sieh mal da, an der Kassentür. Da steht auch ›geöffnet‹.«

»Ich würde mal hupen, George«, sagte der Schwiegervater des Fahrers vom Rücksitz.

»Ich geb' ihm eine Minute. Vielleicht ist er hinten.« George hatte es nicht eilig.

Seine Frau, Olwen, zog den Saum ihres Kleides fest über die Knie. Eine große Plastiktüte war über den Beifahrersitz gestreift, um ihr aufwendig gearbeitetes Ballkleid aus Chiffon und die Pelzstola vor Schmutz zu schützen. Ihr hochfrisiertes Haar streifte gegen das Wagendach, als sie durch die Windschutzscheibe starrte, und ihr Mund bildete eine schmale Linie.

»Wir hätten siegen können«, verkündete sie grimmig.

»Aber Olwen«, sagte George geduldig, »Nigel und Barbara waren sehr gut.«

»Nur zu, verteidige sie nur. Es macht wohl nichts, daß sie uns zweimal angerempelt haben. Danach haben sie sich nicht einmal entschuldigt. Man hätte glauben können, sie wären die einzigen auf dem Parkett, so wie die herumsprangen. Wir hätten uns beschweren sollen. Die Schiedsrichter hätten das sehen müssen.«

»Wir sind doch Zweite geworden, Liebes.«

»Zweite! Das ist das Schicksal deines Lebens, nicht wahr, George? So wird es immer sein.«

»Es gibt keinen Grund, so zu reden«, erwiderte Olwens Vater.

»Halt den Mund, Huw«, sagte Olwens Mutter, die mit ihrem Gatten auf dem Rücksitz saß. »Olwen hat völlig recht. Das Mädchen hätte jetzt Ballkönigin sein können.« Sie fügte nicht hinzu ›mit einem anderen Partner‹. Das war auch nicht nötig.

»Kümmere dich nicht drum, George«, sagte Huw. »Die beiden sind nie zufrieden.«

»Zufrieden? Womit sollte ich denn zufrieden sein? Was hast du mir denn je gegeben?«

»Ich lang' dir gleich eine.«
»Dad, sprich nicht so mit Mutter.«
»Ich spreche mit ihr, wie ich ...«
»Das wirst du nicht. Siehst du, wie er ist, Olwen? Siehst du, was ich all diese Jahre ertragen mußte?«
»Ertragen? Ich habe deine Nörgelei ...«
»Nörgelei?«
»Mama nörgelt nicht.«
»Sie nörgelt ständig. Genauso wie du an dem armen George herumnörgelst.«
»Ich nörgele an George herum? Ich nörgele nie an George herum. Nörgele ich je an dir herum, George?«
»Der Tankwart braucht lange«, sagte George.
»Dann weck ihn.« Verärgert griff Olwen an George vorbei und betätige die Hupe. »Wahrscheinlich schläft der faule Kerl.«
George fuhr mit Finger und Daumen über seinen bleistiftdünnen Schnurrbart, glättete die eingecremten Haare und überlegte kurz, was passieren würde, wenn er Olwen auf die Nase schlug. Sie würde ihn wieder schlagen, das würde passieren. Und sie konnte fest zuschlagen.
»Ah, da kommt er«, sagte er und deutete auf die Gestalt, die sich von der Rückseite der Tankstelle näherte.
»Wurde auch höchste Zeit, verdammt«, sagte Olwen.
»Fluche nicht, meine Liebe, das ist nicht schön.«
»Ich fluche, wann ich will.«
»George hat recht, Olwen«, sagte ihr Vater. »Es ist nicht sehr damenhaft.«
»Laß sie in Ruhe, Huw«, sagte ihre Mutter. »Sie hat heute abend viel Ärger gehabt. George half ihr nicht, als sie beim Pas redoublé hinfiel.«
»War das Beste an dem ganzen Abend«, bemerkte ihr Vater, der bei der Erinnerung daran lächelte.«
»Papa!«
»Achte nicht darauf, Olwen. Ist typisch für ihn, sich darüber zu freuen, wenn sich seine eigene Tochter zum Narren macht.«
»Mama!«
»Oh, ich wollte nicht ...«
»Zwanzig Liter Normal, bitte.« George hatte sein Fenster her-

untergekurbelt und rief das der näherkommenden Gestalt zu.

Der Mann blieb stehen, lächelte die Wageninsassen an und schaute zu den Zapfsäulen hinüber. Er ging darauf zu.

»Er ist ja wirklich langsam, was?« bemerkte Olwens Mutter. »Und warum lächelt er so dumm?«

»Sieh ihn dir nur mal an«, sagte Olwen. »Man sollte glauben, er käme aus dem Bergwerk. Ich frage mich, ob der Besitzer weiß, daß sein Personal so herumläuft.«

»Vielleicht ist er der Besitzer«, meinte ihr Vater kichernd, nicht ahnend, daß der Besitzer tot auf dem Toilettenboden lag, sein Schädel durch Hiebe mit einem Ziegelstein zertrümmert.

Sie schauten zu, wie der Mann den Zapfhahn aus der Säule nahm. Er kam auf den Wagen zu und hielt die Zapfpistole wie eine Duellpistole vor sich hin. Seine Augen waren halb geschlossen, als habe er sich noch nicht an den Wechsel zwischen dem grellen Oberlicht und der Dunkelheit, aus der er gerade gekommen war, gewöhnt. Er grinste die vier Leute an, die ihn aus dem Wagen zuschauten.

»Blöder Kerl«, bemerkte Olwen.

George steckte seinen Kopf aus dem Fenster. »Äh, nein, alter Freund. Ich sagte Normal. Sie haben ja noch immer Super eingestellt.« Er zog sich rasch zurück, als er plötzlich in das schwarze Loch der Zapfpistole starrte.

Hinten im Escort runzelte Olwens Vater verwirrt die Stirn. Er hatte eine Bewegung in der Dunkelheit um die Tankstelle gesehen. Da waren Schatten, die sich bewegten. Sie traten in den erleuchteten Bereich, blieben dann stehen.

Warteten. Beobachteten. Andere standen hinter ihnen, noch immer in den Schatten. Was, zum Teufel, ging hier vor? Warum starrten sie den Wagen an? Er drehte sich um, um etwas zu sagen, ließ es aber als er sah, wie die metallene Zapfpistole in den Wagen gesteckt wurde und George, einen bestürzten Ausdruck auf dem Gesicht, davor zurückwich. Olwens Vater konnte nur in gelähmtem Erstaunen zuschauen, wie der Zeigefinger, der Hand, die die Zapfpistole hielt, sich zu krümmen begann.

Das Benzin schoß heraus, bedeckte Georges Kopf und Schultern. Olwen begann zu schreien, als die Zapfpistole auf den

Schoß ihres Mannes gerichtet wurde. Ihr Vater versuchte vorzugreifen und das lange Rohr zu fassen, aber es wurde in seine Richtung gedreht und er fiel zurück, würgte an dem Benzin, das sich in seinen offenen Mund ergoß. Olwens Mutter schrie jetzt, da sie wußte, daß sie und ihr Mann in dem hinteren Teil des zweitürigen Fahrzeuges hilflos gefangen waren.

Olwens Schreie wurden noch lauter, als ihr Kleid plötzlich von der scharf riechenden Flüssigkeit übergossen wurde. Sie versuchte nach dem Türgriff an ihrer Seite zu fassen, aber ihre Finger rutschten an dem benzinverschmierten Metall ab.

Ihr Vater, der noch immer an dem verschluckten Benzin würgte, konnte nur voller Entsetzen zusehen, wie die Pistole herumgeschwenkt wurde, und wie sich das Benzin in einem kräftigen Strom in den Wagen ergoß. George schlug blindlings um sich, seine Augen brannten und er konnte nichts sehen. Olwen schlug die Hände vors Gesicht, schrie auf, und trampelte mit ihren Füßen auf den Boden. Ihre Mutter versuchte, durch die Lücke zwischen Fahrer- und Beifahrersitz zu gelangen. Da hörte der Benzinfluß jäh auf und die Zapfpistole wurde zurückgezogen.

Olwens Vater konnte von dem Mann nur einen Teil des Oberkörpers durch das Fenster sehen; es genügte, um erkennen zu können, wie er die Zapfpistole fallenließ und in seine Jakkentasche griff. Huw schrie auf, als er die Streichholzschachtel sah, die plötzliche helle Flamme, als eines entzündet wurde, den kleinen Rauchbogen, als das Streichholz in den Wagen flog.

Der Mann trat zurück, als das Innere des Escort in einem blendenden Feuerball explodierte, sein Gesicht überzog sich augenblicklich mit Blasen, als die Flammen an ihm leckten. Er schien den Schmerz nicht zu spüren, als er nach dem Schlauch zu seinen Füßen griff und die Zapfpistole erneut hochnahm.

Seine Finger schlossen sich um den Hebel und drückten.

Er ging um den Platz herum, soweit der Schlauch reichte, verspritze überall Benzin, wurde selbst durchnäßt, schien sich aber nicht darum zu kümmern. Dann wandte er sich wieder dem kleinen gelben Wagen zu, der jetzt zu einem tobenden Inferno geworden war. Von den Insassen war nichts mehr zu hören, und er richtete den Benzinstrahl darauf. Die Flammen rasten auf ihn zu und er stand da und schrie, bis er schwarz verkohlt zusammensank. Seine Begleiter wichen vor der Hitze und dem Licht zurück, verschwanden in der Dunkelheit, die zurückgedrängt wurde, als die Tankstelle in einer riesigen Feuerkugel explodierte, die sich Hunderte von Metern hoch in die Luft hob und den Nachthimmel erleuchtete.

Das Dunkel trieb weiter, eine böse, kriechende Schwärze, die keine Substanz hatte, aber doch voll unsichtbarer Energie war, ein sich erweiternder Schatten, der nur in anderen Schatten existierte, ein körperloses Ding, das an den Hirnen der Menschen saugte, darin eindrang und nach den versteckten, unterdrückten Impulsen suchte, die wie die seinen waren. In den Schatten agierten solide, dunkle Formen, und das waren die Gestalten von Männern und Frauen, deren Willen das Dunkel nicht nur beherrschte, sondern die es zum Teil verkörperlichten, diejenigen, die körperlich das Böse darstellten, die seine irdische Kraft waren. Es verströmte einen Geruch, etwas schwach Ätzendes, das die Luft vergiftete, ein bitteres Aroma, wie es Menschen wahrgenommen hatten, wenn Blitze in die Erde schlugen oder wenn elektrische Kabel Funken in die Luft entluden. Und es war dunkler als die Nacht.

Das Feuer lag jetzt weit hinter ihm, mit den heulenden Sirenen und fernen Schreien, und das Dunkel genoß die Schwärze, in die es kroch. Seine Ränder tasteten wie Tentakel an den Schatten vor ihm, spürten ein neue Kraft, die irgendwo in der Nähe war, eine riesige Quelle von Energie, die noch unangezapft war, eine Anhäufung finsterer Hirne in Ketten, die genau die Substanz war, die es brauchte.

Es sickerte über die Grasebene auf eine offene Straße zu, scheute vor den orangeleuchtenden Straßenlampen zurück, floß um sie wie ein Strom um Felsen, die aus seinem Bett aufragen. Die schattenhaften Gestalten trieben mit ihm. Mehrere brachen zusammen, ihre Körper waren leer, Mangel an Nahrung oder Wasser ließen sie schließlich wie Maschinen versagen, die keinen Treibstoff mehr hatten oder nicht geölt wurden. Einige starben — die anderen würden später folgen —, und während sie das taten, wurde ein Teil von ihnen frei: Die Dunkelheit in ihnen wurde vom großen Dunkel begrüßt.

Die lange Mauer ragte hoch auf, und die Dunkelheit floß darüber, ließ die Männer und Frauen, die mit ihr gingen, hilflos und plötzlich ängstlich zurück. Sie stürmte auf die schlafenden Insassen des Wandsworth-Gefängnisses zu, kroch in die Öffnungen, fiel über sie her und absorbierte sie; die ruhenden Hirne waren empfänglich und begierig. Zwar nicht alle – doch die wehrten sich nicht lange.

12

Das Läuten des Telefons weckte Bishop aus tiefem Schlaf. Es war eigenartig, aber seit Lynns Tod vor zwei Wochen war sein ständig wiederkehrender Alptraum vom Ertrinken weg. Vielleicht war er durch das Erlebnis in der Nervenheilanstalt in jener Nacht von ihm genommen worden, als er den Traum durchlebt hatte und fast umgekommen wäre. Er stieß die Decke zurück und schaltete die Nachttischlampe ein. Der kleine Wecker sagte ihm, daß es kurz nach zwei war. Wachsamkeit erfüllte ihn, als er aufstand und die Treppe zur Halle hinunterging. Er griff nach dem Telefon.

»Sind Sie's, Bishop? Hier spricht Peck.«

»Was ist los?« Bishop war jetzt hellwach.

Pecks Stimme war drängend. »Ich habe nicht viel Zeit, hören Sie also genau zu und tun Sie, was ich Ihnen sage.«

Etwas ballte sich in Bishops Magen zusammen.

»Ich möchte, daß Sie Ihre Türen vorn und hinten schließen«, fuhr Peck fort. »Überprüfen Sie alle Ihre Fenster und vergewissern Sie sich, daß auch sie geschlossen sind.«

»Was ist denn los, Peck?«

»Haben Sie einen Raum, in dem Sie sich einschließen können?«

»Ja, aber...«

»Dann machen Sie das. Verbarrikadieren Sie sich darin.«

»Wovon, zum Teufel, reden Sie eigentlich?«

»Hören Sie, ich habe für Erklärungen nicht viel Zeit. Ich kann Ihnen nur sagen, daß in Ihrem Teil Londons etwas vorgeht. Unsere Bereitschaft wird mit Notrufen überschüttet. Das größte Problem ist eine Revolte im Wandsworth-Gefängnis.«

»Himmel! Können die ausbrechen?«

»Es scheint, als seien sie bereits ausgebrochen.« Eine kurze Pause entstand. »Es scheint, als seien die Gefängnisaufseher selbst darin verwickelt. Was die Sache noch verrückter macht ist, daß eine Tankstelle an der anderen Seite des Stadtteils in die Luft geflogen ist.«

»Peck, hat all das etwas mit dieser Pryszlak-Geschichte zu tun?«

»Das weiß Gott allein. Wenn es so ist, dann werden einige dieser Wahnsinnigen zu Ihnen kommen. Darum möchte ich, daß Sie sich einschließen. Ich fürchte, mir stehen nicht genug Männer zur Verfügung, um Ihnen Hilfe zu schicken. Ich könnte mich auch irren.«

»Danke für die Warnung. Haben Sie Kulek und Jessica informiert?«

»Ein Mann beobachtet ihr Haus. Ich habe ihn über Funk beauftragt, Kulek sofort von dem zu informieren, was passiert. Ich habe den Posten dort stehen lassen, obwohl wir kaum auf den Mann verzichten können. Unglücklicherweise mußte der Beamte, der Sie observierte, abgezogen werden — darum rufe ich an. Wenn Sie tun, was ich Ihnen sage, ist alles okay.«

»Also gut. Sagen Sie mir nur eines: Glauben Sie jetzt an Jacob Kuleks Theorie?«

»Tun Sie das?«

»Ich beginne mehr und mehr daran zu glauben.«

»Nun, ich vielleicht auch. Ich verstehe sie nicht, aber es gibt für die Vorkommnisse keine andere Erklärung. Das Problem ist, das ich meine Vorgesetzten überzeugen muß. Ich muß jetzt Schluß machen. Passen Sie gut auf!«

Der Hörer wurde aufgelegt, bevor Bishop antworten konnte. Er überprüfte schnell die Vordertür, ob sie verriegelt und verschlossen war, und ging dann nach hinten. Die Küchentür, die zu seinem winzigen Garten führte, war ebenfalls verschlossen. Bevor er die Fenster überprüfte, beschloß er, zuerst Jessica anzurufen; trotz des Polizeischutzes hatte sie sicher Todesangst. Seit Lynns Tod hatte er sie nur zweimal gesehen: einmal, als sie in sein Haus gekommen war, nachdem sie von der Tragödie in der Nervenheilanstalt erfahren hatte, und dann ein paar Tage später bei einer Zusammenkunft mit Peck und seinen Vorgesetzten, einschließlich dem Commissioner. Seitdem hatte sie ihn in Ruhe gelassen, und er war dankbar dafür, daß sie erkannt hatte, daß er Zeit brauchte, um den Schock zu verarbeiten. Lynn — diesmal hatte er sie für immer verloren. Es störte ihn, daß er mehr Zorn als Bedauern über den Tod seiner Frau empfand. Für ihn hatte sie schon vor Jahren zu sterben begonnen mit dieser langen, sich hinziehenden Geisteskrankheit, wobei er irgendwie wußte, daß sie sich nie davon erholen würde; es war wie die Art ihres Todes, die ihn zornig machte. Sie war benutzt worden, kontrolliert worden von einer unbekannten Kraft, gemeinsam mit den anderen Insassen des Heimes. Ihr Tod war schrecklich gewesen, obwohl gnädig schnell, und er wollte ihn gerächt wissen.

Wenn Pryszlak auf eine bizzare Weise darin verwickelt war, dann würde er, Bishop, einen Weg finden, zurückzuschlagen. Es mußte einen Weg geben.

Er wählte Jessicas Nummer und hoffte, sie würde nach der Benachrichtigung durch den Polizisten noch wach sein. Es dauerte mehrere Augenblicke, bis der Hörer abgenommen wurde und Jessicas Stimme sich meldete.

»Jessica? Ich bin's, Chris.«

Ihre Stimme war ebenso beunruhigt wie seine, als Peck ihn angerufen hatte.

»Chris, was ist? Ist bei Ihnen alles in Ordnung?«

»Haben Sie Pecks Nachricht nicht bekommen?«

»Nein. Welche Nachricht? Es ist mitten in der Nacht, Chris, wir haben geschlafen.«

»Aber draußen steht ein Polizeiposten. Hat er Ihnen nichts gesagt?«

»Niemand hat uns etwas gesagt. Was, beim Himmel, ist denn los? Sagen Sie mir, was passiert ist.«

Bishop war verwirrt. »Peck rief mich vor wenigen Minuten an. Er sagte, er hätte eine Nachricht an Sie weitergeleitet.

Erneute Zwischenfälle wurden gemeldet, Jessica. Alle auf dieser Seite des Flusses, wie es scheint.«

»Was für Zwischenfälle?« Ihre Stimme war ruhig, aber gespannt.

»Eine Revolte im Wandsworth-Gefängnis. Dann irgendwas mit der Explosion einer Tankstelle in der Nähe. Er hatte keine Zeit, mir von den Dingen zu erzählen.«

»Und er glaubt, es besteht ein Zusammenhang...«

»Zu Pryszlak und seiner Sekte? Er ist sich nicht sicher, aber er wollte uns in jedem Fall warnen, Jessica. Er sagte, sie könnten es wieder auf uns abgesehen haben, wenn es einen Zusammenhang gibt.«

»Oh, Chris!«

»Keine Angst, bei Ihnen wird alles in Ordnung sein. Bisher gibt's den ganzen Ärger hier. Sie haben einen Mann draußen, der sein Hauptquartier verständigen wird, falls bei Ihnen etwas geschehen sollte.«

»Aber was werden Sie tun?«

»Nur keine Angst, ich werde mich verbarrikadieren. Wahrscheinlich werden wir später darüber lachen, wenn wir erfahren, daß diese Zwischenfälle nichts mit uns zu tun haben.«

»Das hoffe ich...« Jessicas Stimme brach ab. »Da ist jetzt jemand an der Tür. Unser Wachpolizist zweifellos. Ich lasse ihn besser herein, bevor er meinen Vater weckt – falls er nicht schon wach ist.«

»Es tut mir leid Jessica – ich wollte mich wirklich nur vergewissern...«

»Seien Sie nicht albern, Chris. Ich bin froh, daß Sie angerufen haben. Bleiben Sie kurz dran, während ich die Tür aufmache.«

Bishop hörte das Klacken, als der Hörer auf den kleinen Tisch gelegt wurde, auf dem das Telefon stand, wie er sich erinnerte. Bis auf seltsam hohl klingende Leitungsgeräusche in seinem Hörer war es für ein paar Momente still. Dann glaubte er ein fernes Geräusch zu hören, als die Eingangstür geöffnet wurde. Aus irgendeinem Grund begann er, sich ängstlich zu fühlen. Warum hatte der Beamte so lange gebraucht, bis er die Nachricht überbrachte? Vielleicht hatte er die Schlafenden nicht stören wollen? Was sie nicht wußten, konnte sie nicht verängstigen. Durch das Korridorlicht, das von Jessica eingeschaltet worden war, als sie ans Telefon ging, hatte er vielleicht seine Meinung geändert und wollte sie jetzt informieren. Aber Bishop konnte sich nicht vorstellen, daß einer von Pecks Männern seine Anweisungen nicht buchstabengetreu ausführte. Er hatte gesagt, er hätte dem Beamten befohlen, Kulek sofort zu benachrichtigen.

Bishops Hand schloß sich um den Hörer, und seine Knöchel wurden weiß. »Jessica, was ist?«

Er lauschte und glaubte näherkommende Schritte am anderen Ende zu hören.

»Jessica?«

Ein Klicken, dann ein summendes Geräusch, nach dem der Hörer am anderen Ende auf die Gabel gelegt worden war.

Bishop fuhr langsamer, als er von der Highgate High Street in das kleine Dorf abbog. Die Fahrt durch London war schnell gewesen, da um diese Stunde wenig Verkehr herrschte, obwohl in der Gegend um Westminster reichlich Aktivität geherrscht hatte, wo die Polizeiwagen und Busse wegen der Notfälle auf der anderen Flußseite aufgefahren waren. Bishop hatte versucht, Jessica noch einmal anzurufen, aber diesmal kam nur das Besetztzeichen. Er hatte auch versucht, Peck zu erreichen, doch der Beamte hatte sein Büro bereits verlassen. Bishop war sich nicht sicher, ob er die Situation übertrieb, hinterließ aber eine Nachricht und machte sich selbst auf dem Weg zu Jacob Kuleks Haus.

Er fand den schmalen Weg, der zu dem Gebäude führte. Die Scheinwerfer des Wagens warfen ihre Zwillingsstrahlen weit voraus und drückten die Dunkelheit zurück. Kleine, elegante Häuser huschten vorbei, und weil der Weg hügelabwärts führte, konnte er das Glühen der Stadt in der Ferne sehen. Er trat vorsichtig auf die Bremse und schaltete herunter, Kuleks Haus mußte direkt vor ihm in einer Kurve an der rechten Seite liegen. Dann stoppte er den Wagen, als er das Fahrzeug sah, das gegenüber dem Hauseingang geparkt stand. Es hielt dicht seitlich am Weg, die Türen keine zehn Zentimeter von einer hohen Ziegelmauer entfernt, die das dahinterliegende Haus umgab.

Der Wagen sah leer aus, und Bishop überlegte, ob der Polizist auf dem Fahrersitz zusammengesackt war. Schlief er — oder war er vielleicht tot? Er stellte den Motor ab, ließ aber die Scheinwerfer an. Seine Brille abnehmend, stieg er aus.

Die Nacht war kalt; Bishop fragte sich jedoch, worauf das plötzliche Frösteln, das er empfand, zurückzuführen war. Er näherte sich vorsichtig dem anderen Fahrzeug und bückte sich, um in das Fenster zu spähen. Der Wagen war leer.

Bishop griff zur Tür und zog sie auf, sie war unverschlossen. Das Funkgerät darin verriet ihm, daß er sich nicht geirrt hatte — es war ein Polizeiauto. Aber wo war der Polizist? Er mußte in das Haus gegangen sein. Bishop fühlte sich etwas unbehaglich, weil er so schnell in Panik geraten war. Doch bei all dem, was in letzter Zeit passiert war, hatte er Anlaß, nervös zu sein. Peck hatte seinem Mann vielleicht befohlen, im Haus zu bleiben — das ergab Sinn, da Pecks Sorge um Jessica und ihren Vater durch die Ereignisse dieser Nacht plötzlich gewachsen war. Aber warum war der Telefonhörer aufgelegt worden? Dann verfluchte er sich und fühlte sich noch törichter. Die Leitung war besetzt gewesen, als er versucht hatte, Jessica wieder anzurufen — sie hatte gemerkt, daß sie das Gespräch unterbrochen hatte und selbst versucht, ihn zu erreichen! Er benahm sich wie ein verängstigtes Kind.

Hastig schaltete er die Scheinwerfer an seinem Wagen aus und ging über den Weg auf die Auffahrt von Kuleks Haus zu. Vom Eingang konnte er ein Licht scheinen sehen, ein langes, rechteckiges Glühen, das die Glasscheibe an der Eingangstür sein mußte. Zumindest würde der Polizist wach sein und ihm öffnen, falls Jessica und ihr Vater schiefen. Doch irgendwo tief innerlich wußte er, daß er sich irrte. Hätte er die Leiche des Polizisten sehen können, dessen Kehle von Ohr zu Ohr durchgeschnitten war, die im dunklen Unterholz nur einen halben Meter entfernt lag... Bishop hätte vor dem Hause kehrtgemacht.

Seine Füße knirschten auf dem Kies, als er sich dem verglasten Gebäude näherte, dessen glatte Außenwand so schwarz wie die Nacht ringsum war. Das Licht der Scheibe führte ihn zur Tür und er zögerte, als er auf die breite Veranda getreten war. Er hatte Angst davor zu läuten.

Er brauchte es auch nicht – die Tür öffnete sich bereits. Im Licht dahinter zeichnete sich eine Silhouette ab, und ihre Stimme war ihm eigenartig vertraut.

»Willkommen, Mr. Bishop. Wir haben Sie erwartet«, sagte die große Frau.

Jacob Kulek und Jessica saßen im Wohnzimmer. Beide trugen Pyjamas. Die kleine Frau hielt dem blinden Mann ein Messer an die Kehle, ein langes Schlachtermesser, auf dessen Klinge dunkelrote Flecken waren. Sie lächelte Bishop an.

»Alles in Ordnung, Jessica? Jacob?« fragte Bishop, der im Türeingang stand.

»Im Augenblick ja, Chris«, antwortete der blinde Mann.

»Unglücklicherweise ist unsere Bewachung ermordet worden, wie uns gesagt wurde.«

Ein leichter Stoß mit der kleinen Beretta, die die große Frau hielt, nötigte Bishop weiter in den Raum.

»Ja, Mr. Bishop«, sagte sie. »Sie sind an dem armen Polizisten auf dem Weg hierher vorbeigekommen. Ich muß sagen, er war sehr leicht zu töten. Aber wer würde auch vermuten, daß Miss Turner einem die Kehle durchschneidet, wenn man es nicht besser weiß?«

Das Lächeln auf den Gesicht der kleinen Frau wurde breiter.

»Der dumme Mann dachte, ich sei eine hilflose alte Vettel, die zuviel getrunken hatte.«

»Sie müssen wissen, daß wir wußten, daß er da war. Wir haben das Haus nämlich auch die ganze Woche beobachtet. Würden Sie bitte Platz nehmen, Mr. Bishop? Wir wollen im Augenblick nicht noch mehr Tote, nicht wahr? Später natürlich, aber jetzt noch nicht.« Die große Frau deutete auf einen Platz auf den Sofa neben Jessica.

Bishop setzte sich und sah das Entsetzen in Jessicas Augen.

Er nahm ihre Hand und hielt sie.

»Ja, sehr rührend, Christopher. Ich darf Sie doch Christopher nennen?« Es fiel schwer sich vorzustellen, daß die große Frau etwas anderes war, als eine Angehörige des Frauenvereins, die am Heldengedenktag Papierblumen verkaufte. Die kleine Waffe in ihrer Hand und ihre nächsten Worte erinnerten Bishop daran, wie teuflisch sie in Wirklichkeit war. »Haben Sie Ihre Frau schon vergessen, Christopher? Hat sie Ihnen so wenig bedeutet?«

Er wollte aufstehen, da seine Wut jede Furcht schwinden ließ, doch Jessica hielt ihn am Arm fest.

»Nein, Chris!« rief sie.

Alle Freundlichkeit war plötzlich aus dem Verhalten der großen Frau geschwunden. »Hören Sie auf sie, Christopher. Ihr ist gesagt worden, daß ihr Vater sofort sterben wird, falls Sie irgendwelche Schwierigkeiten machen.«

Er sank zurück, und die Wut ließ ihn zittern.

»So ist es brav«, sagte die große Frau beruhigend, und war wieder freundlich. Sie setzte sich auf einen hochlehnigen Stuhl, der an der Wand stand, und hielt die Pistole auf Bishop gerichtet. »Sie sind ein interessanter Mann, Christopher. In den letzten paar Wochen haben wir einiges über Sie herausgefunden. Ich habe sogar eines Ihrer Bücher gelesen. Auf seltsame Weise sind Ihre Theorien gar nicht so weit von denen Boris Pryszlaks entfernt. Und auch nicht von denen Jacob Kuleks, obwohl ich sehe, daß Sie sich mehr um erklärbare Wissenschaft kümmern als um das Unerklärbare.«

»Darf ich fragen, was Pryszlak für Sie war?« fragte Kulek. »Und darf ich Sie auch bitten, das Messer wegzunehmen? Es ist ohnehin schon so unbequem genug. Ihre Waffe müßte doch reichen.«

»Ja, Judith, ich denke, du kannst dich jetzt ein wenig entspannen. Setz dich doch auf die Sessellehne und presse das Messer auf Kuleks Herz.«

»Ich traue dem alten Mann nicht«, erwiderte die kleine Frau. »Ich traue keinem von denen.«

»Aber, aber, meine Liebe. Ich kann mir nicht vorstellen, daß sie viel tun können in der kurzen Zeit, die ihnen bleibt. Ich werde meine Pistole genau auf Mr. Bishops Kopf gerichtet halten.«

Verdrossen veränderte die keine Frau ihre Position und Kulek spürte, wie die Spitze des Messers gegen seine Brust gepreßt wurde — ein wenig härter als erforderlich.

»Werden Sie uns nun über Ihre Verbindung zu Pryszlak informieren?« fragte er, scheinbar unbeeindruckt.

»Natürlich. Es gibt keinen Grund, warum Sie das nicht wissen sollten. Judith und ich — mein Name ist übrigens Lillian, Lillian Huscroft — lernten Boris vor vielen Jahren durch Dominic Kirkhope kennen. Dominic wußte, welche Art von Spielen Judith und ich genossen — ich könnte sagen, sein Wissen war intimer Art —, und er wußte, daß wir recht wohlhabend waren. Boris brauchte zu der Zeit Geld für seine Experimente. Er brauchte auch Menschen, Menschen wie er selbst. Wenn es ein Charakteristikum für sämtliche Mitglieder seiner sorgfältig auserwählten Gruppe gab, dann das, was Sie vermutlich ›moralische Verderbtheit‹ nennen würden. Wir waren völlig böse, müssen Sie wissen. Aber wir betrachteten das als Tugend, nicht als Schwäche. Eine Qualität, die viele besitzen, die aber durch die Vorurteile der sogenannten zivilisierten Gesellschaft unterdrückt wird. Wir fanden bei Boris unsere Freiheit. Jede sündhafte Tat, die wir begingen, war ein Schritt auf unser letztes Ziel zu.«

Sie lachte kurz und blickte ihre drei Gefangenen spöttisch an. »Die Polizei in diesem Land wäre überrascht, wie klein der Aktenstapel ungelöster Verbrechen werden würde, wenn wir die Rolle verrieten, die viele unserer Mitglieder dabei spielten. Das Verbrechen, das am schwersten aufzuklären ist, ist das ohne offensichtliches Motiv, und ich fürchte, daß es unseren lieben Gesetzeshütern schwerfällt, das Konzept Böses um des Bösen willen zu begreifen.«

»Mir selbst fällt es auch etwas schwer, das zu begreifen«, sagte Kulek ruhig.

»Darum ist, wenn ich so sagen darf, Boris der große Innovator, wogegen Sie nur ein weltlicher Theoretiker sind. Es war bedauerlich, daß Sie sein Angebot nicht angenommen haben — Sie hätten ebenso groß werden können, wie er es ist.«

Sie sagten ›ist‹. Wollen Sie damit sagen, daß Pryszlak nicht tot ist?«

»Niemand stirbt wirklich, Jacob.«

»Der Polizist draußen ist tot«, meinte Bishop gleichmütig. »Meine Frau ist tot.«

»Ihre Körper sind abgelegte Hüllen, das ist alles. Ihre Frau, glaube ich, ist noch sehr aktiv. Was den Polizisten anbelangt —

es liegt bei ihm, wie er weitermacht. Es hängt davon ab, was die stärkeren Kräfte in ihm waren. Ich kann Ihnen versichern: Allein die Tatsache, daß er ein Gesetzeshüter war, bedeutet nicht, daß seine ›guten‹ Kräfte unbedingt dominieren. Ganz im Gegenteil.«

»Wovon, zum Teufel, sprechen Sie eigentlich?«

»Sie meint, daß es zwei unsichtbare Kräfte gibt, die das Schicksal der Menschheit beherrschen«, erklärte Kulek. »Wären Sie ein religiöser Mensch, würden Sie sie als Kraft des Lichtes und Kraft der Dunkelheit bezeichnen. Die Bibel bezieht sich oft genug auf sie. Was uns nie klar geworden ist, oder, so Sie wollen, was wir im Lauf der Jahrhunderte vergessen haben, ist, daß sie wissenschaftliche Konzepte waren, nicht nur religiöse Einbildung. Es scheint, als ob Pryszlak einen Weg gefunden hätte, diese Kraft zu nutzen. Er hat sein psychologisches Wissen dazu benutzt, den Schlüssel zu finden. Andere haben das in der Vergangenheit geschafft, nur haben wir diese Tatsache nie erkannt. Wahrscheinlich haben die Betreffenden sie selbst nicht voll erkannt. Denken Sie nur an die Tyrannen, die Massenmörder, die teuflischen Genies der Vergangenheit. Wie konnten gewöhnliche Menschen wie Adolf Hitler so unglaubliche Macht erlangen?«

»Ausgezeichnet, Jacob«, sagte die große Frau. »Sie wären für Boris wirklich eine Hilfe gewesen.«

»Aber was war der Schlüssel?« Kulek hatte sich unbeabsichtigt vorgebeugt, und der scharfe Schmerz der Messerspitze ließ ihn schnell zurückweichen.

»Wissen Sie das nicht, Jakob? Ah, aber natürlich, Sie sind ja kein Wissenschaftler. Sie wissen wenig von den Kräften reiner Energie. Haben Sie eine Ahnung von der ungeheuren Energie, die im Gehirn einer Person steckt? Die elektrischen Impulse, die durch chemische Reaktion ausgelöst werden, die unsere Körper ein Leben lang funktionieren lassen? Eine Energie, die nicht verschwinden kann, die sich nicht auflösen kann, nur weil unsere Körper sterben. Eine elektrische Kraft, Jacob, die faßbar ist. Ihr Potential ist unbegrenzt. Haben Sie überhaupt eine Vorstellung von seiner kollektiven Stärke?«

Sie lachte wieder und genoß den Augenblick, ihre Begleiterin lachte mit ihr. »Natürlich haben Sie das nicht. Keiner von uns! Aber wir werden es bald wissen. Bald!«

»Elektrische Energie?« Kuleks Gesicht war totenblaß geworden. »Das ist nicht möglich. Wir müssen mehr als das sein.«

»Das sind wir, Jacob. Aber andererseits ist Energie auch mehr als bloß dies. Sie ist ein physikalisches Etwas, aber wir unterschätzen diesen Begriff eben. Das Paranormale ist völlig normal. Das müssen wir nur verstehen. Ich glaube, daß das eine Ihrer Doktrinen ist.«

»Dinge, die wir heute für außergewöhnlich halten, werden es in der Zukunft nicht sein.«

»Ja, wissenschaftlicher Fortschritt wird dafür sorgen. Und die Geschwindigkeit dieses Fortschrittes nimmt zu. Boris war uns allen weit voraus, und er hatte den Mut, den letzten Schritt zu wagen, um den Beweis für seine Entdeckung zu liefern.«

»Indem er sich tötete?«

»Indem er sich befreite.«

»Es muß mehr als das sein.«

»Oh, das ist es – und es ist alles sehr einfach. Für einen Mann wie Boris, versteht sich.«

»Wollen Sie uns nicht alles sagen?«

»Ich denke nicht. Sie werden es bald selbst herausfinden.«

»Warum halten Sie uns hier fest?« fragte Bishop. »Worauf warten Sie?«

»Sie werden es sehen. Es sollte nicht mehr lange dauern.«

»Hat es etwas mit dem zu tun, was heute nacht auf der anderen Seite des Flusses vorgeht?«

»Ja, es hat sehr viel damit zu tun.«

Jessica sagte: »Was geschieht dort, Chris? Sie sagten am Telefon, es sei eine Gefangenenrevolte?«

»Ich weiß nur sicher, daß die Polizei sehr beschäftigt ist – und nicht nur mit der Revolte.«

Kulek seufzte schwer: »Es ist das Dunkel, nicht wahr? Es wird stärker.«

Die beiden Frauen lächelten nur bedeutungsvoll. »Keine Fragen mehr«, sagte die große Frau.

Bishop war verwirrt. Kulek hatte von dem Dunkel so gesprochen, als sei es eine spezielle Erscheinungsform, eine eigene

Kraft. Die Kräfte der Dunkelheit, hatte er zuvor gesagt . . . War es möglich, daß die Nacht eine feindlich gesonnene Kraft barg? Bishop war verblüfft und zwang sich, die Gedanken zu verdrängen und sich auf das derzeitige Problem zu konzentrieren. Er fühlte sich hilflos. Wenn er eine Bewegung auf die große Frau zu machte, würde Kulek erstochen werden. Versuchte er es bei der kleineren Frau, bekäme er eine Kugel in den Kopf. Ihr einzige Chance würde sein, daß der Polizist sich nicht meldete — sicherlich mußte er sich in Abständen im Hauptquartier melden? Aber das blieb vielleicht bei all diesem Durcheinander in London unbemerkt. Neben ihm zitterte Jessica, und er griff wieder nach ihrer Hand.

»Halt«, befahl die große Frau. »Wenn Sie sich wieder bewegen, töte ich Sie.«

Bishop ließ seine Hand sinken, und versuchte, Jessica beruhigend zuzulächeln. »Ich glaube, das Warten macht Sie nervöser als uns.«

»Halten Sie den Mund«, zischte die kleine Frau. »Warum töten wir ihn nicht jetzt, Lillian? Er ist nicht wichtig.«

»Wir werden warten. Aber ich warne Sie, Christopher — wenn Sie sich bewegen oder wieder sprechen, dann werde ich das Mädchen erschießen.«

Während die Minuten verstrichen, begann die Spannung im Raum zu steigen. Bishop bemerkte, daß die kleine Frau immer wieder zu der Uhr hinüberschaute, die auf dem Sideboard stand, und dann zu ihrer Begleiterin. Unruhe zeichnete sich deutlich auf ihrem Gesicht ab.

»Nicht mehr viel Zeit«, sagte sie schließlich.

»Nur noch ein bißchen. Konzentriere dich, Judith, hilf mir, es herzubringen.«

Das Gesicht der großen Frau wurde naß vor Schweiß, zuweilen schlossen sich ihre Augen halb, und die Hand, die die Waffe hielt, zitterte leicht. Die kleine Frau schien ähnlich angestrengt zu sein. Bishop spannte seine Muskeln, wartete auf den richtigen Augenblick.

Plötzlich holte die Frau namens Lillian scharf Luft, und dann lächelte sie wieder. »Kannst du es fühlen, Judith? Es kommt. Es weiß.«

»Ja. Ja.« Die kleine Frau hatte wie in Trance ihre Augen geschlossen, doch das Messer war noch immer auf Kulek gerichtet.

Der Gesichtsausdruck der großen Frau war jetzt fast orgiastisch, und Bishop verlagerte sein Gewicht vorwärts, als ihre Augenlider zu flattern begannen. Sie erkannte dennoch seine Absicht, denn abrupt richtete sich ihr Blick scharf auf ihn.

»Ich warne Sie, sich nicht zu bewegen!« Die Worte wurden fast ausgespuckt.

»Nein!« Jessica und Bishop schauten zu Kulek hinüber, der aufgeschrien hatte. Die Hände des blinden Mannes faßten wie Klauen um die Sessellehnen und sein Kopf war nach oben gerichtet. Sehnen traten wie gespannte Seile heraus und seine Augen starrten blicklos an die Decke. »Es ist so nah ...«

Die kleine Frau begann zu lachen, und ihre dicken, runden Schultern bebten krampfartig. Die große Frau erhob sich von ihrem Stuhl, trat auf Bishop zu und hielt die Waffe nur Zentimeter von seinem Kopf entfernt.

»Jetzt werden Sie sehen«, sagte sie, und ihr Atem ging stoßweise und scharf. »Jetzt werden Sie die Macht sehen.«

Er erschauerte, die Spannung in dem Raum erreichte den Höhepunkt, doch jetzt schien sich ein ungeheurer Druck mit ihr zu mischen. Kurze Atemstöße kamen von Jessica und er wußte, daß sie schreckliche Angst hatte. Und er spürte die gleiche Angst.

Die Gestalt, die im Türeingang erschien, sorgte dafür, daß der Schrei, der sich in Jessica angestaut hatte, schließlich herausbrach.

13

Bishop packte das Handgelenk der großen Frau und stieß die Waffe von seinem Gesicht weg, gleichzeitig schlug er seine geballte Faust in ihr Zwerchfell. Ihr Schrei wurde zu einem atemlosen Keuchen, als sie zusammenknickte, und Bishop entwand ihr die Beretta. Er stürzte sich auf die kleine Frau, die noch immer die Gestalt im Türeingang anstarrte. Sie erkannte Bishops Absichten und holte mit dem Messer aus, um kräftiger in das Herz des blinden Mannes stoßen zu können. Aber Kulek war schneller: Er schlug zu und sie kippte von der Sessellehne, fiel nicht ganz, verlor aber doch das Gleichgewicht, und schlug wie wild um sich, um nicht zu Boden zu gehen. Sie wollte sich an der Lehne des Sessels hochziehen und Bishop sprang schnell heran und schlug ihr den Pistolenkolben auf die Stirn. Mit einem Winseln stürzte sie zu Boden, und Bishop bückte sich und nahm ihr das Messer weg.

Jessica lief zu ihrem Vater und umarmte ihn. »Mir fehlt nichts«, sagte er zu ihr und drehte dann sein Gesicht der Tür zu, weil er wußte, daß dort jemand stand, den er nicht sehen konnte.

Edith Metlock sah bleich und verängstigt aus. Ihre Blicke wanderten von einem Gesicht zum anderen, verwirrt und unfähig, die Situation zu erfassen. Sie sackte gegen den Türpfosten und ihr Kopf zitterte. »Ich kam, um euch zu warnen«, brachte sie heraus.

»Edith?« fragte Kulek.

»Ja, Vater, es ist Edith«, sagte Jessica.

Bishop ging zu dem Medium. »Sie hätten in keinem günstigeren Augenblick kommen können.« Er faßte sie am Arm und zog sie in den Raum.«

»Ich kam, um euch zu warnen«, wiederholte sie. »Die Tür stand auf.«

»Sie erwarteten jemand — oder etwas — Anderes.«

Vom Boden aus, ihren Mund noch immer offen und verzweifelt atmend, starrte die große Frau das Medium an. Bishop hatte ein wachsames Auge auf sie; er war bereit, falls erforderlich, die Waffe zu benutzen.

»Edith«, sagte Kulek, »was hat dich hergeführt? Woher wußtest du, daß die beiden uns in der Gewalt hatten?«

»Das wußte ich nicht. Ich kam, um euch vor dem Dunkel zu warnen. Es kommt zu dir, Jacob.«

Der blinde Mann war auf den Beinen, und Jessica führte ihn zu dem Medium und Bishop hinüber. Als er sprach, war seine Stimme voller Interesse und nicht voller Furcht. »Woher weißt du das, Edith?«

Bishop führte sie zu dem Sofa, und sie ließ sich wie erschöpft darauf fallen. »Stimmen, Jacob... Da sind Hunderte von Stimmen. Ich war daheim und schlief. Sie drangen in meine Träume.«

»Sie sprachen zu dir?«

»Nein, nein. Sie sind einfach da. Ich kann sie jetzt hören, Jacob. Sie werden lauter, deutlicher. Du mußt von hier fortgehen, bevor es zu spät ist.«

»Was sagen sie, Edith? Bitte, versuche ruhig zu bleiben und sage mir genau, was sie sagen.«

Sie beugte sich vor und umfaßte seinen Arm. »Ich kann es dir nicht sagen. Ich höre sie, aber es sind so viele. Sie sind so verwirrt. Aber ich höre deinen Namen, immer und immer wieder. Er will seine Rache, Jacob. Er will dir nur zeigen, was er erreicht hat. Und ich glaube, er fürchtet dich auch.«

»Ha!« Die große Frau war jetzt auf den Knien, wachsam vor ihrer eigenen Pistole, die jetzt auf sie gerichtet war. »Er fürchtet nichts! Er hat nichts zu fürchten!«

»Pryszlak? Meinst du Pryzlak, Edith?« Der blinde Mann sprach schärfer.

»Ja. Er ist fast hier.«

»Ich werde die Polizei rufen«, sagte Bishop.

»Sie kann Ihnen nicht helfen, Sie Narr!« Das Gesicht der großen Frau war zu einem boshaften, höhnischen Lächeln verzerrt. »Die kann ihm nichts anhaben.

»Sie hat recht«, sagte das Medium. »Sie können nur fliehen. Das ist das einzige, was ihr alle tun könnt.«

»Ich werde trotzdem die Polizei rufen, und sei es auch nur, um die beiden hier abholen zu lassen.«

»Es ist zu spät, begreifen Sie das nicht?« Die große Frau erhob sich, und ihre Augen funkelten. »Es ist hier. Es ist draußen.«

Der Arm, der sich von hinten um Bishops Hals schloß, war dick und stark. Sein Körper wurde nach hinten gebogen, als die kleine Frau ihr Knie in sein Rückgrat preßte. Eine Hand griff nach dem Messer, das er hielt.

Jessica versuchte, die kleine Frau von ihm abzubringen, packte ihr Haar und zerrte daran, aber es bewirkte nur, daß die beiden das Gleichgewicht verloren und zu Boden stürzten.

Bishop versuchte, sich von der Frau zu befreien, konnte aber nicht den Griff um seine Kehle lösen. Er stützte sich auf einen Ellenbogen, holte mit dem anderen aus und stieß mit aller Kraft zu. Das wiederholte er immer wieder, bis er spürte, wie ihre Beine sich unter ihm streckten. Die Spannung an seiner Kehle begann nachzulassen, und er erneuerte seine Anstrengungen. Es gelang ihm, sich umzudrehen, und da sie weder seinen Hals noch die Hand loslassen wollte, schnitt das Messer über ihre Brust und Blut spritzte heraus. Sie schrie.

Endlich konnte er sich befreien. Er wandte seinen Kopf und rechnete damit, daß ihre große Gefährtin sich auf ihn stürzen würde. Aber sie war verschwunden.

Hände umklammerten sein Gesicht, und seine Aufmerksamkeit richtete sich wieder auf die sich windende Frau unter ihm. Ihre Brust war rot von Blut, aber sie kämpfte dennoch weiter; ihre Lippen entblößten fleckige, gelbe Zähne. Die Geräusche, die sie machte, waren wie die eines tobenden Hundes, doch ihre Augen wurden trübe. Ihre Bewegungen begannen schwächer zu werden, nur ihre Willenskraft verhinderte ihren Zusammenbruch. Er stieß ihre Hände beiseite und kam wankend auf die Beine. Ohne Mitleid blickte er auf sie herab; ihre Hände schlugen noch immer in die leere Luft.

»Chris.« Jessica klammerte sich an seinen Arm. »Laß uns gehen. Laß uns die Polizei von anderswo anrufen!«

»Es ist zu spät.« Edith Metlock blickte über ihre Schulter auf die Glaswände dahinter. »Es ist bereits hier«, sagte sie tonlos.

Bishop konnte ihre Abwehr gegen das Dunkel draußen sehen. »Wovon, zum Teufel, reden Sie?« hörte er sich schreien. »Da draußen ist nichts!«

»Chris«, sagte Kulek ruhig. »Bitte gehen Sie und überprüfen Sie, ob die Eingangstür verschlossen ist, Jessica, schalte alle Lichter im Haus ein, auch die Außenlichter.«

Bishop konnte ihn nur wortlos anstarren.

»Tu, was er sagt, Chris«, drängte Jessica ihn.

Sie rannte aus dem Zimmer, und er folgte. Die Eingangstür stand weit auf und Bishop spähte hinaus, bevor er sie zustieß. Er konnte kaum die Bäume sehen, die die schmale Auffahrt zum Haus begrenzten. Nachdem er die Tür zugeschlagen hatte, schob er die Riegel vor, drehte sich um und sah, daß Jessica alle Lichtschalter in der Halle betätigte. Sie eilte an ihm vorbei, um die Treppe zum Obergeschoß hochzulaufen. Bishop folgte.

»Hier hinein, Chris!« Jessica deutete auf eine der Türen, die von dem oberen Korridor abgingen, während sie durch eine andere verschwand. Noch verwirrt, gehorchte Bishop und fand sich in einem großen, L-förmigen Schlafzimmer wieder. Diese Seite des Hauses war auf die Stadt gerichtet, und er erkannte, daß er in jeder anderen Nacht ein prächtiges Lichterschauspiel gesehen hätte. In dieser Nacht aber war etwas Eigentümliches an dem schimmernden Leuchten. Es war, als ob er durch einen sich bewegenden Spitzenvorhang schaute, die Lichter zwinkerten und wurden matt, strahlten dann wieder hell auf. Es war nicht wie Nebel, denn der hätte alles eingehüllt; es war eine treibende, tintige Dunkelheit, die von den hellsten Lichtern durchbohrt wurde, die ferneren aber erstickte und ihre Leuchtkraft trübte.

»Chris?« Jessica hatte den Raum betreten. »Du hast die Lichter nicht eingeschaltet.«

Er deutete auf die Glaswand. »Was ist das, Jessica?«

Statt zu antworten, betätigte sie den Lichtschalter, eilte dann zu der Nachttischlampe und schaltete auch sie ein. Sie verließ den Raum, und er hörte sie andere Türen öffnen. Bishop ging ihr nach und faßte sie beim Arm.

»Jessica, du mußt mir sagen, was vorgeht.«

»Verstehst du nicht? Es ist die Dunkelheit. Sie ist eine lebendige Kraft, Chris. Wir müssen sie fernhalten.«

»Indem wir Lichter einschalten?«

»Das ist alles, was wir tun können. Erinnerst du dich, wie Edith sie in jener Nacht ferngehalten hatte, als wir sie fanden? Sie wußte instinktiv, daß es der einzige Weg war.«

»Aber wie kann die Dunkelheit uns etwas antun?«

»Das tut sie durch die Menschen. Sie scheint sich auf den schwachen oder bösen Verstand zu stürzen und bringt das Schlechte darin irgendwie dazu, zu dominieren. Begreifst du nicht, was geschieht? Diese Nacht in der Heilanstalt — begreifst du nicht, wie etwas ihre geschwächten Gehirne benutzt hat?« Sie sah den Schmerz in seinen Augen. »Es tut mir leid, Chris, aber siehst du nicht, wie es auch auf Lynn gewirkt hat? Sie wollte dich töten und alle anderen auch. Sie wurden geleitet, versteht du? Ihre Gehirne wurden benutzt. Das Gleiche geschah bei dem Fußballspiel — und in der Willow Road. Pryszlak hat einen Weg gefunden, das Böse, das im Unterbewußtsein jedes Menschen ruht, zu benutzen. Je stärker dieses Böse ist oder je schwächer der Verstand der jeweiligen Person, desto leichter ist es für ihn . . .«

»Jessica!« Jacob Kulek rief von unten herauf.

»Ich komme, Vater!« Sie blickte Bishop ernst an. »Hilf uns, Chris. Wir müssen versuchen, es fernzuhalten.«

Er nickte, und alles in seinem Verstand ging durcheinander, alles, was er gesehen und gehört hatte, bestätigte auf irgendeine verrückte Weise ihre Ansicht. »Geh du nach unten zu deinem Vater. Ich schalte hier oben die restlichen Lichter ein.«

Bishop überprüfte jedes Zimmer und schaltete sogar die Badezimmerlampen ein, denn obwohl dessen Außenwände zwei der wenigen Ziegelmauern des Gebäudes waren, befand sich eine große Glasscheibe in der Decke. Er schaltete auch einen Wandspot ein und richtete ihn auf das Dachfenster. Als er schließlich ins Erdgeschoß hinabstieg, hatte Jessica die Außenbeleuchtung eingeschaltet, die den Boden mit ihrer Helligkeit überflutete.

Bishop, Jessica und Kulek standen wieder in der großen Halle, während Edith Metlock den Blutschwall der verletzten Frau, die auf dem Boden lag, mit einem weißen Leinenhandtuch zu hemmen vesuchte, das Jessica ihr gegeben hatte. Die verletzte Frau, Judith, lag jetzt still da, ihren Blick an die Decke gerichtet; sie sah nur gelegentlich zu der großen Fensterwand hinüber.

»Was jetzt?« fragte Bishop.

»Wir können nur warten«, erwiderte Kulek. »Und vielleicht beten.« Fast wie zu sich selbst fügte er hinzu: »Obwohl ich nicht sicher bin, ob das noch helfen wird.«

»Ich werde versuchen, Peck noch einmal zu erreichen«, sagte Bishop und ging zum Korridor. »Wir werden auch einen Krankenwagen brauchen — für sie.« Er deutete auf die verletzte Frau.

Jessica klammerte sich an ihren Vater, und sie beide spürten den Druck, der jetzt auf dem Haus lastete. »Ist es tatsächlich möglich, daß das geschieht? Kann Pryszlak wirklich einen Weg gefunden haben, diese Kraft anzuzapfen, Vater?«

»Ich denke, das hat er, Jessica. Diejenigen, die sich damit befaßt haben, wußten immer, daß sie existiert. Die Frage ist nur: Beherrscht Pryszlak die Kraft, oder beherrscht sie in Wirklichkeit Pryszlak? Ich denke, wir werden sehr schnell herausfinden, ob das wahr ist, was diese Frau namens Lillian sagte. Kannst du meinen Stock suchen? Dann mußt du Edith bei der verletzten Frau helfen.«

Jessica fand Kuleks Stock hinter dem Lehnsessel, in dem er gesessen hatte; sie gab ihn ihm und ging dann zu dem Medium, das noch immer neben der Gestalt kniete.

»Wie geht es ihr?«

»Ich ... ich weiß nicht. Sie scheint in einem Schockzustand zu sein. Wenn sie Schmerzen hat, zeigt sie das nicht.«

Das Leinenhandtuch war nicht länger weiß. Edith preßte es gegen den langen Schnitt, und ihre Hände wurden wie das Tuch rot vom Blut der Frau. »Ich glaube nicht, daß der Schnitt tief ist, aber sie verliert viel Blut.«

»Ich hole ein anderes Handtuch. Wir müssen ihre Bluse öffnen und versuchen, ihre ganze Brust zu bedecken.« Jessica spürte, daß sie erschauerte, als sie hinabblickte. Die Pupillen der reglosen Frau hatten sich zu kleinen Nadelspitzen zusammengezogen, und aus irgendeinem Grund war ein abwesendes Lächeln auf ihrem Gesicht. Sie schien zu lauschen.

Das Medium blickte zur Glaswand hin. Auch sie konnte etwas hören.

»Edith, was ist?« Jessica schüttelte sie.

»Sie sind alle um uns.«

Jessica blickte zum Fenster, konnte aber nur das Leuchten der Lichter draußen sehen. Sie schienen nicht so hell, wie sie hätten sein sollen.

Bishop kehrte mit entschlossenem Gesichtsausdruck in das Zimmer zurück. »Peck war noch immer nicht erreichbar, doch einer seiner Männer sagte mir, daß die Probleme sich auf diese Seite des Flusses zu verlagern scheinen. Es hat ständig Notrufe gegeben, und sie haben wenig Reserven. Er gab uns den Rat, einfach abzuwarten. Er wird so bald wie möglich jemand herausschicken. Es half auch nichts, daß ich ihm sagte, daß einer seiner Beamten ermordet worden ist. Es scheint, als sei er nur einer von vielen toten Polizisten heute nacht.« Er nahm die kleine Waffe heraus, die er zuvor in seine Jackentasche gesteckt hatte. »Falls jemand versucht einzudringen, werde ich versuchen, ihn damit zurückzuhalten. Haben Sie noch andere Waffen im Haus, Jacob?«

Der blinde Mann schüttelte den Kopf. »Ich habe keine Verwendung dafür. Und ich glaube, daß derartige Waffen uns auch nicht helfen werden.«

»Jacob, die Lichter draußen werden schwächer.« In Edith Metlocks Stimme war Furcht.

»Es muß irgendwo ein Stromausfall sein«, sagte Bishop, der zu der Glaswand ging.

»Nein, Chris«, sagte Jessica. »Die Lichter im Haus brennen ganz normal.«

Kulek wandte sich in Bishops Richtung. »Chris, stehen Sie am Fenster? Bitte bleiben Sie dort weg.«

»Da draußen ist nichts. Keine Bewegung, außer ...«

»Was ist? Jessica, sag mir, was geschieht.«

»Die Schatten, Vater. Die Schatten ziehen sich enger um das Haus.«

Bishop sprach: »Die Lichter sind jetzt nur noch ein mattes Glühen. Da ... ist eine Art ... kriechende Schwärze. Sie ist nur wenige Meter von den Fenstern entfernt. Sie bewegt sich ständig.« Er begann, von der Glaswand zurückzuweichen und blieb erst stehen, als er die Rückseite des Sofas erreicht hatte. Plötzlich konnten sie es alle sehen. Die Außenlampen waren kaum mehr sichtbar. Das Druckgefühl hatte zugenommen — es schien auf ihnen allen zu lasten, drückte auf das Haus selbst, pressend, zermalmend.

Edith Metlock fiel mit geschlossenen Augen gegen das Sofa. Jessica streckte die Hand nach ihrem Vater aus, war aber zu erschreckt, um zu ihm zu gehen. Kulek starrte auf das Dunkel, als ob er es sehen könnte, und in seinem Geist konnte er es. Bishop hob die Waffe auf die Glaswand, wissend, daß er den Abzug nicht betätigen konnte.

»Es kann nicht hereinkommen!« schrie Kulek mit erhobener Stimme, obwohl absolutes Schweigen im Raum herrschte. »Es hat keine materielle Form!«

Doch die Wölbung der riesigen Fensterscheiben nach innen, die durch Metallstreben verstärkt waren, straften seine Worte Lügen.

»Meine Gott, das ist nicht möglich.« Bishop konnte nicht glauben, was er sah. Das Glas bog sich wie die Zerrspiegel in einem Lachkabinett. Er hob seine andere Hand, um seine Augen zu schützen, war sicher, daß die Scheiben jeden Augenblick nach innen platzen würden.

Die verletzte Frau richtete sich in eine sitzende Position auf. Das befleckte Leinenhandtuch fiel von ihrer Brust, und Blut floß in ihren Schoß. Sie schaute auf die Fenster und lachte. Ihr kicherndes Geräusch erstarb, als sich die Wölbungen im Glas plötzlich wieder glätteten und die Fenster ihre normale Form annahmen. Mehrere Augenblicke lang wagte niemand im Raum zu sprechen.

»Ist es vor...?« begann Jessica zu sagen, als ein ohrenbetäubender Krach alle entsetzt zurückspringen ließ.

Der Mittelteil der Glaswand riß von oben nach unten, und gezackte Risse zweigten wie ein gegabelter Blitz vom Hauptriß ab. Das scharfe Geräusch splitternden Glases drang zu ihnen, und sie schauten gelähmt vor Entsetzen zu, wie der Teil daneben ebenfalls zu springen begann. Sie sahen die dünnen Risse in unterschiedliche Richtungen wandern, ein Puzzlemuster auf dem belasteten Glas ein Spinnennetz bilden. Ein weiterer Krach, und der Teil auf der anderen Seite des Mittelstücks begann zu brechen. Dieses Mal zogen sich zwei Linien vom Boden hoch und vereinten sich oben.

Dann stürzten mit explosiver Wucht alle Teile nach innen und überschütteten die Menschen im Raum mit Tausenden scharfer Glassplitter. Es war ein Geräusch, als ob hundert Pistolen gleichzeitig abgefeuert würden. Bishop stürzte über das Sofa, seine Kleidung und sein Haar mit silbernen Splittern überzogen. Kulek drehte sich instinktiv um und duckte sich. Sein Morgenmantel war augenblicklich mit Glasnadeln gespickt. Der Schock hatte Jessica zurückwirbeln lassen. Die lange

Couch zwischen ihr und dem Fenster schützte den größten Teil ihres Körpers; sie schrie, als ein Glasstück von der Größe eines Eßtellers an ihrem ausgestreckten Arm vorbeizischte. Das Sofa schirmte Edith Metlock und die kleine Frau völlig vor dem fliegenden Glas ab.

Bishop war auf den Boden gerollt und fiel über die verletzte Frau. Er lag für ein paar Augenblicke still, wartete darauf, daß das Läuten in seinen Ohren aufhörte und zwang sich dann, wieder aufzustehen. Er sah, daß Kulik sich auf Jessica zutastete und ihren Namen rief.

»Bei mir ist alles in Ordnung, Vater.« Sie stützte sich auf einen Ellbogen, und Bishop zuckte zusammen, als er den langen roten Riß auf ihrem Arm sah. Er erreichte sie in dem Augenblick, als Kulek sich vorbeugte, um ihr aufzuhelfen. Glasstücke fielen von ihrem Körper wie heruntergefegte Kristalle. An ihrer Stirn, an Hals und Händen waren viele winzige Schnitte, doch der Riß am Arm war am schlimmsten. Er stützte Jessica gemeinsam mit Kulek und die drei schauten zu der geborstenen Wand hinüber; kalte Luft floß ungehindert herein und ließ sie erschauern.

Da draußen war nichts als Schwärze.

Sie verhielten sich still, wagten kaum zu atmen und warteten darauf, daß etwas geschah. Die erste Gestalt tauchte auf, stand einfach jenseits des Lichtkreises, so daß der Körper nur undeutlich zu sehen war. Bishop bemerkte, daß er die Waffe hatte fallen lassen.

Die Gestalt trat aus der Dunkelheit über die Schwelle, in das Licht. Er stand da, den Kopf leicht seitwärts gewendet, mit blinzelnden Augen, als ob das Licht ihn schmerzte. Der Mann war schmutzig, seine Kleidung zerrissen und mit Dreck überzogen. Selbst in ihrem benommenen Zustand konnten sie den Hauch der Verwesung riechen.

»Wo ist er?« fragte Kulek leise, die Frage an Jessica und Bishop gerichtet. Keiner der beiden konnte antworten.

Der Kopf des Mannes drehte sich langsam zu ihnen, und selbst unter dem Schmutz, der ihn bedeckte, konnten sie sehen, daß sein Gesicht leer und ausgehöhlt war. Seine Augen waren noch immer halb geschlossen und es war kein Weiß in ihnen, nur ein mattes Gelbgrau. Seine Bewegungen waren träge, als er auf sie zukam.

Jessica begann zurückzuweichen und zog ihren Vater mit sich, aber Bishop blieb, wo er war. Ein leerer Ausdruck war im Gesicht des Mannes, und Bishop empfand Übelkeit, als er den getrockneten Schleim und Speichel sah, der seine untere Gesichtshälfte bedeckte. Seine Übelkeit verstärkte sich, als der Mann ihn angrinste.

Bishop rannte vorwärts, voller Angst, aber doch so angewidert, daß er das Ding vor sich wie eine ekelhafte Spinne erschlagen wollte. Er stieß gegen den Mann und spürte zu seiner Überraschung keinen Widerstand; es war, als ob das Monster überhaupt keine Kraft habe, als ob sein ganzer Körper sich in einem geschwächten Zustand befände, eine verwitterte Gestalt, die kaum noch lebte. Der Mann wankte zurück, und Bishop folgte ihm, hob ihn hoch und warf ihn hinaus in die Dunkelheit Er stand da, keuchte mehr vor Furcht denn vor Anstrengung und blickte hinaus in die Nacht. Dort standen viele andere in den Schatten und beobachteten das Haus.

Er wich zurück, und als er das tat, kamen drei Gestalten aus der Dunkelheit gerannt. Sie sprangen in das Zimmer und blieben jäh stehen, als der plötzliche Glanz sie blendete. Es waren zwei Männer und eine Frau: Die Männer trugen grauen Drillich, und einer von ihnen hatte keine Schuhe an; die Frau war normal bekleidet. Bishop bemerkte, daß sie nicht in dem schlimmen Zustand wie der erste Mann waren. Er schaute sich rasch nach der verlorenen Beretta um und langte nach der Pistole, als er sie, halb unter dem Sofa versteckt, auf dem Boden liegen sah. Er kniete hin, griff nach der Waffe, drehte sich um, als Jessica schrie und sah einen der Männer auf sie zustürmen. Ohne nachzudenken hob er die Pistole in Richtung des Mannes und drückte ab. Sein Gegner flog herum und fiel zu Boden, als die Kugel in seine Schulter traf. Die Frau fiel über die langgestreckte Gestalt, doch der andere Mann lief um die beiden herum und stürzte auf Bishop zu, der noch kniete. Dessen nächste Kugel durchschlug den Hals des Mannes.

»Chris, da sind noch mehr draußen!« warnte Jessica.

Er sah sie jenseits des Lichtes lauern. »Schnell, nach oben. Hier unten haben wir keine Chance!«

Über das Sofa springend, zog er Edith Metlock auf die Beine. »Bring deinen Vater nach oben, Jessica. Wir folgen.« Er ließ seinen Blick nicht von der breiten Wand der Dunkelheit vor ihm weichen und hielt die Pistole zitternd darauf gerichtet. Seine ersten beiden Schüsse waren Zufallstreffer gewesen, da er keine Erfahrung mit Waffen hatte und weder daran gewöhnt war, Menschen zu bedrohen noch zu töten; aber ihm war klar, daß es auf so nahe Entfernung eigentlich unmöglich war, daneben zu schießen – und er würde nicht zögern, auf jeden zu feuern, der den Raum betrat. Er zog das Medium mit sich, und sie ließ sich von ihm führen, ihre Hände über die Ohren gelegt, als ob das Geräusch des brechenden Glases noch immer in ihnen hallte. Sie wirkte verwirrt und war bleich. Bishop spürte, wie Schweißtropfen in seine Augen rannen und er wischte sich hastig mit seinem Handrücken über die Stirn. Er war überrascht, daß seine Hände mit Blut beschmiert waren; auch er mußte wohl durch das fliegende Glas verletzt worden sein.

»Sie sind an der Eingangstür!« hörte er Jessica rufen. »Sie versuchen, sie aufzubrechen!«

Er konnte dumpfe Schläge aus dem Korridor hören. »Die Treppe hoch, schnell«, befahl er. Vielleicht konnte er sie zurückhalten, bis die Polizei eintraf. Falls die Polizei eintraf.

Die Hand, die sich hinter sein Knie hakte und ihn zu Fall brachte, gehörte der kleinen Frau. Er stürzte schwer, riß das Medium mit sich, und die verletzte Frau warf sich auf ihn, ohne anscheinend den Schmerz zu fühlen, den sie litt. Als Bishop seinen Kopf beiseite drehte, um den spitzen Fingernägeln auszuweichen, sah er, daß die Frau, die mit den beiden Männern in den Raum gesprungen war, auf ihn zukroch, ein langes, blitzendes Glasstück wie eine Messerklinge in der Hand. Er brachte ein Knie hoch und stieß es heftig in die Seite der Frau über ihm, so daß sie zur Seite kippte. Den Rücken noch immer auf dem Boden, richtete er die Pistole auf das Gesicht der nahenden Gegnerin. Sie schien das nicht zu bemerken, oder es war ihr egal. Obwohl Bishop voller Angst war, brachte er es nicht fertig, den Abzug durchzuziehen, sondern warf sich beiseite, als das gezackte Glas auf ihn niederstieß; er hörte, wie es auf dem Boden zerbrach. Die Frau starrte auf ihre blutige Hand und langte dann wieder nach ihm. Er fegte den Arm beiseite, auf den sie sich stützte, und schlug ihr den Pistolenkolben so auf den Kopf, daß sie zusammenbrach. Sich von der kleinen Frau freitretend, deren Beine noch immer mit den seinen verschlungen waren, versetzte er ihr einen gezielten Stoß, der sie gegen das Sofa beförderte. Er glaubte, sie könne nicht mehr aufstehen, doch so unglaublich es war, er irrte.

Sie stürzte sich mit einer Kraft, die für jemand in ihrem Zustand erschreckend war, auf ihn, und ihre Schläge trieben die Glaskristalle, die sich in sein Gesicht gebohrt hatte, noch tiefer in die Haut und ließen ihn aufschreien. Jetzt kamen noch andere in den Raum, Männer und Frauen, die aus der Deckung der Dunkelheit getreten waren, die sie zu bevorzugen schienen. Einige von ihnen beschirmten ihre Augen gegen das grelle Licht, andere blinzelten nur. Bishop spürte, wie der Körper der kleinen Frau erzitterte, als die Kugel zwischen ihre Rippen drang, doch er mußte noch zweimal schießen, um ihr Zucken zu beenden. Als sie starb, sah er, daß keine Furcht in ihren Augen war, sondern ein seltsamer Ausdruck von Freude.

Er feuerte in die Menge, die in den Raum eingedrungen war, und stoppte für einen kurzen Augenblick ihren Ansturm. So gewann er genug Zeit, auf die Beine zu kommen und auf die Tür zuzuwanken. Während er Edith Metlock heftig durch die Tür stieß, schoß er auf den nächsten Mann, der auch im grauen Drillich gekleidet war, den Bishop plötzlich als Gefangenenkleidung erkannte. Der Mann brach in dem Augenblick zusammen, als Bishop die Tür zustieß; das Holz erbebte, als sein Körper dagegen prallte.

Jessica und ihr Vater standen auf der Treppe, und das Mädchen blickte über das Geländer zu ihnen hinab. Ihr Gesicht war vor Entsetzen tränenüberströmt. Bishop spürte, wie sich der Türgriff in seiner Hand drehte und wußte, daß er die Tür nicht lange geschlossen halten konnte.

»Beeilt euch!« schrie er. »Nehmt Edith mit!«

Jessica wurde durch den schroffen Befehl aus ihrer Erstarrung geweckt. Sie griff über das Geländer und führte das Medium die Stufen hoch. Bishop wartete, bis sie aus dem Blickfeld verschwunden waren, bevor er den Türgriff losließ. Die Tür flog auf und er feuerte in den Raum dahinter, bis die Pistole nur noch klickte. Sie war leer, leer und nutzlos. Er machte kehrt und floh.

Als er an der Glasscheibe der schweren hölzernen Tür vorbeikam, zerbrach sie und eine Hand langte hindurch und griff nach seinem Arm. Eine andere Hand schoß vor und zerrte an seinem Haar. In diesem Augenblick gingen alle Lichter im Haus aus.

Noch während er sich wehrte, wurde ihm klar, daß jemand in den anderen Teil des Hauses eingedrungen war und die Hauptsicherung gefunden hatte. Er riß sich von den zerrenden Händen los, spürte, daß seine Jacke zerriß und brach auf der Treppe zusammen. Um sich hörte er Schritte in der Dunkelheit und die Schreie der Besessenen, ihr triumphierendes Rufen. Hände tasteten durch das Geländer nach ihm, während er sich nach oben schleppte. Sie zerrten an seinem Gesicht und an seinen Händen, rissen an seiner Kleidung und versuchten, ihn nach unten zu ziehen. Ein stählerner Griff schloß sich um seinen Knöchel, und er strauchelte ... Wilde Schreie und Gelächter dröhnten in seinem Kopf — dann eine Stimme, eine Stimme, die das Inferno kaum durchdrang, doch eine Stimme, von der er wußte, daß es Jessicas war. Aber die Worte ergaben keinen Sinn.

»Schließ deine Augen, Chris, schließ deine Augen!«

Das gleißende Licht, das im Korridor aufflammte, blendete ihn, und lange Sekunden danach tanzten silberne und rote Bilder unter seinen geschlossenen Lidern. Er fühlte sich erleichtert und hörte das enttäuschte Geheul.

»Kommen Sie, Chris!« Diesmal war es Kuleks Stimme. »Hoch, hoch! Solange sie geblendet sind!«

Bishop bewegte sich rasch, wenngleich benommen; er erreichte den Treppenabsatz, fiel gegen die gegenüberliegende Wand und sah noch immer nur undeutlich. Hände griffen nach ihm und er wußte, daß sie ihm helfen wollten.

»Hier entlang, ins Schlafzimmer«, hörte er Kulek sagen.

Schwere Schritte kamen von der Treppe, als der blinde Mann ihn in einem angrenzenden Raum führte, und Jessica schrie mit furchterfüllter Stimme: »Schließ deine Augen!« bevor der gleißende Blitz alles zu einem unheimlichen weißen Schweigen erstarren ließ. Schreie und das Geräusch fallender Körper drangen zu ihnen. Bishop spürte Jessica mehr in den Raum laufen, als daß er sie sah und schloß rasch die Tür.

»Schnell, wir müssen die Tür verbarrikadieren!« Kulek schüttelte Bishops Arm.

Jessica verschloß die Tür und eilte dann zu einem schweren Tisch. »Helft mir, Chris, Edith.« Sie begann, ihn von der Wand zu ziehen, vor der er stand.

Bishop blinzelte mehrmals und erkannte allmählich Konturen. Durch die lange Fensterwand drang soviel Licht, daß er die zwei Frauen am Tisch sehen konnte. Er eilte zu ihnen und bald war das Möbelstück gegen die Tür gestemmt.

»Wir holen das Bett!« rief Bishop. Sie stellten es auf, und er spürte erleichtert sein schweres Gewicht. Es krachte auf den Tisch, verstärkte die Barrikade. Schritte kamen über den Korridor gerannt, und sie hörten Bewegung im Nachbarraum. Weiteres Gerenne, dann verhielten die Schritte vor ihrer Tür. Der Griff drehte sich, Bishop lehnte sich gegen die Barrikade und flüsterte den anderen zu, dasselbe zu tun. Das beginnende Hämmern ließ sie alle zusammenzucken, obwohl sie es erwartet hatten.

Die Tür erbebte in ihrem Rahmen, hielt aber zum Glück.

»Wer sind sie? Woher kommen sie nur?« Jessica stand neben Bishop, und er konnte im Düster nur verschwommen ihr weißes Gesicht ausmachen.

»Ich bin sicher, daß einige aus dem Gefängnis sind. Sie müssen bei der Revolte entflohen sein.«

»Aber unter ihnen sind auch Frauen und andere Männer. Sie sind in einem schrecklichen Zustand.«

»Die Vermißten! Sie müssen es sein! Gott weiß, wie sie in diesen Zustand geraten sind.«

»In welchen Zustand?« fragte Kulek, der ebenfalls gegen das hochgestellte Bett drückte.

»Ihr Schmutz, ihre zerlumpte Kleidung. Sie sehen auch verhungert aus. Der erste, den ich hinauswarf, war schwach wie ein Kätzchen.«

Das Hämmern gegen die Tür wurde lauter, als die draußen Gegenstände gefunden hatten, mit denen sie gegen das Holz schlagen konnten.

Kuleks Stimme war grimmig. »Sie waren die ersten Opfer. Was immer sie beherrschen mag, es kümmert sie nicht um ihr Leben. Es benutzt sie und zerstört sie.«

»Und die Stärkeren sind die neueren Opfer? Wie die Sträflinge?«

»Es scheint so.«

Die ganze Barrikade rutschte ein Stück, und Bishop wußte, daß die Tür aufgebrochen worden war. Er stemmte seine Füße fester in den Teppich und preßte sich kräftiger gegen das Bett. Mit einer Hand packte er den Tisch, um ihn festzuhalten, und bemerkte nur vage, daß Edith Metlock zu Boden gesunken war und auf den Knien schwankte, den Kopf in ihren Händen.

Ein Krachen hinter ihnen ließ sie alle zu dem großen Fenster herumfahren. Jessica bedeckte ihr Gesicht, sie rechnete damit, daß das Glas wieder nach innen splittern würde.

»Sie werfen Steine gegen das Fenster«, sagte Bishop atemlos und merkte plötzlich, daß das Hämmern gegen die Tür nachgelassen hatte. »Drückt weiter gegen das Bett«, rief er Jessica und ihrem Vater zu, während er durch den Raum lief. Im Dunkel stieß er gegen etwas, das auf dem Boden lag und lächelte, als er sah, daß es eine Kamera war, an der etwas Rechteckiges befestigt war. Jessica hatte das Blitzlicht gegen den Mob benutzt, der ihn jagte, und ihn mit dem kurzen, grellen Licht geblendet und aufgehalten.

Er erreichte das Fenster in dem Augenblick, als etwas dagegen krachte, und wich in einem Reflex zurück. Zum Glück war das Glas außerordentlich stark und brach nicht, obwohl ein weißlicher Riß entstand. Vorsichtig spähte Bishop an der Seite hinaus. Das Schlafzimmer führte zum hinteren Garten, und er konnte Gestalten in den Schatten von Gebüsch und Bäumen stehen sehen. Während er hinschaute, begann ein Mann an den Ziegeln einer niedrigen Gartenmauer zu zerren, trat dann auf den Rasen, hob sein Beutestück und bog seinen Körper zum Wurf zurück. Doch der Ziegelstein erreichte das Fenster nicht; er fiel aus den Fingern des Mannes zu Boden.

Der Mann wich zurück, den Blick noch immer auf das Fenster gerichtet, aus dem Bishop beobachtete; er sank in das Gebüsch hinter sich und Bishop bemerkte, daß die anderen Gestalten plötzlich verschwunden waren. Der Mann wurde ein Teil der Schatten und war dann wie die anderen weg.

Eine Bewegung neben ihm veranlaßte Bishop, sich umzudrehen; Edith Metlok starrte über die Baumwipfel zur Stadt hinüber. »Sie gehen«, sagte sie einfach. »Die Stimmen sind verschwunden.«

Jessica und Kulek traten zu ihnen ans Fenster.

Bishop schüttelte den Kopf. »Warum gehen sie plötzlich? Wir hatten keine Chance gegen sie.«

In Jacob Kuleks Stimme war Müdigkeit, als er sprach, und als Bishop sich zu ihm umdrehte, sah er, daß sich die Müdigkeit auch tief in sein Gesicht gegraben hatte. Während der blinde Mann sprach, fiel es Bishop auf, daß es genug Licht gab, um ihn zu sehen.

»Die Dämmerung ist da«, sagte Kulek. »In meinen Augen ist ein Grau, wo vorher nur Schwärze war. Sie sind vor dem Morgenlicht geflohen.«

»Gott sei Dank«, sagte Jessica leise, als sie sich an Bishop lehnte und seinen Arm ergriff. »Gott sei Dank ist es vorbei.«

Kuleks blicklose Augen waren noch immer auf das nahende Licht gerichtet. Die Welt draußen war grau, fast farblos, aber nicht länger schwarz. »Nein, es ist nicht vorbei. Ich fürchte, daß es erst begonnen hat«, sagte er.

TEIL DREI

*Und es wird über ihnen brausen zu der Zeit
wie das Brausen des Meeres.
Wenn man dann das Land ansehen wird, siehe,
so ist's finster vor Angst,
und das Licht scheint nicht mehr über ihnen.*

Jesaja 5:30

1

Viele wurden gefunden, die ziellos durch die Straßen der Stadt wanderten, völlig durcheinander, ihre Augen halb geschlossen, ihre Hände wie Schilde gegen den Glanz der Sonne gehoben.

Andere kauerten in dunklen Räumen oder versteckten sich in den Kellern von Gebäuden, zu denen sie sich Zutritt verschaffen konnten. Das Londoner U-Bahn-System brach zusammen, als schockierte Fahrer aus ihren Zügen wankten, den Anblick zahlloser Körper vor Augen, durch die sie in den schwarzen Tunnel gepflügt waren. Ein Alptraum, den sie nie vergessen würden. Eine Durchsuchung des Kanalisationsnetzes wurde angeordnet — drei Männer, die am Tage zuvor dort eine Inspektion gemacht hatten, waren nicht zurückgekehrt und die Suchmannschaft kam ebenfalls nicht wieder. Leichen wurden auf den Straßen gefunden, bei vielen waren die Körper ausgemergelt, ihre Kleidung zerfetzt. Einige hatte sich selbst das Leben genommen, andere waren verhungert. Nicht alle befanden sich in einem hilflosen Zustand: Viele waren entsetzt, erinnerten sich an die Gewalttaten, die sie während der Nachtstunden begangen hatten, waren aber unfähig, sie zu erklären. Manche wurden von ihren Familien versteckt, wenn es ihnen gelang, den Weg nach Hause zu finden. Waren sie erst einmal sicher, bestanden sie darauf, daß die Vorhänge gegen das grelle Tageslicht zugezogen wurden; sie lauschten aufmerksam den Berichten über die Massengewalttätigkeiten der vergangenen Nacht, fürchteten sich aber, zur Polizei zu gehen. Verstört durch das, was geschehen war, weigerten sie sich, draußen Hilfe zu suchen, da sie wußten, daß jeder, der an den Tumulten beteiligt war, festgenommen und fortgebracht wurde. Es war Mittag, bis das Heulen der Feuerwehrsirenen aufhörte, doch der Lärm der Krankenwagen, die durch die Straßen jagten, setzte sich bis zum Nachmittag fort. Nie ließ sich genau feststellen, wie viele ums Leben gekommen waren oder wie viele Hirne in dieser ersten Nacht des Schreckens in Mitleidenschaft gezogen worden waren, denn die Ereignisse danach nahmen solch gewaltige Ausmaße an und ereigneten sich mit solcher Geschwin-

digkeit, daß es hoffnungslos wurde, den menschlichen und materiellen Schaden genau erfassen zu wollen. Die wichtigste Aufgabe war, zu überleben, nicht Einzelheiten zu registrieren.
Es begann in der folgenden Nacht wieder.
Und setzte sich in der Nacht darauf fort.
Und in der nächsten.

Die Versammlung im Tempel der Neuen Auserwählten war früher an diesem Nachmittag zusammengekommen, da man wußte, daß sie wegen des Ausgehverbotes ab fünf ihre Häuser nicht verlassen und sich nicht zu dem modernen, weißgetünchten Gebäude würden begeben können. Man hatte ihnen befohlen zu schweigen, während sie warteten — Bruder Martin wollte nicht, daß ihre Anwesenheit in der Kirche bekannt wurde —, doch in ihren Köpfen ging sowieso alles durcheinander. Sie fürchteten sich, waren zugleich voller Gier. Ihr Führer hatte ihnen erzählt, was kommen würde, und sie glaubten seinem Wort. Bruder Martin hatte das Wissen, denn er hatte mit dem Dunkel gesprochen.
In einem Raum am hinteren Ende der Kirche — die eigentlich keine richtige Kirche war, sondern eine Versammlungshalle mit Bankreihen —, nahe dem Altar, der kein wirklicher Altar war, sondern ein kunstvolles Lesepult, saß ein sorgfältig gekleideter Mann, dessen Gesicht von einer einzelnen Kerze erleuchtet wurde, die auf dem Tisch vor ihm stand. Die Augen des Mannes waren geschlossen und sein Atem ging tief und rhythmisch. Er spürte die Spannung, die aus der Halle nebenan drang, und lächelte. Es würde helfen: Die Vibrationen des Gedankenflusses würden als Führer wirken. Er war bereit, und sie waren bereit. Fast hundertundfünfzig Menschen. Das Dunkel würde sie willkommen heißen.
Seine Augen öffneten sich, als ein leises Pochen an der Tür ihn aus seinen Gedanken weckte. Einer seiner Anhänger, ein großer, dunkler Mann, betrat den Raum. Er war Anfang Dreißig, sein Haar war im Afro-Look frisiert, doch sein Anzug war konservativ. Bruder Martin lächelte ihn an.
»Ist alles bereit?« fragte er.
Der Farbige war zu nervös, um das Lächeln zu erwidern.

»Bereit«, bestätigte er.

»Fürchtest du dich, Bruder John?«

»Bruder Martin, ich hab' eine Scheißangst.«

Bruder Martin lachte laut, und ein Anhänger fiel ein.

»Es gibt nichts mehr, wovor man Angst haben müßte, John. Dieser Augenblick steht seit langer Zeit bevor — wir dürfen ihn nicht scheuen.«

Bruder John wirkte unsicher. »Das weiß ich, daß weiß ich. Aber was, wenn du dich irrst?«

Bruder Martins Hand war vorgeschossen und schlug dem farbigen Mann auf die Wange. Widerstand erfolgte nicht, obwohl Bruder John mindestens einen Kopf größer war.

»Zweifle nie wieder an mir, Bruder John! Ich habe mit dem Dunkel gesprochen und mir ist gesagt worden, was zu tun ist.« Seine Stimme wurde weicher und er streckte die Hand aus und berührte die Wange, die nun seine Spuren trug. »Wir haben genossen, was wir von diesen Leuten bekommen haben, Bruder, aber jetzt ist es Zeit für etwas anderes, besseres. Ihr Glaube hat uns Reichtum beschert; jetzt können sie uns helfen, etwas zu erlangen, das materiellen Gewinn übertrifft.« Er ging zur Tür und wandte sich vorher an seinen Gefährten: »Ist der Trank bereit?« fragte er.

»Ja, Bruder Martin.«

»Laß deinen Glauben in mir ruhen, Bruder John.« Er öffnete die Tür und trat in die Halle dahinter.

»Glaube, Scheiße«, murmelte der farbige Mann. Es war für sie einst gut gewesen, die Leute davon zu überzeugen, daß sie in Bruder Martin ihre Erlösung fänden. Sie hatten Vertrauen in ihren Führer, den Mann, der predigte, daß es Liebe sei, sich selbst hinzugeben, seine Besitztümer wegzugeben. Und Bruder Martin war da, um zu empfangen, was die Leute gaben. Vor allem die Frauen. Bruder Martin würde nicht einmal die häßlichste abweisen. Einem richtigen Mann konnte sich der Magen umdrehen, wenn er an einige der Vetteln dachte, mit denen Bruder Martin ins Bett gegangen war. Er, Bruder John, war wählerischer gewesen.

Die Anhänger waren dankbar dafür, daß man ihnen sagte, Lust sei ebenso Teil der Liebe wie Hingabe: Lust bedeutet

Zeugung, und die führte zu mehr Kindern, die Gottes neuem Weg folgen konnten. Sie hörten es gern, daß Sünde gut sei, denn Sünde bedeutet Reue — nur durch Reue konnten sie Demut erfahren, und nur durch das Empfinden wirklicher Demut konnten sie zu dem Allmächtigen gelangen. Sündige heute, büße morgen — was konnte besser sein? Das einzige Problem war, daß Bruder Martin begonnen hatte, selbst an das zu glauben, was er predigte.

Vor acht Jahren waren sie beide überrascht gewesen, als das, was sie als kleinen Schwindel begonnen hatten, um zu etwas Geld zu kommen, sich zu einem lukrativen Geschäft entwickelte. Diese frühen Jahre waren ein einziges fröhliches Abkassieren gewesen. Sie beide waren nach den Zusammenkünften zusammengebrochen, und ihre Augen hatten sich vor Lachen mit Tränen gefüllt, wenn sie die Einnahmen des Abends zählten. Sie hatten beide rasch festgestellt, daß Geld nicht der einzige erfreuliche Gewinn ihrer Operation war: Die Schwäche des Fleisches war schnell als eine Sünde eingeführt worden, um büßen zu können. Je mehr Reue Bruder Martin seine Schäfchen empfinden lassen konnte, desto mehr pries er den Herrn, daß er ihnen als Instrument der Sündenvermittlung gegeben worden war. Heimlich hatte er damals John zugezwinkert und gefragt: »Wer könnte dem Konzept widerstehen, daß unerlaubt zu bumsen gut für die Seele ist?«

Aber seit sich Bruder Martin, alias Marty Randall, in zwei Jahren dreimal die Syphillis geholt hatte, war eine Veränderung in seinem Verhalten eingetreten. Vielleicht war es auch einfach die Verehrung, die sie Bruder Martin entgegenbrachten, die ihn dazu veranlaßte, das alles selbst zu glauben. Bis zur Gründung des Tempels der Neuen Auserwählten war Randall — Bruder Martin — ein kleines Licht gewesen: jetzt war er zu jemand geworden, den man anbetete. Es reichte, um jeder Frau den Kopf zu verdrehen.

Bruder John, alias Jonny Parker, hatte mit Scheu beobachtet, wie Randall sich im Lauf der Jahre zu verändern begann: seine Predigten waren emotinonaler geworden, jede steigerte sich zu einem Crescendo, das die ganze Versammlung klatschend und schreiend auf die Beine brachte: »Amen, Bruder Martin!« Es gab immer noch Gelegenheiten, wo die beiden kicherten und sich gegenseitig zu ihrem Glück und der Arglosigkeit ihrer Herde gratulierten, aber diese Gelegenheiten wurden immer seltener und unregelmäßiger. Und heute abend schien Bruder Martin völlig ausgeflippt zu sein. Würde er das wirklich durchführen, oder war es nur ein Test für sie alle, um einem Größenwahnsinnigen zu beweisen, welche Gewalt er über sie hatte, ein Experiment, das im letzten Augenblick beendet werden würde? Bruder John, alias Parker, hoffte, daß es letzeres sei.

Bruder Martin schritt zum Lesepult, und seine Augen gewöhnten sich rasch an die Helligkeit der Halle nach dem Düster in dem kleinen Nebenraum. Ein erregtes Rascheln begrüßte sein Eintreten, und die Menschen schauten einander nervös an. Sie fürchteten das, was geschehen würde und waren doch begierig auf dieses neue und bei weitem nicht letzte Experiment. Es gab nur wenige in der Menge, die noch Zweifel hatten, aber sie machten sich wegen des Lebens ohnehin keine Sorge. Alles, was in der Stadt geschehen war, ließ glaubwürdig erscheinen, was Bruder Martin ihnen erzählt hatte. Die Zeit war gekommen und sie wünschten, unter den ersten zu sein.

Bruder Martin richtete ihre Aufmerksamkeit auf die drei großen Schüsseln, die auf dem Tisch am Ende des Mittelgangs standen. »Dort seht ihr, meine lieben Brüder und Schwestern, das Elixier«, dröhnte seine Stimme. »Mit nur einem Schluck werdet ihr unsterblich sein. Ihr selbst habt das Chaos draußen gesehen, die Menschen, die tot sind und sich doch weigern ihre Körper aufzugeben. Wollt ihr die Hülle, die ihr bewohnt, qualvoll verderben lassen, oder wollt ihr mir rein und ohne Angst folgen? In Reinheit!«

Er blickte über die Versammlung, so daß jedes Mitglied spürte, daß die Worte für sie alle und ihn allein bestimmt waren.

»Es gibt einige unter euch, die sich fürchten. Wir werden euch helfen, diese Furcht zu überwinden. Da sind auch einige unter euch, die noch zweifeln. Wir werden euch helfen, diesen Zweifel zu überwinden. Da sind viele unter euch, die die Welt hassen und die schreckliche Mühe, die sie euch gebracht hat — und ich sage, das ist gut! Es ist gut, zu hassen, denn die Welt ist ein schlechter, häßlicher Ort! Verabscheut sie, Brüder, schmäht sie, Schwestern! Denkt an die Worte: ›Es ist der Tag des HERRN nicht Dunkelheit und nicht Licht‹. Dies ist der Tag des HERRN! Die Helligkeit ist verschwunden!«

Bruder Martin schwenkte eine Hand und auf dieses Zeichen hin wurden alle Lichter im Saal durch Bruder John ausgeschaltet, der am Hauptschalter stand. Ein Stöhnen stieg aus der Menge, als die Halle bis auf das spärliche Licht der flackernden Kerzen, die ringsum an den Wänden aufgestellt waren, in Dunkelheit getaucht wurde.

»Öffne die Türen, Bruder Samuel«, befahl ihr Führer, und ein Mann, der an den Doppeltüren des Tempels stand, öffnete sie weit. Die Dunkelheit draußen wurde Teil der Dunkelheit drinnen. »Konzentriert euch, meine Brüder und Schwestern, bringt das Dunkel zu uns! Wir müssen uns beeilen.« Er konnte die Straßenlaternen hinter dem Tempelgelände sehen, die Häuser, in denen jedes Licht eingeschaltet war. Es war angeordnet worden, in der Hauptstadt jedes Licht nachts eingeschaltet zu lassen: Die Behörden wußten um die Kraft des Dunkel. Nacht um Nacht war es zurückgekehrt mit der natürlichen Dunkelheit als Verbündetem, und jedesmal war das Chaos größer geworden. Niemand wußte, wer seinem Einfluß erliegen würde – Vater, Mutter, Bruder, Schwester, Kind, Freund, Nachbar. Was immer in einem an Bösem lauerte, wartete darauf, befreit zu werden, gierte danach, gelöst zu werden. Das Licht war die einzige Barriere. Das Dunkel fürchtete das Licht. »Das Licht scheint in der Dunkelheit, und die Dunkelheit hat es nicht bezwungen.« Das Evangelium des Johannes. Doch der Mensch konnte das Licht bezwingen. Bruder Martin kicherte in sich hinein, und seine Augenhöhlen glichen dunklen Schatten im Kerzenlicht.

»Tretet vor und trinkt den Trank, der uns zu einem Ganzen machen wird.« Bruder Martin streckte der Versammlung seine Arme entgegen.

Trotz der Kälte, die durch die geöffneten Türen drang, brachen Schweißtropfen auf Bruder Johns Stirn aus. O Mann, o Mann, er will es wirklich tun. Er will sie wirklich alle töten. Randall glaubte tatsächlich all diesen Unsinn, den die Leute von dem Dunkel erzählten. Gott, wußte er nicht, daß das nur Gerede war? Auf der Straße wußte es jeder: Es war ein chemisches Gas, das im Sonnenlicht oder bei anderem Licht nicht aktiviert werden konnte. Niemand wußte, wer es eingesetzt hatte — eine ausländische Macht, Terroristen? Die verdammten britischen Wissenschaftler selbst? Niemand auf der Straße wußte das. Vielleicht diese Mistkerle, die an der Macht waren. Nur daß sie es nicht sagten. Bleibt nachts drinnen, schaltet die Lichter an — das war alles, was sie sagten. Polizei und Armee patrouillierten nach der Sperrstunde, ob die Vorschrift eingehalten wurde. Zu ihrem eigenen Schutz hatten sie starke Suchscheinwerfer dabei. Und dieser blöde Hund Randall mißachtete das Gesetz, schaltete alle Lichter aus und befahl, die Türen zu öffnen. Was, zum Teufel, würde geschehen, wenn er feststellte, daß die Mischung in diesen Schüsseln kein Zyankali enthielt? Was würde er tun, wenn diese verdammten dämlichen Schafe, die ihm folgten, nicht tot umfielen, nachdem sie den Todestrank getrunken hatten? Er wußte, wen es treffen würde: Der nette Bruder John hatte den Auftrag gehabt, das Gift zu besorgen. Wo, zum Henker, dachte Randall, sollte er genügend Zyankali herbekommen, um hundertundfünfzig Frauen zu töten?

Bruder John begann seinen Weg durch den Seitengang zu nehmen, fort von den drei Behältern mit Saisbury-Branntwein, auf die offene Tür zu. Zeit zu verschwinden. Das hätte er schon längst vorher tun sollen.

Die Versammlung drängte vorwärts. Jeder hielt einen Plastikbecher in der Hand, die beim Betreten des Tempels ausgeteilt worden waren. Bruder Martin lächelte liebevoll, als sie an ihm vorbeigingen. Eine Frau Anfang Vierzig warf sich auf ihn, ihr Gesicht tränenüberflossen, und ihre Nase lief. Helfer hielten sie zurück, und Bruder Martin tröstete sie mit Worten, die sie kaum hörte. Ein Mann in den Sechzigern ging an ihm vorbei, die Augen niedergeschlagen.

»Ich fürchte mich, Bruder Martin«, sagte er.

Bruder Martin streckte beide Hände aus und berührte die Schultern des Anhängers. »Das tun wir alle, Bruder . . .

Wie, verdammt, war doch gleich sein Name? »Lieber Freund, aber unsere Furcht wird bald großer Freude weichen. Habe den

Glauben an mich. Ich habe mit dem Dunkel gesprochen.« Jetzt beweg dich schon, du blöder Hund, bevor du die anderen ängstigst.

Es war wichtig, daß die euphorische Stimmung, obgleich es eine gespannte Euphorie war, nicht gebrochen wurde. Wenn jemand in Panik geriet, würden die anderen folgen. Er brauchte sie aber alle, wollte ihre Kraft, denn er hatte tatsächlich mit dem Dunkel gesprochen. Oder zumindest hatte er geträumt, mit ihm gesprochen zu haben. Das kam auf dasselbe hinaus.

Das Dunkel wollte ihn, aber es wollte auch seine Leute. Je mehr Leben es bekäme, desto stärker würde es werden. Bruder Martin, alias Marty Randall, war glücklich, der Rekrutierungsoffizier des Dunkel zu sein.

Die Menschen bewegten sich in geordnetem Fluß auf die Schalen zu und dann zurück zu ihren Plätzen. Sie beachteten nicht, daß Bruder John zur Tür ging; die allgemeine Düsterkeit des Inneren bot zudem Schutz. Dennoch rechnete John damit, daß Bruder Martin ihn jeden Augenblick zurückrufen würde, und je weiter er sich von seinem Führer entfernte, desto nervöser wurde er. Er leckte seine Lippen und merkte, daß seine Kehle trocken war. Einige aus der Herde schauten ihn forschend an, und er mußte nicken und ihnen beruhigend zulächeln. Er war dankbar, daß das Licht so schwach war, daß man die Schweißtropfen nicht sehen konnte, die er auf seinem Gesicht fühlte. Bruder Samuel stand noch immer an den geöffneten Türen und Bruder John näherte sich ihm vorsichtig. Dieser Mann war ein ergebener Anhänger, ein Dummkopf, dessen Hirn nur funktionierte, wenn er von jemand geführt wurde. Genau die Art von Typen, die Randall brauchte, um seine Anhänger an der Kandare zuhalten. Der große Mann neigte seinen Kopf wie ein neugieriger Labrador zur Seite, als Bruder John näherkam. Er mochte keine Schwarzen, und besonders Bruder John mochte er nicht. Der Nigger schien immer ein höhnisches Lächeln auf dem Gesicht zu haben, als ob er einen dauernd verspotte.

»Bruder John beugte sich vor und flüsterte in das Ohr des großen Mannes: »Bruder Martin möchte, daß du nach vorn kommst, Bruder Samuel, und mit den anderen trinkst. Er glaubt, daß sie deine Ermutigung brauchen.«

Bruder Samuel warf einen ängstlichen Blick auf die schattenhafte Versammlung. Ein tiefes, stöhnendes Geräusch drang aus ihr, und mehrere Frauen jammerten. Er steckte seine Hand in die Jackentasche und schloß seine Finger um die Waffe darin. Bruder Martin hatte ihm gesagt, daß es vielleicht nötig sein würde, einige Anhänger dazu zu überreden, das auszuführen, was von ihnen erwartet wurde. Aber er hatte ihm auch gesagt, daß er damit bis zum Schluß warten solle, nur für den Fall, daß einige nicht durch das Gift getötet wurden oder nur so getan hatten, als ob sie getrunken hätten. Eine Kugel in den Kopf war die Antwort darauf. Warum hatte Bruder Martin seine Meinung geändert?

»Er sagte mir, ich solle an der Tür bleiben.«

»Ich weiß, Bruder Samuel«, entgegnete der schwarze Mann geduldig, obwohl er merkte, daß seine Beine schwach wurden. Er konnte Randalls Stimme von vorn hören, die die Leute drängte, sich zu konzentrieren, das Dunkel heranzuziehen. »Er hat seine Meinung geändert. Er braucht dich dort, Bruder.«

»Wer bewacht die Tür? Wer sorgt dafür, daß niemand hinausgeht?«

»Niemand geht. Sie wollen Bruder Martin folgen.«

Ein verschlagener Ausdruck trat auf das Gesicht des großen Mannes. Der Nigger lächelte wie gewöhnlich. Und aus dieser Nähe konnte er sehen, daß er schwitzte. Bruder John hatte Angst. »Warum braucht er mich dann dort oben, wenn sie Bruder Martin folgen wollen?«

Oh, Scheiße. »Einer oder zwei brauchen Hilfe, Bruder Samuel. Nicht alle sind so stark wie du.«

»Bist du so stark wie ich, Bruder John? Brauchst du Hilfe?«

Der farbige Mann versuchte, das Zittern seiner Hände zu verbergen. »Nein, Bruder Samuel. Es sind die anderen. Tu jetzt, was unser Führer sagt, Bruder, und gehe zu ihm. Er wird böse, wenn du es nicht tust.«

Der große Mann wirkte unsicher. Er schaute zu Bruder Martin, und seine Hand ließ die Waffe in seiner Jackentasche los.

Bruder John verfluchte sich, weil er nicht früher gegangen war. Er hätte verschwinden sollen, als Randall mit diesem verrückten Selbstmordgerede anfing. Der Massenselbstmord des People's Temple in Guayana vor vielen Jahren hatte ihn fasziniert, und das hatte sich noch weiter verstärkt durch den Gruppenselbstmord, der vor einem Jahr in einem Vorort von London stattgefunden hatte. Während der letzten paar Wochen war es zu einer Besessenheit geworden; es war, als ob er die letzte Wahrheit wirklich erkannt hätte. Oh, Jesus, er hätte aussteigen sollen, als Randall ihm befahl, das Zyankali zu beschaffen. Er konnte einfach nicht glauben, daß der Mann das tatsächlich zu Ende führen wollte. Das war kein Ort, an dem man sein sollte, wenn die Leute sich tölpelhaft ansahen und darauf warteten, wie die Fliegen umzufallen. Sie würden nicht erfreut sein, und Bruder Martin auch nicht.

»Komm schon, Bruder Samuel, laß ihn nicht warten.«

Zum Pech für den farbigen Mann hatte Bruder Martin die Menge vor sich gemustert. Bruder Johns Glaube schien in den letzten Tagen etwas erschüttert worden zu sein. Er brauchte Hilfe, vielleicht Nötigung. In letzter Zeit gab er Anlaß zur Sorge, sein Enthusiasmus für Bruder Martin schien zu schwinden. Es wäre vielleicht eine gute Idee, ihn als ersten diesen Nektar des Lebens nach dem Tode kosten zu lassen.

»Bruder John, ich kann dich nicht sehen? Wo bist du?« dröhnte die Stimme von vorn.

Der farbige Mann stöhnte innerlich. »Hier, Bruder Martin«, sagte er laut.

»Komm hierher, Bruder, wo wir dich sehen können. Du hast die Ehre, uns auf dem Weg zu führen.«

»Ich, äh, ich bin diese Ehre nicht wert, Bruder Martin. Nur du kannst uns führen.« Bruder John leckte seine Lippen und blickte nervös zum Türeingang.

Bruder Martin lachte. »Wir sind es alle wert! Komm nun, trink zuerst.« Er ging zu einer Schüssel hinüber, tauchte einen weißen Becher in die dunkelrote Flüssigkeit und hielt ihn dann dem schwarzen Mann entgegen. Köpfe begannen sich zu drehen und Bruder John anzuschauen. Als ob Bruder Samuel seine Absicht erahnte, schob er seinen ganzen Körper in den Eingang und blockierte den Fluchtweg.

Ooooh, Scheiße! schrie Bruder John innerlich und rammte

sein Knie in die Leistengegend des großen Mannes. Bruder Samuel fiel auf die Knie, und seine Hände umklammerten seine Genitalien. Bruder John sprang durch die offene Tür in die noch tiefere Dunkelheit draußen. Und erstarrte.

Es war, als ob kalte, feuchte Hände um ihn herum seien, die wie eisiger Sirup seine Haut beschmierten. Er erschauerte und blickte wild um sich, konnte aber nur verschwommene Nadelspitzen von Licht in der Ferne sehen. Er wich zurück, doch es kam mit ihm, als klebte es an seinem Körper. Er spürte, wie etwas Unheimliches seinen Kopf durchforschte und schrie auf, als die kalten Finger etwas in seinem Verstand berührten. »Nein, ich will das nicht!« schrie etwas in ihm, doch eine andere Stimme antwortete: »Doch, doch, du willst es!«

Andere Hände griffen nach seiner Kehle, und dies waren wirkliche Hände, die großen, starken Hände von Bruder Samuel. Der Griff begann sich zu festigen, als die tintige Schwärze beide Männer umhüllte, und Bruder Johns Gedanken überschlugen sich, um den unwirklichen dunklen Fingern zu entgehen, die seinen Verstand berührten und darin wüteten. Er sank auf die harten Pflastersteine, die zum Tempel führten, und der große Mann stand hinter ihm und ließ nicht los.

Langsam erkannte Bruder John, daß Bruder Martin recht hatte: dies war die Ewigkeit, die er suchte. Obwohl sein Körper vor Schmerz zitterte, tanzte etwas in ihm voller Freude. Oh, Mutter, du hattest so recht. Bruder Martin, Bruder Marty Randall, du hast soooo recht. Und noch während seine eingeschnürte Kehle danach rang, Luft in seine Lungen zu saugen, öffneten sich seine Lippen zu einem verzückten Lächeln. Sein von Röte erfülltes Gesichtsfeld begann sich zu einer tiefer werdenden Schwärze zu trüben und die war bald alles, was da war — totale, willkommene Dunkelheit. Amen.

Bruder Samuel schleppte den schlaffen Körper in den Tempel zurück, und das Dunkel folgte, floß gierig nach, breitete sich aus und sickerte hinein, verdunkelte das ohnehin schwache Kerzenlicht. Bruder Martin schloß seine Augen und breitete seine Arm weit aus, er ignorierte die plötzlichen Schreie der Furcht um sich und begrüßte das Dunkel in seiner Kirche.

»Wir werden das Gift trinken und uns dir anschließen«, sagte er laut und wunderte sich über das höhnische Gelächter in seinem Kopf, Es hatte wie Bruder John geklungen. Nacheinander flackerten die Kerzen und erloschen.

»Sag ihnen, sie sollen leise sein, Alex. Wenn die Polizei herausbekommt, daß da hinten eine Versammlung stattfindet, bist du deine Lizenz los«. Sheila Bryan hielt das Glas hoch, um sich zu vergewissern, daß sie es sauber abgewischt hatte. Es geschah nicht oft, daß die Gläser des Pubs so sorgfältig gereinigt wurden, aber es gab auch nicht oft eine Sperrstunde. Sie überlegte kurz, ob es während des Krieges solche Auflagen gegeben hatte. Wohl nicht, aber sie war sich nicht sicher; das war vor ihrer Zeit gewesen.

»Die sind schon in Ordnung. Die stören niemand.« Ihr Mann, Alex, schaute Sheila mit schlecht verhohlener Ungeduld an. Er war ein muskulöser Mann voll Kraft und Saft, mit lauter Stimme, und eine Frau mit ähnlichen Attributen war nötig, um mit ihm fertig zu werden. Er ging auf die Vierzig zu, sie hatte gerade die Zwanzig hinter sich gelassen, und ihrer beider Größe ließ sie irgendwie gleichaltrig wirken.

»Ich weiß sowieso nicht, warum du dich mit denen abgibst«, sagte Sheila und stellte das Glas zu den anderen auf die Bar. Asche der Zigarette, die von ihren Lippen baumelte, fiel in das schmutzige Abwaschwasser, als sie sich vorbeugte und nach einem anderen Glas langte.

»Sie haben die richtige Idee, deshalb«, erwiderte Alex, während er das Tablett auf das Blech neben der Spüle abstellte. »Sie wollen noch eine Runde.«

»Schön, dann müssen sie die Gläser nehmen. Ich habe keine frischen.«

»Natürlich nehmen sie die. Wer fragte denn nach neuen? Ich weiß manchmal nicht, was in dich fährt. Wenn wir die heute nicht hätten, würden wir keinen Penny verdienen. Wegen diesem Mist bleiben alle zu Hause.

»Die Polizei sagt, es sei gefährlich, nachts auszugehen.

»Ist doch dummes Zeug. Irgend etwas geht da vor, das ist alles, und sie wollen nicht, daß das jemand sieht.«

»Sei nicht so albern. Du hast doch im Fernsehen gesehen, was los ist. Tumulte, Brände — all diese Morde.«

»Ja, weil jemand hier Nervengas eingesetzt hat, deshalb. Diese verdammten Linken, die waren das, haben's für ihre Freunde von draußen hergebracht.«

Sheila richtete sich von der Spüle auf und nahm mit feuchten Fingern die Zigarette aus dem Mund. »Was redest du denn da?« sagte sie und sah ihren Mann unwillig an.

»Jeder weiß doch, daß die Kommunisten dahinterstecken. Das sagen sie zwar nicht in den Nachrichten, aber du brauchst nur mal jemand zu fragen. Demnächst wird's das gleiche in New York geben, oder vielleicht in Washington. Warte nur ab. Dann Paris, dann Rom. Überall. Aber in Rußland passiert das nicht.«

»Du spinnst ja, Alex. Bringen dich die Typen nebenan auf solche Gedanken?«

Alex ignorierte die Frage und begann, die Gläser mit den Drinks zu füllen. »Wenn man drüber nachdenkt, macht es Sinn«, sagte er unbeirrt, während er einschenkte.

Seine Frau verdrehte ihre Augen zur Decke und polierte weiter die Gläser. Aber es war beunruhigend, daß die ganze Stadt unter einer Art Kriegsrecht stand. Das war etwas, mit dem man im Ausland rechnete, aber nicht in England. Nicht in London. Warum sollte man alle Lichter einschalten, als ob man sich im Dunkel fürchten müsse. Das Dunkel: So nannte es jeder, weil es nur zur Nachtzeit geschah. Es hieß, daß die Leute auf der Straße ihren Verstand dadurch verloren, in den Straßen herumliefen, Feuer legten und mordeten. Es ergab keinen Sinn. Sie selbst hatte die Armeelastwagen gesehen, die in den frühen Morgenstunden die Straßen durchsuchten, Menschen aufgriffen, die ziellos herumliefen und sie irgendwohin brachten. Eines Morgens, als sie nicht schlafen konnte, hatte sie sie oben aus dem Fenster beobachtet. Ein armer Kerl hatte einfach nur auf der Straße gelegen, seinen Kopf mit den Händen bedeckt. An seinen Fingern war Blut gewesen, weil er versucht hatte, den Kanaldeckel in der Straßenmitte hochzuziehen, aber er war zu schwer gewesen, oder er hatte nicht richtig zugreifen können. Er sagte kein Wort, als sie ihn auf den Lastwagen banden, und sein Gesicht war totenweiß, weiß wie bei einem Geist, seine

Augen schwarz und halb geschlossen. Sie erschauerte. Es war wie in einem dieser alten Horrorfilme, mit Zombies.

»Wo ist das verdammte Ale?«

Ihre Aufmerksamkeit wurde abrupt wieder auf ihren Gatten gerichtet. »Fluche nicht in der Bar, Alex, das hab' ich dir schon mal gesagt.«

Er blickte sie an und sah sich dann im leeren Raum um. »Wie du weißt, ist hier niemand.«

»Das ist egal. Du mußt dir das abgewöhnen. Es ist nicht nötig.«

Blöde Kuh, sagte er zu sich. Dann laut: »Wir können nicht alles verbraucht haben. In den letzten Wochen hatten wir nur mittags Betrieb.«

»Alex, im Keller ist noch reichlich, wenn du dir die Mühe machen würdest, nach unten zu gehen, und es zu holen.«

Alex Seufzen wurde zu einem Grunzen, als er sich vorbeugte und an den Ringen zog, die in die Falltür hinter der Bar eingelassen waren. Er zog sie auf und begann nach unten in die Schwärze zu steigen. »Ich dachte, wir sollten alle Lichter einschalten«, sagte er.

»Habe ich ja«, erwiderte seine Frau, die über seine Schulter in das dunkle Rechteck schaute.

»Aber das hier ist nicht an, verdammt, oder?«

Sheila ging zu den Lichtschaltern hinüber, die sich neben dem Türeingang zu einem kleinen Hinterzimmer befanden, das sie als Büro benutzten. Ihre Wohnräume befanden sich in der Etage oben. »Sie sind alle an!« rief sie ihrem Mann zu. »Die Birne muß kaputt sein.«

»Oh, verdammt«, knurrte er.

»Ich hol' dir eine neue, Alex. Du kannst sie einschrauben.«

»Toll«, erwiderte Alex matt. Er wollte zur Versammlung zurückkehren; er genoß es, den Jungs zuzuhören, und heute nacht bot sich eine ideale Gelegenheit, bei ihren Diskussionen dabei zu sein, weil keine anderen Gäste da waren. Zum Glück war er nicht an eine Brauerei gebunden, deshalb konnte kein Schnüffler darüber informieren, welche Organisationen er in seinem Pub Versammlungen abhalten ließ. Einer seiner Bekannten, ein Wirt in Shoreditch, hatte aufgeben müssen, als die Brauerei, der

der Pub gehörte, erfuhr, daß er seine Hinterzimmer der Nationalen Front zur Verfügung gestellt hatte. Das war das Problem, wenn man Pächter war — man mußte nach der Pfeife eines anderen tanzen. »Komm schon, Sheila«, rief er, »gib her!«

Sie kehrte mit kaltem Gesichtsausdruck zurück und reichte ihm eine Taschenlampe und eine neue Glühbirne.

»Vierzig Watt?« sagte er angewidert. »Das gibt ja wohl nicht viel Licht.«

»Was anderes haben wir nicht«, erwiderte sie geduldig. »Und wenn du schon mal da unten bist, kannst du gleich Babycham mit hoch bringen.«

»Babycham? Wer soll das denn heute abend trinken.«

»Ist für morgen mittag. Du weißt, daß wir's jetzt tagsüber voll haben.«

»Ja, sie holen alles nach, was sie abends nicht haben können.«

»Zum Glück, denn sonst wären wir bald pleite. Beeil dich, sonst werden deine Kumpane nach ihrem Bier schreien.«

»Es sind nicht meine Kumpane.«

»Du hättest mich fast getäuscht. Du verbringst ja genug Zeit mit ihnen.«

»Ich bin nur zufällig in vielen Punkten ihrer Meinung. Du hast ja gesehen, wie viele Schwarze hier in der Gegend sind. Mehr von denen als von uns.«

»Ach, hör auf, geh nach unten. Manchmal redest du wie ein großes Kind.«

Alex schob sich auf die Leiter. »Denk an meine Worte, demnächst kommen sie noch her, um hier zu trinken.« Sein großer runder Kopf verschwand aus dem Blickfeld.

»Heil Hitler«, kommentierte Sheila trocken und nahm einen Zug aus ihrer Zigarette. Mit einem Seufzen machte sie sich wieder daran, die Gläser zu polieren.

Unten leuchtete Alex mit der Taschenlampe in dem schmutzigen, nach Bier riechenden Keller herum. Der Strahl fand bald die nackte Glühbirne, die von der niedrigen Decke hing. Morgen sollte er besser einige besorgen, sagte er sich, während er über den staubigen Steinboden ging. Scheiße! Er glitt in einer Pfütze aus und schüttelte Tropfen schalen Bieres von seinem Schuh. Dann leuchtete er mit der Taschenlampe nach unten.

Der Kellerboden fiel zur Mitte hin ab, damit das Abwasser in einen Kanal fließen konnte und dann in die Kanalisation. Er folgte dem Kanal mit dem Lampenlicht und sah, das Lumpen oder Leinwand ihn verstopften.

»Dieser verdammte Paddy,« sagte er verhalten, womit er seinen Barmann meinte, der tagsüber da war. Der kleine Ire hatte die Aufgabe, jeden Morgen die Bar nachzufüllen, wobei er den Speiseaufzug benutzte, um die Getränke nach oben zu bringen. Er mußte die Lumpen, oder was immer das war, fallengelassen haben. »Blöder irischer Penner«, murmelte er, während er das feuchte Bündel beiseite trat. Paddy hatte auch wieder in die Kasse gegriffen. Gott, es war schwer, ehrliches Personal zu bekommen. Alex schaute zu, wie das streng riechende Etwas in dem siebbedeckten Abfluß verschwand. Zumindest war er nicht verstopft. Wenn es eine Arbeit gab, die Alex haßte, dann das Reinigen von Abflüssen. All dieser Dreck und Schleim. Die Abflüsse mußten saubergehalten werden, da der Keller andernfalls knöcheltief unter Wasser gestanden und in einer Woche wie eine Brauerei gestunken hätte bei all dem Bruch, den es da unten gab. Den Lieferanten war das egal, die ließen die Kästen nach unten plumpsen, egal, wie alt die waren. Er glaubte, etwas aus dem Lichtkreis weghuschen zu sehen, den die Taschenlampe warf. »Sag bloß noch, jetzt hätten wir Ratten«, stöhnte er laut.

Er schwenkte den Strahl herum, fand aber nichts außer weichender Schwärze.

Alex stolperte zu der baumelnden Glühbirne hinüber und war sich nicht sicher, ob er das davonhuschende Ding wirklich gesehen hatte. Die Birne selbst hing über dem Abfluß, und der Wirt streckte sich, um daran zu kommen; er hielt die Taschenlampe vorsichtig mit einer Hand und richtete sie auf die Decke. Seine Füße waren zu beiden Seiten des Abflusses gespreizt.

»Autsch!« schrie Alex, als seine Finger das heiße Glas berührten. Die Birne mußte kurz bevor er den Keller geöffnet hatte, entzwei gegangen sein. Er zog seine Hände zurück, und die Taschenlampe fiel herunter. »Oh, verdammt!« rief er, als sie auf den Boden prallte und das Licht erlosch. Durch die offene Falltür am anderen Ende des Kellers fiel nur wenig Licht herein, und nicht bis dahin, wo er stand. Er griff in seine Tasche und nahm ein Taschentuch heraus, seine andere Tasche wölbte sich durch die neue Glühbirne. Alex griff nach der defekten und benutzte diesmal das Taschentuch als Schutz vor der Hitze.

Das Düster störte ihn nicht, da er noch nie vor dem Dunkel Angst gehabt hatte, nicht einmal als Kind. Doch das Prickeln an der Rückseite seines Halses sagte ihm, daß irgendetwas in dem Keller nicht ganz in Ordnung war.

Sheila stützte ihre Ellenbogen auf die Bar und starrte nachdenklich auf die verschlossene Tür. Eine neue Zigarette baumelte von ihren Lippen, und ihre großen Brüste lagen wie Mehlsäcke bequem auf dem hölzernen Tresen. Sie wußte nicht, wie viele solcher Nächte sie noch ertragen konnte. Sich herausputzen, sich entsprechend vorbereiten, um den Spaß oder das Mitleid der Gäste zu ertragen, je nachdem, was für eine Stimmung sie hatten. Zu jedermann nett zu sein, abweisend zu denen, die sich Freiheiten herausnahmen. In gewisser Hinsicht war das wie das Showgeschäft, nur daß solche Nächte kein Geschäft waren. Sicherlich würden sie dieses Gas, oder was es sonst war, bald los sein. Andernfalls würde die ganze Stadt zugrunde gehen. Dennoch sollte sie für das bißchen Abendgeschäft dankbar sein, das sie im Hinterzimmer hatten, sowenig sie die Leute mochte. Nur weil der Raum einen Monat im voraus von ihnen gebucht worden war, hatte sie sich von Alex dazu überreden lassen, sich mit der Versammlung einverstanden zu erklären. Er war einer von ihnen, auch wenn er es nicht zugab. Natürlich mußten sie dafür bezahlen, daß sie den Raum die ganze Nacht benutzten; vor morgen früh konnten sie sie nicht gehen lassen. Sie würden eingesperrt werden, wenn man sie nachts draußen auf der Straße erwischte. Wo war Alex?

Er ließ sich Zeit. Wer war letzte Nacht im Fernsehen gewesen? Ein Kardinal oder ein Bischof. Hatte gesagt, sie alle müßten beten. Ha, das war zum Schreien! Ausgerechnet den alten Alex konnte sie in die Knie gehen und beten sehen. Wahrscheinlich, wenn ihm jemand eine Pistole an den Kopf hielt. Wofür sollten sie eigentlich beten? Was nützten Gebete gegen Nervengas, wie Alex sagte. Es waren die Wissenschaftler, die beten sollten. Dieser ganze Mist war ihre Schuld. Sollten sie sich doch etwas einfallen lassen. Und keine Gebete.

»Sheila!«

Sie schaute sich um. Was war das?

»Sheila!«

Sie seufzte und ging zu der offenen Falltür.

»Was hast du vor, Alex? Wie lange dauert's denn, bis du 'nen Kasten Ale und Babycham hochschickst?«

Sie spähte in die Schwärze hinab.

»Hast du die Birne noch nicht eingeschraubt?« fragte sie irritiert.

»Sheila, komm runter.«

»Wo bist du, Alex? Ich kann dich nicht sehen.«

»Komm runter.«

»Warum? Ich soll da runter kommen? Du spinnst ja, Alex.«

»Bitte, Sheila.«

»Bist du scharf, Alex? Ich bin nicht in Stimmung.«

»Komm schon, Sheila, komm runter. Ich muß dir was zeigen.«

Die Frau des Wirtes kicherte. »Das kannst du mir später zeigen, im Bett.«

»Nein, komm schon, Sheila, jetzt gleich. Komm runter.«

Alex Stimme klang seltsam drängend.

»Es ist gefährlich, Alex. Ich könnte fallen.«

»Wirst du nicht, Sheila. Ich helfe dir. Komm runter.«

Oh, mein Gott, sagte Sheila zu sich. Was ich alles aus Liebe tue. »Also gut, Alex«, rief sie hinunter, wobei sie kicherte. »Hoffentlich ist's das auch wert!«

Sie ließ sich vorsichtig auf die Metallsprossen der Leiter hinab und hielt sich an den hölzernen Seiten fest. Manchmal fragte sie sich, ob Alex noch ganz richtig war, bei dem, was er machte. Aber sie mußte zugeben, daß er einen immer zum Lachen brachte.

»Alex? Alex! Wo bist du?« Sie war auf der Leiter halb unten und blickte sich um, versuchte, das Dunkel zu durchdringen.

»Wenn du dich weiter versteckst, klettere ich sofort wieder hoch.«

»Ich bin doch hier, Sheila, ich warte auf dich.«

»Was willst du denn?« Sheila fand, daß sie dieses Spiel eigentlich nicht mochte. Der Keller stank — nach verschüttetem Bier und etwas anderem. Nach was? Komischer Geruch. Es war da auch kalt und dunkel. »Ich klettere wieder hoch, Alex. Ehrlich, du bist albern.«

Sie wartete auf eine Antwort, doch es folgte nur Schweigen.

Sheila stieg zwei Sprossen tiefer und verharrte dann. »Also gut. Bis hierher und nicht weiter, wenn du nicht herkommst.«

Alex gab kein Geräusch von sich, aber sie hörte seinen Atem. Plötzlich fühlte sie sich seltsam.

»Tschüß, Alex.« Sie begann, die Leiter wieder hochzuklettern.

Alex kam aus dem Dunkel, eine schwerfällige Gestalt, die etwas hoch über ihrem Kopf hielt. Sheila drehte gerade noch rechtzeitig ihren Kopf, um den Hammer niedersausen zu sehen, der zum Öffnen der Bierfässer benutzt wurde. Ihr blieb keine Zeit zum Schreien und auch nicht zu überlegen, was in Alex gefahren war.

Sie fiel zu Boden und lag still da, doch der schwere Holzhammer schmetterte immer wieder auf ihren Kopf.

Minuten später kletterte Alex durch die Falltür, ein freudiges Lächeln auf seinem Gesicht. Er schob seinen schweren Körper durch die Öffnung, hielt den blutigen Hammer noch immer in einer Hand. Mit seiner freien Hand nach der Theke greifend, zog er sich hoch. Er ging zu der Schaltertafel, an der alle Lichter des Pub eingeschaltet werden konnten, und fuhr mit der Hand darüber, bis Bar und Hinterzimmer in völlige Dunkelheit getaucht waren. Dann ging er hinter der Bar entlang, wobei er darauf achtete, nicht in das noch schwärzere Loch der Falltür zu fallen. Verwirrte Stimmen, die aus dem Hinterzimmer drangen, leiteten ihn, obwohl das wirklich nicht nötig war, da er seinen Pub wie seine Hosentasche kannte. Er beeilte sich, um wieder zu der Zusammenkunft zu kommen. Sie würden sich freuen, ihn zu sehen. Sie würden sich freuen, das zu sehen, was er mitgebracht hatte.

Er blickte nach rechts und musterte die breite Straße mehrere lange Sekunden, bevor er seinen Blick nach links wandte.

Alles klar. Keine Polizei, keine Armeefahrzeuge. Jetzt oder nie. Er rannte, eilte auf die Straße zu, die zu dem großen Park führte. Dahin, wo es leer war. Und dunkel.

Sein Gang war unbeholfen, mehr ein Watscheln denn ein Rennen, und seine kurzen Beine traten auf die harte, glatte Straßenoberfläche, als ob sie aus Kopfstein bestünde. Der Gedanke an das Joggen, mit dem mehrere seiner Kollegen vor ein paar Jahren begonnen hatten, als es in Mode kam, ließ ihn über ihren Geisteszustand nachdenken. Sich in einem schnelleren Tempo als mit kurzen Schritten zu bewegen, mußte gesundheitsschädlich sein. Kein Wunder, daß einige von ihnen mit Herzanfällen zusammengebrochen waren. Er erinnerte sich an die Flugblätter, in denen alle Mitglieder des Hauses aufgefordert wurden, die Turnhalle des Parlaments zu benutzen. Durch die Gesunderhaltung ihres Körpers gewännen sie die Kraft, ihren Wählern besser zu dienen. Nun, seine Kraft steckte im Kopf, nicht im Körper. Was ihn betraf, so hätte jedes dieser Flugblätter mit dem Hinweis ›DER GESUNDHEITSMINISTER WARNT‹ versehen werden sollen. Aus einer Holzkiste zwei Meter tief unter der Erde konnte man seinen Wählern schlecht dienen, und wenn sein Herz versagen würde, dann wohl mehr durch die Bemühungen einer guten Nutte als deshalb, weil er durch den Park rannte. Er blieb am Eingang stehen, und sein rundlicher Körper bebte; in vollen Zügen sog er Luft in seine Lungen. Er musterte die Dunkelheit vor sich, hatte zwar Angst, zwang sich aber voran. Die Nacht verschluckte ihn, als ob er nie existiert hätte.

Nachdem er erst einmal sicher in der schwarzen Zuflucht war, ließ er sich ins Gras fallen, spürte dessen kalte Feuchtigkeit nicht und mühte sich, wieder normal zu atmen. Die Lichter der Stadt funkelten in der Ferne, aber sie durchdrangen den Rand des Parks kaum. Er befand sich in Kensington Gardens, denn er hielt es für klug, sich vom Hyde Park auf der anderen Seite fernzuhalten, wo es eine Polizeiwache gab. Es wäre ihm schwergefallen, seine Anwesenheit hier zu erklären. Selbst die Tatsache, daß er seit sechzehn Jahren Labour-Abgeordneter war, hätte seine sofortige Verhaftung nicht verhindert. Jedes Parlamentsmitglied, das Regierungsaufgaben wahrnahm, hatte sich nach Einbruch der Dunkelheit von einer Armee begleiten zu lassen, andernfalls mußte man wie jeder andere Bürger zu Hause bleiben. Die Erregung über diese Einschränkungen wurde noch täglich im Parlament laut, doch der Premierminister und sein Innenminister blieben hart.

Jeder, der die Hauptstadt in dieser Ausnahmesituation verlassen wollte, konnte das tun, wer aber blieb, hatte sich dem Regierungserlaß zu beugen. Bis man die Lösung für diesen Wahnsinn gefunden hatte, waren die Lebensumstände in London sehr schlimm. Was interessieren uns die Lösungen, hatten die Hinterbänkler beider Seiten gebrüllt. Wir wollen wissen, was eigentlich los ist. Was geschah eigentlich jede Nacht? Warum gab es immer noch keine offizielle Erklärung? Die Öffentlichkeit hatte ein Recht, alles zu erfahren. Die Mitglieder des Parlaments hatten ein Recht, alles zu erfahren! Sie waren erstaunt gewesen, dann ungläubig, als ihnen von der ätherischen Masse einer dunklen Substanz berichtet wurde, die seltsame Auswirkungen auf das Gehirn hatte, eines Etwas, das keine klare Form hatte, noch materiell war. Es war weder Gas noch Chemikalie. Hirnautopsien von Opfern und Leuten, die sich ihr Leben genommen hatten, führten zu keinen ungewöhnlichen Befunden. Niemand wußte, warum diejenigen, die durch die Straße irrend gefunden wurden, sich in fast tranceähnlichem Zustand befanden. Wie zu erwarten, wurden paranormale Ursachen noch geleugnet.

Er erhob sich und wischte die Feuchtigkeit von seinen Knien. Seine Augen hatten sich an das Düster gewöhnt und der bemerkte, daß der Flecken, in dem er sich befand, beträchtlich heller war als die dichte Schwärze vor ihm. Er schlurfte vorwärts, versessen darauf, sich ganz von der Dunkelheit einhüllen zu lassen. Diese verdammten Narren verstanden die Bedeutung des ganzen nicht! Dies war eine neue Erfahrung – nein, nicht neu: Sie war so alt wie die Welt selbst. Es war eine Kraft, die existiert hatte, bevor es überhaupt menschliches Leben gab, eine dunkle Macht, mit der sich der Mensch von Anfang an verbündet hatte. Sie war immer da gewesen, die Dunkelheit, in der Böses lauerte, die Dunkelheit, in die sich Bestien schlichen, und die Dunkelheit wartete stets darauf, daß der Mensch sich ihr völlig hingab. Jetzt war es soweit.

Er erstarrte. Etwas bewegte sich in den Schatten vor ihm. Keine Geräusche. Keine weitere Bewegung. Seine Augen mußten ihn getäuscht haben.

Das Dunkel hatte ihn gerufen, ihm gesagt, was zu tun war. Die politische Macht war nichts im Vergleich zu der Macht, die ihm geboten wurde. Es war ein gewaltiger Schritt, der getan werden mußte, aber die Belohnung war gigantisch. Jetzt gab es kein Zögern, kein Nachdenken mehr. Er war auserwählt worden.

Es war schwer, etwas vor sich zu sehen, denn der Mond war hinter dichten Wolken verborgen. Er konnte Lichter durch die Bäume dringen sehen, aus den Hotels, die an der anderen Seite der Park Lane lagen, aber sie waren weit weg und hatte nichts mit der Unendlichkeit der Schwärze zu tun, in der er sich befand. War dies das Dunkel, das ihn umgab? War dies die Kraft, die zu suchen er gekommen war? Dann möge es geschehen. Verschlinge mich, nimm mich in ... Er taumelte über eine Gestalt, die auf dem Boden saß.

Der Politiker stürzte und fiel auf den Rücken.

»Wer ist da?« fragte er ängstlich, als er sich von seiner Überraschung erholt hatte.

Er hörte ein murmelndes Geräusch, konnte aber nichts verstehen, und kniff seine Augen zusammen, um besser sehen zu können.

»Wer ist da?« wiederholte er und wurde dann ein wenig kühner.

»Sprich!« seine Stimme war noch immer ein Flüstern, obwohl die Worte barsch klangen.

Vorsichtig kroch er näher, furchtsam, aber neugierig. »Komm schon, sprich. Was tust du hier?«

»Warten«, kam die gemurmelte Antwort. Es war eine Männerstimme.

Der Politiker war überrascht, weil er eigentlich keine Antwort erwartet hatte. »Was heißt das: ›Warten‹? Warten auf was?«

»Warten, wie die anderen.«

»Andere?« Der Politiker blickte sich um, und plötzlich merkte er, daß das, was er für die dunklen Konturen von Büschen und Gesträuch gehalten hatte, Gestalten von Menschen waren. Einige hockten auf den Boden, andere standen. Alle waren stumm.

Er packte den Mann an der Schulter.

»Wissen sie — weißt du — von dem Dunkel?«

Der Mann nahm seine Schulter beiseite. »Verschwinde«, sagte er ruhig. »Laß mich in Ruhe.«

Der Politiker starrte die schattenhafte Gestalt eine Weile an, konnte ihre Gesichtszüge aber nicht ausmachen. Schließlich kroch er davon und fand einen Platz für sich. Er saß dort lange Zeit verwirrt und resignierte schließlich. Es war einleuchtend, daß er nicht der einzige war; andere waren ebenfalls auserwählt.

Einmal, als der Viertelmond sich für wenige Sekunden aus den umhüllenden schwarzen Wolken lösen konnte, schaute er sich um und sah, wieviele andere dort mit ihm warteten. Zumindest einhundert, dachte er. Vielleicht hundertfünfzig. Warum sprachen sie nicht miteinander? Warum sagten sie nichts? Ihm wurde klar, daß ihr Verstand wie der seine zu sehr mit dem beschäftigt war, was geschehen würde, daß sie sich selbst öffneten, um die forschende Dunkelheit zu empfangen. Sie wollten es, verlangten danach. Die Wolken verdeckten den Mond, und er war wieder allein, wartete darauf, daß das Dunkel kam.

Als der erste Schimmer der Dämmerung sich seinen Weg über die hohen Gebäude am Horizont bahnte, erhob er sich schwach und steif. Sein Mantel war mit Morgentau bedeckt, und sein Körper schmerzte. Er sah, daß die anderen sich auch erhoben. Ihre Bewegungen waren langsam und linkisch, als ob das Warten der langen Nacht ihre Gelenke gelähmt hätte. Ihre weißen Gesichter im Morgengrauen waren ausdruckslos, aber er wußte, daß sie dieselbe bittere Enttäuschung wie er spürten. Nacheinander zogen sie davon, und der tiefschwebende Nebel der Dämmerung wirbelte um ihre Füße.

Ihm war, als müsse er vor Enttäuschung weinen und den schwindenden Schatten mit der Faust drohen. Stattdessen ging er heim.

2

Bishop schlürfte seinen Scotch und entzündete dann die dritte Zigarette, seit er in der Hotelbar saß. Er blickte auf seine Armbanduhr. Die Konferenz dauerte bereits drei Stunden, und als er vor knapp einer halben Stunde hinausgegangen war, schienen irgendwelche Beschlüsse noch in weiter Ferne zu liegen. Da so viele daran beteiligt waren, fragte er sich, ob es überhaupt zu einer Übereinkunft zwischen ihnen kommen würde. Die Mischung von Wissenschaftlern und Parapsychologen mit Regierungsbeamten, die versuchten einen Konsens für beide Parteien zu finden, war schwerlich ideal für förderliche Atmosphäre. Eine amerikanische Forschungsgesellschaft hatte jüngst kollektive Unterbewußtseinstheorie erklärt: »So wie der menschliche Körper über Rassenunterschiede hinweg eine gemeinsame Anatomie hat, besitzt auch die Psyche ein gemeinsames Substrat, das alle Unterschiede in Kultur und Bewußtsein überschreitet« — und ausgeführt, daß dieses kollektive Unterbewußtsein, das sich aus latenten Neigungen hinsichtlich identischer Reaktionen, Gedanken- und Verhaltensmustern zusammensetzte, das gemeinsame Erbe einer kollektiven Entwicklung sei. Verschiedene Rassen und verschiedene Generationen hatte gemeinsame Instinkte — wie anders war die Ähnlichkeit zwischen verschiedenen Mythen und Symbolen zu erklären? Und der gemeinsamste Instinkt des Menschen war vielleicht der für Böses. Es wurde gesagt, daß das Gute in der Geschichte sicher der beherrschende Instinkt gewesen sei, trotz der schrecklichen Scheußlichkeiten, die stattgefunden hatten, und der Sprecher hatte zugestimmt, dann aber hinzugefügt, daß vielleicht nach Jahrhunderten der Unterdrückung der böse Instinkt sich schließlich befreit habe. Und er hatte nun eine materielle Gestalt angenommen.

Bishop, der hinten in dem modernen Auditorium saß, hatte fast über die verwirrten Blicke gelächelt, die der Polizei-Commissioner und der Kommandeur der Armee wechselten. Wenn sie die offiziellen Berichte und die Zeugenaussagen über die unerklärlichen Vorkommnisse nicht gehabt hätten, die sich jede Nacht in der Hauptstadt der Nation ereigneten — sie hätten solche Theorien einfach als lächerlich verworfen. Als jedoch ein Mitglied der Delegation des Instituts für menschliche Energie darauf beharrte, daß dieser neue Wahnsinn der endgültige Durchbruch zur Vernunft sei, wurden ihre Blicke ärgerlich. Es war der Innenminister selbst, der dem Mann einen ernsten Tadel erteilte, als der fortfuhr, zu erklären, daß das, was die Gesellschaft als Norm betrachtete, nicht unbedingt richtig sei, und daß der Zustand der Verwirrung, beim Schlaf oder unterbewußt oder wenn man nicht bei Verstand war, der natürliche Zustand des Menschen sein könne. Die betroffenen Männer und Frauen hätten sich alle in einem Trancezustand befunden, einem veränderten Bewußtseinszustand, einem erhellten Zustand. Die anderen, die sogenannten »normalen« Menschen, hätten eine Mission, die jeden in dem Konferenzraum anginge, entweder noch nicht verstanden, oder sie nicht akzeptiert. Der Innenminister warnte den Mann und die anderen seiner Gruppe; er sagte ihnen, daß sie aus dem Auditorium entfernt würden, wenn sie diese unproduktiven und eher absurden Argumente weiter vortrügen. Das Land befände sich in einem Ausnahmezustand, und obwohl jede Meinung bei dieser Zusammenkunft gewertet würde, wolle man leichtfertige Spekulationen nicht tolerieren.

Auf den Gesichtern des Innenministers und mehrere seiner Minsterialbeamten und Kollegen von der Polizei zeigte sich deutliche Erleichterung, als die Diskussion auf einer medizinisch-wissenschaftlichen Ebene fortgeführt wurde. Doch sie wurden bald durch die Feststellung eines prominenten Neurochirurgen enttäuscht, der in der vordersten Reihe saß. Er erklärte, wie er und ein Spezialteam von Chirurgen Schädelöffnungen an mehreren Londoner Opfern vorgenommen hatten, an Toten wie an Lebenden, um herauszufinden, ob ihre Gehirne auf irgendeine Weise physisch angegriffen waren. Die Ergebnisse waren negativ gewesen: es gab keine Entzündungen von Membranen oder Nerven, keine Gewebszerstörung, keine Blockade der Gehirn-Rückenmarks-Flüssigkeit, keine Infektion, keine Blutgerinnsel oder eine schwächere Hirndurchblutung. Der Chirurg fuhr damit fort, weitere Schäden aufzulisten, wie beispielsweise chemische Mängel, die die normale Funktionsweise des Hirns hätten beeinträchtigen können, und er versicherte den Anwesenden, daß davon nichts feststellbar gewesen sei. Andere Tests waren durchgeführt worden, mehr aus Verzweiflung, denn aus Hoffnung, und auch diese hatten sich als negativ erwiesen. Es hatte keinen Enzymmangel in den Stoffwechselsystemen der Opfer gegeben, und auch keine Ansammlung von Aminosäuren.

Es war auch kein plötzliches Ungleichgewicht der Chromosomen in den Körperzellen festgestellt worden. Eine gründliche Untersuchung des zentralen Hirnbereiches hatte man vorgenommen, vor allem der Regionen, die um die mit Flüssigkeit gefüllten Hirnhöhlungen, die Ventrikel, gelagert waren. Einer dieser Bereiche, der Hypothalamus, steuerte Hunger, Durst, Temperatur, Sexualtrieb und Aggression, und eine nähere Untersuchung der angrenzende Gebilde, die das limbische System bildeten – also Septum, Fornix, Amygdala und Hippocamus –, von dem man glaubte, daß es emotionale Reaktionen wie Angst und Aggression steuerte, hatte nichts Ungewöhnliches ergeben. Letzten Endes: Das Gehirn war noch immer ein großes Rätsel.

Das Publikum, von dem ein Großteil durch die medizinischen Ausdrücke des bedeutenden Arztes irritiert worden war, rutschte unruhig auf seinen Plätzen hin und her. Der Innenminister, der in der verfügbaren Zeit so viele Meinungen wie möglich hören wollte, bat um die Ansicht eines Psychiaters, der neben dem Neurochirurgen saß, und die beiden Hauptpsychosen emotional Gestörter wurden rasch und klar von einer Stimme erklärt, die laut, aber doch irgendwie beruhigend war. Bei der manisch-depressiven Psychose wechselte die Stimmung des Patienten von tiefer Depression zur Manie, die möglicherweise die trancegleiche Ruhe der Opfer während des Tages und den unkontrollierbaren Drang, nachts zerstörerische Taten zu begehen, erklären konnte. Doch eine Behandlung der Patienten mit Drogen wie Lithium hatte auf diese Personen nicht gewirkt. Die andere Hauptpsychose war Schizophrenie, die häufig bei Menschen mit entsprechender vererbter Veranlagung auftrat. Die Symptome waren irrationales Denken, gestörte Emotionen, und ein Zusammenbruch der Kommunikation mit anderen, was alles auf die jüngeren Opfer zutraf. Phenothiasine, die auch als Tranquilizer benutzt wurden, und andere Drogen wie Fluphenauzin, waren erfolglos bei den Opfern angewendet worden. Schockbehandlungen hatte man noch nicht versucht, doch der Psychiater hatte seine Zweifel an der Effektivität dieser Methode gleich zum Ausdruck gebracht. Eine Alternative, die zweifellos Erfolg haben würde, wäre eine Lobotomie bei jeder Person, aber ihm war natürlich klar, daß dies bei so vielen Opfern undurchführbar sein würde. Schließlich blickte er auf den Innenminister und dessen eilig zusammengestellten »Ausnahme«-Beraterstab, der auf der einen Seite eines langen, polierten Tisches auf dem kleinen Podium saß und schwieg, bis der Minister begriff, daß der Psychiater nichts mehr zu sagen hatte.

In diesem Moment erhob sich ein Mitglied einer Organisation, die sich als »Rettende Bruderschaft Spiritueller Grenzen« bezeichnete und informierte die Anwesenden darüber, daß das in London wahrnehmbare Phänomen nichts anderes als eine große Ansammlung entseelter Wesen sei, die nicht wußten, daß sie tot waren und in ihrer Verwirrung von anderen Besitz ergriffen. Die Gewalttaten, die die Besessenen begingen, erfolgten deswegen, weil die verlorenen Geister Angst hatten. Er bat darum, daß man Medien erlauben sollte, die gequälten Seelen wegzuführen, damit sie ihre irdischen Fesseln hinter sich lassen konnten. An diesem Punkt war Bishop zu der Erkenntnis gekommen, daß er einen Drink brauchte.

Er hatte sich so unauffällig wie möglich von der Konferenz entfernt und sich seinen Weg durch das Gedränge der Journalisten gebahnt, die hinten im Auditorium saßen. Die Hotelbar war leer, und der einsame Barkeeper schien erleichtert, etwas Gesellschaft zu haben. Bishop war jedoch nicht in Stimmung für eine Unterhaltung. Er kippte den ersten Scotch schnell und genoß den zweiten langsam.

Die Zusammenkunft fand in einem Hotel im Birmingham-Konferenzzentrum statt, einem riesigen Komplex von Ausstellungshallen und Konferenzräumen. Der Komplex selbst befand sich einige Kilometer von der Stadt entfernt, so daß er von der Autobahn aus leicht erreichbar war. Die Behörden hielten es für zu riskant, eine bequemer gelegene Stätte in London zu benutzen, da die Situation in der Hauptstadt unberechenbar geworden war, obwohl Gefahr nur nach Einbruch der Dunkelheit bestand. Man befürchtete, daß viele der verschiedenen zu dieser Diskussion eingeladenen Organisationen nicht gekommen wären, wenn das Treffen in der Gefahrenzone stattgefunden hätte. Und der Befehlshaber der Armee hatte ohnehin gesagt: »Ein General hält seine Stabsbesprechung nicht auf dem Schlachtfeld ab!«

Als Bishop mit Jacob Kulek, Jessica und Edith Metlock früh an diesem Morgen eingetroffen war, hatte sich die Hotelhalle bereits mit Wissenschaftlern, medizinischen Experten und Parapsychologen gefüllt. Draußen hatte es eine größere Ansammlung von Medienvertretern gegeben, und auch darunter waren viele aus anderen Teilen der Welt. Bishop war sich nicht sicher, ob die Konferenz nur aus kosmetischen Gründen abgehalten wurde, um zu zeigen, daß die Regierung eine Initiative ergriff, oder ob sie aus reiner Verzweiflung stattfand, weil niemand eine Lösung für das Problem hatte. Wahrscheinlich aus beiden Gründen, befand er.

Jacob Kulek war Berater des speziellen Komitees geworden, das man gebildet hatte, um mit der Krise fertig zu werden, und sein Institut war plötzlich eine Zweigstelle des Civil Service. So wie von Winston Churchill während des Zweiten Weltkrieges ein okkultes Büro an den Secret Service angegliedert worden war, hatte der Innenminister das zu Rate gezogen, was er für eine vergleichbare vorhandene Organisation hielt. Die Regierung war nicht überzeugt davon, daß sie es mit einem paranormalen Phänomen zu tun hatte, da sie aber keine anderen Antworten fand, wollte sie die Möglichkeiten nicht ausschließen. Daher die Konferenz mit ihren unterschiedlichen Expertengruppen. Im Augenblick hatte man das »Problem« in London im Griff, obwohl die Stadt zu groß war, um lange von der Polizei effektiv überwacht zu werden. Neue Zwischenfälle fanden jede Nacht statt, und jeden Morgen wurden weitere Opfer auf den Straßen kauernd gefunden. Die Kanalzugänge wurden überwacht.

Wie lange Polizei und Truppen die Kontrolle aufrechterhalten konnten, ließ sich nur vermuten; die Nacht begann bereits mit den Aufräumarbeiten des Tages Schritt zu halten. Und wie viele weitere Opfer, die vom Dunkel angegriffen oder angesteckt waren — über die korrekte Bezeichnung war sich noch niemand im klaren —, hinter Schloß und Riegel gehalten werden konnten, war ein anderes Problem, das kritisch wurde. Der Exodus der Bewohner von London war bisher relativ klein gewesen, doch der plötzliche Andrang von Auswärtigen gab Grund zur Sorge. Warum drängten Männer und Frauen in die Stadt, wo doch nachts auf den Straßen Gefahr herrschte? Und warum mißachteten so viele die »Licht-an«-Vorschriften? Es war so, als ob sie das Phänomen begrüßten, das als »das Dunkel« bekannt geworden war.

Bishop saß in der Bar und dachte über das nicht Denkbare nach. Wurden sie mit einer Krise konfrontiert, mit der man mit wissenschaftlichen Mitteln fertig werden konnte, oder mit einer Krise, deren Ursache im Paranormalen lag und gegen die deshalb nur mit Psychomitteln vorgegangen werden konnte? Er selbst hatte das Gefühl, daß sie kurz davor waren, eine eindeutige Verbindung zwischen beiden Bereichen zu entdecken.

Langsam leerte er sein Glas und winkte dem Barkeeper, ihm noch eines zu bringen.

»Ich glaube, das brauche ich auch«, erscholl eine Stimme hinter ihm.

Bishop drehte sich um und sah, daß Jessica die Bar betreten hatte.

Sie hockte sich auf den Barstuhl neben ihn, und er bestellte ihr einen Scotch.

»Ich sah dich die Konferenz verlassen«, bemerkte sie. »Und fragte mich, ob mit dir alles in Ordnung ist.«

Er nickte. »Bin nur matt. Die Diskussion scheint nicht viel zu bringen. Zuviele Köche am Brei.«

»Sie halten es für erforderlich, so viele Stimmen wie möglich zu hören.«

»Einige dieser Ansichten sind ein wenig exzentrisch, findest du nicht?« Bishop reichte Jessica ihren Drink. »Wasser?«

Sie schüttelte den Kopf und nippte am Scotch. »Einige sind fanatisch in ihrer Überzeugung, zugegeben, aber die anderen sind in ihren Bereichen der Psychoforschung hoch angesehen.«

»Aber hilft das? Wie, zum Teufel, kann man etwas besiegen, das offensichtlich keine materielle Form hat?«

»Die Tatsache, daß Viren lebende Organismen sind, war bis vor kurzem noch unbekannt. Man hielt sogar die Beulenpest für ein Werk des Teufels.«

»Ich glaube, du hättest sie dafür gehalten.«

»In gewisser Hinsicht tue ich das. Ich glaube, daß unsere Begriffe irgendwie falsch sind. Viele sehen den Teufel als eine Kreatur mit Hörnern und einem langen, gespaltenen Schwanz, oder halten ihn zumindest für eine lebende Kreatur, die dann und wann den Kopf durch die Pforten der Hölle steckt und Verheerungen anrichtet. Die Kirche hat nichts getan, um den Menschen diesen Glauben zu nehmen.«

»Und hinter all dem steckt der Teufel?«

»Wie ich sagte, unsere Begriffe stimmen nicht. Der Teufel ist in uns, Chris, genauso wie Gott.«

Bishop seufzte schwach. »Wir sind Gott, wir sind der Teufel?« In seinen Worten schwang Spott mit.

»Die Macht für Gutes und die Macht für Böses steckt in uns. Gott und Teufel sind nur symbolische Namen für eine Abstraktion.«

»Wenn diese Abstraktion zutrifft, was du ja implizierst, wäre sie die Ursache für alles Gutes und alles Böse, was auf dieser Welt geschieht.«

»Es ist eine Abstraktion, die schnell Wirklichkeit werden kann.«

»Weil Pryszlak einen Weg gefunden hat, sie zu benutzen?«

»Er ist nicht der erste.«

Bishop starrte sie an. »Dies hier ist nie zuvor geschehen.«

»Woher weißt du das? Lies deine Bibel, Chris, sie gibt uns viele Hinweise.«

»Aber warum dann diese böse Macht? Warum hat nicht jemand die Macht zum Guten benutzt?«

»Das haben viele. Jesus Christus war einer.«

Bishop lächelte. »Du meinst, all diese Wunder waren auf eine Kraft zurückzuführen. Er wußte, wie man sie anzapfte?«

»Wunder sind verbreiteter, als du glaubst. Christus mag ein Mensch gewesen sein, der wußte, wie man diese Kraft nutzte.«

»Würde Pryszlak damit zum Antichrist? Ich meine, er hat doch das andere Extrem gewählt.«

Jessica ignorierte den Spott in Bishops Frage. »Es hat viele Anti-Christen gegeben.«

Der Whisky auf leeren Magen bewirkte, daß Bishop sich beschwingt fühlte, doch die Ernsthaftigkeit in Jessicas Blick ließ ihn seinen Zynismus unterdrücken. »Schau mal, Jessica — wenn du sagst, daß Wunder ziemlich verbreitet sind, warum benutzt dann niemand diese andere Quelle auf die Art, wie Pryszlak es offensichtlich tut?«

»Weil wir noch lernen. Wir haben es noch nicht begriffen. Wenn sie benutzt wird, erfolgt das unbewußt. Als wir Gehen lernten — haben wir da zuerst darüber nachgedacht, oder kam die Erkenntnis später? Als wir uns erst einmal bewußt waren, daß wir liefen, daß es physisch möglich war, konnten wir lernen, andere Dinge zu tun. Rennen, dann reiten, Geräte benutzen, Fahrzeuge bauen, die uns trugen. Es ist ein allmählicher Prozeß, Chris, und unsere eigene Erkenntnis kann diesen Prozeß beschleunigen.«

Bishop überlegte, warum er sich diesen Argumenten widersetzte, da sie viele seiner eigenen Gedanken hinsichtlich des Paranormalen erklärten. Vielleicht, weil das alles zu einfach wirkte, für eine Antwort zu offensichtlich war; wer aber sagte andererseits, daß die Antwort kompliziert sein mußte? Alles kam aus dem Individuum, keine Macht von außen war daran beteiligt; und wenn jede individuelle Quelle zum Fließen gebracht wurde, dann konnte diese kollektive Kraft, verbunden mit den anderen, gewaltig werden. Es schien, als ob das Dunkel auf jene Menschen einwirkte, die auf irgendeine Weise geistig gestört waren, ob sie nun Kriminelle waren, geisteskrank oder — sein Griff festigte sich um das Glas, das er hielt — oder ob sie Böses im Sinn hatten. Viele der Fälle, von denen er in den letzten Wochen gehört hatte, betrafen Individuen, die irgendeinen Groll gegen andere hegten — manchmal nur Abneigung — und es schien, als ob der Wahnsinn ringsum ihre eigene Gewalttätigkeit ausgelöst hätte. Wenn das Dunkel dieses Böse finden konnte, in ihren Verstand dringen und diese Kraft herausziehen konnte, sie mit sich vereinte, und somit seine eigene Kraft wie ein gigantischer, gefräßiger Organismus stärkte, wo würde das enden? Wenn es stärker wurde, würde es dazu imstande sein, alle entgegengesetzte Verstandeskraft, die des Guten, zu ersticken. Es brauchte nur das Böse zu finden, das in jedermann lebte und es zu benutzen. Lag der Grund dafür, warum diese Kraft in der Vergangenheit nicht stärker sichtbar geworden war, an den Widersprüchen in jedem Menschen, darin, daß nur wenige Wesen, die wirklich gut oder wirklich böse waren, sie für ihren Zweck nutzbar machen konnten? Und wenn man starb, starb diese Wesenheit mit einem oder wurde sie freigelassen ... in was? Bishop begriff, daß Jessicas Antwort überhaupt nicht einfach gewesen war — sie war so komplex wie die Evolution des Menschen.

»Chris, ist alles in Ordnung? Du bist totenblaß geworden.«

Jessicas Hand ruhte auf der seinen und er bemerkte, wie fest er das Glas hielt. Er stellte den Scotch auf die Bar zurück, doch ihre Hand ruhte noch immer auf der seinen.

Er atmete tief ein. »Vielleicht beschäftigt mich das alles zu sehr.«

Ihn mißverstehend, sagte sie: »Du hast so viel durchgemacht. Das haben wir alle, aber du am meisten.«

Er schüttelte den Kopf. »Das meine ich nicht, Jessica. Lynns Tod ist etwas, das ich nie überwinden werde, aber es ist etwas das ich akzeptieren kann, so wie ich Lucys Tod akzeptiert habe. Der Schmerz wird immer da sein, aber er wird kontrollierbarer werden. Nein, was mich erschüttert, ist deine Erklärung des Dunkel. Ich nehme an, daß Jacob deine Ansicht teilt?«

»Es ist seine Ansicht. Ich stimme mit ihm überein.«

»Dann gibt es keine Möglichkeit, sie zu bezwingen?«

Sie schwieg für einen Augenblick und erwiderte dann: »Es muß einen Weg geben.«

Bishop drehte seine Hand so, daß seine Handfläche sich mit der Jessicas vereinte. Seine Finger schlossen sich darum und preßten sie zärtlich; aber er sagte nichts.

Er war noch wach, saß in dem unbequemen Sessel seines Hotelzimmers, blickte durch das große Panoramafenster und überlegte, welche neuen Scheußlichkeiten über London hereinbrechen würden, als das leise Pochen an der Tür ihn aus seinen Gedanken riß. Er blickte auf seine Armbanduhr und sah, daß es halb elf war. Es pochte wieder. Er drückte seine halb geraucht Zigarette in dem Aschenbecher auf der Sessellehne aus, erhob sich und ging zur Tür hinüber. Bevor er den Türknauf drehte, zögerte er, da Vorsicht jetzt Teil seines Lebens geworden war. Jessicas Stimme ließ seine Ängstlichkeit schwinden.

Er öffnete die Tür und schaute in die blicklosen Augen von Jacob Kulek. Jessica stand direkt hinter ihrem Vater.

»Dürfen wir hereinkommen, Chris?« fragte Kulek.

Bishop trat beiseite, und Jessica führte ihren Vater in das Zimmer. Er schloß die Tür und drehte sich zu ihnen um.

»Es tut mir leid, daß ich tagsüber nicht mit Ihnen sprechen konnte, Chris«, entschuldigte sich Kulek. »Ich fürchte, daß meine Zeit jetzt von anderen eingeteilt wird.«

»Das verstehe ich. Diese Leute scheinen viel von Ihnen zu erwarten, Jacob.«

Der blinde Mann lachte kurz, aber Bishop bemerkte, daß er müde wirkte. »Die Wissenschaftler und Mediziner auf der einen Seite sind skeptisch, wogegen die Psychos auf der anderen Seite vorsichtig sind — sie sehen das als Gelegenheit, alles zu beweisen, was sie in den letzten Dekaden gepredigt haben. Die Irrationalen unter ihnen sind Gott sei Dank ignoriert worden. Die Behörden kleben irgendwo zwischen den beiden Gruppen, neigen natürlicherweise mehr zur logischen oder, so Sie wollen, zur wissenschaftlichen Betrachtungsweise. Ich glaube, daß um unsere Meinungen nur gebeten wird, weil die Wissenschaftler noch keine Hinweise gefunden haben, von Antworten ganz zu schweigen. Darf ich mich setzen, Chris? Es war ein anstrengender Tag.«

»Bitte.« Bishop drehte den Sessel, den er gerade freigemacht hatte und Jessica geleitete ihren Vater dorthin. Sie lächelte Bishop herzlich an, als sie sich in den Stuhl setzte, der vor dem Schreibtisch stand. Er ließ sich auf die Bettkante nieder und erwiderte ihr Lächeln.

»Darf ich Kaffee für Sie bestellen?« fragte er.

»Nein, danke. Allerdings glaube ich, daß ein großer Brandy helfen würde, den Schmerz meiner alternden Knochen zu stillen.« Kulek neigte den Kopf seiner Tochter zu.

»Kaffee wäre mir recht, Chris.«

Bishop nahm den Telefonhörer ab und bestellte zwei Kaffee

und einen großen Brandy. Als er aufgelegt hatte, fragte er: »Ist mit Edith alles in Ordnung?«

»Sie ist müde und verängstigt wie wir alle. Unser kleineres, etwas intimeres Treffen, an dem sie teilgenommen hatte, ging erst vor zwanzig Minuten zu Ende. Das Komitee hatte alle Punkte zu diskutieren, die heute während der Konferenz aufgeworfen wurden — die wichtigen Punkte, um genau zu sein.«

»Wer entschied, was wichtig war und was nicht?«

»Ich würde sagen, darüber war man sich schnell im klaren. Unser Innenminister ist nicht für Extreme.«

»Soweit ich gehört habe, ist er aber auch nicht für Aktivitäten.«

»Dann werden seine Entscheidungen Sie überraschen.«

»Ach ja?«

»Ich bin nicht sicher, ob er überzeugt ist, aber er hat sich mit einem — wie soll ich sagen? — Experiment einverstanden erklärt.«

Bishop beugte sich vor, die Arme auf seine Knie gestützt, und lauschte interessiert.

Kulek preßte seine Nase und kniff die Augen für ein paar Sekunden fest zu, um den Schmerz in seinem Kopf zu mildern.

Sein Gesicht wirkte erschöpft, als er den Blick wieder hob.

»Wir werden zurück nach Beechwood gehen. Besser gesagt, zu dem, was von Beechwood übriggeblieben ist.«

Bishop war verblüfft. »Warum? Wozu sollte das gut sein? Wie Sie sagten, liegt das Haus ohnehin in Trümmern.«

Kulek nickte geduldig und legte seine langen, schlanken Finger auf seinen Spazierstock. »Es war und ist noch ein Brennpunkt dieser ganzen Geschichte. Jede Nacht versammeln sich dort mehr und mehr der unglücklichen Opfer dieses Dinges, das wir das Dunkel nennen. Einige sterben, andere findet man am nächsten Morgen entweder dort stehend oder hilflos in den Trümmern liegend. Es muß einen Grund dafür geben, daß sie dorthin gehen, etwas, das sie dorthin zieht.«

»Was sollte es ihnen helfen, dorthin zu gehen? Wir haben das doch schon zuvor versucht.«

»Und etwas ist geschehen«, fiel Jessica ein.

»Jacob wurde fast getötet.«

»Und Sie hatten eine Vision«, sagte der blinde Mann ruhig.

»Du hast gesehen, was in diesem Haus geschah«, fügte Jessica hinzu. »Du sahst, wie Pryszlak und seine Anhänger starben.«

»Verstehen Sie nicht, Chris? Es gibt starke Vibrationen um dieses Gebiet herum. Auch wenn es nur eine Ruine ist, müssen dort dieselben Energien noch immer vorhanden sein.« Kulek sah Bishop mit seinen blicklosen Augen an.

»Aber die Gefahr. Sie . . .«

»Dieses Mal werden wir Schutz haben. Das Gelände wird von Truppen bewacht sein, wir werden eine starke Beleuchtung haben . . .«

»Sie haben doch nicht etwa vor, dort nachts hinzugehen?«

»Doch. Für das, was ich vorhabe, ist es die einzig geeignete Zeit.«

»Sie sind verrückt. Jessica, du kannst ihn das nicht tun lassen. Die Armee wird ihn nicht beschützen können.«

Jessica schaute Bishop fest an. »Chris«, sagte sie, »wir möchten, daß du mit uns kommst.«

Er schüttelte den Kopf. »Das ist falsch, Jessica. Es gibt keinen Grund dafür. Was können wir überhaupt dort tun?«

Kulek antworte: »Das Einzige, was uns geblieben ist. Wir werden Kontakt mit dem Dunkel aufnehmen. Wir werden versuchen, mit Boris Pryszlak zu sprechen.«

Das leise Klopfen an der Tür kündigte die Ankunft von Kaffee und Brandy an.

3

Es hätte hellichter Tag sein können, so gleißend waren die Lichter. Jedes Haus in der Willow Road war von den Bewohnern geräumt worden; nicht, daß allzu viele noch dort gewesen wären — die Straße hatte die Aufmerksamkeit zu vieler Opfer des Dunkel geweckt, als daß sich dort noch Bewohner hätten sicher fühlen können. Armeefahrzeuge waren längs der Bordsteine geparkt, alle in derselben Richtung, und zu beiden Enden der Straße waren schwer bewachte Absperrungen errichtet worden. Zwei starke Breitstrahlscheinwerfer waren auf Lastwagen montiert worden und wurden von einigen Generatoren betrieben. Sie waren auf die offene Fläche gerichtet, die einst Beechwood gewesen war. Die meisten Trümmer waren beiseite geschafft worden, um Platz für Geräte zu schaffen — Instrumente, die von Tonband- und Videogeräten bis hin zu Geigerzählern und anderen komplizierten Apparaten reichte, die Bishop nie zuvor gesehen hatte. Bogenlampen, die an die Stromversorgung der Umgebung angehängt worden waren, standen ringsum an strategisch wichtigen Punkten. Die ganze Szene wirkte unwirklich, und Bishop konnte sich des Gefühls nicht erwehren, durch eine Filmkulisse zu laufen, weil die verschiedenen Kameras, die von Armeeangehörigen bedient wurden, diesen Eindruck verstärkten. In der Nähe wechselte Jacob Kulek heftige Worte mit dem ersten Staatssekretär des Innenministers über die Menge von Maschinen und Geräten, die, wie Kulek behauptete, die Energiemuster in der Atmosphäre stören und jedweden geistigen Kontakt, der mit dem Dunkel hergestellt werden könnte, vereiteln müßten. Der Staatssekretär, ein dünner, wespenhafter kleiner Mann namens Sicklemore, erwiderte gereizt, daß hier eine wissenschaftliche Operation und keine Seance stattfände. Er habe die Anweisung bekommen, alle erforderlichen Daten es Experimentes zu sammeln und aufzuzeichnen und dabei den Zivilisten jeden nur denkbaren Schutz zu gewähren. Er fügte hinzu, daß Parapsychologen seit Jahrzehnten Wissenschaftler gedrängt hätten, mit ihnen Hand in Hand zusammenzuarbeiten, so daß Kulek sich nicht über das beklagen solle, was jetzt geschehe. Der blinde Mann mußte das einräumen, und Jessica, die neben ihrem Vater stand, wirkte erleichtert darüber, daß das kleine Scharmützel zwischen den beiden bald vorüber war.

Bishop bahnte sich einen Weg durch das Gedränge von Technikern, Polizisten und Armeepersonal, die alle spezielle Aufgaben zu erfüllen schienen, und sah Edith Metlock in all dem Durcheinander allein in einem Segeltuchsessel sitzen. Er ging zu ihr hinüber und nahm auf dem leeren Stuhl neben ihr Platz.

»Wie fühlen Sie sich?« fragte er.

Ihr Lächeln war schwach. »Ein wenig nervös«, erwiderte sie.

»Ich bin mir ohnehin nicht sicher, ob dies der richtige Weg ist.«

»Jacob scheint zu glauben, es sei der einzige Weg.«

»Er hat wahrscheinlich recht.« Sie wirkte bedrückt.

»Wir haben reichlich bewaffneten Schutz«, sagte er, um sie zu beruhigen.

»Sie verstehen nicht, Chris. Ich muß diese ... diese Dunkelheit in meinen Verstand eindringen lassen. Das ist so, als erlaube man einem bösen Geist, in den Körper einzudringen, nur daß es in diesem Fall mehrere hundert Dämonen sein werden.«

Er deutete auf zwei Männer, die ein paar Meter entfernt leise miteinander sprachen. »Sie werden bei Ihnen sein.«

»Die beiden sind hochangesehene Sensitive, und es ist ein Privileg, mit ihnen zu arbeiten. Aber unsere vereinten Kräfte sind nichts, verglichen mit dem Bösen, das sich zusammengeballt hat. Ich kann seine Anwesenheit bereits spüren – und sie macht mir Angst.«

»Vielleicht passiert nichts.«

»In gewisser Weise hoffe ich, daß Sie recht haben. Aber es muß aufgehalten werden, bevor es zu spät ist.«

Bishop schwieg für ein paar Augenblicke, den Kopf gebeugt, als mustere er den Schmutz zu seinen Füßen. »Edith«, sagte er schließlich, »damals in Jacobs Haus, als wir von den beiden Frauen als Geiseln festgehalten wurden, sagte eine von ihnen, bevor Sie kamen, daß Lynn, meine Frau, noch ›aktiv‹ sei. Können Sie mir sagen, was sie meinte?«

Das Medium tätschelte mitleidig seinen Arm. »Wahrscheinlich meinte sie, daß der Geist Ihrer Frau mit den anderen verknüpft ist, die vom Dunkel beherrscht werden.«

»Ist sie noch ein Teil davon?«

»Ich kann es nicht sagen. Sind Sie deshalb heute nacht hier?«

Bishop richtete sich auf. »Es gibt eine Menge, was ich in letzter Zeit akzeptieren mußte. Ich gebe zu, daß ich von vielen Dingen verwirrt bin, aber nur der Gedanke daran, wie sie Lynn ermordeten ...« Mit Mühe gelang es ihm, seinen Zorn zu beherrschen. »Wenn es etwas gibt, was ich tun kann, um dieses Ding zu zerstören, dann werde ich es tun. Jacob sagte, er sei sich dessen nicht sicher, was die Erscheinungen in Beechwood verursacht hätte — Sie oder ich oder wir beide zusammen. Ich vermute, ich bin nur eine Zutat, die er zur Hand haben will, um sie in den Topf zu werfen.«

Ein Schatten fiel auf sie, sie blickten auf und sahen Jessica. »Alles ist bereit, Edith. Jacob möchte, daß du und die anderen ihre Positionen einnehmen.«

Bishop half dem Medium hoch. Sie begaben sich zu Jacob Kulek, der zu einer Gruppe von Leuten sprach, worunter auch der Commissioner war, außerdem ein jung wirkender Armeemajor und mehrere Männer und Frauen, von denen Bishop wußte, daß sie sich als Wissenschaftler und Metapysiker betätigten. Es ist wie ein Zirkus, dachte er grimmig.

Kulek unterbrach seine Unterhaltung, als Jessica ihn am Ärmel zupfte und etwas zu ihm sagte. Er nickte und sprach dann zu der Gruppe: »Jeder, der für diese Operation nicht benötigt wird, muß das Grundstück verlassen. Würden Sie bitte dafür sorgen, Commissioner? Das absolute Minimum an Wachen, das absolute Minimum an Technikern. Die Umstände für das, was wir zu erreichen versuchen, sind auch so schon schlecht genug. Die Suchscheinwerfer müssen ausgeschaltet werden, Major.«

»Mein Gott, das ist doch nicht Ihr Ernst?« kam sofort die Antwort.

»Ich fürchte, ja. Auch die Bogenlampen müssen beträchtlich gedämpft werden. Edith?«

»Ich bin hier, Jacob.«

»Es tut mir leid wegen dieser Umstände, meine Liebe. Ich hoffe, es wird dich nicht zu sehr ablenken. Mr. Enwright und Mr. Schenkel, sind Sie bereit?«

Die beiden Medien, die Jessica ebenfalls mit herüber gebrachte hatte, bejahten das.

»Ist Chris da? Chris, ich möchte, daß Sie neben Edith sitzen. Würde jetzt bitte jeder seine Position einnehmen?«

Bishop war überrascht: Er hatte geglaubt, daß er irgendwo von der Seite zuschauen sollte. Plötzlich fürchtete er sich noch mehr.

Sechs Sessel, die einen Halbkreis bildeten, waren an einer flachen Stelle des Grundstücks aufgestellt worden. Zu seinem weiteren Unbehagen stellte Bishop fest, daß sie sich nahe einer Stelle befanden, wo das Wohnzimmer von Beechwood gewesen sein mußte. Rohe Bretter unter seinen Füßen verdeckten die Risse, die in den Keller unten führten. Auf seine Armbanduhr schauend, sah er, daß es erst kurz nach zehn war. Das Medium namens Schenkel saß im letzten Sessel, Enwright neben ihm. Dann kamen Edith Metlock, er selbst und Jacob Kulek. Jessica saß etwas von der Gruppe entfernt direkt hinter ihrem Vater.

»Bitte, wir müssen völlige Stille haben.« Kuleks Stimme war nicht sehr laut, aber jeder auf dem Grundstück hörte sie. »Die Lichter, Major. Können Sie sie jetzt dämpfen?«

Die Scheinwerfer erloschen, und die speziellen Dimmer der Bogenlampen wurden heruntergedreht. Die Szene, die strahlend hell erleuchtet gewesen war, wurde düster und augenblicklich unheimlich.

Kulek wandte sich an Bishop. »Denken Sie an diesen ersten Tag zurück, Chris. An das erste Mal, als Sie nach Beechwood kamen. Erinnern Sie sich an das, was Sie sahen.«

Aber das hatte Bishop bereits getan.

Er wußte, was er zu tun hatte. Sie hatten es ihm gesagt. Das Innere des Kraftwerks war wie eine riesige Höhle, das Lager eines Giganten, in dem gewaltige Öfen und Turbinen brüllten und pochten. Er ging zwischen ihnen hindurch, riesige stählerne Turbinen auf der einen Seite, Heizaggregate und Dampfkessel, die sich aus dem zehn Meter tieferen Keller reckten und fast die dreißig Meter hohe Decke berührten, auf der anderen. Die Turbinen waren hellgelb gestrichen, vor jeder war eine Instrumentenkonsole angebracht, mit der ihre Funktion überwacht wurde. Die Heizaggregate und Dampfkessel waren von trügerisch kühlgrauer Farbe, obwohl sie eine Tonne Öl pro Minute verbrannten. Stark isolierte Rohre führten von ihnen weg und vereinigten sich im Keller mit den Dampfkesselrohren, der die Turbinen antrieb, um den Dampf mit einem Druck von achthundert Kilogramm pro Quadratzentimeter zu transportieren.

Er kam an einem Techniker vorbei, der die Anzeigenreihen an einem Brennofen überprüfte, beachtete dessen Winken aber nicht. Der Techniker runzelte die Stirn; er war verblüfft über das seltsame Benehmen eines Kollegen, aber seine Gedanken kehrten rasch wieder zu den Instrumenten vor ihm zurück; die Arbeitsleistung war in diesen Nächten gewaltig, denn die Regierungsverordnung besagte, daß jedes nur mögliche Licht in der Stadt eingeschaltet werden sollte.

Der Mann ging weiter zu den Treppen, die in den Verwaltungstrakt führten. Und zum Hauptschaltraum.

Zwei Tage und Nächte hatte er sich in seinem Apartment im Erdgeschoß bei geschlossenen Vorhängen versteckt gehalten. Die beiden Räume, die er bewohnte, waren tagsüber in ein schattiges Düster getaucht, nachts in völlige Dunkelheit.

Es war ein stämmiger Mann von achtundzwanzig Jahren, sein Gesicht noch immer von Akne gekennzeichnet, die schon vor vielen Jahren hätte verschwunden sein sollten; sein Haar fiel ihm aus. Er lebte allein, nicht, weil er es so wollte, sondern weil niemand anderes, kein Mann und keine Frau, je die Neigung verspürt hatten, mit ihm zu leben. Seine Verachtung für die menschliche Rasse generell überspielte er nur mühsam, und dieses Gefühl hegte er, seit ihm bewußt geworden war, daß die Welt ihn verachtete. Er hatte geglaubt, daß ihn nach der Schulzeit die Leute nicht mehr wie einen häßlichen Gegenstand behandeln würden, doch nur, um festzustellen, daß die Leute auf der Universität, wenngleich älter, genauso dumm waren. Seine Eltern lebten noch, aber er besuchte sie kaum. Sie hatten ihm nie wirklichen Trost gegeben. Als sie herausfanden, daß er seiner sich rasch entwickelnden Schwester bei mehreren Gelegenheiten nachspionierte, hatte das zu schweren Vorwürfen geführt. Sie hatten ihn außerdem wissen lassen, daß die dicken Brillengläser, die er tragen mußte und die seine Augen wie schwarze Knöpfe wirken ließen, die in silbernen Teichen schwammen, eine Strafe Gottes seien. Und Gott hatte ihn wohl auch mit den Pickeln bestraft, weil er nicht aufhören konnte, sich selbst zu befriedigen? Er ließ auch seinen Körper stärker als andere riechen, weil er seine Schwester haßte, und Er ließ sein Haar ausfallen, weil er ständig schmutzige Gedanken hatte. Tat Er all das? Nun, vergiß Ihn — es gab noch andere Götter!

Er stieg die Stufen zu den Büros hoch und begegnete sonst

niemand auf seinem Weg; für den Betrieb des Kraftwerks war nur eine Belegschaft von dreißig Arbeitern und Technikern erforderlich, eine kleine Gruppe von Menschen, welche die Energie kontrollierte, die von Millionen genutzt wurde. Für die Energie verantwortlich zu sein, die so viele dringend brauchten – das war es vor allem, was diese Arbeit so interessant für ihn gemacht hatte. Nun, es gab drei Möglichkeiten, den Menschen, die von dieser Station versorgt wurden, ihr Licht und ihre Energie zu nehmen: Die eine war, das Kraftwerk in die Luft zu jagen; die zweite, die Generatoren und Turbinen systematisch herunterzufahren und die Ölversorgung zu unterbrechen; die dritte, einfach alles abzuschalten, abgesehen von den Brennöfen, und zwar durch die Fernsteuerung im Hauptschaltraum. Er hatte keinen Zugang zu Sprengstoff, deshalb kam das Sprengen des Kraftwerks nicht in Frage. Alles herunterzufahren und die Ölzufuhr manuell zu unterbrechen, würde zu lange dauern, außerdem könnten ihn die anderen Techniker aufhalten, bevor er das auch nur bei einer Turbine schaffte. Also war der Kontrollraum die Lösung. Die Schalter einfach umlegen – und alles würde dunkel werden. So schwarz wie die Nacht. Freude leuchtete in seinen Augen.

Der Hauptschaltraum war ein großer, verglaster Kasten, mitten im Generatorenraum, vollgepropft mit Anzeigentafeln und Fernsehmonitoren, über die jeder Teil des Kraftwerks überwacht werden konnte. Das Wachpersonal war in den letzten Wochen noch aufmerksamer als gewöhnlich, da ihnen die Gefahr eines Stromausfalls in einem der Gebiete, die von ihrem Werk versorgt wurden, ausführlich erklärt worden war. An Gefahr aus ihren eigenen Reihen hatte niemand gedacht.

Der diensthabende Aufsichtsbeamte sah überrascht auf, als der Mann den Raum betrat. Er wollte schon fragen, wo er die letzten Tage gesteckt habe, als die Kugel aus der Beretta schon seine Stirn durchschlug. Die anderen Diensthabenden waren zu verblüfft, um schnell zu reagieren, und er erschoß sie gelassen, wobei jede Kugel ihr Ziel mit tödlicher Präzision fand. Er war selbst erstaunt über seine Genauigkeit, wenn er daran dachte, daß er noch nie zuvor in seinem Leben mit einer Pistole geschossen hatte; aber seine Ruhe überraschte ihn nicht. Die

Fremde, die große Dame, hatte ihm gezeigt, wie man die Waffe zu benutzen hatte, als sie früh an diesem Tag in sein Apartment gekommen war. Doch war es nicht sie gewesen, die ihm Ruhe gebracht hatte. Das Dunkel hatte es getan.

Er kicherte, als die Körper seiner Kollegen zu Boden fielen, und er ließ sich Zeit, um ihre zuckenden Gliedmaßen ein paar Augenblicke lang zu beobachten. Seine Lippen glänzten, angefeuchtet von der Zunge, die ständig über sie zuckte, als er über die Leichen weg auf die Kontrollpulte zuging. Seine Hand zitterte kaum, als er nach dem ersten Schalter griff.

Bishop blinzelte. War es Einbildung, oder wurde es tatsächlich dunkler? Er spürte die Enge in seiner Kehle, als er zu schlucken versuchte. Es schien, als ob sich Wände um ihn herum aufrichteten, transparente Wände, durch die er die verschwommenen Gestalten der anderen auf dem Grundstück sehen konnte. Die Wände wurden massiver. Ein Fenster zu seiner Linken, die Vorhänge geschlossen. Ein anderes Fenster zu seiner Rechten, weiter unten. Schatten, die sich wie Rauchfahnen bewegten.

Er widersetzte sich verzweifelt.

Ediths Augen waren geschlossen, sie murmelte vor sich hin. Ihr Kopf sackte langsam nach vorn, bis ihr Kinn auf ihrer Brust ruhte. Die beiden anderen Medien blickten um sich, und Bishop sah ihr Entsetzen. Der eine, Schenkel, begann zu zittern. Seine Augenlider zuckten, und seine Pupillen drehten sich in seinem Kopf nach oben, bevor seine Augen sich völlig schlossen. Enwright hatte nicht bemerkt, was mit seinem Kollegen geschah, weil er Edith Metlock beobachtete.

Starke Finger schlossen sich um Bishops Arm, er wandte schnell seinen Kopf und starrte in Kuleks blicklose Augen.

»Chris, können Sie sie wieder sehen?« flüsterte Kulek. »Ich kann fühlen, daß das Böse hier ist. Können Sie diese Gesichter — von damals — wieder sehen?«

Bishop war unfähig zu antworten. Es war zu plötzlich geschehen; kaum waren die Lichter gedämpft worden, da war ihre Anwesenheit wieder existent. Als ob sie gewartet hätten.

Der Raum um ihn nahm Form an, und Gestalten schwebten vor ihm, wurden scharf, dann wieder undeutlich, verschwommene Bilder. Insgesamt wirkte der Raum kleiner. Geräusche summten an seine Ohren, Stimmen dröhnten, verebbten abrupt, wurden von anderen abgelöst, so als ob man den Frequenzsucher eines Radios ziellos drehen würde. Er blickte zu Edith und sah, daß eine schwarze Substanz über ihre Lippen sickerte, ihr Kinn hinabtropfte und auf ihre Brust fiel. Es hätte Blut sein können, doch er wußte, daß es das nicht war. Er streckte ein Hand aus, um die Flüssigkeit zu berühren, aber da war nichts, keine schwarze Klebrigkeit an seinen Fingern, nichts an ihrem Kinn. Er zog seine Hand zurück, und die Substanz tröpfelte wieder von ihren Lippen. Bishop sah hoch und der Raum wirkte jetzt noch kleiner.

Schenkel fiel von seinem Sessel und lag still auf den rohen Brettern und der Erde, die den darunterliegenden Keller bedeckten. Niemand trat vor, um ihm zu helfen, da ihnen befohlen worden war, nur dann einzugreifen, wenn etwas Außergewöhnliches geschähe. Enwright warf einen Blick auf seinen Kollegen, schien ihn aber nicht zu bemerken. Edith Metlock stöhnte laut auf, und etwas Dunkles fuhr aus ihrem Mund, wie eine Rauchfahne. Die Stimmen in Bishops Kopf lachten jetzt, und er sah, daß der Raum noch mehr schrumpfte, daß die Wände und die Decke auf ihn zukamen. Er wußte, daß er zerquetscht würde und versuchte, sich von seinem Sessel zu erheben. Doch sein Körper war wie erstarrt, er konnte den frostigen Reif schwer auf seinen Augenlidern spüren, die versiegelt waren. Seine Haare knisterten, als jedes einzelne zu einem Eiszapfen wurde. Die Wände waren kaum mehr einen Meter entfernt.

Eine kalte Hand berührte ihn und erwärmte ihn irgendwie. Edith hatte ihre Hand zu ihm ausgestreckt. Auch seine andere Hand wurde von jemanden gehalten, und obwohl sein Kopf jetzt gefroren war, wußte er, daß es Jacob Kulek war, der sie gefaßt hatte. Die Wärme kehrte in seinen Körper zurück. Er spürte, wie etwas von ihm abfiel, etwas, das gedroht hatte, ihn zu erdrücken. Die Wände und die Dunkelheit füllte sein Blickfeld aus.

Ein Geräusch kam von Enwright, aber es war nicht seine Stimme, auch nicht die Stimme eines Lebewesens. Es war ein hohes, kreischendes Geräusch, ein gequältes Winseln. Das Medium war aufgestanden, hatte seine Handflächen an seine Schläfen gepreßt und drehte den Kopf von einer Seite zur anderen, als ob es etwas abzuschütteln versuchte. Seine Augen blickten wild umher, bis sein Blick schließlich auf Bishop verharrte.

Das Nachbild dieser starrenden Augen blieb in Bishop haften, als die schwachen Lichter ausgingen und alles in zermalmender Dunkelheit versank.

4

Die Hände schlossen sich um Bishops Hals und begannen zuzudrücken. Er konnte nur eine schwarze Form vor sich sehen, aber er wußte, daß es das Medium war, Enwright, der versuchte, das Leben aus ihm herauszupressen. Er faßte nach den Handgelenken des Mannes und zog daran, sein Kinn senkte sich automatisch nach unten, die Nackenmuskeln spannten sich, um den zunehmenden Druck zu widerstehen. Noch während er kämpfte, bemerkte Bishop die Verwirrung um sich, die Schreie, das Trappeln der Füße, die kleinen Flammen von Streichhölzern und Feuerzeugen, die jäh entzündet wurden. Dann durchschnitten lange Lichtkegel von Taschenlampen Teile der Nacht.

Seine Benommenheit ließ die Szene noch chaotischer wirken, und er wußte, daß er bald die Sinne verlieren würde, wenn er den würgenden Griff nicht brach. Doch wie heftig er auch an den Handgelenken zerrte, der Druck nahm weiter zu. Er tat das einzig Mögliche – er ließ los, packte die Kleidung des Mediums und zog den Mann zu sich heran, wobei er die Füße kräftig gegen die Bretter unter sich stemmte. Sein Sessel kippte in gefährlichem Winkel nach hinten, dann fielen beide Männer um. Sie landeten schwer auf dem Boden und Enwrights Kopf schmetterte mit einem lauten Krachen auf die Bretter. Sein Körper erschlaffte sofort. Bishop hatte seinen Rücken rund gemacht und die Schultern hochgezogen, so daß ihm der unter solchen Umständen schwer sein würde, und als das Klirren von Glas dem Erlöschen des verbleibenden Lichtes vorausging, so daß das Grundstück nur noch von einzelnen Taschenlampenstrahlen erhellt wurde, wußten sie, daß es praktisch unmöglich war.

»Bishop! Wo sind Sie?«

»Hier.« Er war Kulek und Jessica gefolgt, bevor das letzte Licht erlosch, und stand jetzt zwischen ihnen und Peck.

Der Beamte fluchte, weil nicht einmal der Mond schien. Daß man sich ausgerechnet eine solche Nacht aussuchen mußte! »Können Sie Kulek sehen?« Er mußte schreien, um sich durch den Tumult verständlich zu machen.

»Ja, sie sind nicht weit . . . Gott!«

Peck lief zu der dunklen Gestalt hinüber, die ein paar Meter entfernt war, als auch er die Kälte in sich spürte. Für wenige Augenblicke verdeckte sie seine Gedanken, und eine betäubende Eisigkeit schien jeden Winkel seines Hirns zu erfüllen. Er rempelte gegen jemand.

»Bishop? Was ist das? Können Sie es auch fühlen?«

»Geben sie ihm nicht nach, Peck. Zwingen Sie es heraus!«

»Was ist das?« Peck schrie und hielt seine freie Hand vor Augen und Stirn gepreßt.

»Es ist das Dunkel. Es erforscht Ihren Verstand. Sie können ihm widerstehen, Peck, aber Sie müssen es wollen.« Bishops Verstand klärte sich rasch nach dem ersten lähmenden Angriff, und plötzlich begriff er, daß das Dunkel nur von denen Besitz ergreifen konnte, die von sich Besitz ergreifen ließen. Das Dunkel mußte akzeptiert werden, bevor es übernehmen konnte, wie der mythische Vampir, der die Schwelle nur übertreten konnte, wenn er eingeladen wurde.

Er packte Peck und schüttelte ihn. »Kämpfen Sie dagegen an!« brüllte er. »Es kann Ihnen nichts anhaben, wenn Sie dagegen ankämpfen.«

Bishop löste seinen Griff, als Peck zu Boden glitt. »Bringt sie . . . hier raus!« hörte er ihn noch rufen.

Bishop vergeudete keine Zeit mehr — Peck konnte sich nur selbst retten. Weitere Schüsse krachten und das Mündungsfeuer ließ die Szene zu gefrorenen Aktionen erstarren. Die Dunkelheit um sie war schwer und dicht, doch seine Augen gewöhnten sich langsam daran, und er konnte Gestalten deutlicher ausmachen. Er lief auf Jessica und ihren Vater zu und fand sie neben Edith Metlock hockend, die noch immer verkrümmt in ihrem Sessel saß.

»Jessica«, sagte er, während er sich neben sie kniete, »wir müssen fort von hier. Es ist zu gefährlich hierzubleiben.«

»Sie quälen sie, Chris. Sie kann sich nicht aus der Trance lösen.«

Kulek packte die Schultern des Mediums. Immer wieder rief er leise ihren Namen. Ihr Körper bebte, als sie zu würgen begann. Das Geräusch war trocken und schmerzhaft, bis sie schließlich aus dem Sessel glitt und Erbrochenes in hohem Bogen aus ihrem Mund schoß. Bishop spürte, wie warme, klebrige Partikel sein Gesicht trafen und ein fauliger Geruch in seine Nase drang. Er wischte die Flecken mit seinem Jackenärmel weg, beugte sich dann zu dem Medium hinab und brachte sie in sitzende Position. Auf der Straße begannen Lichter aufzuflammen, und zwei Scheinwerferpaare richtete ihre Strahlen auf das Grundstück.

Ediths Augen wurden weit und starrend, und obwohl sie noch zitterte, hatten die heftigen Krämpfe aufgehört.

Bishop richtete sich auf und zog sie mit sich hoch. Sie leistete keinen Widerstand, und er war erleichtert, daß sie nun mit seiner Hilfe stehen konnte. »Jacob, halten Sie sich an Jessica fest. Wir gehen jetzt.«

»Wir haben einen Fehler gemacht. Wir wußten nicht, mit welchem Wahnsinn wir es zu tun hatten. Mit welcher Kraft des Bösen.«

»Das müssen Sie mir nicht erzählen. Kommen Sie jetzt, lassen Sie uns gehen!« Bishop kochte vor Wut, aber er war froh darüber; irgendwie gab ihm das Kraft.

Halb trug, halb schleppte er Edith über das Grundstück. Er schaffte es bis zur Straße, wo die Lichter waren, und bat Jessica und ihren Vater, dicht bei ihm zu bleiben. Der Soldat, der ihm im Weg stand, ließ sich Zeit, als er das Gewehr hob und auf Bishops Kopf zielte.

Alles, was Bishop gegen das Licht des nächsten Wagens

sehen konnte, war die schwarze Silhouette und das auf ihn gerichtete Gewehr. Er zuckte bei dem Schuß zusammen — und schaute zu, wie der Soldat langsam zusammenbrach.

»Wollen Sie die ganze Nacht hier stehen?« fragte Peck, der auf der einen Seite der hellen Scheinwerfer aus den Schatten trat, die Pistole in der Hand. Bishop hätte vor Erleichterung fast aufgeschrien; er hätte nie gedacht, daß Peck ein so willkommener Anblick sein könne. Er festigte seinen Griff um Edith, die noch immer verständnislos geradeaus starrte, und schob sich vorwärts. Peck kam zu ihm und half ihm, sie zu stützen.

»Ich dachte, es hätte mich vorhin erwischt«, sagte Peck laut.

»Konnte mich nicht bewegen, war wie benommen, narkotisiert für eine Operation — durchaus nicht erfreulich. Hatte schreckliche Angst. Halten Sie Schritt mit uns, Miss Kulek, wir sind bald hier raus!«

Das Grundstück wurde jetzt wieder durch den ersten Scheinwerfer erhellt, der in Ordnung gebracht worden war, und als Bishop seinen Kopf drehte, um die Szene zu mustern, sah er, daß viele Kämpfe stattfanden — Soldat gegen Soldat, Polizist gegen Polizist. Auch andere Menschen waren jetzt auf dem Grundstück, Männer und Frauen, die vorher nicht dort gewesen waren; sie duckten sich unter dem gleißenden Licht, beschirmten ihre Augen mit erhobenen Armen. Wo sie hergekommen waren, ließ sich nicht einmal erahnen, aber es war offensichtlich, daß dies die Opfer des Dunkel waren. Leichen von Polizisten und Soldaten, die sie getötet hatten, lagen zu ihren Füßen. Er war sich nicht sicher, aber einer der Toten sah wie der Commissioner aus.

Sie taumelten über die Trümmer an der Seite des Grundstückes und überquerten den kleinen Betonbereich, der einst der Parkplatz von Beechwood gewesen war. Bishop schien es, als sei es erst gestern gewesen, daß er dort zum ersten Mal entlanggegangen war; seitdem war soviel geschehen, daß es ebenso Jahre her sein mochte.

Willow Road und die Beechwood-Ruine bildeten eine Lichtoase in diesem Teil der Stadt, und das Glühen schoß zum Nachthimmel auf, so daß es im Umkreis von Kilometern gesehen werden konnte. Menschen hoben die Köpfe schauten aus ihren Fenster auf den hellen Strahl und wunderten sich, warum es dort so hell wurde, wo ihre Straßen doch in völliger Dunkelheit getaucht waren. Andere verließen ihre Häuser oder kamen aus Kanälen und anderen dunklen Plätzen, um sich ihren Weg zum Licht zu bahnen, da sie bereits wußten, was sie fort finden würden.

Bishop kniff seine Augen gegen die Scheinwerfer zusammen. Das Gebrüll, die Schreie, das Krachen der Gewehre trieb ihn an. Sie erreichten den ersten Wagen.

»Hierher, Boß«, rief eine vertraute Stimme.

Polizisten, uniformierte und in Zivil, standen ringsum, und Peck führte die kleine Gruppe durch sie hindurch zu Roper, der an einem anderen Wagen lehnte.

»Ein furchtbares Schlamassel«, sagte der Beamte. »Ich hätte nicht geglaubt, daß Sie es schaffen würden.«

»Ja, ich auch nicht«, erwiderte Peck. »Haben Sie das Hauptquartier informiert?«

»Ja, sie schicken alle verfügbare Hilfe. Allerdings haben sie ihre eigenen Probleme; überall geht es wieder los.«

Peck rief einen uniformierten Sergeant zu sich: »Ich möchte, daß ein weiterer Wagen gewendet wird und das Grundstück beleuchtet. Lassen Sie so viele wie möglich rückwärts zusammenfahren, um uns mit einem Lichtkreis zu umgeben. Wir müssen diese tobenden Wahnsinnigen fernhalten, oder sie zumindest sehen können, bevor sie zu nahe kommen.«

Sie duckten sich instinktiv, als eine Flasche auf der Straße neben ihnen zerklirrte und versuchten zu erkennen, wer das Geschoß geworfen hatte, wurden aber durch die Lichter anderer Wagen geblendet. Eine weitere Flasche kam durch die Luft gesegelt und traf die Schulter eines Polizisten in Zivil. Der Mann sackte auf ein Knie und erhob sich dann wieder, offensichtlich nicht zu sehr verletzt. Schattenhafte Gestalten huschten durch die Scheinwerferkegel, bevor sie wieder in der Dunkelheit verschwanden. Peck wußte, daß er seine Männer schnell zu organisieren hatte — ihre Furcht wurde größer.

»Bishop, ich möchte, daß Sie und diese Leute das Gebiet verlassen. Mein Fahrer, Simpson, wird Sie auf die andere Seite des Flusses bringen.«

Bishop dachte, daß Kulek den Anweisungen Pecks widersprechen würde, aber als er sich an den blinden Mann wandte, sah er den Ausdruck völliger Niederlage auf dessen Gesicht.

»Jacob?«

»Es ist zu stark geworden. Das war mir nicht klar.« Die Worte waren an niemand speziell gerichtet; es war, als ob Kulek sich ganz in sich zurückgezogen hätte.

»Wir müssen gehen, Vater. Hier können wir nichts tun«, drängte ihn Jessica.

Peck öffnete bereits die Türen des Wagens. »Steigen Sie ein«, befahl er barsch. »Kulek und die beiden Frauen nach hinten, sie vorne, Bishop. Frank, nehmen Sie einen Patrouillenwagen und fahren Sie mit ihnen.«

Roper schoß davon, um einen in der Nähe stehenden weißen Rover abzukommandieren, dessen Fahrer augenblicklich den Motor startete, erleichtert darüber, wegzukommen. Der Wagen jaulte zu ihnen herüber, und Peck schlug hinter Kulek und den beiden Frauen die Türen zu. Andere Polizeiwagen fuhren auf die Straße, Reifen quietschten, als sie ihre Fahrzeuge wendeten. Es gab mehrere gedämpfte Stöße, als die Körper von Menschen, die an den dunkleren Stellen lauerten, von den rangierenden Fahrzeugen getroffen wurden. Peck war überrascht darüber, wie viele Menschen auf sie zukamen. Ihre Gestalten, die in den Scheinwerferkegeln erstarrten, erinnerten ihn an paralysierte Füchse, die nachts auf Landstraßen geblendet werden. Ob sie alle Opfer waren oder ob einige nur gekommen waren, um zu sehen, was die Lichter und der Tumult zu bedeuten hatten, war nicht feststellbar; es gab keine andere Wahl, als jeden als potentiellen Feind zu betrachten. Er beugte sich in das Beifahrerfenster des Wagens und sprach an Bishop vorbei mit dem Fahrer.

»Zurück zum Hauptquartier — und halten Sie keinesfalls an. Folgen Sie einfach dem Streifenwagen.«

Bishop rief Peck nach, als der zu dem Rover ging: »Was wollen Sie tun?«

Peck drehte sich um und sagte: »Wir werden den Commissioner und die Zivilisten hier rausholen und dann zurück auf die andere Flußseite fahren. Die Armee kann sich um sich selbst kümmern!«

Er drehte sich um und rief dem Fahrer des Streifenwagens Anweisungen zu, bevor Bishop ihm sagen konnte, daß er den Commissioner auf dem Grundstück gesehen hatte. Peck schlug mit der Hand heftig auf das Dach des Rover, und der Wagen schoß vorwärts. Bishop wurde nach hinten in seinen Sitz geworfen, als sein eigener Wagen hinterherschoß. Sie waren nur hundert Meter weit gefahren, als die roten Bremslichter des Wagens vor ihnen aufflammten und beide Fahrzeuge kreischend zum Halt kamen. Bishop steckte seinen Kopf aus dem Beifahrerfenster, und eine Welle der Verzweiflung überflutete ihn.

Das Ende der Straße war völlig von Menschen blockiert. Sie bewegten sich vorwärts, einige rannten, andere gingen langsam wie Automaten. Er konnte sehen, daß sich viele in einem schlimmen Zustand der Verwahrlosung befanden, während andere wach wirkten, schneller agierten und vom Licht nicht so sehr gestört schienen. Es war nicht festzustellen, wie viele dort waren, aber es mußten Hunderte sein, eine dichte Masse vorrückender Leiber. Als sie näher heran fuhren sah er, daß viele Waffen trugen, von Eisenstangen und Messern bis hin zu Milchflaschen. Einer der Männer trug sogar so etwas, das wie eine Schrotflinte aussah.

Jessica, die direkt hinter Bishop saß, beugte sich in ihrem Sitz vor, konnte aber nicht deutlich sehen. »Was ist denn, Chris?«

Ihm blieb keine Zeit zu antworten, da der Fahrer des Wagens vor ihnen entschieden hatte, was getan werden mußte: Der Rover fuhr mit Vollgas auf die Menge zu, und ihr Wagen folgte. Falls der Polizist im ersten Wagen damit gerechnet hatte, daß die Leute beiseite springen und ihn durchlassen würden, so hatte er sich geirrt: Sie blieben stehen, wo sie waren, und der Rover raste in sie hinein.

Jessica schrie als sie sah, wie die Leiber in die Luft geschleudert wurden; die Scheinwerfer illuminierten die grausige Szene. Ihr Wagen schleuderte, als der Fahrer das Lenkrad drehte, um zu verhindern, daß sie in das Heck des Rover krachten, der jetzt feststeckte. Stattdessen schmetterte die Seite des Wagens in das vordere Fahrzeug und Bishop und die anderen wurden kräftig durchgeschüttelt.

Ropers Kopf war aus dem hinteren Beifahrerfenster des Rover aufgetaucht; er schwenkte seinen Arm in einer Vorwärtsbewegung, ihnen zu folgen. Sein eigener Fahrer erholte sich rasch von dem Schock, so viele Menschen überfahren zu haben, und startete den abgestorbenen Motor wieder, als ein Mann nahe der Motorhaube des Rover auftauchte. Er trug eine Schrotflinte und zielte auf die Windschutzscheibe.

Bishop hörte den Knall und sah das Glas zerspringen, nur ein unregelmäßiger, undurchsichtiger Rand glitzernder Scherben und ein schwarzes Loch blieb übrig.

Beide Polizisten vorne im Streifenwagen kippten rücklings, dann verschwanden ihre Körper aus dem Blickfeld. Roper stieß bereits die Hintertür auf, als gierige Hände nach ihm griffen. Er hob seine Waffe, doch die Pistole wurde von dem Mob beiseite geschlagen.

»Wir müssen ihm helfen!« schrie Bishop, während er die Hand zum Türgriff ausstreckte.

Der Fahrer packte ihn und hielt ihn zurück. »Keinesfalls. Ich habe Befehl, Sie hier rauszubringen, und das werde ich tun.«

»Wir können ihn doch nicht im Stich lassen!«

»Da draußen haben wir keine Chance — es sind zu viele!«

Noch während er sprach, wurde ihr Wagen umzingelt, Fäuste und Steine hämmerten auf das Dach. Hände reckten sich hinein und zerrten an Bishops Armen, der Fahrer hatte klugerweise sein Fenster geschlossen gehalten. Bishop riß sich los, und schlug zurück; er spürte kein Mitleid für diese Menschen, nur eine entsetzliche Furcht. Metall kratzte gegen Metall, als der Wagen endlich losfuhr, und Jessica sah mit Entsetzen, wie ein Mann, der die Tür an Bishops Seite nicht loslassen wollte, mit dem Fahrzeug mitgeschleift wurde, als es an Geschwindigkeit gewann. Mit aller Kraft schlug Bishop auf die Finger des Mannes am Türrahmen, bis die Hände sich lösten. Jessica spürte das entsetzliche Holpern, als das Auto über seine Beine fuhr. Simpson raste auf den Bürgersteig zu, auf dem sich die Menschen nicht so sehr drängten, wie auf der Straße selbst. Eine Frau sprang auf die Motorhaube und es gelang ihr, sich festzuhalten und mit wahnsinnigen Augen durch die Windschutzscheibe zu starren, bis der Wagen auf den Bordstein fuhr und sie heruntergeschleudert wurde. Bishop schaute zurück, konnte aber nichts von Roper sehen, nur eine Masse schwarzer Gestalten, die den Rover umringten. Wieder ein Knall, dann ein tosender Krach, als der Tank des Streifenwagens explodierte; irgend jemand — wahrscheinlich derselbe Mann, von dem der Fahrer und der andere Polizist erschossen worden waren, hatte in die Karosserie des Rover gefeuert. Eine Flammenkugel schoß in die Luft und tötete alle, die zu nahe standen, andere wurden verbrannt zurückgeschleuderte.

Fast die ganze Straße war durch die Explosion erhellt, doch die Schatten gewannen schnell wieder an Boden und wurden kaum vom roten Lodern des Feuers zurückgehalten.

Ihr Wagen holperte wieder auf die Straße zurück und jagte weiter, auf die T-Kreuzung am Ende der Willow Street zu. Die Scheinwerfer fingen die Gestalt eines Mannes ein, der vorwärts rannte und eine Milchflasche gegen die Windschutzscheibe schleuderte. Bishop und der Fahrer hoben ihre Arme, um ihre Gesichter zu schützen, als das Glas vor ihnen zerbrach. Kaum langsamer fahrend, schlug der Fahrer ein Loch in die Windschutzscheibe und brüllte Bishop zu: »Nehmen Sie meine Pistole — schlagen Sie das Glas raus!«

Mit einer Hand schob er seine Jacke zurück, und Bishop konnte den Pistolenkolben aus dem Holster an der Hüfte des Fahrers ragen sehen. Der Polizist löste den Halteriemen, seine Aufmerksamkeit noch immer auf das zackige Loch gerichtet, das er mit der Faust in die Scheibe geschlagen hatte. Bishop zog die Waffe heraus und schlug damit ein größeres Loch in das Glas. Der Wind fegte hindurch, aber sie bemerkten es kaum. Der Wagen bog mit quietschenden Reifen in die Straße am Ende der Willow Road ein. Bishop wurde gegen die Beifahrertür geworfen und faßte nach dem Rahmen, um sich festzuhalten. Er warf einen letzten Blick durch das Fenster zurück auf die Willow Road, bevor sie ganz um die Ecke gebogen waren und Häuser ihm den Blick versperrten. Lichter, Flammen und eine wogende Menschenmenge waren alles, was er gesehen hatte. Jetzt war da nur Schwärze um sie, durchbohrt von ihren Scheinwerfern. Bishop wurde sich des kalten Stahls bewußt, den er gepackt hatte. Er hielt die Waffe dem Fahrer hin. »Hier ist Ihre Pistole.«

Die Augen des Polizisten waren gegen den Wind zu schmalen Schlitzen zusammengezogen; er wandte den Blick nicht von der Straße. »Behalten Sie sie, ich muß mich aufs Fahren konzentrieren. Zögern Sie nicht, sie zu benutzen — falls nötig.«

Bishop wollte protestieren, überlegte es sich aber anders. Der Mann hatte recht — er konnte sie wohl kaum gleichzeitig beschützen und fahren. Es war ein Glück, daß alle dienstgradhöheren Polizisten bewaffnet worden waren. Die ganze Truppe wäre mit Waffen ausgestattet worden, wenn es genügend gegeben hätte, da die Anzahl der Opfer, die das Dunkel Tag um Tag forderte, ständig wuchs. Oder, genauer — Nacht um Nacht.

Bishop kurbelte sein Seitenfenster hoch und wandte sich dann an die drei Passagiere auf dem Rücksitz. »Alles in Ordnung?« fragte er durch den Motorenlärm und den Wind, der heulend in das Innere fegte. In der Dunkelheit waren ihre Konturen kaum erkennbar. Jessica schob ihr Gesicht nah an seines heran.

»Ich glaube, sie stehen beide unter Schock, Chris.«

»Nein, nein. Mir geht es gut.« Es war Kuleks Stimme. »Es war nur so ... so ... unglaublich. Die Kraft ist so groß geworden.«

Bishop spürte die völlige Schwäche des blinden Mannes und teilte dessen Gefühl der Niederlage. Wie sollten sie etwas bekämpfen, das unfaßbar war, etwas, das keine materielle Form hatte, keine physischen Kern? Wie zerstörte man Energie, die aus dem Verstand kam? Die Menschen, die sich dem Dunkel ergaben, konnten zwar getötet werden, doch durch das Töten wurde die Energie nur noch stärker.

Heftig bremsend versuchte der Fahrer, einer Gruppe Menschen auszuweichen, die mitten auf der Straße liefen. Bishop wurde gegen die Rückenlehne seines Sitzes gepreßt, dann schleuderte der Wagen in eine schmale Seitenstraße und die Gruppe schrie hinten ihnen her; vielleicht waren sie Opfer, vielleicht auch nicht — der Fahrer hatte nicht die Absicht, anzuhalten und das festzustellen. Mattes Glühen drang aus den Fenstern vieler Häuser, an denen sie vorbeikamen, als ob die Bewohner Feuer oder Kerzen entzündet hätten, um Licht zu machen. Sie sahen, daß andere Menschen ihre Häuser verließen, Kinder führten oder trugen, in ihre Wagen sprangen und die Scheinwerfer einschalteten.

»Sieht aus, als seien wir nicht die einzigen, die ins Licht fahren«, bemerkte der Fahrer, während er um einen Wagen herumkurvte, der direkt vor ihnen aus einer Parkbucht herausrollte.

In der Ferne waren mehr Scheinwerfer zu sehen. Viele Menschen folgten dem Beispiel ihrer Nachbarn und eilten zu ihren Autos. Sie verstanden zwar nicht was geschah, wußten aber genug, um zu begreifen, daß die Dunkelheit gefährlich war.

»Es wird bald ein schreckliches Chaos geben!« schrie Simpson. »Sie werden alle versuchen, auf die andere Seite des Flusses zu gelangen!«

»Wer sollte ihnen das zum Vorwurf machen?« erwiderte Bishop. Ihr Wagen wurde zum Halten gezwungen, als zwei Autos aus entgegengesetzten Richtungen auf der Straße ausscherte und zusammenprallten. Durch die niedrige Geschwindigkeit war es zu keinem ernsten Schaden gekommen, doch die Schreie, gemischt aus Ärger und Panik, waren deutlich zu hören. Ein anderes Auto kam jaulend hinter ihrem zu stehen.

»Diese verdammten Bastarde haben die Straße blockiert.« Der Polizist schaute nach hinten, um zurückzusetzen, doch ein weiteres Fahrzeug war hinter ihnen aufgefahren, und hupte wild.

Der Polizeifahrer schaute rasch von links nach rechts und suchte nach einem Ausweg. »Festhalten!« schrie er, rastete den Rückwärtsgang ein, trat heftig aufs Gaspedal und bremste fast augenblicklich wieder. Der Wagen schoß rückwärts, bohrte sich in den Wagen dahinter und rückte ihn zurück, so daß der Polizist Platz zum Wenden hatte. Er wirbelte das Lenkrad herum und fuhr wieder auf den Bordstein. Bishop flog in seinen Sitz zurück; er war sicher, daß der Wagen unmöglich zwischen einem Laternenmast und der Gartenmauer zu ihrer Linken durchkommen konnte. Sie kamen durch, weil ihr Wagen die Lücke beträchtlich erweiterte, indem er einen Teil der Gartenmauer mitnahm. Das Schrammen des Metalls und die zerbrechenden Ziegel auf der Beifahrerseite veranlaßten Bishop, sich zu ducken, da er damit rechnete, daß seine Wagenseite jeden Augenblick aufgerissen werden würde. Doch der Polizist gelangte wieder auf die Straße, nachdem er die beiden zusammengestoßenen Autos passiert hatte.

»Das wollte ich immer schon mal machen«, sagte er und grinste trotz der Spannung.

»Sonntagsfahrer«, kommentierte Bishop, erleichtert darüber, noch heil zu sein.

»Da vorne ist eine Hauptstraße. Dort sollten wir schneller vorankommen.«

Der Optimismus des Fahrers erwies sich jedoch als unbegründet, denn als sie auf die breite Straße stießen, sahen sie, daß die Kreuzung vor ihnen, die normalerweise durch Verkehrsampeln reguliert wurde, mit Fahrzeugen verstopft war.

»Die Seitenstraße — dort!« Bishop deutete auf eine schmale Straße zu ihrer Linken, und der Fahrer bog ohne Zögern dort hinein. Am anderen Ende konnten sie ein Gebäude brennen sehen und Gestalten standen lauernd auf der Straße.

»Rechts!« schrie Bishop, doch der Fahrer hatte die erneute Abbiegung bereits gesehen und die Geschwindigkeit zurückgenommen. Der Wagen streifte etwas, das mit dumpfem Schlag gegen die Karosserie krachte; keiner der beiden Männer vorn hatte gesehen, ob es ein Mann, eine Frau oder ein streunendes Tier war. Der Fahrer gab wieder Gas und sagte nichts.

Die Seitenstraße führte zu einer anderen Hauptstraße, und der Wagen kam auf halbem Weg dorthin abrupt zum Halt. Zur ihrer Rechten war die verstopfte Kreuzung, der sie hatten ausweichen wollen, und vor sich konnten sie sehen, daß die Menschen aus ihren Autos gezerrt und angegriffen wurden. Wieder wußten sie nicht, ob die Angreifer Opfer des Dunkel waren oder nur wütende Fahrer, die verzweifelt dem lichtlosen Teil der Stadt entfliehen wollten. Während sie hinschauten, sprang ein Mann im Scheinwerferlicht auf das Dach seines Wagens, Hände reckten sich zu ihm hoch und umklammerten ihn, versuchten, ihn herunterzuziehen. Sein Widerstand endete abrupt, als ihm die Beine weggeschlagen wurden; er fiel auf den Rücken, rutschte dann vom Dach und Fäuste schlugen auf ihn ein, als er zu Boden ging. Schreie lenkten ihre Aufmerksamkeit auf eine andere Stelle in dem Fahrzeuggewirr: eine Frau wurde über eine Motorhaube gezerrt, die Kleider wurden ihr vom Leib gerissen, Arme und Beine von gierigen Händen festgehalten. Als ihre Schreie schriller wurden, bestand wenig Zweifel daran, was geschah.

Bishops Hand faßte die Smith and Wesson fester, als Jessica rief: »Wir müssen ihr helfen! Chris bitte, bitte, halte sie auf!«

Der Polizist schüttelte den Kopf. »Tut mir leid«, sagte Simpson. »Wir hätten keine Chance. Es sind zu viele.«

Bishop wußte, daß der Mann recht hatte, konnte aber nicht sitzenbleiben und das Gräßliche geschehen lassen... Der Fahrer spürte seine Stimmung und trat schnell auf das Gaspedal. Er wendete den Wagen in einem engen Viertelkreis und fuhr von der Kreuzung weg. Für eine kurze Sekunde erwog Bishop, die Pistole auf den Kopf des Polizisten zu richten.

Da begann Edith Metlock zu lachen.

Er wirbelte herum, um sie anzusehen, den Lauf der Pistole auf das Autodach gerichtet. Kulek und Jessica waren von dem Medium zurückgewichen und starrten die dunkle Gestalt an.

Es war nicht ihr Gelächter. Es war ein tiefes, widerliches Gelächter, das schwere Gelächter eines Mannes.

Der Fahrer ließ seinen Fuß unten; er wußte, daß es verhängnisvoll sein könnte, in dieser völlig finsteren Gegend anzuhalten, doch er empfand die gleiche Furcht wie die anderen: die Kälte durchdrang ihn, das Gefühl des klopfenden Druckes an der Rückseite seines Nackens wurde stärker.

Dieses Gelächter war unnatürlich.

»Edith!« sagte Kulek scharf, und die Schwäche war aus seiner Stimme verschwunden. »Edith, kannst du mich hören?«

Entgegenkommende Fahrzeuge huschten vorbei, deren Lichter kurz das Wageninnere erhellten; ihre Fahrer wußten nicht, daß der Weg voraus durch die verstopfte Kreuzung blockiert war. Ediths Gesicht wurde kurz beleuchtet, und sie konnten sehen, daß eine Bösartigkeit in ihren Augen lag, die der Frau fremd war. Ihr Mund war geöffnet, doch ihre Lippen lächelten nicht — das Gelächter rasselte irgendwo tief in ihrer Kehle.

Kulek griff blindlings nach ihr, und seine tastende Hand fand ihr unbewegtes Gesicht. Der Wind fegte durch die geborstene Windschutzscheibe herein und heulte im Wageninneren. Sie lachte noch immer.

»Zwinge ihn aus dir hinaus, Edith!« brüllte Kulek über das Geheul des Windes und das Motorengeräusch hinweg. »Er kann dich nicht beherrschen, wenn du es ihm nicht erlaubst!«
Aber das Gelächter war jetzt das von vielen geworden. Und der Wind hatte aufgehört.
Es war, als ob sie sich in einem Vakuum befänden; selbst der Motorenlärm war nicht zu hören. Nur das hohle Gelächter der Menschen, die tot waren, füllte ihre Köpfe und verspottete sie.
Der Fahrer blickte nervös über seine Schulter zurück. Er war sich unsicher, was geschah, und die Geräusche veranlaßten ihn, seinen Körper über das Lenkrad zu beugen, als ob er etwas körperlich abwehren wolle. »Um Himmels willen, bringt sie zum Schweigen! Schlagt sie, tut irgendetwas!«
Kulek begann wieder mit ihr zu reden, und seine Stimme war leise und tröstend; die anderen konnten ihn nicht verstehen, doch jedesmal, wenn das Innere erhellt wurde, konnte Bishop sehen, daß die Lippen des blinden Mannes sich bewegten. Er wußte, das Kulek das Medium dazu drängte, sich von den Dämonen zu befreien, die ihren Körper benutzten.
»Oh, nein!« Es war wieder der Fahrer.
Bishop drehte sich um und sah, daß der Polizist auf die Straße starrte. Er bremste heftig, der Wagen kam schleudernd zum Halt und die drei Passagiere auf dem Rücksitz wurden gegen die Vorderlehnen geworfen.
Wegen der verbliebenen Glasscherben der Windschutzscheibe konnte Bishop nicht sehen, was den Fahrer zum Bremsen veranlaßt hatte. Er beugte sich rasch über das Lenkrad und spähte durch das klaffende Loch in dem Glas. Dann atmete er heftig ein.
Eine Reihe von Fahrzeugen stand auf der Straße, so zusammengefahren, daß es keine Lücke gab, die ein anderes Auto durchbrechen konnte. Die Barriere war errichtet worden, um zu verhindern, daß die Hauptstraße als Fluchtweg auf die andere Flußseite benutzt werden konnte. Sie sahen die Wracks anderer Wagen, die diesen Punkt vor ihnen erreicht hatten, die Motorhauben zerknauscht und verbeult. Gesichter spähten über die Wagendächer auf ihr Fahrzeug, dann sprangen die Gestalten über die Barriere und tauchten aus Hauseingängen zu beiden Seiten der Straße auf. Alle strömten auf sie zu und schrien so

gellend, daß der Polizist erst handelte, als ein Mann auf die Motorhaube des Wagens gesprungen war und seine Finger haltsuchend um das gezackte Glas der Windschutzscheibe klammerte. Eine andere Gestalt kam dazu, eine Frau, deren Gesicht schwarz von Schmutz war, ihr Körper ausgemergelt.

Die Tür an Bishops Seite wurde aufgerissen, als der Wagen nach rückwärts schoß, und schwang durch die Wucht noch weiter auf. Bishop spürte Jessicas Hände an seinen Schultern, als er fast auf die Straße hinausfiel. Ein Mann klammerte sich an die Tür, die Beine hinter sich ausgestreckt, als er mitgeschleift wurde. Die Frau auf der Motorhaube wurde heruntergeschleudert und landete auf der Straße. Ihr durchdringender Schrei endete abrupt, als ihr Schädel auf den harten Asphalt schlug. Der Mann dagegen klammerte sich noch immer an der Windschutzscheibe fest und zog sich vorwärts. Seine freie Hand faßte hinein und umklammerte das Lenkrad.

»Erschießen Sie ihn, Bishop!« schrie der Polizist, und Bishop hob die Waffe fast wie im Reflex und richtete sie auf das klaffende Loch in der Scheibe. Doch statt den Abzug zu betätigen, schlug er die Pistole heftig auf die Knöchel des Mannes. Die Hand öffnete sich und Glas brach aus der Windschutzscheibe, als der Mann herunterflog.

Ihr Wagen gewann an Geschwindigkeit, und der Fahrer betete stumm, daß kein anderes Fahrzeug hinter ihnen auftauchen würde. Ohne Warnung trat er auf die Bremse, drehte das Lenkrad und machte eine Hundertachtzig-Grad-Wendung, bis der Kühler in die Richtung zeigte, aus der sie gekommen waren. Die Beifahrertür schlug zu, und der Mann, der daran hing, flog rutschend auf die Straße.

Wieder wurde das Gaspedal durchgetreten, und der Wagen machte einen Satz vorwärts. Bishop war zu atemlos, um eine Bemerkung über das Können des Fahrers zu machen; er schaute nach hinten, um nach den anderen zu sehen, doch schon bog der Wagen kreischend nach rechts ab, da der Fahrer wußte, daß es sinnlos war, den Weg zurück zu nehmen, den sie gekommen waren. Als Bishop sich wieder aufgerichtet hatte, erkannte er, daß sie über eine Straße rasten, auf deren Seite Hochhäuser standen und eine Ladenreihe auf der anderen.

Irgendwie wußte er, daß an den Scheinwerfern, die plötzlich vor ihnen auftauchten, etwas unheimlich war.

Simpson hob seinen Arm, um seine Augen vor dem Blenden zu schützen. »Verdammter Bastard — er hat Fernlicht eingeschaltet.« Er blinkte mit seinem eigenen Fernlicht, um den anderen Fahrer zu warnen, doch die entgegenkommenden Strahlen veränderten sich nicht. Ihre Gesichter wurden von den Scheinwerfern grell erleuchtet, und Bishop erkannte, daß das auf sie zukommende Fahrzeug ein Lastwagen oder Transporter sein mußte — die Lichter waren zu hoch über der Straße, als daß es ein Personenwagen sein konnte. Der Polizist steuerte rechts hinüber, da das andere Fahrzeug auf der falschen Straßenseite fuhr. Der andere Fahrer änderte ebenfalls die Richtung und zog nach links.

»Gott, er versucht uns zu rammen!« flüsterte der Polizist, aber der Wind heulte wieder in den Wagen und niemand hörte seine Worte. Der Strahl wurde noch gleißender, das grelle Licht schmerzhaft. Es füllte ihr Blickfeld, kam näher wie ein feuriger Komet, der durch eine schwarze Leere zog. Bishop konnte Jessica schreien hören und den Polizist brüllen. Das Gelächter des Todes ...

Er schloß die Augen, preßte sich in seinen Sitz und kauerte sich vor der Wucht des Aufpralls zusammen.

5

Für Bishop ergaben die nächsten Augenblicke keinen Sinn, er fühlte nur den Schock, hörte kreischenden Lärm und sah wirbelnde Lichter. Der Polizist hatte ihr Fahrzeug zwar nach links gerissen, um dem entgegenkommende Wagen auszuweichen, aber auch der andere Fahrer hatte im letzten Moment seine Richtung so geändert, daß er sie noch rechts hinten erwischte und ihren Wagen ins Schleudern brachte. Der Polizist war dagegen machtlos, und der Wagen drehte sich um seine eigene Achse, bevor er auf den Vorhof eines Apartmentblocks zu ihrer Linken zuschoß. Das meiste Glas der Windschutzscheibe war inzwischen herausgefallen, und Bishop öffnete seine Augen gerade noch rechtzeitig, um zu sehen, wie sie auf den Eingang des Hochhauses zujagten; er stemmte seine Füße auf den Boden und preßte beide Hände gegen das Instrumentenbrett, um nicht durch die Windschutzscheibe zu fliegen, wenn der Wagen gegen den Beton schlug.

Obwohl der Fahrer die Bremse voll durchgetreten hatte und den Lenker drehte, damit sie nicht frontal gegen das Gebäude stießen, war die Wucht des Aufpralls gewaltig. Die Motorhaube wölbte sich aufwärts, als sie gegen die Ecke des Einganges stieß, der Kühler wurde zerschmettert und schlug in einem Regen kochenden Dampfes in den Motor. Bishop wurde nach vorn geworfen, flog aber nicht durch die Windschutzscheibe, weil er sich vorher so gut abgestemmt hatte. Seine Brust stieß gegen das Instrumentenbrett und dann wurde er wieder in seinen Sitz zurückgeschleudert. Der Fahrer klammerte sich an das Lenkrad, das unter seinem Gewicht nachgab und fand sich vor der Windschutzscheibe wieder, sein Gesicht gegen das Blech der Motorhaube gepreßt.

Edith Metlock wurde davor bewahrt, über die Vordersitze zu fliegen, weil sie zu Boden gestoßen worden war, als der Lastwagen sie auf ihrer Seite gerammt hatte; Jessica hatte sich bereits an die Lehne von Bishops Sitz geklammert, als sie zum ersten Mal gerammt worden waren, und ihr Griff darum hatte sich noch gefestigt, so daß sie verhindern konnte, nach vorn geschleudert zu werden, als sie gegen das Gebäude prallten. Jacob Kulek dagegen hatte weniger Glück gehabt.

Das absolute Schweigen, das folgte, alarmierte Bishop mehr als es irgendwelche Stimmen oder zerrende Hände hätten tun können; die Schreie, das Gelächter, die jaulenden Reifen hatten sich in dem grellen Kreischen zerfetzenden Metalls kulminiert, und die Stille jetzt schien ihm körperlich weh zu tun.

Er stieß sich hoch, seine Bewegungen langsam und vorsichtig, weil er darauf wartete, daß plötzlicher Schmerz ihm verriet, daß er verletzt war. Doch da kam nichts, nur ein allgemeines Gefühl von Taubheit und eine Andeutung des Schmerzes, der später von den Prellungen kommen würde, die er sich zugezogen hatte. Hinter sich hörte er ein Jammern.

»Jessica?« Er drehte sich um. Irgendwie war der Scheinwerfer auf der Beifahrerseite unbeschädigt geblieben, obwohl der andere völlig zerschmettert war, und so reflektierte gerade genug Licht von den Wänden des Gebäudeeingangs zurück, daß er die Gestalten im Wageninnern ausmachen konnte. »Jessica, bist du verletzt?«

Er kniete sich halb auf seinen Sitz, um nach ihr zu fassen. Ihr Gesicht hob sich, und ihre Augen die noch immer geschlossen waren, begannen sich zu öffnen. Sie jammerte wieder und schüttelte leicht den Kopf. Dann öffneten ihre Augen sich ganz, und sie starrte ihn leer an.

Eine Bewegung auf der Fahrerseite weckte Bishops Aufmerksamkeit; der Polizist zog sich vorsichtig durch den glaslosen Fensterrahmen in den Wagen zurück. Er stöhnte laut, als er auf seinen Sitz rutschte. An seiner Stirn war Blut, und Bishop sah das Funkeln winziger eingedrungener Glassplitter. Der Polizist rieb sich behutsam die Brust und atmete dann tief ein, als seine tastenden Finger zu den Rippen gelangten.

Er stöhnte. »Ich glaube, eine ist gebrochen«, sagte er zu Bishop. »Vielleicht auch nur geprellt. Und Sie?«

Bevor er antworten konnte, kamen Edith Metlocks Kopf und Schultern ins Blickfeld. »Wo sind wir? Was ist passiert?« fragte sie.

Bishop und der Polizist wechselten rasche Blicke. »Ist in Ordnung, Edith. Wir hatten einen Unfall«, sagte Bishop behutsam, wobei er sich der Augenscheinlichkeit seiner Feststellung bewußt war.

»Kommen Sie, sagte Simpson abrupt. »Wir sollten besser hier raus. Wir sitzen auf dem Präsentierteller. Haben Sie die Waffe verloren?«

Bishop tastete auf dem Boden auf der Beifahrerseite herum, und seine Finger berührten kaltes Metall. »Ich hab' sie.«

»Im Handschuhfach liegt eine Taschenlampe — nehmen sie die auch.« Er stieß die Tür auf und stöhnte bei der Anstrengung.

Bishop nahm die Taschenlampe und stieg auf seiner Seite aus dem Wagen. Er wußte, daß sie Glück gehabt hatten, weil sie nicht ernsthaft verletzt worden waren.

»Vater!« Jessicas Schrei veranlaßte Bishop, zu ihrer Tür zu laufen und sie aufzureißen. Sie wankte heraus, stieß ihn beiseite und rannten auf das zertrümmerte Vorderteil des Wagens zu. Jetzt erst sah er, daß Jacob Kulek durch die Windschutzscheibe geschleudert worden war.

Er fand Jessica neben dem reglosen Körper ihres Vaters kauern, steckte die Waffe in die Jackentasche, kniete nieder und leuchtete mit der Taschenlampe in Kuleks Gesicht. Der blinde Mann sah wie ein Toter aus. Seine Augen waren schmale Schlitze, durch die nur das Weiße zu sehen war, sein Mund war leicht geöffnet, ein schwaches, leeres Lächeln lag auf seinen Lippen. Bishop runzelte die Stirn, da er keine äußerlichen Anzeichen einer Verletzung sehen konnte. Er drückte mit zwei Fingern auf die Haut unter Kuleks Kinn und war überrascht, den Puls schwach schlagen zu fühlen.

»Er lebt«, sagte er zu Jessica, und ihr Schluchzen verstummte. Sie schob ihren Arm unter den Kopf ihres Vaters und hob ihn behutsam vom Pflaster hoch. Das Blut aus seinem Schädel begann zu fließen.

Bishop merkte, daß der Fahrer und Edith neben ihnen standen.

»Tot?« fragte der Polizist.

Er schüttelte seinen Kopf. »Bewußtlos. Vielleicht ein Schädelbruch.«

Bishop nahm ein Taschentuch heraus und half Jessica, es auf die Wunde zu legen; das Tuch wurde sofort rot von Blut. Aber Kulek bewegte sich, und ein Murmeln drang über seine Lippen.

Jessica rief seinen Namen, berührte seine Wange mit ihrer freien Hand, und für einen Augenblick bebten seine Augenlider, als ob er sie öffnen wollte.

Der Polizist bückte sich und sagte drängend: »Wir müssen gehen, Bishop, es ist zu gefährlich, hierzubleiben.

Bishop stand auf und reichte Edith, die seinen Platz an Kuleks Seite eingenommen hatte, die Taschenlampe. Obwohl sie noch immer benommen war, hatte sie die Geistesgegenwart, Hemdkragen und Krawatte des blinden Mannes zu lösen.

»Wir sollten ihn nicht bewegen«, sagte Bishop leise zu dem Polizisten, so daß Jessica ihn nicht hören konnte. »Wir wissen nicht wie schwer er verletzt ist. Zum Glück war kaum noch Glas in der Windschutzscheibe, aber er muß mit großer Wucht hindurchgeflogen sein. Wahrscheinlich gegen die Betonwand.«

Der Polizist nickte. »Wir haben keine andere Wahl — wir müssen ihn tragen. Wir müssen jemand finden, der uns von hier wegbringt.«

»Da stehen viele Autos geparkt, aber wie können wir die anlassen?«

»Das ist kein Problem — man muß nur einige Drähte . . .«

Er wurde unterbrochen, weil ein Motorgeräusch an ihre Ohren klang. Sie drehten sich um und blickten in die Richtung, aus der sie gekommen waren. Suchende Scheinwerfer warfen lange Schatten vor die vielen Gestalten, die sich auf das Wrack zubewegten.

»Sie kommen zu uns«, sagt Bishop ruhig.

Das Geräusch des Lastwagenmotors wurde zu einem Brüllen, als er schneller fuhr; mehrere Menschen verschwanden lautlos unter seinen Rädern, als hätten sie das Fahrzeug nicht bemerkt, selbst als sie zermalmt wurden. Bishop und der Polizist ahnten die Absicht des Fahrers.

»Rein in das Haus!« befahl der Polizist den beiden Frauen. Jessica öffnete den Mund, um zu protestieren, sah aber, was geschah. Bishop und der Polizist bückten sich nach dem verletzten Mann und schoben die beiden Frauen auf die Schwingtüren neben den Liften in der Eingangshalle zu. Sie zogen Kulek dorthin, je eine Hand unter seinen Schultern.

Der ganze Eingang wurde hell erleuchtet, als der Lastwagen näherkam und der Fahrer begann, sein Fahrzeug um das Wrack herumzumanövrieren. Jessica und Edith stießen gegen die gelben Schwingtüren und öffneten sie so weit, daß die beiden Männer Kulek hindurchziehen konnten.

»Nehmen Sie die Waffe!« rief der Polizist. »Versuchen Sie, den Bastard zu erwischen, bevor er uns erreicht!« Bishop ließ den verletzten Mann los, rannte zum Eingang zurück und zog dabei die Smith and Wesson aus seiner Tasche. Die Lichter waren wieder blendend, und er kniff seine Augen zusammen. Die Hände um den Kolben der Pistole gelegt, zielte er sorgfältig, erstaunt über seine Gelassenheit und in dem Bewußtsein, daß er den Lastwagen irgendwie stoppen mußte. Er richtet die Pistole auf einen Punkt oberhalb und etwas rechts von dem einen Lichtkreis, wo er den Fahrer vermutete. Das Fahrzeug näherte sich schnell und Bishop drückte den Abzug. Nichts geschah.

Er widersetzte sich dem Drang wegzulaufen, und tastete nach dem Sicherungshebel.

Abdrücken. Rückstoß. Dreimal . . .

Einer der Scheinwerfer erlosch. Glas zerschellte. Der Lastwagen kam näher. Bishop rannte.

Er warf sich durch die Schwingtüren, die Jessica und das Medium aufhielten, und hörte hinter sich die Explosion von Metall auf Beton. Sein ausgestreckter Körper rutschte über die Fliesen und weiter über die Stufen hinunter, die zum Hinterausgang führten. Die beiden Frauen wichen von den Schwingtüren zurück, die sich langsam schlossen, und bedeckten ihre Gesichter mit den Händen, mehr wegen des schrecklich kreischenden Geräuschs als wegen der umherfliegenden Trümmerteile. Als Bishop sich auf den Rücken rollte, schien das Gebäude selbst zu erbeben; er sah etwas aus dem Führerhaus des Lastwagens fliegen und mit einer roten Spur an einer Eingangswand entlangschrammen. Es schlug gegen die Schwingtüren, zwischen denen ein Arm eingeklemmt wurde, und verhinderte so, daß sie sich ganz schlossen. Bishop hatte noch gerade Zeit zu sehen, wie das blutige Gesicht des Fahrers sie durch das Glas anstarrte, sein Genick in einem unmöglichen Winkel verdreht, bevor Flammen sich aufblähten und den Eingang mit einer großen, explodierenden Feuerkugel ausfüllten.

Er zog seine Knie dicht an sich und bedeckte seinen Kopf, als ein Sturm heißer Luft durch die Türen drang; einen Augenblick glaubte er zu brennen, doch das sengende Gefühl ging rasch vorbei, als die Luft ins Treppenhaus hochstob. Vorsichtig wieder den Kopf hebend, blickte er über den Rand der drei Stufen und sah, daß die Flammen wichen, doch das brennende Fahrerhaus des Lastwagens blockierte den Eingang ganz. Die Eingangshalle war mit Klumpen geborstenen Metalls übersät.

Edith Metlock war auf eine Seite der Schwingtüren gefallen und durch die massive Mauer geschützt worden, die sich gegenüber der Treppe befand, die in die oberen Etagen führte. Der Polizist saß halb an die hintere Ausgangstür gelehnt, Kuleks Körper lag ausgestreckt neben ihm.

Bishop schob die Pistole in die Tasche und kroch zu Jessica, die auf den unteren Stufen lag. Er half ihr, sich aufzurichten, und als sie den brennenden Lastwagen im Eingang sah, klammerte sie sich an ihn. Seine Finger strichen über das weiche Haar an der Hinterseite ihres Nackens, und er drückte sie an sich. Ihr zitternder Körper fühlte sich unter seiner Berührung so verwundbar an.

Dann löste sie sich von ihm und schaute sich um. Sie sah ihren Vater und lief zu ihm hin. Kuleks Augen waren jetzt ganz geöffnet, und die Verwirrung stand ihm deutlich ins Gesicht geschrieben, daß jetzt vom Flackern des Feuers erhellt war. Sein Mund öffnete und schloß sich, als ob er etwas zu sagen versuchte, aber kein Wort kam heraus.

Bishop stand auf und eilte zu den Hintertüren. Sie waren verschlossen.

Der Polizist blickte zum ihm auf. »Machen Sie sich darüber keine Sorgen — wir sollten besser in dem Gebäude bleiben.«

»Aber das Feuer?«

Es wird sich nicht ausbreiten. Diese Apartmentblocks sind feuersicher gebaut. Gehen wir nach oben und suchen ein Telefon — die sollten trotz Stromausfall intakt sein. Wir werden Hilfe kommen lassen.« Er erhob sich mühsam, wobei er den blinden Mann festhielt. »Also, richten wir ihn auf.«

Gemeinsam gelang es ihnen, Kulek auf die Füße zu bringen.

»Jacob, können Sie mich hören?« fragte Bishop.

Kulek nickte langsam und versuchte, mit einer Hand an seinen Hinterkopf zu greifen.

»Es ist schon in Ordnung. Sie haben einen bösen Schlag abbekommen. Wir versuchen, nach oben zu gelangen und Hilfe zu finden.«

Der alte Mann nickte und brachte dann den Namen seiner Tochter heraus.

»Ich bin hier, Vater.« Sie hatte irgendwo ein Taschentuch oder ein Stück Stoff gefunden und drückte es gegen die Wunde an Kuleks Kopf. Das Blut floß nicht mehr so stark.

»Bishop schob eine Schulter unter Kuleks Arm, legte das Handgelenk um seinen Nacken, den anderen Arm um die Hüfte des blinden Mannes. »Können Sie gehen?«

Kulek machte versuchsweise einen Schritt vorwärts, wobei Bishop ihn festhielt. Der Polizist hielt seinen anderen Arm, stützte ihn und so gelang es ihnen, den blinden Mann die ersten drei Stufen hochzubekommen. Edith kam hinter der Ecke hervor, in die sie sich gekauert hatte.

»Gehen Sie voran«, sagte Bishop zu ihr. »Nach oben in die erste Etage.«

Halb trugen sie, halb schleppten sie Kulek die Treppen hoch. Sie beeilten sich, dankbar dafür, daß der Lastwagen einen Teil des Zugangs zu den Apartments blockierte und daß die Flammen verhinderten, daß jemand hereinkommen konnte. Weder Bishop noch der Polizist hatten die näherkommenden Gestalten vergessen.

Das Feuer von unten loderte über den Balkon der ersten Etage hoch, sodaß sie beschlossen zur zweiten Etage zu gehen. Ein Balkon führte der Länge nach in beiden Richtungen um das Gebäude und bildete den Zugang zu den einzelnen Apartments, von denen es auf jeder Etage nur drei gab; obwohl sie nicht wußten, wieviele Etagen das Haus hatte, schätzte Bishop, daß es neun oder zehn sein mochten. Auf dem Absatz zur Linken des kurzen Korridors lagen zwei Apartments, ein anderes rechts. Der Polizist half Bishop, Kulek gegen den Balkon zu stützen, und lief dann zu dem Apartment auf der rechten Seite. Während er an die Tür klopfte, blickte Bishop auf den Vorhof hinab.

Rauch, der aus dem brennenden Wrack hochstieg, brannte in seinen Augen, und er zog sich rasch zurück; doch erst, als er die Menschen gesehen hatte, die jenseits des Lichtringes standen, den die Flammen bildeten. Ihre Gesichter waren nach oben gerichtet, als ob sie ihn beobachteten.

»Polizei! Kommen Sie schon, machen Sie auf!« rief der Polizist durch den Briefkastenschlitz an der Tür. Bishop bat Jessica, ihren Vater zu stützen, wobei Edith ihr half, und eilte zu dem zornigen Polizisten.

»Da ist jemand drin«, sagte er zu Bishop, »aber die haben zuviel Angst, die verdammte Tür zu öffnen.«

»Haben sie nichts gesagt?«

»Nein, aber ich kann hören, wie sie sich bewegen.« Er preßte sein Gesicht wieder an den Briefschlitz. »Hören Sie, hier ist die Polizei – wir wollen Ihnen nichts tun.« Er rüttelte an der Klappe, als keine Antwort erfolgte.

Bishop blickte wieder über den Balkon, und ihm gefiel nicht, was er sah. Die Flammen unten schienen viel von ihrer Heftigkeit verloren zu haben; bald würden sie so niedrig sein, daß die Wartenden zu der Treppe vordringen konnten. Und obwohl sie nur schattenhaft verschwommen waren, erkannte er, dort unten weit mehr Leute, als er ursprünglich geglaubt hatte.

»Versuchen wir's bei dem anderen Apartment«, sagte er hastig zu dem Polizisten.

»Ja, ich denke, Sie haben recht; hier vergeuden wir nur unsere Zeit.« Er bückte sich, um es noch einmal zu versuchen. »Hören sie, wenn Sie uns schon nicht hereinlassen, dann rufen Sie wenigstens für uns an. Verlangen Sie die Polizei und einen Krankenwagen – wir haben einen verletzten Mann hier. Mein Name ist Simpson, Fahrer von Kriminalhauptkommissar Peck. Haben Sie das? Hauptkommissar Peck. Sagen Sie, daß ich Jacob Kulek bei mir habe und daß sie sofort Hilfe schicken sollen. Bitte, tun Sie das!«

Er richtete sich wieder auf und schüttelte seinen Kopf.

»Hoffen wir, daß sie zugehört haben.«

»Hoffen wir, daß sie überhaupt ein Telefon haben«, erwiderte Bishop, und der Polizist starrte ihm nach, als er zu den beiden Frauen und Kulek zurückkehrte.

»Scheiße«, sagte Simpson zu sich und folgte Bishop dann.

»Gehen wir zur nächsten Etage«, meinte er. »Die anderen Lumpen werden ihre Türen auch nicht öffnen, nachdem Sie wissen, daß ihre Nachbarn es nicht getan haben.«

Dieses Mal half Jessica mit Bishop, ihren Vater zu stützen, während Edith und der Polizist vorangingen. Das Medium leuchtete ihnen mit der Taschenlampe im dunklen Treppenhaus. Auf dem nächsten Treppenabsatz ging Simpson zur ersten Tür an ihrer Linken und klapperte mit dem Briefkastendeckel.

»Hallo da drinnen. Hier ist die Polizei. Öffnen Sie bitte.«

Sie lehnten den verletzten Mann an die Wand des Korridors.

»Edith, bringen sie die Taschenlampe«, rief er leise, und das Medium kam zu ihm. »Leuchten Sie auf Jacob, lassen Sie mal sehen, wie es ihm geht.«

Er sah aus, als sei er hundert Jahre alt, sein Gesicht war eingefallen und bleich, die Falten in seiner Haut tiefer eingegraben als zuvor. Seine blicklosen Augen blinzelten in das Licht, und er schien kaum bei Bewußtsein.

Bishop wußte, daß er ohne Hilfe zusammenbrechen würde.

»Vater, kannst du mich hören?« Jessica biß sich ängstlich auf die Lippen, als sie keine Antwort bekam, und blickte Bishop bittend an.«

»Er ist ein starker Mann, Jessica. Er wird wieder gesund, wenn wir ihn in ein Krankenhaus gebracht haben. Halten Sie ihn fest, Edith. Ich sehe mal nach, wie Simpson vorankommt.« In Wirklichkeit wollte Bishop wissen, was da unten geschah, ohne die beiden Frauen zu beunruhigen. Er bat das Medium, seine Position einzunehmen, und spähte vorsichtig über den Balkon. Der Lichtbereich unten war kleiner, das Feuer schwächer geworden. Der Menschenring hatte sich enger zusammengezogen. Bishop erschauerte bei dem Gedanken, aber es schien, als hätten die Menschen gewußt, wer in dem Wagen gesessen hatte — es schien als wüßten sie, daß sich Jacob Kulek in dem Apartmenthaus befand. War das möglich? Gab es eine Art Telepathie zwischen ihnen und dem Dunkel? Diese seltsame Kraft beherrschte und führte sie; hatte sie wirklich eine Art Intelligenz?

Jemand trat unten in das Licht und blickte direkt zu ihm hoch; es war eine Frau, und etwas Vertrautes war an ihr. Er griff nach der Brille, zog sie aus seiner Brusttasche und setzte sie auf. Zum ersten Mal wurde der Zorn in dieser Nacht stärker als seine Furcht. Sie war es, die große Frau, die geholfen hatte, seine Frau zu töten. Seine Finger umklammerten das Balkongeländer, und für einen Augenblick wollte er die Treppen hinunterlaufen und sie umbringen. Woher hatte sie gewußt, wo sie zu finden waren? War es das gewesen, was Pryszlak gewollt hatte — sie in einem Bereich der Dunkelheit in eine Falle locken, aus der es kein Entkommen gab? Und warum? War es nur Rache an einem Mann, der sich vor so vielen Jahren geweigert hatte, ihm zu helfen? Oder war Jakob Kulek eine Gefahr? Die Fragen durchströmten ihn, aber sie blieben Fragen, weil er keine Antworten wußte.

»Da kommt jemand!«

Die Stimme des Polizisten brachte Bishop wieder in die Wirklichkeit zurück.

»Würden sie bitte die Tür öffnen?« sagte Simpson, diesmal ohne den autoritären Klang in seiner Stimme. »Sie haben nichts zu befürchten. Ich wollte nur Ihr Telefon benutzen, wenn Sie eines haben. Sehen Sie, ich stecke meinen Ausweis durch den Briefschlitz, dann können Sie ihn sich im Licht genau ansehen.«

Er hob den Briefkastendeckel und schob seine Brieftasche durch. »Okay. Werfen Sie bitte einen Blick darauf und lassen Sie mich dann herein. Wir haben einen verletzten Mann hier und dürfen keine Zeit vergeuden.«

Bishop konnte nur eine vage Gestalt durch das Fenster neben dem Korridor des Apartments sehen, in einem Raum, der wahrscheinlich die Küche war.

Simpson schaute zu Bishop hinüber und sagte: »Ich glaube, wir haben diesmal Glück.«

Drinnen gab es Geräusche, ein Riegel wurde zurückgezogen, dann eine Türkette gelöst. Schließlich drehte sich der Schlüssel, und die Tür öffnete sich einen Spalt. Bishop meinte, ein Gesicht zu sehen, aber es verschwand, als der Polizist näher herantrat.

»Hallo?« sagte Simpson. »Haben Sie keine Angst, niemand wird Ihnen etwas tun.« Er griff zur Tür und stieß sie sanft an. Sie öffnete sich ein wenig weiter, und er steckte seinen Kopf in den Spalt. »Haben Sie ein Telefon?« hörte Bishop ihn fragen.

Der Polizist stieß die Tür ganz auf und trat in die Schwärze des Korridors. Für einen Augenblick sah Bishop ihn nicht – dann erschien er wieder und wich aus dem Türeingang zurück. Er drehte sich langsam um, und seine Augen blickten Bishop bittend an, der jetzt den Griff des Messers sah, das in seiner Brust steckte. Simpson sank am Türpfosten zu Boden, ein Bein knickte unter ihm weg und das andere streckte sich. Sein Kopf neigte sich langsam tiefer und Bishop wußte, daß er tot war.

Der Schock hatte Bishops Reaktionen gelähmt, denn die

Gestalt kam aus der Schwärze geschossen, bevor er nach der Pistole in seiner Jackentasche greifen konnte. Er nahm automatisch die Hände hoch, um die dünnen, krallenden Hände abzuwehren. Die Brille, die er gerade aufgesetzt hatte, wurde fortgeschlagen. Ihre Gläser hatten verhindert, daß seine Augen von scharfen Nägeln ausgekratzt wurden. Die Kreatur, mit der er kämpfte, zischte und spuckte ihn an, und er erkannte, daß es eine alte Frau war. Ihre Handgelenke waren dünn, und obwohl sie nur die schwache Kraft einer Alten hatte, kämpfte sie mit erschreckender Intensität. Sie stieß ihn zurück, so daß seine Schultern über dem Balkon hingen, und ihre gekrümmten Finger schlossen und öffneten sich wie die Krallen einer Katze. Es war Jessica, die den Kampf beendete, indem sie hinter die alte Frau trat, ihren hageren Hals mit beiden Armen umfaßte und sie von Bishop wegzog. Er spürte kein Bedauern, als er seine Faust ballte und der tobenden Frau wuchtig gegen den Kiefer schlug; für ihn war sie kein menschliches Wesen mehr, sondern nur eine Hülle, ein Wirtskörper für eine Energie, die das reine Böse war. Sie stieß einen grellen Schrei aus, wankte aus Jessicas Griff und stürzte rücklings über Simpsons ausgestrecktes Bein in ihren Korridor. Ihr Kopf krachte drinnen gegen die Wand, und sie fiel wie ein Bündel alter Lumpen zusammen.

Bishop mußte Jessica von der leblosen Gestalt des Polizisten wegziehen, sie stöhnte leise, als sie sich an ihn lehnte.

»Wie viele noch, Chris? Wie viele wird es noch töten?«

Er fürchtete sich, zu antworten, denn die Antwort hing davon ab, wieviel Böses existierte und in wie vielen Hirnen. Wer wußte schon, welch finstere Gedanken ein Freund, Nachbar oder Bruder verborgen hielt? Und wer hatte solche Gedanken nicht? Er führte sie zu Edith und ihrem Vater zurück.

»Geben Sie mir die Taschenlampe. Ich möchte, daß ihr hier auf mich wartet, während ich im Apartment der Frau nach einem Telefon suche.«

»Können wir uns nicht da drin einschließen?« fragte Jessica. »Wir wären dort doch sicher, oder?«

»Vielleicht, wenn wir von dort die Polizei anrufen können.«

Er zögerte, bevor er beschloß, ihnen die Wahrheit über die Situation zu sagen. »In dem Vorhof unten ist eine Menschenmenge — ich glaube, sie wollen uns, oder zumindest Jacob. Sie werden nicht lange brauchen, um die Tür aufzubrechen und die Fenster einzuschlagen. Wir säßen in der Falle.«

»Aber warum sollten sie meinen Vater wollen?«

Edith Metlock antwortete: »Weil sie ihn fürchten.«

Bishop und Jessica schauten sie überrascht an, aber das Geräusch von Schritten verhinderte jede weitere Frage. Jemand kam über den Treppenabsatz aus dem einzelnen Apartment von der anderen Seite des Korridors. Bishop zog die Pistole aus seiner Jackentasche, richtete sie auf ein näherkommendes Licht und hoffte, daß noch Patronen im Magazin waren. Der Mann schaute vorsichtig um die Ecke und hielt eine Kerze vor sich. Er war durch die Taschenlampe geblendet.

»Was geht hier vor?« Er blinzelte in das Licht.

Bishop entspannte sich etwas; der Mann wirkte ganz normal.

»Treten Sie vor, damit ich Sie sehen kann«, sagte er.

»Was ist das — eine Waffe?« der Mann hob die lange Eisenstange, die er trug.

»Ist schon gut«, versicherte Bishop ihm. »Niemand wird Ihnen etwas tun. Wir brauchen Hilfe.«

»Ach ja, Dann nehmen Sie erst mal die Pistole runter, Mann.«

Bishop senkte die Waffe, war jedoch bereit, sie falls nötig sofort wieder zu heben.

»Was is' mit der alten Dame passiert? Ich sah sie durch meine Tür auf Sie zurennen.«

»Sie hat einen Polizisten getötet, der bei uns war.«

»Verdammt. Aber das überrascht mich nicht — sie war schon immer ein bißchen verrückt. Was haben sie mit ihr gemacht?«

»Sie ist bewußtlos.« Er beschloß, dem Mann nicht zu sagen, daß sie wahrscheinlich tot war. »Können Sie uns helfen?«

»Nee, Mann. Ich kümmere mich nur um meine Familie und mich, sonst nichts. Jeder Bastard, der durch meine Tür kommt, kriegt's damit zu tun.« Er fuchtelte mit der Eisenstange.

»Ich weiß nicht, was in letzter Zeit so vorgeht, aber ich traue niemandem mehr.«

»Mein Vater ist verletzt, sehen Sie das denn nicht?« bettelte Jessica. »Sie müssen uns helfen.«

Es herrschte kurzes Schweigen, aber der Mann hatte seinen

Entschluß gefaßt. »Tut mir leid, Miss, aber ich weiß nicht, wer Sie sind oder was Sie sind. Da laufen für mich zu viele Verrückte herum, als daß ich was riskierte. Ich mein', wer hat denn zum Beispiel den verdammten Laster da unten gegen das Haus gesetzt? Dachte, das Gebäude würde einstürzen.«

»Wir sind verfolgt worden.«

»Ach ja? Von wem?«

Bishop begann ärgerlich zu werden. »Hören Sie, wir wollten nur das Telefon der Frau benutzen. Und das werde ich jetzt tun.«

»Da werden Sie Glück haben — sie hat keins.«

»Und was ist mit Ihnen? Haben Sie eines?«

Der Mann war noch immer auf der Hut. »Ja, aber ich lasse Sie nicht rein.«

Bishop hob die Pistole wieder.

»Ich erwische Sie vorher damit, Mann«, warnte der Mann und streckte die Eisenstange aus.

»Okay«, sagte Bishop resignierend, da er wußte, daß es sinnlos war, zu diskutierten; jeder Mann, der glaubte, er könne eine Kugel mit einer Eisenstange abwehren, mußt entweder sehr dumm oder sehr selbstsicher sein. »Dann rufen sie für uns die Polizei an! Sagen Sie ihnen, daß wir hier sind und daß Jacob Kulek bei uns ist. Wir brauchen dringend Hilfe.«

»Die werden wahrscheinlich ein bißchen viel zu tun haben, wie?«

»Ich glaube, sie werden es versuchen. Denken Sie nur daran, zu sagen, daß Jacob Kulek hier ist.«

»Kulek? Gut.«

»Sagen Sie, sie sollen schnell kommen — da unten ist der Mob, der hinter uns her ist.«

Der Mann warf einen raschen Blick über den Balkon. »Oh, mein Gott«, sagte er.

»Tun Sie es?« drängte Bishop.

»In Ordnung, Mann, ich rufe sie an. Aber Sie kommen trotzdem nicht rein.«

»Halten Sie nur Ihre Tür verschlossen und verbarrikadieren Sie sich. Ihnen geschieht nichts — die wollen uns.«

Der Mann wich zurück, die Eisenstange immer noch vor sich

haltend, und sein Blick verweilte auf der Gruppe im Korridor. Sie hörten, wie sich seine Eingangstüre schloß und der Riegel vorgeschoben wurde.

»Nett zu sehen, daß der alte Kameradschaftsgeist wieder zurückkehrt«, bemerkte Bishop kraftlos.

»Sie sollten ihm keine Vorwürfe machen«, sagte Edith. »Es muß Millionen wie ihn geben, die durch die Ereignisse völlig verwirrt sind. Er hat keinen Grund, uns zu trauen.

»Hoffen wir, daß er wenigstens die Polizei anruft.« Bishop schaute zu dem Balkon und sah, daß das Glühen des Feuers noch schwächer geworden war. »Wir gehen besser weiter«, sagte er zu beiden Frauen.

»Wohin können wir uns flüchten?« fragte Jessica. »Raus kommen wir nicht.«

Bishop deutete nach oben. »Es gibt nur eine Stelle, wohin wir können. Das Dach.«

Im Innern des Apartments versuchte der Mann, seine verängstigte Familie zu beruhigen. »Ist schon gut, waren nur Leute, die in Schwierigkeiten stecken — nichts, worüber wir uns Sorgen machen müßten.«

»Was tun sie hier, Fred?« fragte seine Frau mit großen Augen und hielt ihre zehnjährige Tochter an sie gepreßt. »Waren sie an dem Unfall unten beteiligt?«

»Weiß nicht. Sie wollten, daß ich die Polizei rufe.«

»Tust du's?«

»Ich werd's versuchen, schadet ja nichts.«

Er ging an seiner Frau vorbei ins Wohnzimmer hinüber zum Telefon. »Keith!« rief er seinem Sohn zu. »Stell irgendetwas vor die Tür — etwas Solides.« Er legte die Eisenstange ab, beugte sich über das Telefon und nahm die Kerze, um die Wählscheibe sehen zu können.

Er ließ es zwei Minuten lang klingeln, bevor er den Hörer wieder auflegte. »Kannst du dir das vorstellen?« sagte er ungläubig zu seiner Frau, die ihm in das Zimmer gefolgt war. »Es ist besetzt, verdammt. All ihre Leitungen müssen blockiert sein. Entweder das, oder sie haben Feierabend.«

Bedauernd schüttelte er seinen Kopf. »Sieht aus, als seien die armen Leute da draußen ganz auf sich allein gestellt.«

6

Sie hatten erst die sechste oder siebente Etage erreicht, als sie Schritte auf den Treppen unten hörten.

Er lehnte sich an das Geländer, rang nach Atem und versuchte zu lauschen. Jacob Kulek lag jetzt über seiner Schulter, und mit jedem Schritt, den Bishop machte, schien der alte Mann schwerer zu werden.

»Sie sind im Haus.« Er blickte in die Schwärze da unten und konnte nichts sehen. Der beißende Rauchgeruch schien das ganze Treppenhaus zu füllen, obwohl offensichtlich war, daß das Feuer abnahm.

Edith Metlock leuchtete mit dem Lampenstrahl nach unten, und sie sahen etwas am Treppengeländer hochschleichen, was winzigen weißen Kreaturen glich; sie erkannten die Formen bald als die Hände der hochsteigenden Menschen, deren Körper durch die überhängenden Treppen verborgen waren. Es war ein schrecklicher Anblick, da die Hände körperlos zu sein schienen, ein Alptraum heranmarschierender Klauen.

»Wir schaffen es nie!« schrie Jessica. »Sie werden uns haben, bevor wir das Dach erreichen!«

»Nein, sie bewegen sich langsam – wir haben noch eine Chance.« Bishop stieß sich wieder hoch und verlagerte das Gewicht des Mannes auf seiner Schulter. »Nimm die Pistole aus meiner Tasche, Jessica. Wenn sie zu nahe kommen, schieß!«

Sie gingen weiter, Edith voran, die Ihnen mit der Taschenlampe leuchtete. Bishop spürte, daß seine Beine schwach wurden, daß sein Körper immer mehr unter der Last nachgab. Er biß sich vor Anstrengung in die Unterlippe, und seine Rückenmuskeln protestierten schmerzhaft. Sie erreichten die nächste Etage, und er sank auf seine Knie. Kulek glitt von seiner Schulter, und Jessica fing den Oberkörper ihres Vaters gerade noch auf, bevor er auf den Beton schlagen konnte. Bishop atmete schwer und seine Brust bebte. Er lehnte seinen Kopf an die Stäbe des Geländers, sein Gesicht war schweißnaß.

»Wie weit sind sie?« fragte er zwischen keuchenden Atemstößen.

Edith leuchtete wieder mit der Taschenlampe nach unten. »Drei Etagen unter uns«, sagte sie ruhig.

Er packte das Geländer und zog sich hoch. »Hilf mir«, sagte er und griff nach Kulek.

»Nein.« Kuleks Augen waren geöffnet, und er brachte sich in eine sitzende Position. »Ich kann laufen. Bringen Sie mich nur auf die Beine.«

Die Art, wie der blinde Mann zu Bewußtsein kam und es dann wieder verlor, war für Bishop irgendwie beunruhigender, als wenn er einfach bewußtlos geblieben wäre. Kulek stöhnte laut und griff sich an den Bauch, als sie ihn hochhoben. Sein Körper war steif, doch er richtete sich auf.

»Es geht schon,« versicherte er Jessica, die ihn festhielt. Mit zitternder Hand faßte er nach Bishops Schulter. »Wenn Sie mich nur stützen«, sagte er.

Bishop schlang den Arm des blinden Mannes um seinen Hals, und sie bogen um die Kehre der nächsten Treppenflucht. Sie begannen, hochzusteigen und er spürte, daß Kulek bei jedem Schritt zusammenzuckte. »Nicht mehr weit, Jacob«, sagte Bishop. »Wir sind fast oben.«

Kulek hatte nicht die Kraft, zu antworten.

»LASS IHN, BISHOP. ER NÜTZT DIR JETZT NICHTS MEHR!«

Sie erstarrten auf der Treppe, als die Worte nach oben drangen. Es war eine Frauenstimme, und Bishop wußte, daß es die große Frau war, die Lillian hieß.

»Er stirbt, können Sie das nicht sehen?« Die Worte wurden nicht mehr geschrien, sie hallten wie ein gezischtes Flüstern im Treppenhaus hoch. »Warum sich von einem alten Mann behindern lassen? Laß ihn — andernfalls wirst du uns nie entkommen. Wir wollen nicht dich, Bishop — nur ihn!«

Als Bishop hinab in die Schwärze starrte, wußte er, daß das Dunkel ringsrum war, von der Nachtluft getragen wie ein unsichtbarer Parasit. Er konnte spüren, wie seine Kälte seine Haut streifte, seine Schweißtropfen zu winzigen Eiskugeln erstarren ließ. Er sah bleiche Schemen, die Gesichter in der schwarzen Grube dort drunten.

»Laß ihn. Laß ihn«, sagten andere Stimmen in seinem Kopf zu

ihm. »Er nützt dir nichts. Eine Last. Ein Ballast. Du stirbst, wenn du bei ihm bleibst.«

Sein Griff festigte sich am Geländer. Ohne Kulek könnte er es schaffen. Er würde auf das Dach entkommen. Dort würden sie ihn nicht erreichen können . . .

Eine Hand riß seinen Kopf herum. »Hören Sie nicht hin, Chris!« Das Lampenlicht stach in seine Augen, als Edith Metlock ihn scharf ansprach. »Ich kann die Stimmen hören. Sie wollen, daß auch ich ihnen helfe. Verstehen Sie nicht? Es ist das Dunkel – die Stimmen versuchen, uns zu verwirren. Wir müssen weitergehen, Chris.«

»Ich höre sie auch«, sagte Jessica. »Sie wollen, daß ich dich erschieße, Chris. Sie erzählen mir ständig, daß du meinen Vater in noch größere Gefahr bringst.«

»BISHOP, ES IST NOCH NICHT ZU SPÄT – DU KANNST DICH UNS ANSCHLIESSEN!« schrie die große Frau. »DU KANNST TEIL VON UNS SEIN!«

»Vorwärts, Edith«, sagte er, während er sich vom Treppenhaus abwandte.

Beide Frauen seufzten vor Erleichterung, und wieder setzten sie den beschwerlichen Aufstieg fort. Die Schritte unten wurden lauter, hastiger. Mit äußerster Willenskraft beschleunigte Bishop seinen Schritt, hob den verletzten Mann fast von den Stufen hoch und zog ihn aufwärts. Sie erreichten die nächste Etage, gingen um die Kehre, stiegen die nächste Treppenflucht nach oben. Doch die Schritte kamen näher, rannten, hasteten die Stufen hoch, und andere Geräusche begleiteten sie, Geräusche, die von wütenden Tieren hätten stammen können. Sie waren jetzt unter der Etage, die Bishop und die anderen gerade verlassen hatten, kamen aus der Dunkelheit näher wie Kreaturen, die aus der Hölle kletterten.

Jessica fühlte sich schwach vor Furcht. Sie lehnte sich an die Wand, hielt einen Arm steif ausgestreckt, und richtete die Pistole auf die schrecklichen, schlurfenden Geräusche, die näher und näher kamen.

Ein Licht tauchte an einer Stelle zwischen ihr und denen dort unten auf, wurde stärker, begann die Dunkelheit in der Kehre zu füllen. Kalte Luft wehte vom Treppenabsatz herein, als die Schwingtüren aufgestoßen wurden, und plötzlich hörte man

Stimmen und sah weitere Lichter, die die Helligkeit des ersten verstärkten.

»Wer ist da unten?« wollte eine barsche Stimme wissen.

»Sieh doch, Harry, da ist jemand auf der Treppe!« rief eine andere Stimme.

Jessica war plötzlich in helles Licht getaucht.

»Gott, sie hat eine Pistole«, rief dieselbe Stimme aus.

Edith, die hinter der Kehre auf halbem Weg nach oben verborgen gewesen war, stieg rasch ein paar Stufen hinunter und leuchtete mit ihrer Lampe auf die Stimmen.

Eine Gruppe von Männern und Frauen stand im Eingang des Balkons dieser Etage und starrte zu Jessica hoch und jetzt zu ihr. Es waren offensichtlich Nachbarn, die sich zur Sicherheit nach dem Stromausfall zusammengetan hatten.

»Gehen Sie zurück!« rief Edith ihnen zu. »Zu ihrer eigenen Sicherheit. Gehen Sie in Ihre Wohnungen und schließen Sie sich ein!«

Jemand drängte sich an dem ersten Mann im Türeingang vorbei.

»Erzählen Sie uns erst mal, was hier los ist, Werteste.«

Seine Taschenlampe war stark und warf einen langen, hellen Strahl. »Weshalb hat dieses Mädchen ein Waffe?«

»Die müssen was mit dem Unfall da unten zu tun haben«, murmelte eine andere Stimme.

Bishop stand nahe bei Edith, konnte aber von den Leuten darunter nicht gesehen werden. »Leuchten Sie nach unten, Edith«, flüsterte er. »Zeigen Sie denen den Mob, der hochkommt.«

Das Medium beugte sich über das Geländer und tat, was er gesagt hatte. Die Gestalten, die dort unten krochen, waren plötzlich beleuchtet.

»Da unten sind noch mehr. Die ganze Treppe ist voll.« Alle Lampen wurden nach unten gerichtet, und die Menschen auf der Treppe bedeckten ihre Augen und stöhnten vor Schmerz.

»Mein Gott, seht euch diese Figuren an!«

Einer der Männer, der sich in der Helligkeit zusammenkauerte, begann vorwärts zu kriechen, hielt aber seinen Kopf gesenkt. Ein anderer Mann folgte und bewegte sich ähnlich.

»Sie kommen hoch!« schrie eine Frauenstimme.

Der Mann mit der Taschenlampe trat vor, sprang ein paar Stufen hinunter und stieß seinen Stiefel wuchtig auf die kriechende Gestalt, die rücklings nach unten stürzte. »Ich hab' genug davon«, war sein einziger Kommentar.

In diesem Augenblick brach die Hölle los. Die anderen Männer und Frauen, die auf der Treppe stehengeblieben waren, drängten vorwärts, bedeckten ihre Augen gegen das Licht, brüllten ihre wahnsinnigen Schreie und stürzten über den Mann hinweg, der so töricht gewesen war, ihnen zu trotzen, seine Freunde rannten vorwärts, um zu helfen und weitere Lichter tauchen auf den Etagen darüber und darunter auf, fast als ob den Bewohnern ein Signal gegeben worden wäre, sich aus ihren Apartments herauszuwagen, als ob jetzt ihre Neugier stärker als ihre vorherige Vorsicht geworden wäre. Viele zogen sich sofort wieder zurück, als sie die Menschen auf den Treppen sahen, andere dagegen fanden, daß es genug sei – wenn das Gesetz nichts gegen die Eindringlinge unternahm, dann würden sie selbst etwas tun. Vielleicht hätten sie eine größere Chance in diesem brutalen Kampf gehabt, wenn sich nicht eine Reihe ihrer eigenen Nachbarn bereits dem Dunkel ergeben gehabt hätte, als sie in der Dunkelheit warteten. Und die Bewohner des Gebäudes konnten nicht wissen, wer Freund und wer Feind war.

Die Schwingtüren auf der Etage über Bishop öffneten sich, und Lichter strahlten hindurch. Er faßte Ediths Arm und rief: »Holen Sie Jessica – wir gehen weiter!«

Das Medium dachte nicht daran, zu protestieren, da sie die Logik erkannte: Das Dach – falls sie dorthin gelangen konnten – war der sicherste Platz. Sie griff nach Jessica und zog sie hoch, führte sie um die Treppenkehre und holte Bishop und Kulek ein. Sie erreichten die nächste Etage, und die Leute, die dort warteten, beobachteten sie neugierig.

»Schließen Sie sich lieber ein, bis die Polizei hier ist!« rief Bishop ihnen zu. »Versuchen Sie nicht, gegen den Mob da unten zu kämpfen. Es sind zu viele.«

Sie sahen ihn an, als ob er wahnsinnig sei, und spähten dann in das Durcheinander von Geräuschen und blitzenden Lichtern nach unten. Bishop hielt sich nicht damit auf, abzuwarten, ob sie seinen Rat befolgten, sondern ging weiter; die kalte Luft, die durch die offenen Türen drang, belebte ihn. Kulek versuchte, bei ihrem Aufstieg zu helfen, hob seine Beine bei jedem Schritt mühsam hoch und zitterte vor Anstrengung.

»Wir sind fast da, Jacob. Nur noch ein Stück.« Bishop konnte fast spüren, wie die letzte Kraft aus dem blinden Mann wich, der den linken Arm gegen den Bauch gepreßt hielt.

Jessica schrie erleichtert auf als sie sah, daß die Treppen auf der Etage darüber endeten — sie hatten das Dach des Gebäudes fast erreicht. Ihren Arm um die Hüfte ihres Vaters geschlungen zog sie ihn und hob ihn mit Bishop, brachte ihn langsam die letzte Treppenflucht hoch. Auch Edith keuchte. Der Aufstieg war lang gewesen, und ihr Körper hatte nicht die Kondition für eine solche Anstrengung. Eine Hand nach der anderen, zog sie ihren Körper am Treppengeländer hoch.

Nicht mehr weit, sagte sie zu sich selbst, nicht mehr weit jetzt, nur noch ein paar Stufen.

Der Mann, der auf dem Dach auf sie wartete, war der Hausmeister des Apartmenthauses. Eigentlich wohnte er im Erdgeschoß, doch schon früher an diesem Abend war er in den zehnten Stock hinaufgegangen, um das ältere Paar zu verwarnen, das hier wohnte. Er hatte das schon einmal getan — oder zumindest hatte er den alten Mann gewarnt. Die Hausverwaltung gestattete nicht, gestattete absolut nicht, daß in den Aufzügen uriniert wurde. Der alte Mann hatte immer geleugnet, der Übeltäter gewesen zu sein, und hatte die Kinder, die in dem Haus herumlärmten bezichtigt, Eigentum zu beschädigen und das Leben der Hausbewohner unerträglich zu machen. Die kleinen Bastarde zerbrachen Fensterscheiben, schmierten meterhohe Graffitti an die Wände und sorgten treppauf wie treppab für einen dauernden Höllenlärm. Die Fahrstühle waren eine besondere Freude für sie, und die allzu regelmäßigen Ausfälle waren auf die Kinder zurückzuführen, die mit den Knöpfen spielten, die Schiebetüren blockierten, die Türen zwischen den Etagen öffneten oder herumhüpften, während die Fahrstühle in Bewegung waren. Bestimmt hatten sie die Fahrstühle verschmutzt — und trotzdem waren sie nicht die Hauptübeltäter bei dieser Missetat. Oh, nein, in dieser Hinsicht hatte der alte

Mann eine Menge Antworten. Gott allein wußte, warum ältere Leute ausgerechnet im obersten Geschoß dieses Hauses einquartiert wurden. Wenn die Fahrstühle ausfielen — was in dieser Nacht der Fall war — dann waren diese alten Leute hilflos. Ein weiteres Problem — und dies war das entscheidende — die beiden Fahrstühle waren so konstruiert, daß sie sehr langsam fuhren. Wenn man aber alt war und wenn man gerne viel trank und wenn die Blase nicht mehr wie früher so kräftig war, dann konnte eine Fahrt mit dem Fahrstuhl nach oben eine Ewigkeit dauern. Unglücklicherweise hatte der alte Mann seine Blütezeit weit hinter sich und seine Blase war schwach. Andere Mieter hatten sich mehr als einmal darüber beschwert, daß die Lifttüren aufgingen und der alte Knabe in einer Pfütze von Flüssigkeit dastand. Auch die Art, wie er dann seinen Hut zog und ihnen einen freundlichen guten Tag oder Abend wünschte, konnte nicht über den Uringestank hinwegtäuschen, wenn er an ihnen vorbeischwankte. Der Hausmeister hatte ihn bisher dreimal verwarnt und sein protestierendes Leugnen ignoriert; jetzt würde er auch die alte Dame ermahnen. Entweder sie nahm ihn straffer an die Kandare, oder sie flogen raus. RAUS! Kein Scherz.

Mit den anderen Mietern fertig zu werden, die sich fortwährend über irgendetwas beklagten — über die Heizung, die Wasserrohre, den Vandalismus, die Miete, die Fahrstühle, die Bettler, den Lärm und ihre Nachbarn — war schon schlimm genug, aber auch noch die Schweinerei aufwischen zu müssen, die ein alter Zausel hinterließ, das war zuviel. Manchmal hatte der Hausmeister davon phantasiert, eine Bombe in eine Ecke des Aparmenthauses zu legen, sie auf halb zwei einzustellen und sich in den Pub weiter unten an der Straße zu begeben. Da würde er dann bei seinem Pint Bitter sitzen, auf den Minutenzeiger seiner Armbanduhr schauen, wie sie auf die Dreißig-Minuten-Marke zukroch, in sein Sandwich beißen, das Gebäude durch das Pubfenster betrachten, noch einen Pint bestellen und mit dem Wirt scherzen, während die schicksalhaften Sekunden verstrichen. Dann ein herrliches Bumm, und die Etagen des Hauses würden wie ein Kartenhaus zusammenfallen, ebenso, wie es in Filmen zu sehen war, wenn Industrieschornsteine abgebrochen wurden. All diese Mieter wäre er ein für allemal los, keine Beschwerden, kein Hinterherlaufen mehr. Alle zermalmt, alle tot. Einfach herrlich.

Der Hausmeister war im Lift halb oben gewesen, als die Lichter ausgingen und der Fahrstuhl schwankend zum Halt kam. Er hatte in der Dunkelheit herumgetastet und laut geflucht, bis sein Zeigefinger schließlich den Alarmknopf gefunden hatte. Er hoffte, daß diese dämliche Kuh, seine Frau, das in ihrem Apartment im Erdgeschoß hören würde, aber nach zehn Minuten ständigen Knopfdrückens und Schlagens gegen die Wände des Fahrstuhls kam er zu dem Schluß, daß das Versagen eine andere Ursache als einen mechanischen Fehler im Antriebsmotor haben mußte. Verdammter Stromausfall, sagte er sich.

Es war unheimlich gewesen, da in der Dunkelheit zu hocken, blind und allein. Und doch war es seltsam angenehm gewesen, als wäre man wieder in der Gebärmutter, noch ungeboren, und unberührt. Oder als wäre man tot und hätte als Gefährten nur das Nichts. Bald allerdings stellte er fest, daß er in der Dunkelheit nicht völlig allein war.

Nach einer Weile hatte der Hausmeister die Fahrstuhltür mit Gewalt geöffnet und, mit den Händen tastend, festgestellt, daß er fast auf der nächsten Etage war. Bis nach oben war es knapp einen Meter. Das Öffnen der Dachluke, durch die er in den Korridor hinauskam, war ein bißchen schwieriger, doch er hielt aus und nahm all seine Kraft zusammen, von der die Stimmen in seinem Kopf gesagt hatten, daß er sie hätte. Das Seltsame war: wußte man erst einmal, daß man etwas tun konnte, so fiel es einem viel leichter.

Er hatte seinen Weg zum Obergeschoß des Gebäudes fortgesetzt und war die Treppe hochgestiegen. Die Schwärze ringsum hatte ihn nicht länger gestört. Der Wind hatte um ihn geheult, als er die Schwingtüren der zehnten Etage aufgezogen hatte, aber er grinste, als er über den kurzen Korridor ging und dann nach rechts abbog, zum Apartment des alten Paares. Zuerst hatten sie die Tür nicht öffnen wollen, bis er ihnen gesagt hatte, daß er in offiziellem Auftrag da sein. Die alte Dame hatte als erste dran glauben müssen. Bei ihr hatte er den Besen benutzt, den sie im Korridor des Apartments aufbewahrte. Er hatte sie damit niedergeschlagen und sie dann erwürgt.

Mit dem alten Mann hatte er sich Zeit gelassen, er versuchte nicht einnmal seiner Frau zu helfen, sondern war im Schlafzimmer unter das Bett gekrochen. Der Hausmeister hatte nur gelacht, als er durch die Pfütze platschte, die unter dem Bett hervorrann, und dann hatte er den alten Knaben vorgezogen und die krächzenden Schreie genossen, als er ihn über den Korridor in die Küche schleppte, wo so viele unschuldige Geräte warteten. Unglücklicherweise hatte das Herz seines Opfers aufgegeben, bevor er seine Arbeit beenden konnte, doch zumindest war es bis zum letzten Augenblick erfreulich gewesen. Keine Pisserei mehr in den Fahrstühlen. Überhaupt keine Pisserei mehr.

Der Hausmeister hatte sich auf den Boden neben die Leichen gesetzt und sich gefreut, daß er jetzt frei war und tun konnte, was immer ihm gefiel; frei, um neue, verbotene Erfahrungen zu sammeln. Die Freiheit schmeckte gut. Das Geräusch des krachenden Lastwagens kam nur wenig später, und der Himmel draußen flammte kurz orange auf. Der Hausmeister nahm eines der blutigen Küchengeräte und trat auf den Treppenabsatz. Er stand oben am Treppenende und wartete.

Edith Metlock spürte seine Anwesenheit, bevor sie ihn sah. Sie war fast oben an der Treppe, als sie stehenblieb, ihr Verstand verdrängte abrupt die Schreie, Rufe und Geräusche des Kampfes von unten und richtete sich auf das, was vor ihr lag. Mit einer Hand noch immer das eiserne Treppengeländer umfassend und ein Knie auf einer Stufe, richtete sie den Lampenstrahl langsam nach oben — langsam, weil sie das fürchtete, was der Lampenstrahl enthüllen würde. Sie sah die Beine des Mannes, seine Knie, seine Hüfte. Er war mit dem blauen Overall eines Arbeiters bekleidet, und als der Lampenstrahl höher glitt sah sie, daß er ein beflecktes, kurzes Hackmesser vor der Brust hielt; als der Strahl noch höher wanderte, erkannte sie, daß er grinste. Seine Zähne waren rot, und sein Mund war rot, und diese Röte rann an seinem Kinn herunter, und jetzt bemerkte sie auch, daß sein Overall überall mit Blut befleckt war. Sie wußte, daß er wahnsinnig war, denn welcher normale Mensch würde schon rohes Fleisch essen? Er kam eine Stufe herunter, und sie schrie auf.

Der erste Schlag des kleinen Hackmessers ging daneben, weil er vom Licht geblendet war, aber der zweite traf den Arm, den sie zum Schutz gehoben hatte. Ihr ganzer Arm wurde taub, als sei er von einem Hammer getroffen worden und nicht von einem scharfen Instrument; sie taumelte rückwärts, und die Taschenlampe in ihrer anderen Hand warf ihren Strahl nach oben und dann auf die Wände, als sie fiel. Bishop fing sie mit seinem Körper auf, packte das Geländer und hielt Kulek trotzdem fest im Griff. Seine Beine sackten unter dem Gewicht des Mediums fast weg, aber es gelang ihm, Halt zu finden. Sie war seitlich auf den Stufen zusammengebrochen und ihr Körper lehnte am Treppengeländer; zum Glück hatte sie die Taschenlampe nicht losgelassen. Bishop nahm ihr die Taschenlampe ab und richtete sie wieder nach oben. Der Mann kam langsam herunter, und sein Grinsen wirkte durch das klebrige Blut an seinen Lippen und Zähnen noch obzöner. Die Waffe hielt er hoch über seinem Kopf, bereit, zuzuschlagen.

Bishop versuchte zurückzuweichen, doch Kulek behinderte ihn. Edith umklammerte die Beine des Mannes, packte seinen Overall, zerrte daran und versuchte, ihn aus dem Gleichgewicht zu bringen. Es war sinnlos; der Mann war zu stark.

Das Hackmesser schwang bereits nach unten, als die Kugel sein Brustbein zerschmetterte und der Knall aus der 38er von den Betonwänden ringsum donnernd widerhallte. Der Hausmeister schrie auf und stürzte nach hinten, das Hackmesser fiel aus seiner Hand und rutschte harmlos an Edith Metlocks ausgestrecktem Arm vorbei. Er wälzte sich und versuchte wegzukriechen, aber unaufhaltsam rutschte er nach unten und stieß gegen Jessica, die die Waffe noch immer dorthin richtete, wo der Hausmeister gestanden hatte. Rauch kräuselte aus dem Lauf, und der Geruch von Kordit hing schwer in der Luft. Die Geräusche unten hatten nachgelassen, gerade so, als ober dieser hallende Knall jede Aktion unterbunden hätte. Bishop wußte, daß das Schweigen nicht andauern würde.

Mit einer Hand half er Edith auf die Beine und warf dabei einen Blick auf ihren Unterarm. Es war eine lange Wunde, direkt unter ihrem Ellenbogen, die sich von einer Seite zur anderen zog. Offensichtlich war sie aber nicht tief, denn sie schien keine Mühe zu haben, ihren Arm zu benutzen. Er stieß sie auf den Absatz zu und folgte ihr, wobei er Kulek fast mit sich trug, und den blinden Mann dann vorsichtig mit dem Rücken gegen die Schwingtüren absetzte. Die Treppe endete auf einem kleinen Absatz, der durch die gelben Schwingtüren von dem kurzen Korridor getrennt war, der zur anderen Seite des Gebäudes führte. Das eiserne Treppengeländer endete links an der Stelle des Absatzes, wo er einen Balkon bildete, von dem aus Bishop das Treppenhaus überblicken konnte.

Eine Tür diente wohl als Feuerausgang für die Leute, die in den oberen Apartments des Korridors wohnten. Er sah, wonach er suchte, als er die Taschenlampe auf die Decke richtete: dort befand sich eine Falltür. Die Metalleiter, die zu ihr führte, hing an der Wand gegenüber dem Balkongeländer. Eine Holzplanke war oben und unten an die Leiter gekettet und mit einem Vorhängeschloß gesichert, eine einfache Vorsichtsmaßnahme, um Kinder oder Vorbeikommende daran zu hindern, auf das Dach zu steigen.

Die Geräusche von unten waren wieder zu hören, und er lief die Stufen zu Jessica hinunter. Mit Gewalt mußte er ihr die Pistole aus den verkrampften Fingern winden und sie zu der Stelle zerren, an der der Mann im Overall gestanden hatte.

»Kümmere dich um deinen Vater, Jessica«, sagte er barsch und schob sie auf Kulek zu. Er wußte, daß ihre Verzweiflungstat sie in eine Art Schockzustand versetzt hatte, und der einzige Weg, sie herauszuholen, war der, sie mit etwas anderem zu beschäftigen; nach all dem, was sie durchgemacht hatten, durfte sie jetzt nicht völlig zusammenbrechen. Jessica kniete neben ihrem Vater und legte seinen Kopf in ihren Schoß.

Bishop richtete die Taschenlampe auf die untere Kette an der Leiter und zerrte daran, um zu probieren, wie fest sie saß. Er war überrascht, als sie ihm in die Hand fiel; irgendjemand — Kinder wahrscheinlich — hatten sich bereits daran zu schaffen gemacht, eines der Glieder durchgefeilt, sie aber in der Position belassen, bis sie die Kette nahe dem oberen Ende der Leiter aufbekommen hätten. Die zweite Kette war knapp in seiner Reichweite, zu hoch für kleinere Kinder, doch der Hausmeister oder die Handwerker konnten sie leicht greifen. Er faßte nach der Kette und zog daran. Sie hielt.

Bishop fluchte. Sollten sie die Feuertür benutzen und in eines der Apartments darunter gehen? Nein, dort wären sie gefangen; der Mob konnte sich dort leicht Zugang verschaffen. Das Dach war der beste Platz — aus dieser Position heraus konnte man eine Armee in Schach halten. Er mußte die Kette irgendwie brechen oder das Vorhängeschloß öffnen; die Waffe die er Jessica abgenommen hatte, würde helfen.

»Edith, gehen Sie zu Jessica!«

Das Medium tat, was ihr gesagt worden war. Bishop stellte sich zwischen die drei geduckten Freunde und dem Ziel, auf das er die Pistole richtete. Er drehte seinen Kopf halb zur Seite, kniff die Augen zusammen und betete, daß es keinen Querschläger geben würde. Das Geräusch des zerschmetterten Metalls wurde von dem Knall übertönt, die abgelenkte Kugel flog weiter und schlug knapp über der Feuertür in die Wand. Die Kette fiel zu Boden, und die Holzplanke kippte von der Leiter.

Bishop vergeudete keine Zeit; er legte die Leiter an, kletterte hoch und stieß gegen die Falltür. Sie bewegte sich nicht.

Er steckte die Waffe in seine Tasche und untersuchte die Falltür mit der Taschenlampe; ein kleines Schloß war an einer Stelle nahe der Leiter in ein metallenes Rechteck eingelassen. Der Hausmeister hatte offensichtlich einen Spezialschlüssel, der nur ihm und autorisierten Personen Zugang verschaffte.

»Edith, rasch — halten Sie die Lampe!«

Sie streckte die Hände hoch und nahm die Taschenlampe.

»Leuchten Sie auf das Schloß«, sagte er zu ihr. Seine Ohren hallten noch immer von dem Schuß, aber er war sich sicher, daß er Schritte hörte, die die Treppen hochkamen. Er schlug mit dem Kolben der 38er gegen das Schloß, und der Rückprall schmerzte in seinem Arm; Metall- und Holzteile sprangen in sein Gesicht. Den Kopf eingezogen, klammerte er sich an die Leiter und verlor fast den Halt an der Sprosse. Dann, die Waffe noch immer in der Faust, drückte er wieder gegen die Falltür. Einen Augenblick lang glaubte er, sie würde sich nicht heben lassen, doch er drückte kräftiger und seufzte vor Erleichterung, als sich die Tür bewegte. Er kletterte eine Sprosse höher, drückte noch heftiger, und die Falltür schwang auf und fiel gegen irgendetwas. Bishop sprang von der Leiter auf den Absatz hinunter.

»Steigen Sie hoch, Edith«, sagte er, wobei er wieder die Taschenlampe übernahm. Er schaute zu, wie sie hochkletterte und ihren Körper durch die Öffnung zog, wobei ihr verletzter Arm ihr Vorankommen anscheinend behinderte. Bishop stieg ein paar Sprossen hoch und reichte ihr die Taschenlampe zurück.

»Leuchten Sie uns«, sagt er, sprang dann wieder hinab und ging zu Jessica und ihrem Vater. »Wir werden ihn aufs Dach schaffen, Jessica.«

Kulek öffnete seine Augen. »Ich schaffe es, Chris«, sagte er; seine Worte waren zwar etwas undeutlich, aber zusammenhängend. »Helfen Sie mir nur auf die Beine, ja?«

Bishop lächelte grimmig über die Willenskraft des blinden Mannes. Er und Jessica hoben den dünnen Körper hoch, und Kulek biß sich auf die Unterlippe, um einen Schmerzensschrei zu unterdrücken; etwas in ihm war nicht in Ordnung, etwas tief in seinem Bauch war verdreht oder zerrissen worden. Doch er mußte weiter; er konnte nicht zulassen, daß diese Kreaturen des Dunkel ihn zu fassen bekamen. Trotz der Schwäche und des Schmerzes hämmerte ein Gedanke in seinem Hirn, ein Gedanke, der plötzlich an die Oberfläche drang, seinen Verstand überschwemmte und... und was? Noch während er sich zu konzentrieren versuchte, war sein Kopf von übelkeiterregender Benommenheit erfüllt. Der Gedanke war nahe, doch die Barrieren schienen undurchdringlich.

Sie halfen ihm auf die Leiter, und Bishop sagte zu Jessica, sie solle zuerst gehen. »Ich werde ihn von unten stützten, versuche du, ihn nach oben zu ziehen.«

Sie kletterte rasch die Leiter hoch und verschwanden in dem schwarzen Loch droben. Bishop vermutete, daß sich dort auf dem flachen Dach über ihnen einen Art Hütte befand, wo wahrscheinlich die Fahrstuhlmotoren und Kabeltrommeln untergebracht waren. Jessica beugte ihren Körper wieder durch das Loch und streckte die Hand nach unten aus.

Bishop führte Kuleks Hände an die Leiter und wußte augenblicklich, daß der blinde Mann es nie schaffen würde. Kulek klammerte sich an das Metall, hatte aber nicht die Kraft, seine

Beine zu heben. Und die Schritte, die von hinten näherkamen, sagten Bishop, daß die Zeit ablief.

Der erste Mann war nahe dem obersten Treppenabsatz, und seine beiden Begleiter auf halber Strecke. In dem Strahl der Taschenlampe aus der Öffnung hoch droben sah Bishop, daß alle drei in einem schrecklichen Zustand waren, einem Zustand, von dem man inzwischen wußte, daß ihm vor allem die älteren Opfer unterworfen waren, diejenigen, die das Dunkel vielleicht schon vor Wochen überwältigt hatte. Ihre Gesichter waren schwarz, ihre Hände und die Kleidung schmutzig und zerfetzt; niemand wußte genau, wo sich diese Menschen während der Stunden des Tageslichtes versteckten, aber es mußte irgendwo im Dunkeln sein, an einem Ort unter der Oberfläche, wo nichts Sauberes existierte. Der erste Mann sprang vorwärts, seine tief eingesunkenen Augen auf Bishop gerichtet. Die schwärenden Wunden und die Krätze, die seine Haut bedeckten, waren deutlich sichtbar, als er näherkam.

Bishop zog die Pistole und richtete sie auf den nahenden Mann, der die Waffe ignorierte, der furchtlos war, weil er innerlich bereits tot war. Bishop betätigte den Abzug, doch es klickte nur. Voller Panik versuchte er es wieder, obwohl er wußte, daß die Waffe leer war, alle Patronen waren verschossen.

Der Mann breitete seine Arme aus, um ihn zu umklammern, seine Augen waren nur Schlitze im Licht. Bishop holte mit der Pistole aus, und schmetterte sie gegen das Nasenbein der Kreatur. Sein Gegner wankte vorwärts, als ob er den Schmerz nicht wahrnähme. Blut troff aus seiner Verletzung und ließ ihn noch grotesker aussehen. Bishop duckte sich unter den krallenden Armen weg und schlug mit der Schulter gegen die Brust des Mannes, wodurch dieser auf die Stufen zurückflog. Die Pistole war jetzt nutzlos für ihn, er ließ sie fallen — und sah den einzigen anderen Gegenstand auf dem Absatz, den er jetzt als Waffe benutzen konnte. Er hob die schwere Holzplanke hoch, die an dem Balkongeländer lehnte, eilte zu dem unmenschlichen Wesen am Treppenabsatz und schlug mit aller Kraft zu. Der Mann stürzte rücklings, fiel auf die beiden anderen, die fast oben waren, und alle drei gingen zu Boden.

Ihre Körper prallten im Sturz von den Betonstufen, und das schwere Brett folgte ihnen. Sie kamen erst zum Halt, als sie den unteren Treppenabsatz erreicht hatten, wo die große Frau stand und nach oben schaute.

Bishop sah sie dort im Düster stehen, und Haß durchdrang ihn. Wieder wollte er hinunterstürmen und sie umbringen, nicht als Strafe für das, was sie geworden war, sondern für das, was sie war und immer gewesen war; stattdessen hob er Jacob Kulek auf seine Schulter und begann die Leiter hochzuklettern. Gerade als er glaubte, er würde es nie schaffen, als seine letzten Kraftreserven fast erschöpft waren, nahmen helfenden Hände ihm seine Last ab. Jessica und Edith zogen gemeinsam, packten den blinden Mann bei seiner Kleidung, unter seinen Armen – überall da, wo sie zufassen konnten. Bishop machte eine letzte Anstrengung, stieg hoch und schob ihn durch die Öffnung. Die beiden Frauen konnten jetzt fester zugreifen, zogen Kuleks Körper nach oben und zerrten ihn zur Seite, damit er nicht zurückfallen konnte. Bishops Erleichterung dauerte nicht lange, denn schon packten Hände seine Beine und rissen ihn herunter. Seine Füße rutschten von den Sprossen, und er fiel; die Menschen unter ihm dämpften den Aufprall. Er schlug auf die Körper ein, die ihn zu erdrücken drohten, benutzte Arme und Füße, um Raum zu gewinnen, hörte Jessica von oben schreien, und der Schrei machte ihn irgendwie noch verzweifelter.

Schließlich spürte er, wie er hochgehoben wurde – und dann wußte er, was sie vorhatten: Das Balkongeländer kam näher und plötzlich schaute er direkt in die schreckliche schwarze Tiefe dort unten.

7

Sein Körper entglitt ihnen, hing über dem Geländer und begann zu rutschen; die Tiefe dort unten war wie ein rechteckiger Whirlpool, dessen dunkle Mitte darauf wartete, ihn zu verschlingen. Er begann zu schreien, doch sein Instinkt gewann die Oberhand über seinen erstarrten Verstand. Er griff nach dem

Geländer, das nur Zentimeter von seinem Gesicht entfernt war, genau in dem Augenblick, als sie ihn losließen. Sein Körper rutschte über das Geländer, doch er festigte seinen Griff und hing mit baumelnden Füßen in der Luft. Er stöhnte vor Schmerz, als seine Schultergelenke fast ausgerenkt wurden und seine Finger sich durch den Schock beinahe öffneten. Doch mit einer weiteren Bewegung schwang er herum und es gelang ihm, einen Fuß auf den Sims des Absatzes zu bringen. Da hing er nun und verharrte für kurze Sekunden, um seine Kräfte und seine Sinne zu sammeln.

Eine Hand schlug auf die seine. Er blickte hoch und sah die große Frau über sich stehen. Bishop wußte, daß sie es war, obwohl ihre Gesichtszüge in den Schatten verborgen blieben, und trotz seiner hilflosen Position durchflutete ihn wieder Wut. Ein Mann steckte seine Hand aus, um sein Haar zu packen und versuchte, ihn hinunterzustoßen, weg von dem Geländer. Bishop drehte seinen Kopf verzweifelt weg, aber die Hand bewegte sich mit ihm, stieß nach ihm. Ein anderer hatte seinen Fuß durch die metallenen Streben geschoben und trat gegen seine Brust; Bishop nahm vage wahr, daß diese dritte Person ein junges Mädchen war, noch ein Teenager.

Er spürte, wie seine Finger taub wurden und wußte, daß sie den Schlägen nicht mehr viel länger widerstehen konnten. Die große Frau änderte ihre Taktik und begann, die Finger einzeln aufzubrechen. Triumphierend schrie sie auf, als sie schließlich den Griff einer Hand um das Geländer gelöst hatte; nur sein Griff der anderen Hand um den Pfosten verhinderte, daß er nach unten stürzte. Er wußte, daß ihm nur noch Sekunden blieben.

Und dann war Jessica unter ihnen, tretend und kratzend, gefährlich in ihrer Verzweiflung, Bishop zu helfen. Sie riß den Teenager weg und stieß ihn heftig gegen die Wand, die Wucht betäubte das Mädchen. Dann warf sie sich auf den Mann, der nach Bishops Kopf stieß, zerrte an ihm und zerfurchte sein Gesicht mit ihren Fingernägeln. Er ließ Bishop los, versuchte, sie zu packen, war aber machtlos gegen ihren wilden Angriff, fiel zurück und bedeckte sein Gesicht mit den Armen. Jessica hatte dabei einen Mann, der zuschaute, ihren Rücken zugewandt, und jetzt lief er mit ausgestreckten Armen auf sie zu.

»Nein!« kreischte die große Frau, die wußte, daß Bishop der Gefährlichere war. »Hilf mir!«

Er stoppte, beugte sich dann über das Geländer und begann, mit der Faust auf den Kopf des Mannes einzuschlagen, der sich dort festklammerte. Die Schläge betäubten Bishop, und er tat das einzig Mögliche: er schwang zur Seite.

Die eine Hand am Geländer des Treppenabsatzes und die Füße so, daß er sich seitlich wegstoßen konnte, streckte er die andere Hand aus, um nach dem einen Meter entfernten Treppengeländer zu seiner Rechten zu greifen. Für eine Ewigkeit schien er im leeren Raum zu schweben, und Edith Metlock, die von der Dachluke oben zusah, schloß die Augen. Seine Finger schlossen sich um eine Geländerstrebe, während sein Körper gegen die Betonstufen schlug. Auch seine andere Hand fand Halt, er zog sich sofort hoch, und kippte mit verzweifelter Hast über das Treppengeländer. Ohne zu verhalten, rannte er die Stufen hoch, griff nach dem Mann, den Jessica zurückgedrängt hatte und der jetzt nahe der obersten Stufe stand, und schleuderte ihn die Stufen hinunter in den Haufen der stöhnenden Menschen, die zuvor gestürzt waren.

Noch immer war Bishop außer sich; er stand jetzt auf dem Absatz, rannte an Jessica vorbei und rammte seine Schulter in den anderen Mann, der neben der großen Frau stand. Sie gingen beide zu Boden, aber Bishop war bei Verstand und konnte schneller reagieren. Seine Faust schmetterte den Kopf des Mannes gegen den Beton, und der dumpfe Krach verriet ihn, daß dieser Gegner für eine Weile kein Problem sein würde.

Finger kratzten nach seinen Augen, gruben sich in die Augenhöhlen. Er wußte, daß es die große Frau war, warf seinen Kopf nach hinten, und der Druck löste sich etwas. Dann wurde er losgelassen, und als er nach vorn auf seine Knie fiel sah er, daß Jessica die große Frau von hinten hielt. Doch sie war zu stark, zu schlau; sie schlug einen Ellenbogen scharf zurück und trieb ihn in Jessicas Rippen. Jessica klappte zusammen, und die Frau wirbelte herum und landete zwei schnelle Schläge auf ihrer Brust, unter denen Jessica aufschrie und stürzte. Die Augen seiner Gegnerin waren in den dunklen Schatten verborgen, aber Bishop konnte den Haß in ihnen spüren. Sie stürzte wie eine

Besessene auf ihn zu, die Zähne zu einem schrecklichen Fauchen entblößt, das zu einem hohen Kreischen wurde, als sie ihn anfiel.

Er sprang auf, um sie abzuwehren, doch es gelang ihm nicht, sie daran zu hindern, seine Kehle zu umklammern. Ihre Kraft war nicht mehr normal, ihre Wildheit kam nicht mehr aus ihr selbst. Da erinnerte er sich an ihre Gemeinheit, an den schrecklichen Tod von Agnes Kirkhope und ihrer Haushälterin, den Mordversuch an Jacob Kulek, an die Ermordung des Polizisten – und an den Flammentod von Lynn. Sie war das willige Werkzeug einer gemeinen Macht, sie war ihre Dienerin und ihre Vollstreckerin, eine Kreatur, die die dunkle Seite des Menschen versinnbildlichte. Er stieß ihren Rücken gegen das Geländer... Jetzt konnte er in ihre Augen sehen, winzige schwarze Teiche in einer schmutzigbraunen Iris, geschrumpfte Eingänge zu etwas Dunklerem und Grenzenlosem im Innern. Sie quetschte seine Kehle, und Speichel aus ihrem Mund befleckte sein Gesicht, ihr Hals reckte sich in dem Versuch, sein Fleisch mit ihren bloßen Zähnen zu zerfetzen. Sein Körper zitterte vor Wut, seine Adern schwollen an und er hob sie hoch, riß ihre Beine mit mächtigem Schwung nach oben – höher, so daß ihr Rücken auf das Geländer schlug, ihre Schreie in ein Angstgeheul übergingen. Ihr Griff löste sich. Sie hing über der schwarzen Leere, bis die Tiefe sie nach unten zog. Ihr Körper rutschte aus seinem Griff, und sie schrie und schlug in der Luft um sich, als sie hinabstürzte, aus seinem Blickfeld verschwand und gegen den Beton unten schmetterte.

Bishop hing über dem Geländer, und die Kraft verließ ihn schließlich. Er konnte nicht länger denken, war nicht mehr bei Sinnen; der Drang, zu Boden zu sinken und liegen zu bleiben wurde fast überwältigend. Aber die Schreie unten wurden lauter und Schritte trommelten auf den steinernen Stufen. Er sah Gesichter zu sich hochschauen, wieder verschwinden, Hände, die schlangengleich das Geländer emporglitten; es war die Menge, die sich jetzt wie ein Mann näherte, nachdem der Kampf mit den Bewohnern des Hauses beendet war. Eine Hand zog ihn vom Geländer weg und auf die Leiter zu. Jessica beschwor ihn, sich in Sicherheit zu bringen; ihr Gesicht war von

Angst und Erschöpfung gezeichnet und mit Tränen beschmiert.

»Du zuerst«, sagte er zu ihr.

»Beeilung!« erscholl Ediths Stimme von der offenen Luke. Der Mob war auf der letzten Treppenflucht. Die stärksten von ihnen kamen schnell heran, und das Lampenlicht wurde schwächer, als ob die Dunkelheit der Nacht mit ihnen nahte.

Ohne weiteres Zögern kletterte Jessica die Leiter hoch und verschwand in dem Loch oben. Bishop folgte ihr hastig und erfuhr noch einmal die Verzweiflung des Gejagten. Er spürte, daß sich eine Hand um seinen Knöchel schloß und trat heftig mit dem anderen Fuß nach unten. Sein Absatz schrammte in das Gesicht seines Verfolgers, der losließ, und dann rollte Bishop über die Seite der Öffnung; die Luke schlug hinter ihm zu. Edith und Jessica ließen sich darauf fallen, als Fäuste dagegen hämmerten. Zum Glück war die Luke solide gebaut, und sie wußten, daß immer nur eine Person die Leiter erklettern und dagegen drücken konnte.

Sie lagen im Dunkel, die Taschenlampe auf die Maschine des Fahrstuhls gerichtet – Edith und Jessica auf dem Lukendeckel, Bishop daneben nach Atem ringend und völlig verausgabt, Kulek nahe einer Wand der Länge nach ausgestreckt. Sie lauschten dem gedämpften Wutgeheul drunten, dem Trommeln der Fäuste gegen die Luke, und sie waren sich der bedrückenden Dunkelheit bewußt, die um sie war. Der Wind fegte um die Ecken, als sei er eine unsichtbare Kraft, und versuchte in die Hütte einzudringen. Edith Metlock widersetzte sich erneut dem Sondieren, das sie in ihrem Verstand spürte, weigerte sich, die peinigenden Stimmen zu hören, die ihr Drohungen zuflüsterten. Sie dachte nur an ihre drei Gefährten und errichtete eine eingebildete Wand von Licht zwischen sich und dem Dunkel.

Nach einer Weile schwand der Lärm von unten, und auch der Druck gegen die Luke hörte auf. Bishop atmete gleichmäßiger, als er sich auf einen Ellenbogen gestützt aufrichtete.

»Sind sie weg?« fragte er, ohne daß er es zu hoffen wagte.

»Das glaube ich nicht«, sagte das Medium. »Ich glaube nicht, daß sie aufgeben werden, solange sie nicht Jacob haben.«

»Aber warum wollen sie meinen Vater denn?« fragte Jessica.

»Du sagtest vorhin, daß sie ihn fürchten. Warum sollten sie das? Was kann er gegen sie tun?«

»Weil ich der Antwort nahe bin, Jessica.«

Sie drehten ruckartig ihre Köpfe auf das Geräusch seiner schwachen, zitternden Stimme hin. Edith ergriff die Taschenlampe und leuchtete dorthin, wo Jacob Kulek jetzt saß, den Rücken an die Wand gelehnt, die Hände auf den Boden gestützt. Er wirkte seltsam geschrumpft, als ob sein Körper in sich selbst zusammenfiele; seine Wangen waren eingefallen, die Augen halb geschlossen, als wolle er sich dem Einschlafen widersetzen. Jessica kroch auf ihn zu, weil sie nicht die Kraft hatte, sich zu erheben, und Bishop folgte ihr.

Jessica ergriff eine Hand ihres Vaters und berührte zärtlich seine Wange. Seine Augenlider öffneten sich kurz etwas mehr und er versuchte, sie anzulächeln. Sie preßte ihr Gesicht gegen das seine, hatte Angst um ihn, ohne zu wissen warum; es hatte nichts mit der physischen Gefahr zu tun, in der sie sich befanden, und die Sorge um seine Verletzungen war nur ein Teil davon. Er öffnete seinen Mund, um wieder zu sprechen, doch sie legte sanft ihre Fingerspitzen auf seine Lippen.

»Nicht, Vater. Spare deine Kräfte. Bald wird Hilfe hier sein. Dessen bin ich sicher.«

Eine zitternde Hand nahm die ihre fort. »Nein, Jessica ... es wird ... keine Hilfe geben ... für uns in dieser Nacht.«

»Wir haben die Polizei alarmieren lassen, Jacob«, sagte Bishop. »Sie werden kommen.«

Kulek wandte sich matt zu ihm. »Sie haben keine ... Kontrolle über dieses ... schreckliche Ding, Chris. Nur Menschen als Individuen ... können dagegen ankämpfen. Aber es kann besiegt werden.« Die Kraft schien mit seinen Worten zurückzukehren.

»Wie, Jacob?«

»Pryszlak ... Pryszlak wußte, wie er das Böse in sich entfesseln konnte. Im Augenblick des Todes wußte er, wie er das Böse zu lenken hatte. Verstehen Sie nicht — der Tod war wie das Öffnen einer Schachtel, durch die der Inhalt frei wurde. Der Inhalt war seine eigene Psyche, und sein Wille war stark genug — selbst im Tod — diese Psyche zu kontrollieren.«

»Das ist nicht möglich.«

»Jahre, Chris, Jahre der Vorbereitung seines Verstandes auf diesen letzten Augenblick waren dazu notwendig.« Kulek holte tief Luft und begann zu husten, sein Körper knickte ein, und seine Schultern zuckten krampfartig. Sie richteten ihn auf, als der Anfall vorüber war, und lehnten seinen Rücken gegen die rohe Ziegelmauer; beunruhigt sahen sie die Blutflecken auf seinen Lippen und an seinem Kinn. Einige Momente lang atmete er langsam, dann öffnete er seine Augen wieder. »Verstehen Sie nicht? Im Laufe der Jahre baute er durch seine Praktiken und die seiner Anhänger eine Macht des Bösen um sich auf. Ihre Hirne kommunizierten, vereinigten sich zu einem Verstand, leiteten ihre getrennten Kräfte so, daß sie sich vermischten; alles, was blieb, war die Barriere des Lebens.«

»Und er wußte, daß er selbst nach seinem Tod weitermachen konnte?«

Kuleks Augen schlossen sich wieder. »Er wußte es. Er war ein außergewöhnlicher Mann, dessen mentale Entwicklung die der normalen Menschen weit übertraf. Er konnte Bereiche seines Gehirns nutzen, von denen wir nichts wissen. Der Verstand ist für uns ein Rätsel; er hatte einige seiner Geheimnisse enthüllt.«

Edith Metlock sprach aus der Dunkelheit auf der anderen Seite des Lampenstrahls. »Jacob hat recht. Sie fürchten ihn, weil er die Wahrheit kennt.«

»Aber ich habe die Antwort nicht!« sagte Kulek laut, und in seiner Stimme lag Ärger und Enttäuschung.

Edith wollte noch etwas sagen, als sie plötzlich auf die Luke unter sich blickte und lauschte. »Sie sind noch da«, flüsterte sie. »Da wird etwas bewegt – ich kann ein scharrendes Geräusch hören.« Jessica und Bishop beugten sich zu der Luke, lauschten und bemühten sich, so geräuschlos wie möglich zu atmen. Sie sahen den dünnen Blutfaden nicht, der in Kuleks Mundwinkel auftauchte, über sein Kinn hinabrann und in Flecken auf seine Brust fiel. Der Fluß verstärkte sich und rieselte bald in ständigem Strom von seinem Kinn.

Das kratzende Geräusch unten hatte aufgehört, und für einen Augenblick herrschte dort Stille. Alle drei zuckten zusammen, als etwas gegen die Luke krachte. Sie hob sich mehrere Zentimeter, bevor sie wieder zufiel.

»Gott, sie haben etwas gefunden, womit sie gegen die Luke stoßen können!« rief Bishop.

Das Krachen kam wieder, und Bishop und Jessica setzten sich gemeinsam mit Edith auf die Luke, um sie zuzuhalten. Trotzdem begann sie langsam, sich unter ihnen zu heben.

»Sie müssen einen Tisch oder etwas anderes, worauf sie stehen können, aus einem der Apartments geholt haben. Da drückt jetzt mehr als nur eine Person dagegen.« Bishop nahm die Taschenlampe und leuchtete rasch in dem Maschinenraum umher. Er suchte nach einer Waffe, nach etwas, das er benutzen konnte, um jemanden zurückzuschlagen, der hindurchkroch. In die Wände waren kleine Fenster eingelassen, und eine Tür führte auf das eigentliche Dach; die Kabeltrommel und der Fahrstuhlmotor lagen in der Nähe, und die Öffnung zum Schacht öffnete sich schwarz und drohend. Dort lagen keine Werkzeuge herum, nichts, was man als Waffe benutzen konnte. Die Luke unter ihnen öffnete sich ein paar Millimeter weiter, und eine Metallstange wurde hindurchgestoßen, um sie offen zu halten. Bishop zerrte an der Stange, aber sie war eingeklemmt. Finger krümmten sich um die Ränder der Lukenöffnung, und der Druck darunter wurde stärker. Der Spalt weitete sich, und sie hörten, wie ein anderer Gegenstand durchgeschoben wurde, der von jemand als Hebel benutzt wurde. Sie versuchten, die Finger zu lösen, aber sie tauchten an anderer Stelle wieder auf. Trotz all ihrer Anstrengungen konnten sie fühlen, daß die Luke sich mit jeder Sekunde weiter hob. Ein Arm langte durch den Spalt, und Jessica schrie auf, als eine Hand sich um ihr Handgelenk schloß.

In diesem Augenblick war der Strom wieder da.

Licht flutete durch die Öffnung und blendete sie plötzlich. Der Fahrstuhlmotor erwachte klirrend zum Leben, und die Trommel drehte sich, als der Lift seine unterbrochene Fahrt fortsetzte. Schreie kamen von unten, als die Klappe sich senkte, der Arm und die Hände um die Öffnung waren bereits verschwunden. Sie hörten Schlurfen auf dem Treppenabsatz unten, das Geräusch von Schritten, die die Treppen hinunter hasteten, Schreie, als Menschen stürzten, die den blendenden Lichtern entkommen wollten.

Die beiden Frauen sanken zur Seite; beide weinten vor Erleichterung und beteten, daß es endlich vorüber sein möge — für diese Nacht zumindest. Bishop öffnete die Luke vorsichtig, die Metallstäbe rutschten beiseite und prallten von dem Tisch ab, der darunter stand, bevor sie über den Betontreppenabsatz klirrten. Die oberen Stufen waren leer, abgesehen von den ausgestreckten Körpern derer, die schon vorher verletzt worden waren. Er konnte die anderen nach unten eilen hören. Viele bewegten sich schneller und stießen die beiseite, die schon länger Opfer und vom Licht völlig geblendet waren.

»Sie sind fort«, berichtete er ruhig den Frauen. Er erschauerte, als der Wind in den Maschinenraum fegte, drehte sich um und sah, daß die Tür weit offen stand. Jacob Kulek saß nicht mehr an der Wand.

Die beiden Frauen blickten auf, als er die Luke fallenließ und zur Tür eilte. Auch sie bemerkten, daß der blinde Mann nicht mehr da war.

Der Wind traf Bishop wie ein physischer Schlag, als er auf das Dach hinausrannte, zerrte an seiner Kleidung und peitschte sein Gesicht.

Die Lichter der Stadt breiteten sich vor ihm wie ein weites, silbern-orangenes Sternbild aus. Für einen Augenblick konnte er nur auf diese Schönheit starren, da er zum ersten Mal ihre Kraft wirklich verstand. Dann geriet er in Panik, weil er Kulek nirgends entdecken konnte. Bis auf die Hütte des Maschinenraums und ein anderes, ähnlich geformtes Gebäude, das, wie er vermutete, den Wasserbehälter des Apartmentturms barg, war das Dach leer. Jessica und Edith traten zu ihm.

»Jacob!« rief Edith Metlock.

Jessica und Bishop folgten ihrem Blick und sahen den blinden Mann kaum zehn Meter vom Rand des Gebäudes entfernt stehen; sie konnten seine Gestalt nur ausmachen, weil er die Lichter hinter sich verdeckte. Er drehte sich zu ihnen um, als sie auf ihn zuzulaufen begannen.

»Nein«, warnte er sie, »es ist gefährlich hier. Ihr müßt wegbleiben.«

»Vater, was tust du?« Jessica schrie gegen das Heulen des Windes an und hob flehentlich ihre Arme.

Kulek faßte an seinen Magen, krümmte sich aber nicht vor Schmerz. Sein Gesicht war nur etwas kaum Wahrnehmbares, weiß Verschwommenes vor dem Nachthimmel, aber sie konnten die Schwärze sehen, die sich von seinem Mund zu seinem Unterkiefer hin ausbreitete. Seine Worte klangen schwer, als ob das Blut seine Kehle füllte.

»Sie wollten meinen Tod! Sie wollten mich töten, bevor ich die Antwort fand ... bevor ich begriff, wie ich das benutzen konnte, was ich selbst ...!« Seine Worte verloren sich, als er auf den Dachrand zuwankte.

»Nein!« schrie Jessica, riß sich von Bishop und Edith Metlock los und rannte auf den blinden Mann zu. »Nein!«

Kulek drehte sich zu Jessica um, und seine Worte wurden vom Wind weggerissen. Dann stürzte er hinunter in die Nacht.

8

Jessica stoppte den Wagen, und Bishop beugte sich aus dem Fenster, um dem Soldat den Sonderausweis zu zeigen. Der Sergeant prüfte ihn und beugte dann seinen Kopf, um Edith Metlock zu mustern, die auf dem Rücksitz saß. Zufrieden gab er einem anderen Soldat, der bei der rotweiß gestreiften Absperrung stand, ein Zeichen, und sie wurde beiseite gezogen. Es war das dritte Mal, daß ihr Wagen angehalten wurde, seit sie das Gebiet um die Willow Road erreicht hatten. Soldaten standen um einen Armeelastwagen und beobachteten sie, als sie durchfuhren, offensichtlich neugierig; ihre Waffen hielten sie schußbereit. Das Militär riskierte nach dem Desaster vor drei Wochen bei dieser Operation nichts. Man hatte viele Männer in jener Nacht verloren, Polizisten und Zivilisten ebenso wie Soldaten, deren Gehirne durch irgendwelche Chemikalien angegriffen worden seien, die das Dunkel enthielt, wie die Wissenschaftler sagten. Der Kampf war schrecklich gewesen, und nur das rasche Eintreffen der Verstärkung hatte die Nichtbetroffenen vor einer Niederlage bewahrt. Eine Aktion, die durch die Unterschätzung des Gegners fast gescheitert wäre. Heute nacht würden sie besser vorbereitet sein.

Jessica steuerte den Wagen aus der Straßenmitte und wich dem Suchscheinwerfer aus, der auf dem Lastwagen am Bordstein geparkt war. Auf ihrer Fahrt waren sie an vielen solcher Geräte vorbeigekommen, von denen einige seit den letzten zwei Wochen in Betrieb waren. Andere waren speziell für diese Nacht hergebracht worden. Die meisten waren so umgebaut, daß sie ein breites, starkes Licht ausstrahlten. Kleinere Scheinwerfer waren auf Hausdächern befestigt oder hingen an Kränen; das Gebiet Londons, das am schlimmsten heimgesucht war, war buchstäblich von Licht überflutet. Die Ausgangssperre war noch immer verhängt, und Lichteinschalten hatte eine völlig neue Bedeutung bekommen. Veteranen des Weltkrieges hielten es für Ironie, daß es jetzt ungesetzlich war, nachts kein Licht anzumachen, wo doch im Krieg das Gegenteil der Fall gewesen war.

Bishops Unbehagen wuchs, als sie sich der Willow Road näherten. Als er zu Jessica hinüberschaute, sah er, daß ihr Gesicht ebenso angespannt war, ihre Hände umkrampften das Lenkrad fest. Sie spürte seinen Blick und warf ihm ein nervöses Lächeln zu. Seit dem Tod ihres Vaters standen sie sich sehr nahe. Die Sympathie, die sie füreinander empfunden hatten, war zu einer Freundschaft geworden — und zu mehr. Sie waren noch kein Liebespaar, aber beide wußten, daß sie ihre körperlichen Gefühle ebenso teilen würden wie ihre seelischen, wenn ihre Wunden geheilt waren; aber sie wollten nichts übereilen.

Jessica bog in die Willow Road ein.

Bishops Augen weiteten sich bei dem, was er vor sich sah. Die Straße war mit allen möglichen Fahrzeugen vollgepfropft, vor allem Militärfahrzeugen, aber auch Polizei- und Zivilautos. Auf Lastwagen waren Suchscheinwerfer montiert worden, und beide Seiten der Straße waren von Panzerwagen bewacht. Überall schienen Uniformierte zu sein. Blau mischt sich mit Khaki, und Soldaten säumten die Bürgersteige wie eine Ehrengarde. Häuser wurden nach sich versteckenden Opfern durchsucht, die vielleicht vorher unentdeckt geblieben waren. Er konnte das helle Rot von Löschfahrzeugen ausmachen, und die unheimlichen weißen Konturen von Krankenwagen verrieten ihm, daß die Behörden auf das Schlimmste vorbereitet waren. Was Bishop aber am meisten erstaunte war, daß man die Häuser zu beiden Seiten der Trümmer von Beechwood abgerissen hatte, wodurch ein weiterer leerer Raum entstanden war. Er konnte dieses Gebiet wegen der Maschinen und Fahrzeuge ringsum nicht genau sehen, ahnte aber, was sich darin befand, weil ihm das Vorhaben dieser Nacht ausführlich erklärt worden war. Die Behörden waren gezwungen gewesen, Edith Metlock und ihn, wenngleich widerwillig, mit einzubeziehen, da sie das Experiment in den letzten drei Nächten erfolglos durchgeführt hatten, ohne daß das Dunkel auf dem Grundstück aufgetaucht war. Sicklemore, der Staatssekretär des Innenministers, der das Desaster wie durch ein Wunder überlebt hatte, hatte Bishops und Edith Metlocks Beteiligung vorgeschlagen. Es gab Proteste, da Wissenschaftler und Techniker behaupteten, das Dunkel hätte nichts mit Paranormalem zu tun, sondern sei lediglich etwas Unbekanntes, eine Chemikalie, die sich irgendwie auf die Hypothalamusregion des Gehirns auswirkte, die elektrische Entladungen verursachte, welche sich wiederum in extremen Aggressionen äußerten. Das Dunkel sei eine physikalische Erscheinung, ein chemischer Katalysator, kein mystisches, unkörperliches Phänomen, und es könne deshalb mit wissenschaftlichen Mitteln überwunden werden, nicht mit spiritistischem Hokuspokus. Seit Jakob Kuleks Tod war die Allianz zwischen Wissenschaftlern und Parapsychologen zu einer Nichtallianz geworden. Trotzdem hatte Sicklemore darauf bestanden. Der Innenminister, der seit drei Tagen und Nächten nach Ergebnissen verlangte, ließ ihn verzweifeln: Bishop und Metlock waren zwar nur Strohhalme, aber zumindest war etwas passiert, als sie dabei gewesen waren.

Edith Metlock starrte die Geräte von ihrem Rücksitz aus an, und ihre Stimmung wurde noch verzweifelter. War alles umsonst gewesen? War Jacob vergeblich gestorben? Das Dunkel war nach dieser Nacht nur stärker geworden, seine Macht nicht geschwunden. Sie hatte versucht, mit ihm Kontakt aufzunehmen, aber es schien ihr, als hätten sie ihre sensitiven Kräfte verlassen, da weder Visionen noch Stimmen zu ihr kamen. Es war, als sei der Vorhang zwischen ihr und der Geisterwelt zu einer undurchdringlichen Barriere geworden. Vielleicht, weil sie ihren Glauben verloren hatte.

Peck sah den Wagen kommen, trat auf die Straßenmitte und winkte ihnen zu. Er lehnte sich in das Fenster, als Jessica den Wagen angehalten hatte.

»Sie finden da hinten einen Parkplatz, Miss Kulek«, sagte er und wandte sich dann an Bishop. »Wenn Sie und Miss Metlock mit mir kommen könnten?«

Sie stiegen aus, und Jessica fuhr weiter.

»Wie geht es ihr?« fragte Peck, dem davonfahrenden Fahrzeug nachblickend.

»Sie glaubt, daß der Tod ihres Vaters sinnlos war. Das hat es für sie noch schlimmer gemacht«, erwiderte Bishop.

Peck seufzte innerlich. Er erinnerte sich daran, wie er sie vor zwei Wochen fast erfroren, körperlich erschöpft, auf dem Dach des Apartmenthauses gefunden hatte. Erst in der Morgendämmerung hatte er mit einigen Streifenwagen das Gebäude erreichen können, nachdem einer der Hausbewohner sie alarmiert hatte. Der hatte die ganze Nacht versucht, die Zentrale anzurufen, aber die Leitungen waren wegen der zahllosen Notrufe besetzt gewesen, und so wurde seine Meldung erst bei Tagesanbruch aufgenommen. Peck und seine Beamten waren auf halbem Weg nach oben gewesen, hatten die Leichen auf den Treppen im Vorbeigehen angeschaut, ohne sich um die Verletzten zu kümmern, als sie Bishop begegnet waren. Er hatte verwirrt gewirkt, war körperlich und geistig völlig erschöpft. Mühsam berichtete er ihnen, daß die beiden Frauen noch auf dem Dach seien und daß Jacob Kulek tot wäre.

Edith Metlock hatte später gesagt, daß Kuleks Tod dem Dunkel eine Antwort geben würde. Das Medium hatte dabei nicht hysterisch gewirkt – sie sprach leise und ruhig –, und Kuleks Tochter schien einen Sinn in dem Gesagten zu sehen, obwohl der Schmerz des Mädchens offensichtlich war. Als Peck Jacob Kuleks zerschmetterten Körper gefunden hatte, war er von Wut erfüllt gewesen. Der blinde Mann war bei dem Autoaufprall sicher schwer verletzt worden und wohl im Delirium vom Dach gesprungen, das war völlig klar. Und jetzt machte ihn das Medium zu einen Messias, zu jemand, dessen Tod ein Segen für die Menschheit sein würde. Peck hatte sich von dem entstellten Leichnam abgewandt und seinen Zorn kaum verborgen, als er zu der Gruppe zurückkehrte. Der blinde Mann war durch eine Windschutzscheibe geschleudert worden, dann hatte man ihn zehn Treppenfluchten hochgeschleppt, von einem Haufen Zombies und Wahnsinniger gejagt, und dann war er vom Dach gestürzt; welcher Wert sollte in solchem Tod liegen? Selbst Bishop schien den verrückten Erklärungen des Mediums geglaubt zu haben, aber jetzt waren drei Wochen vergangen, und nichts war geschehen, das die Macht des Dunkel gemindert hätte. Sie hatten sich geirrt, und Peck konnte nur Bedauern für sie empfinden.

»Ich bringe Sie hinüber«, sagte er zu Bishop und Edith. »Der Staatssekretär möchte Sie sofort sehen.«

Sie folgten dem Beamten, traten vorsichtig über die Stromkabel und wichen den weißgekleideten Technikern aus, die letzte Vorbereitungen trafen. Die Abenddämmerung stand kurz bevor, und viele der kleineren Lichter waren bereits eingeschaltet worden. Bishop blickte Peck ungläubig an, als er das Grundstück sah. Eine riesige Grube war dort ausgehoben worden, wo einst Beechwood gestanden hatte. Darin hatte man vier gewaltige, rechteckige Scheinwerfer aufgebaut, deren gewölbte Oberfläche zum Himmel gerichtet waren. Ähnliche, aber kleinere Scheinwerfer standen rings um die Grube. Weiter hinten, da wo die Nachbarhäuser von Beechwood gewesen waren, hatte man eine Blechbaracke errichtet, deren dunkelgefärbtes Fenster sich über ihre ganze Länge in Richtung auf das Grundstück erstreckte. Auf der anderen Seite stand ein Generator, der den Strom für alles erzeugte.

»Diesmal riskieren sie nichts«, erklärte Peck, als er sie zu der Baracke führte. »Es gibt Ersatz für Generatoren und Scheinwerfer und genug Wachen, um eine Armee zu bekämpfen. Die Kraftwerke sind schwer bewacht, so daß sich nicht wiederholen kann, was der Wahnsinnige vor drei Wochen tat. Er hat Stunden ausgehalten, bevor sie ihn erwischten.«

Sie hatten gerade die Metallbaracke erreicht, als Sicklemore herausgelaufen kam, gefolgt von einem bebrillten Mann in Hemdsärmeln, den Bishop als wissenschaftlichen Berater der Regierung wiedererkannte und der im Birmingham-Konferenzzentrum offen jeden paranormalen Zusammenhang mit den Katastrophen zurückgewiesen hatte.

»Mr. Bishop, Mrs.... äh, Metlock«, sagte Sicklemore kurz. »Vielleicht wird Ihre Anwesenheit heute nacht uns mehr Glück bringen.«

»Ich verstehe nicht, warum sie das sollte«, erwiderte Bishop kurz.

Der Staatssekretär musterte ihn abschätzend und sagte dann: »Ich auch nicht, aber beim letzten Mal schien es so. Sie erinnern sich an Professor Marinker?«

Der Wissenschaftler nickte ihnen verdrossen zu.

»Vielleicht erklären Sie die heutige Operation, Mr. Marinker?« sagte Sicklemore, der klargemacht hatte, daß er die Verdrossenheit über den Einsatz »verdammter Verrückter«, wie der Wissenschaftler sagte, nicht mehr hinzunehmen bereit war.

»Ihre Rolle ist ganz einfach«, meinte Marinker mürrisch. »Sie tun das gleiche wie vor drei Wochen. Ich persönlich verstehe nicht, warum das Dunkel nur Ihretwegen zurückkommen sollte — das ergibt überhaupt keinen Sinn —, aber das ist die Entscheidung anderer.« Er schaute Sicklemore bedeutungsvoll an.

»Obwohl das Dunkel ein nicht substantielles Ding zu sein scheint, haben wir in seinem Zentrum einen dichteren Bereich entdecken können — eine Art Kern. Wir glauben, daß die Chemikalie, die auf andere Chemikalien in der Hypothalamusregion des Gehirns reagiert, in diesem Zentrum am stärksten ist. Unsere Untersuchungen der Opfer haben eindeutig ergeben, daß die Gehirnstörung dort stattfindet. Weitere Tests ergaben, daß kleinere radioaktive Strahlendosen diese Chemikalien neutralisieren. Unglücklicherweise beschädigt selbst eine geringfügige Strahlendosis die Gehirnzellen so sehr, daß die Opfer nicht mehr als lebende Personen angesehen werden können.«

Bishop schüttelte den Kopf und lächelte humorlos. »Sie meinen, Ihre Experimente töten sie?«

Sicklemore warf rasch ein: »Wir haben keine andere Wahl, als bei unseren Tests radikal vorzugehen. Diese Opfer hätten ohnehin nicht mehr lange gelebt.«

Marinker fuhr fort, als ob es keine Unterbrechung gegeben hätte; »Das erklärt auch, warum das Dunkel nur nachts existieren kann und warum die Sonnenstrahlung sein Verschwinden verursacht. Es verschwindet im Boden, wenn Sie so wollen.«

»Sie sagten, es sei eine Chemikalie. Wie kann es dann so reagieren, wenn es doch kein lebender Organismus ist? Oder ist es doch etwas anderes?«

»Ich habe den Begriff weitläufig gebraucht, Mr. Bishop, um dies alles einem Laien verständlich zu machen. Gewisse Chemikalien reagieren negativ auf entgegengesetzte Eigenschaften. Wir sind sicher, daß die ultravioletten Strahlen der Sonne dieser Chemikalie schaden, und weitere Tests an den Opfern belegen das. Selbst wenn sie nur kurz ultraviolettem Licht ausgesetzt sind, versuchen sie, sich zu verstecken, ihre Augen zu bedecken. Sie haben unsere Scheinwerfer in der Grube gesehen und die anderen, die ringsherum aufgebaut sind. Sie wurden speziell konstruiert und sind äußerst stark. Damit dieses Gebiet völlig ausgeleuchtet wird, stehen außerdem mehrere Hubschrauber mit ähnlichen, aber kleineren Scheinwerfern zur Verfügung, deren Strahlen auf den Boden gerichtet sind. Natürlich wären Gammastrahlen oder Röntgenstrahlen effektiver, wie wir glauben, aber das würde auch für jedermann in der unmittelbaren Umgebung gefährlich werden.«

»Laser?«

»Zu eng begrenzt. Sie würden durchdringen, aber nicht abdecken.«

»Aber das ultraviolette Licht kann uns schaden, wenn wir ihm zu sehr ausgesetzt sind.«

»Sie werden geschützt sein, und wir werden uns in der Baracke befinden. Die draußen werden Handschuhe und Kopfhauben tragen und hinter Schildern stehen. Die normale Kleidung wird ihnen zusätzlich Schutz geben.«

»Wie werden wir geschützt sein?«

»Durch Spezialanzüge mit oxydierten Visieren.«

»Und wenn nichts geschieht? Wenn wir das Dunkel nicht anziehen?«

»Lassen Sie mich offen sprechen, Mr. Bishop: Ich rechne nicht damit. Ich glaube, daß das vor drei Wochen ein bloßer Zufall war.

Die Tatsache, daß die Opfer nachts von diesem Ort angezogen werden, verweist nur darauf, daß sich eine fundamentale Energiequelle in diesem Gebiet befindet; wir wissen nicht, um was für eine Quelle es sich handelt, noch konnten wir sie lokalisieren. Aber wir wissen, daß sie hier ist, und wir sind sicher, daß das, was alle das Dunkel nennen, dorthin zurückkehren wird. Es ist nur eine Frage der Zeit.«

»Und die haben wir nicht«, schnappte Sicklemore. »Der Punkt ist der, Mr. Bishop: Ihre Anwesenheit wird die Operation nicht behindern und kann allenfalls nur gut sein. Ich will Sie nicht beleidigen, aber ich halte das Argument eines psychischen Phänomens persönlich für alles andere als überzeugend, bin jedoch in dieser speziellen Situation bereit, alles zu versuchen, wenn es Erfolg verspricht. Ich werde sogar«, er wandte seinen Blick von dem Wissenschaftler ab, »beten, wenn ich in der Baracke bin.«

Marinker wollte etwas sagen, besann sich aber eines Besseren.

»Also«, fuhr Sicklemore fort. »Das Licht schwindet schnell. Könnten wir bitte unsere letzten Vorbereitungen treffen?«

Marinker rief etwas durch die Barackentür, und ein aufgeregter junger Mann erschien, einen Stapel Papier in der Hand und einen durchgekauten Bleistift zwischen den Zähnen.

»Lassen Sie die beiden ausrüsten, Brinkley«, sagte Marinker. »Komplette Ausrüstung, sie werden dem Licht völlig ausgesetzt sein.«

Brinkley schwenkte mit einer Hand die Papiere, nahm den Bleistift aus dem Mund und richtete ihn auf die Baracke. »Aber ich . . .«, begann er zu protestieren.

»Machen Sie schon!« Marinker verschwand im Türeingang. Brinkley wandte sich an seine beiden Schützlinge.

»Ich verlasse Sie jetzt«, sagte Sicklemore. »Sorgen Sie dafür, daß sie alles bekommen?«

»Ja, Sir.«

»Bis später dann.« Sicklemore entfernte sich schnell und verschwand zwischen den Technikern und Soldaten.

»Muß seinen Vorgesetzten berichten«, sagte Peck, der die Tatsache genoß, daß der Mann, dem gegenüber er unterwürfig zu sein hatte, anderen gegenüber auch sklavisch auftrat. »Er hat sein Büro in einem der Häuser eingerichtet, mit direkter Telefonverbindung zum Innenminister. Der arme Hund rennt jede halbe Stunde raus und rein.«

»Äh, wenn Sie mitkommen, suchen wir passende Anzüge für Sie aus«, sagte Brinkley, begierig darauf, wieder an seine Arbeit zu kommen. Er führte sie zur Straße. »Sie sind also Bishop und Edith Metlock«, meinte er und ging langsamer, damit die anderen aufholen konnten. »Ich hörte, was vor drei Wochen geschah; klingt, als sei die ganze Operation etwas übereilt gewesen.«

Peck blickte Bishop an und verdrehte die Augen.

»Aber«, fuhr der Wissenschaftler fröhlich fort, »das wird heute nacht nicht passieren. Ich glaube, ich kann Ihnen versprechen, daß wir eine Antwort gefunden haben. Im Grunde ist alles sehr einfach, aber das sind ja die meisten Dinge, wenn man richtig an sie herangeht, wie?«

Während Brinkley weiterplapperte, sah sich Bishop nach Jessica um. Sie kam über den Bürgersteig auf sie zu; er winkte ihr, und sie beschleunigte ihre Schritte.

»Da wären wir.« Brinkley blieb neben einem großen grauen Lieferwagen stehen. Die Hecktür war offen, und sie konnten die mit Kleidungsstücken gefüllten Regale darin sehen. Brinkley schaute auf die Größen, die auf den Regalen notiert waren. Er kam bald mit passenden Anzügen zurück. »Sind sehr leicht und weit – können Sie über Ihre normale Kleidung streifen. Die Helme sind überhaupt nicht hinderlich. Das hätten wir, das Tageslicht ist gleich verschwunden.« Er grinste sie freundlich an und musterte dann stirnrunzelnd das Medium. »Sie tragen einen Rock? Macht nichts, Sie können sich in einem der Häuser umziehen – sind alle leer.«

Jessica war inzwischen bei ihnen und Peck bemerkte, wie nah sie bei Bishop stand, sich fast an ihn lehnte. Es verschaffte dem Detektiv etwas Befriedigung, da er wußte, was sie beide durchgemacht hatten; vielleicht konnten sie sich gegenseitig ein wenig trösten. Er sorgte sich allerdings um das Medium; sie schien verwirrt.

»Alles in Ordnung, Mrs. Metlock?« fragte er. »Sie wirken ein wenig blaß.«

»Ich ... ich weiß nicht. Ich bin nicht sicher, ob ich heute

nacht eine Hilfe sein kann.« Sie blickte auf das Pflaster und wandte den Blick ab. Jessica ging zu ihr.

»Du mußt es versuchen, Edith«, sagte sie sanft. »Um meines Vaters willen mußt du es versuchen.«

In den Augen des Mediums standen Tränen, als sie aufblickte. »Aber er ist nicht da, Jessica. Verstehst du nicht? Er ist fort, ich kann ihn nicht erreichen. Da ist nichts mehr.«

Brinkley wirkte verlegen. »Ich fürchte, wir haben nicht allzu viel Zeit. Dürfte ich Sie, äh, bitten, die Anzüge jetzt anzulegen? Ich muß mich in der Baracke um die Organisation kümmern, wenn Sie mich also entschuldigen ...?«

»Gehen Sie«, sagte Peck zu ihm. »Ich bringe sie alle rüber, wenn sie fertig sind.« Er wandte sich an das Medium, und seine Stimme war hart: »Ich weiß, daß Sie Angst haben, Mrs. Metlock, aber man bittet Sie nur, das zu tun, was Sie seit Jahren beruflich tun.«

»Es ist nicht die Angst ...«

»Schön, vielleicht die Erschöpfung. Wir sind alle verdammt müde. In den letzten Wochen habe ich viele gute Männer verloren — zwei davon versuchten, Sie zu beschützen —, und ich will keinen mehr verlieren. Das mag vielleicht alles Unsinn sein, ich kann das nicht beurteilen, aber die hier ...«, er deutete auf das Grundstück, »...betrachten Sie als letzte Hoffnung. Ich habe Dinge gesehen, die ich nie für möglich gehalten hätte, also ist vielleicht etwas daran. Tatsache ist, daß wir alles versuchen müssen, und Sie und Bishop sind alles, was wir haben. Würden Sie uns also bitte helfen und diesen lächerlichen Raumanzug anziehen?«

Jessica faßte das Medium beim Arm. »Ich werde dir helfen, Edith.«

Edith Metlock blickte Bishop hilflos und bittend zugleich an, aber er konnte nur den Kopf abwenden. »Gehen Sie mit Jessica«, sagte er.

Die beiden Frauen gingen, und Jessica führte das Medium, das plötzlich wie eine alte Frau wirkte. Bishop kämpfte sich in den Anzug und war überrascht über dessen Festigkeit. Der Helm mit seinem schwarzen Visier hing lose über seinem Rücken; man konnte ihn wie eine Kapuze vorziehen, und das Visier rutschte dann in Position. Die Ärmel endeten in engen

Handschuhen, die an den Handgelenken elastisch waren. Das Fußteil war ebenso gearbeitet. Er zog den Reißverschluß zu und sah Peck grinsen, als er aufblickte.
»Bishop«, sagte der Detektiv und zögerte dann.
Bishop hob fragend die Augenbrauen.
Peck wirkte verlegen. »Passen Sie auf sich auf.«

Sie saßen Seite an Seite, vor den riesigen quadratischen Lichtern, die leblos und doch bedrohend wirkten. Zwei einsame, weiß gekleidete Gestalten, der Mittelpunkt in einer Anhäufung von technischer Ausrüstung, Waffen und Militärmacht. Sie hatten Angst, und die um sie herum hatten Angst, und die Spannung nahm ständig zu, nährte sich aus sich selbst und erfaßte alle, die zuschauten. Vor einer Stunde war die Sonne vom Himmel verschwunden, ihr Untergang war von Wolken verborgen worden, und jetzt war das Grundstück nur von gedämpften Lichtern erleuchtet. Alle Männer ringsum waren durch Metallschilde abgeschirmt und trugen Spezialbrillen, die ihnen ein düsteres emotionsloses Aussehen verliehen; einige von ihnen waren mit Schutzanzügen und Helmen ausgerüstet. Sie warteten wie in den drei vorangegangenen Nächten, doch sie spürten, daß es diesmal anders war. Diesmal schauten alle gelegentlich zum Himmel, nahmen die dunklen Brillen ab, um lange die drohenden Wolken anzuschauen, bevor sie ihre Aufmerksamkeit wieder den beiden Gestalten zuwandten, die vor der offenen Grube saßen. Etwas ließ sie alle erschauern — aber nicht äußerlich; es war wie ein Erschauern der inneren Organe. Es ging von Mann zu Mann, von Verstand zu Verstand, eine Infektion, die durch ihre eigenen Gedanken zustande kam. Selbst die Wissenschaftler und das Bedienungspersonal in der Stahlbaracke fühlten sich in dieser Nacht nicht wohl. Marinkers Mund war trocken, seine Handflächen feucht. Sicklemore räusperte sich ständig, Brinkley mußte dauernd blinzeln.
Draußen, hinter einem Schild, spielte Peck mit dem Kleingeld in seiner Hosentasche, während Jessica, die neben ihm stand, sich auf die Unterlippe biß, bis ihre Zähne tiefe Spuren hinterließen. Die Minuten verstrichen, und alles Gerede hatte sich gelegt; wenn jemand sprach, dann nur flüsternd. Die Luft

schien kälter zu werden. Und durch die Schutzbrillen wirkte die Nacht natürlich noch dunkler als gewöhnlich.

Bishop fiel es schwer, klar zu denken. Er versuchte sich wie zuvor an den Tag zu erinnern, als er zum ersten Mal nach Beechwood gekommen war, an den schrecklichen Anblick, mit dem er konfrontiert worden war. Aber alles war nebelhaft und fern, als ob es nur ein Traum gewesen sei, den er nicht klar erkennen konnte. Er schaute zu Edith, aber ihr Gesicht war durch das dunkle Visier kaum zu sehen.

»Ich kann nicht denken, Edith. Irgendwie ist alles verschwommen.«

Sie sagte zunächst nichts, dann wandte sie ihren Kopf in seine Richtung. »Versuchen Sie, nicht daran zu denken, Chris. Lassen Sie Ihren Verstand leer. Wenn das Dunkel wirklich das ist, was wir glauben, dann wird es Sie suchen. Es braucht Ihre Führung nicht.«

»Können ... können Sie etwas spüren?«

»Ich sehe Jacobs Gesicht, aber ich spüre seine Anwesenheit nicht. Ich fühle nichts, Chris, nur Leere.«

»Glaubte er wirklich ...?«

Das Medium wandte sich ab. »Ich weiß nicht mehr. Jacobs geistige Kraft war stärker als die jedes anderen Menschen, den ich gekannt habe — sogar stärker als die von Boris Pryszlak.«

»Sie kannten Pryszlak?«

Das schwarze Visier machte sie unerforschlich. »Ich war einmal seine Geliebte.«

Für Augenblicke war Bishop zu bestürzt, um zu sprechen. »Seine Geliebte? Ich verstehe nicht ...«

»Es ist lange, lange her. Zwanzig Jahre, vielleicht mehr. So lange, daß es mir manchmal scheint, als sei es nie gewesen, als ob die Frau, die mit ihm schlief, jemand sei, den ich kaum gekannt habe, an deren Namen oder Gesicht ich mich nicht mehr erinnern kann. Boris Pryszlak war ein erstaunlicher Mann, müssen Sie wissen; seine Bösartigkeit allein machte ihn attraktiv. Verstehen Sie Chris, daß etwas Bösartiges anziehend sein kann?«

Bishop antwortete nicht.

»Ich fand ihn faszinierend. Zuerst sah ich nicht, wie verderbt er war, sah nicht, daß Verkommenheit nicht ein Teil von ihm war, sondern daß er ganz so war. Er erkannte meine Kräfte als Sensitive und ermutigte mich, diese Kräfte zu ermitteln; er glaubte, mich benutzen zu können.« Sie lächelte fast wehmütig unter ihrer Maske. »Jacob und ich dagegen waren nie ein Liebespaar — er ist immer dem Andenken seiner Frau treu geblieben. Sie wissen, daß in unserer Welt niemand stirbt; es ist nur ein Übergang in etwas Dauerhafteres.«

»Aber warum hat mir Jacob das nicht gleich gesagt?«

»Weil ich ihn darum gebeten hatte. Es war doch nicht wichtig. Es hatte mit den Geschehnissen nichts zu tun. Boris Pryszlaks geistige Kraft war wie eine ansteckende Krankheit — sie erfaßte jeden, der ihm nahe war. Ich wälzte mich eine Weile in dem Schmutz, in dem er gedieh, und nur Jacob versuchte mir zu helfen. Vielleicht erkannte er, daß ich benutzt wurde, daß ich ein Opfer war. Jacob erzählte mir einmal, daß er versucht habe, andere Anhänger Pryszlaks umzustimmen, daß er aber bald feststellen mußte, daß die Menschen so krank und verdreht waren wie der Mann, den sie verehrten. Es war mein eigener Wunsch zu gehen — gerettet zu werden, wenn Sie so wollen —, der mich von ihnen unterschied. Dennoch haßte Pryszlak Jacob, weil er ihm einen seiner Anhänger genommen hatte.«

»Aber er bat Jacob um Hilfe.«

»Damals brauchte er ihn. Er wollte seine außergewöhnlichen mentalen Fähigkeiten mit denen Jacobs vereinen — diese Kombination wäre schrecklich gewesen. Aber Jacob wollte mit den Zielen dieses Mannes nichts zu tun haben. Außerdem wußte er, daß dies schließlich Unterwerfung bedeutet hätte. Jacob bedauerte bitterlich, nicht die Verhinderung von Pryszlaks Plänen Jahre zuvor versucht zu haben, aber er war eben ein wirklich guter Mensch und erkannte das Ausmaß von Pryszlaks Schlechtigkeit nicht. Nicht einmal ich konnte das, obwohl ich ein Jahr lang sein Bett geteilt hatte.«

Bishop holte tief Luft. Er war durch Ediths Beichte irritiert, aber nicht schockiert. »Hat Sie Jacob deshalb von Anfang an hinzugezogen — weil Sie mit Pryszlak in enger Verbindung gestanden hatten?«

»Ja. Er glaubte, daß es für mich leichter sei, Pryszlak zu erreichen. Ich kannte seinen Verstand, seine Intentionen. Ich hatte Beechwood nie zuvor besucht, spürte aber seine Anwesenheit sofort, als ich das Haus betrat. Es war, als würde ich in Pryszlaks Verstand umherwandern, jeder Raum eine andere dunkle Zelle. Er experimentierte mit seinen telepathischen Kräften, wenn wir... zusammen... waren; dann benutzte er mich als Empfänger. Er durchdrang meinen Verstand mit seinen teuflischen Gedanken — für ihn war das eine neue Art von Erotik, eine Phantasie eingebildeter abartiger sexueller Handlungen, die er wegen der Stärke seiner mentalen Kräfte als körperlich vollzogen erfuhr.«

Bishop sah sie erschauern.

»Diese Gedanken sind noch in mir, tief in mein Gehirn gebrannt. Nur Jacob konnte mir helfen, sie zu unterdrücken, und er ist nicht mehr da. Darum habe ich solche Angst, Chris.«

»Ich verstehe nicht...«

»Jacob ließ seine Kraft in mich fließen. Beim ersten Mal hier war ich diejenige, die den Kontakt herstellte, aber Jacob half mir, Pryszlak zu widerstehen, hinderte ihn, meinen Verstand zu beherrschen. Auch als ihr mich im Trancezustand zu Hause fandet und Jacob im Krankenhaus lag, benutzte er seine mentalen Kräfte, um Pryszlak daran zu hindern, von mir Besitz zu ergreifen. Er war mein Beschützer, die Barriere zwischen mir und Pryszlaks Parasitenseele.«

»Aber man kann sich dem Dunkel doch widersetzen, Edith. Die Reaktion erfolgt nur bei denen, deren Gehirn im Ungleichgewicht ist.«

»Wir alle haben dieses Ungleichgewicht. Wir alle empfinden Haß, Aggression, Eifersucht! Wenn das Dunkel stärker wird — in dem Maße, wie Pryszlak seine Armee vergrößert —, sucht es das Böse in uns allen und benutzt es, um zu zerstören! Die, die es nicht überwinden kann — und das werden wenige sein —, werden durch seine lebenden Legionen getötet. Es gibt für uns kein Entrinnen!«

»Nur wenn das Dunkel das ist, was Sie sagen. Die Wissenschaftler behaupten etwas anderes; sie wollen es mit ihren Maschinen zerstören.«

»Können Sie nach all dem, was Sie erlebt und gesehen haben, noch glauben, daß das Dunkel nur eine chemische Reaktion ist?«

Bishops Stimme war fest. »Ich weiß gar nichts mehr. Ich hätte fast geglaubt, was Sie und Jacob mir sagten, aber jetzt...« Er blickte auf die riesigen Lichtaggregate. »Ich hoffe, Sie beide haben sich geirrt.«

Ediths Körper schien noch mehr zusammenzusacken. »Vielleicht haben wir das, Chris«, sagte sie langsam. »Ich hoffe das vielleicht auch.«

»Bishop?« Der Ruf kam über den kleinen Clip in Bishops Ohr. Die Stimme klang metallisch, aber er vermutete, daß es Marinkers war, der sprach. »Unsere Hubschrauber sind in der Luft. Ist da draußen was passiert?« Die Stimme klang etwas zynisch, aber Bishop hörte die Spannung, die darin mitschwang.

»Bisher nichts.« Seine Antwort wurde durch das Mikrofon an seiner Brust übertragen. Statisches Rauschen machte die nächsten Worte des Wissenschaftlers schwer verständlich. »Entschuldigung, was meinen Sie?« fragte Bishop.

»Wir haben gerade einen Bericht bekommen...«, stärkere Störungen, »... Probleme in der Nähe. Für uns kein Grund zur Sorge... werden fertig damit. Weitere Opfer drehen durch, das ist alles.«

Eine andere Stimme im Kopfhörer. Bishop nahm an, daß es Sicklemore war. »Sie geben uns Bescheid, wenn Sie etwas, äh, Ungewöhnliches spüren?«

Marinker meldete sich wieder. »Die ultravioletten Lichter werden allmählich eingeschaltet, Bishop, Sie brauchen sich also keine Gedanken wegen plötzlichen Aufflammens zu machen. Warnen Sie uns nur...«, noch mehr Störungen, dann; »Können Sie uns hören, Mrs. Metlock? Wir scheinen von irgendwo Störungen zu bekommen.«

Das Medium antwortete nicht, und Bishop wandte sich ängstlich zu ihr. Sie saß starr im Sessel, ihr schwarzes Visier geradeaus gerichtet.

»Mrs. Metlock?« kam die metallische Stimme wieder.

»Ruhig, Marinker«, sagte Bishop barsch. Dann, weicher: »Edith? Spüren Sie etwas?«

Sie starrte weiter geradeaus, und ihre Stimme klang schwach. »Es ist hier, Chris. Es ist... oh, mein Gott!« Ihr Körper erzitterte. »Können Sie es nicht spüren? Es wächst. Es ist überall um uns.«

Bishop schaute sich um. Er spürte nichts, und das gefärbte Glas ließ alles dunkler wirken. Er öffnete das Visier rasch und schob es über seinen Kopf zurück.

Die Soldaten und Techniker ringsum sahen sich voller Unbehagen an, sie fühlten, daß endlich etwas geschah. Jessica wurde von einer Schwäche erfaßt, einer Schwäche, die der Furcht entsprang. Und eine Wahrnehmung, die mit Intuition verwandt war, doch stärker, sicherer war, sagte ihr, daß die Bedrohung noch größer als zuvor war, daß sie alle verwundbar, daß ihr Widerstand gegen das Dunkel zerbrechlich war. Sie klammerte sich an Peck, fürchtete, in den Boden zu sinken. Er drehte sich überrascht um, trotz der Kälte der Nacht Schweißperlen auf seiner Stirn, stützte sie und wandte sich dann wieder den beiden Gestalten vor der offenen Grube zu. Bishop blickte sich um, als suche er etwas.

In der Kontrollbaracke sprach Marinker erregt mit dem Techniker. »Können Sie die Störungen nicht beseitigen? Ich höre nicht, was da draußen gesprochen wird.«

»Ich versuche es, Sir, aber ich kann nicht viel tun. Ich fürchte, es sind atmosphärische Störungen — unser Kontakt mit den Hubschraubern ist auch beeinträchtigt.«

Marinker wich Sicklemores Blicken aus; er fürchtete, man könne ihm seine Beunruhigung ansehen und verfluchte sich innerlich, weil er so dumm gewesen war und gehofft hatte, daß niemand das Zittern seiner Hand sehen könne, als er wieder die Sprechtaste betätigte. »Bishop, stimmt etwas da draußen nicht? Können Sie mich hören?« Die einzige Antwort war ein konstantes statisches Knistern.

Bishop nahm den Ohrhörer ab, da die Interferenz unerträglich wurde. Seine Augen verengten sich, als er auf das Grundstück blickte. Zwielicht herrschte, weil nur wenige Lichter eingeschaltet waren, aber wurde die Luft nicht durch irgendetwas anderes schwerer als nur durch den Einbruch der Dunkelheit? Er blinzelte, konnte aber bei der Beleuchtung keinen Unterschied feststellen, und fragte sich, ob sich eine halluzinatorische Spannung in allen Anwesenden aufgebaut hatte, eine gedämpfte Form von Massenhysterie, die falsche Furcht erzeugte.

»Edith, ich kann nichts sehen.«

»Es ist hier, Chris. Es ist hier.«

Etwas wirbelte in einem Winkel von Bishops Blickfeld und er drehte den Kopf, um zu sehen, was sei. Da war nichts. Eine weitere Bewegung, diesmal rechts. Da war nichts ...

Edith stemmte sich gegen den Sessel, ihre Hände umfaßten den Sitz fest. Ihr Atem ging schwer.

Bishop spürte die Kälte auf seinem entblößten Gesicht, das prickelnde Gefühl sich schließender Poren, gespannter Haut. Die Kälte kroch durch seinen ganzen Körper. Wieder eine Bewegung, und diesmal nahm er etwas Schattenhaftes wahr. Es wehte wie ein Vorhang, verschwand, als er sich darauf konzentrierte. Ein Geräusch, wie es der Wind macht, wenn er plötzlich um eine Hausecke weht. Verschwunden. Schweigen. Die Lichter wurden düsterer.

Bishop sprach; er hoffte, das Mikrofon würde seine Worte aufnehmen. »Es fängt an«, sagte er nur.

Doch in der Kontrollbaracke konnten sie nur das statische Rauschen hören. Alle Blicke waren auf die weißgekleideten Gestalten gerichtet, bis Marinker sagte: »Die Lichter müssen überprüft werden — sie scheinen zu schwinden.«

Ein Techniker drehte einen Regler, und die Lichter wurden wieder heller. Doch langsam, unmerklich fast, schwand die Helligkeit wieder.

Ein leises Stöhnen drang aus Edith, und Bishop wollte sich zu ihr wenden, als seine Bewegung erstarrte. Etwas berührte ihn. Etwas strich mit einer Hand über seinen Körper.

Er blickte an sich herab und sah, daß die Falten seines weißen Anzugs sich glätteten. Doch das Material bewegte sich von selbst; nichts drückte darauf. Das Weiß des Anzugs wurde im schwindenden Licht zu einem dunklen Grau. Die Kälte in seinem Körper begann in Bishops Verstand zu kriechen, ein betäubender Frost suchte Korridore, und das vertraute Gefühl von Angst beschleunigte diesen Vorgang. Er versuchte zu sprechen, versuchte die anderen zu warnen, aber seine Kehle war wie zugeschnürt. Die Dunkelheit senkte sich, eine schattige Schwärze, die alles Licht auszulöschen drohte.

Bishop wollte aufstehen, aber ein seltsames Gewicht drückte ihn nieder. Dieselbe kalte Hand, die seinen Körper erforscht hatte und jetzt zu einer gigantischen, unsichtbaren Klaue gewachsen war, hielt in gefangen. Er wußte, daß es nur sein Verstand war, der ihn täuschte, der ihn das Unmögliche glauben ließ, doch der Druck existierte so, als sei er real. Wieder versuchte er, Edith anzufassen, doch seine Arme wurden an seinen Seiten festgehalten, waren zu schwer, als daß er sie hätte heben können. Er sah, wie das Medium aus ihrem Sessel zu gleiten begann, und ihr Stöhnen steigerte sich zu einem kläglichen Jammern.

Dann begann die Gestalt zu erscheinen.

In der Kontrollbaracke redete Sicklemore eindringlich auf Marinker ein. »Um Himmelswillen, schalten Sie die Maschinen ein! Können Sie nicht sehen, was draußen passiert?«

Marinker wirkte unsicher, seine Blicke schwankten zwischen der Ansammlung von Kontrollen vor ihm und den kaum sichtbaren Gestalten draußen. »Bishop hat sein Visier nicht heruntergezogen. Ich kann nicht riskieren einzuschalten, wenn er so ungedeckt ist.«

»Seien Sie nicht dumm, Mann! Er wird die Maske benutzen, sobald die ultravioletten Lichter brennen. Tun Sie's, das ist ein Befehl!«

Die Gestalten waren nur dunkle, ätherische Konturen, ihre Formen hatten noch keine deutlichen Umrisse gefunden. Sie trieben näher, drängten zu den beiden Menschen an der Grube, schwarze Schatten, die Teil der Schwärze um sie waren. Sie ragten über Bishop und Edith auf, und der Mann wurde von einer unsichtbaren Kraft auf seinem Sitz festgehalten, die Frau kauerte auf dem Boden. Bishop rang keuchend nach Atem; er fühlte sich, als versinke er in dickem Schlamm, und sein Mund und die Nase waren verstopft von einer faulig stinkenden Substanz. Mühsam zwang er seine Arme hoch, langsam, mit gewaltiger Anspannung, ballte seine Fäuste und zitterte. Er versuchte, das unsichtbare Ding, das auf seine Brust preßte, zu fassen – und fand dort nichts, weder Form noch Substanz. Aber der Druck blieb.

Die Soldaten ringsum hielten ihre automatischen Gewehre und die Maschinenpistolen schußbereit; sie wußten, daß die Tatenlosigkeit zu Ende war, daß die Gefahr sich schließlich zeigte. Die Polizisten fühlten sich im Schutz ihrer Waffen sicher. In der Ferne konnten sie Schreie hören, gelegentliches Gewehrfeuer; woanders hatte der Kampf begonnen.

Jessica versuchte, um den Metallschild herumzugehen, da sie zu Bishop und Edith wollte, doch Peck faßte ihr Handgelenk und hielt sie zurück.

»Lassen Sie das«, sagte er barsch. »Sie können ihnen nicht helfen! Sehen Sie!«

Sie folgte seinem Blick und sah das plötzliche weiße Glühen, das aus der Grube drang. Die ultravioletten Lampen waren eingeschaltet worden, und ihr gleißendes Licht breitete sich immer weiter aus. Andere Lichter um das Grundstück begannen zu strahlen, wurden mit jeder Sekunde stärker. Von oben konnte man die schwirrenden Rotoren der Hubschrauber hören, und der Himmel selbst begann in sich ausbreitendem weißem Licht zu erglühen.

»Chris hat sein Visier nicht geschlossen!« schrie Jessica und kämpfte, um sich wieder zu befreien.

»Das wird er bald tun, keine Sorge! Halten Sie einfach still und schauen Sie zu!«

Jessica hörte auf, und Peck löste seinen Griff. »Gutes Mädchen. Bleiben Sie jetzt hinter dem Schild.«

Bishop wurde durch die wachsende Helligkeit geblendet. Er schloß seine Augen davor und versuchte das Visier zu erreichen, das flach auf seinem Kopf lag. Er zwang seine Hände zu ihm, saugte die Luft stöhnend ein, während der schwarze Schleim seine Kehle erdrückte. Plötzlich war der Druck auf seiner Brust verschwunden; seine Arme waren frei. Er schloß das Visier und öffnete seine Augen. Der Glanz war noch immer stark, aber das Silberchlorid in dem Spezialglas des Visiers dämpfte die Helligkeit, so daß er sehen konnte. Edith kauerte halb geduckt, hatte einen Arm auf ihrem Sessel und blickte zu der Grube, während ihr anderer Arm ihre Augen beschirmte, obwohl ihr Visier geschlossen war. Bishop glaubte, die dunklen Gestalten vor dem Licht davonstürzen zu sehen, sie verschwinden zu sehen, als verschlucke sie die Helligkeit.

Die Intensität des Lichts nahm zu, es wurde bläulich mit einem Hauch von Rot, als es noch stärker wurde. Bald war das ganze Grundstück von dem blendenden Gleißen überflutet, und die Schatten verschwanden völlig. Der helle Glanz mischte sich mit den Strahlen der Scheinwerfer von oben, denen der Hubschrauber, die in Position blieben und darauf achteten, nicht miteinander zu kollidieren.

Das ganze Gelände war jetzt in dieses eigentümliche blauviolette Licht getaucht, das jeden Schatten vertrieb; selbst die Schilde waren von hinten von weniger starken Lampen erleuchtet, so daß keine Dunkelheit dahintergelangen konnte.

Bishop spürte, wie sein Verstand aufjubelte, wie seine Furcht ihn verließ. »Sie haben es geschafft!« rief er Edith zu. »Es ist fort, sie haben es zerstört!« Die Wissenschaftler hatten also doch recht gehabt: Das Dunkel war ein materielles Ding, etwas Physisches, das wie jede andere Chemikalie, wie ein Gas oder ein Festkörper vernichtet werden konnte. Jacob, der arme Jacob hatte nicht erkannt, was es war; sein Verstand war zu sehr im Paranormalen verhaftet gewesen, um zu verstehen, daß das Dunkel lediglich ein unerklärtes Phänomen und keine spirituelle Kraft war. Ihr eigener Verstand hatte diese Übertreibung genährt, sie Dinge sehen lassen, sich Dinge einbilden lassen, die nicht existierten. Er, Bishop, hatte telepathisch Ediths Gedanken empfangen, als er in Beechwood die »Visionen« gehabt hatte; sie hatte Pryszlak gekannt, war mit seinen Anhängern liiert gewesen, kannte ihre Sehnsüchte, ihre Verderbtheit, und er war empfänglich für ihre Gedanken, weil er die toten und verstümmelten Körper entdeckt gehabt hatte. Alles andere war der durch das Ding namens Dunkel bewirkte Wahnsinn — und die irdische Bösartigkeit derer, die Pryszlak gefolgt waren, als er noch gelebt hatte. Die Erkenntnis war überwältigend, da sie nicht nur die Antwort auf die katastrophalen Ereignisse war, sondern auch seine langjährigen Ansichten bestätigte.

Bishop wankte auf Edith zu und streckte seine Arme aus, um ihr zu helfen. Und in dem Augenblick, als er sich über sie beugte, eine Hand unter ihre Schulter schob, um sie aufzurichten, fiel der Schatten über das gleißende Blau ihrer Kleidung wie ein dunkler Fleck auf frisch gefallenen Schnee.

Er taumelte von ihr weg und stürzte, fiel auf die Knie und blieb dort, die Maske verbarg das Entsetzen auf seinem Gesicht.

Edith erhob sich, blickte auf den Schatten, der sich über ihren Körper, ihre ausgestreckten Arme, ihre Beine breitete. Sie hob den Kopf und schrie zum Himmel.

Dann begann der blauviolette Glast in der sich schnell senkenden Dunkelheit zu schwinden.

Die Gestalten kamen mit den Schatten wie Strähnen schwarzen Rauches zurück. Sie drehten sich, kreisten über den Lichtaggregaten in ihrer Grube, als verspotteten sie ihre Macht. Man konnte deutlich sehen, wie die Lichter in die Lampen zurückgedrängt, wie sie durch eine unsichtbare, sich senkende Wand hineingepreßt wurden. Die Generatoren auf einer Seite des Grundstücks begannen zu winseln, erreichten eine schrille Tonhöhe, die sich senkte und wieder anschwoll. Techniker sprangen zur Seite, als Funken zu sprühen begannen. Alle Helligkeit, ob aus den Flutlichtern, Scheinwerfern oder Taschenlampen begann zu schwinden, Glühbirnen zerplatzten und Glas zersprang. Die Instrumente im Innern der Kontrollbaracke spielten verrückt. Nadeln hüpften wie wild über die Meßgeräte, Schalter klickten, wie von unsichtbaren Fingern berührt, Geräusche dröhnten aus Lautsprechern und Funkgeräten. Dann war die Baracke in Dunkelheit getaucht, als alle Lichter ausfielen.

Oben hatte ein Hubschrauber von dem Durcheinander unten scharf abgedreht, und sein breiter ultravioletter Lichtstrahl war ebenso erloschen wie die der anderen Hubschrauber. Der Pilot merkte plötzlich, daß seine Maschine absackte und bemühte sich vergeblich, Höhe zu halten. Er schlug auf den Hubschrauber, der in diesem Moment von unten hochstieg und unbeabsichtigt den Weg des anderen kreuzte. Das Brüllen der Explosion war ohrenbetäubend, der wirbelnde Feuerball blendend. Die ineinander verhakten Maschinen stürzten zu Boden, rote Flammen hinter sich herziehend. Da beide Hubschrauber bei dem tödlichen Sturz von dem Grundstück abgekommen waren, schlugen sie auf die von Truppen gefüllte Straße auf. Die Schreie der Soldaten wurden von der zweiten Explosion übertönt, als die Maschinen aufprallten. Schmelzendes Metall und brennendes Benzin spritzten auf die deckungslosen Männer.

Der dritte Pilot hatte mehr Glück, da er seine Maschine noch zu einem unbebauten Grundstück zwei Straßen weiter steuern konnte, als sie an Schub verlor. Sie stürzte zu Boden, doch weder der Pilot noch sein Begleiter wurden ernsthaft verletzt. Als sie zitternd aus dem Wrack kletterten, bemerkten sie nicht gleich die Menschen, die sich in den Schatten auf sie zu bewegten.

Bishop riß sich die Maske vom Gesicht. Das Grundstück war jetzt nur noch vom schwachen Licht der Aggregate in der Grube und dem roten Schein erhellt, der vom Feuer aus der Nebenstraße herüberdrang. Seine Wangen waren von Tränen der Wut und Enttäuschung und neuer Furcht naß. Andere kleine Feuer waren durch die Flammen der abstürzenden Hubschrauber ausgebrochen. Edith Metlock zeichnete sich silhouettenhaft gegen das schwache Licht aus der Grube ab, die Arme noch immer ausgebreitet und laut schreiend. Er versuchte, sich aufzurichten, doch wieder war der ungeheure Druck auf ihm, preßte ihn zu Boden und quetschte seine Glieder. Die schwarzen Gestalten wirbelten auf ihn zu, wuchsen aus der Dunkelheit und schienen körperlich zu werden, als sie sich näherten. Er spürte, wie ihn etwas traf und schlug ganz zu Boden; eher geschockt als verletzt, stützte er sich auf einen Ellenbogen, aber da war nichts in seiner Nähe. Ein weiterer Schlag, der ihn an der Stirn traf – seine Haut brannte an der Stelle, an der er berührt worden war, als sei Eis darauf geworfen worden. Und dann war der Mann, der, wie er wußte, Pryszlak gewesen war, vor ihm – seine schrecklichen Gesichtszüge deutlich sichtbar, obwohl die Haut völlig schwarz war. Sein Kopf reckte sich vorwärts und sein Atem war stinkend, als er seine schwarzen Zähne zu einem Grinsen entblößte, das Bishop aufschreien ließ. Er versuchte, seine Augen zu bedecken ..., denn da waren noch andere bei Pryszlak, vertraute Gesichter, verzerrt in ihrer Bösartigkeit: der Mann, der versucht hatte, ihn mit der Schrotflinte zu töten. Der bärtige Mann, den er in seinen Visionen in Beechwood gesehen hatte. Die große Frau, deren Augen triumphierendem Haß funkelten. Und ihre kleine Begleiterin, die spöttisch kicherte. Andere, die er nicht erkannte. Und eine, die Lynn sein mochte, aber das konnte er wegen der schrecklichen Entstellungen nicht genau sagen. Sie bewegten sich näher zu ihm, berührten seinen Körper, stießen ihn an. Und doch konnte er durch sie hindurchsehen; er konnte Edith sehen, noch immer ihre Schreie hören;

er konnte noch das schwächer werdende Glimmen aus der Grube erkennen.

Dann zerbarst das Glas in den Scheinwerfern, wurde nach oben geschleudert, Flammen schlugen aus den Aggregaten, als sie explodierten, zerstört von etwas, das keine Grenzen kannte, von etwas, das immer stärker zu werden schien. Das Scheinwerferglas drehte sich in der Luft, die Scherben blitzten rot und spiegelten das ferne Feuer wider; speziell verstärkte Metallplatten, die die empfindlichen Glühfäden darunter schützen sollten, sensten durch die Nacht. Er sah ein Stück auf Edith zufliegen, eine glitzernde Fläche von der Größe einer Tür, sah, wie es ihren Körper halbierte und schloß seine Augen.

Die erstickenden Hände umklammerten seine Kehle, und es schien, als ob jede Gestalt zupackte. Ihre Gesichter verschwammen vor ihm. Die Kraft, die der Verstand all derer war, die im Bösen lebten, saugte an seinem Gehirn, forschte und suchte nicht länger, sondern zog heraus, was sie wollte, was sie zum Existieren brauchte. Noch bevor die Schwärze total wurde, sah er, daß Menschenmassen in das Gebiet eingedrungen waren, kreischende Wahnsinnige, die jeden angriffen, der nicht zu ihnen gehörte. Jessica rannte auf ihn zu, ihr Gesicht in der Dunkelheit kaum sichtbar. Und er konnte vor dem Dunkel seine Augen schließen.

Und dann öffnete er sie, wunderte sich, woher das blendend weiße Licht kam, das Licht, das aus dem Nichts gewachsen war und das Gelände, auf dem das Haus namens Beechwood einst gestanden hatte, mit seinem gleißenden Glanz überflutete, in jede Furche und jeden Spalt mit seiner Intensität eindrang, jeden Ziegel und jeden Stein schattenlos machte – und das Dunkel vertrieb.

Das Licht brannte in seinen Augen, obwohl er sie wieder geschlossen hatte.

... die Träume haben mich verlassen; die Zeit hat den Schrekken dieser entsetzlichen Tage betäubt. Selbst Jessica hat keine Angst mehr vor der Nacht. Wir sind jetzt zusammen, wenn auch noch nicht als Mann und Frau, doch das wird noch kommen. Wir müssen uns zuerst ganz an unser neues Leben gewöhnen; das andere hat Zeit.

Nach zwei Jahren erinnern wir uns noch immer an diese Nacht in Beechwood, als wäre es gestern gewesen. Die Ereignisse sind diskutiert und analysiert worden, es wurde darüber geschrieben, doch noch immer kann niemand das Phänomen erklären, das sich ereignete. Die Kirche versucht es natürlich — und jetzt sind auch die Wissenschaftler bereit, uns zuzuhören, zu überdenken, was wir ihnen sagen, denn es waren sie, die Technologen, denen bewiesen wurde, daß sie irrten, es waren sie, die erkannten, daß das Böse geistige Macht ist und nicht eine biologische Fehlfunktion des Gehirns. Jacob Kulek wäre erfreut gewesen — ist erfreut — daß ein echtes Band zwischen Wissenschaft und Parapsychologie geknüpft wurde, eine Arbeitsbeziehung entstanden ist. Und diese Allianz öffnet neue Türen zu unserer Selbstentdeckung. Allein dafür arbeitete er, als er lebte, und nur durch seinen Tod wurden diese Ziele erreicht. Jessica kommuniziert regelmäßig mit ihm, und auch ich lerne das langsam. Edith hilft dabei von drüben, sie agiert als meine Führerin.

Sie hat mit meiner Tochter Lucy geredet und versprochen, sie bald zu mir zu bringen. Sie erzählt mir, daß Lucy sehr glücklich ist, und das ist auch Edith in ihrem Tod.

Das Dunkel ist nach dieser Nacht nie wiedergekehrt, wenngleich Jacob uns warnte, daß es nicht wirklich besiegt sei. Er sagte, daß es so lange existieren würde, wie Böses in den Hirnen der Menschen ist. Eines Tages, glaube ich, wird es sich wieder manifestieren.

Es gibt viele von uns, die jetzt wissen. Alle die, die in Beechwood waren und sahen, wie das Licht sich bildete und wuchs, bis sein Glanz jeden dunklen Schatten zerstörte, haben diese einzigartige außersinnliche Wahrnehmungskraft erlangt. Nur die, die den neuen Kräften nicht gewachsen waren, die sie in sich fanden, haben gelitten, da ihr Verstand davor floh, sich in ihnen versteckte, so daß sie sich nicht mehr wie normale Menschen verhalten. Der Wissenschaftler, Marinker, war einer davon. Doch man kümmert sich um sie, und sie erleiden nicht dasselbe Schicksal wie die Opfer des Dunkel, die leer und allein zurückgelassen wurden, deren Körper schwache Hüllen wurden, die keine medizinische Behandlung vor dem Verfall bewahren konnte und die schließlich starben. Einige, die in jener Nacht das Licht sahen, sagen, es sei ein Feuerball gewesen, eine Sonne, die aus der Erde selbst aufstieg; andere behaupten, es hätte keine Form gehabt, keine sichtbare Gestalt, sondern sei ein feines Gas gewesen, das sich in plötzlichen Blitzen ausdehnte und die Luft mit seinen Ladungen erfüllte. Mehrere sahen es in der Form eines Kreuzes wachsen, das seine Kontur verlor, als die Helligkeit zu intensiv wurde. Ich selbst erinnere mich nur, die Helligkeit gesehen zu haben, keine Form, keine Struktur, nur ein gleißendes Licht, das in meinen Verstand flutete.

Wir haben Berichte gehört, daß das Licht seitdem in vielen Teilen der Welt gesehen worden ist, wo Unterdrückung herrscht. Jessica erzählt mir, daß Jacob diesbezüglich seltsam unkommunikativ ist. Sie hat ihn auch gefragt, welche Rolle Gott bei all dem gespielt hat, aber auch auf diese Frage antwortet Jacob nicht. Er hat ihr gesagt, daß unsere neue Wahrnehmung noch in einem zu fragilen Stadium sei, als daß wir das wissen sollten, daß wir sogar noch im Tode lernen würden, daß die letzten Dinge unerklärlich seien.

Jacob hatte gewußt, daß er in dieser Nacht auf dem Dach an seinen inneren Verletzungen sterben würde; aber er wußte auch, daß sein Verstand die Kontrolle behalten mußte, als der Tod sein Leben verfinsterte. Das Dunkel mit seiner wachsenden Macht hatte versucht, ihn auszufüllen, als er starb, seine Gedanken zu unterdrücken, seinen Willen zu zerstören; die Schnelligkeit seines Todes hatte das verhindert. Diese schwarzen, körperlosen Wesen wußten, daß mit dem Tod des Körpers auch der Wille, die Essenz, die in jedem ist, schwindet. Aber nur, um wiedererweckt zu werden, wenn die feinen Fäden, die ihn an seine irdische Hülle knüpfen, schließlich zerrissen sind. Eine Metamorphose, die nach unserer Zeitrechnung drei Tage dauert. Aber Jacob hatte nicht zugelassen, daß sein Wille durch einen langsamen Tod siegte; er hatte seine spirituelle Kraft in diesem letzten flüchtigen Augenblicken beherrscht, war sich seiner Wiedergeburt bewußt gewesen und hatte eine bestimmende Rolle dabei gespielt. Genau wie Boris Pryszlak. Doch hatten beide verschiedene Wege gewählt.

Jacob fand sich in einem furchtbaren Reich von Energien, einer neuen Dimension, die zum Teil zu dieser Welt gehörte, aber letztlich nur ein Tor zu etwas Größerem war, etwas, auf das man einen Blick werfen, das man aber nicht ganz wahrnehmen konnte. Er war verwirrt gewesen, verloren; aber er war nicht allein. Andere hatten ihn erwartet.

Er war Teil von ihnen geworden, hatte sich in den Strom gefügt, der nie zu wachsen aufhört, der sich bewegte, der jedoch, wieder mit unseren Worten, keine Wirklichkeit hat. Und schließlich wurde einem Teil des Stromes erlaubt, an seinen Ursprung zurückzukehren und eine entgegengesetzte Energie zu bekämpfen, die seinen Keim bedrohte. Wir sind dieser Keim. Das Dunkel ist diese entgegengesetzte Energie. Das Licht ist die Kraft, die wir werden.

Keiner von uns, der das Licht sah, nimmt das Gebrechen übel, das ihm dabei zuteil wurde. Denn Blindheit ist keine Last, sondern eine Befreiung von unserer Unfähigkeit zu sehen. Jessica trägt unser Kind, und wir beide wissen, daß er – es wird ein Junge sein – blind sein wird wie wir. Der Gedanke macht uns glücklich, da wir wissen, daß er einmal sehen kann, wie wir es heute schon tun.

James Herbert

James Herbert, Englands führender Horror-Autor, entwirft in seinen spannenden Thrillern eine grausame, kaltblütige Welt, die erschreckend nahe an der Wirklichkeit ist.

01/7616 ▶ DOMAIN

01/7686 DIE RATTEN

01/7784 DIE BRUT

01/7857 DIE GRUFT

Wilhelm Heyne Verlag München

John Saul

Der Meister des psychologischen Horror-Romans verbindet sanftes Grauen mit haarsträubendem Terror. Er versteht es, seinen Lesern das Gruseln zu lehren.

01/6636

01/6963

01/6740

01/7659

01/7755

01/7873

Wilhelm Heyne Verlag München

Dean R. Koontz

Die Romane von Dean R. Koontz gehören zu den Highlights der anspruchsvollen Horror-Literatur.

Unheil über der Stadt
Ein Zombie-Roman
01/6667

01/6833

01/6913

01/6951

01/7707

01/7810

01/7903

Wilhelm Heyne Verlag München

STEPHEN KING

„Horror vom Feinsten" urteilt der „Stern" über Stephen King

Brennen muß Salem
01/6478

Im Morgengrauen
01/6553

Der Gesang der Toten
01/6705

Die Augen des Drachen
01/6824

Der Fornit
01/6888

Dead Zone – Das Attentat
01/6953

Friedhof der Kuscheltiere
01/7627

„es"
„Jumbo"
(Paperback, Großformat)
41/1

Sie
„Jumbo"
(Paperback, Großformat)
41/2

Schwarz
„Jumbo"
(Paperback, Großformat)
41/11

Danse macabre
Die Welt des Horrors in Literatur und Film
(Heyne Sachbuch)
19/12

STEPHEN KING/
PETER STRAUB
Der Talisman
01/7662

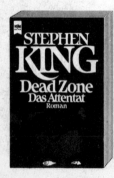

Wilhelm Heyne Verlag München

RICHARD BACHMAN

An der Spitze der US-Bestsellerlisten, seit das
Pseudonym gelüftet ist: Bachman ist King.

Der Fluch
01/6601

Menschenjagd
01/6687

Sprengstoff
01/6762

Todesmarsch
01/6848

Amok
01/7695

Tabitha King

Horror-Romane der eigenen Art von
Stephen Kings Ehefrau

Das Puppenhaus
01/6625

Die Seelenwächter
01/6755

Die Falle
01/6805

Die Entscheidung
01/7773

Wilhelm Heyne Verlag München

Heyne Taschenbücher.
Das große Programm von Spannung bis Wissen.

Allgemeine Reihe mit großen Romanen und Erzählungen	**Heyne Biographien**	**Blaue Krimis/ Crime Classics**
	Heyne Lyrik	**Der große Liebesroman**
Tip des Monats	**Heyne Ex Libris**	**Romantic Thriller**
Heyne Sachbuch	**Heyne Ratgeber**	**Exquisit Bücher**
Heyne Report	**Ratgeber Esoterik**	**Heyne Science Fiction**
Heyne Psycho	**Heyne Kochbücher**	**Heyne Fantasy**
Scene	**Kompaktwissen**	**Bibliothek der SF-Literatur**
Heyne MINI	**Heyne Western**	
Heyne Filmbibliothek		

Jeden Monat erscheinen mehr als 40 neue Titel.

Ausführlich informiert Sie das Gesamtverzeichnis
der Heyne-Taschenbücher.
Bitte mit diesem Coupon oder mit Postkarte anfordern.

Senden Sie mir bitte kostenlos das neue Gesamtverzeichnis

Name

Straße

PLZ/Ort

**An den Wilhelm Heyne Verlag
Postfach 20 12 04 · 8000 München 2**